Ralf Isau

Das Geheimnis des siebten Richters

OMNIBUS

DER AUTOR

Foto: © privar

Ralf Isau wurde 1956 in Berlin geboren. Heute arbeitet er als Computerfachmann und lebt mit seiner Frau und Tochter Mirjam in der Nähe von Stuttgart. Als Gegengewicht zu seinem rein technisch ausgerichteten Beruf beschäftigt er sich in seiner Freizeit schon seit langem mit phantastischer Literatur.

Die Neschan-Triologie bei OMNIBUS:

Die Träume des Jonathan Jabbok (26002)
Das Geheimnis des siebten Richters (26012)
Das Lied der Befreiung Neschans (26020)

Ralf Isau

Das Geheimnis des siebten Richters

Ein phantastischer Roman

Illustrationen von Claudia Seeger

THIENEMANN TASCHENBUCH

THIENEMANN TASCHENBUCH BEI OMNIBUS
Band 26012

Umwelthinweis:
Dieses Buch wurde auf chlorfrei gebleichtem
Papier gedruckt.

Erstmals als Thienemann Taschenbuch
bei OMNIBUS September 1999
OMNIBUS ist der Taschenbuchverlag
für Kinder und Jugendliche von Bertelsmann
Gesetzt nach den Regeln der Rechtschreibreform

Umschlagbild und
Innenillustrationen: Claudia Seeger
Umschlagkonzeption: Klaus Renner
bm · Herstellung: Stefan Hansen
Satz: KCS GmbH, Buchholz/Hamburg
Druck: Presse-Druck Augsburg
ISBN 3-570-26012-7
Printed in Germany

www.omnibus-verlag.de

10 9 8 7 6 5 4 3

Heute Nacht träumte ich, ich sei ein Schmetterling.
Jetzt weiß ich nicht: Bin ich nun ein Mensch,
der träumte, er sei ein Schmetterling,
oder bin ich ein Schmetterling,
der träumte, er sei ein Mensch?

(frei nach einem chinesischen Denker)

Für Mirjam Bithja

8.
R·O·L·O·G

Aber du darfst mich nicht auslachen, Großvater!«

Der alte Lord gab sich entrüstet. »Habe ich dich je ausgelacht, Jonathan?«

»Ja.«

»Das stimmt nicht. Du verwechselst das. Ich habe *mit* dir gelacht. Vielleicht auch mal *über* dich. Aber das ist etwas ganz anderes. Niemals würde ich meinen eigenen Enkel *aus*lachen. Ausgeschlossen!«

Jonathan bedachte seinen Großvater mit einem abschätzenden Blick. »Dann versprichst du es also? Bei allem, was dir heilig ist?«

»Ja doch! Nun fang endlich an. So albern wird es schon nicht sein.«

»Na gut.« Jonathans Augen versprühten noch eine letzte Warnung, bevor er sie in dem ledergebundenen Buch versenkte. Er räusperte sich. Dann begann er zu lesen.

»Donnerstag, den 8. November 1923

Ich hätte nie gedacht, dass ich einmal anfangen würde zu schreiben. Hausaufgaben ja. Natürlich auch die Briefe an Großvater. Aber ein Tagebuch? Nun ja, ich habe mich anders entschieden und jetzt höre ich das Kratzen der Feder auf dem Papier, das meinen Gedanken Widerstand leistet, so als wolle es sie zwingen, sich ruhiger zu bewegen und nicht in solch einem Durcheinander wie in den vergangenen zwei Monaten.«

Jonathans Augen schielten zum Großvater hinüber, auf dessen Lippen ein breites Grinsen lag. »Siehst du, jetzt lachst du doch«, beschwerte er sich.

»Das ist kein Lachen«, verteidigte sich der Angeklagte. »Ich schmunzle nur, weil mir dein Schreibstil gefällt. Und jetzt lies schon weiter.«

Nur langsam, als koste es ihn große Überwindung, ließ Jonathan den Blick wieder in das Tagebuch sinken.

»Eigentlich hätte ich schon am 12. September mit diesen Aufzeichnungen beginnen sollen (aber da nahm ich das alles noch nicht so ernst) oder sogar schon damals, als ich acht war und ich ... Ja, ich glaube, dieses Tagebuch wäre unvollständig, wenn ich ihm nicht anvertrauen würde, wie alles begann.

Wie gesagt: Ich war acht Jahre alt. Zwei Jahre zuvor war Vater Mutter ins Grab gefolgt und Großvater hatte es für das Beste gehalten mich auf das Knabeninternat von Loanhead zu schicken. Das erste Jahr auf der Schule war schrecklich und ich gewöhnte mich nur schwer ein. Dann, ein weiteres Jahr später, kam diese Erkältung, die keine war. Innerhalb einer Woche war ich gelähmt und bis heute bin ich an den Rollstuhl gefesselt.

Genau zu jener Zeit begann ich von Yonathan zu träumen. Er ist äußerlich das, was ich niemals sein werde: gesund und stark. Und er kann laufen! Seitdem habe ich mich oft gefragt, ob mein Traumbruder nicht von den Kräften zehrt, die mir immer mehr abhanden kommen; vor allem in den letzten Wochen, da ich öfter denn je das Bett hüten musste – was mich letztendlich auf diese alberne Idee brachte ein Tagebuch zu schreiben.

Ich kann mich noch genau erinnern: Vor acht Wochen, genauer gesagt am 12. September, machte Yonathan, mein Traumbruder (oder ich?), einen Streifzug durch die Wälder von Kitvar, seinem Heimatort. Ehe er sich versah, fiel er in ein Loch, den Eingang zu einem weitläufigen Höhlensystem, das sich bald als die Behausung eines Erdfressers entpuppte. Diese unangenehm gefräßige Bestie versuchte mich (oder ihn?) als Frühstück zu verspeisen, aber es gelang ihr nicht. Was mich rettete, war ein Stab, den ich kurz zuvor in der Höhle gefunden hatte. Er bestand aus rötlichem, gewundenem Holz, hatte einen goldenen Knauf mit vier verschiedenartigen Gesichtern darauf und eine goldene Spitze an seinem Ende. Aber was viel wichtiger war: Der Stab besaß übernatürliche Kräfte und verwandelte meinen Jäger, den Erdfresser, zu Asche.

In meinen Träumen wohne ich (das heißt, Yonathan) nicht in einem solchen Herrenhaus wie diesem hier, sondern in einer einfachen Fischerkate, die Navran Yaschmon gehört; er sorgt dort für mich. Navran erzählte mir nach meiner Heimkehr, daß der Stab Haschevet heiße, er sei der Amtsstab der Richter von Neschan. Diese Richter sorgen dafür, dass der böse Gott Neschans, Melech-Arez, und seine Diener, allen voran Bar-Hazzat, nicht die Oberhand über die Länder des Lichts gewinnen können. Weiterhin eröffnete mir Navran, dass der Stab dringend in die Hände des sechsten Richters, Goel, gelegt werden müsse und dass niemand anderer als ich selbst, der Yonathan meiner Träume, diese Aufgabe erfüllen könne. Der Grund war einfach: Jeder, der den Stab berührte, würde unweigerlich von seinem Feuer verzehrt werden. Ich sei von Yehwoh auserwählt und deshalb noch nicht zu Asche geworden.

In der gleichen Nacht wurde ich, Yonathan, von Benel, einem Boten Yehwohs des Allmächtigen, besucht und Navrans Worte wurden mir zu einem göttlichen Auftrag: Der siebte Richter, von dem verheißen sei, dass er den verheerenden Einfluss des Melech-Arez ein für allemal beseitigen würde, könne nur sein Amt antreten, wenn der Stab Haschevet in seine Hände überginge und mir obliege es, das Amtssymbol nach *Gan Mischpad,* in den Garten der Weisheit, zu tragen.

Es begann eine abenteuerliche Reise. Noch am nächsten Tag schiffte ich mich auf der *Weltwind* ein und segelte gen Süden. Auf dem Dreimaster lernte ich einen neuen Freund kennen, Yomi, der mir ein treuer Begleiter wurde. Vor den Klippen des Ewigen Wehrs kam es dann zu einer folgenschweren Begegnung. Wir trafen auf die *Narga,* das Schiff Sethurs, des Heerobersten von Bar-

Hazzat. Ohne Frage war Sethur auf der Suche nach dem Stab. In der darauf folgenden Jagd gingen Yomi und ich über Bord.

Wie durch ein Wunder wurden wir vor dem Ertrinken gerettet. Wir strandeten in einer Grotte, die durch Gänge und Höhlen mit dem Verborgenen Land verbunden war, das wir wenig später betraten. Es gibt Legenden, die behaupten, kein Mensch könne dieses Land betreten, aber Yomi und ich lernten den Fluch Yehwohs richtig verstehen: Es wurde uns gestattet das Verborgene Land zu durchwandern, um beim Südkammgebirge wieder in bekannte und besiedelte Gebiete zu gelangen.

Leider gelang es auch Sethur den Wall des Ewigen Wehrs zu überwinden. Er stellte uns nach und konnte uns schließlich sogar gefangen nehmen. Bei dieser Gelegenheit wurde mir die Macht des Stabes Haschevet auf erschreckende Weise bewusst. Er verbrannte Gavroq, einen Hauptmann Sethurs, wodurch Yomi und mir die Flucht gelang. Dabei gerieten wir in den Grünen Nebel, der jeden mit Wahnsinn schlägt, wenn er nur lange genug in ihm herumirrt. Zum Glück erschien ein unverhoffter Retter. Din-Mikkith war sein Name, ein seltsames grünes Wesen, halb Mensch, halb Eidechse, das uns in sein Baumhaus brachte und mich wieder gesund pflegte.

Bis dahin hatte der Yonathan meiner Träume seltsame Dinge mit mir angestellt. Teilweise hatte ich tagelang geträumt, ohne dass es mir bewusst wurde. Wenn ich dann wieder erwachte, schien nur ich allein den Verlust dieser Tage zu beklagen; alle anderen um mich herum behaupteten, die Zeit, die mir verloren schien, sei ohne erwähnenswerte Ereignisse verflossen.

Dann, als mein Traumbruder sich in Din-Mikkiths Baumhaus von den Folgen des Grünen Nebels erholte, geschah etwas Merkwürdiges. Ich erwachte eines Nachts – und konnte mich aus meinem Rollstuhl erheben! Ich stieg durch das Fenster meines Zimmers und landete bei Yonathan im Baumhaus. Dort sprach ich sogar mit ihm (mit mir selbst?). Später kehrte ich in mein Zimmer zurück und legte mich schlafen. Beim Erwachen am nächsten Morgen dachte ich, auch diese sonderbare Begegnung sei nur wieder ein Traum gewesen. Aber dann sah ich meinen Rollstuhl beim Fenster stehen – und ich lag im Bett. Nie hätten mich meine Beine diesen Weg tragen können – es sei denn, es hatte sich alles genauso zugetragen, wie ich es nur zu träumen glaubte.

Seit jener Nacht habe ich mich häufiger denn je gefragt, ob mein Traumbruder und ich nicht Spiegelbilder ein und derselben Wirklichkeit sind. Ich kann es schwer ausdrücken, aber irgendwie glaube ich, es gibt nur *einen* Jonathan. Und immer häufiger frage ich mich, wer von uns beiden der wahre, der echte ist.

Din-Mikkith begleitete uns durch das Verborgene Land hindurch. Wir überlebten den Ausbruch des Glühenden Berges, eines Vulkans, der mich (jetzt wieder Yonathan) auf unerklärliche Weise beunruhigte. Schließlich gelangten wir zum Tor im Süden, einem geheimen Ausgang aus dem Verborgenen Land, hoch oben im ewigen Eis.

Und dort trafen wir erneut auf Sethur. Es kam zu einem letzten Kampf. Beinahe hätte Sethur uns mit dem Trugbild eines Drachen überrumpelt, aber erneut half mir die Macht des Stabes Haschevet unseren Feind zu besiegen. Sethur wurde von einem Strom plötzlich geschmolzenen Eises hinweggeschwemmt. Für Yomi und mich aber kam die Stunde des Abschieds von Din-Mikkith, einem Freund, den man sich seltsamer und zugleich treuer kaum vorstellen konnte.

Nun sitze ich hier, über das widerspenstige Papier gebeugt, und frage mich, wie meine Träume weitergehen werden. Seit einem guten Monat wohne ich wieder auf *Jabbok House,* unserem Familiensitz, aber an die letzten zwanzig Tage kann ich mich überhaupt nicht erinnern. Yonathan oder meine Träume, wie immer man will, haben sie mir geraubt. Natürlich war ich beunruhigt darüber und habe Großvater aus irgendeinem Grunde versichert, dass ich ihn niemals verlassen würde, ohne ihm eine Nachricht oder zumindest ein Zeichen zu hinterlassen. Aber er hat nur gelächelt – so, wie es wahrscheinlich alle Großväter tun – und versucht mich zu trösten. ›Bald wird es dir wieder besser gehen‹, versprach er mir. Oh, wenn er mich doch nur verstehen könnte!

Immerhin hat Großvater mir inzwischen die erfreuliche Nachricht eröffnet, dass ich nicht mehr ins Knabeninternat zurückmuss. Wegen meiner Krankheit will er mir einen Privatlehrer suchen. Gerade heute stellte sich ein gewisser Mr. Dodger vor, ein Mann wie eine Bulldogge, der noch immer in der Vorstellung lebt, dass die Stärke Großbritanniens, die die Armeen einst mit ihrem Blut erkauft hatten, irgendwann wieder zurückkehren wird. Ich habe ihm einige unangenehme Fragen zu dem Blutvergießen des Großen Krieges gestellt und seine Antworten waren wohl selbst für Großvater zu heroisch, als dass er seinen Enkel einem solchen Mann anvertrauen mochte. Mr. Dodger ist noch heute Abend wieder abgereist.

Nachdem dieses Problem gelöst ist, kann ich jetzt wohl getrost zu Bett gehen. Ich muss unbedingt wissen, was Yonathan auf der anderen Seite vom Tor im Süden erleben wird.«

Jonathan schlug das Tagebuch zu und blickte seinen Großvater erwartungsvoll an.

Die dunklen Augen des Lords funkelten im Widerschein des Kaminfeuers. »Hast du wirklich das Gefühl, von mir nicht richtig verstanden zu werden?«

»Ich weiß ja, dass meine Träume alles andere als normal sind«, antwortete Jonathan. »Aber sie sind nun mal ein wichtiger Teil von mir selbst – vielleicht wichtiger als bei sonst irgendjemand.«

Der alte Lord nickte ernst. »Wenn sie für dich so wichtig sind, dann sind sie es auch für mich, mein Sohn. Sobald du mehr von deinem Traumbruder erfährst, musst du es mir unbedingt erzählen. Ich verspreche dir auch feierlich, dass ich dich nicht auslachen werde.«

I.

Auf dem Rücken eines Traumes

Abstieg

»Warum grinst du eigentlich so unverschämt?« Yonathan schlug die Augen auf, gähnte lange und streckte sich. Dann zuckte er die Achseln und meinte: »Weiß nicht, muss wohl irgendwas Lustiges geträumt haben.«

»Ich verstehe das nicht«, klagte Yomi. »Ich habe die ganze Nacht vor Kälte kein Auge zugetan und du schläfst wie ein Murmeltier – und lächelst auch noch dabei!«

»Vielleicht war ich in einer anderen Welt. Irgendwo, wo es wärmer ist als hier.«

Yomi musterte seinen jüngeren Gefährten, als sei er betrunken oder habe den Verstand verloren.

»Ach, nichts. Vergiss es einfach«, sagte Yonathan.

Nach dem kurzen, herzbewegenden Abschied von Din-Mikkith und Girith waren Yonathan, sein Masch-Masch und Yomi noch ein gutes Stück talwärts geklettert. Sie hatten sich vorgenommen die Schneegrenze noch vor Einbruch der Dunkelheit hinter sich zu lassen, um nicht während der Nacht im ewigen Eis zu erfrieren. Womit sie allerdings nicht gerechnet hatten, waren die Schwierigkeiten des Abstiegs.

Zunächst tasteten sie sich vorsichtig über eine Gletscherzunge aus grünlich schimmerndem Eis. Einem kurzen Anstieg folgte ein gefährlich abschüssiges Stück und dann schlitterten sie blind in die Wolkendecke hinein, die den Berg wie ein feuchter Schal umfing. Die Welt um sie herum war mit einem Mal unwirklich geworden. Auf wackeligen Beinen – die Anstrengungen der letzten Tage machten sich jetzt doch bemerkbar – stolperten sie an tiefen Spalten vorbei. Weil ihnen ihr Seil während der Auseinandersetzung mit Sethur abhanden gekommen war, hielten sie sich an den Händen; so würden sie sich wenigstens nicht verlieren. Selbst Gurgi, der Masch-Masch, spürte die Gefahr und kauerte bewegungslos in der Hemdfalte an Yonathans Brust.

Endlich, nach einem quälend langen Marsch, spürten sie wieder Steine und Geröll unter ihren Füßen. Der Bann des ewigen Eises war gebrochen. Wenig später blieb auch der Wolkenschleier hinter ihnen zurück. Aber die Sonne war inzwischen untergegangen. Der ersehnte Blick auf den glitzernden Golf von Cedan fiel somit vorerst aus. Dafür krochen Schatten aus der Dunkelheit wie riesenhafte Kröten. Nichts als Felsen oder Erdmulden, machte Yonathan sich Mut.

Seine Aufmerksamkeit war so von diesen drohenden Schemen gefesselt, dass er erst spät das laute Donnern des Gebirgsbaches bemerkte, der unter dem Eis hervorbrach. Dabei hob sich der von hellem Geröll gesäumte Wasserlauf deutlich von dem dunkleren Gras- und Moosbewuchs ab. Ganz in der Nähe brach er unter dem Eis hervor und nur etwa einen Bogenschuss weiter verlor er sich wieder in der Dunkelheit.

»Ich glaube, viel weiter werden wir heute nicht kommen«, brummte Yomi. »Bei dieser Dunkelheit ist es unheimlich schwer zu sehen, wohin man tritt.«

»Na wenigstens sind wir vom Eis. Hier ist es nicht mehr ganz so kalt wie da oben«, murmelte Yonathan, ohne das Bachbett aus den Augen zu lassen. »Mir scheint, da vorne geht's sowieso sehr steil bergab. Es hört sich jedenfalls so an, als würde der Bach dort ziemlich weit in die Tiefe stürzen.« Er deutete nach vorn, wo der Wasserlauf ihren Blicken entschwand. »Wir sollten Yehwoh danken, dass wir heil bis hierher gekommen sind. Die Kletterei, die da vor uns liegt, nehmen wir uns lieber für morgen früh vor, wenn es wieder hell ist.«

Yomi nickte.

Vorsichtigen Schrittes überquerten die beiden Freunde Geröll, Grasflecken und glitschige Felsplatten, bis schließlich eine steile Wand dicht vor ihnen aufragte. Irgendwo in der Nähe fing sich heulend der Wind wie in einem Kamin. Das kraftvoll vorwärts drängende Wildwasser stürzte knapp außerhalb ihrer Sichtweite in eine dunkle Klamm. Dort traf es auf einen Luftstrom, der es wütend packte und wie ein Fischernetz über die beiden einsamen Wanderer schleuderte.

»Ein ziemlich ungemütliches Plätzchen hier«, meinte Yomi und zog seinen Umhang enger. »Und der Bach gefällt mir auch nicht. Er ist so unheimlich … Irgendetwas stimmt nicht mit ihm.«

Yonathan deutete auf einen schwarzen Spalt, der sich von den weniger dunklen Felswänden abhob. »Schau, da! Das könnte etwas für unser Nachtlager sein.« Ohne zu zögern, machte er sich auf den Weg.

»Ich weiß nicht …« Yomi folgte nur widerwillig.

»Hast du eine bessere Idee?«

»Nein.«

Der Lagerplatz war gar nicht so übel, wenn auch nicht so bequem wie jene Höhlen, die Din-Mikkith immer wieder mit findigem Blick entdeckt hatte. Zumindest ließ dieser Felsspalt kaum Wind eindringen und der moosige Untergrund war sogar einigermaßen trocken.

Kein Wunder also, dass die beiden am nächsten Morgen erst erwachten, als die Sonne schon mehr als zwei Handspannen über dem Horizont stand. Und sie hätten vermutlich noch länger geschlafen, wenn da nicht diese auffallende Stille gewesen wäre.

Yomi setzte sich auf und lauschte. Tatsächlich, irgendetwas fehlte! Diese Ruhe war so unangenehm, so fremdartig, dass er misstrauisch wurde. Er sprang auf die Beine und eilte zur Mündung der Felsspalte, um nachzuschauen, was da nicht stimmte.

Mit hängendem Kopf kehrte er zum Schlafplatz zurück und ließ sich kraftlos niedersinken. Er fühlte sich schlecht. Jeder Knochen im Leibe tat ihm weh. Seine Nase lief – er hatte sich eine

Erkältung eingefangen. Das Nachtlager war zwar windgeschützt und einigermaßen trocken, aber die Kälte hatte es wohl doch nicht gänzlich fern halten können. Yomis Stimmung sank. Er warf einen Blick auf den schlafenden Freund: Yonathan schlummerte – lächelnd! – wie ein sattes Baby.

»Fällt dir nichts auf?«, fragte Yomi, nachdem er Yonathan geweckt hatte. »Hör doch mal!«

»Nein. Was soll ich denn hören?«, erwiderte Yonathan, der aus den Augenwinkeln eine leise Bewegung wahrnahm.

Gurgi blinzelte aus dem leeren Köcher, der Yonathan eigentlich als Transportbehältnis für den Stab Haschevet diente. Der Masch-Masch hatte den Wert des röhrenförmigen Futterals für seine eigenen Zwecke entdeckt: als Schlafhöhle. Gurgi plumpste rücklings vom Köcher, kugelte über die moosbedeckte Erde, hockte sich schließlich auf die Hinterbeine und schloss sich dem angestrengten Lauschen der beiden Freunde an.

Yomi versuchte unterdessen, Yonathan seine Beobachtungen mitzuteilen. »Hörst du nicht dieses Geräusch … oder besser, das *Nicht*-Geräusch? Es ist einfach *unheimlich* still!«

Yonathan lauschte. »Der Wasserfall!«, rief er plötzlich.

»Genau. Er ist weg!«

»Er ist weg? Aber wie …?«

»Keine Ahnung. Vielleicht hat ihn jemand in der Nacht geklaut, als wir schliefen. Mir hat dieser Bach von Anfang an nicht gefallen.«

Yonathan runzelte die Stirn, rappelte sich auf und ging zum Eingang des Felseinschnitts. Die Hände auf den Stab Haschevet gestützt, nahm er die Hochebene in Augenschein – und staunte. Der gestern noch reißende Wildbach war zu einem leise murmelnden Bächlein geworden.

»Was sagst du jetzt, mein kleiner, kluger Freund?«, fragte Yomi aus dem Hintergrund.

»Ich weiß nicht«, murmelte Yonathan. »Ich muss darüber nachdenken.« Zielstrebig schritt er auf die Stelle zu, an der das Flussbett im Nichts endete. Yomi folgte.

Dann standen sie an einer Felskante, die den Blick in eine schmale, aber Schwindel erregend tiefe Klamm freigab. Noch immer heulte der Wind in der Kluft. Doch jetzt tröpfelten nur kleine Wassermengen hinunter, die den Grund des bleigrauen Schlundes wohl kaum erreichten.

Yonathan hatte eine Idee.

»Ich glaube, ich weiß jetzt, wer das Wasser des Baches gestohlen hat«, verkündete er.

»So? Na, da bin ich aber unheimlich gespannt.«

»Komm mit!«

Als die beiden Freunde sich wieder ein Stück von der ungemütlich feuchten Stelle zurückgezogen hatten, erklärte Yonathan: »Überleg doch mal, Yo. Wodurch wird das Tor im Süden bewacht?«

»Durch die Sonne«, erwiderte Yomi achselzuckend. »Sie wird von den Felswänden zurückgeworfen und verwandelt das herauslaufende Wasser in Dampf. Niemand kommt durch, ohne wie ein Aal gekocht zu werden.«

»Und in der Nacht?«

»Sobald die Sonne weg ist, friert das Loch in der Felswand zu. Kein Wasser – aber auch kein Mensch! – kommt mehr durch … Du meinst …?«

»Genau. Das Wasser fließt zur anderen Seite, nämlich hier den Berg hinab und wahrscheinlich irgendwo da unten in den Golf von Cedan.«

»Jetzt wird mir einiges klar. Deshalb kam mir das plötzliche Anschwellen des Baches gestern Nacht so seltsam vor. Tagsüber plätschert er ziemlich unauffällig dahin, aber des Nachts wird aus ihm ein unheimlich reißendes Gewässer.«

»Ich denke, so muss es sein! Genau dort hinunter führt uns unser Weg.« Yonathan deutete mit dem Daumen über die Schulter, dorthin, wo sich das Bächlein in immer neuen Anläufen in die Klamm hinabstürzte, ohne je den Grund zu erreichen.

»Wir müssen also wieder mal klettern«, stellte Yomi erfreut fest.

Yonathan lächelte säuerlich, während Bilder von glitschigen Felsvorsprüngen und unberechenbaren Windböen an ihm vorbeizogen. »Ich freue mich, dass du es so leicht nimmst.«

Der Abstieg war beinahe ebenso schwierig wie der Gang über das Gletschereis tags zuvor. Über einen schmalen Grat, den Yomi nach einigem Suchen entdeckt hatte, gelangten die beiden Gefährten in die Klamm. Graue, feuchte Gesteinsbrocken, von denen man nie wusste, ob sie nachgeben würden, bildeten die Stiege, an der Yonathan und Yomi talwärts kletterten. Hier und da schmiegten sich dicke Mooskissen in Furchen und Mulden. Nach ungefähr einer Stunde zeigten sich erste kleine, krumme Bäumchen, die sich an fast senkrechten Wänden festkrallten und ihre Blätter und Nadeln von dem stetigen Sprühwasser des herabstürzenden Baches benetzen ließen.

Was den Pflanzen das Leben ermöglichte, war für die Kletterer eine Qual. Bald waren sie durchnässt bis auf die Haut. Zum Glück hatte der Morgen die schneidende Kälte der Nacht vertrieben und mit jedem Schritt abwärts stiegen die Temperaturen.

Endlich wurde das Gelände flacher. Bald konnten die Freunde beim Hinabsteigen auf die Hilfe der Hände verzichten. Yonathan zog Haschevet wieder aus dem Walhautfutteral, in dem er ihn während der Klettertour verwahrt hatte. Er konnte nichts Verkehrtes dabei finden, das geachtete Amtszeichen der Richter Neschans als Wanderstab zu benutzen. Die hakenförmige Adlernase an Haschevets goldenem Knauf diente ihm als praktische Kletterhilfe, die sich wunderbar in Ritzen und Spalten festhaken ließ. Wundersamerweise litt weder das Holz noch das blank polierte Edelmetall unter all diesen Beanspruchungen.

»Ich glaube, jetzt haben wir das Schlimmste überstanden«, meinte Yomi, die Arme in die Hüften gestemmt und den Blick zurück gerichtet.

»Ja, kaum zu glauben, dass wir da heruntergekommen sind.«

»Ich bin gespannt, was uns als Nächstes erwartet. Willst du eine Pause einlegen?«

Yonathan schaute nach Süden, wo die Wände der Klamm weit zurücktraten. »Nein, lass uns noch ein Stück gehen.«

Während die beiden sich ihren Weg über ein mit riesigen Trümmern übersätes Geröllfeld suchten, gesellte sich ihnen ein kleiner Wasserlauf zu. Anfangs war es nur ein Rinnsal, aber allmählich wuchs das schmale Wasserband wieder zu jenem kräftigen Wildwasser an, dessen Verschwinden ihnen oben auf der Hochebene so viel Kopfzerbrechen bereitet hatte.

Es dauerte nicht lange, da wurde der Pfad flacher. Der Gebirgsbach schlängelte sich jetzt durch hohe Wiesen, die im warmen Südwestwind wogten wie die Dünung des Meeres nach einem heftigen Sturm. Überall summten Insekten und in sicherem Abstand zeigte sich eine Herde wilder Bergziegen. Yonathan und Yomi kamen gut voran. Die würzig duftende Luft streichelte sie wie ein warmer, weicher Umhang und ein Gefühl der Hochstimmung verlieh ihnen Flügel.

Und dann waren sie doch überrascht, als sich ihnen hinter einer Wegbiegung plötzlich der lang ersehnte Ausblick öffnete: Der Golf von Cedan lag ihnen zu Füßen. Seine Fluten glitzerten tief unten wie ein Meer von Diamanten. Ein wahrhaft schöner Herbsttag, der die beiden Wanderer aus dem Verborgenen Land mit diesem atemberaubenden Anblick willkommen hieß!

Yonathan musste an seinen Pflegevater, Navran, und an das Städtchen Kitvar denken. Und an den Schnee, der zu dieser Zeit, mitten im Monat Bul, längst die Klippen, Wiesen und Wälder mit einer dichten, weißen Decke überzog. »Es ist wunderschön!«, sagte er nach einer Weile seligen Staunens.

»Wir haben unheimlich Glück mit dem Wetter«, gab Yomi ihm Recht. Seine Stimme klang nüchterner. Er wurde von Kopfschmerzen und einer verstopften Nase geplagt.

»Ich habe gehört, dass es in den Ländern rund um den Golf so gut wie nie Schnee gibt.«

»Das stimmt. Dafür ist die See jetzt im Herbst meist ziemlich stürmisch. Die Kapitäne überwintern mit ihren Schiffen in sicheren Häfen und warten den Frühling ab. Kaldek war schon spät dran, als er in Kitvar einlief. Aber er hatte sich in den Kopf gesetzt unbedingt noch Cedanor anzulaufen, bevor die großen Stürme beginnen.«

»Vielleicht hat er es ja noch irgendwie geschafft Sethur zu entkommen.«

»Bestimmt. Mein Vater ist ein unheimlich zäher Bursche. So schnell gibt *der* nicht auf.«

Ob Yomi so ganz an das glaubte, was er sagte? Als er und Yonathan in schwerer See über Bord gegangen waren, hatte die Verfolgungsjagd zwischen der *Weltwind* Kaldeks, seines Adoptivvaters, und Sethurs Schiff, der *Narga,* gerade ein dramatisches Stadium erreicht. Zwar schien die Gefahr vorübergehend gebannt, nachdem der Großmast des schwarzen Schiffes geborsten war, doch der wütende Sturm hatte auch der *Weltwind* empfindlich zugesetzt. Konnte man für sie und ihre Besatzung wirklich das gleiche Glück erhoffen, das ihn und Yonathan gerettet hatte? War es nicht ein Wunder, dass sie in einer Grotte im Ewigen Wehr gestrandet waren, einen Weg mitten durch das Felsmassiv gefunden und noch dazu einen Eingang in das Verborgene Land entdeckt hatten?

»Komm, lass uns eine Rast machen«, unterbrach Yonathan die sorgenvollen Gedanken seines Freundes. »Wir müssen zu Kräften kommen, wenn wir bald das Meer erreichen wollen.«

Nach einer kurzen Erholungspause setzten die beiden ihren Marsch fort. Sie folgten dem Bachlauf und hatten immer die endlose Ausdehnung des Golfs von Cedan vor Augen. Bald erreichten sie ein Gehölz aus Bergkiefern, krummes, niedergebücktes Knieholz nur. Doch je tiefer sie kamen, desto mehr richteten sich die Bäume auf und bildeten nach und nach einen ansehnlichen Wald.

Als die blutrote Sonne am westlichen Horizont in den Fluten des Golfs versank, wählten Yonathan und Yomi eine kleine Waldlichtung zu ihrem nächtlichen Lagerplatz. Zwischen den kräftigen Stämmen hindurch schimmerte das Wasser. Nur ein leichtes

Kräuseln warf feurig rote Funken nach Osten, von wo die Nacht heraufzog. Während sie Beeren kauten, die sie unterwegs aufgelesen hatten, beobachteten die beiden Freunde, wie sich der Himmel zunächst violett, dann tiefblau und schließlich silbern färbte.

»Heute ist Vollmond«, bemerkte Yonathan.

»Vielleicht ein gutes Zeichen«, entgegnete Yomi, während er ein Lagerfeuer in Gang brachte.

»Wie kommst du darauf?«

»Die Seeleute glauben, dass bei Vollmond die Kräfte des Guten diejenigen des Bösen besiegen. Und wir können ein wenig Glück gebrauchen.«

»Mond und Glück sind zwei recht launische Helfer.« Yonathan beobachtete eine Weile, wie Gurgi sich an einem Kiefernzapfen zu schaffen machte. Sie kullerte den Zapfen hin und her, knabberte ein wenig daran, ließ ihn liegen, um sich sogleich wieder auf ihn zu stürzen. »Hast du eine Idee, wie wir von hier nach Cedanor kommen sollen?«

Yomi zuckte die Achseln. »Ich zerbreche mir schon die ganze Zeit den Kopf darüber. Wenn wir nicht wandern wollen, dann wird es wohl nur eine Möglichkeit geben. Es heißt, hier am Südkamm gäbe es etliche Piratennester.«

»Piraten? Stimmt. Ich habe davon gehört.« Yonathan gefiel dieser Gedanke nicht. »Glaubst du denn, es ist eine gute Idee sich Dieben und Strolchen anzuvertrauen?«

»Eine ›gute Idee‹? Nein, bestimmt nicht! Aber weißt du eine bessere? Wir haben den Monat Bul. In einer selbst gebauten Nussschale werden wir zu dieser Jahreszeit kaum bis nach Cedanor kommen.«

Yonathan grübelte schweigend. Ihm gefiel keine der genannten Möglichkeiten.

Friedhof der Schiffe

Das Wetter am nächsten Morgen war nicht mehr so klar. Ein böiger Wind trieb die Wasser des cedanischen Golfes vor sich her wie ein Rudel hungriger Wölfe eine Herde Schafe. Das Blau des Himmels war mit grauweißen Wolken gespickt.

Yonathan hatte nicht besonders gut geschlafen. Immer wieder war das Bild Sethurs vor seinem geistigen Auge aufgetaucht: wie er in der wabernden Masse aus schmelzendem Eis versank, wie er zornig seinen Fluch herausschrie und wie seine Augen trotzdem das Entsetzen vor dem nahen Tod nicht verbergen konnten … Wie auch immer, Sethur war ein Knecht des Bösen gewesen. Aber war er nicht auch ein Mensch? Hatte die Liebe zum Guten nicht versagt, wenn sie zu solchen Mitteln greifen musste?

Die frische Brise vom Meer besaß eine reinigende Kraft. Mit jeder Meile, die unter Yonathans Füßen dahinschmolz, wehte sie die düsteren Gedanken aus seinem Kopf und seine Stimmung stieg. Im Laufe des Vormittags erreichten sie den schmalen Küstenstreifen. Der Bach, dem sie die ganze Zeit über gefolgt waren, setzte seinen Lauf jedoch zunächst in östlicher Richtung fort; die beiden Wanderer beschlossen dem launischen Weggefährten noch eine Weile Gesellschaft zu leisten.

Die Landschaft hier, an der nördlichen Küste des Golfs, unterschied sich in vielerlei Hinsicht von derjenigen Kitvars. Dort fielen schroffe Felsklippen steil ins Wasser des Nordmeeres, hier gab es einen schmalen Küstenstreifen mit Stränden, die sanft ins Meer glitten. Zu Hause sorgte der beständige Westwind für einen immer währenden Wechsel aus Regen und Sonne; das Land war grün, die Böden schwarz und schwer. Hier dagegen mussten die Sommer lang und heiß sein: Überall sah man braune, verdorrte Pflanzen. Pinien gruben ihre Wurzeln in den hellen, sandigen Boden. Mit ihren hohen, kahlen Stämmen und den schirmförmigen Kronen prägten sie das Bild einer Landschaft, die so gut wie unbewohnt war.

Die Menschen scheuten die Nähe des Verborgenen Landes, dessen Bewohner einst durch Yehwohs Fluch vertrieben worden waren. Jahrhunderte hatten das Ihrige getan; gleich einer Spinne hatten sie das Gebiet jenseits des Südkamms in ein dichtes Netz aus Legenden eingesponnen. Einige glaubten fliegende Ungeheuer würden den Südkamm nachts überqueren, auf der Suche nach Beute: Vieh oder gar Menschen. Andere, die etwas zu verbergen hatten, überwanden ihre Ängste und suchten gerade dort Unterschlupf, wo sie glaubten vor ihren Verfolgern sicher zu sein.

»Vor zwei Jahren sind wir mal von einem Piratenschiff aufgebracht worden«, bemerkte Yomi beiläufig. Die beiden Freunde waren eine ganze Zeit schweigend nebeneinanderher gegangen.

Yonathan schaute zu seinem größeren Gefährten hinauf und erwiderte: »Ich denke, Piraten bringen alle um, die sie auf ihren Raubzügen in die Hände kriegen.«

»Nicht alle sind so«, schränkte Yomi ein. »Aber es war trotzdem ziemlich schlimm. Eigentlich hätten sie sehen müssen, dass bei uns nichts zu holen war – die Piraten meine ich. Die *Weltwind* hatte keinen Tiefgang. Unsere ganze Ladung war in Meresin gelöscht worden. Kaldeks Geschäftspartner hatte ihn im Stich gelassen. Deshalb mussten wir leer wieder nach Cedanor zurücksegeln.«

»Und dann seid ihr überfallen worden? Ich dachte immer, die Piraten halten sich aus diesen Gewässern fern, weil dort die Kaiserliche Marine patrouilliert.«

»Das dachte Kaldek auch. Aber der vorangegangene Winter war ziemlich stürmisch gewesen, schlecht, um Beute zu machen. Ihr Hunger war größer als ihre Vorsicht und so wagten sie sich im Schutze des Nebels bis in die Gewässer vor Meresin. Jedenfalls tauchten sie ziemlich unerwartet vor uns auf.«

»Hast du nicht Angst um dein Leben gehabt?«

»Und ob! Aber irgendwie war ich auch … gefesselt von diesen merkwürdigen Männern. Ja, das waren sie: ungeheuer merkwürdig. Als sie unseren Laderaum untersucht und außer einigen Rationen Trockenfisch nichts gefunden hatten, führten sie sich auf wie toll. Sie brüllten die schlimmsten Flüche, tobten herum, zerschlugen ein paar Deckaufbauten und steckten nebenbei einige wertlose Gegenstände ein. Ich fürchtete schon, als Nächstes würden sie uns allen die Hälse durchschneiden, aber daran dachten sie gar nicht. Wie es aussah, wollten sie nur randalieren. Nur ein Einziger – etwa so alt wie ich – war auf ihrem Schiff zurückgeblieben. Er stand an der Reling und schaute zu uns herüber. Es sah so aus, als täte ihm Leid, was seine Leute da auf unserer *Weltwind* anstellten. Aber das war natürlich Unsinn. Wahrscheinlich wurmte es ihn nur sich nicht an dem Entergang beteiligen zu dürfen. Auf alle Fälle verschwanden die Piraten kurz darauf wieder im Nebel, genauso plötzlich, wie sie gekommen waren.«

»Da warst du sicher froh, nicht wahr?«

»Nein. Unter den vielen ›wertlosen‹ Dingen, die sie mitgenommen hatten, befand sich etwas, das für mich – für mich ganz allein! – ungeheuer kostbar war.«

»Ich verstehe, was du meinst. Es hatte für dich einen hohen ideellen Wert.« Yonathan konnte mit Yomi mitfühlen. Unbewusst wanderte seine Hand zur Flöte an seiner Brust. Nach einiger Zeit konnte er seine Neugierde nicht mehr zurückhalten. »Was haben sie dir denn gestohlen?«

Yomi lächelte, fast entschuldigend. »Den Milchkrug.«

»Welcher …? Etwa der Krug, den dir deine Mutter gab, als sie dich in dem Loch in eurem Stall versteckte?«

»Genau der. Für diese verrückten Piraten war er sicher nichts wert. Aber *mir* bedeutete er sehr viel! Er war das letzte Erinnerungsstück an meine Eltern.«

Yonathan schaute auf den Stab in seiner Rechten. Er musste an die *Erinnerung* denken, Haschevets Gabe des vollkommenen Gedächtnisses. »Ich kann mir vorstellen, was das für dich bedeutet hat«, sagte er und wünschte, mehr für seinen Freund tun zu können.

Statt einer Antwort warf sich Yomi plötzlich und ohne vorherige Ankündigung zu Boden. »Pst!«, zischte er. »Duck dich! Schnell!«

Yonathan, dem das Ganze ein wenig befremdlich erschien, kam der Aufforderung nur zögernd nach. »Was ist denn los?«, fragte er, während seine Augen die Gegend absuchten.

»Da drüben, dicht beim Strand.«

In Gedanken verlängerte Yonathan die Linie von Yomis ausgestrecktem Arm. Dann schüttelte er den Kopf. »Ich sehe nur das Wrack eines gestrandeten Seglers.«

»Eben«, entgegnete Yomi. »Fällt dir an dem Schiff nichts auf?«

Yonathan gab sich alle Mühe: Ein gestrandetes Schiff ist nichts Besonderes in einer Gegend, in der Freibeuter ihr Unwesen treiben. Er hatte schon oft davon gehört, dass es an dieser Küste Piratendörfer gab, die ausschließlich vom »Schifffang« lebten. Ihre Beutezüge folgten alle dem gleichen Muster: In stürmischen Nächten entzündeten sie Irrlichter und lockten damit die ahnungslosen Segler auf Sandbänke oder Felsenriffe. War eine Beute erst einmal gesichert, wurden zunächst die Zeugen beseitigt und gleich darauf die Ladung. Die Schiffe überließ man den Naturgewalten, bis nur noch bleiche Gerippe übrig blieben oder nicht einmal das.

Das war's! Jetzt bemerkte Yonathan, was Yomi meinte. Das Schiff ragte halb hinter einem Hügel hervor. Nur sein Bug bis hin zu dem schräg nach vorn verlaufenden Spriet war zu sehen. Es lag im Sand, als schwömme es im Wasser. Für ein gestrandetes, sich selbst überlassenes, verrottendes Schiff sah es jedoch bemerkenswert intakt, ja beinahe seetüchtig aus.

»Es scheint noch sehr gut erhalten zu sein«, sagte Yonathan. »So wie es daliegt, könnte man glauben, jemand hätte es dorthin gezogen und schön gerade in den Sand eingegraben, damit es auch ja nicht umkippen kann.«

»Und warum könnte jemand so etwas tun?«

Yonathans Augen leuchteten und gleichzeitig spürte er das bekannte Kribbeln auf der Kopfhaut. »Glaubst du etwa, dass das ein Unterschlupf ist, eine Hütte … ein Piratennest?«

»Genau das denke ich.«

»Und was sollen wir jetzt tun? Einfach hingehen und allen Frieden wünschen oder uns so schnell wie möglich davonschleichen?«

»Ich bin mir selbst nicht ganz sicher. Es könnten Strandpiraten sein und die sehen es ziemlich ungern, wenn ein Fremder von ihrem Versteck erfährt.«

»Also versuchen wir unbemerkt um das Schiff herumzuschleichen.«

»Das wäre aber sehr unhöflich, wo die netten Piraten doch so gastfreundlich sind!«, ließ sich eine raue Stimme in ihrem Rücken vernehmen.

Yonathan und Yomi fuhren gleichzeitig herum. Hinter ihnen, nur etwa sechs Schritte weit entfernt, stand ein untersetzter Mann mit schwarzem, verfilztem Bart, schütterem Haupthaar und breit grinsender Visage. Wo Yomi den Vorteil eigener Erfahrungen genoss, konnte Yonathan nur auf Jahrmarktsgeschichten zurückgreifen. Dennoch kamen beide zu demselben Schluss: ein Pirat!

Hinter dem Anführer mit der rauen Stimme drückten sich noch drei weitere Gestalten herum. Ihr Auftreten war zwar schweigsamer, aber nicht beruhigender. Jeder von ihnen hielt einen krummen, schartigen, aber bedrohlich aussehenden Säbel in der Hand.

Selbst Gurgi spürte die angespannte Stimmung und vergrub sich tief in Yonathans Hemdfalten. Yonathan und Yomi durchblitzte derselbe Gedanke. Gleichzeitig wirbelten sie herum – und erstarrten sogleich wieder. Von überall her tauchten plötzlich neue Säbelträger auf. Sie schossen aus Erdsenken hervor, wuchsen aus Büschen und Bäumen oder entfalteten sich sonstwoher. Und keiner von ihnen sah Vertrauen erweckender aus als der Anführer mit dem Haarwuchsproblem.

Der hatte inzwischen aufgehört zu grinsen und musterte Yomi mit einem misstrauisch-forschenden Blick. »Was ist mit deinem Gesicht los? Hast du dich angemalt, um damit deine Feinde zu erschrecken, oder bist du krank? Sprich!«

Yonathan hielt den Atem an. Der bärtige Pirat hatte auf Anhieb

Yomis wundesten Punkt gefunden. Die Verfärbung, die noch von ihrer Begegnung mit dem Baum Zephon stammte, wollte nur sehr zögerlich abnehmen. Yomi reagierte in letzter Zeit immer gereizter, wenn man ihn darauf ansprach.

Mit Sorge beobachtete Yonathan seinen Freund. Yomis Kiefer mahlten und seine Augen funkelten bedrohlich. Jetzt ein unüberlegtes Wort und der ganze Piratenhaufen würde mit seinen schartigen Säbeln über sie herfallen!

»Eher Letzteres«, brach Yonathan deshalb das gefährliche Schweigen. »Es ist so eine Art Krankheit.«

In den Mienen der Piraten zeigten sich Ekel und Furcht. »Ist es etwa ansteckend?«, fragte der Anführer besorgt und trat vorsichtshalber einen Schritt zurück.

»Wer kann das wissen?«, orakelte Yonathan.

Inzwischen hatte sich Yomi wieder im Griff. Er wandte sich dem gestrandeten Schiff zu, beschirmte die Augen mit der Hand und meinte nach einer Weile: »Ziemlich erstaunlich, dass die alle in *einem* Schiff zusammenwohnen, ohne sich ständig zu streiten.«

Es gelang ihm jedoch nicht, durch seine zwanglose Art die Atmosphäre zu entspannen. Yonathans Andeutungen hatten für eine feindselige Distanz gesorgt; niemand verspürte Lust sich eine entstellende Krankheit zuzuziehen.

»Los, da lang!«, grunzte der Schwarzbart.

Yomi zuckte die Achseln. »Tun wir lieber, was er sagt«, wandte er sich an Yonathan. »Vielleicht ist es ja ein gutes Zeichen, dass sie uns nicht gleich hier umbringen.«

Yonathan konnte wenig Trost in diesen Worten finden. Er ärgerte sich vielmehr über seine eigene Dummheit. Schließlich war da doch dieses wohl bekannte Prickeln gewesen, als Yomi ihn auf das gestrandete Schiff aufmerksam machte. Der Stab Haschevet hatte ihn doch nicht zum ersten Mal auf diese Weise gewarnt, wenn Gefahr in Verzug war.

Ein harter Stoß in den Rücken trieb ihn vorwärts; fast nahm ihn Yonathan mit Dankbarkeit auf, als gerechte Strafe für seine Unachtsamkeit.

Inzwischen waren sie so lückenlos umringt, dass allein der Gedanke an Flucht lächerlich erschien. Trotzdem ließen die Piraten genügend Spielraum, um einen direkten Kontakt mit dem Träger der seltsamen Hautkrankheit zu vermeiden. Tatsächlich glaubte Yonathan, hinter den entschlossenen Mienen auch so etwas wie Furcht, Misstrauen und Neugier auszumachen. Nicht wenige Blicke ruhten gierig auf dem goldenen Knauf Haschevets – ein Umstand, der Yonathan wenig gefiel.

Während sich die Schar aus etwa dreißig Piraten und zwei Gefangenen dem Fuß des Hügels näherte, hinter dem das Schiff im Sand lag, nutzte Yonathan die Zeit seine Gastgeber etwas eingehender zu mustern.

Dieser Haufen unterschied sich gründlich von demjenigen Sethurs, dem er und Yomi vor über einem Monat in die Hände gefallen waren. Der Heeroberste Bar-Hazzats besaß eine Truppe, die diszipliniert, gut ausgerüstet und erst zuletzt wild und blutrünstig war. Bei diesen Männern hier schienen die »Qualitäten« eher umgekehrt verteilt zu sein. Sie waren einfach eine wilde Bande von Halsabschneidern. Sie trugen weite Woll- oder Leinenhosen und Riemensandalen, manche (vermutlich die im Stehlen etwas erfolgreicheren) sogar Lederstiefel, schmutzige Hemden oder lederne Wämser. Viele stellten ihre entblößten Oberarme zur Schau, wohl aus Eitelkeit, denn viele Narben bedeckten die nackte Haut – Narben, die nicht etwa vom Kampfe herrührten, sondern solche, die absichtlich und in phantasievollen Mustern in die Haut geritzt worden waren. Die meisten trugen breite Ledergürtel; keine Frage, dass sie hierauf besonders stolz waren, wie Sethurs Männer auf ihre kostbaren témánahischen Säbel.

Als Yonathan und Yomi den Hügel umschritten, der bis dahin den Blick auf das Heck des »Wohnschiffes« versperrt hatte, erlebten sie eine neue Überraschung: Der halb im Sand liegende Segler war nur der erste einer ganzen Flotte von festgefahrenen Schiffen. Vor ihnen wölbte sich eine nicht allzu große Bucht landeinwärts, in der beinahe zwanzig Segelschiffe – von der einmastigen Nef bis hin zu zwei großen, dreimastigen Hulks – zu ihrer letzten Ruhe gebettet lagen, ein regelrechter Schiffsfriedhof.

»Da staunt ihr, nicht wahr?«, brüllte der Pirat mit dem dünnen Haarkranz. Er hatte die erstaunten Blicke seiner beiden »Gäste« bemerkt. »Wir haben's doch richtig gemütlich hier. Und ihr wolltet so einfach vorbeiziehen, ohne uns wenigstens allen Frieden zu wünschen.« Er lachte mit erschreckender Lautstärke und zeigte dabei sein lückenhaftes, gelblich schwarzes Gebiss. Seine Kumpanen stimmten in das grölende Gelächter ein.

Yonathan und Yomi wechselten einen Blick und setzten ihren Weg in das Innere des ungewöhnlichen Piratendorfes fort. Die Gruppe ihrer Bewacher vermehrte sich auf wundersame Weise. Immer mehr Neugierige – vorwiegend jüngeren Alters – schlossen sich der Eskorte an.

Erst jetzt bemerkten die beiden Gefangenen, dass sich auch der Bach, dem sie seit dem Verlassen des Tores im Süden gefolgt waren, mitten durch die daliegenden Schiffsleichen schlängelte und dahinter ins Meer mündete. Nicht alle Schiffswracks lagen so gerade und so intakt im Sand, wie das zuerst erspähte. Einige waren umgekippt, von anderen zeugten nur noch die ausgebleichten, gleich abgenagten Rippen aufragenden Spanten.

Mitten in dem Piratennest gab es so etwas wie einen Dorfplatz, dessen östliche und westliche Begrenzung die zwei großen Hulks bildeten. Der Wortführer der Piraten ließ Yonathan und Yomi in der Obhut seiner Kameraden zurück, während er selbst auf einen der beiden Dreimaster zuhielt. Dort arbeitete er sich eine Strickleiter empor und verschwand hinter der Reling.

Die beiden Gefangenen sahen sich inzwischen einer interessierten Dorfgemeinschaft von beachtlicher Größe gegenüber. Ganz im Gegensatz zu dem landläufigen Bild des raubenden und mordenden Piraten gab es hier auch Frauen – und nicht wenige! Diese Wächterinnen heimischer Kombüsen waren das genaue Gegenstück zu ihren berufstätigen Gatten: Sie sahen kaum freundlicher oder sauberer aus und waren ebenso zerlumpt. Hier und da lugten kleinere Ausgaben dieses Menschenschlags zwischen mütterlichen Armen und Beinen hervor, offenmäulige Beobachter, denen nichts entging. Halbwüchsige legten mehr Sachverstand an den Tag und konzentrierten ihre Aufmerksamkeit vor allem auf den Stab, den Yonathan mit festem Griff umklammert hielt.

Der Kreis der Schaulustigen zog sich immer enger. Vereinzelte Warnungen ob der so unnatürlich beschaffenen Gesichtsfarbe des größeren »Gastes« blieben ungehört.

»Ungeheuer raffiniert«, erklärte Yomi beinahe bewundernd.

»Wovon redest du?«, zischte Yonathan nervös.

»Dieser Unterschlupf. Von der See aus würde niemand diesen Haufen von Wracks für ein Piratennest halten. Im Gegenteil. Jeder dächte, das Meer sei hier besonders tückisch und würde sich fern halten, um nicht auf irgendwelche Klippen aufzulaufen.«

Yonathan war verwirrt. Sein großer Freund, der sonst hinter jedem Busch eine Gefahr witterte, dem jede Ungewissheit Anlass zum Unken bot, interessierte sich nun für die strategische Anlage von Piratendörfern. Genügte Yomi denn die *eine* Erfahrung nicht, die er mit den Räuberbanden der See gemacht hatte? Yonathan versuchte, sich von der aufkommenden Panik nichts anmerken zu lassen, als er zwischen den Zähnen hervorpresste: »Sag mir lieber, was ich tun soll, wenn einer von denen da versucht mir den Stab wegzunehmen.«

Yomi schaute auf Yonathan herunter. »Ich schätze, wir können gar nichts tun.« Er hob die Schultern. »Außerdem wird es bestimmt nicht mehr als einer versuchen – wenn er sich in Asche verwandelt hat, meine ich.«

»Du machst mir Spaß. Und wenn sie dann mit ihren Spießen nach uns werfen?«

»Oh, daran hatte ich nicht gedacht.«

In der Menge entstand Bewegung, dort, wo die große Hulk stand, die der Schwarzbärtige kurz zuvor erklommen hatte. Jetzt kehrte er zurück. Er verdrängte die Menschenleiber wie ein voll beladenes Handelsschiff das Bugwasser und gab damit einer anderen, noch imposanteren Erscheinung Gelegenheit sich ungehindert den beiden Gefangenen zu nähern. Der Unbekannte baute sich breitbeinig vor Yonathan und Yomi auf, die sich beeindruckt zeigten von der perfekten Kugelform des Piraten. Aber das Interesse beruhte auf Gegenseitigkeit. Auch der Starkleibige ließ sich Zeit seine beiden Besucher eingehend zu betrachten. Yomis Gesicht musste einer besonders gründlichen Prüfung standhalten.

Die beiden gaben sich ungerührt. Ohne Frage hatten sie einen von allen respektierten – oder zumindest gefürchteten – Mann vor sich, dessen Gehabe verriet, wie sehr er es genoss sich in der Macht zu baden, die ihm seine Position verlieh. Aber Yonathan entdeckte Risse in dieser pompösen Fassade, durch die noch andere Gefühle hindurchschimmerten: respektvolles Abschätzen, Furcht, Erkennen? Vielleicht war es Haschevet, der ihm diese Einblicke eröffnete. Jedenfalls beschloss Yonathan von nun an wachsamer zu sein.

»Willkommen in Kartan«, dröhnte der Dicke mit der Stimme einer Trompete, in die Sand geraten war. Er hakte beide Daumen in seinen breiten Gürtel, straffte die Schultern und drückte das Kreuz durch, dass man fürchten musste, er würde jeden Augenblick hintenüberkippen.

Das allgemeine Geplapper ringsum verstummte. Die Rückwärtsrolle blieb jedoch aus (wohl wegen des immensen Gegengewichts, über das der Kugelige in der vorderen Körperpartie verfügte).

»Ich bin der Chef dieser Kolonie.«

Allgemeines Gemurmel wogte durch die Menge.

Mühsam und mit weit schweifenden Gesten mahnte der Breitbeinige zur Ruhe.

Yomi nutzte den Moment der Ablenkung. »Was redet der da so geschwollen?«, flüsterte er Yonathan zu. »*Chef! Kolonie!* Ich hatte das hier eigentlich für ein Nest von Halsabschneidern gehalten und den da für den Oberhalsabschneider.«

»Vielleicht hatte er ursprünglich mal anspruchsvollere Berufspläne und konnte es bis heute nicht verwinden nur Pirat geworden zu sein.«

»Wie dem auch sei, wir brauchen eine Idee, wie wir hier wieder rauskommen. Was sollen wir dem Dicken erzählen?«

»Die Wahrheit natürlich! Was sonst?«, antwortete Yonathan.

»Die Wahrheit?«

»Pass auf!«

Inzwischen herrschte wieder Ruhe auf dem Dorfplatz. »Jedenfalls bin ich sein Stellvertreter«, verbesserte sich der rundliche Pirat und setzte – eher an die aufmuckende Menge als an die beiden Besucher gewandt – hinzu: »Und ich habe das Kommando hier, solange der Chef nicht da ist.« Probehalber ließ er einen prüfenden Blick in die Runde schweifen, aber nur schwaches Gemurmel erhob sich. »Wie dem auch sei«, fuhr der runde Oberpirat fort, »mein Name ist Blodok und da es äußerst selten Gästen gelingt sich in unsere freundliche kleine Kolonie ... sagen wir mal: zu verirren, konnten wir euch einfach nicht vorüberziehen lassen, ohne euch eine Kostprobe unserer Gastfreundschaft anzubieten.«

Yomi, als der ältere der beiden Angesprochenen, trat einen Schritt vor und erwiderte: »Mein Name ist Yomi, ich bin der Sohn Kaldeks.« Er legte die Rechte auf seine Brust und verbeugte sich knapp. Auf seinen kleineren Freund weisend, fügte er hinzu: »Und das hier ist Yonathan, der Sohn Yaschmons. Ich fühle mich ziemlich geehrt, Blodok, dass Ihr uns dieses Angebot macht. Aber wisst, dass wir sehr in Eile sind und daher Euer großzügiges Angebot kaum werden genießen können.«

Yonathan stand mit offenem Mund hinter seinem Freund und staunte über dessen plötzliche Gewandtheit in vornehmen Umgangsformen. War es die pure Angst um ihrer beider Leben, die Yomis Zunge Flügel verlieh?

Blodok grinste wölfisch und erklärte mit merkwürdig geändertem Tonfall: »Wir haben ein akzeptables Jahr gehabt und unsere Laderäume sind für den Winter gefüllt. Ihr beiden könnt daher sicher sein, dass es euch bei uns besser gehen wird als so manchem ungeladenem Gast zuvor. Außerdem interessiere ich mich brennend für eure Geschichte. Wir haben selten Gäste bei uns, mit denen man sich noch unterhalten kann. Erzählt uns etwas mehr darüber, wer ihr seid, woher ihr kommt, wohin ihr zu gehen gedenkt ... und warum dein Gesicht zwei Farben hat.«

Yomi zögerte mit mahlenden Kiefern und Yonathan war sich nicht sicher, ob Blodoks Interesse nur eine Bekräftigung seiner »Einladung« war oder ob er eine Antwort erwartete. Als das Schweigen unerträglich zu werden drohte, trat Yonathan neben seinen Freund und erklärte: »Der Seemann Yomi und ich wurden durch ein furchtbares Unwetter zusammengeführt, edler Blodok. Er und ich gingen gemeinsam über Bord und konnten uns nur mit Mühe retten. Jetzt befinden wir uns auf dem Weg nach Cedanor. Vielleicht könnten wir von Euch ein Schiff erwerben ...«

»Kein Schiff, das den Golf befährt, wagt sich so weit nach Norden«, schnitt Blodok Yonathan das Wort ab. Seine Stimme troff von bittersüßem Gift. »Es fällt mir schwer eure Geschichte zu glauben.« Beifälliges Raunen erhob sich in der Menge.

»Da habt Ihr ziemlich Recht«, stimmte Yomi eilig zu und erläuterte: »Die Stelle, wo sich das Unglück ereignete, ist ... etwas weiter weg. Um die Wahrheit zu sagen: *ungeheuer* viel weiter!«

»Das macht die Sache nicht glaubwürdiger«, zweifelte der stellvertretende Chef. Sein Tonfall wurde schärfer, denn er bemerkte, dass die umstehenden Gefolgsleute an dieser Art der Gesprächsführung Gefallen fanden. »Der Kleine da«, er deutete auf Yonathan, »trägt einen, wie mir scheint, kostbaren Stab bei sich. Wenn man über Bord geht, wird man sich wohl kaum die Zeit nehmen, noch seine wertvollen Habseligkeiten zusammenzuklauben. Ich glaube eher, dass ihr den Ort eurer Herkunft und eure Absichten mit Bedacht vor uns verbergen wollt. Es haben sich nämlich in letzter Zeit merkwürdige Dinge bei uns zugetragen. Unser Chef ist mit seinem Schiff noch immer nicht zurückgekehrt, obwohl das Meer jeden Tag unsicherer wird. Hinzu kommt, dass vor zwei Abenden der Mondbach viel früher zu tosen begann als sonst – etwas, das es noch nie gegeben hat, solange unsere Kolonie hier existiert.«

Er legte eine kurze Pause ein, beugte sich beängstigend weit vor, die schwarzen Augen abschätzend zusammengekniffen, und senkte die Lautstärke seiner Stimme, um ihr mehr Bedrohlichkeit zu verleihen. »Nicht wenige meiner Leute fragen sich, ob das alles möglicherweise ein schlechtes Omen sein könnte. Sie glauben, das Verborgene Land hätte Hexer ausgespuckt, die Übles über uns bringen sollen. Nicht umsonst scheuen sich die Menschen von alters her hier am Südkamm zu siedeln. Sie glauben, dass an diesem Küstenstreifen der Fluch, der einst das Verborgene Land entvölkerte, noch immer wirksam ist. Ihr beiden werdet verstehen, dass wir vorsichtig sein müssen. Hexer muss man verbrennen und ihre Asche an einer tiefen Stelle im Meer versenken, damit sie keinen Schaden mehr anrichten können.«

»Ich verstehe Euch sehr gut«, erwiderte Yonathan, noch bevor Yomi etwas sagen konnte. »Wir kommen tatsächlich aus dem Verborgenen Land.«

In der Menge breitete sich lautes Murmeln aus und schon bald loderten an immer mehr Stellen hitzige Wortwechsel auf. Für einen Augenblick war es Yonathan unmöglich fortzufahren. Yomi wäre am liebsten im Boden versunken, hätte sich in Luft aufgelöst oder sonstwie unsichtbar gemacht. Jedenfalls glaubte der blonde Seemann, nun könne nichts mehr ihr baldiges Ende abwenden. Blodok kämpfte inzwischen verzweifelt um Ruhe. Sein Gesicht nahm eine glänzend rote Farbe an.

»Aber wir kommen nicht als übel gesinnte Boten irgendeiner dunklen Macht«, fuhr Yonathan schließlich fort. »Unser Unglück, von dem wir Euch erzählten, ereilte uns am Ewigen Wehr. Wir durchquerten das Verborgene Land und kamen so zu Euch. Das ist die Wahrheit.«

»Er lügt!«, erklang eine aufgeregte Stimme. »Das ist ein Trick, um uns abzulenken!«, rief eine andere. »Lasst uns ihre Hälse durchschneiden und sie anschließend verbrennen, gleich hier, auf der Stelle!« Und schließlich skandierte die ganze Menge: »Verbrennt sie! Verbrennt sie!«

Blodoks inneres Gleichgewicht war sichtlich in Unordnung geraten. Die Ereignisse drohten sich zu verselbständigen. Mit einer hastigen Geste verschaffte er sich die Aufmerksamkeit seines Adjutanten. »Schnell, führe sie ins Konferenzzentrum!«, befahl er.

Die Anweisung wurde sofort ausgeführt. Blodok trotzte der aufgebrachten Menge mit der geballten Masse seines Körpers. Yonathan bedauerte fast, dass er nicht den Ausgang dieser Ereignisse mitverfolgen konnte, war aber froh dem Mob vorerst entkommen zu sein.

»Wir sollen ins ›Konferenzzentrum‹?«, meinte Yomi. »Ich hätte nicht gedacht, dass es hier so was gibt.«

»Ich auch nicht«, antwortete Yonathan.

»Klappe!«, dröhnte eine Stimme hinter ihnen. »Weiter!«

Die beiden Unglücklichen wurden mit langen Spießen auf die andere große Hulk zugetrieben, das Schiff, das bisher weniger im Mittelpunkt ihres Interesses gestanden hatte.

»Hoch da!«, befahl der Mann mit dem Säbel und deutete mit der schartigen Klinge auf eine Strickleiter.

Yonathan und Yomi wurden über die Planken des Dreimasters und dann durch eine Luke unter Deck gestoßen. Hier fanden sie sich in einem großen Raum wieder, der von einer langen Holztafel in seiner Mitte beherrscht wurde. Ringsum standen dreibeinige Hocker. Der einzige komfortable und mit einer hohen Lehne ausgestattete Stuhl befand sich am Kopfende der Tafel. Es blieb nicht viel Zeit sich eingehender umzusehen, denn schon schob man die beiden Gefangenen durch eine weitere Luke im Fußboden noch tiefer in den Bauch des Schiffes hinein. Über eine schmale Stiege erreichten sie einen dunklen, muffig riechenden Laderaum. Mattes Tageslicht sickerte durch einige Ritzen.

Das Krachen der Deckenklappe besiegelte die Gefangensetzung der beiden Gefährten und sie waren allein. Nicht ganz allein – zaghaft streckte Gurgi den Kopf aus dem Versteck an Yonathans Brust und als sie sich vergewissert hatte, dass keine unmittelbare Gefahr drohte, schob sie sich ganz ins Freie. Mechanisch begann Yonathan den nervösen kleinen Masch-Masch zu streicheln. An Yomi gewandt bemerkte er: »So, jetzt weißt du, was ein Konferenzzentrum ist.«

»Ja«, sagte Yomi. »Ich habe schon gemerkt, dass es im Kopf dieses Blodok ungeheuer wirr zugeht. Dauernd wirft er mit komplizierten Worten um sich, die kein Mensch versteht.«

»Och, ich verstehe schon, was er meint. Ich habe mal gehört, in Cedanor gäbe es ein Konferenzzentrum, eine große Halle aus Sedin-Gestein. Wenn es etwas Wichtiges zu beraten gibt, dann lädt der Kaiser alle seine Fürsten und Vasallenkönige ein, lässt sie einen Tag lang palavern und sagt ihnen anschließend, was sie zu tun haben.«

»Ich kenne die Halle – von außen jedenfalls.« Yomi schnaubte verächtlich. »Aber es ist ja wohl ein Witz, diese Kaschemme hier als Konferenzzentrum zu bezeichnen.«

»Jedenfalls sind wir hier zunächst mal sicher.«

»Fragt sich nur, für wie lange.«

»Ist dir an dem Dicken nichts aufgefallen?«

Yomi zuckte die Achseln. »Außer, dass er mich die ganze Zeit so blöde angestarrt und ziemlich verrücktes Zeug dahergeredet hat – und uns noch nicht hat umbringen lassen –, eigentlich nichts.«

»Genau das meine ich, Yo. Normalerweise ›verirrt‹ sich niemand so schnell nach Kartan, wie er meinte. Warum nicht? Weil man die Besatzungen der Schiffe, die man auf die Klippen lockt, für gewöhnlich gleich umbringt.«

»Sofern sie nicht das Glück haben vorher zu ertrinken.«

»Vielleicht haben sie einen Grund dafür, dass sie uns nichts tun – so wie damals, als die Piraten unsere *Weltwind* überfielen, uns aber kein Haar krümmten.«

»Genau! Und diesen Grund müssen wir herausfinden. Ich habe ein ungutes Gefühl. So ein Kribbeln auf der Kopfhaut, als könne dieser Grund uns doch noch einige Probleme bereiten.«

»Aber was könnte das sein? Vielleicht Haschevet? Sie schienen unheimlich an deinem Stab interessiert zu sein.« Yomi schüttelte den Kopf. »Aber nein. Das glaube ich nicht. Sie hätten uns ja ohne Probleme die Hälse durchschneiden und sich dann alles nehmen können, was sie haben wollten.«

»Es sei denn …«

Der wankelmütige Pirat

Yonathan und Yomi fuhren zusammen, als sich unvermutet die Luke über ihren Köpfen öffnete. Eine schmale Gestalt zeigte sich in der Lichtöffnung und kletterte die Stiege hinab. Dichtauf folgte eine zweite, kleinere, etwas stabiler gebaute. Die erste trug eine Öllampe, die zweite bemühte sich einen Topf zu transportieren, ohne seinen Inhalt zu verschütten.

»Ihr beiden werdet uns doch keine Schwierigkeiten machen«, sandte die erste Gestalt ihre Worte wie einen Abwehrzauber voraus. Unten angekommen wandte sie sich sogleich den beiden Gefangenen zu. Gelbes Licht ergoss sich fast widerstrebend über ein Gesicht, das Yonathan einen gehörigen Schrecken einjagte. Vor ihm stand die hässlichste Frau, die er je in seinem Leben gesehen hatte.

»Wir sind nicht hierher gekommen, um irgendjemandem Schwierigkeiten zu bereiten«, antwortete Yomi. Er hatte noch nicht zu dem höflichen Ton zurückgefunden, den er Blodok gegenüber angeschlagen hatte.

Yonathan schüttelte nur stumm den Kopf und staunte mit offenem Mund die hässliche Frau an.

Neben der Lampenhalterin erschien nun auch schwerfällig der Topfträger. Yonathan erkannte in ihm sofort den Ehemann der

Frau. Im Licht der Tranfunzel war zu erkennen, warum sich der Mann so ungelenk bewegte: Sein rechtes Bein bestand vom Knie an abwärts aus Holz.

»Ich bin Gim und das ist meine Frau, Dagáh«, stellte sich der Einbeinige vor. Yonathan und Yomi erwiderten den Gruß und nannten ihre Namen.

Gim war nicht besonders groß, aber kräftig gebaut. Sein Haar glänzte tiefschwarz, wie das der meisten Menschen in den südlichen Ländern des Cedanischen Reiches. Yonathan bemerkte sofort, dass Gim keine Feindseligkeit ausstrahlte. Sein von Falten zerfurchtes Gesicht war von tiefer Melancholie geprägt. Auch seine Begleiterin wirkte nur nach außen hin hart und verbittert. Dagáh war spindeldürr, was selbst die losen Tücher, die von ihrem Körper wie von dem Gestell einer Vogelscheuche herabhingen, nicht verbergen konnten. Ihre knochigen Arme und gichtigen Finger schienen die Lampe nur mit Mühe halten zu können. Ihr Kopf hing wacklig auf einem langen, dünnen Hals. Ein kleiner Buckel lastete auf ihrem krummen Rücken. Ihr Haar musste wie das ihres Mannes vor langer Zeit einmal schwarz gewesen sein. Nun hing es in grauen, dünnen Strähnen vom Kopf und konnte doch nicht verhindern, dass hier und da die Kopfhaut hervorschimmerte. Auf der scharf gebogenen Nase prangte eine Warze.

Navran hatte Yonathan immer wieder davor gewarnt, sich vom Äußeren einer Person oder Sache täuschen zu lassen.

»Entschuldigt bitte, Gim und Dagáh«, begann er höflich. »Wisst Ihr, was man mit uns vorhat?«

»Was soll man mit euch vorhaben?«, krächzte Dagáh. »Man wird euch die Hälse durchschneiden oder euch aufknüpfen, so, wie ihr es mit uns Piraten tut, wenn wir euch in die Hände fallen.«

»Schweig still, Weib!«, fiel Gim ihr ins Wort. Freundlicher wandte er sich an die beiden Gefangenen: »Ihr müsst nicht alles glauben, was sie sagt. Sie ist eine alte, verbitterte Frau – aber im Grunde herzensgut.«

Yonathan fragte den Piraten mit dem Holzbein: »Wenn man uns nicht töten will, was hat man dann mit uns vor?«

Gim schaute sich besorgt um. »Das weiß ich nicht«, gab er zu. »Es ist wirklich ungewöhnlich, dass Blodok euch nicht die Hälse hat durchschneiden lassen. Vielleicht hat er nur Angst, weil Sargas nicht da ist und er keinen Fehler begehen möchte. Er ist nämlich ein ausgewachsener Feigling, müsst ihr wissen.«

»Ihr redet nicht besonders gut von Eurem stellvertretenden Chef«, stellte Yomi fest.

»Pah!«, brach es verächtlich aus Gim hervor. Er spuckte aus, und Dagáh schüttelte den Kopf. Gim stellte den Eisentopf zu Yomis Füßen ab und erklärte: »Blodok ist ein Schleimer. Er wird von Sargas gestützt – und das weiß er! Alle hier in Kartan achten und fürchten Sargas, unseren Anführer. Aber Blodok würden sie lieber heute als morgen ins Meer zu den Zahnfischen werfen.«

»Wie kommt es, dass Sargas – wenn er doch ein so tüchtiger Anführer ist – Blodok derart schätzt?«, fragte Yonathan.

»Sargas und Blodok kennen sich schon lange, schon bevor sie hierher kamen, erst als einfache Piraten, bald als unsere Anführer. Blodok ist der Sohn Blodols, des Bootsmannes auf dem ehemaligen Flaggschiff der kaiserlichen Marine. Er hält sich für etwas Besseres – daher auch seine geschwollene Ausdrucksweise, von wegen *Chef, Kolonie, Konferenzzentrum* und so weiter, und so weiter …«

»Ihr meint, Blodoks Vater diente auf der *Weltwind?*«, fragte Yomi, plötzlich hellhörig geworden. »Unter dem Admiral der kaiserlichen Marine von Cedan, Balek?«

»Ja, so ist es. Du scheinst dich in diesen Dingen auszukennen. Na ja, kein Wunder! Die kaiserliche Marine begeistert wohl jeden Jungen.«

»Warum diente Blodok nicht wie sein Vater weiter in der kaiserlichen Marine?«

Gim zuckte mit den Achseln. »Der Zahlmeister Baleks hatte Geld veruntreut und Blodol stand in dem Verdacht, mit ihm unter einer Decke zu stecken. Man konnte ihm jedoch nichts nachweisen. Während man den Zahlmeister kurzerhand am Großmast der *Weltwind* aufknüpfte, ließ Zirgis im Falle Blodols Gnade vor Recht ergehen. Nachdem Zirgis seinem Vater, Kaiser Zirgon, auf den Thron gefolgt war, kam Blodol im Zuge einer allgemeinen Amnestie frei, musste jedoch aus der Marine ausscheiden. Anstatt für die Erhaltung seines Lebens dankbar zu sein, schwor Blodol Rache. Er fühlte sich ungerecht behandelt. Blodok muss sich die Einstellung seines Vaters wohl zu Eigen gemacht haben, denn schon bald war er – wie er selbst immer wieder prahlerisch behauptet – ein bedeutender Dieb, der die Karawanen und Schiffe des Kaisers beraubte, wo immer sich ihm die Gelegenheit dazu bot.«

Yomi nickte. »Und als Balek das alte Flaggschiff, die *Weltwind,* zum Geschenk erhielt, begann Blodol Balek zu hassen. Und Blodols Sohn, Blodok, hasste Kaldek, den Sohn Baleks … und jetzt wahrscheinlich auch mich.«

»Dich?« Gims Augen leuchteten. »Dann bist du also der Sohn *des* Kaldeks, des Sohnes Baleks?«

»Eigentlich sein Adoptivsohn, aber für mich ist das ziemlich egal – und für Blodok wahrscheinlich auch.«

Gim pfiff durch eine Zahnlücke. »Jetzt wird mir einiges klar.«

»Der Schurke hat etwas vor mit den beiden, etwas, was ihm sogar über seine persönliche Rache geht«, krächzte Dagáh.

»Mein Weib hat Recht«, stimmte Gim zu. »Blodok kann manchmal sehr impulsiv sein – vor allem, wenn er sich überlegen fühlt. Er hätte dich, Yomi, längst in Stücke gehackt, wenn ihn nicht etwas daran hinderte. Wir müssen herausfinden, was es ist. Vielleicht können wir euch in Sicherheit bringen, bevor etwas Schlimmes passiert.«

»Warum wollt Ihr das für uns tun?«, fragte Yonathan erstaunt. »Ihr seid doch auch Piraten.«

»Ja, das sind wir. Und wir werden es wohl bleiben. Aber wir waren es nie mit ganzem Herzen.«

»Aber warum seid Ihr dann noch hier?«

»Wer einmal hier ist, der kommt nicht leicht lebend wieder

fort«, erklärte Gim betrübt. Dagáh stieß einen ziemlich verächtlich klingenden Laut aus. »Und bevor du fragst, warum wir überhaupt hierher gekommen sind«, kam Gim der nächsten Frage Yonathans zuvor, »lass dir sagen, dass ihr beiden nicht die Einzigen seid, die unfreiwillig und trotzdem lebend nach Kartan gelangten.«

»Dann hat man Euch beide hier festgehalten – gegen Euren Willen?«

»Nein, man hat uns unterwegs aufgegabelt«, antwortete Dagáh anstelle ihres Mannes. »Gim war mal wieder zu gutmütig. Mein Mann reiste als Kaufmann von Cedanor aus durch den Golf und hatte mich mitgenommen. Als die Piraten unser Schiff enterten, kam es an Deck zu einem erbitterten Kampf. Plötzlich löste sich die Rah des Fockmastes und sauste direkt auf den Anführer der Schurken zu. Anstatt sich zu freuen – bestimmt hätte sich der Überfall doch noch zu unseren Gunsten gewendet –, sprang Gim herbei, schrie dem Piratenanführer Vorsicht zu und riss ihn auch noch aus der Gefahrenzone, wobei sein eigenes Bein zerschmettert wurde.«

Yonathan blickte mitfühlend auf Gims Holzbein.

»Es war eher so eine Art Reflex«, entschuldigte sich Gim.

»Ein Reflex, der unser ganzes Leben in ein dunkles, trostloses Loch namens Kartan gestürzt hat«, versetzte Dagáh.

»Immerhin ist dieses Loch besser als das noch viel schwärzere Grab auf dem Grund des Meeres.«

Dagáh ließ die Schultern sinken, seufzte und schaute ihren Mann versöhnlich an. »Er hat natürlich nicht ganz Unrecht«, gab sie zu. »Der Piratenkapitän ließ die wenigen, die noch am Leben waren, auf dem geplünderten Schiff zurück. Nur Gim und mich nahm er mit, nachdem ein Heiler, der glücklicherweise auf unserem Schiff mitgereist war, meinem Mann das Bein abgenommen hatte. Der Piratenanführer meinte kurzerhand, er sei es seinem Lebensretter schuldig für dessen Pflege und Genesung zu sorgen.« Sie seufzte noch einmal aus tiefstem Herzen. »Damit war dann unser weiteres Leben besiegelt. Denn es stand natürlich fest, dass wir den Schlupfwinkel der Piraten nie wieder lebend verlassen durften.«

»Und wie lange ist das her?«, fragte Yomi.

»Seitdem sind dreiundzwanzig Jahre vergangen.«

»Das ist lange«, sagte Yonathan.

»Habt ihr nie zu fliehen versucht?«, wollte Yomi wissen.

»Am Anfang dachten wir, es wäre möglich, sich mit dem Leben hier anzufreunden«, antwortete Gim. »Es dauerte fast ein Jahr, bis ich wieder einigermaßen gesund war. Eigentlich ging es uns während dieser Zeit gar nicht so schlecht, denn Doldan, der Piratenanführer, hatte eigenartigerweise einen Narren an mir gefressen. Wenn es um Geld ging, suchte er sogar Rat bei mir, und ich dachte eine Zeit lang, dass der Beruf des Händlers und der des Piraten gar nicht so grundverschieden seien – beide versuchen von anderen so viel wie möglich zu bekommen und dafür so wenig wie möglich zu geben.«

»Im Frühling darauf wurde dann unser Sohn geboren«, brachte Dagáh das Gespräch auf einen für sie offenbar wichtigeren Punkt.

»Ihr habt einen Sohn?«, fragte Yonathan erstaunt.

»Ja, Gimbar.« Gims Augen begannen im Licht der Tranfunzel zu leuchten. »Er ist ein prächtiger Bursche!«

»Zu diesem Zeitpunkt – mit einem so kleinen Baby – war natürlich an eine Flucht erst mal nicht zu denken«, erinnerte sich Dagáh.

»Das stimmt«, pflichtete ihr Gim bei. »Wir arrangierten uns also zunächst weiter mit den Piraten. Ich wurde der persönliche Berater Doldans in allen Vermögensfragen. Er quartierte uns in dieser Hulk ein, die dem Dorf auch als Gemeinschaftsschiff und Beratungsplatz dient. Um Gimbar kümmerte sich Doldan besonders, da er keine eigenen Söhne hatte.«

»Wenn Gimbar bei uns war, dann mussten wir ihm ständig die Flausen austreiben, die Doldan ihm in den Kopf setzte«, berichtigte Dagáh ihren Mann.

»Es war nicht leicht, aus Gimbar einen anständigen Menschen

zu machen – hier, an diesem Ort«, gestand Gim ein. »Gimbar war hin und her gerissen. Doldans Mut, Kraft und Verschlagenheit faszinierten den Jungen einerseits. Aber er mochte es nicht, wenn man unschuldigen Menschen wehtat oder sie beraubte.«

»Für einen Piraten eine ziemlich ungewöhnliche Einstellung«, bemerkte Yomi, während er an sein bisher einziges Zusammentreffen mit dieser Berufsgattung dachte.

»Junge!«, fauchte Dagáh. Yomi rutschte vor Schreck von dem Fass, auf dem er gesessen hatte. »Mein Gimbar ist kein Pirat, merk dir das!«

»Dagáh, lass es gut sein«, beruhigte sie Gim. An seine beiden Zuhörer gewandt stellte er richtig: »Gimbar war nahe dran, ein Pirat zu werden. Als er etwas älter geworden war, nahm Doldan ihn mit auf seine Raubzüge. Er brachte ihm auch das Kämpfen und alle möglichen Tricks bei und Gimbar saugte alles auf wie ein trockener Schwamm.«

»Du sprichst so, als würde er es heute nicht mehr tun«, sagte Yonathan.

»Gimbar ist heute ein junger Mann und er spricht nicht über alles mit mir. Aber ich glaube, sein Denken hat sich tatsächlich gewandelt.«

»Wie kam es dazu?«

»Vor drei Jahren begleitete er wieder einmal Doldan auf einer seiner ›Geschäftsreisen‹. Auch Sargas und Blodok gehörten inzwischen zu Doldans Mannschaft und fuhren mit hinaus. Als sie vier Monate später wiederkehrten, lebte Doldan nicht mehr.« Gim schaute ängstlich zur Deckenluke empor und flüsterte dann leise: »Gimbar hat nie offen darüber gesprochen, aber er machte Andeutungen. Gimbar glaubt, Sargas und Blodok hätten Doldan aus dem Wege geräumt, um die Führerschaft über Kartan an sich zu reißen. Aber er kann keine Beweise dafür vorlegen.«

»Und es wäre wahrscheinlich ziemlich ungesund einen solchen Verdacht ohne hieb- und stichfeste Beweise zu äußern«, ergänzte Yomi.

»So ist es«, bestätigte Gim. »Seit dieser Fahrt nimmt Gimbar nur noch widerwillig an den Beutezügen teil. Auch Sargas und Blodok scheinen ihm, dem ehemaligen Liebling Doldans, nicht über den Weg zu trauen. Wegen der anderen können sie nichts offen gegen Gimbar unternehmen, aber sie misstrauen ihm und sorgen stets dafür, dass unser Sohn im Kampf nicht zu dicht in ihrer Nähe ist.«

»Gimbar ist zwar froh darüber, dass er während der Entergänge jetzt immer auf dem eigenen Schiff bleiben muss, aber ich spüre, dass er einen Anschlag Sargas' – oder noch viel eher Blodoks – befürchtet«, fügte Dagáh besorgt hinzu.

»Sie wollen ihn umbringen?«, fragte Yonathan entsetzt.

»So wird das wohl genannt, wenn man jemanden vom Leben zum Tod befördert«, knirschte Gim.

»Gibt es denn keinen Weg das zu verhindern?«

»Vielleicht gibt es einen, Junge.« In Gims Augen leuchtete ein Feuer. »Und möglicherweise seid ihr beide der Schlüssel dazu.«

»Wir?« Yonathan und Yomi schauten sich ratlos an. »Nicht, dass wir es nicht wollten, aber wie sollen wir, die wir selbst Gefangene sind, euren Sohn retten?«

Die Köpfe der vier Verschwörer rückten enger zusammen und Gim erläuterte seinen Plan.

»Ich bin dafür, die beiden aufzuhängen, zu verbrennen und ihre Asche im Meer zu versenken«, drang eine fremde Stimme in den dunklen Laderaum. Andere stimmten murmelnd zu.

Yonathan saß oben auf der Stiege, die zum »Konferenzraum« hinaufführte. Yomi stand weiter unten. Beide lauschten und Yonathan fragte sich, ob die Piraten auf der anderen Seite der Falltür wirklich nicht wussten, dass man hier unten fast alles verstehen konnte. Aber vielleicht war es Absicht und sie wollten ihre Gefangenen ein wenig im eigenen Saft schmoren lassen. Yonathan fasste über die Schulter und berührte den Köcher, in dem sich Haschevet befand. Oder war es das *Koach*, die Kraft des Stabes, die ihn jedes Wort verstehen ließ?

»Was hat er gesagt?«, flüsterte Yomi.

»Er meint, wir hätten eine ansteckende Krankheit oder seien ein Fluch des Verborgenen Landes – auf jeden Fall sollte man uns umbringen.«

»Das sind ja ungeheuer rosige Aussichten!«

»Pst!«, zischte Yonathan. »Ich glaube, Blodok sagt gerade etwas.«

»Aber Männer, schließlich wohnen wir seit Jahren an der Grenze dieses Landes und nie ist uns von dort etwas wirklich Schlechtes widerfahren«, trompetete der stellvertretende Chef.

»Kein Grund unvorsichtig zu werden«, widersprach die erste Stimme. »Denkt an das verfrühte Anschwellen des Mondbaches vor drei Tagen. Ich sage euch, das ist ein böses Omen!«

»Ich finde, wir sollten zwei Fliegen mit einer Klappe schlagen«, mischte sich Gims Stimme dazwischen. »Wir sollten die beiden loswerden und gleichzeitig ein kleines Geschäft dabei machen, bevor Sargas zurück ist. Das ist es doch, woran du denkst, nicht wahr, Blodok?«

Einen Moment lang herrschte Stille und Yonathan konnte spüren, wie alle erwartungsvoll auf Blodok blickten. Draußen hatte die Nacht inzwischen ihr dunkles Tuch über Kartan geworfen und das Rauschen des Mondbaches drang herein in den muffigen Laderaum.

»Ich muss zugeben«, zierte sich Blodok, »ich habe an etwas Ähnliches gedacht und da du unser Finanzexperte bist, Gim, freut es mich, deine Zustimmung zu finden. Hast du schon einen konkreten Plan?«

Gim schien das spöttische Kompliment Blodoks zu überhören und erwiderte verschwörerisch: »Nun, ganz einfach. Der Lange hat gesagt, er sei Kaldeks Sohn. Kapitän Kaldek ist – wie ihr wohl wisst – äußerst wohlhabend, ja sogar reich! Wenn wir Kaldek ein Angebot machen, wie er seinen Sohn zurückbekommen könnte, wird er bestimmt nicht knausrig sein. Und was den Kleinen betrifft, so hat er einen kostbaren, goldverzierten Stab bei sich, einen, wie ich ihn noch nie gesehen habe. Das heißt, auch er kommt aus einem wohlhabenden Hause. Ich schätze, dass sich Mittel und Wege finden lassen, auch für ihn noch ein hübsches Sümmchen Gold zu erhalten.«

Interessiertes Schweigen sickerte durch die Deckenluke.

»Das hört sich alles ganz gut an«, antwortete endlich Blodok mit kritischem Unterton. »Aber wie willst du es anstellen, die beiden nach Cedanor zu bringen, jetzt um diese Jahreszeit?«

»Und wer soll diese Reise unternehmen?«, warf eine dritte Stimme ein. »Wenn die beiden wirklich eine ansteckende Krankheit haben oder Verfluchte sind, dann werden unsere Kameraden möglicherweise nicht lebend zurückkehren.«

»Sicher, es ist ein gewisses Risiko«, pflichtete Gims Stimme bei. »Es müsste natürlich jemand sein, der nicht nur mutig, sondern auch klug und geschickt ist. Er müsste sich in Cedanor bewegen können – sagen wir: wie ein Kaufmann.«

»Du denkst wohl nicht zufällig an dich selber?«, spöttelte Blodok.

»Nein.« Gim lachte lustlos und man hörte das dumpfe Klopfen seines Holzbeines. »Das hier hat meine Reiselust ein wenig gedämpft.«

Blodok schlug höhnisch vor: »Schicke doch deinen Sohn. Gimbar ist sich ja seit einiger Zeit zu schade zum Kämpfen. Vielleicht hat er deine Schliche gelernt und er kann uns ein anständiges Lösegeld besorgen.«

»Wage es nicht, so über meinen Sohn zu sprechen«, fuhr Gim auf. »Du bist es doch, der die Klinge Gimbars fürchtet. Deshalb lässt du ihn nicht mehr an den Entergängen teilnehmen. Gimbar wäre sicher besser als so mancher andere für diese Aufgabe geeignet.«

»Ich soll Angst haben? Vor deinem Bübchen?«, trompetete Blodok. »Dass ich nicht lache! Wenn dein Sohn ein solcher Held ist, dann soll er es doch beweisen. Er kann gerne diese Reise antreten.«

»Aber allein wird er die beiden nicht bewachen können«, wandte Gim ein. Der Kaufmann spielte sehr geschickt den besorgten Vater, der seinen Sohn durch unbedachte Worte in die Zwickmühle gebracht hatte.

Das wiederum schien Blodok zu gefallen. Er ließ Gim eine Weile zappeln, bis endlich einer der anderen Piraten sagte: »Gim hat Recht. Wir brauchen noch zwei oder drei andere.«

»So?«, konterte Blodok sofort. »Möchtest du vielleicht mitfahren, Qittek?«

»Äh …«

»Also nicht. Irgendjemand anderes, der sich freiwillig meldet?«

Stille erfüllte den Besprechungsraum.

»Nun gut«, verkündete Blodok entschlossen. »Ich werde nicht, wie Gim vorschlug, Sargas hintergehen. Wir werden den morgigen Tag noch abwarten. Wenn Sargas morgen eintrifft, dann soll er entscheiden, was mit den beiden geschieht, andernfalls werden die Freiwilligen, die wir morgen auswählen, tags darauf aufbrechen.«

Die Antwort bestand in einem allgemeinen, zustimmenden Gemurmel, begleitet von dem Ruf nach starken Getränken. Jedes Ratsmitglied war sich wohl sicher, dass das Los auf jemand anderen fallen würde.

Später am Abend – im »Konferenzraum« war inzwischen Ruhe eingekehrt – öffnete sich die Luke. Herunter stieg eine Gestalt, die weder die zerbrechliche Hagerkeit Dagáhs noch den ungleichmäßig schleppenden Gang Gims besaß.

»Aller Friede sei mit euch. Mein Name ist Gimbar, der Sohn Gims.«

Yonathan hob die kleine Öllampe, um den Sohn von Gim und Dagáh besser erkennen zu können. Gimbar hatte ein schmal geschnittenes Gesicht mit einer scharf gebogenen Nase. Aus dem Profil erinnerte er ein wenig an einen Falken oder Adler. Seine braunen Augen wirkten wach und listig, aber auch gutmütig. Yonathan spürte sofort, dass er diesem jungen Mann trauen konnte.

Seine lockigen, schwarzen Haare und seine ganze Erscheinung verrieten Sinn für Sauberkeit und gepflegtes Aussehen. Er trug eine braune Tunika, den in Kartan üblichen Ledergürtel und auffälligerweise *zwei* Dolche darin. Gimbars Gestalt war gedrungen. Er mochte gut fünfeinhalb Fuß messen, war also kaum größer als Yonathan und noch ein gutes Stück kleiner als Yomi, besaß aber eine Menge mehr Muskeln als die beiden. Das machte ihn aber keinesfalls zu einem plumpen Kraftprotz. Schon als er die Leiter herabstieg, konnten sie seine geschmeidigen und flinken Bewegungen sehen.

Diese Eigenschaften wären eigentlich ideal für einen Piraten gewesen. Und doch war er in auffälliger Weise anders als die übrigen, wilden Bewohner Kitvars; vielleicht musste man die Gabe des *Koach* besitzen, um diesen Unterschied zu erkennen.

Yonathan wurde durch lautes Poltern in seinem Rücken aufgeschreckt. Yomi war schon wieder vom Sitzfass gefallen. Irgendetwas an Gimbars Anblick musste ihn erschreckt haben.

»Was ist denn mit deinem Freund los?«, fragte Gimbar belustigt.

»Das weiß ich ehrlich gesagt auch nicht«, entgegnete Yonathan lächelnd. »Er macht ab und zu so unerklärliche Sachen.«

Yomi war zu erregt, um einen zusammenhängenden Satz herauszubringen. »Das ist … das ist … dieser Pirat«, stotterte er, während er sich den Ellbogen rieb.

»Ja, natürlich«, erwiderte Yonathan verständnislos. »Alle sind hier Piraten.« Und achselzuckend fügte er hinzu: »Mehr oder weniger jedenfalls.«

»Nein, das meine ich nicht«, widersprach Yomi. »Er ist derjenige, der damals bei dem Überfall auf die *Weltwind* dabei war. Du darfst ihm nicht trauen, Yonathan!«

Gimbar brachte seine Lampe näher zu Yomi, um dessen Gesicht besser erkennen zu können. Der junge Pirat musste lächeln. »Tatsächlich! Ich erinnere mich an ihn. Er hat zu mir herübergeblickt, während sich die anderen schlugen. Aber sag, was hast du mit deinem Gesicht angestellt? Es sieht ja aus, als wärst du in einer Schlammpfütze eingeschlafen.«

»So etwas Ähnliches hat er tatsächlich getan«, schaltete sich Yonathan ein. »Aber es ist schon viel besser geworden und bald wird man überhaupt nichts mehr sehen.« Yomi, der schon in die Luft gehen wollte, beruhigte sich und widmete sich wieder seinem schmerzenden Ellbogen. »Du meinst, du bist derjenige, der damals, während des Überfalls, als Einziger auf dem Piratenschiff blieb?«, fragte Yonathan.

Gimbar nickte. »Ja, wie immer seit damals. Ich kämpfe nicht mehr gegen unschuldige Menschen.«

»Deine Eltern haben uns davon erzählt. Ich finde, deine Haltung erfordert viel Mut.«

»Eine Haltung, die langsam lebensgefährlich für mich wird. Ich nehme an, das habt ihr auch schon gehört?«

Yonathan nickte.

»Ich traue ihm trotzdem nicht – keinen Fingerbreit«, warf Yomi ein. Gurgi thronte auf seinem zerzausten blonden Haarschopf.

»Ein niedlicher kleiner Kerl«, fand Gimbar. »Was ist das? Ich habe noch nie so ein Tier gesehen.«

»Ein Masch-Masch. Sie leben nur im Verborgenen Land.«

»Dann stimmt es also, dass ihr von dort kommt?«

»Ja, das stimmt.«

»Nun«, Gimbar suchte nach den richtigen Worten, »hier in Kartan entspricht das, was jemand sagt, nicht immer der Wahrheit. Ich hörte, dass Blodok sich euch gegenüber auf dem Dorfplatz so ausdrückte, als wäre Sargas seit geraumer Zeit abwesend. Er wollte sicher den Eindruck erwecken, das sei ein schlechtes Zeichen, um euch etwas anhängen zu können.«

»Und?«, fragte Yonathan.

»Sargas ist erst seit drei Nächten fort.« Einen Moment starrte der junge Pirat zögernd in die Dunkelheit des Laderaumes. Dann wurde sein Blick wieder klar. »Ich laufe gelegentlich in der Abenddämmerung an der Bucht entlang – es ist immer gut, seinen Körper geschmeidig zu halten. An diesem Abend sah ich ein Schiff außerhalb der Bucht ankern. Von Kartan aus war es nicht zu sehen. Ich hatte ein ungutes Gefühl beim Anblick des Seglers – irgendwas stimmte nicht mit ihm.«

»Wie meinst du das, Gimbar?«

»Es war so, als ginge eine fremdartige Bedrohung von ihm aus. Es lag zwar so im Wind, dass ich es nur von achtern her sehen konnte, aber es wirkte hoch, ungewöhnlich schmal und sehr lang. Seine Umrisse hoben sich pechschwarz von dem sowieso schon dunklen Meer ab und mit seinen Masten stimmte etwas nicht.« Gimbar zuckte mit den Schultern. Offenbar fehlten ihm die Worte, um zu beschreiben, was an dem schwarzen Schiff nicht in Ordnung war.

Yonathan fröstelte. Eine dunkle Ahnung stieg in ihm auf. »Konntest du jemanden an Bord entdecken?«

»Niemanden. Es sah aus wie ein Totenschiff. Kein Licht, keine Seeleute, überhaupt nichts – bis …«

»Bis was?«

»Ein Boot, eine Schaluppe, näherte sich dem schwarzen Schiff. Es saßen nur zwei Männer darin: Sargas und Blodok.«

Yonathan stieß zischend die Luft zwischen den Zähnen aus. Auch Yomi konnte nicht länger an sich halten und beugte sich gebannt vor. »Und was geschah dann?«, fragte Yonathan.

»Nach einiger Zeit ruderten die beiden wieder zurück. Auch ich schlich mich wieder nach Kartan hinein. Irgendwie hatte ich das Gefühl, es sei besser, nicht in den Verdacht zu geraten, etwas von dem schwarzen Segler zu wissen. In der Nacht gab es eine Menge Trubel. Sargas bemannte eine Schebecke. Am nächsten Morgen waren sowohl Sargas als auch der geheimnisvolle Segler verschwunden.«

»Mir gefällt das nicht«, stellte Yomi fest.

»Hmm«, machte Yonathan mit düsterer Miene. An Gimbar gewandt sagte er: »Hast du eine Idee, was das alles bedeuten kann?«

Gimbar zuckte die Achseln. »Keine Ahnung. Sargas ist in viele dunkle Geschäfte verwickelt. Vielleicht ist das nur eines mehr.«

»Das mag sicherlich stimmen, aber die Geschichte von dem schwarzen Segler weckt ungute Erinnerungen in mir.«

»Die *Narga!*«, stieß Yomi hervor.

Yonathan nickte. »Genau die ging mir auch durch den Sinn.«

»Aber ich dachte, sie sei in dem Sturm endgültig außer Gefecht gesetzt worden, als ihr Großmast brach! Wie kann sie jetzt hier sein?«

»Ein Großmast ist noch nicht das ganze Schiff, Langer«, wandte Gimbar mit leicht spöttischem Unterton ein. »Und wenn ihr *die Narga* meint, von der ich auch schon gehört habe, dann kennt ihr Kapitän bestimmt Mittel und Wege sie schnell wieder flottzukriegen.«

»Du hast nicht nur von ihr gehört«, bemerkte Yonathan düster. »Du hast das Flaggschiff Sethurs gesehen – vor drei Tagen, um genau zu sein.«

Gimbar schnappte nach Luft. »Was habt *ihr* beiden mit Sethur zu schaffen?«

Yonathan erzählte die Geschichte ihrer Reise – gegen den Protest Yomis. Obwohl er nicht an der Vertrauenswürdigkeit Gimbars zweifelte, vermied er es doch, allzu ausführlich auf seinen Auftrag einzugehen. Auch das Geheimnis Haschevets behielt er vorerst lieber für sich.

»Dein Auftrag muss sehr wichtig sein, wenn du bereit bist dir dafür einen Feind wie Sethur aufzuhalsen.«

Gimbars Stimme verriet Achtung vor dem knapp vierzehnjährigen Jungen.

»Er *ist* wichtig, Gimbar.«

»Und er erfordert Mut.«

»Vor allem Gottvertrauen.«

Gimbar lächelte schief. »Ich bin nicht sehr geschickt in solchen Dingen.«

»Bist du immer noch bereit uns zu begleiten?«

Gimbar zögerte nur einen kurzen Augenblick. »Ja. Ich bin bereit. Ich werde euch beide begleiten.«

Yomi seufzte und ließ sich auf das Fass zurückfallen.

»Lass es gut sein, Yo«, mahnte Yonathan. »Wir können ihm vertrauen, glaub mir.«

»Er ist ein Pirat und Piraten sind Halsabschneider.«

»Haben wir euch damals nicht in Ruhe gelassen, vor allem ich?«, widersprach Gimbar.

Yomi verschränkte die Arme vor der Brust und brummte etwas Unverständliches.

»Ihr werdet bestimmt noch Freunde werden«, prophezeite Yonathan.

Die Augen des Piraten verrieten, dass er sich dessen nicht so sicher war. »Glaubst du, Yonathan, dass Sethurs Schiff auf der Suche nach euch war?«, wechselte er das Thema.

»Sie werden eher nach ihrem Herrn Ausschau halten, der uns im Verborgenen Land verfolgt hat. Aber da können sie lange suchen. Sethur hat eine Eisvergiftung. Andererseits …«

»Glaubst du an eine Falle?«

»Ich weiß es wirklich nicht. Möglich ist alles.«

Gimbar nickte. »Blodoks Zögern macht mich stutzig. Warum will er unbedingt noch einen Tag warten? Ich glaube nicht, dass Sargas bis morgen zurückkehren wird.«

»Vielleicht will Blodok sich nur absichern, damit ihm Sargas kein vorschnelles und eigenmächtiges Handeln vorwerfen kann«, gab Yomi zu bedenken. »Ihr dürft nicht vergessen, dass er meinen Vater hasst. Wenn Sargas' Rückkehr ohnehin noch nicht zu erwarten ist, dann kann er uns ebenso gut morgen fortschicken. Er weiß, dass er seine Rache an Kaldek auf alle Fälle bekommt.«

»Ich muss zugeben, was der Lange sagt, klingt einleuchtend«, bemerkte Gimbar.

Auch Yonathan nickte.

»Übrigens, *Kleiner«,* sagte Yomi, ein wenig gereizt, »mein Name ist *Yomi,* nicht *Langer.«*

Gimbar grinste. »Ist in Ordnung – Langer.«

In der Nacht fand Yonathan nur wenig Schlaf. Die Ungewissheit über die bevorstehenden Ereignisse ließ seine Gedanken nicht zur Ruhe kommen.

Yomi dagegen ließ sich von seinen Bedenken nicht den Schlaf stehlen. Er schnarchte vor sich hin – wohl eine Folge der Verkühlung, die er sich im Südkamm-Gebirge zugezogen hatte.

Am nächsten Morgen brachte Gimbar das Frühstück: Brot, Käse und gebratene Schinkenstreifen; Dagáh gab sich große Mühe mit ihren »Gästen«.

»Ich muss gleich wieder hinauf«, erklärte Gimbar. »Blodok ist oben. Besser, wenn er keinen Verdacht schöpft. Er will jetzt die Freiwilligen suchen, die uns begleiten sollen. Bin gespannt, was dabei herauskommt.« Im nächsten Moment war er schon wieder verschwunden.

Der Tag wollte nicht enden und Yonathan rechnete die ganze Zeit damit, dass Sargas doch noch auftauchen könnte. Zwar behagte ihm auch der Lösegeldplan nicht, aber immerhin wusste er einen heimlichen Verbündeten bei sich: Gimbar.

Draußen vor dem »Konferenzzentrum« herrschte sonderbare Stille. Yomi vermutete: »War da gestern nur so unheimlich viel Trubel, weil *wir* angekommen sind, oder verkriechen sich heute alle, damit sich niemand als Freiwilliger melden muss?«

»Ich schätze, das Zweite trifft zu.«

Endlich – draußen dämmerte es bereits – hatte das lange Warten ein Ende. Aus der Schiffsmesse über ihnen drangen Geräusche, dann öffnete sich die Luke und Gimbar stieg herab.

»Los! Nach oben!«, herrschte er Yonathan und Yomi an und zwinkerte mit einem Auge.

Die beiden Gefangenen wurden vor Blodok aufgestellt. Der stellvertretende Chef hatte seine enorme Fülle in den einzigen Lehnstuhl des Raumes gezwängt. »Der Rat hat beschlossen euch beiden die Freiheit zu schenken!«, verkündete er mit falscher Liebenswürdigkeit.

Anstatt wie erwartet in Jubel auszubrechen, starrten ihn seine beiden Gefangenen nur mit unbewegten Mienen an. Das führte zu einem sachlicheren Ton, als der stellvertretende Chef an Yomi gewandt fortfuhr: »Du wirst verstehen, dass wir unsere Auslagen wieder hereinbringen müssen. Wir werden also deinem Vater, Kaldek, die Unkosten berechnen, die uns für unsere Mühen entstanden sind.« Hintergründig lächelnd lehnte er sich zurück und Yonathan fürchtete um die Stuhllehne. »Selbstverständlich werden wir auch eine geringe Gewinnspanne mit einrechnen. Dein Vater wird das sicherlich verstehen – er ist ja selbst Kaufmann.«

»Sicher«, knirschte Yomi.

»Dann wünsche ich euch eine gute Reise. Wir werden uns nicht mehr sehen. Benith, der Sohn Iths, und Gimbar stechen mit euch morgen kurz vor Sonnenaufgang in See.« Mit einer trägen Handbewegung wies er Gimbar an, die beiden Gefangenen wieder in ihr Verlies zu sperren.

»Was ist dieser Benith für ein Mann?«, wollte Yonathan wissen. »Ist er so mutig, dass er sich als Einziger freiwillig zu dieser Reise gemeldet hat?«

»Pah!«, schnaubte Gimbar verächtlich. »Benith ist hinterlistig und durchtrieben, genau wie Blodok. Einige behaupten, er sei das für Sargas, was ich für Doldan gewesen bin, aber das stimmt nicht. Doldan hatte mich gemocht, auch wenn er ein Pirat war. Aber Benith ist ein Kriecher und Schmeichler. Er spioniert für Blodok und Sargas die Bewohner von Kartan aus. Benith hat sich bestimmt nicht aus eigenem Antrieb zu dieser Reise gemeldet, aber ich wette, dass Blodok ihm die Anerkennung Sargas' in Aussicht gestellt hat, wenn er mitmacht.«

Yonathan lächelte. »Weißt du, dass du mit deinem Vater viel gemeinsam hast?«

»Er ist eben doch *mein* Sohn«, stellte Gim grinsend fest.

»Ja, genauso durchtrieben wie du«, ergänzte Dagáh.

Die Familie Gim hatte sich zu später Stunde bei den Gefangenen eingefunden. Man wollte sich ein letztes Mal beratschlagen.

»Blodok will euch beide in den Sümpfen des Cedan-Deltas

verstecken und nach dem Erhalt des Lösegeldes umbringen lassen«, sagte Gim.

»War sowieso ziemlich merkwürdig, dass er uns die Freiheit versprach, wo wir doch Kartans Geheimnis kennen«, bemerkte Yomi.

Gim schüttelte den Kopf. »Für mein Empfinden hat er diesem Plan viel zu schnell zugestimmt. Er schickt euch beide auf die Reise mit zwei unerfahrenen Männern; obendrein traut er einem davon – Gimbar – nicht einmal über den Weg.«

»Wir haben wohl keine andere Wahl«, sagte Yonathan.

»Ihr müsst wachsam sein«, warnte Gim. »Solltet ihr ohne Zwischenfälle die Sümpfe im Cedan-Delta erreichen, dann wäre es das Beste, Benith zu überwältigen. Du, Gimbar, und Yomi könnt dann Yonathan nach Cedanor begleiten und Baltan aufsuchen.« Gim lächelte wehmütig. »Übermittelt ihm schöne Grüße von mir.«

»Das werden wir tun, Gim«, versicherte Yonathan.

Yomi interessierten ganz andere Dinge. »Und was machen wir, *wenn* es Zwischenfälle gibt?«

»Auf Yehwoh und euer Glück vertrauen.«

»Ich hätte es nur zur Abwechslung gerne mal ein bisschen einfacher.«

»Was machen wir mit Benith, nachdem wir ihn überwältigt haben?«, fragte Gimbar.

»Übergebt ihn den Beamten des Kaisers. Die haben da so ihre eigenen Methoden, was den Umgang mit Piraten betrifft.«

Dagáh hob eine Augenbraue. »Das bedeutet sein Todesurteil, Gim.«

»Wenn Benith je nach Kartan zurückkehren würde, dann wäre es das unsrige.«

»Sind wir nicht schon seit dreiundzwanzig Jahren tot?«

»Mutter! Vater!«, protestierte Gimbar. »Für die Welt draußen seid ihr vielleicht tot. Vielleicht haben wir es nie leicht gehabt, aber ich möchte keine anderen Eltern als euch – so, wie ihr seid: lebendig und nicht tot.«

»Du hast Recht, mein Sohn.« Dagáh nahm Gimbars Hand. »All

der Kummer, der aus mir das gemacht hat, was ich heute bin, der mich entstellt und gebeugt hat, wäre nicht zu ertragen gewesen, wenn ich dich nicht gehabt hätte.«

Gim räusperte sich verlegen und schluckte. »Ich glaube, dann ist alles besprochen. Ich wünsche euch viel Glück und vor allem Yehwohs Segen. Möge er eure Wege gerade machen.«

Auch in dieser Nacht schien Yonathan vergeblich dem Schlaf nachzujagen. Stundenlang lag er mit offenen Augen da und grübelte über die ungewisse Zukunft nach. Das Geräusch von Schritten und Stimmen ließ ihn schließlich aus seinem Dämmerzustand hochschrecken.

Kurz darauf stand Gimbar am Fuße der Stiege und servierte ein reichhaltiges Frühstück. »Mit schönem Gruß von meiner Mutter«, flüsterte er lächelnd. »Ich rate euch, alles aufzuessen. So etwas Gutes werdet ihr vorläufig nicht mehr bekommen.«

Yonathan und Yomi ließen sich das nicht zweimal sagen. Für Gurgi hatte Dagáh einige Nüsse aufgetrieben.

Etwa eine halbe Stunde später – gerade begann sich das Licht des neuen Tages durch die Planken des »Konferenzzentrums« zu zwängen – wurde die Luke erneut geöffnet. Diesmal klang Gimbars Stimme anders, sozusagen offizieller. »Auf, ihr Faulpelze! Es geht los.«

»Und ich sage dir, er ist *doch* ein Pirat«, beschwerte sich Yomi.

»Nun hör schon auf«, ermahnte ihn Yonathan. »Du weißt ganz genau, dass er barsch sein muss. Das gehört zu seiner Rolle. Und wenn er die nicht überzeugend spielt, dann könnte es uns sehr schnell sehr schlecht ergehen.«

»Ich finde, er spielt sie *sehr* überzeugend«, brummte Yomi.

Ein frischer Wind wehte Yonathan um die Nase, salzig und belebend. Die Aufregung trieb einen Schauer über seinen Rücken und ließ ihn für einen Augenblick die Fesseln vergessen, die man ihnen um die Handgelenke gelegt hatte. Endlich ging die Reise weiter, sogar mit einem richtigen Schiff!

Zugegeben, das war eine sehr schmeichelhafte Bezeichnung für den kleinen Einmaster mit seinem Lateinersegel. Kaum dreißig Fuß lang, erinnerte er eher an einen Halbwüchsigen, aus dem erst noch eine vernünftige Piratenschebecke werden sollte. Wohl deshalb hatte ihm sein Eigentümer den Namen *Mücke* gegeben.

Yonathan und Yomi standen am Strand zusammen mit Gimbar und Blodoks Adjutanten, der grimmig dreinblickte. Sie warteten auf den letzten Mitreisenden.

»Da kommt er ja endlich«, grunzte der bärtige Pirat, während sein Blick beinahe angewidert eine dünne Gestalt verfolgte, die gerade zwischen zwei Schiffen aufgetaucht war und sich nun auf die Gruppe am Strand zubewegte. »Du hättest deinen Hintern ruhig etwas früher von der Pritsche schieben können«, begrüßte er den Neuankömmling.

»Ich hatte noch etwas mit Blodok zu bereden«, erwiderte der Angesprochene gleichgültig. Ohne den Dicken noch eines Blickes zu würdigen, wandte er sich interessiert den beiden Gefangenen zu.

Yonathan widerstand dem forschenden Blick des jungen Piraten. Aber er fühlte Misstrauen in sich aufsteigen, ein fast körperlich spürbares Gefühl, das wie heiße Milch in seinen Eingeweiden brannte. Hinzu kamen ein unangenehmes Prickeln auf seiner Kopfhaut und der Eindruck, Haschevet würde sich auf seinem Rücken besonders schwer machen.

»Denkst du, dass es wirklich nötig ist, sie die ganze Zeit über gefesselt zu lassen?«, brach Gimbar das unangenehme Schweigen, ohne seinen Reisegefährten zu grüßen.

»Hast du etwa Mitleid mit ihnen?«, fragte der andere mit spöttischem Lächeln.

»Mitleid? Pah!«, erwiderte Gimbar verächtlich. »Ich will nur nicht, dass uns unsere Börse gleich absäuft, wenn sie unterwegs mal baden geht. Andererseits, wenn du die Verantwortung übernimmst, Benith … Was hältst du davon, Kaldon?«

»Macht das unter euch aus«, schnaubte der dünnhaarige Pirat

mit einer wegwerfenden Handbewegung. »Aber macht, dass ihr endlich fortkommt.«

»Also, was ist nun?«, wandte sich Gimbar wieder Benith zu. »Nehmen wir den beiden nun die Fesseln ab?«

»Meinetwegen. Sobald wir auf offener See sind. Aber wenn wir an Land gehen oder wenn einer von uns beiden schläft, werden sie wieder gebunden!«

»Einverstanden«, entgegnete Gimbar zufrieden und Yonathan konnte sich des Eindrucks nicht erwehren, dass sein neuer Gefährte wirklich mit allen Wassern gewaschen war.

Ein neuer Name für Verrat

Ein frischer Westwind trieb die *Mücke* stetig voran. Gimbar hatte neben dem Großsegel noch zwei kleinere Dreieckssegel längsschiffs vor dem Mast gehisst. Diese Klüver machten den kleinen Segler noch handlicher, da sie die Gewalt des heranstürmenden Windes besser verteilten. Gleichzeitig sorgte die größere Segelfläche auch für einen besseren Vortrieb.

»Unheimlich raffiniert«, murmelte Yomi, bevor das Piratendorf endgültig hinter einer weit ins Meer reichenden Landzunge verschwand.

»Von hier sieht es wirklich wie ein Schiffsfriedhof aus«, gab Yonathan ihm Recht.

»Was es tatsächlich ja auch ist«, bemerkte Gimbar.

»Ein Platz, von dem jeder Kapitän sein Schiff fern halten wird«, erläuterte Benith stolz, beinahe so, als wäre die Tarnung für das Piratennest sein persönlicher Einfall gewesen.

»Merkwürdig, dass man jemanden laufen lässt, der hinter dieses Geheimnis gekommen ist«, murmelte Yonathan beiläufig, aber doch laut genug für Benith, der diese Bemerkung mit einem kalten Blick quittierte.

Die ersten drei Tage auf See verliefen gut. Der Himmel hielt seine Schleusen geschlossen und das einzige Wasser, mit dem die vier Insassen der *Mücke* in Berührung kamen, stammte von der aufgepeitschten Gischt, die der Wind über das Schiff versprühte, wenn es wie ein übermütiges Fohlen auf den Wellen tanzte. In diesen Stunden schätzten Yonathan und Yomi einmal mehr die Wasser abweisenden Umhänge, die sie von Din-Mikkith geschenkt bekommen hatten. Selbst Gurgi gewöhnte sich schnell an das Leben an Bord und hatte schon bald die ganze *Mücke,* bis hin zur Mastspitze, erkundet.

Gimbar flüsterte ihnen ab und zu ein paar ermutigende Worte zu. Nach außen hin gab er sich nicht übermäßig freundlich, aber doch rücksichtsvoll – wie man eine Ware behandeln würde, für die man einen guten Preis erzielen will.

Benith schwieg die meiste Zeit. Ihm bedeuteten die Gefangenen so viel wie der Wurm dem Angler – er musste leben und zappeln, wenn er Beute anlocken sollte, aber danach hatte er seine Schuldigkeit getan. Nur wenn Yonathan und Yomi sich unterhielten, erwachte Benith und teilte ihnen unmissverständlich mit, wie sich ein ordentlicher Wurm zu verhalten hatte: »Maul halten!«

Wenn sie in der Abenddämmerung an Land gingen, musste Gimbar sie binden. Und Benith prüfte die Fesseln.

Am Abend des dritten Tages auf See hatte der Wind noch einmal aufgefrischt. Als die Sonne in einem schmalen Streifen zwischen dunklen Wolken und dem Horizont ins Meer tauchte, stellte Gimbar unmutig fest: »Ich schätze, wir werden diese Nacht auf See verbringen müssen. Die Küstenlinie ist hier voller Klippen und es wäre zu gefährlich, sich bei diesem Seegang dem Land zu nähern.«

Benith blickte seltsam teilnahmslos nach backbord und nickte. »Du übernimmst die erste Wache«, bestimmte er und fügte hinzu: »Ich werde dann bis zum Morgengrauen das Ruder übernehmen. Wir werden morgen Gelegenheit finden uns auszuruhen.«

Yonathan hatte noch lange wach gelegen. Die Plane, die über den Bug der *Mücke* gespannt worden war – hauptsächlich, um die Vorräte trocken zu halten –, diente jetzt ihm und Yomi als Schutz. Eigenartigerweise hatte selbst Benith nichts dagegen gehabt, dass die beiden Gefangenen dort Zuflucht suchten. Kurz nachdem Gimbar von Benith abgelöst wurde, schlief Yonathan ein.

Am Morgen wurde er durch einen Wortwechsel geweckt, der sich nur als Streit deuten ließ. »So etwas habe ich noch nie gehört«, hörte er Gimbar schimpfen. »Wie konnte das nur passieren? Wolltest du damit gegen die Wellen ankommen?«

»Es lag am Sturm«, verteidigte sich Benith müde. »Du hast es doch selbst erlebt, als du am Ruder warst.«

»Was ist denn so unheimlich Schlimmes passiert?«, mischte sich Yomi ein; er und Yonathan hatten sich inzwischen unter der Plane hervorgearbeitet.

»Er hat die Ruderpinne abgebrochen«, antwortete Gimbar, während er mit dem Kopf auf Benith deutete.

»Nicht *ich,* sondern der *Sturm* hat sie abgebrochen«, widersprach Benith.

Gimbar beendete das Streitgespräch und machte sich stattdessen daran, eine Notpinne anzufertigen. Er klemmte den flachen Schaft des Ruders zwischen den Stiel einer Axt und den abgebrochenen Rest der alten Pinne und band beides fest zusammen. Zum Glück hatte der stürmische Wind nachgelassen; der Notbehelf sollte eine Zeit lang halten.

Während Yonathan all dies beobachtete, fühlte er wieder dasselbe eigenartige Prickeln auf der Kopfhaut wie schon beim ersten Zusammentreffen mit Benith. Er wusste, dass der Pirat etwas im Schilde führte. Doch was sollte er tun, auf einem kleinen Segelschiff, mitten im Golf von Cedan? Zorn stieg in ihm auf und als er die Stimme erhob, klang sie selbst für ihn fremd.

»Was habt Ihr mit uns vor, Benith?«

Die drei Mitreisenden erstarrten. Plötzliche Ruhe trat ein. Scheue Blicke wurden gewechselt, einige streiften Yonathan.

Dieser hatte die Augen fest auf Benith geheftet und versuchte sich nicht anmerken zu lassen, wie Haschevets Spiel mit seiner Stimme auch ihn verwirrte.

Yomi und Gimbar blickten ebenfalls auf Benith. Zum ersten Mal wirkte der Sohn des Ith unsicher. Er wich dem Blick Yonathans aus, indem er sich umdrehte und die dunkle Küstenlinie im Norden studierte. Langsam gewann er seine Fassung zurück. Ohne den Blick von den dunstverhangenen Klippen in der Ferne zu nehmen, antwortete er in gewohnt teilnahmslosem Ton: »Ich kenne mich hier gut aus. In der Nähe gibt es eine geschützte Bucht. Wir werden dort an Land gehen und den Schaden reparieren.«

Gimbar nahm diesen Vorschlag, der eher wie ein Befehl klang, widerspruchslos entgegen. Seine ganze Aufmerksamkeit galt Yonathan, den er wie gebannt anstarrte, so, als wolle er niemals wieder damit aufhören.

Zu allem Unglück hatte der Wind gedreht. Er wehte nun von Osten her, sodass Gimbar und Benith alle Hände voll zu tun hatten gegen den Wind zu kreuzen. Nach knapp drei Stunden angestrengten Manövrierens umsegelte die *Mücke* eine hundert Fuß hohe felsige Landzunge, hinter der die Bucht liegen musste.

Als sie die letzte Klippe hinter sich ließen und mit dem Wind in den Naturhafen einliefen, blieb Yonathan der Atem weg. In der Bucht lag ein großes, schlankes Segelschiff vor Anker. Der schwarze Bug war den Ankömmlingen wie zum höhnischen Gruße zugewandt. Auf seinen Planken stand ein einziges Wort in roten Lettern, ein neuer Name für Verrat: *Narga.*

Das Misstrauen gegen Benith war also berechtigt gewesen. Für einen Moment sah Yonathan Beniths Augen, sah den Triumph darin, das Gefühl der Macht.

Yomi war sprachlos vor Empörung und stand mit offenem Mund da.

Nur Gimbar wollte diesen Verlauf der Dinge nicht wortlos hinnehmen. »Verräter!«, schrie er Benith an.

»Was willst du?«, fragte Benith mit zynischem Zucken der

Mundwinkel. »Wir haben Glück dieses Schiff hier zu finden. Man wird uns Hilfe für die Reparatur geben.«

»Hilfe?« Gimbar lachte bitter. »Vielleicht werden sie uns auch gleich mitnehmen, damit wir es bequemer haben – was!?«

»Vielleicht auch das«, stimmte Benith ungerührt zu.

»Oder uns die Kehlen durchschneiden«, ergänzte Yomi.

»Ich muss zugeben, das hast du schlau eingefädelt«, stellte Gimbar fest, als er sich wieder in der Gewalt hatte. »Sie haben uns bereits entdeckt und uns bleibt keine Möglichkeit zu entkommen: Der Wind treibt uns direkt auf diesen schwarzen Geist eines Schiffes zu.«

»Ich verstehe gar nicht, was du hast«, erwiderte Benith grinsend. »Du tust ja gerade so, als stündest du auf der Seite dieser beiden Verrückten.«

Yonathan hielt Yomi mühsam am Umhang zurück, damit er sich nicht auf Benith stürzen konnte. Der Verräter hatte vorsichtshalber seinen Säbel gezückt und streckte ihn den Gefangenen entgegen.

»Wir werden unser schönes Lösegeld verlieren, wenn nicht sogar noch mehr«, bedauerte Gimbar; er durfte keine Zweifel an seinen Absichten aufkommen lassen.

»Wir werden nichts verlieren, Sohn des Gim.« Beniths Augen leuchteten, seine Mundwinkel zuckten. »Wir werden ein Vielfaches gewinnen!«

Über der Reling der *Narga* zeigten sich bärtige, bronzehäutige Gesichter. Yonathan kannte die Männer dieses Volkes und ebenso ihre Waffen, prächtig und martialisch zugleich.

»Ist es das Schiff, das du drei Nächte vor unserer Ankunft in der Nähe Kartans entdeckt hattest?«, fragte er Gimbar leise, während dieser ihm die Strickleiter für den Aufstieg zur *Narga* straffte; Benith war schon vorausgeeilt.

Gimbar nickte.

An Deck fielen Yonathan die vielen Schäden an den Schiffsaufbauten ins Auge. Steuerbords fehlte auf einer Länge von fünfundzwanzig Fuß die Reling. An verschiedenen Stellen lagen aufgehäuft Trümmer herum, die man durch Netze gesichert hatte. Er erinnerte sich an die Verfolgungsjagd zwischen der *Weltwind* und der *Narga*. Er hatte es geschafft, Haschevets Macht gegen den Großmast dieses Schiffes zu richten – und ihn abzuknicken wie einen Strohhalm. Jetzt ragte nur noch ein kahler, zersplitterter Stumpf kaum zehn Fuß über dem Mastkragen aus dem Deck. Er war in der Mitte gespalten und die schweren Eisenbande, die ihn dicht über den Deckplanken umfassten, waren gesprengt und hingen nutzlos herab wie offene Sandalenriemen.

Nachdem auch Gimbar an Deck gekommen war, gesellte sich dem Empfangskomitee ein Mann mit besonders reich verzierter Säbelscheide hinzu. Einer der Wachsoldaten flüsterte ihm etwas ins Ohr, was er mit einem hintergründigen Lächeln beantwortete. Alsdann wandte er sich seinen Gästen zu und stellte sich mit den Worten vor: »Mein Name ist Kirzath. Ich bin der Kapitän der *Narga*.«

»Und wir sind …«, wollte Yomi die Vorstellung erwidern, wurde jedoch unterbrochen.

»Wir wissen, wer ihr seid. Wir haben euch erwartet.« Der Kapitän schenkte Benith, der schräg hinter ihm stand, einen anerkennenden Blick. Gleich darauf wandte er sich einigen seiner Soldaten zu und befahl mit energischer Geste: »Bringt die drei in ihr Quartier.«

Gimbar wies auf Yonathan und Yomi und protestierte: »Ich glaube, man hat Euch nicht ausreichend informiert, Kapitän Kirzath. *Das* da sind die Gefangenen. *Ich* bin Gimbar und gehöre zu den Männern Sargas'.«

Kirzaths Mundwinkel verzogen sich zu einem überlegenen Lächeln. »O doch, Sohn Gims, man hat mich sehr genau unterrichtet, genauer als dir lieb sein dürfte. Ich kenne deinen Verrat und weiß, dass du mit diesen beiden Burschen unter einer Decke steckst.«

Sich Yomi und Yonathan zuwendend ergänzte er: »Aber wir werden bald Gelegenheit haben uns eingehender über alle diese

Dinge zu unterhalten. Vorerst müsst ihr mich entschuldigen. Ich habe noch wichtige Dinge zu erledigen.« Mit einer spöttischen Verbeugung zog sich Kirzath zurück.

Wieder einmal fanden sie sich in einem muffigen Laderaum. Yonathan saß auf einem Ballen aus Sacktuch und grübelte. Auf seiner Schulter hockte Gurgi. Zwischen seinen Knien drehte er Haschevet in den nervösen Händen. Ständig blickte ihn ein anderes der vier Gesichter an: Löwe, Stier, Adler, Mensch, Löwe, Stier ... Doch keines wollte eine Fluchtmöglichkeit nennen. Im matten Licht der Öllampe sandten sie ihren unvergänglichen Glanz aus und Hunderte von goldenen Lichtflecken tanzten über die Wände des Laderaumes.

»Ich finde, du hast dir unheimlich viel Mühe gegeben deinen Kopf aus der Schlinge zu ziehen. Wahrscheinlich war dir ziemlich egal, was mit Yonathan und mir geschieht.« Yomis Vorwurf galt Gimbar.

»Sei nicht albern«, sagte der gereizt. »Was hätte ich denn tun sollen? Sagen: ›Ihr habt schon Recht, dass ich ein Verräter bin, aber zeigt doch bitte Verständnis dafür, ihr seid ja selbst welche‹?«

Yomi bemerkte, dass seine Anschuldigung nicht ganz berechtigt war und verlegte sich aufs Heroische. »Ich finde, es gibt auch so etwas wie Ehre.«

»Ehre ist gut und schön, Langer, aber manchmal ist List gesünder.«

»Wollt ihr nicht aufhören euch zu streiten?«, mischte sich Yonathan ein. »Wir sollten uns lieber Gedanken darüber machen, wie wir hier wieder hinauskommen.«

Yonathans Einwand klang vernünftig. Die drei waren kaum in ihr Gefängnis hinabgestiegen, da hatten sie schon ihren ersten Besuch erhalten. Kapitän Kirzath erschien und verkündete ihnen mit der Sachlichkeit eines Kaufmannes, der seine Waren aufteilt: »Gimbar und Yomi werden bei nächster Gelegenheit als Galeerensklaven verkauft. Mit dir, Yonathan, haben wir etwas Besonderes vor. Sethur wird sich freuen dich wieder zu sehen.«

Yonathans Versicherung, dass Sethur im Verborgenen Land entweder ertrunken sei oder zwischen Felsbrocken zerrieben worden war, stieß auf taube Ohren. Kirzath schüttelte ungläubig den Kopf, brach in lautes Lachen aus und warf die Klappe über ihren Köpfen zu.

»Ich möchte jedenfalls nicht auf einer Galeere enden«, verkündete Yomi. »Von da ist noch kaum jemand zurückgekehrt. Außerdem liegt mir das Rudern nicht.«

Gimbar massierte seinen Nasenrücken und grinste. »Ich hätte nie gedacht, dass wir beide uns jemals in einer Angelegenheit von Bedeutung einig sein würden.«

»Könnten wir vielleicht irgendwie an Land gelangen?«, fragte Yonathan.

Gimbar sah nicht sehr begeistert aus. »Der Strand liegt mindestens eine Dreiviertelmeile entfernt. Selbst wenn wir alle gute Schwimmer sind, werden uns die Boote oder die Pfeile der Soldaten einholen. Und was die schmale Landzunge betrifft, die die Bucht umfasst: Sie ist zwar näher, aber sie besteht aus schroffen Felsen.«

»Du scheinst dir ja schon einige Gedanken gemacht zu haben«, stellte Yonathan entmutigt fest.

»Wir müssten eben nachts fliehen, wenn keiner es so schnell bemerkt«, schlug Yomi vor.

»Ohne Schiff?«, fragte Yonathan.

»Das wäre nicht das Problem«, murmelte Gimbar.

»Meinst du etwa die *Mücke?* Die lässt sich doch kaum steuern.«

»Wir könnten bis an den Strand rudern, aber«, Gimbar rieb seine Nase heftiger, »ich glaube, ich hätte da noch eine andere Idee. Wir haben gerade einen günstigen Ostwind. Benith wird ihn ausnutzen wollen, um nach Kartan zurückzusegeln. Dazu muss er die Ruderpinne bald reparieren lassen. Wir müssen uns also nur die *Mücke* im richtigen Augenblick schnappen.«

»Hast du's gehört?«, spöttelte Yomi. »Er hat ›nur‹ gesagt. Und was machen wir, wenn wir in der *Mücke* sitzen? Vor aller Augen davonsegeln?«

»Yomi hat nicht ganz Unrecht«, gab Yonathan zu bedenken. »Wie willst du uns einen sicheren Vorsprung verschaffen? Wir müssten schon wie vom Meer verschluckt sein, wenn wir der *Narga* entkommen wollen.«

Gimbar rieb sich in Gedanken die Nase. »Genau so etwas hatte ich mir vorgestellt.«

Die Gefangenen erhielten ein annehmbares Abendessen und auch das Frühstück am nächsten Morgen konnte sich sehen lassen: Es gab in der Pfanne gebratenes Gemüse – von einer Art, die Yonathan zuvor noch nie gesehen hatte – und knusprigen Speck dazu. Sogar Yomi vergaß sein Misstrauen und schaufelte das Essen in sich hinein.

Angenehm, aber unerklärlich, war der Umstand, dass man ihnen keine Fesseln anlegte. Einmal mehr wunderte sich Yonathan auch darüber, dass er noch immer seinen Dolch an der Seite trug. Wie Navran gesagt hatte, war die kostbare Klinge bisher noch keinem seiner Kerkermeister aufgefallen. Selbst Yomi, der von der Existenz des Dolches wusste, sprach nie über ihn, so als hätte er ihn völlig vergessen.

Besonders auffällig war jedoch, wie man auf ihn selbst, den Träger Haschevets, reagierte. Als wüssten sie um die tödliche Macht, die dem Stab innewohnte, näherten sich die Wachen Yonathan nie weiter als bis auf vier Schritte und stets war eine Lanze oder ein schussbereiter Bogen parat, um ihn auf Distanz zu halten.

Zu ihrer Freude durften sie mittags an Deck und sich die Füße vertreten.

»Lenk die Wachen für einen Augenblick ab«, flüsterte Gimbar Yonathan zu, während sie aus der Luke kletterten.

»Was hast du vor?«

Gimbar hatte keine Gelegenheit zu antworten. »Heh, ihr da!«, rief eine Wache. »Nicht die Köpfe zusammenstecken! Los, bewegt euch!«

Die Gefangenen drehten auf dem Mitteldeck eine Runde nach

der anderen. Der Zeitpunkt konnte nicht mehr fern sein, da sie wieder hinuntergeschickt würden. Yonathan fühlte kalten Schweiß auf der Stirn. Wie sollte er nur die Aufmerksamkeit der Soldaten auf sich lenken? Was hatte Gimbar vor? In seinem Hemd bewegte sich etwas. Und dann kam ihm die Idee.

»Was ist das?«, schrie plötzlich ein Soldat.

»Ach«, winkte ein anderer ab, »nur 'ne Ratte. Lass sie laufen.«

»Wenn das eine Ratte ist, dann bin ich ein Kormoran«, mischte sich ein Dritter ein. »Ich habe schon Tausende von Ratten gesehen, aber *so was* noch nie.«

Im Nu herrschte auf Deck der *Narga* eine Ausgelassenheit wie bei einer kaiserlichen Jagdgesellschaft. »Lasst es uns fangen!«, riefen die einen. »Lasst es uns aufspießen!«, grölten die anderen. Schon flog ein erster Spieß und verfehlte nur um Haaresbreite die Hand eines Kumpanen, der gerade auf allen vieren der Beute nachhetzte.

Yonathan sorgte sich nun doch um Gurgi, die es im Handumdrehen fertig gebracht hatte, aus grimmigen Kriegern herumtollende Kinder zu machen.

»Sie gehört zu mir!«, schrie er. »Gurgi gehört mir. Lasst sie in Ruhe!« Aber niemand beachtete ihn. Vielmehr schloss sich ein immer engerer Kreis aus Beinen, Lanzen und schartigen Säbeln um das eingeschlossene, hilflose Pelzknäuel. Yonathan sah den Masch-Masch schon am Spieß rösten, als laut und durchdringend die Schiffsglocke ertönte.

Alle Köpfe wandten sich nach achtern, dorthin, wo Kirzath auf der Brücke stand. Seine Beine breit auseinander und seine Fäuste in die Hüften gestemmt, brüllte er mit hochrotem Kopf: »Seid ihr alle ganz und gar übergeschnappt? Rakkath, was soll der Unsinn?«

Ein Seemann trat aus dem Haufen heraus, nahm Haltung an und berichtete: »Da ist dieses Vieh … dieses Tier…« Er zeigte auf die Stelle, an der sich längst kein Masch-Masch mehr befand. »Wir haben versucht es zu einzufangen.«

»Und dabei die Gefangenen sich selbst überlassen«, ergänzte

Kirzath, »damit sie sich inzwischen selbst beschäftigen – mit Brettspielen oder Fliehen oder Ähnlichem, *was!?*«

Rakkath schaute zu Boden; die meisten seiner Jagdgesellen folgten seinem Beispiel.

»Eigentlich sollte ich euch alle am Fockmast aufknüpfen – oder wenigstens einige, zur Abschreckung für die anderen.« Kirzath atmete heftig vor Wut. »Da unsere Gäste jedoch noch an Bord sind und da Sethur möglicherweise noch Verwendung für euch hat, werde ich Gnade vor Recht ergehen lassen. Eure Bierration wird gestrichen, eine Woche lang.« Kirzath gab einem seiner Männer die Gefangenen betreffend einen kurzen Wink. Bevor er sich von der Brücke zurückzog, wandte er sich Yonathan zu und sagte drohend: »Und du, Knabe, mach so etwas nie wieder! Nimm dein Wiesel und pass zukünftig besser darauf auf, sonst werden wir es am Spieß braten und verspeisen.«

Yonathan schluckte.

Auf die Seeleute und Soldaten an Deck der *Narga* hatte die Strafe des Kapitäns ganz unterschiedliche Wirkung: Einige wenige atmeten erleichtert auf; mehrere waren zusammengesackt, wie nach einem Hieb in die Magengrube; die meisten schauten gequält, als hätten sie einen bösen Verlust erlitten. Offenbar hatte Kirzath bei seinen Männern einen empfindlichen Nerv getroffen.

Yonathan stellte erleichtert Gimbars Rückkehr fest. Gerade rechtzeitig, denn bis auf zwei Wachen hatte sich die Jagdgesellschaft aufgelöst. Diese machten den Gefangenen schnell klar, dass der Ausflug an Deck vorerst beendet sei. Yonathan winkte mit Haschevet das unüberschaubare Gewirr der Takelage hinauf und rief Gurgis Namen. Im Nu war sie bei ihm und schlüpfte in die Hemdfalte an seiner Brust.

»Das ist wirklich ein tapferes kleines Mädchen, deine Gurgi«, lobte Gimbar den heldenmütigen Einsatz des Masch-Masch, während dieser in seiner Armbeuge hockte und sich von ihm kraulen ließ.

»Beinahe hätten sie sie aufgespießt«, warf Yomi ein. »Und was hat das Ganze nun gebracht, Gimbar? Hast du wenigstens etwas herausgefunden?«

»Und ob!« Gimbar lächelte spitzbübisch. »Ich habe die *Mücke* gesehen. Als das Durcheinander losbrach, stürmten mir zwei Männer von der Besatzung entgegen und einer von ihnen hatte Holzspäne am Hemd. Ich konnte sogar einen Blick auf die *Mücke* erhaschen und sehen, dass man gerade dabei war, die neue Ruderpinne einzupassen.«

»Und was bedeutet das für uns?«, wollte Yonathan wissen.

»Dass wir höchstens noch einen Tag haben, um unsere Flucht zu planen *und* auszuführen.«

»Wird uns das reichen?«

»Es muss! Wenn es heute nicht dieses Durcheinander an Deck gegeben hätte, dann wäre die *Mücke* gewiss heute schon fertig geworden und möglicherweise wäre Benith dann schon morgen früh abgereist. So aber schätze ich, dass er erst übermorgen in See stechen wird.«

Yonathan seufzte. Er fragte sich, ob er je einmal wieder *normal* reisen würde. »Ich nehme an, du hast auch schon einen Plan für unsere Flucht ausgearbeitet.« Es war eigentlich keine Frage, eher eine Feststellung.

»Ja, so ziemlich«, bestätigte Gimbar und rieb sich die Nase. »Es fehlen nur noch einige Details.«

Wieder auferstanden

Der Wind hatte gedreht. Er wehte jetzt von Südosten her. Als sich die Sonne bereits dem Horizont näherte, wurde die *Narga* mit dem Bug in den Wind gestellt. Yonathan, Yomi und Gimbar hörten das Knarren von Spanten, Planken und Tauwerk. Die gedämpft hereindringenden Laute wurden jäh durch ein ohrenbetäubendes Freudengeschrei abgelöst.

»Was hat das zu bedeuten?«, fragte Yomi. »Warum brüllen sie plötzlich alle so unheimlich laut?«

Gimbar zuckte mit den Schultern. »Vielleicht hat der Kapitän vorzeitig das Bierverbot aufgehoben.«

Yonathan überkam ein merkwürdiges Frösteln. Seine Finger umklammerten Haschevet und er schien einem fernen Geräusch zu lauschen. »Nein, das glaube ich nicht«, murmelte er, ohne seine Freunde anzublicken. »Es ist etwas anderes.«

Yomi warf Gimbar einen fragenden Blick zu. Doch der neigte nur den Kopf zur Seite und hob die rechte Augenbraue.

Die Freudenrufe an Deck der *Narga* verebbten langsam und gingen in allgemeine Geschäftigkeit über. Stunden später öffnete sich die Deckenluke und eine Wache zeigte ihr bärtiges Gesicht. Ein auffallendes Grinsen lag darin. Der Mann ließ einen Korb mit dem Abendessen herab.

Die Eingekerkerten hatten keinen Blick für das besonders reichhaltige Mahl. Stattdessen rief Gimbar zu dem Wächter hinauf: »Warum ist bei euch da oben so ein Lärm?«

Der Gefragte grinste noch breiter. Dann zog er das Seil zu sich herauf und warf die Klappe laut knallend zu. Während er sich entfernte, drang dumpf sein schallendes Gelächter herab.

Yonathan griff sich einen Kanten Brot und begann lustlos zu kauen. Yomi machte seiner Beunruhigung Luft. »Sind die da oben verrückt geworden?«

»Bleib ruhig, Langer«, mahnte Gimbar. »Wir haben alle bemerkt, dass sich da oben was Besonderes getan hat. Etwas, worüber sie sich freuen. Und das ist für uns bestimmt nicht erfreulich. Es wird höchste Zeit, dass wir uns für die Gastfreundlichkeit bedanken und weiterreisen.«

»Du scheinst mir ein unheimlicher Witzbold zu sein. Einfach ›weiterreisen‹ – als wenn das so leicht wäre!«

»Wart's ab, Langer. Wenn sie das schmutzige Geschirr hinaufgezogen haben, werde ich euch meinen Plan erklären.«

Die Luke öffnete sich erneut und die Gefährten fuhren zusammen, als das Ende einer Strickleiter neben ihnen auf den Boden knallte. Grinsend rief der Wächter von oben herab: »Du, Junge, der du dich Yonathan nennst, komm herauf! Und wenn du nicht willst, dass ihr alle als Nachspeise unsere Speere zu schlucken bekommt, dann lass deinen verdammten Stab da unten, hörst du? Sethur möchte dich sprechen.«

Sicher, Yonathan hatte dieses Frösteln verspürt, als das Freudengeheul an Deck der *Narga* ausgebrochen war. Aber wie hätte er wissen sollen, dass wirklich Sethur die Ursache dafür war? Nein. Er hatte es gewusst. Nur wollte er sich dieser Wahrheit nicht stellen. Aber das war natürlich kindisch! So würde er nie ein Mann werden. Er musste der Wahrheit ins Gesicht blicken. So, wie er es in der eisigen Kälte des Südkamm-Gebirges getan hatte. Wenn Sethur auch nicht getötet worden war, so hatte er, Yonathan, – oder eigentlich die Macht Yehwohs, die durch den Stab Haschevet floss – den Heerführer Bar-Hazzats doch für einige Zeit unschädlich gemacht. Warum sollte ihm das nicht wieder gelingen?

Eine hölzerne Tür schwang vor ihm auf und gab den Blick in eine große, von den Flammen vieler Lampen erleuchtete Kajüte frei. Yonathan blinzelte, bis sich seine Augen an die Helligkeit gewöhnt hatten. Rauchschwaden hingen im Raum. Hier gab es kaum Möbel, dafür aber sechs bewaffnete Wachen. Wozu so viel Aufwand, da er doch ohne Stab wehrlos war? Schätzte man seine Kräfte so hoch ein?

Durch das gelb-milchige Etwas, das den Raum erfüllte, drang eine Stimme an sein Ohr. »Ihr seht aus, als wäret Ihr überrascht, mein junger Freund.«

Obwohl Yonathan bisher nicht mehr als eine schemenhafte Gestalt zu erkennen vermochte, wusste er sehr genau, wer da gesprochen hatte. Seltsamerweise entdeckte er Erleichterung unter all der Beklemmung, die die Gegenwart dieses Mannes stets verströmte. Er versuchte seine Gefühle zu ordnen und äußerlich unbewegt zu erscheinen.

»Das sagtet Ihr bereits, Sethur. Im Verborgenen Land. Ich bin sicher, dass die Überraschung Euch seitdem ein vertrauterer Begleiter geworden ist als mir.«

»Oh, oh! Immer noch der kleine, bockige Junge«, spöttelte Sethur. »Aber ich sehe, der Stab hat Eure Erinnerung wach gehalten. Das ist beachtlich! Aber Ihr müsst Euch nicht bemühen mich zu reizen. Das ist Euch schon bei unserer ersten Begegnung nicht gelungen.«

»Dafür war Gavroq aber umso empfänglicher dafür.«

»Gavroq!« Sethur sprach diesen Namen aus, als erinnerte er sich an einen außergewöhnlichen Wein. »Ihr habt mit Eurem Stab tatsächlich einen meiner fähigsten Hauptmänner zu Asche verwandelt.« Er schüttelte wehmütig den Kopf. »Und anschließend habt Ihr mich noch des Restes meiner tapferen Leute beraubt. Der meisten im Grünen Nebel. Sie sind dem Wahnsinn verfallen, verhungert oder verschollen. Die letzten drei sind am Tor im Süden unter Eismassen zerrieben worden. Mir scheint, Ihr habt inzwischen gelernt die Macht des Stabes Haschevet zu gebrauchen.«

»Eher umgekehrt«, widersprach Yonathan. »Ich selbst bin auch nur ein Werkzeug, aber ganz sicher war es die Macht Yehwohs, die Ihr und Eure Leute gespürt habt. Dass Ihr noch lebt, sollte Euch mit Dankbarkeit erfüllen. Ihr solltet meine Freunde und mich freilassen.«

Sethur stemmte sich hinter seinem schlichten Eichentisch hoch, um Yonathan genauer zu mustern und der staunte einmal mehr über das jugendliche Aussehen des Heerobersten. Sicher, die Strapazen der vergangenen Wochen hatten ihre Spuren hinterlassen: Sethurs Gesicht wirkte müde, auf einer Wange zeigten sich zwei tiefe Schrammen. Aber sonst war der Heerführer unversehrt, nach wie vor bot er eine Ehrfurcht gebietende Erscheinung.

Nachdenklich und ohne Ärger über Yonathans Aufbegehren stellte er fest: »Ihr scheint reifer geworden zu sein in diesen Wochen. Bald werdet Ihr ein richtiger Mann sein. Ich verstehe die Wahl.«

Die letzte Bemerkung verwirrte Yonathan, ebenso die Anteilnahme, die darin lag. Trotzig entgegnete er: »Ihr werdet mich nicht auf Eure Seite ziehen können, Sethur. Also, was habt Ihr mit uns vor?«

»Hat es Euch Kirzath nicht gesagt?« Sethur seufzte. »Morgen bei Sonnenaufgang stechen wir in See. Ihr und der Stab werdet mit uns kommen, nach Gedor. Eure Freunde werden bei nächster Gelegenheit als Sklaven verkauft.«

Yonathan fühlte Zorn in sich aufsteigen. »Nie werde ich Euch nach Témánah begleiten!«, rief er. »Eher werde ich die Macht des Stabes gebrauchen, die Ihr ja bereits kennt.«

»Ihr würdet zuvor von den Pfeilen meiner Wachen durchbohrt werden. Erinnert Ihr Euch an unsere Begegnung im Südkamm-Gebirge? Ich sagte Euch, dass der siebte Richter den Stab nicht erhalten dürfe. Dies ist wichtiger, als Haschevet nach Témánah zu schaffen.«

Yonathans Kiefer mahlten. Verzweifelt suchte er nach einer passenden Antwort. Aber bevor ihm etwas einfiel, setzte sich Sethur wieder und bedeutete seinen Wachen, Yonathan hinauszugeleiten.

»War es wirklich Sethur?«, fragte Yomi, sobald die Luke des Laderaumes zugefallen war.

»Ja.«

»Was ›Ja‹?«

»Es *war* wirklich Sethur.«

»Und? Lass dir doch nicht jedes Wort aus der Nase ziehen. Was hat er gesagt?«

Yonathan ließ sich erschöpft auf sein Lager fallen und starrte zur Decke. Yomi und Gimbar setzten sich zu ihm und Gurgi nahm auf seiner Brust Platz. »Die *Narga* sticht morgen früh in See. Er will mich mit in die Hauptstadt Témánahs nehmen und euch als Sklaven verkaufen.«

»Dann bleibt uns so oder so keine andere Wahl.« Gimbar ließ klatschend die Faust in die geöffnete Hand sausen. »Wir müssen heute Nacht fliehen.«

»Ach ja, dein Plan«, erinnerte sich Yomi an das Gespräch, das ein jähes Ende fand, als Yonathan zu Sethur abgeholt worden war. »Du wolltest uns ja verraten, was wir anstellen müssen, um endlich ›weiterreisen‹ zu können.«

Gimbars Nasenspitze zuckte. »Passt auf! Mein Plan baut darauf auf, dass einer von uns an Deck gelangen muss, ohne dass es die Wachen merken.«

»Ach so!« Yomi warf die Arme in die Luft. »Na, wenn es weiter nichts ist. Willst du wie der Rauch dieser Öllampe durch die Ritzen in der Decke schweben oder möchtest du es dir nicht ganz so einfach machen?«

Gimbar verdrehte die Augen. »O Yonathan, wie hast du es nur so lange mit diesem chronischen Pessimisten ausgehalten?«

Yonathan zuckte die Schultern. »Halb so schlimm. Also, wie sieht dein Plan aus?«

Gimbar atmete tief, warf Yomi noch einmal einen prüfenden Blick zu und begann erneut: »Wie gesagt, wir können nur an eine Befreiung denken, wenn einer von uns draußen tätig werden kann.« Schnell fügte er hinzu: »Ich hatte da an mich gedacht. Wenn ich erst mal draußen bin, dann wird es mir auch gelingen die Wachen abzulenken – zur Not mit Gewalt.«

»Sie werden heute Nacht die Rückkehr Sethurs feiern«, gab Yomi zu bedenken. »Ich glaube kaum, dass es da möglich ist unbemerkt an Deck herumzuspazieren. Ganz davon abgesehen, dass du erst mal an den beiden Wachen vorbeimüsstest.«

»Auch daran habe ich gedacht.«

Yonathan wurde langsam ungeduldig. »Nun spann uns nicht so lange auf die Folter, Gimbar. Wie willst du es anstellen hier herauszukommen?«

Gimbar blinzelte Yonathan vergnügt zu. »Hast du schon einmal so richtig fürchterliche Bauchschmerzen gehabt?«

Der Simulant

Jaaaah!« Yonathan stöhnte aus Leibeskräften. Seine Hände waren schweißnass. Sein Magen schmerzte, aber eher wegen der Aufregung und der Ungewissheit, als dass ihm wirklich etwas gefehlt hätte. Yomi saß bei ihm und sprach beruhigend auf ihn ein.

Es war bereits zu vorgerückter Stunde. Der letzte Wachwechsel lag erst kurz zurück. Sethur hatte den Feierlichkeiten anlässlich seiner Ankunft ein jähes Ende bereitet; die *Narga* sollte am nächsten Morgen früh in See stechen. Gimbars Plan schien aufzugehen.

Ein weiterer Mitleid erregender Aufschrei Yonathans öffnete endlich die Luke über ihren Köpfen. »Was ist denn da unten los?«, wollte eine der Wachen wissen. »Bringt ihr euch jetzt schon gegenseitig um?«

»Nein, nein«, beteuerte Yomi, während er die Hand des sich windenden Freundes hielt. »Es sieht so aus, als hätte er etwas gegessen, das ihm unheimlich schlecht bekommen ist.«

Der Wachmann kniff die Augen zusammen und warf dem stöhnenden Bündel am Grund des Laderaumes einen kritischen Blick zu. Bis auf die Tatsache, dass einer der Gefangenen trotz der Leiden seines Gefährten seelenruhig zu schlafen schien, war da unten nichts Auffälliges zu entdecken. Eigentlich hätte es ihm ja egal sein können. Aber Sethur hatte angeordnet, dass die Gefangenen gut zu behandeln seien. Ja, er hatte die Wachen sogar mit ihrem Kopf für das Wohl dieses neunmalklugen Bürschchens haften lassen. Der Soldat fluchte leise in seinen Bart, murmelte seinem Kameraden etwas zu und warf die Strickleiter in den Laderaum hinab. Während er sich samt Speer an den Abstieg machte, verharrte der andere mit gespanntem Bogen in der Luke und rief wiederholt: »Wehe, es rührt sich einer von der Stelle!«

Gimbar warf sich auf die andere Seite und ließ ein kurzes, empörtes Schnarchen hören.

Der Wachmann stellte fest, dass der Stab des Knaben außer

Reichweite an der Schiffswand lehnte, dann warf er dem in eine Decke gerollten Gimbar einen abfälligen Blick zu.

»Wie kann er nur schlafen, während es seinem Kumpan so dreckig geht?«

Yonathan stöhnte wie zur Bestätigung laut auf.

»Es war die Idee Eures Kapitäns, dass dieser Pirat zu uns gehört, nicht unsere«, erinnerte Yomi. »Er hat sich von diesem Benith beschwatzen lassen. Aber jetzt seht Ihr ja selbst, dass er nicht das geringste Interesse an uns hat.«

Der bärtige Soldat zuckte die Schultern. »Das ist nicht meine Sache.« Er wandte seine Aufmerksamkeit wieder Yonathan zu. »Was fehlt ihm denn? Mir ist nicht bekannt, dass heute Abend irgendjemandem das Essen nicht bekommen sei. Ist er etwa krank?«

»Erhaltet Ihr denn dieselbe Verpflegung wie wir?«

Der Wachmann musste zugeben, dass die Gefangenen mit Speisen verwöhnt wurden, die man sonst nur Sethur, dem Kapitän und hohen Gästen auftischte.

»Aber um auf Eure Frage zurückzukommen«, sagte Yomi, »es gibt einige Dinge, die sein Magen gar nicht gut verträgt. Habt Ihr vielleicht ein wenig warmen Wein für ihn? Möglicherweise mit einigen Kräutern, die die Gedärme beruhigen?«

Der Gefragte runzelte die Stirn. »Ich kenne mich da nicht aus. Aber unser Koch weiß bestimmt einen Rat. Er hat schon so manchen Arm und manches Bein abgenommen!«

Yonathan ächzte erneut auf.

»Das ist ja fein!«, stellte Yomi mit bemühter Freude fest. »Könntet Ihr ihn holen? Vielleicht kann er etwas für meinen Freund tun.«

Der Wächter bohrte seinen Blick forschend in Yomis Augen. Für einige Augenblicke herrschte Stille. »Also gut«, stimmte der Soldat zu. »Aber ich werde hier bleiben, damit ihr nicht auf dumme Gedanken kommt.« Er rief zu seinem Kameraden hinauf, der noch immer den Bogen im Anschlag hatte: »Bringol! Lauf zum Koch und hole etwas heißen Wein und ein paar Kräuter für seinen verdorbenen Magen.«

»Sind ihm etwa die Leckereien nicht bekommen?«

»Red kein dummes Zeug! Lauf lieber. Oder willst du, dass Sethur böse wird?«

»Schon gut, Trith, schon gut. Ich geh ja schon.«

»Ich verfluche den Tag, an dem ich den Befehl erhielt auf euch aufzupassen«, stieß Trith hervor. »Man hätte euch lieber gleich den Zahnfischen vorwerfen sollen.«

Ein leiser Luftzug wehte durch den Raum, die Strickleiter klapperte leicht. Trith wollte sich umdrehen, um der Sache auf den Grund zu gehen, aber Yonathans Stöhnen hielt ihn davon ab. »Kannst du ihn nicht beruhigen?«, fragte er Yomi entnervt. »Wenigstens, bis unser Koch da ist. Dem wird sicher was einfallen. Er hat schon ...«

»Ja, ja«, fiel Yomi dem Wachmann ins Wort. »Ich kann es mir lebhaft vorstellen.«

Trith brummte noch etwas und schwieg. Einmal, als ihm Yomis entspanntes Gesicht auffiel, drehte er sich misstrauisch um. Doch er sah nichts, das er nicht erwartet hätte: eine leise schaukelnde Strickleiter und ein längliches, in Decken gewickeltes Bündel auf Gimbars Lager. Er seufzte aus tiefster Seele und wünschte sich woandershin – in ein tosendes Kampfgetümmel vielleicht, in dem Schwerter und Äxte auf Schilde und Knochen krachten. Warum musste gerade er auf diese Kinder aufpassen, mit denen man nur Scherereien hatte ...?

Aber war da nicht ein Geräusch in seinem Rücken, ein leiser Lufthauch nur? Er bemerkte, dass Yomi ihm gebannt über die Schulter starrte! Trith explodierte: In einer einzigen Bewegung zog er das Schwert, stemmte den schweren Körper hoch und wirbelte mit blitzender Klinge herum. Ohne dem Angreifer die geringste Chance zu lassen, durchtrennte er das Seil, an dem er sich leise aus dem Laderaum hatte stehlen wollen. Mit lautem Poltern fiel etwas auf die Planken und rollte ihm vor die Füße.

»Bist du von allen guten Geistern verlassen?«, rief Bringol von oben.

Trith kniff die Augen zusammen und schüttelte den Kopf. Der

Tonkrug zu seinen Füßen hatte den Sturz unbeschadet überstanden. Trith steckte sein Schwert erleichtert in die Scheide zurück, hob den Krug auf und rief zu Bringol hinauf: »Du hättest dich ruhig bemerkbar machen können.«

Bringol hob die Achseln und grinste schadenfroh.

»Wo ist der Koch?«, fragte Trith.

»Er meinte, ich solle ihn mit dem Bengel in Frieden lassen. Als ich ihm sagte, Sethur könne sehr ungehalten sein, wenn dem Jungen etwas geschieht, hat er nur gemeint, das sei unser Problem. Ich musste ihn bestechen, um wenigstens das da zu bekommen.« Er deutete auf den Krug in Triths Hand.

Trith hob das Gefäß vor die Augen. »Bestechen? Womit?«

»Nun, mit unserer ersten Bierration … Wenn das Verbot wieder aufgehoben ist …«

»Hast du gesagt, mit *unserer* Ration?«, brauste Trith auf. »Hättest du ihm nicht den Säbel an die Kehle halten können?«

»Schon. Aber Sethur und Kirzath hätten es uns übel genommen, wenn ihr Koch für längere Zeit ausgefallen wäre. Und ich schätze, der weiß das auch sehr genau!«

Trith schnaufte, fluchte und knallte dann den Tonkrug auf die Planken. »Hier!«, fauchte er Yomi an. »Flöße ihm das ein. Und für den Rest der Nacht seid ihr so stumm wie euer herzloser Freund da.« Er wies auf das Bündel im Halbdunkel. »Wenn ich noch einen einzigen Ton von dem Bengel höre, dann ist mir egal, was Sethur nachher mit uns anstellt. Hast du mich verstanden?«

Yomi nickte erschrocken. Schweigend blickte er dem wütenden Soldaten nach, der sich leise fluchend die Strickleiter emporhangelte.

»Wie war ich?«, fragte Yonathan, nachdem die Deckenluke sich mit lautem Knall geschlossen hatte.

»Überzeugend«, lobte Yomi. »Ich hätte es nicht besser machen können.«

Yonathan wischte sich den Schweiß von der Stirn. »Das war ein hartes Stück Arbeit. Ich bin im Mogeln nämlich nicht sehr geübt. Ehrlich gesagt, Yo, ich hab mich gar nicht wohl gefühlt in meiner Haut.«

Yomi lachte. »Das kann ich mir ziemlich gut vorstellen. So gut kenne ich dich inzwischen schon. Aber hat nicht selbst die Richterin Ascherel einmal gesagt: ›Seid listig wie die Füchse‹?«

»Ich staune, Yo! Du kennst dich ja gut aus im *Sepher Schophetim*. Es ist nur … Navran hat immer gesagt, dass die Wahrheit eines der wertvollsten Dinge ist. ›Sie ist kein Mantel, den man einfach ablegt, wenn es einem zu heiß wird‹.«

»Habe ich denn etwas Unwahres gesagt?«, fragte Yomi mit einem Lachen. »Ich sagte, dass es *so aussähe,* als hättest du etwas Schlechtes gegessen. Und *ausgesehen* hat es doch tatsächlich so – oder etwa nicht?«

Auch Yonathan lachte. »Du bist wirklich ein Fuchs, Yo! Von dir kann ja sogar unser Pirat noch etwas lernen. Wie ist es übrigens gelaufen mit Gimbar? Meinst du, dieser Trith hat wirklich nichts gemerkt?«

»Der war so unheimlich besorgt, dass er nicht das Geringste bemerkt hat. Außerdem – das muss ich zugeben – ist Gimbar wirklich lautlos und geschwind wie ein Eichhörnchen die Strickleiter emporgeklettert.« Yomi straffte die Schultern und erklärte: »Ich glaube, im Klettern könnte er selbst mir gefährlich werden.«

»Es wäre schön, wenn das unsere einzige Sorge bliebe, Yo. Aber jetzt ist es Zeit, uns für die Abreise fertig zu machen.«

Die Zeit wollte überhaupt nicht vergehen und es erschien Yonathan, als warteten sie nicht nur diese eine, sondern mehrere Nächte, ohne dass etwas passierte.

Nur einmal ereignete sich etwas Merkwürdiges: Durch die Ritzen der Decksluke tropfte etwas auf die Planken des Laderaumes herab. Zuerst dachte Yonathan, es hätte zu regnen begonnen. Aber Regen zu dieser Jahreszeit hätte sich durch heftige Windböen bemerkbar gemacht. Prüfend steckte er die Finger in die kleine Pfütze und führte sie an seine Nase.

»Bier!«, rief er.

Yomi stutzte. Auch er tauchte den Finger in die Lache. »Wer sollte hier Bier herunterschütten?«, meinte er skeptisch. »Kirzath hat doch alle Fässer verschlossen.«

»Wer?« Yonathan schmunzelte. »Vielleicht unser Pirat?«

Über ihren Köpfen rumpelte es plötzlich. Sie hörten leises, erregtes Flüstern. Yonathan und Yomi schauten sich fragend an.

Bald herrschte wieder Ruhe. Das Tröpfeln hatte aufgehört.

Wieder verstrich eine Zeit des Wartens. Dann öffnete sich endlich die Luke zu ihrem Verlies und sie konnten den sternenübersäten Nachthimmel sehen. Ein dunkler Körper schob sich vor die funkelnden Sterne und sie hörten Gimbar flüstern: »Das letzte Schiff nach Cedanor legt in wenigen Augenblicken ab. Alle Passagiere werden gebeten jetzt an Bord zu gehen.«

Sofort schob Yomi Yonathan zur Strickleiter, die Gimbar herabgelassen hatte, und kletterte selbst als Letzter ins Freie.

»Duckt euch«, ermahnte Gimbar seine beiden Freunde. »Auf dem Vorschiff hocken noch zwei Wachen.«

Yonathan entdeckte dicht bei der Luke zwei reglos daliegende Gestalten. »Gimbar!«, flüsterte er. »Du hast sie doch nicht etwa …?«

»Nicht, was du denkst«, beruhigte ihn der Pirat. »Sie schlafen nur.«

»Aber wie …?«

»Das erzähl ich euch später. Kommt jetzt.«

Beunruhigt stellte Yonathan fest, dass die Sterne, der Mond und die Positionslichter das schwarze Schiff in gleißendes Licht tauchten. Wenn er alles so deutlich sehen konnte, waren Yomi, Gimbar und er dann nicht ebenso klar zu erkennen? Seine Rechte umklammerte Haschevet. Es war wohl nur der Stab, der seinen Augen einen Streich spielte. Er hatte sich dank Haschevet ja selbst in der undurchdringlichen Finsternis des Ewigen Wehrs noch gut zurechtgefunden.

Gimbar führte sie geschickt von Deckung zu Deckung. Unter seinem Arm trug er die zusammengerollte Strickleiter, die er bei der Ladeluke gefunden hatte. Nach kurzer Zeit legte er das Bündel ab und zog etwas aus der Tasche.

»Was machst du da?«, flüsterte Yomi aufgeregt.

»Ach, das sind nur Knöpfe, die ich den Wachen abgenommen habe. Ich muss sie an ihre Pflicht erinnern. Wenn sie zu lange schlafen, werden sie womöglich erst beim Wachwechsel aufgeweckt. Man würde nach uns schauen und unsere Abwesenheit feststellen – vielleicht zu früh.«

»Und so werden sie feststellen, dass die Strickleiter fehlt.«

»Das glaube ich kaum, in ihrem Zustand.« Er warf einen Knopf zu den schlummernden Wachen hinüber. Er traf einen Wächter auf die Nase. Der schnaubte, brummte unwillig und fuhr blitzartig hoch, als er sich seiner Situation bewusst wurde. Schnell weckte er auch seinen Kameraden und beide begaben sich taumelnd und schwankend wieder auf ihre Posten.

Gimbar nickte seinen Gefährten zufrieden zu. »Jetzt weiter«, sagte er knapp. Sie überquerten das Großdeck und näherten sich der Stelle, wo steuerbords die *Mücke* im Wasser lag. »Hier ist es«, flüsterte Gimbar. »Jetzt müssen wir nur noch unentdeckt in das Schiff gelangen, dann haben wir es so gut wie geschafft.« Plötzlich duckte er sich noch tiefer. »Pst! Da hinten bewegt sich etwas.« Er deutete zum Achterdeck hin.

Yonathan und Yomi konnten nichts erkennen.

»Wenn ich euch ein Zeichen gebe, dann folgt ihr mir, so schnell ihr könnt.« Gimbar wartete die Antwort seiner Freunde nicht ab. Wie ein lautloser Schatten huschte er zur Bordwand. Dort legte er sich flach auf die Planken und befestigte die Leiter an der abgebrochenen Reling. Regungslos blickte er zum Achterdeck hinüber.

Yonathan pochte das Herz im Halse. Angespannt wartete er auf das Zeichen Gimbars, während er auf verdächtige Geräusche achtete. Endlich! Ein kurzes Winken und schon war Gimbar hinter der Bordwand verschwunden. Yonathan stieß Yomi in die Seite. »Komm!«, flüsterte er und eilte geduckt zur Strickleiter. Sie glitten über das Schanzkleid, während Gimbar von der *Mücke* aus die Strickleiter straff hielt, um zu verhindern, dass sie gegen die Bordwand klapperte.

»Das war's wohl. Ade *Narga!*«, wisperte Gimbar vergnügt.

Yomi löste bereits die Leine, als jäh eine eisige Stimme in ihr Bewusstsein drang.

»Ihr Narren«, flüsterte sie. Aber das Flüstern kam nicht von Bord der *Narga.* Es schwebte in ihren Köpfen und fraß sich wie ätzende Säure durch ihren Geist. Und noch einmal: »Ihr dummen, kleinen Narren! Habt ihr wirklich geglaubt, ihr könntet mir entkommen?«

»Was war das?«, keuchte Gimbar. Er kauerte auf dem Schiffsboden, sein Gesicht bleich vor Schreck und schlang die Arme um den Körper, als wäre es bitterkalt.

»Er ist es. Sethur«, flüsterte Yomi. Er kannte diese Stimme, gegen die es keine Gegenwehr gab, nur zu gut. Auch ihm stand die Furcht ins Gesicht geschrieben. Er blickte um sich, als müsse Sethur jeden Moment als riesenhafter Geist über dem Wasser erscheinen.

In diesem Moment ertönte die Schiffsglocke. Schnell war die gesamte Besatzung auf den Beinen.

»Am besten wir bleiben hier sitzen und warten ab, was man uns sagt«, meinte Yonathan tief enttäuscht. »Fliehen können wir sowieso nicht mehr.«

So war es. Schon tauchten Schwerter, Lanzen und Bogen über ihren Köpfen auf. Auch Sethur erschien, nicht als Geist, sondern sehr wirklich. Mit vor der Brust verschränkten Armen rief er zu ihnen hinab: »Es war töricht von euch, aber in gewisser Weise verständlich. Wie dem auch sei, euer Ausflug ist beendet. Ihr könnt jetzt zurück an Bord kommen.« Seine Stimme klang wieder normal: mitleidslos, geschäftsmäßig, mit einem Hauch von Zorn.

Als die drei Freunde zur Mitte des Hauptdecks geführt wurden, holte man gerade von der anderen Seite die pflichtvergessenen Wächter herbei. Sie wurden links wie rechts von einem Soldaten gestützt, da ihnen die Beine offenbar den Dienst versagten.

»Seid mir gegrüßt, Sethur, alter Junge«, rief der eine gut

gelaunt und versuchte eine weit ausholende Geste, die ihn ohne Zweifel von den Füßen gerissen hätte, wären da nicht seine Begleiter gewesen.

»Ihr seht aus, als wäre Euch eine Laus über die Leber gelaufen. Ist Euch das Abendessen nicht bekommen?«, lallte der andere und kicherte fröhlich.

Yonathan, Yomi und Gimbar waren von einer Anzahl Wachen umringt, die das eigentümliche Verhalten ihrer Kameraden fassungslos beobachteten. »Was hast du mit ihnen angestellt?«, flüsterte Yonathan Gimbar zu.

Gimbar zuckte die Achseln. »Ich habe ihnen Bier zu trinken gegeben – mit etwas drin.«

Yonathans Blick wanderte skeptisch zu den beiden Männern hinüber, die offenbar jeglichen Respekt verloren hatten. Er hätte gerne gewusst, was dieses Etwas denn gewesen sei, das solches bewirken konnte. Doch in diesem Augenblick ergriff Sethur das Wort.

Der Heeroberste hatte die beiden Wächter eine kurze Zeit lang mit versteinerter Miene betrachtet. Nur seine mahlenden Kiefer verrieten seine Erregung. Langsam hob er den Arm und Ruhe kehrte ein auf dem Deck der *Narga.*

»Ihr wisst«, begann er, »dass ich oft hart zu euch bin – aber nie ungerecht! Bar-Hazzat verlangt unbedingte Ergebenheit. Er duldet keine Nachlässigkeit. Indem ich von euch Disziplin fordere, helfe ich euch den Willen Bar-Hazzats zu erfüllen. Nur so können wir das große Ziel erreichen – ganz Neschan eines Tages in die Hand Bar-Hazzats, seines rechtmäßigen Regenten, zu legen. Ihr wisst, euer Lohn wird groß sein: Nach eurem Tod werdet ihr auf immer vereint werden mit dem Großen Herrscher, dem Erschaffer Neschans, dem König des Landes, Melech-Arez, vor dem selbst Bar-Hazzat sein Knie beugt.«

Yonathan wurde fast schwarz vor Augen bei diesen gotteslästerlichen Worten. Er wünschte, der Stab in seiner Hand würde einen feurigen Blitz aussenden, der Sethur in ein Häufchen Asche verwandelte.

Der Blitz blieb aus. Stattdessen meinte einer der beiden betrunkenen Wächter fröhlich: »Und wenn er alle gefressen hat, dann ist er ziemlich lange satt.«

»Ihr aber«, explodierte Sethur und deutete mit dem Zeigefinger auf die beiden Wächter, »ihr habt Schande auf den Namen Bar-Hazzats gebracht. Schlimmer noch! Ihr habt die Ehre Melech-Arez' selbst besudelt.« Sethurs Stimme senkte sich wie die Temperatur bei einem plötzlichen Wintereinbruch. »Deshalb werdet ihr euren Kameraden ein Beispiel geben, damit sie nie vergessen, was es bedeutet, wenn man den Befehlen Bar-Hazzats und seiner ausgewählten Diener zuwider handelt. Noch vor Sonnenaufgang werden eure Leiber leblos an den Rahen des Fockmastes baumeln. Drei mal sechs Tage sollen sie dort hängen, allen zur Mahnung. Und wer euren Namen ausspricht, der wird sich neben euch wieder finden.«

»Aber es ist kühl da oben«, protestierte einer der beiden. »Können wir nicht in der Speisekammer hängen, neben den Räucherschinken?«

Sethur ignorierte den Vorschlag. Laut, dass alle es verstehen konnten, fügte er hinzu: »Ihr habt natürlich Recht. Eigentlich sollte man euch eure nutzlosen Augen ausreißen und sie zusammen mit euch in siedendem Wasser kochen. Aber uns fehlt die Zeit dazu. Wir müssen früh in See stechen. Doch eines können wir noch tun und dies sei eine letzte Warnung für alle, die glauben ihre Pflicht vernachlässigen zu können!« Sethur drehte sich zu den hinter ihm stehenden Männern um und hielt zwei prächtige Säbel aus témánahischem Stahl in den Händen. Er versenkte die Spitzen der Waffen mit kräftigem Hieb in der hölzernen Reling. »Hier sind eure Säbel«, rief er den Verurteilten zu. »Wenn man eure Knochen ins Meer wirft, dann werden euch die Säbel folgen.«

Ein Raunen ging durch die Meute der hartgesottenen Männer. »Damit hat Sethur ihre Familien ausgelöscht«, flüsterte Gimbar Yonathan zu. »Ihre Angehörigen sind fortan Ausgestoßene ohne Namen. Jeder kann mit ihnen tun, was er will.«

Sethur erhob den Arm und zwang damit seine Männer erneut zur Ruhe. »Und jetzt zu euch«, wandte er sich Yonathan, Yomi und Gimbar zu. Er wirkte beinahe freundlich. »Mein Urteil mag euch hart erscheinen, aber nur so kann ich die Disziplin meiner Männer erhalten.«

»Ich bezweifle, dass man mit Grausamkeit die Liebe seiner Männer erhalten kann«, warf Yonathan ein.

»Liebe?« Sethur lächelte in sich hinein. »Liebe ist nicht das, was diese Männer antreibt. Es ist der *Hass!* Hass gegenüber den Richtern Eures Gottes. Nur weil *sie* für Yehwoh angeblich die Herzen der Menschen gewinnen wollen, müssen diese Männer hier in Waffen durch die Welt ziehen und das Recht Melech-Arez' verteidigen. Meint Ihr nicht, sie würden stattdessen viel lieber zu Hause bei ihren Familien sein?«

»Seid nicht Ihr es, Sethur, der Familien austilgt?«, ergriff Yomi das Wort, empört und erregt. »Familien, die ein ungestörtes, glückliches Leben führen wollen? Die niemandem etwas getan haben, noch Euch irgendwie gefährlich sein könnten? War es nicht die *Narga,* die vor zehn Jahren Darom-Maos dem Erdboden gleichmachte …?«

»Schweigt!«, herrschte Sethur den blonden Seemann an, der den Tränen nahe war ob der schmerzlichen Erinnerung an den Verlust seiner Eltern. »Es ist dumm, was Ihr da sagt. Zu dieser Zeit war ich nicht älter, als Ihr es heute seid. Die Heere Témánahs – und auch die *Narga* – wurden damals von Advad-Hazzat befehligt. Ich kämpfe nicht gegen unschuldige Frauen und Kinder. Meine Aufgabe ist es, diejenigen auszumerzen, die den Anspruch des Melech-Arez und seines obersten Dieners, Bar-Hazzat, in Frage stellen.« Sethurs Stimme senkte sich wieder. Fast sprach Bedauern aus ihr, als er sagte: »Es war allerdings ein Fehler, Euch und dem Sohn Gims den Sklavendienst auf einer Galeere vor Augen zu halten. Das ist wohl schlimmer als ein schneller Tod. Kein Wunder, dass Ihr versuchtet zu fliehen.«

Yonathan schwante Schlimmes. »Und was wollt Ihr nun mit uns anfangen?«

»Was mit Euch geschieht, Yonathan, das wisst Ihr bereits. Bei Euren Freunden will ich Gnade walten lassen: Sie werden ertränkt, bevor wir in See stechen.«

Für einen Moment schwindelte Yonathan und er kämpfte, auf Haschevet gestützt, um sein Gleichgewicht. »Das kann nicht wahr sein!«, rief er laut, entschlossen, um das Leben seiner Freunde zu kämpfen. »Ihr sprecht von Gnade und wollt sie umbringen? Ich werde das nicht zulassen!«

Sethur konnte sich ein Lächeln nicht verkneifen. »Nicht zulassen? Aber was wollt Ihr dagegen tun, junger Mann?«

»Ich habe immer noch das hier.« Yonathan hielt Haschevet in der geballten Faust nach oben, sodass die ihn umgebenden Wachen auseinander fuhren.

Sethur blieb ungerührt. »Ich weiß, dass Ihr den Stab besitzt, Yonathan, und Ihr kennt meine Antwort auf Eure Drohung. Ihr werdet Euer Leben lassen, zusammen mit Euren Freunden, ehe ich zulasse, dass der Stab die *Narga* verlässt.«

»Das *sagt* Ihr, Sethur, aber *meint* Ihr es auch wirklich so?« Trotzig schob Yonathan den Stab in seinen Gürtel, während seine Rechte ihn weiter umklammert hielt. »Wenn Ihr mich hier durch Eure Bogenschützen niederstrecken lasst, wird niemand den Stab nehmen können. Ihr werdet meine Leiche schon hier an Deck verfaulen lassen müssen.«

Sethur wirkte betrübt. »Das werde ich wohl«, sagte er, aber mehr zu sich selbst als zu Yonathan oder irgendjemand anderem. »Passt auf sie auf«, wies er seine Wachen an und verschwand ohne ein weiteres Wort.

Weißer Fluch – schwarzes Schiff

Der Morgen des neuen Tages näherte sich unaufhaltsam. Schon schob sich der östliche Horizont hell unter den schwarzen Baldachin der zurückweichenden Nacht. Yonathan, Yomi und Gimbar hockten an Deck, an den Stumpf des Großmastes gelehnt, den die *Narga* am Ewigen Wehr verloren hatte.

Sie schwiegen. Die Worte waren ihnen ausgegangen. Zuerst hatten Yomi und Gimbar Yonathan Vorwürfe gemacht und gemeint, es wäre unvernünftig, wenn Yonathan für sie sein Leben aufs Spiel setzte. Solange er am Leben wäre, so lange gäbe es für ihn auch Hoffnung. Aber Yonathan wollte von alldem nichts hören. Und überhaupt, wie sollte er fliehen, auf einem Schiff, das auf hoher See der Südregion entgegenstrebte? Nein, er würde für seine Freunde kämpfen, das stand fest. Auch wenn er nur ein Junge war, so hatte Sethur durch ihn doch schon das *Koach* des Stabes zu spüren bekommen. Yonathan erinnerte sich an jene Nacht, in der Kapitän Kaldeks *Weltwind* von der *Narga* gejagt wurde und er, Yonathan, in höchster Verzweiflung gewünscht hatte, dass der Großmast des schwarzen Seglers bersten möge – geschah es da nicht wirklich? Immer noch hatte er den Klang des splitternden Holzes in den Ohren.

Leises Waffengeklirr störte Yonathans Gedanken. Durch den Ring der Wachen traten drei Männer, die Ketten, schwere Säcke und einiges andere Gerät bei sich trugen. »Es ist so weit«, sagte einer der Männer, kniete neben Gimbar nieder und machte sich an dessen Fußgelenken zu schaffen. Zuerst legte er ihm zwei schwere, durch Nieten gesicherte Eisenschellen an und dann band er das Seil, an dessen Ende der schwere Sack hing, um die Fußfesseln und die Handgelenke Gimbars. Yomi hatte die ganze Prozedur argwöhnisch beobachtet. Nun ließ auch er sich ohne Gegenwehr in Ketten legen – zu einschüchternd wirkten die auf ihn gerichteten Waffen. »Hier«, grinste der Soldat schließlich und legte Yomi den schweren Sack in die Arme.

Yonathan erwartete nun selbst auch gefesselt zu werden. Zu seiner Verwunderung ließ man ihn jedoch unbehelligt. Ja, man hielt sogar respektvoll Abstand von ihm; dafür waren umso mehr Pfeil- und Speerspitzen auf ihn gerichtet.

Die Freunde mussten sich erheben; an Deck verbreitete sich erwartungsvolles Murmeln. Der Wind hatte aufgefrischt, zupfte an ihren Haaren, aber für Yonathan trug er den Atem des Todes, den Geruch der Verwesung in sich.

Sethur hatte seine Kajüte verlassen und betrat das Großdeck. Gewandt sprang er auf eine Kiste, die man für ihn herbeigeschafft hatte. Alle blickten zu ihm auf. »Männer«, sprach er. »Ihr wisst, warum ich euch habe antreten lassen. Ein Urteil soll vollstreckt werden.« Geschäftsmäßig zählte Sethur noch einmal sämtliche Vergehen auf. Yomi und Gimbar sollten sich mit den Säcken in ihren Armen ins Meer stürzen. Anschließend würde man die pflichtvergessenen Soldaten am Fockmast aufknüpfen; ihr Blick war inzwischen wieder klar, ein Spiegel ihrer Angst.

»Vollstreckt das Urteil!«, lauteten Sethurs abschließende Worte.

Absolute Stille herrschte auf dem Großdeck. Inzwischen war der ganze östliche Himmel in tiefes Violett getaucht. Auf den Gletschern des Südkamm-Gebirges sah man erste, orangerote Sonnenstrahlen, als wollten sie den Auftakt des tödlichen Schauspiels nicht versäumen. Selbst der Wind schien für einen Augenblick den Atem anzuhalten.

Und doch, dachte Yonathan, war der Geruch der Verwesung, den er schon vorher wahrgenommen hatte, stärker geworden. Er schloss die Augen. Fieberhaft suchte er nach einem Ausweg. Unzählige Pfeil- und Speerspitzen waren auf ihn gerichtet. Eine falsche Bewegung, ein leises Zucken mit der Hand, die Haschevet umklammerte, und alles war verloren.

Zwei Seemänner trugen eine Planke herbei – den hölzernen Pfad, über den Yomi und Gimbar in den Tod gehen sollten.

Hinter Yonathans fest zusammengepressten Augenlidern hüpften bunte Pünktchen auf und ab. Was sollte er tun? Was *konnte* er tun?

»Augen auf!«, herrschte ihn ein Soldat an und stieß ihn mit dem stumpfen Lanzenschaft in die Seite.

Yonathan riss die Augen auf und packte den Stab mit beiden Händen. Erschrocken sprang der Soldat zurück. Ich muss mich zusammennehmen!, dachte Yonathan. Er schaute zu seinen Freunden hinüber. Yomis traurige Augen bohrten sich wie zwei Dolche in sein Herz. Gimbar schaute verwegen und trotzig.

Yonathans Gedanken wirbelten durcheinander. Und wenn er nun einfach – wie damals, im Sturm, am Ewigen Wehr – einen Mast der *Narga* zum Bersten brächte? Oder vielleicht sollte er lieber seine beiden Freunde durch die Luft ans nahe gelegene Ufer fliegen lassen? Tränen der Verzweiflung standen in seinen Augen. Er richtete ein Stoßgebet an Yehwoh, er möge ihm helfen. Aber wie …?

Ein Schrei riss ihn in die Wirklichkeit zurück. »Da!«, brüllte einer der beiden Seeleute, die gerade die herbeigebrachte Planke am Rand des Decks befestigen wollten. »Der *Weiße Fluch!*«

Niemand hatte in der letzten halben Stunde aufs Meer hinausgeschaut. Jeder war gefesselt durch die Ereignisse an Deck. Doch die Nachricht vom Weißen Fluch hatte die Szene in einem einzigen Augenblick verwandelt. Alle starrten zur Luvseite hinaus und deuteten aufgeregt aufs Wasser.

Auch Yonathan sah es: Unbemerkt hatte der Wind von Südost auf Ost gedreht und trieb nun einen weißen Teppich direkt gegen die Backbordseite der *Narga*. Yonathan hatte schon vom Weißen Fluch gehört, doch kaum jemand hatte ihn jemals selbst gesehen. Wenn die Seemänner in ihren Spelunken zusammensaßen und tranken, wussten sie die schaurigsten Geschichten über den Weißen Fluch zu berichten. Ganze Schiffsflotten sollte er schon verschlungen haben! Navran hatte einmal lächelnd erzählt, dass der Weiße Fluch in Wahrheit eher harmlos sei. Meist schwamm er in kleineren Matten auf dem Wasser und der Ausguck musste schon schlafen, damit er einem Schiff ernsthaft gefährlich werden konnte. Tatsächlich, so Navran, sollte dieser Schrecken der Seefahrer aus unzähligen kleinen Lebewesen bestehen, die fast alles verschlangen, was auf der Wasseroberfläche schwamm: Pflanzen, tote Fische, Holz, gelegentlich sogar Menschen – sofern sich welche fanden. Ein Schiff, das ordentlich kalfatert war, verschmähte der Weiße Fluch. Doch welches Schiff hatte schon eine so vollkommene Außenhaut? Für den Weißen Fluch genügte schon eine kleine Schadstelle; er fraß sich durch die feinsten Poren in das Holz und konnte dann einen Schiffsrumpf von innen heraus auflösen.

Am Oberdeck der *Narga* herrschte inzwischen Panik! Männer kreischten unverständliche Dinge, rannten ziellos durcheinander oder weinten wie Kinder. Sethur und Kapitän Kirzath brüllten Kommandos, man solle die Anker lichten, die Segel setzen und die *Narga* auf den Strand zusteuern. Niemand beachtete sie. Wie schneeweißer Aussatz drängte derweil eine riesige Schaumzunge durch den Eingang der Bucht. Schnell dehnte sie sich aus, bereit, alles zu verschlingen, was ihr in die Quere kam.

Auf der Luvseite der *Narga* lag ein kleines Segelschiff, etwa so groß wie die *Mücke;* vermutlich das Schiff, mit dem Sethur am Tag zuvor angekommen war. Als ein erster Finger des Weißen Fluches den Einmaster erreichte, entstand ein hässliches Geräusch – wie das Zerplatzen Millionen feiner Seifenbläschen. Das Schiff begann sich von unten her aufzulösen und seine Überreste schwanden in dem weißen Schaum wie Schnee auf einem heißen Backblech. Ein ätzender Geruch erfüllte die Luft und weckte Yonathan aus seiner Lethargie.

Vielleicht war das ja die Hilfe, die er erfleht hatte. Er eilte zu Yomi und Gimbar, die in dem allgemeinen Getümmel unbeachtet dasaßen, die schweren Säcke in den Armen.

»Hilf uns, Yonathan!«, rief Gimbar. Er ließ den Sack fallen, kauerte sich darauf und machte sich an den Knoten zu schaffen. »Wir kommen nie hier weg, wenn wir diese Dinger nicht loswerden.«

»Wartet!«, sagte Yonathan. Er kniete sich zu Yomi nieder und zog seinen funkelnden Dolch aus der Scheide.

Gimbar machte große Augen. »Wo hast du denn *den* her?«

»Später, Gimbar. Nicht jetzt. Yomi! Nimm doch endlich die Finger da weg. Willst du, dass ich sie dir abschneide?«

Im Nu hatte Yonathan die Seile zerschnitten und seine Freunde befreit. Kritisch betrachtete er ihre Fußketten. »Werdet ihr es damit bis zur *Mücke* schaffen?«

»Es wird schon irgendwie gehen«, sagte Gimbar.

Yonathan fiel etwas ein. »Lass mich noch mal an deine Ketten«, sagte er zu Gimbar und umfasste den Griff des Dolches fester. Er schloss die Augen und konzentrierte sich. Dann setzte er die Schneide des Messers an die schwere Kette, dicht neben der linken Fußschelle. Die Klinge durchschnitt mühelos das Eisen. Gimbar fiel die Kinnlade herunter. Ein weiterer Schnitt beim rechten Fußgelenk und der Freund war frei.

»Jetzt lass uns aber hier abhauen«, sagte Yomi, nachdem Yonathan auch seine Ketten durchtrennt hatte. Mit einem freundlichen Klaps auf die Schulter brachte er Gimbar wieder in die Wirklichkeit zurück. »Komm, Pirat! Du hast später noch genügend Zeit, darüber nachzudenken.«

Gimbar fürchtete um seinen Verstand. Er schüttelte den Kopf. »Ja«, lächelte er benommen. »Suchen wir unser Insekt.«

Der Weg zur *Mücke* war ein Hindernislauf. Nicht weil irgendein témánahischer Krieger die drei Flüchtenden ernsthaft aufzuhalten suchte; die Männer Sethurs waren viel zu sehr mit sich selbst beschäftigt. Aber dieses unbeschreibliche Durcheinander! Speere sirrten, Streitkeulen flogen – man konnte leicht den Kopf verlieren.

Geduckt hin und her springend erreichten Yonathan, Yomi und Gimbar schließlich doch ihr Ziel. Die Strickleiter zur *Mücke* hinab hing noch an ihrem Ort. Wenige Augenblicke später durchschnitt Yonathans Dolch das Tau zur *Narga.* Erst jetzt fiel ihm etwas ein. »Gimbar! Wie sollen wir überhaupt aus der Bucht herauskommen? Der Weiße Fluch ist schon überall. Da, schau doch! Der Schaum kommt gerade um die *Narga* herum. Gleich wird er auch bei uns sein.«

»Beruhige dich, Yonathan. Wir müssen zu den Klippen hinüber.« Gimbar deutete auf ein undurchschaubares Gewirr aus schroffen Felsnadeln und klobigen Steinbrocken. »Schnell, hilf Yomi beim Segelsetzen.«

Während Yomi gemeinsam mit Yonathan Groß-, Stagsegel und Klüver hisste, stieß Gimbar die *Mücke* mit einer Ruderstange von der Bordwand der *Narga* ab und brachte sie auf Kurs.

»Aber du steuerst ja direkt auf die Felsen zu!«, rief Yomi. »Dort können wir niemals an Land gehen. Das Schiff wird zerschellen!«

»Bleibt ruhig. Ich weiß, was ich tue.«

Sobald die *Mücke* etwas Abstand zur *Narga* gewonnen hatte, blähte der Wind die dreieckigen Segel des kleinen Einmasters und trieb ihn schneller und schneller auf die Felsen zu. Und plötzlich war da wieder Sethurs Stimme.

»Bleibt hier! Kommt zurück! Yonathan …!«

Die Fliehenden zuckten zusammen und schauderten. Dieser klagende Ruf schwebte wie ein körperloses Etwas mitten unter ihnen. Doch diesmal fehlte der Stimme die Kälte, das Bedrohliche. Sie war nur noch ein fahler Schimmer aus Unmut und Verzweiflung, als ahne sie schon ihre Niederlage.

Yonathan fühlte, dass sie dem Bann Sethurs entkommen konnten. Der Heerführer Bar-Hazzats war zu sehr damit beschäftigt, die *Narga* – und die eigene Haut – zu retten, als dass er ihnen im Moment gefährlich werden konnte.

»Ihr werdet Yehwohs Vorsätze nie vereiteln können, Sethur. Gebt endlich auf. Der Stab wird sein Ziel erreichen.« Yonathans Antwort hallte durch die Bucht.

Yomi und Gimbar warfen sich einen überraschten Blick zu. Das war keine Knabenstimme gewesen, sondern eine mächtige, ebenbürtige Kampfansage, die ihnen gewaltig in den Ohren dröhnte.

Stille beherrschte die Szene. Selbst der Wind schien den Atem anzuhalten. Alle, auch Yonathan selbst, mussten feststellen, dass hier Gewalten aufeinander trafen, die ihre Vorstellungskraft überstiegen. Doch der Heeroberste Bar-Hazzats wollte sich noch nicht geschlagen geben. Schnell erholte er sich von der

Erkenntnis, dass er nicht allein über die Macht der »Stimme« verfügte.

»Wenn Ihr nicht umkehren wollt«, dröhnte er, »so soll *dies* Euer Ende sein!« Seine Stimme rollte mit der zerstörerischen Macht einer Meereswoge über die drei Gefährten hinweg.

»Da!«, rief Yomi sogleich. »Seht, das Wasser!«

Yonathan warf den Kopf herum. Eine Viertelmeile vor dem Bug der *Mücke* begann die Wasseroberfläche zu kreisen. Erst langsam. Dann zunehmend schneller. In der Mitte des Strudels wölbte sich das Wasser nach unten. Alsbald zeigte sich ein dunkles Loch, ein gewaltiger, gieriger Schlund inmitten des Wirbels aus tosender Gischt, bereit, alles und jeden zu verschlingen, der es wagte, sich ihm zu nähern.

Fieberhaft nach einem Ausweg suchend starrte Yonathan auf den Knauf Haschevets; die vier blank polierten Gesichter starrten unbewegt zurück. Sollte er Sethurs Macht wirklich unterschätzt haben? In dem blitzenden Schnabel des goldenen Adlerkopfes spiegelte sich die Wasseroberfläche wider.

»Ich sage es Euch ein letztes Mal«, hallte Sethurs Stimme. »Kehrt um!«

»Schlag das Ruder hart backbord ein!«, brüllte Yomi Gimbar zu.

Der Schlund näherte sich unaufhaltsam und Yonathan starrte noch immer in das goldene Adlergesicht.

»Aber wir werden an den Klippen zerschellen!«, rief Gimbar.

Ein Maul, wie das eines Drachen, dachte Yonathan.

»Hast du eine bessere Idee?«, fragte Yomi.

Yonathan begriff das nicht. Warum weigerte sich der Stab, diesen Strudel, diesen gierigen Drachenschlund widerzuspiegeln?

Gimbar sah ein, dass Yomis Vorschlag allemal besser war, als nichts zu tun. Er festigte seinen Griff an der Ruderpinne.

»Halt!«, brüllte Yonathan.

Gimbar blickte ihn ungläubig an.

»Nicht den Kurs ändern«, fügte Yonathan aufgeregt hinzu.

»Aber ...«, warf Yomi ein.

»Wir werden hinabgezogen werden!«, rief Gimbar.

Yonathan war sich jetzt ganz sicher. »Nein. Yomi, denk doch an den Drachen, als wir vor dem Tor im Süden standen, an sein fürchterliches Maul. Hatte er uns etwas antun können?«

Gimbar wischte sich den Schweiß aus dem Gesicht. »Ich verstehe nicht, was du da sagst, Yonathan!«

»Er hat Recht, Gimbar!«, rief Yomi. »Der Strudel ist in Wirklichkeit gar nicht da.«

»Das ist doch Blödsinn! Ich ändere jetzt jedenfalls den Kurs.«

»Aber schau doch, Gimbar.« Yonathan hielt seinem Freund den Knauf Haschevets entgegen. »Der Strudel spiegelt sich nicht in dem blanken Gold.«

Gimbar fehlte die Muße für derlei Betrachtungen.

»Dann achte doch einfach auf die *Mücke*«, rief Yonathan und deutete auf das Wasser. »Wir befinden uns schon am Rand des Strudels und sie läuft geradeaus weiter wie zuvor.«

Gimbar stutzte. Das kleine Segelschiff lief wirklich mitten in den Wirbel aus reißenden Wassermassen hinein, blieb aber unbeirrt auf Kurs. Kein Zerren, kein Ziehen war am Ruder zu spüren. Schon bald befand sich die *Mücke* im Zentrum des Strudels. Wie auf den Flügeln eines Sturmvogels segelte sie darüber hinweg. Der gähnende schwarze Abgrund bescherte den drei Flüchtenden ein mulmiges Gefühl in der Magengrube, vermochte ihnen aber sonst nichts anzuhaben.

Ein letztes Mal schwebte Sethurs Stimme von der *Narga* herüber: »Und ich werde dich *doch* bekommen, Yonathan!« Dann blieb das schwarze Schiff zurück. Während sich die *Mücke* mit ihrer kleinen Besatzung den Klippen näherte, steuerte die *Narga* langsam auf den Sandstrand zu. Die Luft war von ätzendem Gestank erfüllt. Das mächtige Vollschiff nahm Wasser auf und neigte sich schon bedrohlich zur Seite.

»Gimbar, was hast du vor?«, rief Yomi erschrocken. Die *Mücke* schoss an einer Felsnadel vorbei, direkt auf ein unüberschaubares Gewirr spitzer Klippen zu. Das Wasser der Bucht war inzwischen schon fast völlig vom Weißen Fluch bedeckt.

Gimbars Gesichtsausdruck verriet höchste Konzentration. »Zieht die Köpfe ein!«, rief er unvermittelt und drückte die Ruderpinne nach steuerbord. Der Großbaum flog beim Halsen wie eine Streitkeule über Yonathan und Yomi hinweg. Die *Mücke* krängte hart nach backbord, umrundete die aus dem Wasser ragende steinerne Nadel, schabte mit hässlichem Geräusch an einer senkrechten Felswand entlang – und befand sich plötzlich in einer weiten Grotte, an deren anderem Ende das offene Meer lächelte.

»Woher hast du gewusst, dass es einen Weg durch die Felsen gibt?«, fragte Yonathan.

Gimbar rieb sich die Nase. »Gewusst habe ich es natürlich nicht. Ich konnte es nur vermuten.«

»Du machst mir Spaß!«, ereiferte sich Yomi. »Was wär gewesen, wenn es keinen Tunnel gegeben hätte?«

Gimbar grinste. »Aber es gab einen, Langer. Außerdem war ich mir *unheimlich* sicher, wie du sagen würdest. Schon damals, als Yonathan und sein kleiner, pelziger Freund an Deck der *Narga* für Kurzweil sorgten, habe ich eine Verfärbung des Wassers entdeckt, und zwar genau bei dem Felsfinger, der den Tunneleingang verdeckte. Ich vermutete, dass sich dort eine besondere Strömung bildet, wenn die Gezeiten das Wasser vom offenen Meer in die Bucht drücken.«

»Na, jedenfalls haben wir ziemliches Glück gehabt«, tröstete sich Yomi.

»Glück?«, wiederholte Gimbar neckend.

»Sicher auch einen guten Riecher«, sagte Yonathan. »Aber ich denke trotzdem, dass wir es ohne Yehwohs Hilfe nicht geschafft hätten. Überlegt doch mal: Erschien der Weiße Fluch nicht wie bestellt? Das war mehr als nur ein glücklicher Zufall.«

Gimbar schaute verlegen auf die Bodenplanken. »Du hast Recht, Yonathan. Allerdings glaube ich, dass er vor allem *dir* geholfen hat. Mir ist schon seit einiger Zeit klar, dass du ein sehr ungewöhnlicher Mensch bist.«

»Wie kommst du denn darauf?«, entgegnete Yonathan etwas zu schnell. Im Innern schalt er sich einen Dummkopf, war es doch angesichts der jüngsten Ereignisse nur zu offenkundig, dass ihn eine geheimnisvolle Aura der Macht umgab.

Gimbar ignorierte dies. Er lächelte Yonathan an und zwinkerte. »Mir wurde es spätestens klar, als du Benith auf den Kopf zusagtest, dass er ein Betrüger sei.«

»Aber ich habe ihn doch einfach nur gefragt, was er mit uns vorhat.«

Gimbar musste ein Lachen unterdrücken. »Ihn *gefragt,* Yonathan? Deine einfache Frage war wie ein Enterhaken, der sich tief in den Verstand bohrt, um die Wahrheit hervorzuzerren, wie sehr sie sich auch sträubt. Erzählt mir bitte nicht, ihr hättet davon nichts gemerkt.«

Yomi schwieg lieber. Er erinnerte sich an jenen Vorfall. Obwohl die Worte Yonathans direkt an den verräterischen Piraten gerichtet waren, hatte auch er sich gefühlt, als bestünde er aus Glas.

Yonathan senkte den Blick und gestand: »Natürlich habe ich es gemerkt. Aber ich hatte es nicht gewollt … Das heißt, ich wollte zwar die Wahrheit von Benith erfahren, aber ich hatte keine Ahnung, dass meine Frage eine solche Wirkung haben würde. Es kann nur …«

»Der Stab Haschevet gewesen sein?«, vervollständigte Gimbar den Satz.

»Woher weißt du …?«

»Oh, Yonathan, woher weiß man, dass ein Stab, der so aussieht wie der deine, für den sich Sethur brennend interessiert und vor dem die schlimmsten Piraten und die rücksichtslosesten Krieger einen solchen Respekt haben, Haschevet ist? Was meinst du?«

Yonathan kapitulierte. Es hatte keinen Zweck diesem gewieften jungen Mann etwas vorzumachen. »Du hast also schon von Haschevet gehört?«

»Yonathan!« Gimbar gab sich empört. »Ich bin zwar unter Barbaren aufgewachsen, aber meine Eltern sind gebildete Leute. Meine Mutter hat mir aus dem *Sepher Schophetim* vorgelesen. Was ich dort lernte, hat mir das Handwerk der Piraten endgültig vergällt. Und nachdem ich dich kennen gelernt habe, verstehe ich so manches aus dem *Sepher* noch viel besser.« Er ließ das Ruder los, trat auf Yonathan zu, beugte das Knie – wodurch die *Mücke* in heftiges Schaukeln geriet – und gelobte: »Ich werde Euch, dem Beauftragten Yehwohs, folgen, wo immer Ihr auch hingeht. Ich werde dem siebten Richter dienen, in allem, was er von mir wünscht.«

Yomi verfolgte die Szene mit sprachlosem Staunen. Yonathan wurde siedend heiß; er fühlte sich unwürdig und schämte sich. »Was tust du da, Gimbar!«, protestierte er. »Steh sofort auf und rede nicht so geschwollen daher! Ich bin nicht der siebte Richter und selbst wenn ich es wäre, dann verdiente nicht *ich* deine Verehrung, sondern Yehwoh.« Als Gimbar nicht sogleich reagierte, flehte er noch einmal: »Gimbar. Bitte! Steh endlich auf und setz dich wieder ans Ruder!«

Der ehemalige Pirat zog sich nur widerstrebend an die Ruderpinne zurück. »Wenn du nicht der siebte Richter bist, Yonathan, was dann? Versuch nicht, mir irgendwelche Märchen zu erzählen! Ich weiß, dass der Stab, den du da in der Hand hältst, Haschevet ist.«

Yonathan seufzte, war aber erleichtert, dass Gimbar endlich wieder auf seinem Platz saß. Er machte es sich bequem und erzählte, trotz des Widerspruchs, den er in Yomis Blicken las, seine ganze Geschichte. Als er seinen Bericht abgeschlossen hatte, wusste Gimbar genauso viel wie Yomi.

»Das macht mich nur umso entschlossener dir zu helfen, Yonathan. So wahr ich der Sohn Gims bin: Ich werde dich begleiten, bis du dein Ziel erreicht hast, wo immer es sich befinden mag.« Gimbar wurde nachdenklich. »Vielleicht bist du die Antwort auf mein langes Flehen endlich dem Einfluss Sargas' zu entkommen.«

»Vielleicht«, stimmte Yonathan zu.

»Ein frommer Pirat«, brummte Yomi.

»Meint ihr beiden nicht, es wäre an der Zeit, Frieden miteinander zu schließen? Ich werde sicher mehr als einen tapferen Freund nötig haben, bis mein Auftrag erfüllt ist.«

Yomi blickte den schalkhaft lächelnden Gimbar skeptisch an.

»Also, an mir soll's nicht liegen. Ich mag den Langen«, lenkte Gimbar ein und streckte Yomi die Hand entgegen.

Der gab sich geschlagen. »So unheimlich übel, wie ich dachte, ist er ja eigentlich gar nicht.« Yomi entspannte sich und lächelte etwas unbeholfen. Er erhob sich, ging auf Gimbar zu und ergriff dessen Hand.

»Na also«, rief Yonathan voller Freude.

»Wenn er nur nicht immer so unheimlich neunmalklug wäre«, schränkte Yomi sofort ein.

Gimbar lachte. »Wenn er nur nicht immer so schwer davon zu überzeugen wäre, wer seine wahren Freunde sind.« Ehe sich Yomi versah, hatte sich Gimbar von seinem Platz erhoben und ihn umarmt. Während er ihm herzlich auf den Rücken klopfte, ergänzte er: »Aber wenn er's mal begriffen hat, dann scheint man ihn nicht mehr loszuwerden.«

Endlich gewann auch Yomi seine gewohnt knabenhafte Unbekümmertheit zurück.

»Na, dann mach dich mal auf was gefasst, kleiner Pirat.« Er erwiderte Gimbars Umarmung.

»Wie wär's, wenn du dich jetzt wieder um unseren Kurs kümmern würdest?«, meinte Yonathan.

Gimbar löste sich aus Yomis Umklammerung und setzte sich wieder an die Ruderpinne. »Du hast Recht. Es wird Zeit, dass wir halsen. Cedanor wartet auf uns.«

Die *Mücke* war bis dahin einen südwestlichen Kurs gelaufen, direkt vor dem Wind. Die drei Freunde hatten zunächst nur an Flucht gedacht, weg von Sethur, der *Narga* und all den schrecklichen Erlebnissen der vergangenen drei Tage. Nach Verlassen der tunnelartigen Höhle hatten sie im orangegelben Licht der aufgehenden Sonne das wahre Ausmaß des Weißen Fluches erkannt: Der flockige Teppich erstreckte sich nach Südosten, bis er sich ihren Blicken entzog. Dass der Weiße Fluch vom Saum des Horizonts her direkt auf die *Narga* zugesteuert war, erfüllte die drei Gefährten mit ehrfürchtiger Beklemmung.

Als Gimbar die *Mücke* auf die andere Seite des Windes brachte, knallte das Segeltuch, als wolle es das kleine Schiff zu größerer Eile anspornen. Der Großbaum flog über die Köpfe der Besatzung hinweg und Gurgi quietschte schrill; niemand wusste, ob aus schierem Übermut oder wegen der vielen Schreckmomente.

»Sie scheint ihre neu gewonnene Freiheit zu genießen«, meinte Gimbar vergnügt.

»Nicht nur sie«, lachte Yonathan. »Ich hoffe, du auch. Du hast sie dir verdient.«

»Ach!« Gimbar winkte ab. »Mein Plan ist doch schief gelaufen.«

»Ohne den Fluchtversuch hätten wir im Laderaum festgesessen, als der Weiße Fluch kam. Ich mag lieber nicht daran denken, was dann geschehen wäre.«

Yomi schüttelte lächelnd den Kopf. »Weißt du, dass du eine ziemlich krankhafte Veranlagung hast, Yonathan? Du suchst selbst in den größten Katastrophen noch etwas Gutes.«

»Bisher hat's doch immer ganz gut geklappt, oder?«

»Du bist eben ein Glückspilz, Yonathan.«

»Oder wir haben mächtigere Freunde als die, die wir mit unseren Augen wahrnehmen können. Aber erzähl doch mal, Gimbar, wie kam es eigentlich, dass die Wachen so herrlich tief schliefen? Ich befürchtete schon, du hättest ihnen ernstlich wehgetan.«

»Keine Angst, Yonathan, das wird ihnen höchstens Sethur besorgen. Was sie von mir bekommen haben, hätte selbst kleinen Kindern nicht wirklich geschadet.«

»Ich vermute, es hat was mit Bier zu tun.«

Gimbar grinste. »Du vermutest richtig, Yonathan. Ich nehme an, es ist ein wenig zu euch hinuntergetropft, stimmt's?«

Yonathan nickte.

Gimbar rieb sich den Nasenrücken. »Also, das war so. Während du den Wächter mit deinen Bauchschmerzen – die übrigens sehr überzeugend klangen – ablenktest, kletterte ich an Deck und sah, dass achtern eine Luke offen stand. Ich schlich mich dorthin und hörte, wie der andere Wächter mit dem Koch diskutierte. Er wollte diesen unbedingt zu dir mitnehmen, damit er einen Blick auf dich werfe, aber der Koch hielt nicht sehr viel davon. Er meinte, ein Kräutertrunk für den Gefangenen sei genug. Ich bekam einen gehörigen Schreck und zog schnell meinen Kopf zurück, als der Koch plötzlich in der Kombüsentür erschien und in den Vorratsraum ging. Kurz darauf kehrte er zu dem Wächter zurück, hatte aber die Tür zum Vorratsraum offen stehen lassen. Das war die Gelegenheit! Ich schlich mich den Niedergang hinab und schlüpfte in die Speisekammer.«

»Das war aber ziemlich gefährlich!«, staunte Yomi. »Wenn der Koch nun plötzlich zurückgekommen wäre und dich entdeckt hätte …«

Gimbar zuckte die Achseln. »Im Leben wird einem nichts geschenkt. Außerdem war der große Vorratsraum so voll gestellt mit Fässern und anderem Plunder, dass man kaum gesehen werden konnte – eher noch eingesperrt. Wie auch immer, ich beeilte mich, in dem schwachen Licht, das vom Gang hereindrang, die kleineren Flaschen und Töpfe zu untersuchen, die in offenen Kisten lagerten. Endlich fand ich, was ich suchte: *Aguna!*«

Yonathan schaute verständnislos. »Was ist Aguna?«

Gimbar lächelte. »Ach ja, natürlich. Im hohen Norden, bei euch in Kitvar, wird dieses Zeug sicher kaum jemand kennen – jedenfalls kein dreizehnjähriger Junge.«

»Aguna ist eine Droge aus Témánah«, erklärte Yomi, der als Seemann schon so manche Ware kennen gelernt hatte.

»Ist Aguna in der Sprache der Schöpfung nicht das Wort für ›eine von ihrem Mann verlassene Frau‹?«, wunderte sich Yonathan.

»Kann schon sein«, brummte Gimbar. »In entsprechenden Mengen wirkt Aguna schlimmer als Alkohol. Wer es zu sich nimmt, erlebt einen starken, aber, wie man behauptet, angenehmen Rausch. Er sieht verrückte Bilder und wird völlig willenlos. Schluckt man zu viel davon, so wacht man nie mehr auf. Kein

Wunder also, wenn dieser Saft Aguna heißt; er hat sicher schon so manche Ehefrau zu einer ›verlassenen Frau‹ gemacht.«

Yonathan schauderte. »Aber warum hast du gerade *dieses* Zeug gesucht, Gimbar?«

»Nun, es war nicht unbedingt Aguna, was ich zu finden hoffte. Aber es war etwas, das meinen Zweck erfüllte. Du musst nämlich wissen, dass Aguna in sehr kleinen Mengen vor allem schläfrig macht.«

Yonathan nickte. Jetzt wurde ihm einiges klar.

»Von nun an war alles ganz einfach«, fuhr Gimbar fort. »Das heißt, fast alles. Nachdem ich das Fläschchen eingesteckt hatte, fand ich ein kleines Fass Bier. Gerade wollte ich mit dem Fässchen in den Armen wieder die Treppe zum Deck emporklettern, als ich den Koch zurückkommen hörte. Ich wagte kaum zu atmen, als er auf den Gang trat. Aber ich hatte Glück: Er verschwand in dem Vorratsraum und ich stahl mich inzwischen ans Oberdeck zurück.«

»Puh!«, keuchte Yomi. »Das war aber unheimlich knapp, würde ich sagen.«

»Ist dir denn kein ungefährlicherer Plan eingefallen, um uns zu befreien?«, fragte Yonathan.

»Mein lieber junger Freund!«, mahnte Gimbar energisch. »Es wäre natürlich einfacher gewesen, den beiden Wächtern die Schädel einzuschlagen. Aber wenn ich mich recht erinnere, dann war es doch *dein* Wunsch, dass ihnen ja nichts Schlimmes zustoßen sollte, oder?«

»Stimmt«, gab Yonathan zu. »Also, erzähl schon weiter.«

»Das nächste Problem war, den Wächtern das Fass mit dem Bier unterzujubeln – ich konnte ja schlecht zu ihnen gehen und sie zu einem kleinen Umtrunk einladen.« Gimbar grinste breit. Er beugte sich vor und senkte die Stimme. »Nachdem ich also ein wenig von dem Aguna ins Fass geträufelt hatte, schlich ich mich so nahe wie möglich an die beiden Wächter heran. Ich ließ das Bierfass vorsichtig auf die Planken nieder und lockerte den Pfropfen, dass ein wenig vom Inhalt heraustropfen konnte. Darauf zog ich mich an eine geschützte Stelle zurück, um die beiden zu beobachten. Zuerst bildete sich eine kleine Pfütze unter dem Fass und dann machte sich ein dünnes Rinnsal auf den Weg zu den Wächtern …«

»Und dabei tropfte etwas zu uns herunter«, ergänzte Yonathan, während er Yomi zuzwinkerte. »Zum Glück haben wir nicht davon probiert!«

»Gimbar hätte jedenfalls unheimlich an uns zu schleppen gehabt, wenn wir nicht aufgewacht wären«, fügte Yomi grinsend hinzu.

»Auf alle Fälle witterten die beiden Wächter das Bier sehr schnell«, setzte Gimbar seinen Bericht fort. »Anscheinend hatte das Ausschankverbot sie für diesen Geruch besonders empfänglich gemacht. Und sie machten sich auch sofort darüber her.«

»Kein Wunder, dass sie so fest schliefen«, bemerkte Yomi.

»Ich fürchtete fast, dass sie *zu* fest schliefen. Nachdem ich sie um einige Knöpfe erleichtert hatte, schob ich ihre Füße von der Luke, um sie öffnen zu können. Alles Weitere kennt ihr bereits.«

»Du hast wirklich Mut und Verstand bewiesen«, lobte Yonathan.

»Ja, echten Piratenverstand«, setzte Yomi hinzu.

Gimbar nahm es nicht krumm, sondern flachste: »Da sieht man mal, dass selbst die Piratenausbildung zu etwas nütze sein kann.«

»Hoffentlich hast du auch gelernt unter widrigen Umständen zu segeln«, änderte Yonathan das Thema.

»Du denkst an den weiten Weg bis nach Cedanor?«

Yonathan nickte. »Und an die Jahreszeit. Wie denkst du darüber, Yo? Du bist doch schließlich auch ein weit gereister Seemann.«

Yomi zuckte die Schultern. »Frag mich lieber nicht, Yonathan. Unter normalen Umständen hätten wir längst in irgendeinem Herbststurm ein ziemlich nasses Ende finden müssen. Der böige Wind vor vier Tagen war da sicher nur eine freundliche Warnung. Aber wenn man mit dir reist, dann scheint ja nichts normal zu sein – nicht mal das Wetter.«

»Und was meinst du dazu, Gimbar?«

»Nach menschlichem Ermessen hat Yomi Recht. Es wäre Wahnsinn, sich noch länger auf dem Meer aufzuhalten. Um diese Zeit befinden sich längst alle Schiffe in den Häfen.«

»Das klingt so, als würdest du noch eine andere Möglichkeit sehen?«

»Ich kenne jetzt deine Geschichte, Yonathan – ein bisschen bin ich ja selbst schon zu einem Teil davon geworden. Yehwoh muss wirklich sehr daran gelegen sein, dass du heil dein Ziel erreichst. Deshalb – wenn wir uns nahe an der Küste halten – glaube ich, können wir es schaffen.«

»Prima!«, stimmte Yonathan zu, noch ehe Yomi Gelegenheit fand seine Sorgen und Bedenken zu äußern. »Ich sehe es ähnlich wie ihr. Yehwoh hat uns durchs Verborgene Land geführt, wir haben das Tor im Süden durchquert und er hat sogar den Weißen Fluch zu unserem Freund bestimmt – was kann uns da noch passieren!«

Gestrandet im Traumfeld

Der Sturm tobte wie eine wütende Bestie. Sie hatten die Segelfläche so weit wie möglich verringert – gerade genug, um die *Mücke* auf Kurs zu halten – und hofften, dass der Mast mitspielte. Der ganze Schiffskörper ächzte und stöhnte wie unter schrecklichen Qualen.

»Wird er halten?«, rief Yonathan durch das Tosen des Sturms.

»Der Mast?«, erwiderte Yomi, der sich krampfhaft an der Bordwand festhielt. »Das können wir nur hoffen …«

»Er wird schon halten«, rief Gimbar. Er blickte hinauf zur Mastspitze, wo das Licht der kleinen Sturmlampe kaum die dichte Dunkelheit durchdringen konnte. »Dies ist immerhin ein Piratenschiff und die sind meistens hervorragend in Schuss.«

Yomi warf dem Expiraten einen missbilligenden Blick zu.

Seine blonden Haarsträhnen klebten nass an der Stirn und bildeten kleine Dämme, zwischen denen ihm das Wasser in die Augen rann. Alle drei waren nass bis auf die Haut. Die Umhänge, die Yonathan und Yomi noch von Din-Mikkith hatten, konnten daran ebenso wenig ändern wie die Mützen, die Gimbar aus dem Gepäck der Piraten ausgrub. Selbst Gurgi, die nur kurz den Kopf aus dem Halsausschnitt Yonathans streckte, war sofort wieder abgetaucht in ihr feuchtes, aber warmes Versteck.

Als der Sturm nicht nachließ, sondern eher noch heftiger wurde, musste Yonathan das Ruder übernehmen, damit Gimbar und Yomi die zwei verbliebenen kleinen Sturmsegel reffen konnten; ein gefährliches Unterfangen, konnte sich doch bei solch schwerem Wetter leicht einmal der Großbaum losreißen und mit tödlicher Wucht umherschlagen. Aber alles ging gut.

»So, querschlagen können wir jetzt nicht mehr«, rief Gimbar durch den Sturm. Die Fahrt des kleinen Seglers verlangsamte sich merklich. Aber die Besatzung hatte auch so noch alle Hände voll zu tun das unaufhörlich eindringende Wasser aus dem Schiffsbauch zu schöpfen.

Yonathan fragte sich, wie lange dieser erbarmungslose Sturm noch anhalten würde. Oder sollte er sich lieber fragen, wie lange ihre Körper noch ohne Schlaf auskämen oder wie lange sie noch die Kraft hätten, mit dem hereinbrechenden Wasser fertig zu werden? Es war nur eine Frage der Zeit, bis ein großer Brecher käme, um sie endgültig zu zerschmettern.

Die ersten Anzeichen des Unwetters hatten sich bereits am Abend nach ihrer Flucht von der *Narga* gezeigt. Von Westen her flog mit beängstigender Geschwindigkeit eine schwarze Wand aus Wolken heran und die Dämmerung schrumpfte auf einen winzigen Zeitraum zusammen. Das Ganze lag nun mehr als einen Tag zurück. Mitternacht war längst vorüber, ohne dass der gewaltige Sturm auch nur im Geringsten nachgelassen hätte.

Zum wiederholten Mal schickte Yonathan ein Stoßgebet zu Yehwoh. Während er sich mit dem Eimer abplagte, kamen ihm Navrans Worte in den Sinn: »Yehwoh kann uns aus jeder Situation retten.« Navran wusste, was er sagte. Er war weit gereist und hatte viel erlebt.

»Da vorne … Da ist etwas!«, brüllte Gimbar.

Yonathan und Yomi fuhren herum.

»Was kann das sein?« Yonathan versagte fast die Stimme. Was er da sah, war wirklich unglaublich! Vor ihren Augen erhob sich eine flache Insel aus dem Meer. Aber das konnte nicht sein, in diesem Sturm, bei völliger Dunkelheit! Selbst in einer sternenklaren Vollmondnacht hätten die Umrisse dieses Eilands allenfalls als schwarze Silhouette erkennbar sein dürfen. Aber nicht als ein solch grünes Schimmern!

Je mehr sich die *Mücke* dem nächtlichen Gebilde näherte, umso größer wurde es. Bald füllte die leuchtende Erscheinung ihr gesamtes Blickfeld. Yonathan umfasste den Stab und er spürte, wie seine Gefühle in Wallung gerieten. Neben ihm stand Yomi, der wie gebannt auf die schimmernde Erscheinung starrte, und Yonathan spürte die Furcht, die den Gefährten erfüllte. Doch da war noch mehr in seinem Innern, der Klang sonderbarer Gefühle, eine fremde Stimmlage, die er nicht verstand.

»Wir müssen umkehren«, murmelte Yomi. Er drückte sich gegen die Bordwand, als wolle er sie und mit ihr die fremdartige Erscheinung im Meer wegstemmen. »Schnell, fort von hier!«, rief er.

Gimbar warf Yonathan einen ratlosen Blick zu. »Wir können in diesem Sturm nicht manövrieren«, rief er zu Yomi hinüber. »Vielleicht können wir ja an dieser Insel landen. Jedenfalls ist das besser, als hier im Meer früher oder später zu ertrinken.«

»Aber du kennst dich doch in diesen Gewässern aus. Hast du je davon gehört, dass es hier vor dem Südkamm Inseln gibt?«

Gimbar musste Yomi Recht geben. Dieser Küstenstrich war bekannt dafür, dass es im ganzen Umkreis keine einzige Insel gab. Aber die *Mücke* war lange Zeit vom Sturm hierhin und dorthin getragen worden – wer konnte da schon genau sagen, wo sie sich jetzt befanden? »Und was schließt du aus alldem?«, wollte Gimbar wissen.

»Das muss ein *Traumfeld* sein!«, stammelte Yomi mit starrem Blick.

»Ein Traumfeld? Ist das wieder eine von deinen Seemannsgeschichten?«, wollte Yonathan wissen, der bemerkt hatte, dass auch Gimbars nüchterne Sachlichkeit Risse bekam.

»Das sind nicht bloß Geschichten«, beteuerte Yomi. »Schon so manche Schiffsbesatzung ist für immer verschwunden, wenn sie sich des Nachts einer solchen Insel anvertraut hat.«

»Ich weiß aber, dass wir uns vor *diesem* Etwas da draußen nicht zu fürchten brauchen. Es …«

Yonathan stockte. Das ganze Schiff bebte plötzlich, ächzte wie unter Schmerzen. Gimbar riss geistesgegenwärtig das Ruder herum, doch zu spät: Mit einem Ruck kam die *Mücke* zum Stillstand und Yonathan – in Gedanken noch ganz bei den Inseln, die sich komplette Schiffsbesatzungen einverleibten – ging über Bord. Er versank in den eiskalten Fluten, fühlte Panik in sich aufsteigen. Doch dann spürte er Boden unter den Füßen. Nichts wirklich Festes, eher einen Untergrund, der gerade etwas weniger nachgiebig war als das Wasser, das ihm bis zum Bauch reichte. Er blinzelte, suchte die *Mücke.* Als seine Hände die Bordwand fanden, entschlüpfte Gurgi ihrem Versteck und flüchtete, nass und verängstigt, an Bord des Segelschiffes.

»Wir sind aufgelaufen«, stellte Yonathan fest.

»Was du nicht sagst«, erwiderte Yomi trocken und streckte Yonathan die Hand entgegen.

»Wie wär's, wenn wir uns ein wenig umsehen?«, schlug Gimbar vor.

»Keine schlechte Idee«, stimmte Yomi zu. »Komm, Gimbar, werfen wir den Anker.«

Yonathan war erleichtert: Haschevet lag noch im Schiff. Erst einmal ins Wasser gefallen, wäre der Stab womöglich für immer versunken. Als er das Holz Haschevets umfasste, schoss ihm ein Gedanke durch den Kopf. »Halt!«, schrie er und konnte gerade noch verhindern, dass seine Freunde den Anker über Bord warfen.

»Was ist los?«, fragte Yomi, dem das schwere Ding beinahe auf die Füße gefallen wäre.

»Ich glaube, dass dieses Traumfeld lebt. Es kann denken und fühlen – und mag es wahrscheinlich überhaupt nicht, wenn man eiserne Anker in seine Haut treibt, die ...«

»Ein ... was?«, unterbrach Yomi. Der Schimmer des Traumfeldes spiegelte sich grün in seinem bleichen Gesicht.

Auch Gimbar fühlte sich nicht wohl in seiner Haut. Sprachlos stand er neben dem Seemann und rieb sich nervös die Nase.

»Ja«, erklärte Yonathan gelassen. »Es scheint so eine Art Wal zu sein, nur eben viel größer.«

»Aber Wale tauchen«, gab Gimbar zu bedenken. »Bestimmt viel besser als wir.«

»Sicher. Aber ich glaube, dieses Traumfeld wird nicht tauchen.«

»Ich wünschte, ich hätte deine Zuversicht. Wie kannst du dir nur so sicher sein?«

»Keine Ahnung. Es ist nur so ein Gefühl. Schon als du dieses Traumfeld entdecktest, spürte ich es. Es ist uns wohlgesinnt. Es freut sich über unsere Ankunft.«

Yomi und Gimbar tauschten Blicke, aus denen Sorge um Yonathans geistigen Zustand sprach. »Wie ist das, wenn er solche ... *Gefühle* hat?«, wollte Gimbar wissen. »Kommt das häufiger vor? Und steckt dann auch was dahinter?«

Yomi musste zugeben, dass Yonathan tatsächlich bisweilen über schwer erklärliche Wahrnehmungen verfügte.

»Also gut«, beschloss Gimbar, »dann lasst uns an Land gehen – sofern man in diesem Fall von Land sprechen kann.«

Das war nicht gerade leicht. Yonathan, Gimbar und Yomi mussten auf einem unberechenbaren, weichen und schlüpfrigen Untergrund Halt finden und zugleich das Segelschiff weiter auf das Traumfeld ziehen. Obwohl sie die *Mücke* bereits eine beachtliche Strecke geschleppt hatten, reichte ihnen das kalte Wasser noch immer bis zur Brust.

»Das kann doch nicht sein«, meinte Yomi schließlich vor Kälte zitternd und mit blauen Lippen. »Ich habe den Eindruck, das hier ist so eine Art wanderndes Loch.«

Yonathan und Gimbar sahen es jetzt auch. Was sie anfangs für die Mündung eines Wasserlaufs gehalten hatten, war eine längliche Bodenfalte, die sie mitsamt ihrem Schiff dahin begleitete, wohin sie wateten. Es war, als zöge man mit dem Finger eine kleine Wasserlache über eine elastische Plane.

»Mir reicht's«, beschloss Yomi und kletterte bibbernd in die *Mücke* zurück.

»Ich muss zugeben, der Lange hat Recht«, stellte auch Gimbar fest. »Es hat keinen Sinn noch länger Wasser zu treten. Lasst uns beraten, wie es weitergeht.«

Die drei Gefährten zurrten die wasserdichte Plane fest, die sie vom Bug der *Mücke* bis zum Mast gespannt hatten und die ein einigermaßen regensicheres Zelt bildete.

Mehr liegend als hockend zogen Yonathan, Yomi und Gimbar ihre nassen Kleider aus und wickelten sich in klamme Decken ein. Schon bald hatte die Erschöpfung den Sieg über die Furcht errungen; Yomi und Gimbar fielen in tiefen Schlaf. Draußen zerrte der Sturm an der Zeltplane und mühte sich die *Mücke* von ihrem Platz zu bewegen. Doch das kleine Segelschiff verharrte unbeweglich an seinem Platz – als hielte es eine große Faust.

Yonathan konnte keine Ruhe finden. Haschevet hatte ihm verraten, dass dieses Traumfeld mehr als eine Insel war. Doch warum hatte er dieses Gefühl der Vertrautheit verspürt, diese Wiedersehensfreude?

Unwillkürlich suchten seine Finger in der Dunkelheit nach Goels Beutel, diesem wundersamen Proviantsäckchen, das in Zeiten der Not nie versiegte. Seit er das Tor im Süden durchschritten hatte, bewahrte er in diesem Beutel noch etwas anderes auf: den *Keim.* Er war das Abschiedsgeschenk von Din-Mikkith gewesen, dem *Behmisch,* der ihn und Yomi sicher durch das Verborgene Land geführt hatte. Diese Keime waren alles, was die grünhäutigen *Behmische* brauchten, um ihr Leben und – was das Besondere war! – all ihre Erinnerungen an ihre Nachkommen weiterzugeben. Zwei solcher Keime mussten miteinander verschmelzen, um neues Behmischleben zu erwecken. Din-Mikkith hatte erklärt, dass er der Letzte der Behmische sei und deshalb jede Hoffnung, für seinen Keim das passende Gegenstück zu finden, auf immer verloren wäre. Yonathan hatte die in dem Keim schlummernden Erinnerungen vieler Behmisch-Generationen »lesen« können, woraufhin Din-Mikkith ihm dieses kostbare Kleinod zum Abschied schenkte.

Der Keim in Yonathans Hand fühlte sich warm an, beinahe so, als wäre er lebendig. Aber dieses Gefühl rührte wohl von seinem eigenen heftigen Puls her. In der Linken hielt er Haschevet. Auf seiner Brust schlummerte Gurgi. Yonathan schloss die Augen.

Anfangs sah er nichts. Doch langsam begann ein schwachgelbes Licht die Finsternis zu durchdringen und er nahm wieder dieses Glücksgefühl wahr, das nur von dem Traumfeld stammen konnte. Es war so, als würden sich zwei gute Freunde nach langer Zeit der Trennung wieder treffen. Yonathan begriff, dass weder er noch der Stab dieses Gefühl ausgelöst hatten. Der Willkommensgruß des Traumfeldes galt ohne Zweifel dem Keim Din-Mikkiths!

Bilder tanzten vor Yonathans Augen, wie beim ersten Mal, als er den Keim »gelesen« hatte. So schnell war der Wechsel dieser vorbeihuschenden Lebenserinnerungen längst vergessener Behmisch-Generationen, dass er keine Einzelheiten erkennen konnte. Yonathan stellte sich vor, die Kraft des *Koach* würde von der linken zur rechten Hand fließen und die Bilder ordnen, um ihm das eine zu zeigen, nach dem er suchte.

Endlich beruhigte sich das hektische Flimmern und einzelne Bilder lösten sich aus dem Fluss. Yonathan kniff die Augen fester zusammen und von einem Moment zum nächsten sah er die Szene klar vor sich; mehr als das – er befand sich mittendrin: mittendrin in einer Menge von Behmischen. In ihrer zischenden, raschelnden Sprache riefen sie aufgeregt durcheinander. Er blickte auf das Meer – einen tiefblauen, ruhig daliegenden Ozean. Als er sich umdrehte, sah er, dass er sich an einem Sandstrand befand. Die Sonne stand hoch am Himmel und brannte unbarmherzig hernieder. Die Luft über dem weißen Sand flimmerte in der Hitze. Er fühlte, dass dies keines der bekannten Länder Neschans war. Es musste ein fremder Kontinent sein oder eine ferne, unbekannte Insel. Den Strand schloss eine grüne Mauer aus fremdartigen Bäumen ab. Selbst in den tropischen Regenwäldern des Verborgenen Landes hatte Yonathan solche Pflanzen nie gesehen. Noch weiter dahinter erhob sich bedrohlich ein gewaltiger, dunkler Berg. Der teilweise von Wolken verhüllte Gipfel war stumpf und rauchte und ein Strom aus karminroter Lava wälzte sich an seinen Hängen hinab. Ein Vulkan!

Erst nach einer Weile begriff Yonathan, was so beklemmend an dem Anblick des Berges war – nicht der sichtbare, zerstörerische Strom aus flüssigem Gestein, sondern vielmehr das, was daneben aus dem Innern der verwundeten Erde quoll: eisige Kälte! Von den Flanken des Berges breitete sich unaufhaltsam ein fahler Schleier aus Reif und Eis über die Insel aus, und da, wo Lava und Eis sich berührten, stieg karminrot schimmernd eine Dampfsäule in den Himmel empor. Bald würde die Kälte den hitzeflirrenden Strand erreicht haben. Und damit auch die Behmische. Yonathan konnte sich noch daran erinnern, wie Din-Mikkith in den eisigen Höhen vor dem Tor zum Süden gelitten hatte. Das ganze Volk würden sterben müssen!

Yonathan verstand nur bruchstückhaft, was die Behmische riefen. Aber er spürte, dass Furcht und Schrecken sie beherrschte. Sie wollten vor der erstarrenden grünen Wand des Dschungels fliehen. Aber das Meer – so still und friedlich es auch dalag – war eine unüberwindbare Barriere. Um zu überleben, mussten die Behmische die Insel verlassen. Das ganze Volk musste auswandern. Aber wie? Und wohin?

Yonathan spürte, dass die Furcht der grünen Wesen immer größer wurde. Waren sie anfangs noch hilflos durcheinander gerannt, erstarrten sie nun in Todesangst. Manche standen bis zum Hals im Wasser, andere hockten zusammengekauert am nassen Strand, die Arme um den Leib geschlungen, und wippten teilnahmslos hin und her. Hier und da war ein helles, pfeifendes Wimmern zu hören.

Da geschah etwas Unerwartetes! Das Meer nahe dem Strand geriet in Bewegung. Es brodelte, schien zu kochen. Vor den gebannten Blicken des verzweifelten Volkes tauchte … eine Insel auf. Das grünliche, im Sonnenlicht glitzernde Eiland war nicht allzu groß, aber es war beweglich! Es konnte schwimmen und es dauerte nicht lange, bis die ersten Behmische ihren Schreck überwanden und hinüberschwammen. Mit der den Behmischen eigenen Fähigkeit die Lebenden Dinge zu »befragen«, stellte man schnell fest, dass die Insel mehr war als eine schwimmfähige Ansammlung von Tang, Muscheln und Treibholz. Das riesige Etwas lebte! Es konnte sogar denken! Seine schlichten Gedanken waren kindlich, ebenso seine Freundlichkeit und Hilfsbereitschaft. Die »Insel« hieß die Behmische willkommen und lud sie ein mit ihr das gefährliche Eiland zu verlassen.

Keine Frage, dass das Volk sich nicht zweimal bitten ließ. Abermals gerieten die Fluten in Bewegung – diesmal jedoch der vielen grünen Leiber wegen, die dem gefürchteten Strand für immer den Rücken kehrten, um mit dem neuen Freund die Weite des Ozeans zu durchmessen, auf der Suche nach einer neuen Heimat.

Rakk-Semilath, »Pfad über das Meer«, nannten die Behmische ihre lebende Insel. Die Menschen nannten sie Traumfelder, weil sie, grünlich schimmernd, scheinbar nur in der Nacht erschienen, wie ein unwirklicher Traum, und weil diejenigen, die sie betraten, angeblich auf ewig verschwanden, so als hätten sie immer nur in einem Traum existiert.

Wie die Luftblasen eines Perlentauchers stiegen Yonathans Gedanken wieder an die Oberfläche der Gegenwart empor. Rakk-Semilath? Jetzt erinnerte er sich wieder! Seltsam, es waren höchstens sechs Wochen vergangen, seit Din-Mikkith ihm und Yomi vom Untergang des Behmisch-Volkes erzählt hatte. Was hatte er doch gleich von dem Schlupfwinkel im Drachengebirge erzählt, in dem sein Volk lange Jahre abgeschirmt von der übrigen Welt lebte? »Vor vielen Generationen hatten sich unsere Vorfahren hier niedergelassen, nachdem sie auf Rakk-Semilath das große Meer überquert hatten.« Richtig! Jetzt wusste er, wovon Din-Mikkith sprach. Von einem … nein, von *diesem* Traumfeld hier.

»Bist du böse mit mir?«

Yonathan erschrak. Die Stimme erschien so unerwartet in seinen Gedanken, dass er heftig zusammenzuckte. Gurgi kullerte von seiner Brust, piepste empört und suchte sich einen anderen Schlafplatz.

»Ich hatte mich so gefreut, dass ihr wieder da seid!«

Yonathan blickte in der Dunkelheit erst da hin, wo sich Haschevets Knauf befinden musste und dann auf den Behmisch-Keim in seiner Hand. Keiner der beiden Gegenstände wollte ihm eine Erklärung für diese seltsame Stimme geben.

»Du *musst* böse mit mir sein!«

Eigentlich war es keine Stimme. Es war vielmehr das, was einem gehörten Wort folgt: das Verstehen. Yonathan begann zu ahnen, was da vor sich ging. Es musste das Traumfeld sein, das ihn rief.

»Wenn du nicht mit mir sprechen willst, dann kann ich ja wieder untertauchen …«

»Halt!«, schrie Yonathans Geist. Der gewaltige Körper des Traumfeldes würde zweifellos alles mit sich in die Tiefe reißen. Schlagartig hatte Yonathan seine Lethargie abgeschüttelt. »Warte einen Augenblick! Verzeih mir, ich war … in Gedanken.«

»Oh! Dann habe ich dich gestört. Ich kann ja später noch mal wiederkommen …«

»Nein, nein. Erzähl schon. Ich bin jetzt ganz Ohr.«

»Hi, hi!«, kicherten die Gedanken. »Was bist du? Ein Ohr?«

Yonathan bemühte sich Ruhe zu bewahren. Dies schien eine schwierige Unterhaltung zu werden. Aber er lernte dazu. Dieses Gespräch fand jenseits der Worte statt. Ja, in diesem Moment offenbarte sich ihm das Wunder der Sprache. War sie doch eigentlich nur eine Ansammlung von Lauten, von klingenden Symbolen. Und jede Unterhaltung war im Grunde ein Handel mit Worten, gegründet auf *Verstehen.* Und das Verstehen machte die Sprache zu einem der herrlichsten Geschenke Yehwohs.

Was hier auf der *Mücke* geschah, übersprang die Symbole und ging gleich zu jenem Verstehen über, dem Ziel jedes ehrlich gesprochenen Wortes. War *das* das Sprechen mit den Lebenden Dingen, wie die Behmische es nannten? Oder war es das *Gefühl,* wie es Navran nannte? Wie auch immer, es war kein Gedankenlesen. Das Gegenüber musste das Spielchen schon mitspielen. Aber dann funktionierte es!

»Eigentlich hatte ich gedacht, *du* würdest mir irgendetwas erzählen?« Das Traumfeld schmollte. »Es ist schon so lange her, dass du mit deinen Freunden auf meinem Rücken geritten bist. Ich dachte, ihr würdet gar nicht mehr kommen.«

»Ich muss dir etwas verraten, ein Geheimnis!«, begann Yonathan zaghaft. »Aber du darfst nicht böse sein.«

»Ich bin nicht böse. Was willst du mir denn verraten?«

»Und du wirst auch bestimmt nicht tauchen?«

»Ich kann tauchen, wann ich will!«

»Dann verrate ich dir auch das Geheimnis nicht.«

»Also gut. Aber sag endlich, was du mir verraten wolltest.«

»Meine Freunde und ich, wir sind keine Behmische. Wir waren es nicht, die vor so langer Zeit auf deinem Rücken, in diesen Teil Neschans ritten. Ehrlich gesagt, wir sind Menschen.«

Ein Beben ging durch das Traumfeld. Es sackte ein Stück ab, sodass die *Mücke* gehörig ins Schaukeln geriet. Yomi und Gimbar wälzten sich schnarchend und zischend auf die andere Seite. Gurgi sprang erschrocken zurück auf Yonathans Brust.

»Halt, halt!«, riefen Yonathans Gedanken. »Du hast versprochen nicht zu tauchen.«

»Nein.«

»Was meinst du mit ›nein‹?«

»Du bist doch ein Behmisch. Ich merke das. Wie du mit mir sprichst. Menschen piken mich nur in die Haut.«

Yonathan schluckte. »Und dann tauchst du?«

»Und dann tauche ich!«

»Nun, wenn man es genau nimmt, sind wir Freunde der Behmische, gute Freunde sogar!«

»Freunde?«

»Ja. Das Volk, das du vor langer Zeit auf deinem Rücken reiten ließest, lebt heute nicht mehr.«

»Du meinst, es ist tot?«

»Ja, leider.«

»So wie die Fische, wenn ich sie verschluckt habe?«

»Genau so.«

»Wer hat sie denn verschluckt?«

»Niemand. Behmische leben anscheinend nicht so lange wie ihr Traumfelder.«

»Hi, hi, hi!«

»Warum lachst du? Daran ist überhaupt nichts komisch. »

»Ich lache darüber, wie du mich genannt hast: Traumfelder.«

»Oh, das ist nur so ein Name, den die Menschen euch gegeben haben. Hast du denn einen eigenen Namen?«

»Natürlich habe ich einen Namen! Hast du denn keinen?«

»Doch, ich heiße Yonathan. Und wie heißt du?«

»Mein Name ist *Galal*!«

»Aber das ist ein Name aus der Sprache der Schöpfung!«, stellte Yonathan verwundert fest. »Er bedeutet ›brausend‹, ›groß‹, nicht wahr?«

»Gefällt dir der Name nicht?«

»Doch, doch. Er passt sicher gut zu dir. Ich hätte nur nicht erwartet, bei einem Wesen, das viele für ein Märchen halten, einen Namen aus dieser Sprache zu finden.«

»Aber Er hat uns doch alle gemacht.«

»Wen meinst du damit?«

»Na, Melech-Arez.«

»Und was hältst du von diesem … Schöpfer?«

»Er ist böse!«

Yonathan atmete auf. »Du weißt, dass Yehwoh die Tränen

Neschans trocknete und die ärgsten Wunden der Schöpfung heilte?«

»Na klar! Ich war ja dabei!«

»Du warst … dabei? Aber wie …?«

»Ich glaube, ihr Menschen lebt wohl nicht sehr lange.«

»Da magst du wohl Recht haben.« Yonathan schwirrte der Kopf. »Würdest du meinen Freunden und mir einen Gefallen tun, Galal?«

»Gerne. Was für einen Gefallen denn?«

»Wir möchten ein Stück reisen. Könnten wir auf deinem Rücken reiten, so wie die Behmische damals?«

»Wohin wollt ihr denn? Gehen wir die Behmische besuchen?«

»Es gibt nur noch einen einzigen. Er gab mir seinen Keim. Durch ihn hast du mich gefunden und durch ihn können wir wohl auch jetzt miteinander sprechen. Aber jetzt wollen wir erst mal nach Cedanor.«

»Und du meinst, dass du dich mit diesem Traumfeld *richtig* unterhalten kannst?« Gimbar klang skeptisch.

»Ja, genau«, bekräftigte Yonathan. »Es ist keine Unterhaltung im üblichen Sinne. Es ist mehr so ein gegenseitiges Verstehen.«

»Du meinst Gedankenlesen?«

»Nein, eigentlich nicht. Wenn ich Galal nichts mitteilen will, dann kann ich auch schweigen.«

»Und das klappt?«

Hilflos hob Yonathan die Schultern. Wie viel einfacher war es doch, sich mit Galal zu verständigen, als dies seinen Freunden zu erklären!

Yomi hatte das Gespräch bisher schweigend verfolgt, doch jetzt griff er ein. »Mir wäre lieber, wir würden uns bei diesem Galal oder wie es heißt, höflich bedanken und zusehen, dass wir allein mit unserer *Mücke* weiterreisen. Stell dir nur vor, Yonathan, du hättest das Traumfeld doch nicht in allem so ganz richtig verstanden. Es genügt ja die Verwechslung einiger weniger Worte. Sagen wir *Reiten* und *Tauchen* – nur, um ein Beispiel zu nennen.«

»Yomi, ich kann deine Befürchtungen verstehen. Aber ich bin mir sicher, dass Galal nicht tauchen wird, während es uns trägt. Es wird nichts tun, wodurch wir Schaden erleiden könnten.«

»Du meinst also, dass du dir *ziemlich* sicher bist?«

»Nein, Yo, ich bin mir *unheimlich* sicher!«

Yomi blickte zu Gimbar. »Das Schlimme ist, dass er mit seinen Vermutungen meistens Recht hat.«

»Gut, dann wäre dieser Punkt also geklärt«, schloss Yonathan und ignorierte die beklommenen Mienen seiner Gefährten. »Wie sieht es mit unseren Vorräten aus, Gimbar? Werden sie bis Cedanor reichen?«

»Ich weiß zwar nicht, wie schnell uns Galal nach Cedanor bringen wird, aber was die Lebensmittel betrifft, sehe ich keine Probleme. Um unsere Wasservorräte allerdings steht es nicht zum Besten. Wir werden schon bald auf dem Trockenen sitzen.«

»Das heißt, ein Landgang wird uns nicht erspart bleiben.«

Gimbar zuckte die Achseln. »Und? Siehst du da Schwierigkeiten?«

»Ich traue Sethur nicht. Seine Macht ist groß und sein Einfluss reicht vielleicht weiter, als wir uns vorstellen können. Wir sollten uns jedenfalls nicht länger an Land aufhalten als unbedingt nötig.«

»Du kannst ja mal deinen großen Freund fragen. Vielleicht hat Galal eine Idee«, schlug Yomi vor.

Yonathan schloss die Augen. »Galal, bist du da?«

»Natürlich bin ich da! Wo soll ich denn sonst sein?«

»Was ist mit dir los? Du scheinst gereizt zu sein.«

»Deine Freunde mögen mich nicht.«

»Das darfst du nicht sagen. Sie kennen dich noch nicht. Sie fürchten, du könntest tauchen, während wir hier auf deinem Rücken festsitzen.«

»Ich hätte große Lust dazu. Am besten gleich jetzt!«

»Was …?« Yonathan öffnete vor Schreck die Augen und blickte in die erwartungsvoll angespannten Gesichter seiner Freunde. Er lächelte schief und wandte sich wieder Galal zu. »Kannst du eigentlich alles verstehen, was wir sagen?«

»Ja, natürlich! Euer Geschrei lässt sich ja nicht überhören. Außerdem ist es unfreundlich.«

Yonathan seufzte innerlich. »Du musst meinen Freunden ein wenig mehr Zeit geben, Galal. Immerhin haben sie sich bereit erklärt bei mir zu bleiben, während ich auf dir reite.«

»Aber sie sind nicht nett.«

»Sie werden sich schnell an dich gewöhnen – wenn du nicht vorher tauchst.«

Schweigen.

»Galal! Darf ich dich etwas fragen?«

»Was denn?«

»Es ist eine schwierige Frage, fast so eine Art Rätsel. Ich weiß nicht, ob du es beantworten kannst.«

»Oh, ich mag Rätsel! Frag mich einfach, Yonathan.«

»Na gut. Das Rätsel lautet: Woher weiß ein Galal, das im Meer lebt, wo sich an der Küste Süßwasserquellen befinden?«

»Ich muss einen Moment nachdenken.«

»Lass dir ruhig Zeit.« Yonathan öffnete kurz die Augen und lächelte seine Gefährten zuversichtlich an.

Dann folgte Stille. Galal meldete sich nicht. Wie lange dauerte wohl ein »Moment« im langen Leben eines Traumfeldes?

Yonathan wurde unruhig. »Hast du schon eine Antwort, Galal?«

»Ich könnte die Vögel fragen. Aber das ist nicht so einfach. Möwen sind sehr eingebildet und geschwätzig.«

»Du kannst mit Vögeln reden?«

»Natürlich.«

»Aber wo bekommen wir die Vögel her? Seit der Sturm sich gelegt hat, haben wir noch keinen einzigen gesehen.«

»Das ist nicht schwer. Ich brauche nur in der Nähe der Küste aufzutauchen, dann kommen mehr, als mir lieb sind.«

»Das ist praktisch. Allerdings hätte ich noch eine Bitte, Galal – hauptsächlich meiner Freunde wegen.«

»Noch eine?«

»Wenn man *auf*tauchen will, muss man vorher *unter*tauchen. Vielleicht könnten wir das lassen und einfach dorthin schwimmen?«

Bitteres Wasser

»Eigentlich ist diese Art zu reisen unheimlich praktisch«, stellte Yomi zufrieden fest.

Gimbar blickte ihn erstaunt an. »Und das sagst *du?*«

Yomi zuckte die Achseln. »Na ja. Keiner muss das Ruder führen oder sich um die Segel kümmern. Man sollte sich ernsthaft überlegen die Traumfelder zu zähmen und sie für die Handelsschifffahrt einzusetzen.«

»Oder für Raubzüge«, meinte Gimbar grinsend.

Yomi warf die Hände in die Luft. »Piraten!«, schimpfte er verächtlich. »Sie denken *nur* an ihre Raubzüge.«

»Kaufleute!«, imitierte ihn Gimbar. »Sie denken *nur* an ihre Geschäfte.«

»Ein Punkt für Gimbar«, bemerkte Yonathan. »Aber um Galals Zähmung müssen wir uns sicher nicht den Kopf zerbrechen: Es ist friedlich wie ein kleines Kind.«

»Und manchmal wohl auch genauso bockig«, meinte Yomi. »Wenn ich daran denke, dass es uns alle ersäufen wollte …«

»Seid etwas nett zu ihm. Und sagt nicht immer Traumfeld. Es heißt Galal.«

Yomi grinste Gimbar an. »Wenn wir dafür trocken bleiben, ist das ein günstiger Preis. Oder was meinst du, Gimbar?«

»Kaufleute!«, schnaubte der ehemalige Pirat.

Die Reise war wirklich bequem und die drei Gefährten genossen sie. Galal hatte auf seinem Rücken eine Mulde gebildet, in der die *Mücke* fest und sicher eingekeilt lag. Die Herbstsonne zeigte ein freundliches Gesicht und das Meer hatte sich längst wieder beruhigt. Schon zu Beginn, bei noch hoher Dünung, hatte Galal klargestellt, warum ihn die Behmische Rakk-Semilath, »Pfad über das Meer«, nannten: Wie auf einem ebenen Pfad, wie auf den Schwingen eines Riesenvogels wurde die *Mücke* mit ihrer Besatzung dem fernen Ziel entgegengetragen. Nur der Fahrtwind, der ihnen kühl um die Ohren wehte, verriet die enorme Geschwindigkeit, mit der der mächtige Körper Galals durch die Wellen glitt.

Als sich die Küstenlinie als dunkler Streifen am Horizont abzeichnete, sagte Gimbar: »Unser Freund sollte warten, bis es dunkel wird. Es ist nicht gerade sehr unauffällig, auf einer Insel daherzukommen, um Frischwasser aufzunehmen.«

»Du hast Recht.« Yonathan zögerte einen Moment. »Galal meint, das geht nicht«, sagte er dann.

»Hat es uns etwa belauscht?«

»Galal hört alles, was wir sagen.«

Gimbar ließ unbehaglich die Schultern kreisen. »Ich versuche immer, nicht daran zu denken. Hat Galal einen Grund für seine Eile genannt?«

»Einen Moment!« Yonathan hob die Hand, während er lauschte. Dann meinte er lächelnd: »Galal sagt, in der Nacht sind die Vögel nicht sehr gesprächig – weil sie schlafen. Das wäre ihm zwar sehr angenehm, aber es würde uns nicht weiterhelfen.«

Gimbar schlug sich vor die Stirn. »Daran hätten wir auch selbst denken können. Hat Galal einen Vorschlag?«

»Es sagt, wir sollen warten, bis die Sonne Fische schluckt.«

Gimbar schmunzelte. »Abendstund hat Gold im Mund.«

Yomi nickte zufrieden. »Der Plan ist gut. Und anschließend schleichen wir uns mit der *Mücke* still und heimlich ans Ufer.«

Die Sonne tauchte den Himmel bis zum westlichen Horizont in ein flammendes Farbenmeer. Auf sanft gewölbten Wolkenbänken spielte das abendliche Licht seine ganze Farbenvielfalt von hellem Blau und Grau über leuchtendes Orangerot bis hin zu tiefem Violett aus. Der Wind war abgeflaut, nur eine sanfte Brise kräuselte die Oberfläche des Meeres. Eine Schar von Möwen und anderen Wasservögeln ruhte dicht vor der Küste. Gleichmäßig schaukelten sie auf der kaum bewegten See, mit sich und der Welt zufrieden, als etwas Unvorhergesehenes geschah: Eine Insel kam zu Besuch.

Zuerst war es nur ein dünner, dunkler Fleck am Horizont. Doch allmählich wurde der Fleck größer und näherte sich dem Strand, eine weiß schäumende Bugwelle vor sich herschiebend. Schon erhoben sich die ersten Seevögel unter lautem Protest aus dem Wasser, als sich die Fahrt der Insel verlangsamte. In sicherer Entfernung zum Land kam das Ungetüm endlich zum Stillstand, nicht ohne eine letzte Wasserwelle bis weit auf den steinigen Strand hinaufzuschicken. Empört schrien die Vögel ihren Ärger heraus.

»Weiter kann ich nicht ans Ufer heran«, sagte Galal.

»Ist schon in Ordnung«, erwiderte Yonathan. »Meinst du, die Vögel werden mit dir sprechen? Du scheinst sie ziemlich erschreckt zu haben.«

»Keine Angst. Die tun nur so. Gleich werden sie herüberkommen; bestimmt mehr, als uns recht ist.«

Eigentlich war alles ganz einfach: Nach Auskunft der Vögel mussten sie bei Selin-Beridasch an Land gehen, sich im Schutze der Dunkelheit bis hinter die Grenze des Brackwassers hinaufschleichen und mit gefüllten Wasserschläuchen so schnell wie möglich wieder zur *Mücke* zurückkehren, um mit ihr im Schutze des nächtlichen Meeres unterzutauchen. So weit der Plan. Die Wirklichkeit erwies sich als sehr viel widerspenstiger.

Yonathan, Yomi und Gimbar befanden sich schon auf dem Rückweg, schwer schleppend an den prall gefüllten Schläuchen. In einigen Hütten von Selin-Beridasch brannte immer noch Licht, was seltsam war, so spät in der Nacht. Da brach das Chaos los. Irgendein schlafloser Fischer hatte sie entdeckt und sofort das ganze Dorf alarmiert. Im Nu war das südliche Flussufer überschwemmt von Rufen, Fackeln und Menschen. Auf der anderen Seite des Flusses waren die drei Entdeckten gerannt, was das

Zeug hielt, hatten sich in die *Mücke* gestürzt und sofort Kurs auf das offene Meer genommen.

Trotzdem hätten sie es beinahe nicht geschafft. Einige besonders schnelle Fischerboote hätten ihnen fast den Weg abgeschnitten, als der grün schimmernde Körper Galals genau unter den drei Gefährten auftauchte. Als würde ein Käfer mit hohler Hand aus einer Wasserschale geschöpft, hob die lebende Insel die *Mücke* zwanzig Fuß hoch aus dem Meer empor, öffnete dabei eine Körpermulde, in die das kleine Segelschiff hinabsank, und schloss sich dann wieder über der Mastspitze. Eine Handvoll Boote, die sich eben noch dem Ziele nahe glaubten, kenterten und schütteten ihre schreiende Ladung in die brodelnde See. Die übrigen Fischer verfolgten reglos, wie die Insel samt Schiff langsam im Meer versank. Erst als das kabbelige Wasser sich wieder beruhigt hatte, wagten einige Mutige sich zu rühren und ihre über Bord gegangenen Gefährten aus dem Wasser zu fischen.

Niemand zweifelte daran, dass die nächtlichen Eindringlinge von einem Meeresungeheuer verschlungen worden waren.

»Hast du nicht ein bisschen übertrieben, Galal?«, fragte Yonathan bekümmert.

»Du hast mich doch gerufen«, rechtfertigte sich Galal. »Du brauchst Hilfe, hast du gesagt. Schnelle Hilfe!«

»Ich habe aber nicht gesagt, dass du die halbe Bevölkerung von Selin-Beridasch ersäufen sollst!«

»Habe ich ja gar nicht. Die anderen haben sie doch wieder aus dem Wasser gefischt.«

»Hoffentlich hast du Recht. Ich habe einen heiligen Auftrag und ich will ihn nicht durch unnötiges Blutvergießen in Gefahr bringen.«

»Ich kann diesen muffigen Fischgeruch nicht mehr länger ertragen!«, drang unvermittelt Gimbars Stimme aus der Dunkelheit. »Kannst du deinen Freund nicht mal fragen, wann er uns wieder an die frische Luft lässt, Yonathan?«

»Im Moment dürfte das schwierig sein: Wir haben mindestens hundert Fuß Wasser über uns.«

Gimbar stöhnte gequält auf; er schien unter der Abgeschlossenheit in Galals Leib besonders zu leiden.

»Hoffentlich ist den Fischern wirklich nichts Schlimmeres passiert. Es waren schließlich unschuldige Männer, die nur ihr Dorf schützen wollten.«

»Da bin ich mir nicht so sicher, Yonathan. Dass sie eine Nachtwache aufstellen, mag ja noch angehen. Aber es hätte doch genügt, nach unserer Entdeckung Alarm zu schlagen. Findest du es nicht reichlich merkwürdig, dass sie gleich mit ihrer ganzen Flotte in See gestochen sind? Wenn du mich fragst, wollten sie nicht nur ihr Dorf verteidigen, sondern ein Wild jagen – und zwar eins, auf das sie schon gewartet hatten.«

»Ich kann mir kaum vorstellen, dass Sethur unser Kommen in jedem Dorf der Küste angekündigt hat«, zweifelte Yomi. »Das würde ja bedeuten, dass die Küstenbewohner Bar-Hazzat und nicht mehr Zirgis folgen.«

»Ich weiß es auch nicht«, gab Gimbar zu. »Bisher reichte der Einfluss Témánahs nicht so weit. Aber Bar-Hazzat ist kein Freund des Lichts. Er wirkt im Dunkeln. Es genügt ja schon, wenn er in jedem Dorf am Golf von Cedan einige Männer hat, die ihm hörig sind. Diese Gefolgsleute könnten durch geschickte Lügen die ganze Bevölkerung gegen uns – oder auf wen sonst es Bar-Hazzat abgesehen hat – aufhetzen.«

»Ich glaube«, sagte Yonathan, »wir sollten noch vorsichtiger sein als bisher. Wenn Sethur solche Maßnahmen ergriffen hat, um an den Stab zu kommen, dann ist es besser, wir laufen keinen Hafen an, bis wir Cedanor erreicht haben.«

Gimbar sog schniefend die stickige Luft durch die Nase. »Und was ist mit unserem großen Freund? Meinst du, er wird demnächst wieder auftauchen?«

»Ich kann ja mal mit ihm sprechen.«

Auf dem Rücken eines Traumfeldes über das Meer zu reiten, glich einem Flug auf den Schwingen eines Adlers. Das gewaltige Wesen, das die *Mücke* wie eine winzige Nussschale mit sich trug, glitt schneller als jedes Schiff durch die See. Auch das Wetter meinte es gut. Fast zu gut, dachte Yonathan.

Dies war der neunte Tag seit der Flucht von der *Narga*. Gerade hatte der Monat Kislew den Bul abgelöst. Zu Hause würden Stürme das Meer gegen die Klippen Kitvars schleudern und in den Bergen hätten die Tiere, die keinen Winterschlaf hielten, alle Mühe ihr Futter zu finden. In dieser Zeit schrumpften die Tage auf wenige Stunden des Lichts und man saß in den warmen Hütten, um sich Geschichten zu erzählen. Die Männer besserten ihr Fischereigerät aus oder schnitzten Figuren aus den Hörnern des Walrosses. Die Frauen fertigten jetzt Decken und Kleidungsstücke an. Aber kein Seemann, der seine Sinne noch einigermaßen beisammen hatte, würde zu dieser Jahreszeit ein Schiff besteigen, geschweige denn eine weite Seereise unternehmen!

»Ich werde aus dem Wetter nicht schlau«, sprach Yomi aus, was alle dachten. »Ich kann mich nicht erinnern jemals einen Herbst erlebt zu haben, der so unheimlich ruhig war.«

»Ich auch nicht«, stimmte Gimbar zu. Er zuckte mit den Schultern. »Aber was soll's. Bessere Reisebedingungen hätten wir uns nicht wünschen können. Niemand traut sich zu dieser Jahreszeit aufs Meer hinaus und wir kommen trotzdem prächtig voran.«

»Ich wünschte mir nur, wir könnten mal wieder an Land gehen«, seufzte Yomi.

Tatsächlich hatte sich die kleine Gemeinschaft in den vergangenen Tagen nur zweimal für kurze Zeit der Küste genähert. Nachdem Galal begriffen hatte, worauf es Yonathan ankam, suchte er stets Landeplätze aus, die weit entfernt von menschlichen Siedlungen lagen. Mitten in der Nacht konnten sie so unbeobachtet Frischwasser aufnehmen.

Auch Yonathan hatte das Bedürfnis, wieder einmal die Enge der *Mücke* zu verlassen und eine richtige Mahlzeit zu sich zu nehmen. Zwar konnte man auf dem Rücken Galals spazieren gehen und auch an Proviant mangelte es nicht, aber weder die nasse, karge Oberfläche des Traumfelds noch die eintönige Speise boten auf Dauer genug Abwechslung.

»Morgen kommen wir an dem großen Nest vorbei, wo die vielen Schiffe der Menschen ihren Winterschlaf halten.« Die Gedankenstimme stammte von Galal.

»Du hast mich belauscht!«, stellte Yonathan fest.

»Du weißt, dass das nicht geht. Ich wusste nur, was du dir wünschst: Du willst mich verlassen.«

»Das ist nicht wahr. Ich wäre nur gerne mal wieder unter Menschen, mit festem Boden unter den Füßen. Es ist ziemlich lange her, seit ich das frei und ungehindert tun konnte – eigentlich nicht mehr, seit ich von Kitvar aus in See gestochen bin.«

»Ich kenne ein Loch. Nicht weit von dem Nest der Menschen. Auf der einen Seite fließt das Meer hinein. Auf der anderen Seite kommen die Fledermäuse heraus.«

»Du meinst eine Höhle? Ist sie so groß, dass du uns hinein- und wieder herausbringen könntest?«

»Ich war schon oft dort. Wenn die Sonne heiß scheint. Und die Schiffe mit ihren Stacheln auf das Meer hinausfahren.«

Galals Gedanken überzeugten Yonathan. Die Höhle, wenn sie einen Ausgang oberhalb des Wasserspiegels hatte, war das ideale Versteck, um noch vor Sonnenaufgang an Land zu gehen und später ebenso unauffällig wieder unterzutauchen. Yonathan lächelte. Das Wort »Untertauchen« gefiel ihm.

»Galal sagt, dass es hier in der Nähe eine größere Hafenstadt geben muss.«

»Das kann nur Meresin sein!«, riefen Yomi und Gimbar wie aus einem Munde.

»Was haltet ihr davon, wenn wir Meresin morgen einen kleinen Besuch abstatten?«

»Das wäre sicher unheimlich interessant«, sagte Yomi abwartend.

»Aber ist es nicht zu gefährlich, vor Cedanor noch einmal in der Nähe einer Siedlung an Land zu gehen?« Auch Gimbars Einwand klang eher halbherzig.

»Sicher. Aber ich schätze, dass es in einer größeren Stadt verhältnismäßig ungefährlich sein wird. Dort gibt es viel zu viele Menschen. Um diese Jahreszeit ist Meresin wahrscheinlich voll von Seeleuten aus allen Teilen Neschans, die auf den nächsten Frühling warten. Auf drei Fremde mehr oder weniger kommt es da sicherlich nicht an, oder?«

»Für sein Alter kann er ausgesprochen logisch argumentieren. Findest du nicht auch, Langer?« Gimbar zwinkerte Yomi zu.

»Damit hat er mich schon ziemlich oft verblüfft«, gab der zurück. »Es steckt eben mehr in ihm, als man vermutet.«

»Vorsichtig müssen wir trotzdem sein.« Yonathan erzählte von der Höhle vor den Toren der Stadt und von seinem Plan, noch vor Sonnenaufgang eine Straße zu erreichen, von der aus sie sich Meresin nähern könnten.

Gimbar wühlte in dem Gepäck unter der Bugplane herum und brachte ein fest verschnürtes Bündel zum Vorschein. »Wusste ich's doch!«, schnaufte er zufrieden. »Blodok hatte bei unserer Abreise aus Kartan ›normale Straßenkleidung‹ in unserem Gepäck verstauen lassen. Das würde Benith und mir helfen uns unbemerkt in den Straßen Cedanors zu bewegen, wenn wir Kaldek aufsuchen und das Lösegeld für euch beide erpressen würden. Zwar hatte Blodok nie vor, uns so weit kommen zu lassen, aber die Kleidung ist trotzdem da.«

»Und was ist mit mir?« Yonathan breitete die Arme aus und blickte an sich herab. »Meine Kleidung ist sicher keine ›normale Straßenkleidung‹, hier in der Zentralregion.«

»Lass deinen grünen Kittel hier in der *Mücke*. Man wird dich für irgendeinen Schiffsjungen halten. Nur den Stab solltest du vielleicht nicht jedermann unter die Nase halten.«

»Ich werde ihn im Köcher lassen«, schlug Yonathan vor.

»Und deinen kleinen Begleiter da« – Gimbar deutete mit dem Kopf auf Gurgi –, »steckst du am besten gleich dazu.«

Der Masch-Masch quietschte erschreckt und verschwand

blitzschnell in Richtung Mastspitze, als hätte er jedes Wort verstanden.

Aber Gimbars Bedenken waren sicher angebracht. Wer konnte schon wissen, welcher Boten sich Sethur bediente? Jeder, der in seinem Auftrag Ausschau hielt, wusste wohl auch von dem kleinen merkwürdigen Tier, das die Gesuchten bei sich trugen. Yonathan musste an Zirah denken. Allein die Erinnerung an den vogelähnlichen Spion ließ ihn frösteln. »Ich werde Gurgi in meinem Hemd verstecken. Niemand wird sie zu sehen bekommen«, beruhigte er Gimbar – und sich selbst.

»Ich glaube, mir wird übel«, presste Gimbar zwischen den Zähnen hervor. »Wenn ich gewusst hätte, dass es schon wieder tauchen würde …«

»Irgendwie müssen wir ja in die Höhle hineinkommen. Aber Galal sagt gerade, dass wir gleich da sind.«

»Hier unten ist es dunkler als in Zirgis' tiefstem Kerker,«, meinte Yomi.

»Und es stinkt schlimmer als in einem hundert Fuß hohen Berg verfaulender Fische«, fügte Gimbar hinzu.

»Wir sind da!«, rief Yonathan.

Sie hörten das Plätschern des Meerwassers und ein eigenartiges Zischen und Rauschen – Geräusche, die auf merkwürdige Weise widerhallten. Dann zeigte ihnen der muffige Geruch von feuchtem Stein, dass sie wohl an der richtigen Stelle aufgetaucht waren. Das Loch, wie es Galal genannt hatte, war eine monumentale Höhle, mitten in der felsigen Küste vor Meresin. Trotz ihrer riesigen Ausmaße bot sie kaum genug Platz für das gewaltige Traumfeld: Der Mast der *Mücke* stieß einige Male gefährlich an die unsichtbare Höhlendecke.

»Vorsicht!«, rief Yonathan.

»Entschuldigung«, signalisierte Galal, »sonst bin ich hier immer allein.«

»Schon gut. Wo ist die Stelle, an der die Fledermäuse ein- und ausfliegen?«

»Da, wo die Sonne am frühen Morgen hereinscheint.«

Yonathan überlegte, wo Osten sein könnte. Er seufzte und zog Haschevet aus dem Köcher. Mit Hilfe des Stabes sah er die Öffnung, ein schmaler Spalt, der nur wenig heller schimmerte als die Umgebung. Wie einfach das war! Seit er vor wenigen Wochen mit Yomi die Finsternis des Ewigen Wehrs durchquert hatte, gelang es ihm immer besser das *Koach* zu lenken. »Da oben!«, rief er aufgeregt.

Yonathan angelte sich Gurgi und verstaute sie in seinem Hemd. Dann griff er nach Yomis Arm und erklärte: »Nimm Gimbar bei der Hand und folge mir. Es ist nicht weit. Gleich können wir die Luft eines neuen Morgens schnuppern, mit festem Boden unter den Füßen.« Und ein paar Schritte später: »Yo, zieh den Kopf ein.«

»Autsch!«

Meresin

Die staubige Straße lag noch im fahlen Licht des frühen Morgens, als die Laune der drei Wanderer bereits strahlte wie die Mittagssonne.

»Ein unheimlich gutes Versteck hat dein Galal uns da ausgesucht«, befand Yomi.

»Es ist nicht *mein* Galal«, sagte Yonathan. »Es ist unser aller Freund.«

»Aber du kannst am besten mit ihm umgehen«, meinte Gimbar.

»Schaut, da drüben!«, rief Yomi. »Das müssen die Mauern Meresins sein.«

Tatsächlich. Die Straße führte soeben über eine Hügelkuppe und schlängelte sich nun sanft abfallend ihrem Ziel entgegen. Von der Klippe aus, in der sich Galal und die *Mücke* verbargen, hatten sie vielleicht zwei Meilen zurückgelegt. Das nächstgelegene Stadttor erreichten sie nach einer weiteren Meile.

Meresin lag in einer weiten Mulde, die bis ans Meer hinabreichte. Die Stadt war von einer dicken Steinmauer umgeben. In regelmäßigen Abständen ragten daraus trutzige Wachttürme empor, aus denen schwarze Schießscharten wie wachsame Augen die Umgebung überblickten. Ein gut Teil des Hafenviertels lag vor den Stadttoren; einerseits, weil man die Schutzmauer nicht gut hatte bis ins Meer bauen können, und andererseits, weil der Hafen den tiefsten Punkt Meresins bildete – nicht nur geographisch. Dort wohnten und arbeiteten die Fremden: Händler und Seeleute. Dort befanden sich Lagerhäuser, Kontore und Stapelplätze, aber auch Herbergen und Spelunken mit einer Kundschaft, die man innerhalb der Mauern nur ungern geduldet hätte, auf die man aber auch nicht verzichten wollte, da man mit ihnen Geschäfte machte.

Mit dem ersten Sonnenstrahl waren die Tore der Hafen- und Handelsstadt geöffnet worden. Es herrschte reges Gedränge, da eine beträchtliche Anzahl von Menschen entweder in Zelten vor der Stadt übernachtet hatte oder schon früh vor Sonnenaufgang dorthin aufgebrochen war. Nur die gelangweilten Torwachen passten nicht recht zu dem hektischen Treiben.

Yonathan, Yomi und Gimbar ließen sich vom Strom der Menschenmenge in die Straßen Meresins tragen. Die Stadt war ein Schmelztiegel für Menschen aus allen Provinzen des großen Cedanischen Kaiserreiches. Kaufleute in kostbarem, farbigem Tuch schwebten mit entrücktem Blick, den Kopf voller wichtiger Geschäfte, durch das Getümmel; einfache Leute, gegen die sich Yonathan in seiner geflickten Kleidung wie ein Fürst vorkam, boten mit lautem Geschrei ihre Waren feil; Soldaten eilten wachsamen Blickes vorüber, von unbekannten Befehlen getrieben. Yonathan zog unwillkürlich den Kopf ein; man wusste nie, wonach die Ordnungshüter Ausschau hielten.

Ansonsten aber genoss er das Durcheinander. Wie ein Fisch schwamm er in dem Meer aus Menschen, Lärm und Farben. Ja, Farben gab es hier! Wenn ihn auch viel an den Großen Markttag von Kitvar erinnerte – das verbissene Feilschen, das ausgelassene

Geschrei und Gelächter, die Schlägereien und die selbst zu dieser frühen Stunde schon vereinzelt herumliegenden Betrunkenen – so erschien hier doch alles bunter, schriller, lebendiger. Die langen Winter in der Nordregion machten die Menschen dort bedächtig – manche behaupteten schwerfällig. Die heißen Sommer und die milden Winter hier im Süden schienen dagegen das Blut der Menschen unablässig am Sieden zu halten.

Yonathan und seine Freunde genehmigten sich ein üppiges Frühstück aus frischen Früchten, von denen Yonathan einige noch nie gesehen hatte, Käse, Brot und in Streifen geschnittenem knusprig gebratenem Fleisch. Um die Mittagszeit gönnten sie sich eine weitere Mahlzeit, ein Reisgericht, das mitten auf der Straße in einer gewaltigen Pfanne zubereitet wurde und schon von weitem herrlich duftete.

Mit runden Bäuchen und beladen mit Proviant für die weitere Seereise, lenkten sie ihre Schritte auf Drängen Yomis nach Westen, zum Hafenviertel hin.

»Warum hast du es so eilig, zum Hafen hinabzukommen?«, fragte Gimbar. »Willst dir wohl noch ein blaues Auge zulegen, bevor wir wieder aufbrechen. Du weißt ja, das Viertel vor den Stadtmauern Meresins hat nicht gerade den besten Ruf.«

»Das ist mir bekannt«, erwiderte Yomi. »Auch wenn wir hier nie überwintert haben, so hat die *Weltwind* doch schon ziemlich oft ihre Ladung in Meresin gelöscht. Ich will mich ein wenig umhören, ob ich etwas über Kaldek und unser Schiff erfahre.«

»Glaubst du, sie hat die Verfolgungsjagd mit der *Narga* überstanden? Ich würde es dir ja wünschen, aber …«

»Die *Narga* hat es selbst unheimlich hart getroffen. Wenn einem der Großmast wegknickt wie ein morsches Holzbein, dann denkt man an andere Dinge als an Wettrennen.«

»Er hat Recht«, meinte Yonathan.

»Sicher«, schnaubte Gimbar und rieb sich die Nase. »Doch wie Yo sagt, er war schon oft hier. Vielleicht erkennt man ihn.«

Yonathan zupfte sich am Ohrläppchen. »Wie wär's, wenn *du* zum Hafen gehen und dich nach Kapitän Kaldek und der *Welt-*

wind erkundigen würdest, Gimbar? Dich kennt doch hier niemand, oder?«

Gimbar schaute nachdenklich zu Boden. Dann warf er die Arme in die Höhe. »Also gut«, rief er. »Ich tu's. Auf eure Verantwortung. In zwei Stunden treffen wir uns hier wieder!«

Noch ehe seine beiden Begleiter etwas sagen konnten, war Gimbar davongeeilt, dem Hafen entgegen.

Yonathan und Yomi drehten sich um und gingen auf einen Stand zu, an dem man süßes Gebäck bekommen konnte.

Mit fettigen Fingern und glücklicher Miene betrachtete Yonathan den Stand der Sonne. Die zwei Stunden bis zur Rückkehr Gimbars würden wie im Fluge vergehen.

»Du solltest diese Kuchen wirklich probieren, Yo. Sie sind ein Gedicht«, schwärmte er.

»Du wirst noch die wenigen Münzen, die uns geblieben sind, für deine Fresssucht ausgeben, Yonathan!«

»Wir haben Münzen genug«, lachte der und glaubte im nächsten Moment unzählige Ohren und Augen auf sich gerichtet. »Wir haben Münzen genug«, wiederholte er flüsternd. »Blodok hat Gimbar und Benith einiges mitgegeben. Und Gimbars Eltern haben ihrem Sohn so viel zugesteckt, wie er tragen konnte, ohne allzu sehr aufzufallen. Also was ist? Magst du noch was?«

Yomi wandte sich an den feisten Standbesitzer: »Gebt mir drei von Euren Kuchen.«

An eine Hauswand am Rande des Platzes gelehnt genossen Yonathan und Yomi das Gebäck. Es wärmte sie von innen, die Spätherbstsonne wärmte sie von außen und das fröhlich-bunte Treiben wärmte ihren Geist. Yonathan steckte einige Krumen in sein Hemd, wo sie Gurgi gierig entgegennahm.

»Wenn sie so weiterfrisst, passt sie bald nicht mehr in mein Hemd«, amüsierte er sich.

Interessiert beobachteten sie das Treiben auf dem Markt, das Handeln und Feilschen, das bunte Gewirr von Menschen und Waren aller Art, als Yonathan ein bekanntes Kribbeln auf der

Kopfhaut spürte. Sein Blick schweifte über die Gestalten in seiner Umgebung und blieb schließlich auf einem Gesicht mit tiefbrauner, sonnengegerbter Haut hängen. Eine schwarze Klappe bedeckte das linke Auge. Der kleine, faltige Kopf ruhte auf einem mageren, unscheinbaren Körper, der in eine weite, graue, zerschlissene Hose und ein ebenso fadenscheiniges Hemd gewickelt war. Auffällig an der jämmerlichen Gestalt waren nur zwei Dinge: der glänzende Griff des langen Dolches, der aus dem breiten Gürtel ragte, und das kalte, schwarze Auge, das auf Yonathan gerichtet war.

»Yomi!« Yonathan drehte sich um und sah dem Freund ins Gesicht. »Benimm dich ganz unauffällig«, flüsterte er. »Schau über meine Schulter. Da ist ein einäugiger Mann, der uns beobachtet. Du findest ihn, wenn du zwischen der dicken Frau und dem Kupferschmied hindurchsiehst.«

Yomi spähte in die angegebene Richtung. Dann wandte er sich wieder Yonathan zu. »Ich sehe niemanden.«

Yonathan fuhr herum. Der Einäugige war weg. Aber das beruhigte ihn kein bisschen. »Komm mit«, sagte er und tauchte in die Menge.

Yomi blieb nichts anderes übrig, als Yonathan zu folgen. Nach einer Weile erfolglosen Herumstreifens beugte er sich zu Yonathan hinab und versuchte den allgegenwärtigen Lärm zu übertönen. »Was war denn mit dem Mann, Yonathan?«

Dessen Augen wanderten noch immer in der Menschenmenge umher, von einem zum anderen, von Gesicht zu Gesicht. Sie ließen auch nicht davon ab, als Yonathan den Kopf zurückneigte, um über die Schulter hinweg zu antworten: »Das habe ich dir doch gesagt. Er hat uns beobachtet.«

»Wie kannst du dir da so sicher sein, Yonathan? Du kannst ihn doch höchstens ganz kurz gesehen haben.«

»Eben. Das hat mir gereicht.«

Yonathans Ton schien Yomi zu beunruhigen. Er nickte und raunte: »Ich glaube, wir verlassen unauffällig den Platz.«

Yonathans Blick löste sich nur mit Mühe von der Menschenmenge, als er zu Yomi hinaufsah. »Bei deiner Größe wird es schwer sein, von hier zu verschwinden, ohne gesehen zu werden.«

»Ich kann mich ja bücken.«

»Findest du, dass das unauffälliger wäre?«

»Da drüben bei der kleinen Gasse sind ein paar hohe Marktstände. Wir könnten so tun, als würden wir uns für etwas interessieren. Wenn unser Beobachter erst bemerkt, dass wir zwischen den Ständen nicht mehr auftauchen, sind wir längst über alle Berge.«

»Das wäre eine Möglichkeit«, stimmte Yonathan zu.

»Ich glaube, wir haben ihn abgehängt«, schnaufte Yonathan.

»Ja, aber jetzt lass uns erst mal ausruhen und über etwas anderes nachdenken. Ich bin diese Rennerei nämlich nicht mehr gewohnt.«

»Worüber willst du nachdenken, Yo?«

»Wie wir Gimbar treffen wollen. Er wird bald zum Marktplatz zurückkehren und wer dann nicht da ist, das sind wir.«

Yonathan schlug sich die flache Hand auf die Stirn. »Daran habe ich in all der Aufregung gar nicht gedacht! Was machen wir jetzt?«

»Vielleicht sucht uns dieser Einäugige in den Gassen und ist längst nicht mehr auf dem Platz.«

»Oder er hat gesehen, wie wir uns von Gimbar getrennt haben und denkt sich, dass wir uns an derselben Stelle wieder treffen wollen.«

»Das Beste wird sein, wir gehen die breite Straße zum Hafen hinab und versuchen Gimbar unterwegs zu treffen. Aller Voraussicht nach wird er auf diesem Weg in die Stadt zurückkehren.«

»Gut«, stimmte Yonathan zu. »Wir warten noch ein wenig in einer Seitengasse, falls Gimbar früher zurückkehrt. Kurz vor dem verabredeten Zeitpunkt machen wir uns dann auf den Weg hinab zum Hafen.«

Der Plan funktionierte. Als Yonathan und Yomi den Teil des Hafenviertels betraten, der noch innerhalb der Stadtmauern lag, trafen sie auf Gimbar.

»Warum habt ihr nicht an dem verabredeten Treffpunkt auf mich gewartet?«, fragte Gimbar sofort.

»Wir sind entdeckt worden«, antwortete Yonathan.

»Entdeckt? Von wem?«

Yonathan hob ratlos die Schultern. »Was weiß ich. Ein kleiner Einäugiger ziemlich zerlumpt sah er aus.«

»Ein Einäugiger – sagst du? Lass uns von der Straße verschwinden. Hier können wir von jedem gesehen werden.« Gimbar hatte es mit einem Mal sehr eilig. »Ich habe in der Nähe eine Schenke gesehen. Da können wir bis zum Abend bleiben – und du, Yonathan, kannst mir ganz genau erzählen, wie dieser Mann aussah und was ihr in der Zwischenzeit erlebt habt.«

Die Schenke war ein finsteres Loch. Der Fußboden bestand aus festgestampfter Erde, das spärliche Stroh darauf war modrig und im ganzen Gastraum roch es nach abgestandenem Bier sowie den Körperausdünstungen der Gäste. Unter den Tischen und Bänken lagen fast so viele Betrunkene, wie an den Tischen saßen. Gimbar hob entschuldigend die Schultern und erklärte mit schiefem Lächeln: »Dies ist eine Seemannskneipe. Sie überwintern hier.« Yonathan wäre am liebsten sofort wieder umgedreht und hinausgerannt, aber Yomi pflichtete Gimbars Empfehlung bei. »Es wird ziemlich schwer sein, uns hier drin zu finden.«

Sie saßen in der hintersten Ecke des Gastraumes. Gimbar hatte kurzerhand zwei, drei laut schnarchende Betrunkene zur Seite geräumt und den Tisch aus ungehobelten Holzbohlen für sie in Beschlag genommen. Jemand, der den Kopf zur Schanktür hereinsteckte, würde wohl kaum den Dunst durchdringen und sie entdecken können. Bei einem warmen Bier, an dem Yonathan nur deshalb widerwillig nippte, weil es in der stickigen, finsteren Kaschemme nichts Besseres gab, erzählte er die Erlebnisse der vergangenen zwei Stunden.

»Und du sagst, dass er einen sehr großen Dolch bei sich trug?«, fragte Gimbar nach.

»Ja doch. Ein Riesending! Er hatte einen Ebenholzgriff mit silbernen Verzierungen. Nun sag's schon, Gimbar. Du kennst diesen Halunken, stimmt's?«

»Ich kenne einen Mann, auf den diese Beschreibung leider ganz genau zutrifft.« Gimbars Finger wanderten unbewusst zur gebogenen Nase.

»Du scheinst ihn nicht in bester Erinnerung zu haben.«

»Wenn es der ist, den ich meine – sein Name lautet Ason –, dann müssen wir uns vorsehen.«

»Ein seltsamer Name«, sinnierte Yonathan. »Bedeutet er nicht in der alten Sprache so viel wie ›tödlicher Unfall‹? Wie kann ein Mann nur so heißen?«

»Sicher hat er den Namen nicht von Anfang an gehabt. Aber wenn du ihn kennen würdest, dann wüsstest du, dass er ihn sich verdient hat. Ason ist gefährlich!«

Yonathan und Yomi blickten mit einer Mischung aus Besorgnis und Spannung in Gimbars Gesicht. »Das Männchen sah eher abstoßend aus«, gab Yonathan zu bedenken. »Ich würde sagen, dass er mir höchstens bis zur Schulter reicht.«

»Das ist es nicht«, unterbrach ihn Gimbar. »Ason ist kein Kämpfer. Seinen großen Dolch würde er höchstens gebrauchen, wenn er damit jemanden von hinten niederstechen könnte – und das auch nur im Dunkeln. Er dient ihm mehr zur Hebung des Selbstwertgefühls.«

»Ich glaube, ich weiß, was du meinst.«

»Ja, Ason ist eine Schlange, die im Gras lauert. Wenn du nicht daran denkst, dann trittst du drauf und sie schnappt zu.« Gimbar machte eine Geste mit den Fingern seiner rechten Hand, die Yomi zusammenzucken ließ. »Vor fünf Jahren stieß Ason zu den Piraten von Kartan, zur gleichen Zeit wie Sargas und Blodok. Er hatte schon damals keinen besonders guten Ruf und niemand schien ihn zu mögen. Als dann vor etwas weniger als drei Jahren Sargas und Blodok ohne Doldan, unseren Anführer, nach Kartan zurückkehrten, blieb auch Ason verschwunden. Ich habe mir damals meine eigenen Gedanken dazu gemacht.«

»Du glaubst, Ason war der ›tödliche Unfall‹, den Doldan erlitten hatte?«, fragte Yomi.

Gimbar nickte mit düsterer Miene. »Dieser Ason tut für Geld alles. Wenn er dir dreimal, selbst beim Namen Yehwohs, schwört, dann kannst du sicher sein, dass er sechsmal gelogen hat. Er würde sogar mit Bar-Hazzat einen Bund schließen, wenn er sich davon irgendeinen Vorteil erhofft.«

»Du meinst, er könnte im Auftrag Sethurs nach uns Ausschau halten?«

»Genau das meine ich«, bestätigte Gimbar. »Ason kennt sich in Meresin aus wie unter seiner Augenklappe. Das Beste wird sein, wir begeben uns irgendwohin, wo es viele Menschen gibt, wo es unübersichtlich ist. Dort warten wir den Einbruch der Dunkelheit ab und begeben uns dann so schnell wie möglich zurück zur *Mücke.*«

»Vor dem Stadttor lagern ständig Leute«, erinnerte sich Yomi, »fahrende Kaufleute, die zu geizig sind Geld für eine Herberge auszugeben, oder solche, die auf die Abreise ihrer Karawane warten. Wir könnten dort bleiben, bis bei Sonnenuntergang die Stadttore geschlossen werden, und uns dann im Schutze der Dunkelheit davonschleichen.«

Gimbar nickte. Dann huschte ein Lächeln über seine Lippen, und er stieß Yonathan in die Seite. »Wie gut, dass wir jemanden haben, der sich in dieser schlimmen Stadt auskennt!«

Vor dem Nordtor von Meresin herrschte großer Trubel. Man nannte es das Eistor, weil es dem fernen Drachengebirge mit seinen schneebedeckten Gipfeln zugewandt war. Vielleicht auch, weil von hier die Nördliche Handelsroute bis hinauf in die kalte Nordregion, bis nach Kitvar, führt, dachte Yonathan in einem Anflug von Heimweh.

Er und seine Freunde aßen schon wieder; diesmal eher, um nicht aufzufallen und um die Zeit totzuschlagen. Sie saßen mit vielen anderen Menschen in einem Rondell aus staubbedeckten Zelten und knabberten lustlos an Spießen, auf denen knusprig gebratene Tierchen steckten, die zwar nicht schlecht schmeckten, über deren Art und Herkunft Yonathan aber lieber nicht nachdenken wollte.

Im Westen ging die Sonne gerade zur Ruhe. Die Menschen versammelten sich zu dieser Stunde, um einem Ereignis beizuwohnen, das ein fester Bestandteil ihres Lebens war. Diejenigen, die im Mittelpunkt dieses Ereignisses standen, waren begnadete Künstler. Sie verstanden es, Abend für Abend die Leute immer wieder aufs Neue zu verzaubern. Selbst Könige hatten sie um den Schlaf gebracht, ohne dafür bestraft zu werden. Im Gegenteil! Die Geschichtenerzähler genossen höchstes Ansehen.

Wenn sie erzählten, nahmen sie ihre Zuhörer mit auf Reisen in ferne Länder, in weit zurückliegende Zeiten. Mit lebendiger Stimme, die sich hob und senkte, mal schnell, dann wieder langsam, bezauberten diese Männer ihr Publikum, als würden sie kunstvoll ein Musikinstrument spielen.

Viele dieser Erzähler, die übrigens die Bezeichnung »Märchenerzähler« entschieden ablehnten, reisten von Ort zu Ort. Um die Leute anzulocken, eröffneten sie ihre Vorstellungen nicht selten mit Kunststücken, bei denen man auch die Geschicklichkeit ihrer Körper und Hände bewundern konnte. Dies war sehr wichtig für einen guten Geschichtenerzähler, denn neben der Stimme waren auch die Gesten, Gebärden und das Mienenspiel, die die Geschichten begleiteten, weitere Mittel, um jenen Zauber hervorzurufen, der die Menschen Zeit und Raum vergessen ließ.

Als ein alter Mann nun zwischen die am Boden sitzenden Menschen trat, verstummte schnell das Gemurmel. Er trug einen langen, ärmellosen, braunen Wollmantel und darunter ein ebenso langes Hemd aus hellem Leinen. Sein weißes Haar stand in widerspenstigen Strähnen nach allen Seiten ab und ein langer wallender Bart umrahmte ein gutmütiges Großvatergesicht.

»Ich will euch eine Geschichte erzählen«, begann er mit geheimnisvollem Tonfall und obwohl man diese Einleitung erwartet hatte, löste sie doch lauten Beifall aus. Die Menschen klatschten in die Hände oder pfiffen aufgeregt; einige, die wohl aus der fernen Ostregion hierher gekommen waren, saßen bewegungslos da, riefen dafür aber umso lauter »Hört, hört!« und »Auf, weiser Mann!«

Der Erzähler senkte den Kopf und hielt das Kinn fest auf die Brust gedrückt, als müsse er die Geschichte aus den Tiefen seines Gedächtnisses hervorholen. Dann blickte er in die Runde und begann zu erzählen, wie es nur ein wahrer Künstler konnte. Seine Augen verengten sich, wenn es notwendig war, oder rollten beunruhigend wie große, schwarze Pflaumen; mal kauerte er sich zusammen, dann wieder ruderte er mit Armen und Beinen in der Luft; einmal war er Mensch, dann Tier, dann Baum, dann Schiff … Die Zuhörer hingen an seinen Lippen, unfähig irgendetwas anderes zu tun.

Die Geschichte handelte von einem jungen Mann, dem jüngsten von zehn Brüdern. Eines Tages sagte sein Vater zu ihm, dass nun auch für ihn die Zeit gekommen sei, seinen Weg zu nehmen, wie es seine Brüder zuvor getan hatten. Und da er der Jüngste war, blieb für ihn kein anderes Erbe mehr als das Schreinerhandwerk, das er von seinem Vater gelernt hatte, und ein Wanderstab. So ging er denn auf die Straße hinaus und beschloss in die Ferne zu ziehen, um sein Glück zu versuchen. Der Schreinersohn wanderte lange Zeit, aber immer auf derselben Straße. Er verdingte sich als Geselle bei verschiedenen Meistern und lernte viel dazu. Doch dann begann er unzufrieden zu sein mit seinem Los.

Er beschloss den Hobel beiseite zu legen und etwas anderes zu tun. Als Erstes wollte er die Straße verlassen, die ihn bisher immer begleitet hatte. Aber das war gar nicht so einfach. Mehrmals bog er zur Seite ab, aber er kam immer wieder auf den Pfad zurück; er floh in den Wald und erwachte am nächsten Morgen wieder am Wegesrand; er heuerte auf einem Schiff an, aber als er nach Monaten an Land ging, stand sein Fuß wieder auf derselben Straße.

Schließlich gab er auf. Er ließ sich nieder in einer Stadt, die am

Rande einer großen Wüste lag. Oft wanderte er auf der Straße in die Wüste hinaus, um nachzudenken. Doch eines Tages, als er glaubte allein zu sein mit dem Wüstensand und dem Himmel, sprach plötzlich eine Stimme zu ihm. Es war eine leuchtend blaue Schlange, die zu ihm sprach. Er erzählte ihr von seinen Nöten und die Schlange erklärte lächelnd, dass sie wohl eine Möglichkeit wüsste, wie er seinen Weg für immer verlassen könne. Der Schreinersohn fragte, wie das möglich sei, und die blaue Schlange sagte, dass er für diesen Dienst einen Preis bezahlen müsse. Welchen Preis?, fragte der Schreiner hastig. Der Weg *ist* der Preis, antwortete die Schlange und als er nicht gleich verstand, fügte sie hinzu, er müsse sich von ihr beißen lassen – nur einmal! –, dann wäre er die lästige Straße los.

Da begriff der Schreinersohn. Er achtete nicht weiter auf die Schlange, sondern machte kehrt und eilte in die Stadt zurück. Er wusste nun, was er zu tun hatte! Er suchte sich eine andere Stadt, wo man ihn noch nicht kannte, ließ sich dort nieder, wurde Schreinermeister und gründete eine glückliche Familie.

Die Schlange jedoch zog sich in ihr Sandloch zurück und sprach zu sich: Was soll's. Es werden noch viele kommen, die einen neuen Weg suchen und die den Preis dafür zahlen werden.

Den Schluss seiner Geschichte hatte der Erzähler mit gespitzten Lippen und zischendem Laut geflüstert, er war in sich zusammengesunken wie die blaue Schlange in ihrem Loch. Zwischen den Zelten herrschte völlige Stille, trotz der vielen Menschen. Nur das Lagerfeuer, das nach dem Untergehen der Sonne entfacht worden war, knisterte und knackte ab und zu.

Dann brandete tosender Beifall auf, so vielfältig wie zuvor, als der Erzähler den Platz betreten hatte, und doppelt so stark. Aber diese kurze Geschichte war, so wollte es die Tradition, nur der Auftakt eines langen Abends voller Erzählungen. Es war eine Geschichte, die jeder Zuhörer kannte und an der jeder Erzähler seine Kunst beweisen musste, weil vor ihm schon ein anderer und vor diesem wieder einer da gewesen war. Jeder dieser Vorgänger hatte dem alten, immer wiederkehrenden Thema seine eigene, unverkennbare Handschrift verliehen und sich in eine lange Kette anderer Meister eingereiht. Und dennoch waren die Zuhörer immer wieder gefesselt und gebannt.

Doch nicht alle Anwesenden waren ganz bei der Sache. Drei junge Männer, einer von ihnen fast noch ein Kind, dachten ans Gehen, obwohl auch sie sich dem Zauber des Erzählers nicht hatten entziehen können. Und dann war da noch ein vierter, dessen Aufmerksamkeit nicht dem Erzähler und seiner Geschichte galt, sondern rastlos an diesem vorbeiwanderte, vorbei auch am Lagerfeuer und hinein in die Menge gespannter Gesichter, bis sie schließlich an dem eines dreizehnjährigen Knaben haften blieb.

»Gimbar!«, flüsterte Yonathan. Genau wie am Nachmittag drehte er sich so unauffällig um, wie die Aufregung und der Schreck es ihm erlaubten. »Da ist er wieder!«

»Du meinst …?«

»Ja, der Einäugige.«

Gimbar schaute suchend über Yonathans Schulter. Bis er etwas entdeckte. »Ason«, zischte er. »Er ist es tatsächlich! Ich wette, er ist nicht allein hier, nachdem er euch heute Nachmittag entdeckt hat. Wenn er seinen Kumpanen jetzt ein Zeichen gibt, sind wir verloren.«

Auch Yomi hatte inzwischen mitbekommen, worum es ging. Ein flüchtiger Blick auf den einäugigen kleinen Beobachter hatte genügt, um ihm den Ernst der Lage bewusst zu machen. Er hielt sich hüstelnd die Hand vor den Mund und flüsterte: »Was sollen wir tun? Selbst wenn es auf der Straße nach Norden dunkel ist, können wir nicht einfach aufstehen und uns aus dem Lager stehlen. Vermutlich hätten wir unheimlich schnell eine ganze Horde solcher Zwerge hinter uns.«

Gimbar knetete seine Nase. »Wir müssten ihn irgendwie ablenken …«

Plötzlich fiel Yomi in den nicht nachlassenden Beifall für den Geschichtenerzähler ein. Yonathan wusste nicht, was er davon halten sollte, als Yomi auch noch zu schreien begann: »Und die Moral? Was ist die Moral, die uns Eure Geschichte lehrt?«

Gimbar hatte das Vorhaben des blonden Gefährten sofort verstanden. »Yonathan, Yomi hat Recht!«

»Ich verstehe nicht.« Yonathan wurde immer unruhiger. Der Lärm der Menschen um ihn herum, nicht zuletzt der Yomis, dröhnte in seinen Ohren. Er hatte das Gefühl, er säße auf einem Ochsenkarren, der ohne Zugtiere laut polternd einen Abhang hinunterraste.

»Ihr fragt nach der Moral, die meine Geschichte lehrt?«, rief der grauaarige Erzähler laut und in dem altbekannten, stets gleichen Wortlaut.

»Es ist Brauch hier bei uns, dass einer der Zuhörer die Moral der ersten Geschichte vorträgt.« Gimbar redete hastig auf Yonathan ein. »Da so gut wie jeder die Einführungsgeschichte und ihre Tugend kennt, ist das kein Problem. Aber der Erzähler gibt dadurch seinem Publikum die Ehre.«

Der Einäugige wurde auf den fieberhaften Wortwechsel aufmerksam und reckte misstrauisch den Hals.

»Und was hilft *uns* das jetzt ...?«

»Aber Yonathan!«, unterbrach ihn Yomi. »Könntest du nicht etwas machen mit deinem Stab, damit die Wahl auf ihn fällt. Wenn der Erzähler ihn wählt, muss er in die Mitte treten und die Moral verkünden. Weigert er sich, wird er davongejagt. In jedem Fall könnten wir verschwinden, ehe irgendjemand etwas mitbekommt.«

Wenn der Geschichtenerzähler ihn wählt ... Gedanken wirbelten durch Yonathans Kopf. Der Lärm auf dem Platz war nur noch ein fernes, dumpfes Rauschen. Tief aus seiner Erinnerung hallten Worte herauf, Worte von Navran, seinem Pflegevater. »*Die Projektion*. Diese Kraft ermöglicht es dem Träger Haschevets eigene Gedanken, Vorstellungen und Gefühle auf andere Personen zu übertragen – und zwar so, dass diese glauben, es wären ihre eigenen Empfindungen.« Sicher, das hatte Navran gesagt, als er ihm das *Koach*, die Macht, die von dem Stab Haschevet ausging, erklärte. Aber konnte er, Yonathan, das zustande bringen? Das *Koach* war und blieb Yehwohs Macht, eine Macht, für die der Stab und sein Träger nur Mittler waren, nicht aber die Quelle.

Yomis und Gimbars Blicke waren gespannt auf ihren jungen Gefährten gerichtet. Das Spektakel, das den Platz erfüllte, hob sich wieder aus dem Rauschen in Yonathans Kopf. Er war wieder in der Gegenwart.

»Wer kann uns die Tugend verkünden?«, fragte der alte Geschichtenerzähler, übertrieben gedehnt, in die Runde.

Yonathan drehte sich um und stellte sich auf die Füße. Das dunkle Auge des kleinen Mannes, jenseits des sich drehenden und wendenden Geschichtenerzählers, verengte sich zu einem schmalen Schlitz von kalter, abschätzender Berechnung.

In diesem Moment gewahrte der alte Erzähler im äußersten Winkel seines Gesichtsfeldes eine Bewegung. Er sah einen hoch gewachsenen Jungen, der sich auf die Füße stellte. Wollte er ihm heute Abend die Ehre geben? Sollte er ihn die Tugend verkünden lassen? Dann sah er jedoch, wie der Knabe eine abwehrende Kopfbewegung machte, als wolle er diese Aufgabe doch nicht auf sich nehmen.

Yonathan griff, ohne den Blick von dem Einäugigen zu lassen, über die Schulter, wo sich der Stab befand. Er entfernte den Deckel von dem Köcher und zog Haschevet hervor, wie ein Krieger, der sein Langschwert zückt. Der goldene Knauf des Stabes vervielfältigte den Schein des Lagerfeuers, als wäre es das Licht der Sonne selbst.

Das Auge Asons weitete sich in furchtvollem Erkennen.

Und die Augen des Geschichtenerzählers weiteten sich in sehnsüchtigem Erkennen. Tränen funkelten darin und ein mildes Lächeln spielte um seine Lippen, als würde ihm nun endlich jener Anblick zuteil, für den er ein ganzes Leben lang die staubigen Straßen Neschans durchwandert hatte. Doch dann trat eine seltsame Ferne in seinen Blick und er schien Yonathan nicht mehr wahrzunehmen. Sein Lächeln kehrte zurück zu jener lang geübten Freundlichkeit, mit der er nun denjenigen auswählen würde, der seine Geschichte auslegen sollte. Er drehte sich noch einmal langsam um sich selbst, musterte die Menge der erwartungsvollen Gesichter und verharrte schließlich auf dem zerknitterten Antlitz des einäugigen, kleinen Mannes.

Geschafft!, dachte Yonathan. Schweißperlen standen ihm auf der Stirn. Fast hätte der Geschichtenerzähler ihn selbst auserwählt. Und schlimmer noch: Der Grauaarige hatte Haschevet erkannt, den Stab, den Gläubige als göttliches Amtszeichen der Richter von Neschan und weniger Gläubige als sagenumwobenen, machtvollen Gegenstand aus alten Legenden kannten.

»Da haben wir ja einen aufmerksamen Zuhörer«, rief der Geschichtenerzähler für alle gut hörbar. »Wessen Augen den Dienst versagen, dessen Ohren müssen Vierfaches leisten.« Eine Anspielung auf Asons Augenklappe. Alle lachten – außer dem Betroffenen selbst. »Wie ich sehe, haben wir einen ernsten Mann vor uns«, fuhr der Alte unbeirrt fort. »Nun gut, die Heiterkeit ist ein Schiff auf tosenden Wellen, der Ernst ein Felsen im Meer der Narren. So trete denn in unsere Mitte und verkünde uns den Sinn, auf dass sie uns eine Lehre werde, die Geschichte von des Schreiners Sohn.«

Ason konnte nicht widersprechen. Ihm blieb nur eines: seinen Vortrag so kurz wie möglich zu halten, um von der Menge jubelnd entlassen zu werden. Erst dann konnte er seine Männer alarmieren.

Mit düsterer Miene ließ der Einäugige sich von dem Geschichtenerzähler in die Mitte des Kreises ziehen und erhob seine erstaunlich tiefe Stimme, um die Tugend zu verkünden.

Yonathan hätte gern diesen Worten zu der ihm unbekannten Geschichte gelauscht. Doch er und seine Gefährten waren längst in die Dunkelheit entschwunden.

»Ob wir sie abgehängt haben?«, keuchte Yonathan atemlos. Sein Herz raste, und er hatte Seitenstechen.

»Das ist jetzt schon fast egal«, antwortete Yomi. »Selbst wenn sie nur einen Bogenschuss weit hinter uns sind, werden sie uns nicht mehr kriegen. Ich glaube nicht mal, dass sie diesen

Höhleneingang hier finden werden. Und wenn wir erst mal *untergetaucht* sind ...«

Gimbar stöhnte.

Die Fliehenden hatten die drei Meilen vom Stadttor bis zur Klippe im Dauerlauf zurückgelegt. Zwischen verdorrten Stachelsträuchern und wildem Felsgewirr waren sie die Anhöhe emporgestürmt, die auf der anderen Seite steil zum Meer abfiel. Oben angekommen, räumten sie hastig das Geröll beiseite, das den Höhleneingang verbarg; in der Dunkelheit ein recht mühseliges Unterfangen. Fledermäuse und auch Galal fanden sich hier wohl besser zurecht. Während sie noch den Eingang verschlossen, hörte Yonathan schon Galals Stimme.

»Yonathan, da bist du ja wieder!« Die Gedanken des riesigen Wesens schienen Freude und auch Sorge auszudrücken. »Geht es dir gut?«

»Es war ziemlich aufregend.«

»Du hast sehr viel Lärm gemacht.«

Yonathan überlegte, was Galal meinen konnte.

»Als du dieses Gesicht gerufen hast. Bestimmt haben es alle Galals auf Neschan gehört!«

»Ason?« Yonathan hatte gerade die *Mücke* auf Galals Rücken bestiegen und ließ sich erstaunt niedersinken. »Hast du etwa sein Gesicht gesehen, als ich es dem Geist des Geschichtenerzählers zeigte?«

»Ein Geschichtenerzähler?«

»Ja, jemand, der Geschichten erzählt. Ich wollte, dass er diesen Ason auswählt. Er sollte ... ach, das ist eine lange Geschichte.«

»Oh! Ich *liebe* Geschichten.«

»Ich mach dir einen Vorschlag, Galal. Du bringst uns so schnell wie möglich wieder auf Kurs nach Cedanor und ich erzähle dir die Geschichte.«

»Du hast ihm was?«

»Ich habe Galal die Geschichte von dem Sohn des Schreiners erzählt. Sie hat ihm sehr gefallen.«

Yomi schüttelte den Kopf. »Ich werde aus dieser Riesenqualle nicht schlau.«

Die *Mücke* bebte, schaumiges Wasser spritzte an Bord.

»Ich wäre mit meinen Äußerungen ein bisschen vorsichtiger«, meinte Yonathan. »Galal sagt, dass es jeden Tag ein paar Schiffsladungen Quallen frißt. Wenn sich mal keine finden, nimmt es zur Not auch Segelschiffe oder Menschen …«

»Schon gut, schon gut«, sagte Yomi schnell. »Ich vergesse nur immer wieder, dass dieses große Etwas da unter uns einen Verstand haben soll wie wir Menschen.«

»Mal was anderes: Könnt ihr mir die Moral erklären?«

»Die was?«

»Na, den Sinn von der Geschichte über den Sohn des Schreiners. Du und Gimbar, ihr kennt euch doch so gut aus mit den Geschichtenerzählern und ihren Sitten.«

»Ganz einfach, Yonathan«, sagte Gimbar. »Denke an die Worte der Schlange. ›Der Weg ist der Preis.‹«

»Aber die Schlange wollte ihn doch beißen. Das hätte ihn sein Leben gekostet. Das würde ja bedeuten, dass …« Yonathan ging ein Licht auf.

»… das Leben der Weg ist?«, vollendete Gimbar den Satz. »Fast, Yonathan. Du bist ganz nah dran.«

»Ist die Straße etwa nicht der Lebensweg?«

»Doch, schon. Aber das ist noch nicht der Sinn.«

»Ich kann meinen Lebensweg nicht verlassen. Wenn ich es tue, muss ich sterben«, überlegte Yonathan. »Soll das heißen, unser Lebensweg ist vorgezeichnet? Ich glaube nicht daran, dass unser Leben vom Schicksal bestimmt wird …«

»Heiß, ganz heiß«, unterbrach Gimbar das Rätselraten. »Aber es hat nichts mit dem Schicksal zu tun. Denke daran, dass der Schreinersohn seinen Schritt selbst bestimmen konnte. Nicht er ist der Straße gefolgt, sondern sie ihm.«

»Nur wenn er sozusagen gewaltsam die Straße verlassen wollte, dann musste er feststellen, dass das für ihn nicht gut war. Oder ihn sogar das Leben kosten könnte.«

»Gleich hast du's«, sagte Yomi.

»Man soll nicht mehr tun wollen, als wirklich gut ist?«

»Ja, gut!«, freute sich Gimbar.

»Weiter!«, fiel Yomi mit ein.

»Jeder soll seinen Schritt selber lenken. Aber er soll nicht, um Reichtum, Ansehen oder Macht zu erlangen, etwas sein wollen, das er nie werden kann. Wer das versucht, kann daran zugrunde gehen. Wer selbstgenügsam und vernünftig handelt, wird auch auf seinem Weg glücklich werden. Und auch andere Menschen glücklich machen!«

»Willkommen im Kreis der großen Denker Neschans!«, gratulierte Gimbar.

»Das meiste von dem, was ich gesagt habe, stammt aus dem *Sepher Schophetim*. Man muss es nur erst mit der Geschichte in Verbindung bringen.«

»Tatsächlich? Ich glaube, ich muss mich auch mal wieder etwas mehr mit dem *Sepher* beschäftigen. Jedenfalls ist einiges dran an dieser Geschichte von dem jungen Schreiner, auch ohne Zuhilfenahme der alten Schriften«, knüpfte Gimbar an das ursprüngliche Thema an. »Manche denken, Erfolg bei Hofe oder in der kaiserlichen Armee sei das Höchste. Doch wenn sie dann Reichtum und Ansehen erworben haben, dann sind sie oft allein oder krank und erschöpft und können die Früchte ihrer harten Arbeit nicht mehr genießen. Zwar soll man gute Arbeit leisten und sich des Lohns dafür erfreuen, aber man sollte die Kosten für jeden Schritt überdenken. Denn ein Irrweg kann sich schnell als ein tödlicher Schlangenbiss erweisen.«

»Schade, dass dir in Meresin keine Zeit blieb selbst die Tugend zu verkünden.« Die Geschichte vom Sohn des Schreiners hatte in Yonathan eine Saite angeschlagen – und diese vibrierte immer noch. Der junge Mann mit dem Stab seines Vaters, der seinen Weg ging, manchmal zweifelte, doch am Ende die lebende Straße, die Straße des Lebens, erfolgreich meisterte ... Auch er, Yonathan, war ein solcher Sohn. Er hatte einen Stab – Haschevet – von dem Vater erhalten, von Yehwoh, dem höchsten, liebevollsten Vater überhaupt. Und er hatte einen Weg zu gehen, einen Auftrag zu erfüllen. Doch wie verwinkelt auch sein Weg bisher gewesen war, er hatte ihn noch nicht verlassen, ob dieser Weg nun durch das Verborgene Land führte oder ein »Pfad über das Meer« war, Rakk-Semilath, wie die Behmische sagten. Nun, er selbst würde niemals diesen Weg aus freien Stücken verlassen. Nein, das würde er bestimmt *nie* tun.

Yonathan wusste, dass er diesen Entschluss schon vor vielen Wochen getroffen hatte.

»Das unheimlich viele Grün dort vorne, das ist das Cedan-Delta«, verkündete Yomi mit der erfahrenen Stimme eines Fremdenführers.

»Schon?« Yonathan dachte an die Unterhaltung mit Galal vor sechs Tagen. Jetzt hieß es also Abschied nehmen. Kaum mehr als zwei Wochen waren er und seine Freunde auf dem Rücken des Traumfeldes durch den Golf von Cedan geritten und doch erschien es ihm wie eine Ewigkeit. Vielleicht deshalb, weil er durch Galal die alte Geschichte der Behmische kennen gelernt hatte; möglicherweise verstärkte auch der Keim Din-Mikkiths diesen Eindruck; wie auch immer, Yonathan war wieder ein Stück gewachsen. Nicht nur körperlich – er war inzwischen vierzehn Jahre alt geworden –, sondern auch geistig. Die Begegnung mit Wesen wie Din-Mikkith und Galal und die Gemeinschaft mit neuen Freunden wie Yomi und Gimbar hatten ihn reifen lassen. Aber auch Yomis abergläubische Furcht vor den Geistern und Göttern der Seeleute war gewichen. Und Gimbar, von Natur ohnehin nachdenklich und bedächtig, hatte sein Leben mit den Piraten, ihr Denken und ihre Vorstellungen inzwischen weit, weit hinter sich gelassen.

Yonathan seufzte. Heute würde er sich von Galal verabschieden müssen. Und in einer Woche vielleicht schon von Yomi und Gimbar? Der Gedanke erschien ihm unfassbar, aber möglich war das schon. In der Nacht nach der Flucht aus Meresin hatte Gimbar Yomi berichtet, dass er an den Kais ein Gespräch belauschen konnte, in dem sich zwei Seeleute über ein Handelsschiff unterhielten, das zwanzig Tage zuvor schwer beschädigt in den Hafen von Cedanor eingelaufen war. Das Schiff hatte seine gesamte Ladung verloren, aber die Besatzung hätte bis auf ein oder zwei Mann überlebt, erzählte der eine dem anderen. Für Yomi stand sofort fest, dass es sich nur um Kaldeks *Weltwind* handeln konnte.

Eine sternenlose Nacht hatte die Welt verschluckt. Nur ein Gebiet von der Größe eines Kornfeldes leuchtete in schwachem Grün. Ringsum gab es nur pechschwarzes Wasser – und den leicht dümpelnden Körper der *Mücke*. Yomi und Gimbar saßen allein in dem kleinen Segelschiff. Sie warteten auf Yonathan.

Mit schwerem Herzen begann Yonathan in seinem Geist Bilder zu formen.

»Galal?«

»Ja?«

»Hast du schon einmal versucht den Cedan hinaufzuschwimmen?«

»Ja, vor tausend Sommern. Aber ich blieb hängen.«

»Und wie ist dir das Süßwasser bekommen?«

»Mir wurde schlecht.«

»Und glaubst du, dass das heute anders wäre?«

»Nein.«

»Willst du immer noch mit mir kommen?«

»Ja.«

Yonathan setzte sich und sein Hinterteil wurde ziemlich nass dabei. Er befand sich auf dem Rücken Galals, etwas abseits der *Mücke*. Eigentlich konnte er es Yomi und Gimbar nicht verübeln, dass sie kein so herzliches Verhältnis zu Galal hatten wie er. Sie konnten sich mit dem Traumfeld nicht unterhalten. Aber er selbst hatte die einfache, klare und manchmal leicht verletzliche Art dieses unergründlichen Wesens lieb gewonnen. Und so fiel der Abschied ihm besonders schwer.

»Werden wir uns wieder treffen, Yonathan?«

Wieder seufzte Yonathan. »Wer kann das wissen?«, erwiderte er ausweichend.

»Bald?«

Bald? Das konnten fünfhundert Jahre im Leben eines Traumfeldes sein. »Ja, Galal. Vielleicht schon bald.«

»Gut. Dann werde ich auf dich warten.«

Yonathan erschrak. »Warten? Etwa hier, am Cedan-Delta?«

Galal kicherte. »Nein, nein. Hier sind zu viele Schiffe. Du musst mich nur rufen. So laut, wie du dieses Ason-Gesicht gerufen hast. Dann werde ich dich hören.«

Yonathan schluckte. »Ich werde daran denken«, versprach er und er merkte, wie er die Worte vor sich hin murmelte. Mit den Händen tätschelte er etwas hilflos den Rücken Galals, für das Traumfeld wahrscheinlich kaum spürbar.

Gerade wollte sich Yonathan erheben, da hob ihn Galal wie mit einer riesigen Hand in die Höhe. Bald sah er weit unter sich im fahlen Licht den ganzen gewaltigen, grünen Körper und dicht daneben die winzige *Mücke:* »Schau, Yonathan«, sagte Galal und dies waren seine Abschiedsworte. »Das ist dein Freund, Galal, Rakk-Semilath, der Pfad über das Meer. Behalte sein Bild im Sinn, so wie die Bilder seiner Gedanken. Wenn du ihn brauchst, wird er für dich da sein.«

»Ich werde ihn im Sinn behalten«, versprach Yonathan feierlich.

Alsdann senkte sich die riesige Hand und setzte den winzigen Menschen wieder ab, gleich neben seine Gefährten, direkt an Bord der *Mücke*. Der Wind blähte die Segel, die *Mücke* nahm Fahrt auf und schnell wurde das grüne Traumfeld kleiner. Doch bevor es in sicherem Abstand untertauchte, sandte ihm Yonathan noch einen letzten Gedanken nach: »Lass dich nicht piken, Galal. Und friss etwas anderes als Schiffe.«

Das Delta des Cedan war gewaltig. Bereits einige hundert Meilen vor dem Golf von Cedan teilte sich der breite Strom in zahlreiche Mündungsflüsse. Diese Wasserarme erstreckten sich an der

Küste gleich einem gigantischen Wurzelwerk über ein Gebiet von dreihundert Meilen hinweg. Die Flussarme bildeten eine neue, faszinierende Welt. Weitläufige Schilfwälder beherbergten langbeinige, stolze Wasservögel, wenig freundlich aussehende Reptilien und pelzige Jäger, die sich sowohl im Wasser als auch auf den vielen kleinen Inseln, die es hier gab, mit gleicher Anmut bewegten. Yomi wusste, dass es im Delta den Sommer über unerträglich schwül war; jedes Schiff wollte es so schnell wie möglich hinter sich lassen und Gimbar hatte hinzugefügt, dass es hier einige Schlupfwinkel seiner ehemaligen Berufskollegen gab, was die durchreisenden Seeleute wohl noch zu zusätzlicher Eile anspornte.

Von alldem war jetzt, zu Beginn der Winterzeit, jedoch kaum etwas zu spüren. Zwar konnte man auf den größeren Flussarmen hier und da Schiffe antreffen – ihre Zahl wuchs sogar mit jedem Tag, den sie sich der Hauptstadt des Cedanischen Kaiserreiches näherten –, aber es kam zu keinen unerfreulichen Begegnungen. Mochte auch das Maschenwerk von Sethurs Spionen an der Golfküste so eng geknüpft sein wie ein Sardinennetz, hier auf dem Cedan war davon nichts zu bemerken.

Yonathan vermutete dahinter einen Plan: Wahrscheinlich hatte Sethur in Cedanor schon an jeder Straßenecke seine Posten platziert. Aber Yomi beruhigte ihn. Er erklärte, dass sie sich jetzt sozusagen im Vorhof von Zirgis' Palast befänden. Überall gab es Patrouillen in der kaiserlichen blauen Uniform. Da würde sich das Gesindel nicht so frei bewegen können wie in abgelegeneren Provinzen.

Zwar wünschte sich Yonathan, Yomi möge Recht behalten, doch in seinem Innern nagten weiterhin Furcht und Zweifel. Er fürchtete nicht die Auseinandersetzung mit Sethurs Gefolgsleuten, auch zweifelte er nicht an der Richtigkeit seines Handelns. Vielmehr war es die Ungewissheit über Ort und Zeitpunkt seiner nächsten Prüfung, die ihn beunruhigte. Würde er auch weitere Herausforderungen so bestehen können wie die vorausgegangenen?

Aber er würde seinen Weg gehen. Für alles andere würde schon der sorgen, der diesen Weg für ihn bestimmt und bis jetzt immer wieder geebnet hatte – der Weg, der seinen Anfang genommen hatte im fernen Kitvar und auf der *Weltwind;* der ihn dann quer durch das Verborgene Land geführt hatte, an der sechsfingrigen Hand eines grünen Wunders; und schließlich über die Fluten des großen Golfes hinweg, auf dem Rücken eines Traumes.

II.
Erfüller der Prophezeiung

Man muss sich nicht erst die Finger verbrennen, um zu wissen, dass Feuer heiß ist.«

Die Antwort gefiel Jonathan. Bisher hatte er – erfüllt von einer gewissen Mattigkeit – die Unterhaltung zwischen seinem Großvater und diesem Mister Marshall eher mit gedämpftem Interesse verfolgt. Als der Besucher, der sich um eine Anstellung als Privatlehrer für den jüngsten Jabbok-Spross bewarb, allerdings so frei heraus zugab, dass er keinerlei militärische Ehren erworben hatte und auch wenig Wert darauf legte, war Jonathans Aufmerksamkeit erwacht.

»Ich muss allerdings eingestehen, dass ich die letzten zehn Jahre in Indien zugebracht habe – als Lehrer nämlich«, ergänzte Marshall. »Das *Secretary of State for Scotland* sandte mich nach Übersee, um die Kinder von dort lebenden Landsleuten zu unterrichten.«

»Und was hat Sie dazu bewogen, die sonnigen Kolonien zu verlassen und wieder auf unsere feuchtkalte Insel zurückzukehren?«, wollte Lord Jabbok wissen.

Marshall zögerte. »Darf ich offen sein, Mylord?«

»Darauf bestehe ich.«

»Ich habe mich in letzter Zeit immer öfter gefragt, ob irgendein Volk das Recht hat sich als Herr über ein anderes zu erheben.«

Die buschigen Augenbrauen des alten Lords hoben sich. »Sie bewerben sich hier gerade um eine sehr verantwortungsvolle

Stelle. Es geht um die Erziehung meines Enkels. Finden Sie nicht, dass da solche Äußerungen ziemlich gewagt sind, junger Herr?«

So jung sieht er nun auch nicht mehr aus, dachte Jonathan bei sich; aber Mut hat er wirklich!

»Verzeiht, Mylord, aber ich ging davon aus, dass dies das Haus einer schottischen Familie ist. Und ich erinnere mich nicht, dass Schottland irgendwo in der Welt Kolonien besitzt«, parierte Marshall angriffslustig.

Ein heimliches Lächeln huschte über das Gesicht des alten Lords. Dann erwiderte er mit unbewegter Miene in beinahe schneidendem Tonfall: »Da mögen Sie Recht haben, Mister Marshall. Aber immerhin gibt es einige Hochland-Regimenter, die in Indien Dienst tun. Was die Jabboks betrifft, so haben sie der Krone vor langer Zeit Treue geschworen, zu einer Zeit, da die schottische und die englische Krone noch auf einem Haupte vereint waren. Als meine Vorfahren ein Komplott gegen Ihre Majestät, Anna Stuart, aufdeckten, wurden sie dafür in den Adelsstand erhoben und erhielten die Ländereien, auf denen Sie sich gerade befinden. Seit damals halten sich die Jabboks an ihren Schwur – auch wenn die Engländer seit George I. nicht viel getan haben, um sich die Zuneigung der schottischen Bevölkerung zu verdienen.«

»Um der Wahrheit die Ehre zu geben, Mylord, haben sie sich eher alle Mühe gegeben das Gegenteil zu erreichen. Das Volk scheint schon seit langem eine andere Vorstellung von Gerechtigkeit zu besitzen als die kleine, aber sehr einflussreiche Oberschicht, die sich offenbar nur ihren eigenen Interessen gegenüber verpflichtet fühlt. Die Unterhauswahlen in der letzten Woche haben das, glaube ich, deutlich gezeigt, und wenn es jetzt tatsächlich zu einer Labour-Regierung kommt, wie nicht wenige meinen, dann ist das wohl das beste Zeichen dafür, dass die Konservativen mit ihren verstaubten Ansichten endgültig auf dem Rückzug sind.«

Es war nicht zu übersehen, dass der Lehrer alle Hoffnung auf eine Anstellung im Hause Jabbok hatte fahren lassen. So warf er nun jede Scheu ab und redete, wie ihm die Worte gerade in den Sinn kamen. »Nehmen wir doch nur die letzten paar Monate: Im Juli hat Premierminister Baldwin das Ende der Besetzung des deutschen Ruhrgebiets durch die Franzosen gefordert; sie bringe ›die Wiederherstellung der Welt in Gefahr‹, hatte er gesagt. Wenig später ließ der Earl seinen Außenminister sogar verkünden, das Ganze sei vertragswidrig. Und was tut die englische Krone dann im September? Sie annektiert kurzerhand Südrhodesien. Wollt Ihr wissen, Mylord, wie ich darüber denke? Keiner dieser ehrenwerten Herren, die solche Entschlüsse fassen, fragt wirklich nach Gerechtigkeit. Man beschwert sich doch nur über die Franzosen, weil sie sich in einem Handstreich Reparationsleistungen gesichert haben, denen die britische Regierung noch lange wird nachlaufen müssen – vor allem jetzt, wo man in Deutschland gerade erst eine furchtbare Inflation gebannt hat. Da kommt es der englischen Krone doch gerade recht, wenn sie sich wenigstens im Süden Afrikas ein paar Pfründe sichern kann – auch wenn sie dadurch noch nachträglich das Hinschlachten all der Menschen rechtfertigt, die bei der sogenannten Befriedung des Gebiets in den Neunzigerjahren ums Leben gekommen sind …«

Mister Marshall beendete seine erhitzte Rede abrupt, als er den unergründlichen Blick des alten Lords auffing. Während er sich vom Stuhl erhob, schloss er in ruhigen Worten: »Aber wie auch immer, wenn ich mit meiner Einstellung Eure Gefühle verletzt haben sollte, so tut mir das Leid und ich bitte hiermit um Verzeihung. Ich möchte genauso wenig wie Ihr, dass die Ausbildung Eures Enkels in die Hände eines falschen Mannes gelangt, eines Mannes, der nicht der Tradition des Hauses Jabbok entspricht. Ich werde mich jetzt besser verabschieden, Mylord. Vielen Dank, dass Ihr mir die Gelegenheit gabt …«

»Immer langsam mit den jungen Pferden«, unterbrach Lord Jabbok den Lehrer, dessen Gesicht die Enttäuschung nicht ganz verbergen konnte. »Ich habe nichts davon gesagt, dass ich Sie nicht haben will.«

Marshalls Miene verriet Verwirrung. »Aber …«

»Sie gefallen mir«, fuhr Jonathans Großvater mit rauer, aber herzlicher Stimme fort. »Auch wenn es mir schwer fällt Ihre Ansichten in allen Punkten zu teilen. Sie stehen jedenfalls für Ihren Standpunkt ein, selbst wenn Sie sich dadurch Schwierigkeiten einhandeln. Das Letzte, was ich wollte, ist, dass mein Enkel ein verdammter Opportunist wird.« Mit einem um Nachsicht bittenden Seitenblick auf Jonathan korrigierte sich Lord Jabbok: »Streichen Sie das Wort ›verdammt‹. Wie auch immer, selbst wenn unser bisheriges Gespräch den Anschein erweckt haben mag, bin ich keinesfalls ein Militarist – und ein Konformist schon gar nicht! Die Jabboks sind für ihre Sturheit, wie es manche nennen, zwar lange genug gehasst worden, aber weder meine Vorfahren noch ich haben sich allzu viel um anderer Leute Meinung gekümmert.« Sein Blick wanderte mit mildem Ausdruck zu Jonathan und ruhiger fügte er hinzu: »Solange es sich dabei nicht um die des eigenen Enkels handelt. Der junge Lord Jabbok ist nämlich unentwegt darum bemüht, die Ansichten seines alten Großvaters zurechtzubiegen. Habe ich Recht, Jonathan?«

»Das kommt dir nur so vor, Großvater.«

»Na ja, Sie werden das schon noch merken, Mister Marshall«, wandte sich Lord Jabbok wieder an den Lehrer. »Das heißt, wenn Ihre Bewerbung noch gilt.«

»Oh, natürlich«, erwiderte Marshall erfreut.

»Eine Prüfung müssen Sie allerdings noch bestehen.«

»Eine Prüfung? Sind meine Referenzen etwa nicht ausreichend, Mylord?«

»Ihre Referenzen? Doch, doch, daran ist nichts auszusetzen. Nein, es geht um Jonathan, meinen Enkel. Ich werde keinen Lehrer für ihn einstellen, den er nicht akzeptiert. Wir beide haben da so eine Abmachung, verstehen Sie? Sie mögen das zwar als Mangel an Durchsetzungsvermögen meinerseits auslegen, aber so ist es nun mal.«

»Das denke ich keinesfalls«, versicherte Marshall. »Schließlich wird hier eine enge und – hoffentlich – lang währende Beziehung begründet. Da sollte das Verhältnis schon auf Gegenseitigkeit beruhen. Ich bin gerne bereit mich jeder Prüfung zu unterziehen.« Er lächelte Jonathan freundlich an.

Auch der alte Lord lächelte, jedoch viel hintergründiger. »Aber sehen Sie sich vor, Mister Marshall. Es gab andere vor Ihnen, die mit Pauken und Trompeten untergegangen sind.«

»So schlimm bin ich eigentlich gar nicht«, sagte Jonathan, als er allein mit Mister Marshall in einer Ecke der Bibliothek saß. Hinter ihm türmten sich Bücher auf dem Fußboden, die er erst am Morgen ausgeräumt hatte, um im Regal für einen anderen Schatz Platz zu schaffen. »Mein Großvater übertreibt manchmal ein bisschen. Er versucht dadurch sein Gegenüber aus der Reserve zu locken, um festzustellen, wie er wirklich denkt.«

»Ihr meint, seine Äußerungen über den Treueschwur der Jabboks gegenüber England waren nur eine Finte?«

»Sie dürfen mich ruhig Jonathan nennen, Mister Marshall. Aber um Ihre Frage zu beantworten: Eine Finte war es nicht. Diesen Schwur gibt es wirklich, aber wie ich schon sagte, mein Großvater hat etwas dick aufgetragen, um festzustellen, ob Sie eine eigene Meinung haben und auch bereit sind diese zu vertreten.«

Mister Marshall blickte Jonathan eine Weile schweigend ins Gesicht. Dann bemerkte er mit entspanntem Lächeln: »Du scheinst mir ein bemerkenswerter Junge zu sein, Jonathan.«

So wie Sie ein bemerkenswerter Mann sind, dachte Jonathan. Er hätte gerne gewusst, wie alt der Lehrer wirklich war. Sein markantes Gesicht hatte einen dunklen Teint und wirkte auf eine schwer erklärbare Weise zeitlos. Jonathan wurde sich seines forschenden Blicks bewusst und entspannte sich. Achselzuckend entgegnete er: »Ich finde mich gar nicht so bemerkenswert.«

»Doch, das bist du bestimmt. Ich habe noch nie einen Jungen von – wie alt, sagte doch dein Großvater, bist du gerade geworden? – vierzehn Jahren erlebt, der so ernsthaft ist und sich so auszudrücken weiß wie du. Ich glaube, du könntest der Traumschüler eines jeden Lehrers werden.«

»Oder der Alptraumschüler«, sagte Jonathan lachend. »Fragen Sie lieber nicht meine bisherigen Lehrer. Die werden Ihnen wahre Schauermärchen über mich erzählen!«

»Du übertreibst bestimmt. Warum sollten sie nicht mit dir zufrieden sein?«

»Vielleicht, weil ich nicht alles so hinnehme, wie sie es mir auftischen.«

»Oh, oh, das klingt allerdings sehr aufwieglerisch, geradezu revolutionär!«, tadelte Marshall. Er strich sich eine grau durchwirkte Strähne seines ansonsten dichten schwarzen Haares aus dem Gesicht und lächelte.

Jonathan gefiel der Mann, der so wenig von den anderen Lehrern hatte, die er kannte – höchstens noch von Mister Cruickshank aus Portuairk, aber das war in einer anderen Zeit gewesen. Zugleich verwirrte ihn aber auch die Offenheit, die das ehrliche Gesicht des schlanken, hoch gewachsenen Mannes ausstrahlte. Oftmals traten Fremde ihm gegenüber, der ja im Rollstuhl saß, eher zurückhaltend und befangen auf. Nicht so Mister Marshall. Er zeigte ehrliches Interesse für Jonathan, mehr als das Engagement eines Lehrers für einen Schüler, der ihm den Broterwerb sicherte. Ja, je länger er das beinahe aristokratische Gesicht des Lehrers studierte, umso stärker glaubte er darin einen Ausdruck echter Anteilnahme zu entdecken, fast wie die eines älteren Bruders, der nach langer Abwesenheit endlich wieder nach Hause zurückgekehrt war.

»Jonathan? Träumst du?«

Der Angesprochene blinzelte und erinnerte sich wieder des eigentlichen Gesprächsthemas. »Manchmal darf man sich nicht alles gefallen lassen«, sagte er; der Klang seiner eigenen Worte erschien ihm irgendwie fremd. Dann erzählte er von dem Zwischenfall mit Pastor Gerson.

»Bemerkenswert«, sinnierte Marshall, nachdem er Jonathans Bericht aufmerksam verfolgt hatte. Mit der Hand am Kinn grübelte er über etwas nach. »Woher weißt du all diese Dinge von Gott und über die Bibel?«

»Von meinem Vater. Und aus den Büchern. Sie gehören zu dem wenigen, das mir von ihm geblieben ist.«

»Darf ich die Bücher sehen?«

»Sicher«, freute sich Jonathan. »Sie stehen hier, direkt hinter mir. Früher hatte ich sie im Internat bei mir. Aber da ich jetzt fest bei meinem Großvater bleibe, habe ich sie mir von Samuel nachschicken lassen – Samuel Falter, er hat sich im Internat immer um mich gekümmert. Ich habe sie hier im dritten Regal einsortiert, erst heute Morgen. Da komme ich vom Rollstuhl aus gut dran.«

»Warum bewahrst du sie nicht in deinem Zimmer auf?«, fragte Marshall, während er sich von seinem Sessel erhob.

»Damit Großvater auch mal hineinschaut. Ich finde, das ist wichtig.« Jonathan lächelte listig.

Der Lehrer nickte und wandte sich dem guten Dutzend Bücher zu, indem er seine Hände auf die Knie stützte, um die Aufschriften auf den Buchrücken besser lesen zu können. Hier und da nahm er einen Band heraus und blätterte darin. Als er einen dunkelroten Leinenband mit goldenen Lettern aufschlug, lächelte er. »Ich kenne dieses Buch. Ich las es in Indien. Anfangs hatte es mich nur interessiert, weil die Vereinigten Staaten und Kanada den Besitz des Buches im letzten Kriegsjahr vorübergehend verboten hatten. Als ich dann las, wie darin die Heuchelei der großen Kirchen und vor allem ihrer Führer verurteilt wurde, war ich wirklich begeistert.«

Jonathan fühlte eine Wärme, die er einem Fremden gegenüber lange nicht mehr empfunden hatte. Die Bücher, das Gespräch, vielleicht auch die äußere Erscheinung dieses freundlichen, ruhigen Mannes hatten die Erinnerung an seinen Vater in ihm wachgerufen. »Erzählen Sie jedem so freimütig Ihre Geschichte?«, fragte er schließlich.

»Nein, nicht jedem. Aber ich fühle, dass ich es dir schuldig bin. Schließlich hast du mir mit diesen Büchern ja auch deine kostbarsten Schätze gezeigt. Ist es nicht so?«

»Doch, so ziemlich«, gab Jonathan zu und holte tief Luft. »Also wenn es an mir liegt«, verkündete er förmlich, »dann dürfen Sie bleiben, Mister William Marshall.«

Marshall lächelte. »Ich freue mich«, war seine ganze Antwort.

»Eine Frage noch, Mister Marshall.«

»Oh? Etwa noch eine Prüfung?«

Jonathan lachte. »Nein, nein, keine Angst. Die haben Sie bestanden. Aber Ihr Name, er erinnert mich an jemanden. Haben Sie nicht einen berühmten Namensvetter?«

»Es gab tatsächlich mal einen William Marshall, mit dem ich verwandt bin.«

»Hat er nicht viele schöne Musikstücke komponiert?«

»Richtig. Eigentlich war er Uhrmacher, aber sicher ein besserer Komponist.«

»Dann kenne ich ihn oder besser einige seiner Stücke. Eines davon heißt ›Miss Admiral Gordon's Strathspey‹. Es ist ein lustiger Tanz. Zwar kann ich in meinem Rollstuhl nicht besonders gut tanzen, aber ich kann Ihnen das Stück auf meiner Flöte vorspielen. Möchten Sie es gerne hören?«

»Es wäre mir sogar eine besondere Freude, Jonathan.«

So griff Jonathan zu der Flöte, die er seit einem bestimmten Abend vor einigen Wochen fast ständig bei sich führte, und spielte die Melodie des lebhaften Tanzes.

Und während er spielte, wandelten seine Gedanken und diejenigen seines neuen Lehrers auf eigenen Pfaden, gewebt aus Erinnerungen, und waren doch vereint in einer neuen Gemeinschaft, die alle Voraussetzungen bot einmal eine enge Freundschaft zu werden.

William Marshall war längst wieder fort. Er wollte noch am selben Tag seinen Rückweg nach Dundee antreten, um so schnell wie möglich mit seinen Habseligkeiten zurückzukehren. Er und Lord Jabbok waren übereingekommen, dass er seinen Dienst sofort antreten könne. Marshalls Begeisterung für die neue Aufgabe ließ ihn die Einladung des Lords ausschlagen, wenigstens bis zum nächsten Morgen auf *Jabbok House* zu verbleiben. »Passt gut auf den Jungen auf, bis ich zurück bin. Er sieht etwas kränklich aus«, hatte er zum Abschied gesagt.

»Darauf können Sie sich verlassen, junger Mann«, war die Antwort Lord Jabboks. Da es zu den ehernen Grundsätzen des alten Lords gehörte, niemals den Eifer seiner Angestellten zu bremsen, entließ er den Lehrer mit heftigem Schulterklopfen, besten Wünschen und mit Peter, dem Chauffeur, der Marshall zum Bahnhof bringen sollte.

Nach dem Abendessen hatte sich Jonathan sogleich entschuldigt, er wolle vor dem Zubettgehen noch einmal in die Bibliothek, etwas nachschauen. Während seine Fingerspitzen über die Buchrücken im Regal wanderten, fiel sein Blick auf den am Boden liegenden Bücherstapel. Es waren acht Folianten, in braunes, fleckiges Leder gebunden, mit einer goldenen Jahreszahl zwischen den Bünden auf dem gewölbten Rücken. Aus dem untersten, der die Prägung *A. D. 1707* trug, ragte eine vergilbte Seite hervor. Zwar handelte es sich bei den dicken Schinken nur um Geschäftsbücher, aber angesichts ihres ehrwürdigen Alters machte sich Jonathan doch Sorgen. Vielleicht hatte er beim Aussortieren ein Buch beschädigt. Er räumte die sieben oben liegenden Bände beiseite und beugte sich aus seinem Rollstuhl seitwärts zum untersten Buch herab. Mühsam hievte er den schweren, alten Wälzer auf den Schoß.

Als er den Deckel öffnete und sein Blick die ersten Folios streifte, musste er sich zwingen schnell zu der vermeintlich beschädigten Seite vorzublättern. Das Hauptbuch stammte noch aus der Zeit, als die Jabboks auf *Meggernie Castle* residierten. In schön geschwungener Handschrift hatte einer seiner Vorfahren hier mit Federkiel fein säuberlich alle Einkäufe und Verkäufe eingetragen. Fässer mit eigens aus Frankreich eingeführtem Bordeaux-Wein waren hier ebenso vermerkt wie ein Zuchtwidder, der in die englischen Kolonien auf dem nordamerikanischen Kontinent verkauft worden war. Beinahe in der Mitte des Buches fand Jonathan eine Seite, auf der der Monat April aufsummiert und mit einem präzisen schrägen Strich abgeschlossen worden war. Die neue Seite stand für den 1. Mai 1707, und erst jetzt bemerkte er, dass das herausstehende Blatt nicht ausgerissen war, ja, nicht einmal aus dem Hauptbuch selbst stammte. Zwischen den aufgeschlagenen Seiten lag ein Pergament, das um vieles älter sein musste als der gerade zweihundertsechzehn Jahre junge Foliant!

Das ungleichmäßig grau und ocker gefärbte Blatt war übersät mit Tausenden von feinen, dunkelbraunen Pünktchen, die daran erinnerten, dass Pergament aus der enthaarten, ungegerbten Haut von Tieren hergestellt wurde. Wahrscheinlich handelte es sich um sogenanntes Velin, eine besonders feine Art des Pergaments, das man aus der Haut gerade geborener Lämmer oder Kälber fertigte. An den Rändern war der Bogen teilweise eingerissen und wies bräunliche Flecken auf, aber sonst befand er sich noch in einem tadellosen Zustand.

Das rechteckige Blatt war in zwei Bereiche aufgeteilt. Im oberen Teil befand sich eine Zeichnung, unten hatte der Verfasser einen handschriftlichen Kommentar hinzugefügt. Über allem schwebte das Emblem einer weißen Rose; dieser Eindruck entstand vermutlich deshalb, weil nur bei der Gestaltung der Blume eine andere Farbe als diejenige der gewöhnlichen Tinte verwendet worden war. Aber Jonathan schenkte ihr keine weitere Aufmerksamkeit, da die Rose auch im Familienwappen der Jabboks auftauchte und ihm daher bestens vertraut war.

Mit eigenartigem Kribbeln im Nacken identifizierte er dagegen die bräunlich schwarzen Buchstaben als einen griechischen Text. Die Schafzucht hatte in Griechenland eine lange Tradition. Es war also immerhin möglich, dass einer seiner Vorfahren dort Zuchttiere eingekauft hatte – aber das Manuskript sah so alt aus! Konnte es sein, dass es noch aus der Zeit stammte, als Griechisch jedermanns Umgangssprache war? Konnte dieses Pergament wirklich zweitausend Jahre alt sein?

Ohne Frage war es lange vor der Zeit verfasst worden, als Königin Anna Stuart die Jabboks mit Land und Adelstitel belohnte und sie begannen eine eigene Schafzucht aufzubauen.

Ja, dieses Dokument musste sogar älter sein als jedes andere Buch in der Bibliothek seines Großvaters. Nicht dass irgendeine Jahreszahl Jonathans Ahnung bestätigte. Er war sich dessen gewiss, ein starkes Gefühl sagte ihm, dass es so sein musste, als er sich nun den Einzelheiten der Zeichnung zuwandte. Seine Umgebung wich aus seinem Bewusstsein, kein Geräusch drang mehr zu ihm und er sah die Bollwerke von Büchern nicht mehr, die sich rings um ihn türmten. Nur er und dieses geheimnisvolle alte Pergament waren noch da.

Die mit spitzer Feder gezeichnete Darstellung zeigte das Innere einer großen, breiten Halle mit einer Reihe mächtiger Säulen im Hintergrund. Der Saal war überfüllt mit einer jubelnden Menschenmenge. Ihre Gewänder von altertümlichem Schnitt verrieten, dass es sich um edle und wohl begüterte Personen handeln musste. Ihr Jubel galt ihrem Herrscher, der etwas erhöht auf einem Podest saß und wohlwollend lächelte. Die sparsame und gekonnte Strichführung zeigte den Regenten als einen sehr jungen Mann. Noch jünger jedoch schien derjenige, der rechts vom Thron stand, ein Jüngling mit schwarz gezeichneten Haaren, von dem man den Eindruck hatte, er fühle sich nicht recht wohl ob all der Aufmerksamkeit, die ihm von seiten des Herrschers und der jubelnden Menge zuteil wurde.

Das Bild übte eine eigenartige Wirkung auf Jonathan aus. Einen Moment lang war er wie betäubt. Was er da in den Händen hielt, war zweifelsohne ein Bildnis des Traumes, von dem sein Großvater vor einigen Wochen erzählt hatte. Jonathan erinnerte sich noch sehr genau an die Schilderung dieses Traumes. Sein Großvater hatte berichtet, ihn, Jonathan, gesehen zu haben, wie er auf eigenen Füßen in einer großen Halle stand, neben einem thronenden Herrscher, und von vielen kostbar gewandeten Leuten bejubelt wurde.

»Ich kann es mir nur so erklären, dass ich das Pergament schon irgendwann zuvor einmal gesehen und deshalb davon geträumt habe. Vielleicht war es auch gar kein Traum. Du weißt ja, wie das ist, Jonathan. Man träumt etwas und schon hat man es wieder vergessen. Später weiß man dann überhaupt nicht mehr, was Traum und was irgendeine verschwommene Erinnerung von etwas tatsächlich Erlebtem ist.«

Ich weiß gar nicht, wie das ist, dachte Jonathan. Im Gegenteil! Ich kann mich sehr genau an alles erinnern, was ich träume. Er sah jedoch die Verwirrung im Gesicht seines Großvaters und behielt diese Gedanken für sich. »Kannst du dich wirklich nicht daran erinnern, ob du dieses Pergament schon einmal gesehen hast?«

Der alte Lord Jabbok streckte ratlos die Hände von sich. »Nein. Das ist ja das Merkwürdige. Ich kenne das Bild, aber dieses Blatt kenne ich nicht. Warum sollte ich auch in ein Hauptbuch aus dem Jahre 1707 schauen. Ich bin froh, wenn die Bücher von *diesem* Jahr stimmen.«

Jonathan dachte über etwas nach. »Kann ich das Blatt behalten, Großvater?«

»Sicher, mein Junge. Du wirst ja sowieso einmal all das hier erben.« Er machte eine umfassende Geste. »Aber behandle es mit Sorgfalt. Es scheint sehr alt und vielleicht auch kostbar zu sein. Möglicherweise kann es dir noch einmal von großem Nutzen sein.«

»Das ist Koine«, stellte William Marshall fest, nachdem er das Pergament geprüft hatte.

»Ich dachte, es ist Griechisch«, staunte Jonathan. Er hatte es kaum abwarten können, dem Lehrer, gleich nach dessen Ankunft auf *Jabbok House*, das alte Schriftstück zu zeigen.

Marshall lächelte. »Also gut«, meinte er. »Dann können wir ja gleich mit unserer ersten Lektion beginnen, Jonathan. Koine *ist* Griechisch. So nennt man nämlich die Form der griechischen Sprache, die etwa von 300 vor Christus bis 500 nach Christus gesprochen wurde. Zur Zeit Christi war das Koine als Umgangssprache allgemein üblich. Das Neue Testament wurde zum Beispiel überwiegend in Koine verfasst.«

»Nur dass es Koine heißt, das war mir jetzt neu. Können Sie schätzen, wie alt dieser Text ist?«

»Er muss schon *sehr* alt sein. Schau hier.« Er zeigte auf die zusammenhängenden Textzeilen. »Diese einzelnen Großbuchstaben – man nennt sie auch Majuskeln – stehen deutlich voneinander abgesetzt nebeneinander, aber es sind keine Wortzwischenräume zu sehen. Es fehlen auch jegliche Satz- oder Betonungszeichen. Diese Schreibweise hat man bis zum sechsten Jahrhundert nach Christus gepflegt.«

»Das heißt, dieses Blatt ist mindestens …« – Jonathan drehte kurz die Augen zur Decke und rechnete – »… tausenddreihundert Jahre alt?«

»Mindestens. Wenn man den Text betrachtet, wahrscheinlich sogar noch älter.«

»Sie meinen, Sie können den Text lesen?«

Marshall nickte. »Ich habe mich mit Altgriechisch beschäftigt, lange bevor ich Lehrer wurde. Mal sehen, ob ich noch damit zurechtkomme. Wenn du dich einen Augenblick gedulden könntest …«

Der Lehrer eilte aus der Bibliothek und kam kurze Zeit später mit einem dicken, in Leder gebundenen Wörterbuch zurück. Er zückte einen Bleistift und begann die Übersetzung der Handschrift Zeile für Zeile auf ein Blatt Papier zu übertragen. Bisweilen kratzte er sich mit dem Stift am Kopf, dann wieder griff er eilig zum Wörterbuch. Wenn er die Bedeutung einer Wendung erkannte, kritzelte er hastig die Übersetzung auf das Papier. Schließlich blickte er zu Jonathan auf, Zufriedenheit im Blick, aber auch eine gewisse Ratlosigkeit.

»Was ist?«, brach Jonathan das Schweigen, das im Zimmer geherrscht hatte. »Haben Sie's?«

»Die Worte habe ich wohl, aber der Sinn ist mir noch nicht ganz klar. Es klingt wie ein Gedicht, und gleichzeitig auch wie eine Prophezeiung.«

»Dann lesen Sie es doch mal vor«, drängte Jonathan ungeduldig.

Statt selbst zu lesen, schob Marshall seinem Schüler den Zettel über den Tisch. Jonathan vertiefte sich in den Text.

Trauer wird die überfallen, die geboren haben,
Weil ihre Leibesfrucht verloren ging.

Und zwei sind es, die weinen,
Um diejenigen, die einst an ihren Brüsten gesogen.

Doch siehe, sie werden Trost finden.
Der Höchste wird ihrer Tränen gedenken.

Die eine wird jubeln,
Denn der Sohn, der von ihr ging, kehrt als ihr Vater zurück.
Und alle Söhne des Höchsten werden um seinetwillen frohlocken.

Die andere wird aufgerichtet werden,
Denn ihr männlicher Nachkomme wird sich als ihr Bruder erweisen.
Und das Gericht des Höchsten wird von ihrem Munde ausgehen.

Der ihren Schoß öffnete, wird all ihre Werke vollenden,
Sodass die Edlen und die Geringen vor ihm ihr Knie beugen.

Und doch geht sein Hang nicht nach Ehre und Königtum.
Um Gerechtigkeit zu üben, zieht er aus.

Auf dass er die Welt, die in Tränen liegt, tauft.
Sie untertaucht in ewigem Vergessen.
Und emporhebt in immer währendem Trost.

Jonathan las die Worte einmal, ein zweites und noch ein drittes Mal. Er fühlte die Bedeutung, die in den Worten schlummerte, aber ihr Sinn erschloss sich ihm nicht. »Es klingt fast wie ein Psalm aus der Bibel«, meinte er schließlich. »Aber ich kenne keinen solchen Psalm.«

Marshall nickte. »Mir geht es ähnlich. Hier wird offensichtlich von zwei Frauen gesprochen, die ihre Söhne verloren haben. Sie trauern, aber sie werden getröstet, weil sie sie wiederbekommen. Nur das Wie ist mir nicht klar. ›Der Sohn, der von ihr ging, kehrt als ihr Vater zurück.‹ Ich glaube nicht, dass der Schreiber damit ausdrücken wollte, der Sohn dieser Frau hätte seine eigene Großmutter geheiratet.«

»Maria!«, rief Jonathan wie ein Blitz aus heiterem Himmel. »Natürlich. Es gibt einen Psalm, wo es heißt: ›Anstatt deiner Väter werden deine Kinder sein.‹« William Marshall nickte. »Psalm 45, wenn ich mich recht erinnere. Aber ich verstehe nicht, worauf du hinauswillst.«

»Ich habe einmal gelesen, dass sich diese Stelle auf Jesus Christus bezieht. Als Mensch auf der Erde stammte Jesus von König David ab. Er hatte also viele Vorfahren oder ›Väter‹, wie der Psalm andeutet. Später, lange nach seiner Himmelfahrt, sollte er aber als König im Himmel regieren. In Jesaja 9,6 wird Jesus auch als ›Ewigvater‹ bezeichnet, deshalb, weil unter seiner Herrschaft die Toten wieder zum Leben kommen würden. Er würde sie auferwecken, selbst jene, die früher auf der Erde seine Vorväter waren – Abraham, Isaak, Jakob, David und so weiter. Dadurch würde er eben der *Vater* seiner eigenen Vorväter werden – natürlich auch der Vater seiner eigenen irdischen Mutter, Maria.«

»Du scheinst jedenfalls die Bibel und die Bücher *deines* Vaters gründlich studiert zu haben«, staunte Marshall. »Aber du hast Recht. Diese Erklärung könnte gut auf die erste der beiden Frauen aus dieser Handschrift passen. Gleich danach heißt es ja auch: ›Und alle Söhne des Höchsten werden um seinetwillen frohlocken.‹ Das passt sehr gut zu dem, was die Bibel über die Geburt Jesu berichtet. Ein Engel besuchte die Hirten auf dem Felde und plötzlich war bei ihm eine ganze Menge himmlischer Heerscharen, die Gott mit den Worten pries: ›Herrlichkeit Gott in den Höhen und auf der Erde Frieden, allen Menschen guten Willens.‹«

Jonathan nickte. »Aber wenn diese erste Frau, von der das Pergament spricht, Maria ist, wer ist dann die zweite? ›Ihr männlicher Nachkomme wird sich als ihr Bruder erweisen‹, sagt die Handschrift. Wie kann das gemeint sein?«

Marshall kratzte sich mit dem Bleistift am Hinterkopf. »Eine Frau, die von ihrem eigenen Vater einen Sohn empfängt, wäre die Schwester ihres Kindes. Aber ich glaube, dass auch im Fall dieser zweiten Frau etwas anderes gemeint ist. Sonst wäre es Blutschande – seit alters her eine der schlimmsten Sünden! Überlegen wir doch mal: Das Wort Bruder wird ja oft auch in übertragenem Sinne angewandt. Aus der Bibel geht zum Beispiel hervor, dass sich die Christen, die sich im Glauben verbunden fühlten, untereinander mit ›Bruder‹ und ›Schwester‹ ansprachen. Der Sohn dieser zweiten Frau könnte also mit seiner Mutter in der gleichen Gesinnung vereint, sozusagen verbrüdert gewesen sein.«

»Oder in der gleichen Aufgabe«, fügte Jonathan hinzu. »Man spricht ja auch von Waffenbrüdern.«

»Richtig. Wobei beides eng miteinander verwandt ist. Waffenbrüder kämpfen für dieselbe Sache und sind bereit, dafür ihr Leben zu lassen.«

»In der Handschrift steht allerdings nichts von Kämpfen.«

»Immerhin heißt es hier: ›Um Gerechtigkeit zu üben, zieht er aus.‹ Man sagt ja auch, jemand zieht aus, um Krieg zu führen.«

Jonathan hatte das Gefühl, dem Geheimnis dieser alten Worte dicht auf den Fersen zu sein. Doch es entzog sich ihm immer wieder. »Jemand, der auszieht, um zum Beispiel ein begangenes Unrecht wieder gutzumachen, könnte aber auch damit gemeint sein, oder?«

William Marshall legte den Kopf schräg. »Sicher.«

Wenn es Jonathan möglich gewesen wäre, hätte er seinen Rollstuhl verlassen, um wie ein Detektiv, der der Aufklärung eines Falls ganz nahe war, grübelnd und laut kombinierend im Zimmer auf und ab zu laufen. »Das hieße also, dass dieser Jemand, der ›die Welt, die in Tränen liegt‹ – wie war das doch gleich? – ›emporhebt in immer währendem Trost‹, dass dieser eine der Sohn der zweiten Frau war. Richtig?«

Marshall nickte zustimmend.

»Wenn ich daran denke, dass mich mein Großvater auch oft ›mein Sohn‹ nennt, dann könnte es sich hier aber auch um einen weiter entfernten Nachfahren handeln, nicht wahr?«

»Das klingt vernünftig«, pflichtete der Lehrer bei. »Aber worauf willst du hinaus, Jonathan?«

»Ich überlege nur laut, Mister Marshall.« Jonathan sprach langsam und artikulierte jeden Satz betont deutlich. »Dieses Pergament könnte, wie Sie andeuteten, aus der Zeit Jesu Christi stammen. Vielleicht stammt es von einem Propheten oder einer Prophetin, wie Anna, der Tochter Phanuels, und sollte dem Zweck dienen die beiden Frauen zu trösten. Mir ist aufgefallen, dass die beiden trauernden Mütter in einem Satz genannt werden. Vielleicht lebten sie auch zur selben Zeit und verloren in etwa zur gleichen Zeit ihre Söhne. Aus der Bibel wissen wir ja, dass Maria getröstet war, als sie erfuhr, dass ihr Sohn, Jesus, von den Toten auferweckt worden war. Aber von der zweiten Frau wurde gesagt, ihr Sohn vollendete alle ihre Werke. Vielleicht war sie nicht mehr am Leben, sodass die Verantwortung für die Vollendung ihrer Aufgabe an ihre Nachkommen überging. Möglicherweise wurde ihr eigener, leiblicher Sohn von ihr getrennt und wuchs irgendwo anders auf, bekam Kinder und diese bekamen wiederum Kinder, bis schließlich der geboren wurde, von dem die Prophezeiung spricht. Wäre es vielleicht sogar möglich, dass dieser Enkelsohn heute, in unserer Zeit lebt, um die Aufgabe zu erfüllen, einer Tränenwelt zu ›immer währendem Trost‹ zu verhelfen?« Jonathan machte eine Pause. »Könnte er auserwählt worden sein, ohne selbst zu wissen, dass diese Tränenwelt seit vielen Generationen auf ihn wartet, ihn, den Erfüller der Prophezeiung?«

III.
Cedanor

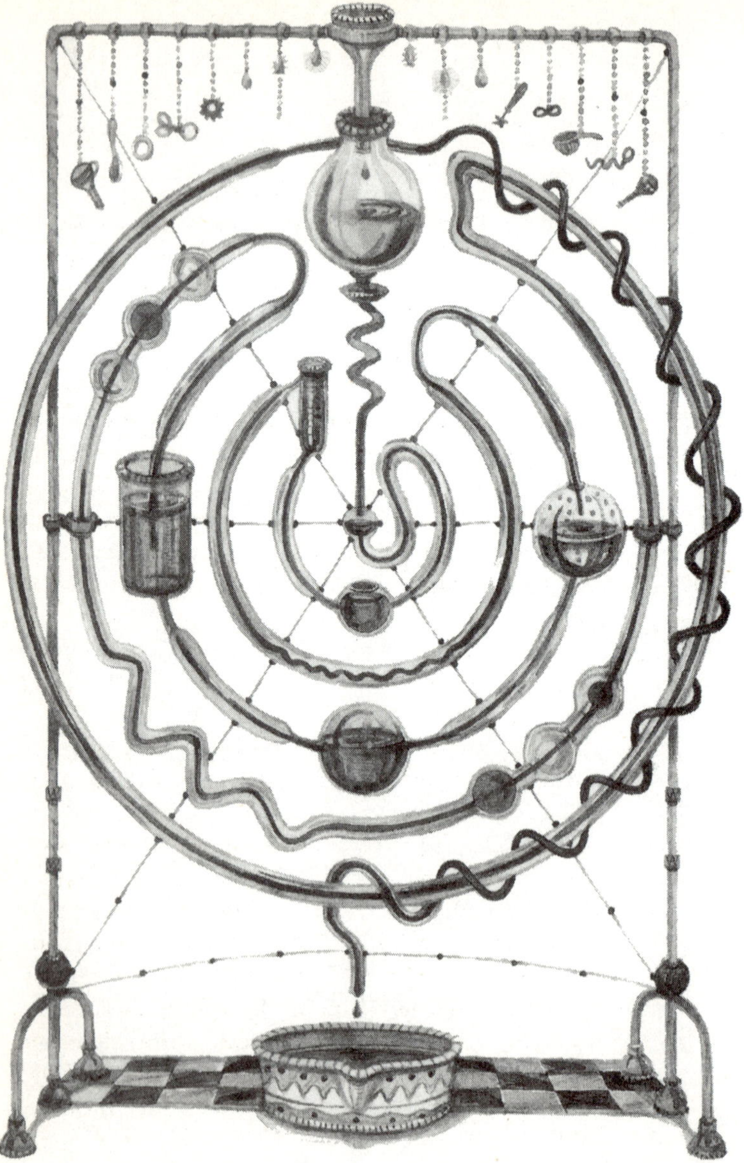

Cedanor, du Perle von Baschan,
Du Juwel im Nabel von Neschan.
Wer kann mit deiner Herrlichkeit sich messen?
Könnt' je dein strahlendes Gewirk vergessen?
Unbekannter cedanischer Dichter

Die letzten acht Tage waren nur schleppend vergangen. Seit dem Abschied von Galal hatte Yonathan stundenlang gedankenverloren am Bug der *Mücke* gesessen und nur gelegentlich eine melancholische Melodie auf seiner Flöte gespielt. Seinen Freunden gelang es kaum, ihn aufzumuntern. Er müsse über einiges nachdenken, hatte Yonathan gesagt. Und so nutzten Gimbar und Yomi die Zeit einander noch näher kennen zu lernen und ihre Freundschaft weiter zu vertiefen.

Nachdem die *Mücke* die Schilflandschaft des Cedan-Deltas hinter sich gelassen hatte, segelte sie durch ein Sumpfgebiet, das fast bis an die Tore Cedanors reichte.

Yomi erzählte begeistert von dem Land, das hinter dem Horizont lag. Jenseits der tückischen, grünen Moorlandschaft erstreckte sich vom Nordufer des Cedan bis zum fernen Drachengebirge hin das fruchtbare Land Baschan. Hier befand sich die Kornkammer des Cedanischen Reiches. Südlich des großen Stromes reichte der Sumpf bis an den Gebirgszug von Zurim-Kapporeth. Dahinter zog sich die Südliche Handelsroute Hunderte von Meilen durch trockenes Steppenland, das von wilden Nomaden bewohnt wurde, nach Darom-Maos, der Südfeste. Östlich dieser Handelsstraße begann die Wüste Mara, die kein Lebewesen zu durchqueren vermochte – so sagte man jedenfalls. Noch weiter im Osten lag Ganor, die Gartenstadt, an den Gestaden des Cedan. Ganor war das Ziel vieler Pilger. Die Stadt grenzte an den Garten der Weisheit, dem immer noch so fernen Ziel von Yonathans Reise.

»Da, das sind die Mauern Cedanors!«, rief Yomi aufgeregt. Es war der Morgen des achten Tages auf dem Strom.

Yonathan hatte noch geschlafen, undeutliche Bilder von seinem Traumbruder hatten ihn die ganze Nacht über begleitet. Blinzelnd kroch er unter der Bugplane hervor und stellte sich auf die Beine. Er musste die Augen mit der Hand beschirmen, weil die Morgensonne soeben über den Zinnen der Stadtmauer aufging. Das also war Cedanor, dachte er bei sich. Das Juwel im Nabel Neschans, wie ein alter Dichter einmal gesagt hatte.

Tatsächlich wirkten die beinahe weißen Mauern der Stadt wie ein glitzernder Diamant in einem Bett aus grünem Samt. Schon ein erster Blick bestätigte all das, was er so oft auf dem Großen Markttag in Kitvar mit leuchtenden Augen vernommen hatte. Keine Stadt sei wie Cedanor. Nicht nur, weil sie größer war als all die Handelsstädte zwischen Qezéh und dem fernen Kandamar. Vielmehr war Cedanor Anfang und Ende aller großen Handelsrouten, der wirkliche Mittelpunkt des Cedanischen Reiches, wenn nicht ganz Neschans. Nicht nur wirtschaftlich, auch kulturell, militärisch und politisch war es das Zentrum der Welt. Nur was die Verehrung Yehwohs betraf, gab es einen Ort, der bedeutender war als Cedanor: Gan Mischpad, der Garten der Weisheit.

Zirgis, dem cedanischen Kaiser, gefiel das nicht besonders – erzählte man sich. Zwar gab er sich gern als gottesfürchtiger Mann, als ein Freund von Wissenschaft und Kultur, aber in seinem Herzen war er vor allem an der Festigung der Macht interessiert, für sich und für seine Dynastie. Schließlich sei das das legitime Recht eines jeden Herrschers, sagten viele. Yonathan empfand das nicht so. Im *Sepher Schophetim* gab es eine Stelle, wo geschrieben stand: »Allezeit, da du deinen Schritt auf dem Wege Yehwohs lenkst, wird sein Segen überströmend sein. Der Fürst, der auf seinen eigenen Arm vertraut, wird jedoch Verwüstung über sich und die Seinen bringen.«

Der Kaiser von Cedan war bekannt für seine Toleranz in Glaubensdingen. Obwohl er selbst der alten Religion anhing, die von den Richtern Neschans seit Urzeiten gehütet wurde, ließ er zu, dass die Priester Témánahs frei durch das Land streifen und Anhänger sammeln konnten. Yonathan erinnerte sich an den Vorfall bei Selin-Beridasch und an jenen bleichhäutigen, schwarz gewandeten Témánaher, mit dem er zusammengestoßen war, als er das heimatliche Kitvar verließ. Wer konnte schon wissen, wie groß Bar-Hazzats Einfluss inzwischen wieder war im Reiche Zirgis', des Kaisers der Länder des Lichts? Schon einmal, vor langer Zeit, hatte Témánah die Stadt Cedanor mit seinen Heeren fast überrannt.

Während Yonathan noch über diese Dinge nachsann, holte ihn Yomi jäh in die Wirklichkeit zurück.

»Ich kann es kaum abwarten, die *Weltwind* und meinen guten alten Kaldek wieder zu sehen«, rief er aufgeregt. »Der wird schauen, wenn wir beide kommen!«

Gimbar wechselte einen Blick mit Yonathan. »Yomi«, sagte er leise. »Denke daran, dass wir vorsichtig sein müssen.«

»Wie meinst du das?«

»Wir können nicht einfach durch Cedanor laufen und nach Kapitän Kaldek fragen.«

»Das müssen wir gar nicht«, beteuerte Yomi. »Die *Weltwind* wird im Hafen nicht zu übersehen sein. Wir gehen einfach hin und wünschen meinem Vater allen Frieden.«

»Schau, Yo, es wäre besser, wir legen nicht im Neuen Hafen an, wo all die großen Handelsschiffe liegen. Ich habe gehört, dass es da, wo der Kanal vom Cedan abzweigt und in die Stadt führt, einen kleinen Anlegeplatz gibt. Wenn wir dort festmachen und zu Fuß in die Stadt gehen, fallen wir am wenigsten auf.«

»Aber …« Yomi streckte niedergeschlagen die Hände aus und sein Blick wanderte Hilfe suchend zu Yonathan.

»Gimbar hat Recht, Yo.« Yonathan schluckte. »Sethur hat bestimmt seine Spione in der Stadt. Und die werden natürlich vor allem die *Weltwind* beobachten. Wir würden nicht mal an Bord kommen.«

Yomi blickte zu Boden.

»Aber wir können es so machen, Yo«, schlug Yonathan vor. »Sobald wir Baltans Haus erreicht haben, schicken wir eine Botschaft in den Hafen. Kaldek kann dann in das Haus des Kaufmanns kommen und jeder wird denken, die beiden wollen über ein Geschäft verhandeln.«

Yomis Augen wanderten zwischen den beiden Freunden hin und her.

»Der Plan ist wirklich gut«, meinte auch Gimbar.

»In Ordnung«, sagte Yomi und zuckte traurig mit den Achseln. Ohne ein weiteres Wort machte er sich an der Takelage zu schaffen.

»Komm!«, sagte Gimbar munter zu Yonathan. »Lass uns Yomi helfen. Man kann schon den Durchgangshafen sehen. Wir müssen an Fahrt verlieren. Es wäre undankbar von uns, wenn wir unsere treue kleine *Mücke* über das Hafenbecken hinausschießen und an der Stadtmauer zerschellen ließen.«

»Und besonders unauffällig wäre es auch nicht«, stimmte Yonathan heiter zu. Yomi konnte sich ein Schmunzeln nicht verkneifen.

Der Fluss, dem diese Stadt ihren Namen verdankte, war ein großer und mächtiger Strom, den man nicht einfach durch ein Loch in der Mauer leiten konnte, ohne damit auch einem Feind Tür und Tor zu öffnen. Man konnte nicht einmal eine Brücke hinüber bauen. Deshalb hatten sich die Erbauer Cedanors etwas Besonderes einfallen lassen: Der Fluss änderte kurz vor Cedanor seine Richtung und strömte außen um die gewaltige Stadtmauer herum. Jeder Angreifer, der sich vom Fluss aus der Stadt näherte, konnte von dort oben einfach und wirksam abgewehrt werden. Um aber in Friedenszeiten trotzdem die vielen Handelswaren schnell und bequem in die Stadt zu befördern, hatte man einen Kanal gegraben, der im Norden und im Süden die Stadtmauer durchschnitt und sich im Inneren der Stadt zu einem weiten Netz kleinerer Kanäle und größerer Hafenbecken verzweigte. Riesige

Tore in der Stadtmauer, die man bei Bedarf öffnen und schließen konnte, sicherten die Zufuhr in die Stadt. Um den gewaltigen Gittern, durch die das grünbraune Wasser des Kanals strömte, zusätzliche Festigkeit zu verleihen, hatte man sie mit Kupferplatten ummantelt. Jedes dieser Wassertore bestand aus drei übereinander liegenden Flügelpaaren. Die untersten beiden Paare wurden mit den übrigen Stadttoren bei Sonnenaufgang geöffnet und bei Sonnenuntergang verschlossen. Die oberen Torflügel dagegen wurden nur bewegt, wenn ein großes Segelschiff die Stadtmauer passierte.

Der Durchgangshafen von Cedanor befand sich außerhalb der Stadtmauern. Eine halbe Meile hinter der Gabelung, die den Kanal vom Hauptstrom trennte, hatte man den künstlichen Wasserweg zu einem Hafenbecken erweitert, in dem kleinere Handelssegler und Fischerboote festmachen konnten. Für große Segelschiffe wie die *Weltwind* war dieser Hafen nicht tief genug. Wer die stolzen Liegegebühren sparen wollte, die die kaiserliche Hafenbehörde für jedes Schiff innerhalb der sicheren Stadtmauern Cedanors erhob, der musste seine Ladung auf kleinere Boote umladen, die ihre Fracht im Durchgangshafen löschen konnten, von wo aus sie dann auf Karren und Packtieren in die Stadt befördert wurde.

Yonathan, Yomi und Gimbar legten mit der *Mücke* an einem hölzernen Landungssteg im nördlichen Hafenbecken an. Nachdem sie ihre Habseligkeiten zusammengepackt hatten, machten sie sich auf den Weg in die Stadt. Am Ende des Landungsstegs drückte Yomi einem Wachmann zwei Kupfer-Even in die Hand. »Man kann ein Schiff hier keine zwei Stunden allein lassen, ohne dass es zumindest bis zum Kiel ausgeraubt wird. Bestenfalls. Wenn man Pech hat, ist es gleich ganz weg«, erklärte er seinen Gefährten.

»Ich verstehe«, nickte Gimbar.

»Das glaub ich dir aufs Wort«, versetzte Yomi.

Yonathan nickte Gimbar zu. Es schien ihrem Freund wieder besser zu gehen.

Nach anderthalb Meilen erreichten sie ein kleines Stadttor, das etwas abseits des Hauptpfades lag. Yomi hatte die Führung übernommen. Er deutete auf die steinernen Blumen, mit denen die Toreinfassung verziert war. »Dieses Stadttor nennt man *Schoschanním,* das Lilientor, wegen der Blumenornamente. Ich habe dieses kleinere Nebentor wegen der Wache ausgewählt.«

Als sie unter dem Torbogen hindurchschritten, verstand Yonathan, was Yomi meinte. In einem Alkoven neben dem Tor hockte ein Wachtposten in kaiserlicher Uniform, der gelangweilt wirkte. Er winkte die drei träge durch. Sobald sie außer Hörweite waren, fragte Yonathan: »Sind alle Wachen des Kaisers so wenig an ihrem Dienst interessiert?«

Yomi grinste. »Nicht alle, aber ziemlich viele. Man muss wissen, an welchem Tor sie Dienst tun.«

Gimbars Nase zuckte unternehmungslustig. »Ein Wissen, das so manchem Kaufmann einen ordentlichen Gewinn einbringen kann. Vor allem, wenn es um Waren geht, für die der Kaiser Zölle erhebt, nicht wahr, Yo?«

»Manchmal übertreibt der Kaiser eben ein wenig.«

»Yo, wie kommen wir jetzt am schnellsten und unauffälligsten zu Baltans Haus?«, fragte Yonathan. »Navran erzählte mir, es läge in der Oberstadt, direkt bei den Klippen.«

Yomi nickte eifrig. »Klar. Da, wo die Reichen wohnen.«

»Nach allem, was ich gehört habe, ist Kaldek auch nicht gerade ein Bettler«, bemerkte Gimbar schmunzelnd.

»Das nicht«, gab Yomi zu. »Aber gegen Baltan ist er eher ein Maronenverkäufer auf dem Markt von Gorb. Man erzählt sich, Baltan sei der reichste Mann Neschans, so unheimlich reich – und vor allem einfluss*reich* –, dass selbst Kaiser Zirgis auf Baltans Rat nicht verzichten kann. Obwohl, wie man sagt, Baltan dem alten Zirgis oft gehörig die Meinung sagt. Wie auch immer, ich persönlich kenne Baltan nicht. Dazu ist er ein viel zu hohes Tier. Aber mein Adoptivvater hat mir mal erzählt, dass er gelegentlich für ihn gefahren ist.«

»Und wie kommen wir zu diesen Klippen?«, fragte Yonathan.

»Am besten, wir durchqueren das Handwerkerviertel und schlagen uns dann durch den Bezirk der Tagelöhner im Westen, dicht bei der Stadtmauer. Dann werden wir das Beamtenviertel am Fuße des Palastberges streifen und schließlich zu den Klippen ganz im Süden hinaufsteigen. Man sagt, die reichen Bewohner Cedanors hätten ihre Paläste dort hingebaut, damit sie mit dem Kaiser auf gleicher Höhe wohnen könnten.«

Yonathan hatte es nun, so kurz vor dieser wichtigen Zwischenstation seiner Reise, sehr eilig. »Das klingt, als hätten wir ein schönes Stück Weg vor uns«, drängte er. »Am besten, wir verlieren keine Zeit.«

Und bevor Yomi und Gimbar einen verdutzten Blick wechseln konnten, war Yonathan ihnen schon zehn Schritte voraus.

War die Hafenstadt Meresin für Yonathan schon ein Wunder an Vielfalt und Hektik gewesen, so übertraf Cedanor sie bei weitem. Die Unterstadt war ein Gewirr aus Kanälen und Gräben, aus Straßen und Gassen, Plätzen und Winkeln, ein Gewimmel von Männern und Frauen, Alten und Kindern, Reich und Arm, ein unüberschaubares Gemisch von aromatischen Düften und abscheulichem Gestank, von lebensfroher Musik und nervtötendem Geschrei. Cedanor war alles in einem: der Ursprung und das Zentrum des Lebens auf Neschan; aller Dinge, die die Sinne liebkosten oder sie peinigten; alles Guten und alles Schlechten.

Auch als sich die drei Fremden über unzählige Brücken und Stege hinweg ihren Weg in das Handwerkerviertel bahnten, änderte sich nicht viel an der allgemeinen Betriebsamkeit. War die Unterstadt, nahe dem Neuen Hafen, vor allem von Handelskontoren, Lagerhäusern und stimmgewaltigen Händlern geprägt, die ihre Waren »frisch vom Schiff« an den Mann brachten, so bestimmten hier Gegenstände des täglichen Gebrauchs das Bild in den Gassen: kupferne Töpfe und Pfannen, leuchtend gefärbte Stoffe und kunstvoll geschnitztes Gerät, dessen Sinn und Nutzen man oft erraten musste. Stickig und dunkel war es hier in dem engen Gassengewirr. Tatsächlich schien sich, da wo man sich von einem Haus zum gegenüberstehenden fast die

Hand geben konnte, die Sonnenstrahlen nur auf Schleichwegen in das geschäftige Treiben zu wagen.

Die lichtscheuen Elemente, deren Augen im angrenzenden Bezirk der Tagelöhner lauernd hinter Hausecken und aus Türspalten hervorschielten, trieben die drei Gefährten zu einer äußerst forschen Gangart an. Yonathans einzig auffällige Gepäckstücke, ein Stab mit goldenem Knauf und ein vor Neugier aufgeplustertes Pelzbündel, waren in dem Köcher auf seinem Rücken verstaut. Insgesamt boten die drei Fremden in ihrer von langer Reise verschmutzten und teilweise zerrissenen Kleidung deshalb einen so uninteressanten Anblick, dass die Blicke, die sie von allen Seiten musterten, ihre Aufmerksamkeit bald wieder anderen Dingen zuwandten.

Gimbar, der gerade amüsiert zuschaute, wie eine wohlbeleibte Dame einen kleinen Mann mit derben Schimpfworten und einem Tischbein durch die Gassen trieb, entging nur knapp einem gemeinen Attentat: Über ihm wurde eine große Schüssel fauliger Abfälle entleert. Jemand keifte: »Schert euch fort von hier und kümmert euch um euren eigenen Dreck.« Yomi konnte Gimbar im allerletzten Augenblick zur Seite reißen und um ein Haar wären die beiden in der Gosse gelandet, einem ständigen Strom, der mitten in der Gasse alles talwärts führte, was die Bewohner in den Häusern nicht mehr benötigten – faulige Abfälle waren noch das Kostbarste darunter.

»Jetzt weiß ich, warum Yomi heute früh sagte, wir müssten uns durch den Bezirk der Tagelöhner *schlagen*«, meinte Yonathan lakonisch und setzte seinen Weg nach Süden fort.

Dann kamen sie an den Kasernen der kaiserlichen Garde vorbei – waffenstarrende Bollwerke zwischen den armseligen Behausungen des einfachen Volkes und den noblen Unterkünften der Staatsbediensteten. Yomi wagte es nicht, seine Begleiter über kleine Seitengassen mitten durch das Beamtenviertel zu führen. Hier gab es zu viele wachsame Augen, die jeden Fremden mit äußerstem Misstrauen betrachteten.

Die geraden, breiten Straßen des Beamtenviertels liefen wie

die Strahlen der Sonne gerade auf den Palastberg zu, einen gigantischen Felsen, auf dem hoch oben der »Thron des Himmels« strahlte, wie man den blauen Palast des Kaisers nannte. An manchen Tagen, so wusste Yomi zu erzählen, verschmolz die Farbe des Sedin-Palastes so sehr mit dem Himmelsblau, dass er unsichtbar wurde. Dann konnte man glauben, der Himmel selbst habe den Kaiser samt Schloss zu sich genommen und einen leeren Felsen zurückgelassen – eine optische Täuschung, die den für dramatische Effekte sehr empfänglichen Kaiser stets aufs Neue begeisterte.

Der Weg wurde nun steiler und vor Anstrengung keuchend bemerkten die drei, wie sich die Häuser allmählich zu Villen und die Villen schließlich zu Palästen wandelten. Zwar gab es hier keine Kasernen mehr, aber jeder Besitz hatte seine eigenen Wachen, die – ganz im Gegensatz zu den Wächtern der Stadt – ihre kleinen Reiche mit Argusaugen hüteten. Die drei Gefährten fühlten sich wie Fremdkörper unter den argwöhnischen Blicken der waffenstarrenden Wachmänner. Wo immer möglich, hielten sie sich mitten auf der Straße, um nicht den Diensteifer eines Bogenschützen oder Speerträgers herauszufordern. Dann wieder mussten sie stolzen Reitern, prachtvollen Pferdewagen oder schnaufenden Sänftenträgern ausweichen.

Einmal wandte Yonathan seinen Blick talwärts und überschaute das ganze Panorama der Kaiserstadt. »Cedanor, du Perle von Baschan«, wiederholte er leise die Worte des unbekannten Dichters, der genau hier auf den Klippen gestanden haben musste, als er sein Loblied auf die große Stadt am Cedan schrieb. Wie das Licht auf der Oberfläche einer kostbaren Perle spielt, so brachte die Nachmittagssonne die weißen Dächer Cedanors zum Leuchten. Selbst die Armenviertel in der Unterstadt wirkten von hier aus nur eine Nuance dunkler, beinahe belebend für das Gesamtbild der Stadt. Die meisten Häuser hatten flache Dächer, auf denen ein fast ebenso großes Getümmel herrschte wie in den Gassen und auf den Plätzen. Die größeren Häuser der wohlhabenden Leute verbargen sich hinter hohen

Mauern, die die Phantasie von Dieben sowohl beflügelten als ihr auch Zügel anlegten und die Intimsphäre ihrer Besitzer schützten.

Sowohl der Schlossberg als auch die mehr als tausend Fuß hohen Klippen im Süden der Stadt waren erste Vorläufer des Gebirgszugs von Zurim-Kapporeth. Da die steil abfallenden Felsen Schutz genug boten, gab es hier, in der Oberstadt, keine eigentliche Stadtmauer.

Am Ende der breiten, kurvig sich aufwärts windenden Straße erkannten die drei Wanderer die Umrisse eines besonders prächtigen Gebäudes. Weiße Mauern, gekrönt von blau, weiß und violett glasierten Ziegeln, umspannten ein Areal, das sich zu beiden Seiten den Blicken des Betrachters entzog. Hinter Mauern und Hecken ragte das Gebäude empor, das sich von allen anderen Häusern Cedanors unterschied. Es war kreisrund.

»Glaubt ihr, die Wachen lassen uns überhaupt bis zum Tor vor?«, fragte Yomi und blickte zweifelnd zu den zwei hünenhaften Wächtern hinüber, die links und rechts neben dem breiten, dunklen Tor standen.

»Lasst das nur mich machen«, beruhigte ihn Gimbar. Seine Adlernase zuckte unternehmungslustig. »Bleibt einfach hier stehen. Ich rede mit ihnen.«

Die Wachen tauschten misstrauische Blicke und musterten skeptisch die kleine, muskulöse Gestalt, die sich ihnen näherte. Yonathan und Yomi beobachteten aus der Ferne, wie ein Wachtposten recht unfreundlich zu Gimbar sprach; es sah nicht nach einer Einladung aus.

Doch Gimbar ließ sich nicht so schnell abweisen. Mit besänftigenden, aber bestimmten Gesten redete er weiter auf den Ehrfurcht gebietenden Riesen ein.

Endlich rief der Hüne seinen Kameraden zu sich, den es ohnehin kaum noch an seinem Platz gehalten hatte. Der zweite Posten sah aus wie ein Zwilling des ersten. Beide zusammen bauten sich nun Respekt gebietend vor dem gedrungenen Gimbar auf – Kopf und Brust geschützt mit blank poliertem Stahl, bewaffnet mit Schwert, Schild und Speer, gewandet in Weiß, Blau und Violett, offenbar die Farben des Hauses Baltan.

»Werden sie ihm etwas tun?«, fragte Yonathan besorgt.

»Gimbar? Wie denn? Es sind doch nur zwei!«

Yonathan blickte erstaunt in Yomis zuversichtliches Gesicht. »Vorhin klangst du aber noch ganz anders.«

»Vorhin hatte ja Gimbar die Sache auch noch nicht in die Hand genommen.«

»Deine Meinung von Gimbar scheint sich ja in letzter Zeit erheblich gewandelt zu haben.«

»Ich hatte in der letzten Woche einige Gelegenheit dazu.«

Yonathan erkannte, dass sein grüblerisches Verhalten der letzten Tage wie eine Absonderung von den Freunden ausgesehen haben musste.

In diesem Moment stieß Gimbar wieder zu ihnen.

»Und?«, drang Yomi ungeduldig in ihn. »Können wir hinein?«

Gimbar grinste zufrieden. »›Du kannst kein Schiff entern, bevor du nicht längsseits gegangen bist‹, heißt ein altes Piratensprichwort.«

»Verschon mich mit deinen Piratenweisheiten. Was hast du erreicht, Gimbar?«

»Wir dürfen klopfen.«

»Wir dürfen … was?«

»Klopfen. Normalerweise wird jeder von den Wachen entschieden zurückgewiesen, der zu Baltan vorzudringen versucht.«

»Aber was hilft es uns, wenn wir an die Tür klopfen dürfen?«, fragte Yonathan ungeduldig.

»Ganz einfach: Wir dürfen mit Gatam sprechen. Wenn ich es richtig verstanden habe, dann ist Gatam der Haus-, Hof- und Zeremonienmeister, der Oberdiener Baltans und der Hüter der häuslichen Etikette. Wenn wir Gatam rumkriegen, dann können wir das Schiff entern.«

»Piraten!«, warf Yomi dazwischen.

»Wie hast du es denn geschafft, die beiden da *rumzukriegen?*« Yonathan deutete mit dem Kopf zu den Wachtposten.

Gimbars Grinsen wurde noch eine Spur breiter. »Großes Piratengeheimnis, Yonathan!«

»Ist vielleicht auch besser so. Also, dann wollen wir mal mit diesem Gatam sprechen.«

»Da! Schau nur! Der Türklopfer!« Yomi deutete aufgeregt auf den kinderfaustgroßen Messingknauf. Es war die Gestalt des Klopfers, die Yomi so bemerkenswert fand. Er bildete einen Kopf mit vier Gesichtern – dem eines Menschen, eines Adlers, eines Löwen und dem eines Stieres. »Genau wie dein Stab.«

Yonathan war die Form des Türklopfers nicht entgangen. »Ich hoffe ja auch, dass Baltan und ich der gleichen Sache dienen«, murmelte er und hämmerte den gebogenen Adlerschnabel mit Wucht gegen die Tür.

Lange geschah nichts. Sie musterten das Tor aus Ebenholz, das senkrecht und waagerecht mit breiten, geschwärzten Metallbändern überzogen war. Wo sich die Bänder rechtwinklig kreuzten, waren spitze, eckige Nägel mit vergoldeten Köpfen ins massive Holz getrieben. Obgleich diese dunkle Holzwand aussah wie ein Nachthimmel voller golden funkelnder Sterne, war sie wuchtig und solide; nicht der kleinste Spalt war zu erkennen. Das Tor konnte wohl dem Ansturm einer ganzen Armee trotzen.

Yonathan hatte das Gefühl, schon seit Stunden das Grinsen der beiden Torwachen zu ertragen, als sich endlich eine bis dahin unsichtbare Klappe in der Tür öffnete. Die Öffnung lag etwas oberhalb seines Kopfes in einem der zahlreichen Quadrate zwischen den Eisenbändern. Er musste sich recken, um das recht jugendliche Gesicht sehen zu können, das dort oben aufgetaucht war.

»Aller Friede Neschans sei mit Euch«, grüßte Yonathan mit dem nötigen Respekt. »Seit Ihr Gatam?«

Das hübsche, von dunklen Locken umrahmte Gesicht antwortete förmlich: »Das bin ich nicht. Aber das tut auch nichts zur Sache. Ihr solltet wissen, meine Herren, dass Baltan hier, vor seinem Haus, keine Almosen verteilt. Geht wieder in die Unterstadt, zum Neuen Hafen, dorthin, wo sich *Baltans Großes Kontor* befindet. Der großmütige Baltan ist bereit jedem, der arbeiten will, zu helfen. Heute, vor Sonnenuntergang, werdet Ihr es allerdings nicht mehr erreichen …«

»Aber wir sind nicht gekommen, um Almosen zu erbitten«, rief Yonathan schnell, bereute sein Vorpreschen jedoch sogleich, denn die feinen Züge verhärteten sich zusehends.

»Baltan empfängt keine Besucher ohne vorherige Anmeldung. Und als Diener der Pforte ist mir von einer solchen Anmeldung nichts bekannt. Vielen Dank, meine Herren – und noch einen schönen Abend.«

Geräuschvoll nahm die Klappe wieder den Platz des Gesichts ein.

Yonathan wandte sich zu seinen Freunden um. Yomi schien verdutzt, Gimbar eher belustigt. Dann betätigte er wieder den Türklopfer, diesmal mit aller Kraft.

Nach viel kürzerer Zeit öffnete sich die Klappe erneut und ein äußerst ungehaltenes Gesicht erschien und blaffte: »Was erlaubt Ihr Euch! Die Ruhe Baltans ist von niemandem …«

»Reg dich nicht auf, Sirgan! Die Jungen sind in einem Geheimauftrag unterwegs. Hol endlich Gatam, damit sie ihm erklären können, worum's geht.«

Yonathan empfand die befehlsgewohnte Stimme des Wachhabenden in seinem Rücken als Bereicherung. Endlich kam Bewegung in die Unterhaltung. Das Gesicht hinter der Klappe schielte zu Gimbar hinüber, der immer noch amüsiert dreinblickte.

Dann schloss die Klappe sich laut und vernehmlich und hinter dem Tor hörten sie deutlich Schritte, die sich schnell entfernten.

Es blieb Yonathan und seinen Freunden nicht viel Zeit sich einen neuen Plan zurechtzulegen. Wenn schon Baltans Lakaien so wenig gastfreundlich waren, wie musste es dann erst um ihren Herrn stehen?

Doch die Klappe öffnete sich erneut. Das Gesicht, das nun erschien, war älter und würdevoller als das vorherige. Faltenumrahmte Augen blickten von oben über eine lange, dünne Nase hinweg zu Yonathan hinunter.

»Almosen vergeben wir nur in der Unterstadt, direkt bei *Baltans Großem Kontor*«, verkündete eine gesetzte Stimme nach kurzem Taxieren der drei hartnäckigen Besucher.

Yonathan atmete tief ein. »Aller Friede Neschans sei mit Euch«, wiederholte er die Grußformel. »Seid *Ihr* Gatam?«

Das Gesicht entfernte sich einige Fingerbreit von der Öffnung. Der Dahinterstehende schien sich zu strecken. »Natürlich bin ich Gatam. Und wer seid Ihr, junger Herr?« Das letzte Wort klang eher spöttisch als respektvoll.

»Ich bin Yonathan, Sohn Navran Yaschmons, das da ist Yomi, der Sohn Kaldeks, und dieser da ist Gimbar, der Sohn Gims. Ich glaube nicht, dass Ihr diese Namen kennt, aber es ist eine dringende Angelegenheit, die uns zu der Bitte veranlasst uns bei Eurem Herrn zu melden. Wir müssen Baltan unbedingt sprechen!«

Die Augen in dem alten, schmalen Gesicht wirkten ein wenig verunsichert. Noch einmal glitten sie prüfend über die drei Bittsteller, nicht unfreundlich, aber auch nicht eben herzlich. Dann nahmen sie wieder ihre gleichgültige Mattigkeit an. »Ihr werdet staunen, ich kenne diese Namen wohl«, sagte die dünne, aber durchdringende Stimme. »Von Kaldek und der *Weltwind* spricht die ganze Stadt – manche behaupten, er sei von den Toten wieder auferstanden. Aber der Kaufmann Gim? Und dann gar einer der *Charosim,* Navran Yaschmon? Wer sagt mir, dass das nicht ein plumper Trick ist, um Euch hier einzuschleichen bei unserm Herrn? Ich muss Euer Begehren zurückweisen. Die Anordnungen unseres Herrn sind da sehr eindeutig.«

Yonathan sah seine Felle davonschwimmen. Die Dienerschaft Baltans schien darauf gedrillt zu sein, jeden Fremden gnadenlos abzuweisen, wenn er nicht gerade aussah wie der Kaiser selbst. Oder zumindest wie ein steinreicher Kaufmann. Yonathan schloss die Augen und nahm seine ganze Beherrschung zusammen. »Gatam!«, flehte er. »Lasst uns zu Eurem Herrn. Es könnte Euch Kopf und Kragen kosten, wenn Ihr es nicht tätet. Wollt Ihr das riskieren?«

Kurz zeigte sich Unsicherheit in dem zerknitterten Gesicht, aber nicht sehr lange. »Nein. Ich vermag es nicht. Bringt mir ein offizielles Papier und Ihr werdet Einlass finden. So aber geht es wirklich nicht.« Die Klappe fiel abermals zu; wohl eher eine Verzweiflungstat des Haushofmeisters, der sich vom unangenehmen Anblick dieser Besucher befreien wollte.

»So, jetzt reicht's«, zischte Yonathan, so leise, dass es nur seine Freunde hören konnten. Er langte über die Schulter, öffnete den Köcher, hob ein zappelndes Pelzknäuel heraus und zog dann Haschevet ans Licht.

Die beiden Wachen hatten zu ihren Schwertern gegriffen, da sie nicht wussten, was der fremde Knabe da aus dem eigenartigen Behälter auf seinem Rücken hervorzuziehen gedachte. Doch als sie sahen, dass es keine Waffe, sondern nur ein Stab war, nahmen sie wieder die entspannte Haltung ein, mit der sie bis dahin das unterhaltsame Geschehen verfolgt hatten.

Yonathan klappte den Türklopfer hoch und schlug Haschevets Knauf gegen das Tor. Als der goldene Adlerschnabel auf die Messingplatte traf, ertönte ein Laut, der die beiden Wachen vor Schreck erstarren ließ. Aller Kräfte beraubt kippten sie mit weit aufgerissenen Augen wie Mehlsäcke um – wohl eine Wirkung ihrer grenzenlosen Überraschung, denn der Ton war in keiner Weise Furcht erregend. Im Gegenteil! Der Laut, den Haschevet verursachte, glich dem hellen, bezaubernden Klang einer Harfe. Es war nur ein einziger Ton, der da erklang. Doch was für ein Ton das war! Schnell schwoll er an zu einem machtvollen Klang, der ganz Cedanor erfasste, der sich in den Felsen des Gebirges von Zurim-Kapporeth brach und dort noch lange nachhallte und der die Wasseroberfläche des Cedan mit einem feinen Kräuselmuster überzog. Jeder in Cedanor vernahm diesen Laut. Sterbende erhoben sich ein letztes Mal von ihrem Lager, um diesem verheißungsvollen Ton zu lauschen, bevor sie ihr Leben mit ihm verklingen ließen. Neugeborene hielten in ihrem ersten Schrei inne und lauschten dem Klang. Die Menschen liefen auf die Straße und schauten zum Himmel empor. Doch der langsam abschwellende

Ton war überall. Niemand wusste, woher er gekommen war und wohin er verschwand.

Das heißt, fast niemand. Yonathan, Yomi und Gimbar blickten erstaunt und ehrfürchtig auf den Stab Haschevet. Gurgi hatte sich in den leeren Köcher geflüchtet.

Während die beiden Wachen, Yonathan und den Stab nicht aus den Augen lassend, allmählich wieder auf die Beine kamen, öffnete sich eine Tür inmitten des Tores aus Ebenholz und heraus trat die Gestalt eines kleinen Mannes: drahtige Statur, schneeweißes Haar und ein beinahe faltenloses Gesicht, das Gutmütigkeit, Weisheit und Autorität ausstrahlte. Der Weißhaarige starrte abwechselnd Yonathan und dann wieder den Stab Haschevet an und es verstrich eine geraume Zeit, bis er endlich Worte fand.

»Ich dachte schon, ich würde es nicht mehr erleben. Aller Friede sei mit Euch, Träger des Stabes. Tretet ein, Ihr und Eure Gefährten. Mein Haus sei Euer Haus.« Die kleine Gestalt verneigte sich tief und machte mit dem Arm eine einladende Geste.

Yonathans Sprache versagte – er fühlte sich überrumpelt. Zugleich befiel ihn eine seltsame Befangenheit, als er des kleinen Mannes ansichtig wurde. Es war, als würde er einem engen Verwandten – einem älteren Bruder vielleicht oder noch besser einem Großvater – nach langem Suchen endlich gegenüberstehen. Zwar kannte er Baltan von Navrans Erzählungen, wusste, dass beide Freunde waren, aber die Gewalt, mit der das Gefühl der Vertrautheit ihn ergriff, machte ihn benommen. Es dauerte lange, bis er endlich den Gruß erwidern konnte.

»Der Friede sei mit Euch und mit Eurem Haus, das Ihr uns so großzügig zur Verfügung stellt, ehrenwerter Baltan. Ihr seid doch Baltan, oder?«

»Oh, verzeiht, natürlich, das ist mein Name.« Baltan neigte sein Haupt abermals. Mit angenehm tiefer, etwas rauer Stimme fügte er hinzu: »Aber tretet doch ein, ehe Ihr mir Eure Namen verratet.« Der Kaufmann wiederholte die Geste, mit der er die Ankömmlinge zum Eintreten ermunterte.

Yonathan überquerte als Erster die hohe Türschwelle. Als er

sah, was sich dahinter verbarg, verschlug es ihm aufs Neue die Sprache. Für einen Jungen, der in einer kleinen Fischerhütte aufgewachsen war, mutete das Anwesen Baltans wie das eines Königs an.

Ein herrlicher Garten breitete sich vor ihm aus. Zahlreiche kleinere Pfade luden zum Lustwandeln und steinerne Bänke zum Verweilen ein. Ein größerer Kiesweg, etwa eine halbe Meile lang und so breit, dass zwei Vierspänner bequem aneinander vorbeifahren konnten, führte geradewegs auf das runde Hauptgebäude zu. Dazwischen blühten Blumen – selbst zu dieser Zeit, im Monat Kislew – und zu beiden Seiten des Weges sprudelten zwei große Springbrunnen. In zwei großen Vogelkäfigen leuchteten fliegende Edelsteine in allen Farben. Sauber beschnittene Hecken und prächtige alte Bäume schufen einen Zauber, in dem sich Kunst und Natur in einzigartiger Harmonie vereinten.

»Was für eine freudige Überraschung!«, rief Gimbar aus, und obwohl Yonathan diese Wortwahl etwas merkwürdig fand, musste er doch dessen Begeisterung teilen – wie wohl jeder, der diesen Garten betrat. Als er den Blick von den Bäumen, Büschen und Wiesen losriss, stellte er jedoch fest, dass etwas ganz anderes Gimbars Aufmerksamkeit fesselte.

»Darf ich Euch die Krone meines Herzens vorstellen, meine Frau Scheli, und das Licht, das diese Krone beständig widerstrahlt, meine Tochter Schelima.« Baltan streckte den beiden Frauen, die sich der Gruppe der Fremden ein wenig zaghaft näherten, aufmunternd die Hände entgegen.

Gimbar wartete nicht, bis seine Freunde etwas erwiderten. Unbekümmert und herzlich verneigte er sich vor Scheli und sagte: »Darf ich mich vorstellen? Mein Name ist Gimbar. Euer Gemahl darf sich glücklich schätzen eine solch strahlende Krone für sein Herz gefunden zu haben.«

»Ihr schmeichelt mir, junger Mann«, erwiderte Scheli und verneigte sich mit Anmut und geröteten Wangen.

Gimbar lächelte gewinnend. Dann wurde sein Blick von der jüngeren Frau angezogen, die gerade zwanzig Jahre zählen mochte. Doch noch ehe er etwas sagen konnte, ließ diese verlauten: »Sieh dich vor, Mutter! Er ist sicher ein Schmeichler und macht jeder Frau Komplimente.« Die Grübchen auf ihren sommersprossigen Wangen gaben ihrem nachfolgenden Lachen eine spitzbübische Note.

»Schelima!«, rief Scheli ihre Tochter zur Ordnung. »Wie sprichst du von unserem Gast?«

Gimbar fand dank dieser Zurechtweisung Gelegenheit sich von dem unerwarteten Angriff zu erholen. Mit einer Gewandtheit, die Yonathan und Yomi in Erstaunen versetzte, ging er zum Gegenangriff über. »Eure Tochter hat Recht. Kein noch so edles Wort kann sich mit der Schönheit einer Frau messen. Wenn aber gleich zwei solche Blumen einen Garten zieren, dann sollte man schweigen. Der Hausherr jedoch darf sich mehr als glücklich schätzen.«

Mit den letzten Worten verneigte sich Gimbar in vollendeter Form noch einmal vor Baltan und trat zurück, um seinen Gefährten Gelegenheit zur Begrüßung zu geben. Schelimas braune Augen funkelten. Yonathan las darin Kampfeslust – und noch etwas anderes.

Baltan hatte den galanten Auftritt seines Gastes mit wohlwollendem Lächeln betrachtet. Jetzt stellte er fest: »Wäre da nicht Euer Name, Gimbar, Sohn des Gim, würde Euer Äußeres und die Art, wie Ihr mit Worten umzugehen versteht, Euch verraten. Ihr seid ein Ebenbild Eures Vaters. Ihr seid doch der Sohn *des* Gims, der ein bedeutender Kaufmann war, oder irre ich mich?«

»Ihr irrt Euch keineswegs.« Gimbar lächelte aus Dankbarkeit darüber, dass er im Hause Baltans nicht als Pirat, sondern als Sohn eines ehrenwerten Mannes aufgenommen wurde.

»Es muss über zwanzig Jahre her sein, dass Gim bei einem Piratenangriff verschollen ging. Damals hatten er und seine Frau Dagáh noch keine Kinder und jetzt steht sein Sohn leibhaftig vor mir. Ihr müsst mir beim Essen unbedingt erzählen, wie es Euren Eltern seitdem ergangen ist.«

»Das werde ich«, versprach Gimbar. »Ihr scheint meinen Vater gut gekannt zu haben?«

»Gim und ich haben so manches Geschäft miteinander getätigt. Wir waren gute Geschäftsfreunde. Als ich erfuhr, dass die Piraten ihn und Dagáh entführt hatten, habe ich meine Verbindungen spielen lassen, um etwas in Erfahrung zu bringen. Aber alles blieb erfolglos. Schließlich musste ich das Schlimmste vermuten.«

Gimbar war gerührt. Sogar der Blick Schelimas wurde sanfter, als Gimbar mit bewegter Stimme eingestand: »Es ist wunderbar, einen Freund meines Vaters zu treffen, einen Menschen aus der Zeit, von der Vater und Mutter immer mit Wehmut und guten Erinnerungen gesprochen haben.«

Der übernatürliche Ton, den der Stab Haschevet gerade erst über Cedanor ausgesandt hatte, war nicht ohne Folgen geblieben, was das Gespräch zwischen Baltan und seinen Gästen betraf. Doch Gimbars herzliche Worte ließen die ehrfürchtige Zurückhaltung schnell dahinschmelzen. Das setzte sich fort, als Yomi sich in seiner etwas linkischen Art als der Adoptivsohn Kaldeks vorstellte, den Baltan ebenfalls seit langem kannte und schätzte. Die zweigeteilte Gesichtsfarbe des langen Seemanns wurde taktvoll und höflich übergangen. Als schließlich Yonathan sich als Pflegesohn Navran Yaschmons zu erkennen gab, brachen die letzten Barrieren.

»Navran? Navran!«, rief Baltan, erst ungläubig, dann ergriffen und überschwänglich: »Hat er es also doch geschafft, der alte Yaschmon. Ich wusste, dass er Goel nicht enttäuschen würde. Ihr müsst mir unbedingt alles erzählen. Kommt schnell ins Haus. Das gibt es einfach nicht! *Alles* müsst ihr mir erzählen, *alles.*«

Die Freude des weißhaarigen Mannes, der Yonathan gerade noch, Gimbar aber schon nicht mehr überragen konnte, war unbeschreiblich. Er hüpfte wie ein kleiner Junge herum und klatschte ausgelassen in die Hände. Scheli und ihre Tochter teilten sein Glück. Die beiden Torwachen dagegen spähten – besorgt um ihren Herrn – mit großen Augen durch die noch immer geöffnete Pforte. Gatam, der Erste der Diener Baltans, zog sich mit betretener Miene in den Hintergrund zurück. Ein schlechtes Gewissen plagte ihn, hatte er doch die Ankömmlinge für dreiste Schwindler gehalten.

»Herr!«, rief er jetzt erschrocken. »Da! Auf dem Rücken des Jungen.« Voller Aufregung deutete er auf das Wesen, das sich an Yonathans Schulter emporhangelte.

»Oh!«, rief Scheli. »Was ist das?«

Schelima kam interessiert näher.

»Das?« Yonathan hielt Gurgi die Hand hin und der Masch-Masch nahm bereitwillig darauf Platz. »Dich hätte ich fast vergessen.« Gurgi wirkte verschüchtert. Seit jenem überirdischen Laut, mit dem Haschevet die Welt zum Klingen gebracht hatte, war sie nicht mehr aus ihrem Versteck hervorgekommen. An Baltan, Scheli und Schelima gewandt, erklärte Yonathan: »Das ist Gurgi, ein Masch-Masch. Sie stammt aus dem Verborgenen Land und tut niemandem etwas.«

»Sie?«, fragte Baltan.

»Ja. Gurgi ist ein Mädchen.«

»Oh, ist die süß!«, brach es aus Schelima hervor. »Darf ich die Kleine mal streicheln?«

»Ich weiß nicht. Sie hat ihren eigenen kleinen Kopf und manchmal …«

Weiter kam Yonathan nicht. Mit einem Anflug von Eifersucht beobachtete er, wie Gurgi bereitwillig auf Schelimas Hand hinüberwechselte. Wie durch Zauberei hatte diese ein kleines Stück trockenes Gebäck in der Hand, das Gurgi freudig entgegennahm, und dann ließ sie sich, genüsslich knabbernd, sogar hinter dem Ohr kraulen.

Ein fröhliches Lachen erfüllte den Garten. Baltan wiederholte seine Einladung: »Jetzt kommt aber endlich ins Haus. Ich kann es kaum erwarten eure Geschichten zu hören.«

Jegliche Befangenheit war nun vergessen. Nur Gimbar zeigte noch einen Rest von Etikette, als er den beiden Damen mit eleganter Geste den Vortritt gewährte. Von Schelima erntete er dafür ein verächtliches Schnauben. Wie eine Familie, deren Mitglieder sich nach langer Zeit endlich wieder gefunden haben, zog die Gruppe zum großen, weißen, runden Haus hinauf.

Kein Zweifel, so mussten Könige leben. Für einige Stunden vergaß Yonathan all die Strapazen und Mühen der vergangenen Wochen und selbst die Last seines Auftrags rückte während dieser Zeit ein ganz klein wenig in den Hintergrund.

Nach einem ausgiebigen Bad, das die drei Gefährten in einem großen, steinernen Becken nahmen, fanden sie sich mit Baltan, Scheli und Schelima an einer langen Tafel ein, die über und über mit herrlichen Speisen beladen war.

Weit draußen tauchte die Sonne in die Cedan-Sümpfe ein und verbreitete in den Dunstschwaden, die dort emporstiegen, ein märchenhaftes Licht. Anfangs eilten die beiden Damen des Hauses nervös zwischen Küche und Speisesaal hin und her, besorgt um jede Einzelheit. Schließlich trug Scheli die Verantwortung für das Mahl. Sie tat es gern, besonders für diese Gäste! Nicht nur Freunde weilten in ihrer Mitte, sondern auch der Stabträger, der Beauftragte Yehwohs. Nichts sollte schief gehen. Selbst Schelima legte einen Eifer an den Tag, den die meisten Mütter ebenso gerne wie selten sehen.

»Jetzt setzt ihr beiden euch endlich hin!« Baltan wurde energisch.

»Aber, Vater!«, wollte Schelima widersprechen. Doch Baltan blieb hart.

»Du und deine Mutter, ihr setzt euch jetzt. Sogleich! Unsere Dienerschaft hat uns bis heute nicht verhungern lassen und sie wird es auch an diesem Abend nicht tun.«

Schelimas Mutter saß bereits an der langen Tafel. Schelima blieb nichts anderes übrig, als den einzigen freien Platz einzunehmen: gegenüber von Gimbar, der jede ihrer Bewegungen aufmerksam verfolgte.

Obwohl Schelima vielleicht keine außergewöhnliche Schönheit war, bewegte sie sich doch mit Anmut und Grazie, sie besaß einen hellen Verstand und die braunen Augen ihrer Mutter. Auch der sanfte Liebreiz Schelis schimmerte, trotz ihres kessen Auftretens, immer wieder hervor – wenn man auch an diesem Tag nicht viel davon ausmachen konnte. Gimbar jedoch behielt unbeirrt sein liebenswertes Lächeln, als Schelima die Augen hob, um ihm einen wütend-funkelnden Blick zuzuwerfen.

Während des wundervollen Mahles erzählten Gimbar, Yomi und Yonathan ihre Geschichten, die inzwischen schon recht ineinander verwoben und verflochten waren. Nach dem Essen saß die Gesellschaft in einem mit dicken Teppichen ausgelegten Wohnraum, in dem ein lebhaft flackerndes Feuer die herbstliche Kühle der Nacht vertrieb. Gurgi schlummerte zusammengerollt auf dem Schoß Schelimas, die das Fell des Masch-Maschs kraulte, während sie mit brennendem Interesse der Erzählung Yonathans lauschte.

Dann übergab der junge Stabträger Baltan den Brief Navrans, was er bisher ganz vergessen hatte.

»Man kann ja fast gar nichts mehr lesen!«, staunte Baltan.

Yonathan entnahm den Händen des Kaufmanns das auseinander gefaltete Pergament und musste zu seinem Schreck feststellen, dass Baltan nicht übertrieben hatte. Man konnte die Unterschrift Navrans erkennen und vielleicht gerade noch einige wenige Passagen des Briefes, aber ansonsten war die Tinte völlig verlaufen.

»Das muss passiert sein, als wir ins Meer gefallen sind.«

»Oder in dem ständigen Regen im Verborgenen Land«, ergänzte Yomi.

Yonathan ärgerte sich. Nicht einmal diese wenigen Worte eines Freundes an seinen fernen Gefährten hatte er übermitteln können. Doch dann fiel ihm etwas ein.

»Ich glaube, ich kann den Brief noch lesen«, sagte er.

»Aber das ist unmöglich«, widersprach Baltan.

»Mein lieber Freund Baltan«, begann Yonathan und wiederholte jedes Wort, das Navran geschrieben hatte. Die Anwesenden lauschten verblüfft.

Noch bevor Yonathan endete, zog Baltan ihm das Pergament aus den Fingern und fand einige Bruchstücke des Wortlautes in den wenigen nicht verlaufenen Zeilen. »Du erinnerst dich an jedes Wort«, staunte er. »Hast du den Brief vorher gelesen?«

»Navran hat ihn mir vorgelesen, bevor er ihn mir gab.«

»Und du hast nichts davon vergessen.« Baltans Augen leuchteten, wie am Nachmittag, als er Yonathan zusammen mit dem Stab Haschevet zum ersten Mal gesehen hatte. Dann nickte er. »*Die Erinnerung*. Das *Koach* wirkt in dir, Yonathan. Wie in allen Trägern Haschevets.«

»Die anderen sind aber Richter gewesen. Ich bin nur ein Bote«, schränkte Yonathan ein.

»Lass uns später darüber sprechen«, schlug Baltan vor. »Jetzt wollen wir deine Geschichte hören.«

Yonathan fühlte sich in dem riesigen Schlafgemach ziemlich verloren; Navrans Hütte in Kitvar hätte sicher zweimal reingepasst. Die Wände waren farbenprächtig bemalt, mit Blumenornamenten und Szenen aus dem *Sepher Schophetim*, der Fußboden war mit verschiedenen Holzarten getäfelt – und sein Bett hatte sogar ein Dach!

Ein Klopfen an der Tür erlöste ihn von seinem Unbehagen.

»Ja? Wer ist da?«

Die Tür schwang auf und Baltan trat herein.

»Ich bin's. Ich hatte schon erwähnt, dass wir uns noch über etwas unterhalten sollten. Du wirst zwar müde sein, aber darf ich dich trotzdem stören?«

Er durfte. Und Yonathan überfiel ihn auch gleich mit einer Frage, die ihn schon den ganzen Abend plagte.

»Manchmal glaube ich, alle kennen sich besser in meinem Leben aus als ich selbst – sogar dein Hausdiener, Gatam! Woher wusste er, dass Navran zu den *Charosim* gehört? Selbst mir war das bis zu dem Tag, als ich aus Kitvar abreiste, unbekannt.«

Baltan lächelte. »Höre ich da verletzten Stolz heraus?«

Yonathan schaute zu Boden. War er wirklich so leicht zu durchschauen?

»Ich kann dich gut verstehen«, sagte Baltan. »Mir ginge es wohl ebenso. Übrigens sind die Namen der *Charosim* zwar nur wenigen Bewohnern Neschans geläufig, aber sie waren nie ein Geheimnis. Schon gar nicht für Gatam, der mein Vertrauter ist. Niemand weiß mehr über mich als er, außer Scheli und Schelima natürlich und den Unsrigen.«

Yonathan runzelte die Stirn. »Den ›Unsrigen‹?«

Baltan nickte, und er senkte seine Stimme. »Deswegen wollte ich dich sprechen. Hat dir schon einmal jemand von den *Träumern* erzählt?«

Yonathan schüttelte den Kopf. »Die Träumer? Nicht dass ich … Doch!«, rief er dann. Eine Erinnerung blitzte auf. »Din-Mikkith erwähnte einmal etwas von Träumern. Ich war gerade aus der Bewusstlosigkeit erwacht nach meiner Begegnung mit dem Grünen Nebel. Aber ich dachte, Din-Mikkith meinte mit den Träumern die Richter Neschans.«

Der weißhaarige Kaufmann schaute sich um und antwortete beinahe flüsternd: »Vielleicht war deine Vermutung gar nicht so falsch, Yonathan. Ich glaube, es wird Zeit, dich in einige … Dinge einzuweihen.«

Yonathan wusste nicht recht, ob er diese Dinge überhaupt wissen wollte. Baltan war jetzt so ernst – vielleicht war das, was er ihm mitteilen wollte, mit unangenehmen Folgen verbunden.

Die Geschichte der Träumer von Neschan, so erklärte Baltan, sei zwar nur wenigen bekannt, aber sie sei so alt wie die der Menschen selbst. Die Träumer dienten den Richtern Neschans als Augen, als Boten und als Urteilsvollstrecker. Seit Goel den Garten der Weisheit nicht mehr verlassen durfte, zögen sie als *Charosim* durch die Welt und lehrten die Menschen Yehwohs Weg.

»Und du und Navran, ihr seid auch Träumer.« Yonathan fragte dies nicht, er stellte es fest, als hätte er es immer gewusst.

Baltan lächelte hintergründig. »Ich sehe, die Macht des Stabes wirkt bereits recht stark in dir. Es dürfte schwer fallen, vor dir etwas verbergen zu wollen. Aber kommen wir auf die Träumer zurück. Sie sind nicht etwa irgendein Geheimbund, wenn auch viele Geheimnisse sie umgeben. Eines davon ist ihre Lebensspanne – sie werden alle sehr alt!«

Yonathan nickte. »Ich erinnere mich. Din-Mikkith hat auch davon gesprochen. Aber wie gesagt: Ich dachte, er meinte die Richter.«

»So lange wie die Richter leben die Träumer nicht, aber manche von ihnen sollen dreihundert Jahre alt geworden sein; sie selbst kennen ihr wirkliches Alter nicht einmal so genau. Es ist immer dasselbe: Plötzlich tauchen sie auf, irgendwo auf Neschan, und keiner von ihnen kann sich an sein vorheriges Leben erinnern – als wäre es ein Traum, den man sofort wieder vergisst. Daher ihr Name. Die meisten Legenden, die sich um die Unsrigen ranken, sind nichts als Phantastereien. Aber einiges stimmt auch: Jeder von ihnen besitzt besondere Kenntnisse auf verschiedenen Gebieten. Einige von ihnen haben neue Methoden für den Ackerbau eingeführt. Ein anderer hat vorgemacht, wie man Bücher druckt. Wieder andere sind bedeutende Ärzte. Ich selbst weiß alles über Stoffe, Farben und Webtechniken. Doch so unterschiedlich unser Wissen auch sein mag, Yonathan, wir haben es immer zum Guten eingesetzt, wir waren immer treue Diener Yehwohs.«

»Wie alt seid ihr, du und Navran?«, wollte Yonathan wissen.

»Wir waren beide noch junge Männer, als Goel uns zu den Vierzig berief. Wir gehörten zu seinen ersten *Charosim*.«

Yonathan glaubte, nicht recht gehört zu haben. »Dann müsstet ihr ja älter als … *zweihundert* Jahre sein!«

»Ich habe in der letzten Zeit nicht so genau nachgezählt. Aber wenn du es sagst, muss es wohl stimmen.«

»Irgendwann muss es den Leuten doch auffallen, wenn in ihrer Mitte Menschen leben, die nicht älter werden.«

»Die meisten der Unsrigen ziehen einfach alle paar Jahrzehnte an einen anderen Ort. Für Navran und für mich war das schwieriger. Wir hatten feste Wirkungsbereiche. Von Zeit zu Zeit musste ich mein Äußeres verändern, musste Sohn, Neffe oder jüngerer Bruder eines anderen Baltan werden. So gesehen beruht das enge Verhältnis zwischen dem Kaiserhaus und dem Handelshaus Baltan eigentlich auf einer jahrhundertealten Tradition.«

»Einer Tradition, durch die du so ganz nebenbei zum reichsten Mann Neschans geworden bist.«

Baltan schmunzelte listig. »Goel hatte nichts dagegen. Für ihn war wichtig, dass ich seinen störrischen Urenkel im Auge behalte.«

»Urenkel?«

»Den Kaiser.«

»Zirgis ist ein Urenkel Goels?«

»Ja. Goel hat seine Enkelsöhne, die Kaiser, schon mehrmals wegen ihrer Laschheit gegenüber den Gesetzen Yehwohs zurechtgewiesen. Deshalb waren sie nie besonders gut auf den sechsten Richter zu sprechen. Aus diesem Grunde sandte Goel mich vor langer Zeit aus, um ihm Auge und Ohr am Hofe des Kaisers zu sein. Ich musste mir eine Vertrauensstellung aneignen und das wäre mir als Bettler sicherlich schwer gelungen.«

Yonathan schwirrte der Kopf. All diese Neuigkeiten waren schwer zu verdauen. Warum vertraute ihm Baltan ein solches Wissen an, das bisher so gut gehütet worden war?

»Du möchtest jetzt bestimmt wissen, warum ich dir das alles erzähle, stimmt's, Yonathan?«

Als Yonathan wortlos nickte, beugte sich Baltan vor, blickte dem Jungen forschend ins Gesicht und fragte: »Hast du dich schon einmal an Dinge erinnert, die du nicht selbst erlebt hast?«

Yonathan kam das merkwürdige Zusammentreffen mit seinem Traumbruder in den Sinn, jenem blassen Jungen, den er ab und zu in seinen Träumen sah, in einem Stuhl mit Rädern, so verschieden und ihm doch so ähnlich! War es möglich, dass auch er …?

»Ich weiß nicht so recht«, antwortete er ausweichend.

»Na ja, du bist noch ein Kind gewesen, als du dir deiner jetzigen Existenz bewusst wurdest.« Baltan richtete den Oberkörper wieder auf. »Als kleiner Junge hättest du kaum schon irgendwelche besonderen Fähigkeiten haben können. Jedenfalls keine, die uns Menschen auf Anhieb ins Auge springen.«

Yonathan blickte den Weißhaarigen fragend an. »Wie meinst du das?«

»Ganz einfach, mein Junge. Yehwoh hat dich ausgewählt. Er hat dir den Stab anvertraut! Unter den Unsrigen glaubt man, nur Träumer könnten den Stab Haschevet berühren, ohne zu sterben.«

»Das hieße ja …«

»Richtig. Dass auch du einer der Unsrigen bist. Und mehr noch: Auch die Richter Neschans sind wahrscheinlich Träumer, wie du ganz richtig vermutet hast. Allerdings, so glauben wir, unterscheiden sich die Richter in einem Punkt von allen anderen Träumern.«

»Und der wäre?«

»Die Richter wissen um ihr früheres Leben.« Baltan hielt kurz inne, bevor er fragte: »Kannst auch du dich daran erinnern, wer du vor deiner Ankunft bei Navran warst? Wo du geboren und wo du aufgewachsen bist?«

In Yonathans Kopf drehte sich alles. Er spürte einen stechenden Schmerz hinter den Schläfen – wie immer, wenn er über diese Dinge nachdachte. Nein, er wusste nicht, woher er wirklich kam, aber seit jener Nacht im Baumhaus beschäftigten ihn viele Fragen: War diese Begegnung nur ein Traum? Oder war sie eine Brücke in ein anderes Leben, ein Hinweis auf seine wirkliche Herkunft? Vielleicht war ja auch er selbst nur ein Traum …

»Was ist mit dir, Yonathan? Geht es dir nicht gut?«

Yonathan schüttelte den Kopf. »Doch, doch. Aber das alles sind Neuigkeiten, die ich erst einmal verdauen muss.«

Baltan nickte und lächelte verständnisvoll. »Das glaube ich dir gern, Yonathan. Mir ging es genauso, als ich diese Dinge erfuhr.«

Aus jedem Wort Baltans, aus jeder seiner Gesten sprach Zuneigung, ja echte Liebe für Yonathan. In gewisser Hinsicht waren sie miteinander verwandt; Grund genug für Yonathan die Gefühle des listigen alten Kaufmanns zu erwidern. Sie beide waren Träumer, gehörten zu den Unsrigen, wie sie sich selbst nannten. Möglicherweise konnten sie sich alle gegenseitig erkennen, so als besäßen sie ein Mal auf der Stirn, ein nur für sie sichtbares gemeinsames Zeichen. Yonathan wusste inzwischen, dass Baltan vor über zweihundert Jahren ausgerechnet durch Navran Yaschmon von seinem verborgenen Wesen als Träumer erfahren hatte. Seitdem hatte zwischen den beiden Männern eine enge Freundschaft bestanden, ein Band, das Zeit und Raum nicht sprengen konnten. Und auch Yonathan spürte, dass er in diesem alten Mann mit den klugen Augen und dem gewitzten Lächeln einen älteren Bruder gefunden hatte, dessen Zuneigung stärker war als der Tod.

Baltan und Navran hatten viele gemeinsame Reisen unternommen, bis sie schließlich in ihre jetzigen Zuteilungen gegangen waren – als Fischer im sturmgepeitschten Kitvar der eine, als reicher Kaufmann im Herzen des Cedanischen Reiches der andere. Sie waren wie das rechte und das linke Auge Goels und sie blickten der Zeit entgegen, in der der Stab Haschevet wieder auftauchen musste, um vom Kommen des siebten und letzten Richters Neschans zu künden.

Als Kaufmann unternahm Baltan weite Reisen und so hatten er und Navran sich in den vergangenen zweihundert Jahren immer wieder treffen können. Zwar nur alle zehn bis zwanzig Jahre, aber was spielten solche Zeiträume schon für eine Rolle bei ihnen!

Yomi gegenüber zeigte Baltan eine herzliche Gastfreundschaft und der lange Seemann freundete sich bald mit Scheli an, die ihre Gäste mütterlich umsorgte. Auf der *Weltwind* hatte Yomi gelernt sich in vielen Bereichen nützlich zu machen. Jetzt ließ er keine Gelegenheit aus, seine Fertigkeiten der anmutigen Ehefrau Baltans anzubieten, sodass es hin und wieder zu freundlichen Zurechtweisungen Schelis kam, die sich nicht zum Gast im eigenen Hause machen lassen wollte.

Baltan wurde aus diesem Verhalten Yomis anfangs nicht recht schlau. Doch Yonathan konnte den Kaufmann beruhigen. Yomi hatte ihm verraten, dass Scheli große Ähnlichkeit mit seiner Mutter hatte und Yonathan wusste, wie sehr Yomi noch immer über den Verlust seiner Eltern trauerte. Die schrecklichen Erlebnisse seiner Kindheit, der Überfall der Horden Bar-Hazzats auf Darom-Maos, Yomis Heimatstadt, lebten immer noch in den Alpträumen des jungen Mannes fort. So ließ Baltan Yomi gewähren, und Scheli genoss es, dass jemand ihr zur Hand ging, ohne dass sie darum bitten musste.

Das Interesse Schelimas für die Hausarbeit hatte stark nachgelassen – zugunsten eines ehemaligen Piraten. Am Tage nach der Ankunft hatte Gimbar von Schelima einen umfassenden Überblick über das gesamte Anwesens erhalten. In den kommenden Tagen wollten sie dies auf ganz Cedanor ausdehnen.

Yonathan betrachtete diese Unternehmungslust mit gemischten Gefühlen. Er fürchtete die Spione Sethurs. Andererseits war Gimbar in den neuen, edlen Kleidern, mit denen Baltan seine Gäste ausgestattet hatte, kaum wieder zu erkennen. Er sah aus wie ein Sohn aus reichem Hause, also wie Hunderte anderer junger Männer auf Cedanors Straßen auch. So vergaß Yonathan seine Bedenken allmählich – bis zum Abend des dritten Tages.

Baltan und seine Gäste erwarteten noch späten Besuch. Es galt ein Versprechen einzulösen, das Yonathan seinem Freund beim Anlaufen Cedanors gegeben hatte: ein Wiedersehen mit Kapitän Kaldek, Yomis Adoptivvater.

Im Laufe des Tages war es Yomi gelungen, alle Eingeweihten mit seiner Nervosität anzustecken. Selbst die sonst so ruhige Scheli konnte kaum noch ertragen, wenn der schlaksige Seemann ihr seine Hilfe anbot. Schon am Vormittag hatte er einen Tonkrug am Küchenboden zerschellen lassen, später, bei der Vorbereitung des Mittagessens, hatte er ein Salztöpfchen in der Suppe versenkt und am Nachmittag dem nicht mehr ganz jungen Gatam versehentlich den Rock in Brand gesetzt. Jetzt, am Abend, saß Yomi im bequemsten Sessel, über den Baltans Arbeitszimmer verfügte, und wirkte dennoch nicht entspannt. Scheli hatte ihm jede Hilfe verboten – die Gesundheit ihrer Familie und der Bediensteten läge ihr zu sehr am Herzen.

Endlich kam Gatam herein, warf Yomi einen finsteren Blick zu und meldete, dass der Besuch angekommen sei. Yonathan und Gimbar atmeten auf; ihr Bemühen, Yomi abzulenken, hatte an ihren Kräften gezehrt.

Noch ehe der oberste Diener den Ankömmling hereinbitten konnte, hörte man von draußen eine knarrige Stimme, die an eine altersschwache Holztreppe erinnerte.

»Was soll dieser Unsinn? Wenn mein Sohn wirklich hier ist, dann lasst mich gefälligst zu ihm.«

Geräusche wie von einem Handgemenge drangen herein. Dann stürmte der untersetzte Kapitän der *Weltwind* in das Arbeitszimmer, mit einem von Baltans Dienern im Schlepptau.

»Ich habe ihn nicht zurückhalten können«, beteuerte dieser und versuchte, seine durcheinander geratene Kleidung in Ordnung zu bringen.

Baltan lächelte. »Schon gut, Deng.«

»Yomi!«, donnerte Kaldek und stürzte auf seinen Adoptivsohn zu.

»Vater!« Yomi sprang auf, um dem Kapitän entgegenzueilen. Am Ende des Besprechungstisches havarierten die beiden Seefahrer und verkeilten sich in inniger Umarmung. Für eine Weile vergaßen sie alles um sich herum; es gab nur noch den bärbeißigen Kapitän und seinen tot geglaubten Ziehsohn. Yomi schluchzte und Kaldeks Stimme bebte, als er schließlich das lange Schweigen brach.

»Ich habe es nicht glauben wollen, als man mir heute Abend die Nachricht brachte. Ich dachte, ich hätte dich für immer verloren.«

»Yonathan und ich fürchteten ebenfalls, die *Weltwind* sei mit Mann und Maus untergegangen«, brachte Yomi endlich hervor. »Ich bin unheimlich froh, dass es dir gut geht, Vater!«

»Wie ist es euch beiden nur gelungen zu überleben? Am Ewigen Wehr gibt es doch nichts als Klippen.«

»Ich schlage vor«, mischte sich Baltan vorsichtig in das Zwiegespräch, »wir nehmen jetzt gemeinsam ein Nachtmahl ein und unsere drei Abenteurer erzählen dir alles, was geschehen ist, Kaldek.«

»*Drei* Abenteurer?«, fragte Kaldek verwundert.

»Wir haben noch Gimbar mitgebracht, einen Piraten vom Südkamm«, erklärte Yomi grinsend.

»Einen *ehemaligen* Piraten«, betonte Gimbar schnell.

Kaldek ließ von Yomi ab, um den kleinen, falkengesichtigen Mann genauer in Augenschein zu nehmen. Für einen langen Moment herrschte Schweigen. Er schien zu überlegen, woher er den jungen Mann kannte. Dann stahl sich ein breites Grinsen auf das Gesicht des Kapitäns und er sagte: »Wenn dieser Gimbar geholfen hat meinen Sohn heil nach Hause zu bringen, dann kann er meinetwegen sogar ein schleimiger *Bolemide* sein. Worauf warten wir noch? Setzen wir uns endlich an die Tafel, damit ich eure Geschichte hören kann.«

Und so erzählten die drei Gefährten innerhalb von wenigen Tagen ein zweites Mal ihre abenteuerliche Geschichte. Erst zu weit vorgerückter Stunde trennte man sich wieder. Yomi hatte fest darauf bestanden, weiter an Yonathans Seite zu bleiben, bis dessen Auftrag erfüllt sei, und da Kapitän Kaldek spürte, dass es um Bedeutendes ging, hatte er schließlich zugestimmt.

Man versprach sich gegenseitig, gut aufeinander aufzupassen und in der finstersten Stunde, kurz vor dem Morgengrauen, schlüpfte Kapitän Kaldek aus Baltans Haus. Und Yonathan hoffte, dass seine Verfolger auch einmal schliefen.

Der Thron des Himmels

Am Morgen des vierten Tages im Hause Baltans war Yonathan in nachdenklicher Stimmung. Nach Kaldeks Verabschiedung hatte er kaum geschlafen. Mit ernster Miene verfolgte er die kleinen Aufmerksamkeiten, mit denen Gimbar Schelima bedachte – Kleinigkeiten, aber doch unübersehbare Gesten. Auch entging ihm nicht, dass die Zurückweisungen Schelimas nicht mehr so schroff waren wie zu Anfang.

Yonathan steckte lustlos ein Stück Käse in den Mund. Gimbar war nicht mehr derselbe. Ohne erkennbaren Grund hatte er scheinbar den Verstand verloren und benahm sich ausgesprochen eigenartig. Das Gleiche bei Schelima. Ihre Ablehnungen schienen nur Mittel und Vorwände, damit das Gespräch mit Gimbar nicht einschliefe.

Und Baltan hatte seltsamerweise einen Narren an Gimbar gefressen. Es störte Yonathan zwar nicht, dass der Kaufmann den Expiraten gleichfalls wie einen Sohn behandelte, aber dass Baltan das absurde Verhalten dieses Jünglings und seiner eigenen Tochter zu entgehen schien, das war ihm unverständlich.

»In zwei Tagen ist die Karawane bereit euch zum Garten der Weisheit zu bringen«, erklärte Baltan und brach ein Stück Brot. »Oder hast du deine Meinung geändert und willst doch mit dem Schiff den Cedan hinauffahren?«

Yonathan riss den Blick von Schelima und Gimbar. »Nein, Baltan. Yomi, Gimbar und ich sind uns einig. Der Wasserweg ist zu leicht zu kontrollieren und wir wissen nicht, wo uns Sethurs Männer überall auflauern könnten. Dein Vorschlag ist gut. Wenn wir mit einem erfahrenen Führer auf Nebenstraßen nach Osten ziehen, haben wir wahrscheinlich die besten Chancen unentdeckt nach Gan Mischpad zu gelangen.«

»Gut.« Baltan nickte zufrieden. »Dann bleibt es dabei.« Ein Räuspern in seinem Rücken veranlasste den Kaufmann sich umzudrehen. »Ja, Gatam?«

Der Erste der Diener Baltans verneigte sich leicht und eröffnete: »Da ist ein Bote, Herr.«

»Ein Bote?« Baltan runzelte die Stirn. »Ich kann mich nicht erinnern, dass ich eine Nachricht erwarte.«

»Er kommt vom Kaiser«, fügte Gatam hinzu.

»Von Zirgis? Hat unser Monarch wieder Schwierigkeiten und ruft nach seinen Ratgebern?« Er erhob sich von der Frühstückstafel. »Also gut«, sagte er und wandte sich an seine Gäste. »Entschuldigt mich bitte für einen Moment.«

Kurze Zeit später kehrte er nachdenklich zurück.

»Was ist?«, fragte Scheli besorgt. »Eine schlechte Nachricht?«

»Wie man's nimmt«, murmelte Baltan. Dann richtete er den Blick auf Yonathan, Yomi und Gimbar. »Ich weiß nicht, was dahinter steckt, aber der Kaiser, der ›Geliebte Vater der Weisheit‹, Zirgis von Cedanor, gibt sich die Ehre und lädt euch drei zu einer Audienz in den Palast ein – und zwar jetzt gleich.«

»Ich verstehe nicht, wie er von uns erfahren hat und warum er uns sehen will.« Yonathan lief im Speisesaal Baltans auf und ab.

»Dadurch, dass du einen Trampelpfad in Baltans Teppich stampfst, wird sich die Frage auch nicht klären lassen«, warf Gimbar ein. »Ich schlage vor, wir gehen einfach hin und hören uns an, was Zirgis zu sagen hat. Ich hatte für heute Vormittag sowieso noch nichts vor.« Er schaute kurz zu Schelima hinüber und ergänzte: »Ich wollte schon immer mal bei unserem Kaiser reinschauen und ihn mir aus der Nähe anschauen.«

»Ich kann diese Angelegenheit leider nicht so leicht nehmen wie du, Gimbar.« Baltan schüttelte langsam den Kopf. »Ich kenne den Kaiser. Er tut nie etwas ohne gewichtigen Grund.«

»Irgendwie ist es schon unheimlich aufregend«, begeisterte sich Yomi. »Eine Audienz beim Kaiser! Was schlägst du vor, Baltan, was sollen wir machen?«

»Da gibt es nicht viel vorzuschlagen. Wir müssen hin. Der Bote und eine Eskorte der kaiserlichen Garde warten draußen im Garten. Wir sollten keine Zeit verlieren. Der Kaiser mag es nämlich nicht, wenn man ihn warten lässt.«

»Wir?«, fragte Yonathan. »Kommst du denn mit, Baltan?«

»Zum Glück hat unser Kaiser Sehnsucht nach seinem ältesten Berater.« Baltan schmunzelte. »So kann ich die Situation vielleicht unter Kontrolle halten.«

»Unter Kontrolle?«

»Bestimmt hat er von Haschevet erfahren – eure Ankunft vor vier Tagen war schließlich alles andere als unauffällig. Unser Kaiser verfügt über einen weit verzweigten Geheimdienst. Wahrscheinlich hat er sofort alles darangesetzt, die Ursache dieses übernatürlichen Lautes zu ergründen. Ich glaube, es ist das Beste, ich informiere euch kurz über einige Dinge, die ihr über unseren Kaiser wissen solltet.«

Baltans Bericht enthielt für Yonathan, Yomi und Gimbar nicht viel Neues, aber ein Porträt des Herrschers von Cedanor aus dem Munde seines ältesten Beraters war allemal interessanter als jede Klatschgeschichte.

Zirgis verstand sich gerne als Förderer von Wissenschaft und Kunst, daher auch sein Titel »Geliebter Vater der Weisheit«, den er sich – laut bösen Zungen – selbst verliehen haben sollte. Zirgis' dreißigstes Thronjubiläum fiel in die nächsten Tage und überall in der Stadt waren die Vorbereitungen für einen gewaltigen Festakt in vollem Gange. Baltan warnte davor, den Kaiser nach seinem Äußeren zu beurteilen und ihn etwa zu unterschätzen. Zirgis sei ein listiger Fuchs und glänzender Taktiker. In seiner Statur war er eher unscheinbar: ein kleiner, dicklicher Mann.

Und dann noch eine Eigenart: Ständig verlor der Kaiser seine Knöpfe. Die wirkliche Ursache für dieses Phänomen war bisher ungeklärt. Manche behaupteten, alle am Hofe würden stehlen wie die Raben, und zwar alles, was einigermaßen kostbar und nicht niet- und nagelfest war. Die Kaiserin dagegen war überzeugt, dass ihr Gemahl selbst die goldenen und silbernen Verschlusshilfen heimlich beiseite brachte, um jederzeit einen Anklagepunkt gegen missliebige Höflinge bei der Hand zu haben. Nur Zirgis selbst, so betonte Baltan eindringlich, durfte man auf diesen Punkt *keinesfalls* ansprechen. Bei allen anderen am Hofe aber waren die Knöpfe des Kaisers das beliebteste Thema.

Zirgis hätte sich nicht dreißig Jahre auf dem Thron halten können, wenn er nicht ein intelligenter, listiger und manchmal auch rücksichtsloser Herrscher gewesen wäre. Wie jeder, der nach dem *Sepher Schophetim* lebte, nur zu genau wusste, war der Eifer Zirgis' für Yehwoh nicht ungeteilt. Zwar bekämpfte er die Machtgelüste des dunklen Herrschers von Témánah, wollte aber auch nicht zulassen, dass fremde Glaubensansichten unterdrückt wurden. Aus diesem Grunde unternahm Zirgis fast nichts gegen die schwarz gewandeten Priester des Südreiches, die ihre Religion bis in die letzten Winkel des Kaiserreiches trugen. Zirgis vertrat den Standpunkt, dass sich der wahre Glaube schon selbst durchsetzen werde.

Kein Wunder also, dass Goel, der Vorfahr des Kaisers, Vorbehalte gegen dessen Denken hegte. Auch Baltan bedauerte es, dass der Kaiser nicht entschiedener für den wahren Gott eintrat. »Das Volk ist wie sein Kaiser. Wenn er nachlässig ist, dann sind es seine Untertanen allemal«, meinte er. »Außerdem glaube ich, dass die schwarzen Priester mehr sind, als sie zu sein vorgeben. Sie dürfen in jede Stadt und in jedes Dorf. Bar-Hazzat hätte sich keine besseren Spione erwählen können.« Er schüttelte resigniert den Kopf. »Ich versuche, wo immer möglich, Zirgis an seine Pflichten gegenüber Yehwoh zu erinnern, aber der Kaiser hat seinen eigenen Kopf. Manchmal hört er auf mich, ein andermal schickt er mich fort und hält mich wochenlang von sich fern.«

»Wie lange hast du ihn nicht mehr gesprochen?«, wollte Yonathan wissen.

»Zwei volle Monate! Ich hatte Zirgis ermahnt die Feierlichkeiten anlässlich seines Thronjubiläums zu nutzen, um die Aufmerksamkeit des Volkes nicht auf sich selbst, sondern auf Yehwoh zu lenken. Doch er wollte nichts davon hören. Sein besonderer Liebling, Barasadan, erster Baumeister, Künstler und

Waffenschmied zugleich, hat anscheinend einige ganz besondere Überraschungen geplant.«

»Ich glaube, jeder in Cedanor hat schon von Barasadan oder von Bara, wie ihn das Volk nennt, gehört.«

»Richtig. Bara gilt als Genie und die ›Überraschungen‹, die er zusammen mit Fürst Phequddath ausgeheckt hat, sollen Zirgis vor dem Volke endgültig in die Reihe der unvergessenen Kaiser von Neschan einreihen.« Es klang bitter, als Baltan dies sagte.

»Wir haben es hier also mit einem Mann zu tun, der keine Gelegenheit auslässt seine Macht auszudehnen und sein Ansehen beim Volk zu verbessern«, resümierte Yonathan.

Baltan nickte grimmig. »Ich kann mir schon denken, worauf du hinauswillst, Yonathan. Je länger wir darüber sprechen, umso mehr glaube ich, dass er dich und den Stab Haschevet – wenn er denn wirklich von ihm weiß – ebenfalls in diesem Sinne benutzen will.«

»Hm.« Yonathan spielte an seinem Ohrläppchen. »Ich glaube, wir sollten die Boten des Kaisers nicht länger warten lassen«, sagte er dann. »Lasst mich nur noch den Köcher für den Stab holen gehen.«

Der Ritt durch die Straßen Cedanors, hinab zum Fuß des Palastberges und wieder hinauf zum »Thron des Himmels«, geriet für Yonathan zu einem Spießrutenlauf. Unter den warmen Strahlen der Wintersonne lockte die Eskorte das Volk aus den Häusern. Alle wollten sehen, wen des Kaisers Leibgarde da mit so viel Aufwand beschützte.

Im Schatten der Pinien, die den Weg am Fuß des Schlossberges säumten, wurde es ruhiger und kühler; Yonathan begann den warmen Umhang zu schätzen, mit dem Baltan ihn ausgestattet hatte. Während die zwölf Reiter den gewundenen Pfad zum Palast emporritten, wuchsen die Anlagen zu gewaltiger Größe. Oben schien man sie bereits zu erwarten: Die Posten am äußeren Tor ließen sie ungehindert passieren. Das Durchqueren der Festungsmauer glich einem Ritt durch einen Tunnel, so dick war der

Befestigungswall, der den »Thron des Himmels« abschirmte. Als sie endlich das innere Tor passierten, das den Blick auf den Palastbezirk freigab, verschlug es Yonathan den Atem.

In der Mitte eines weiten Areals stand ein gewaltiger Kubus aus leuchtend blauem Sedin-Gestein. Der Würfel galt als das größte Gebäude Neschans. Er hatte eine Seitenlänge von vier mal vier mal vier mal vier – oder zweihundertsechsundfünfzig – Fuß. Dieses Maß war, ebenso wie die kubische Form, Ausdruck einer jahrtausendealten religiösen Symbolik, ein Sinnbild für vollkommene, göttliche Ausgeglichenheit. Gerüchten zufolge sollte es ein noch höheres Bauwerk geben: den Schwarzen Turm von Gedor. Doch Témánah lag außerhalb der bekannten Welt und das Gerede über die himmelhohe Warte Bar-Hazzats wurde wohl mit Recht ins Reich der Märchen und Legenden verbannt.

Der würfelförmige Sedin-Palast aber war wirklich. Er wirkte keineswegs so plump und klobig, wie man es angesichts seiner schlichten Grundform hätte vermuten können. Tambar – vielleicht der größte Baumeister der letzten tausend Jahre – hatte hier ein Meisterwerk geschaffen, das in seinem Zusammenspiel aus Ebenmäßigkeit und kunstvollen Struktur- und Farbelementen auf Neschan einmalig war. Vom Erdboden aufwärts wechselten sich Säulengänge und Reihen von bogenförmigen Fenstern ab. Unten standen die Säulen weit auseinander und ließen das Sonnenlicht durch die farbigen Glasfenster fast unbehindert in den Thronsaal strömen. Nach oben hin wurden die Kolonnaden zusehends niedriger und die Abstände zwischen den Säulen immer schmaler. Zusammen mit den hellblauen Sedin-Elementen entstand dadurch der verblüffende Eindruck einer luftigen Fassade, deren einzelne Teile gleichsam im Himmel zu schweben schienen.

Yonathan fand kaum Gelegenheit die vielen Einzelheiten, wie die Goldverzierungen an den Rundbögen und Kapitellen oder die Figuren in den Glasfenstern, genauer zu betrachten, denn die Eskorte hatte nun an der Ostseite des Kubus vor einer ausladenden, zweiflügligen Tür mit kostbaren Schnitzereien Halt gemacht.

»Wartet bitte einen Moment«, verlangte der Hauptmann der

Eskorte höflich und entfernte sich. Seltsamerweise ging er nicht *in* den Palast, sondern verschwand hinter der südöstlichen Ecke des Gebäudes.

»Vermutlich ist Zirgis im Garten«, erklärte Baltan seinen Begleitern. »Sein Arzt hat ihm frische Luft verordnet und wann immer das Wetter es zulässt, regiert er sein Reich von hier draußen aus – selbst im Winter!«

Yonathan spähte neugierig zu den Grünanlagen hinüber, die sich an die Südseite des Palastes anschlossen: ein kurz geschnittenes Rasenband, dann Rosenhecken, die sich mit niedrigen Blumenrabatten ablösten – im Frühjahr und Sommer sicher prächtig anzuschauen. Auf dem Rasen hatte sich eine Schar Krähen niedergelassen. Ihre heiseren Schreie hallten seltsam verzerrt von den Mauern der weitläufigen Palastanlagen wider. Weiter im Hintergrund waren höhere Hecken und die vom Herbst ausgedünnten Kronen verschiedener Laubbäume zu erkennen, darunter Ahorn, Eichen und Hainbuchen.

Kurz darauf eilte der Hauptmann zu den Wartenden zurück.

»Der Kaiser ist bereit Euch jetzt zu empfangen«, meldete er. »Wenn Ihr mir bitte folgen wollt.«

Während sie sich in Bewegung setzten, überprüfte Yonathan noch einmal seine Kleidung. Der Gedanke, jeden Moment dem Kaiser des Cedanischen Reiches unter die Augen zu treten, bereitete ihm etwas Sorge. Dabei gab es wenig Anlass dazu, denn Baltan hatte ihn und seine Gefährten in kostbare Gewänder stecken lassen. Jetzt trug Yonathan schwarze Lederstiefel, eine rostrote Leinenhose und ein gleichfarbiges seidengefüttertes Wams mit goldenen Verzierungen über einem weißen Hemd. Ein dunkelblauer Umhang, mit Biberfell umsäumt, vervollständigte seine Ausstattung.

Baltans Kleidung war stets dieselbe. Niemand am Hofe hatte ihn je anders gesehen als mit einem weiten, weißen Gewand, wie es die Bewohner Ganors, der Gartenstadt, bevorzugten, bestehend aus einem einzigen, großen Tuch, das in geheimnisvoller Weise um den Körper geschlungen wurde und von einer edelsteinbesetzten Brosche an der linken Schulter zusammengehalten wurde. Dazu trug er einen Gürtel in den Farben seines Hauses: Blau, Weiß und Violett.

Nachdem der Hauptmann mit seinen Begleitern eine hohe Hecke und einen dahinter liegenden Springbrunnen umrundet hatte, entdeckte Yonathan den »Geliebten Vater der Weisheit«. Der Kaiser thronte auf einem steinernen Sessel am Kopfende eines langen Tisches mit polierter Platte; alle Möbelstücke waren aus Sedin gefertigt. Bei ihm saßen eine korpulente, rotblonde Dame in edlen Seidengewändern und ein älterer Mann mit wirrer Kopfbedeckung. In respektvollem Abstand hatten sich livrierte Diener und uniformierte Leibwachen aufgebaut.

Der Kaiser flüsterte der Dame gerade etwas ins Ohr, worauf sie laut aufjauchzte. Der alte Mann am Tisch hörte wohl nicht gut, denn er reagierte überhaupt nicht. Stattdessen kritzelte er auf einem Stück Pergament herum. Andere Papiere lagerten windsicher unter einer leicht ramponierten Goldkrone.

»Majestät, der edle Baltan und die anderen Gäste«, meldete der Hauptmann, verneigte sich tief und verschwand rückwärts schreitend im Hintergrund.

Der Kaiser riss sich von der Dame los, deren gewaltiger Busen noch von regelmäßigen Nachbeben erschüttert wurde. Zirgis winkte den Hauptmann noch einmal zu sich heran und flüsterte ihm etwas zu. Gleich darauf entfernte sich der Leibgardist mit langen Schritten und rasselnder Rüstung. Endlich wandte sich der Kaiser seinen Gästen zu.

»Baltan!«, rief Zirgis übertrieben freundlich. Ohne Yonathan, Yomi und Gimbar eines Blickes zu würdigen, sprang er behände von seinem purpurroten Kissen und eilte auf den Kaufmann zu. »Mein guter Freund, wie schön Euch zu sehen! Wie geht es Euch? Und vor allem, wie geht es der anmutigen Scheli und ihrer bezaubernden Tochter?«

Baltan deutete eine Verneigung an und erwiderte: »Ihr ehrt mich, Hoheit. Danke, wir alle sind wohlauf. Ich hoffe, es geht Euer Majestät und Euer Majestät Gemahlin ebenso gut?«

»Seid bedankt für Eure Sorge, edler Baltan«, erwiderte die füllige Dame mit einem freundlichen Nicken. Ihr Gesicht trug jetzt eine würdige Miene, aber in ihren Augen glänzten noch Lachtränen. »Warum habt Ihr Scheli nicht mitgebracht? Ich hatte mich auf sie gefreut!«

»Euer Gemahl rief mich zu einem geschäftlichen Termin, kaiserliche Hoheit. Sicher wird sich auch bald wieder Gelegenheit für ein erquicklicheres Beisammensein ergeben.«

»Ganz bestimmt, Baltan«, sagte der Kaiser. »Bald beginnen die Feierlichkeiten des Thronjubiläums. Selbstverständlich seid Ihr, Eure Gemahlin und Eure reizende Tochter dazu eingeladen. Doch nun zu Euren Begleitern. Wen habt Ihr uns da mitgebracht?«

»Hoheit, dies ist Yonathan, der Sohn Navran Yaschmons.«

Yonathan verneigte sich tief. Er war sehr nervös. Vor Piraten und Heeroberste zu treten, war eine Sache, aber dem Souverän des Cedanischen Kaiserreiches gegenüberzustehen war etwas ganz Anderes. Unbeholfen stammelte er: »Es ist mir eine besondere Ehre, Eure kaiserliche Majestät.«

Für gewöhnlich richtete der Kaiser zuerst das Wort an einen Untertan und es galt als der Gesundheit förderlich, sich daran zu halten. Zirgis schaute jedoch lächelnd darüber hinweg. Yonathan hatte ohnehin das Gefühl, der Herrscher interessiere sich weniger für ihn als für den Köcher, den er auf dem Rücken trug.

»Warum so förmlich?«, erwiderte er nur. »Sage einfach ›Hoheit‹ zu mir. Das macht die Unterhaltung einfacher.«

Zirgis' Vertraulichkeit verunsicherte Yonathan. Er bedankte sich mit einer weiteren Verbeugung, vermied aber dem Staatsoberhaupt in die Augen zu schauen.

Baltan beobachtete die Szene mit Argwohn. Jetzt stellte er auch Yomi und Gimbar vor, als Söhne von kaisertreuen Kaufleuten und Steuerzahlern.

Während nun die üblichen Förmlichkeiten ausgetauscht wurden, hatte Yonathan Gelegenheit den Kaiser genauer zu betrachten. Eigentlich ein ganz normaler Mensch, fand er. Zirgis war nicht sehr groß, aber wohlgenährt. Halblange, schwarze, glatte Haare umrahmten ein flaches Gesicht mit seltsam mandelförmigen Augen und einer kleinen, rot geäderten Knollennase, die dem Monarchen zusammen mit den funkelnden dunkelbraunen Augen ein merkwürdig verschlagenes Aussehen verliehen. Unter einem offen stehenden, pelzgefütterten Mantel trug das Staatsoberhaupt ein enges, dunkelblaues Beinkleid und einen mit Goldtressen besetzten, scharlachroten Rock, an dem lose ein goldener Knopf baumelte. Er wird ihn verlieren, dachte Yonathan schmunzelnd. Baltan hatte nicht umsonst diese Schwäche des Kaisers erwähnt und geraten sie zu übersehen.

Jetzt aber wurde Yonathans Aufmerksamkeit wieder auf die Unterhaltung zwischen Zirgis und den Gästen gelenkt. Der Kaiser verengte die Augen zu einem kritisch-prüfenden Blick und wandte sich an Yomi.

»Sagt, Kaufmann Yomi, vielleicht ist es das Licht, das durch die Baumkronen fällt, aber mir deucht, Euer Gesicht hätte zwei Farben?«

Yonathan hatte das Gefühl, von einem Augenblick zum nächsten wären alle Geräusche verstummt und die Luft knisterte vor Spannung. Während Yomis Gesicht rot anlief – was den Farbunterschied seiner beiden Gesichtshälften merklich abschwächte –, schenkte nun auch die Kaiserin dem blonden Seemann schmunzelnd ihre Aufmerksamkeit. Selbst der kritzelnde Gelehrte mit der merkwürdigen Kopfbedeckung schaute kurz auf, wandte sich aber gleich wieder seinen Aufzeichnungen zu.

Ehe Yomi etwas Verhängnisvolles erwidern konnte, raunte Yonathan hinter vorgehaltener Hand: »Mit Verlaub gesagt, Hoheit, es ist ein unangenehmes Missgeschick, das meinem Gefährten widerfahren ist, und jede Erwähnung des Unglücks ruft schmerzliche Erinnerungen in ihm wach.«

»Oh, das tut mir Leid«, sagte der Kaiser, während er Yomi einen mitleidsvollen Blick zuwarf. Er nickte verständnisvoll und flüsterte Yonathan verschwörerisch zu: »Ich verstehe. Wir werden es einfach übersehen.«

Aber da fragte auch schon die Kaiserin laut und vernehmlich: »Ist es auch nicht ansteckend?«

Zirgis' Augen wanderten besorgt von seiner Gemahlin zu Yonathan, der daraufhin unauffällig den Kopf schüttelte.

»Serina«, richtete der Kaiser das Wort an seine Gattin, »glaubt Ihr etwa, Baltan würde irgendetwas tun, was unser Wohl und unsere Gesundheit gefährden könnte?«

Die Kaiserin lächelte dem grauaarigen Kaufmann gewinnend zu. »Nein, das würde er bestimmt nicht tun.«

»Dann wollen wir unseren jungen Gast nicht weiter quälen«, beschied Zirgis. Er drehte den Oberkörper leicht zur Seite und wies mit ausgestreckter Hand auf den schreibwütigen Mann, der nach wie vor über seinen Unterlagen brütete. »Beinahe hätten wir einen in unserer Runde vergessen. Darf ich Euch Barasadan vorstellen: Erfinder, Bau- und Waffenmeister sowie oberster Künstler meines Reiches.«

Yonathan kam zu dem Schluss, dass die Kopfbedeckung Barasadans wohl sein Haupthaar war. Er hatte sich diesen Mann anders vorgestellt. Barasadan galt als der größte Gelehrte und zugleich bedeutendste Künstler seiner Zeit. Am Hofe des Kaisers stand er an der Spitze eines ganzen Heeres von Wissenschaftlern und Kunstschaffenden.

Barasadan – der Kaiser redete ihn volkstümlich mit »Bara« an – verfügte über alle Merkmale eines Exzentrikers. Die seltsame Haartracht des Gelehrten legte die Vermutung nahe, er würde sich wenig aus seinem Äußeren machen. Aber der sorgsam geteilte Kinnbart, dessen Spitzen von einer breiten, goldenen Spange zusammengehalten wurden, widerlegten diesen Eindruck. Doch dieser Gegensatz bestätigte lediglich Yonathans Vermutung, dass die gesamte Erscheinung Barasadans eine sorgfältige Inszenierung war, ein äußeres Spiegelbild seines verschrobenen Geistes.

Barasadan hatte auf die Vorstellung durch seinen Monarchen überhaupt nicht reagiert. Dem Kaiser war ein derartiges Benehmen wohl nicht ganz fremd und er verfügte auch über das geeignete Gegenmittel. Mit der flachen Hand schlug er auf das Pergament vor der Nase des Gelehrten und fügte unbekümmert hinzu: »Und das, Bara, sind unsere Gäste. Baltan kennst du. Dies da ist Yomi, ein Kaufmann. Ebenso dieser junge Herr dort, sein Name ist Gimbar. Und dieser Knabe hier ist Yonathan, aus dem fernen Kitvar.«

Erst Yonathans Name hievte Barasadan aus seinen Gedankengängen; eine buschige Augenbraue hob sich sogar interessiert.

»Ihr müsst entschuldigen«, fuhr Zirgis an seine Gäste gewandt fort, »Bara ist stets mit neuen Erfindungen und Entdeckungen beschäftigt. Deshalb wirkt er manchmal ein wenig ... unaufmerksam. Bitte betrachtet es nicht als Unhöflichkeit.«

Zirgis muss ihn wirklich sehr schätzen, wenn er sich dazu herablässt, sich für ihn zu entschuldigen, dachte Yonathan bei sich.

»Erst in dieser Woche hat mich Bara mit einer seiner neuen Glanzleistungen überrascht«, teilte der Kaiser stolz mit. »Hier, seht«, sagte er, während er zu seiner Gemahlin hinüberwies.

Die drei Freunde sahen sich ratlos an, dann schauten sie zu Kaiser und Kaiserin.

»Eine diebstahlsichere Gartenmöbelgarnitur!«, löste Zirgis das Rätsel, wobei sein Zeigefinger steil nach oben deutete.

»Wie Ihr seht, sind die Möbel aus Sedin-Gestein. Was Ihr nicht seht: Vier Fünftel liegen *unterhalb* des Erdbodens.« Zirgis strahlte, als hätte er in einem einzigen Satz die Funktion des Universums erklärt. »Der Tisch und die Sessel sind aus großen, massiven Sedin-Blöcken gearbeitet, deren größter Teil sich unter diesem Rasen hier verbirgt. Man bräuchte schon eine Herde Elefanten, um die Möbel davonzutragen – und die dürfte dem Sinn für Unauffälligkeit, den Diebe für gewöhnlich pflegen, nicht gerade entgegenkommen.«

Allgemeines Lächeln.

»Genial!«, entfuhr es Gimbar, wobei Yonathan eine Spur von Sarkasmus herauszuhören glaubte. »Eine Frage noch, Majestät.«

»Bitte?«

»Wer wäre so dumm und würde versuchen Eure Gartenmöbel zu stehlen – egal wie tief sie in der Erde eingegraben sind?«

Das Lächeln auf Zirgis' Lippen wirkte mit einem Mal verkrampft. Hilfe suchend blickte er zu Barasadan hinüber.

Baltan unterdrückte nur mühsam seine Belustigung.

Das Hofgenie bemerkte die Nöte seines Herrn und erhob sich von seinem Sedin-Sessel. Barasadan zeigte eine Miene äußerster Verärgerung. Immerhin war es ja seine Erfindung, deren Sinn und Zweck hier angezweifelt wurde. Als der kaiserliche Baumeister sich an Gimbar wandte, fiel die Erklärung deshalb auch dementsprechend kühl aus: »Weil – auch, wenn Euch das wenig veritabel erscheinen mag, junger Freund – die Kriminalität unter dem höfischen Personal, besonders in Bezug auf Eigentumsdelikte, einer alarmierenden Tendenz unterworfen ist, die jeden Respekt vor den Gütern des Kaisers negiert und ihn anstelle dessen durch eine Dominanz egoistischer Denkansätze substituiert.« Barasadan warf Zirgis einen demutsvollen Blick zu und bat: »Verzeihung, Majestät, dass ich die Situation so unmaskiert resümiert habe.«

Der Kaiser verzieh seinem wissenschaftlichen Leiter mit unsicherem Lächeln.

Gimbar dagegen blickte Barasadan an, als wäre er ein Frosch, der ihn gerade nach dem Datum der nächsten Sommersonnenwende gefragt hätte.

»Was hat er gesagt?«, flüsterte Yomi Yonathan zu.

»Er meint, dass die Leute hier am Hofe klauen wie die Raben.«

Yomi starrte Yonathan mit offenem Mund an. »Du meinst, mehr hat er nicht gesagt? Das kann ich einfach nicht glauben!«

Yonathan hatte kaum den Blick von Barasadan lösen können. Jetzt schaute er zu Yomi auf und erwiderte: »Er hat es eben noch ein wenig ausgeschmückt – vermutlich, um die Leute zu beeindrucken. Er sagte, dass es mit der Klauerei immer schlimmer wird und keiner mehr den Besitz des Kaisers achtet.«

»Aber warum spricht er dann nicht Neschanisch, wie alle Übrigen hier?«

»Das hat er, Yo. Das hat er.«

Yomis Gesicht verriet Zweifel. »Wie kommt es überhaupt, dass *du* diesen aufgeblasenen Angeber so gut verstehst? Selbst der Kaiser scheint damit ziemliche Probleme zu haben.«

Diese Frage stellte sich Yonathan auch. Yomi hatte Recht. Woher kannte *er* all diese fremden Worte? Gelehrte verständigten sich auf diese Weise, wie in einer Geheimsprache, mit der sie sich die einfachen Menschen vom Halse halten konnten. Hing es vielleicht mit dem besonderen Wissen der Träumer zusammen? Konnte es sein, dass Yonathan aus einer Welt, aus einer Zeit stammte, in der schon Jungen so viel wussten wie auf Neschan nur die Gelehrten? Verunsichert entgegnete er: »Ich konnte mich noch an einiges erinnern.«

Yomi gab sich vorerst mit dieser Antwort zufrieden und so konnten sie sich dem weiteren Schlagabtausch zwischen Gimbar und Barasadan zuwenden.

Der ehemalige Pirat hatte sich von der verklausulierten Erklärung des Wissenschaftlers erholt und erwiderte: »Könnte man sich diesen ganzen Aufwand nicht sparen, wenn man die Diebe stattdessen ordentlich bestrafte? Verurteilt man sie dazu, durch Zwangsarbeit doppelten oder gar vierfachen Ersatz zu leisten und wirft man sie aus ihren gut bezahlten Ämtern am Hofe, dann werden sie sich solche Dinge zweimal überlegen.«

Yonathan sah, wie Baltan zufrieden lächelte und zustimmend nickte. Yomi dagegen musterte seinen falkengesichtigen Kameraden eher misstrauisch; es fiel ihm schwer zu glauben, dass Gimbars Anregung wirklich ernst gemeint war.

»Würde ich alle Beamten, die mich bestehlen, vom Hof verbannen, dann könnte ich dieses Kaiserreich bald allein regieren«, entgegnete Zirgis erheitert.

Gimbar verkniff sich eine Erwiderung, weil er befürchtete, ihr könnte es am notwendigen Respekt mangeln.

Über diesem Disput war den Beteiligten entgangen, dass sich eine weitere Person hinzugesellt hatte. Rechts hinter dem Kaiser stand höflich lächelnd ein junger Mann, etwa um die achtzehn

Jahre alt. Seine Aufmerksamkeit galt Gimbar, dessen unbefangene Art ihm wohl gefallen hatte. Jetzt wandte der so unbemerkt Erschienene sich an den Kaiser. »Vater, Ihr habt nach mir rufen lassen?«

Zirgis blickte über die rechte Schulter. »Felin! Mein Sohn, musst du dich immer anschleichen wie ein Leopard?«

»Verzeiht, Vater. Ich wollte Eure Unterhaltung nicht stören.«

Während Zirgis seinem Sohn versicherte, dass er ganz gewiss nicht gestört habe, musterte Yonathan den berühmten jungen Mann.

Die beiden Söhne des Kaisers waren für alle Jungen auf Neschan ein Idealbild, dem sie nacheiferten. Wenn die Knaben mit ihren Holzschwertern in imaginäre Schlachten zogen, dann wollte ein jeder entweder Bomas oder Felin sein. Yonathans Wissen über die Kaisersöhne stammte von Navran Yaschmon, der ihm die Familiengeschichte des Kaisers erzählt hatte.

Bomas, der acht Jahre ältere Sohn Zirgis', diente als Oberbefehlshaber der Grenztruppen in der Südregion. Er war als verschlagener und gefürchteter Kämpfer bekannt und so mancher dichtete ihm Unbesiegbarkeit an. Immerhin hatte es Bomas geschafft, die témánahischen Übergriffe auf das Territorium des Cedanischen Kaiserreiches einzudämmen. Bomas war der offizielle Thronfolger und viele behaupteten, dass er in seiner Gerissenheit seinem Vater nicht nachstehe, viele prophezeiten auch, dass es mit ihm wegen seiner ungestümen Art kein gutes Ende nehmen werde.

Felin dagegen galt als feinsinnig und war ein nachdenklicher junger Mann, der stets im Schatten seines älteren Bruders gestanden hatte. Er litt sehr darunter, dass sein Vater nie mit ihm zufrieden war. Unter Sahavel – wie Navran einer der *Charosim* und zugleich offizieller Vertreter Goels am Hofe des Kaisers – war Felin gleichermaßen in der Weisheit des *Sepher Schophetim* wie auch in den Wissenschaften Neschans und der allgemeinen Staatsführung erzogen worden. Zirgis, von den genialen »Wundertaten« Barasadans verwöhnt, zeigte jedoch wenig Wertschätzung für die geistigen Anstrengungen seines Sohnes. Mit dreizehn oder vierzehn Jahren wandte sich Felin dann der Jagd und den Waffenkünsten zu; vielleicht, weil er seinem älteren Bruder nacheifern wollte und glaubte, dadurch die Anerkennung und Liebe seines Vaters gewinnen zu können.

Derlei Gerüchte waren aber nur die halbe Wahrheit. Die Einsamkeit der zerklüfteten Bergregion von Zurim-Kapporeth oder der Wälder Baschans waren Balsam für Felins verwundetes Herz. Die Waffenübungen verschafften ihm oftmals mehr Erleichterung als die Studien geistiger und weltlicher Lehren. Es hieß, inzwischen sei er und nicht mehr Bomas der beste Schwertkämpfer im Reich. Doch auf Gerüchte gab der Kaiser nicht viel. »Zum Kämpfen habe ich meine Soldaten, aber zum Denken brauchen sie ihren Kaiser«, hatte er angeblich einmal gesagt. In der letzten Zeit hatte sich Felin immer lieber der wohligen Mattigkeit überantwortet, die er nach vielstündigen Übungen mit dem Waffenmeister Qorbán verspürte. Zumindest konnte man danach schnell einschlafen, ohne viel über die Ungerechtigkeit der Welt nachdenken zu müssen.

Die Spannungen in Felins Innern zeichneten auch seine Züge. Seine blauen Augen strahlten Traurigkeit aus, und selbst wenn er lächelte wie jetzt, lag eine Melancholie darin, die unergründlich schien wie ein dunkler Bergsee, auf dessen Oberfläche sich das Sonnenlicht spiegelt, ohne je seinen Grund zu erreichen.

Trotzdem, oder vielleicht gerade deshalb, besaß der junge Felin etwas Anziehendes. Er war etwa sechs Fuß groß und sehr schlank. Wenn Gimbars Bewegungen denen einer Raubkatze glichen, wartete Felin mit der Anmut eines edlen Vollblutpferdes auf. Seine feingliedrigen Hände ließen eher auf einen Musiker schließen als auf jemanden, dessen Schwert als unbesiegbar galt. Auffällig war auch die einzelne schneeweiße Locke, die in Felins aschblondem, im Sonnenlicht leicht rötlich schimmerndem Haar leuchtete wie ein geheimes Zeichen der Natur, ein versteckter Hinweis, dass auch im Kopf eines jungen Menschen schon ein wenig von der tiefen Weisheit des Alters wohnen konnte.

Über der Schulter trug der Prinz einen cedanischen Langbogen aus Eibenholz und am Gürtel einen langen Dolch mit einem kostbaren Griff aus Gold und Elfenbein. Die übrige Ausstattung Felins bestand aus unauffälliger und zweckmäßiger Jagdbekleidung. Nur die hohen braunen Lederstiefel verrieten eine Neigung zum Luxus: Es war ihnen anzusehen, dass es ein Vergnügen sein musste sie zu tragen.

»... und das hier ist der junge Yonathan, Sohn des Navran Yaschmon.« Yonathan schrak aus seinen Betrachtungen hoch.

»Es freut mich, Euch kennen zu lernen, Yonathan Yaschmon.«

Felins Stimme war wohlklingend, so angenehm in Yonathans Ohren, dass er spürte, wie eine Saite in seinem Herzen angeschlagen wurde. Mit bewegter Stimme erwiderte er: »Nennt mich bitte Yonathan. Ich habe es mir noch nicht verdient, nach meinem Vater benannt zu werden.«

Eine Erinnerung huschte über Felins Gesicht; er selbst hatte einmal ebenso gedacht. »Dann müsst Ihr mich Felin nennen.«

Zirgis runzelte die Stirn. Er hatte Yonathan zwar selbst gebeten ihn »Hoheit« zu nennen, aber diese Vertraulichkeit erschien ihm weder angemessen noch protokollgemäß.

Aber diese kleine Verstimmung konnte das strahlende Lächeln des Kaisers nicht lange trüben. Mit wachsendem Argwohn vernahm Baltan die Worte Zirgis' an seinen Sohn.

»Felin, kümmere dich bitte ein wenig um unseren jungen Gast hier. Zeige ihm den Palast und alles, was er sehen möchte. Ich habe derweil mit Baltan und den beiden anderen jungen Kaufleuten hier ein kleines Problem zu besprechen. Es geht um das Thronjubiläum und ich bin gespannt, wie der alte Fuchs Baltan mir dieses Mal aus der Klemme helfen wird.«

Zirgis' Bitte klang unverfänglich, aber Yonathan hatte das Gefühl, als wenn daran etwas nicht stimmte.

Baltan musste wohl ebenso denken, denn er warf ein: »Aber Majestät, ich habe keine Geheimnisse vor dem Jungen und außerdem könnte es nicht schaden, wenn er schon in frühen Jahren lernt, wie man die Probleme des Lebens meistert.«

»Baltan, mein Guter, Euer Ansinnen ehrt Euch. Auch ich bin für eine gute Erziehung, aber das, was ich mit Euch und Euren jungen Zunftbrüdern besprechen möchte, würde den Knaben nur langweilen. Außerdem ließ ich Felin extra durch Hauptmann Kirkh davon zurückhalten, auf die Jagd zu gehen.«

»Also gut«, gab Baltan zähneknirschend nach. »Dann lasst es uns hinter uns bringen. Ich habe heute noch eine Menge zu tun.«

»Gibt es Wichtigeres, als Eurem Kaiser zu dienen? Kommt, lasst uns in mein Arbeitszimmer gehen. Dort habe ich die Unterlagen, zu denen ich Eure Meinung hören wollte.« Er lüpfte die verbeulte Alltagskrone von Barasadans Unterlagen. »Nehmt euch ruhig Zeit«, rief er seinem Sohn heiter zu. »Wir sind bestimmt so bald nicht fertig.«

Dann war Yonathan mit Felin allein. Kaiserin, Dienerschaft und Leibwache hatten ohne ihren Herrn keinen Grund mehr sich noch länger im Park aufzuhalten und kehrten erleichtert in die geheizten Palastmauern zurück; die wärmende Sonne wurde nun von dunklen Wolken verhüllt. Barasadan hatte sich in die entgegengesetzte Richtung entfernt; er jagte einigen vom Wind aufgewirbelten Pergamentblättern hinterher.

»Komm«, ermunterte Felin seinen Gast. »Vom Garten hast du bestimmt genug gesehen. Ich zeig dir den Palast.«

Yonathan schob den Riemen seines Köchers zurecht und sie wandten sich dem Hauptgebäude zu. In diesem Moment drangen die Sonnenstrahlen ein letztes Mal zwischen den Wolken hindurch und ließen vor Yonathans Füßen etwas aufblitzen. Er blieb stehen und bückte sich nach dem funkelnden Etwas im winterwelken Rasen.

»Das sieht meinem Vater ähnlich«, bemerkte Felin amüsiert, noch bevor Yonathan begriff, was er da in den Händen hielt.

»Aber das ist doch … der Knopf vom Kaiser«, stellte der verwundert fest. »Ich habe vorhin gesehen, dass er nur noch an einem Faden hing.«

»Du tatest gut daran, deine Beobachtungen für dich zu behalten.«

»Wird Euer Vater wirklich so wütend, wenn ihn jemand auf seine verlorenen Knöpfe anspricht?«

Felin nickte mit einem Lachen. »Das ist eine komische Geschichte. Er hat, solange ich mich an ihn erinnern kann, die Angewohnheit mit seinen Knöpfen zu spielen – bis sie ihm schließlich abfallen. Meine Mutter hat diese Nachlässigkeit schon immer aufgeregt. Da mein Vater diese Schwäche nicht ablegen konnte oder wollte, reizten ihn derartige Bemerkungen schließlich so sehr, dass ihn keiner mehr auf seine losen Knöpfe ansprechen durfte. Die Dienerschaft macht sich mittlerweile einen Sport daraus, die Knöpfe meines Vaters aufzusammeln. Es ist so eine Art legalisierter Diebstahl.«

Yonathan schaute auf den goldenen Knopf in seiner Hand und schüttelte den Kopf. »Wenn Ihr nicht der Sohn des Kaisers wäret, ich würde glauben, Ihr tischtet mir ein Märchen auf.« Er schaute wieder zu Felin auf und fügte hinzu: »Aber das mit den vielen Diebstählen am Hofe ist wirklich schlimm, Felin. Hier«, er hielt dem Prinzen den Knopf entgegen, »nehmt ihn. Ich will nicht zu den Dieben im Hause Eures Vaters zählen.«

Felin hielt abwehrend die Hände hoch und sagte lachend: »Nein, nein, behalt ihn nur, Yonathan. Betrachte ihn als ein Geschenk der kaiserlichen Familie.«

Yonathan zog die Hand zurück. Ihm war nicht wohl bei dem Gedanken das Eigentum des Kaisers zu behalten. Er beschloss, den Knopf bei der nächstbesten Gelegenheit irgendwo im Palast liegen zu lassen. Oder vielleicht ließ sich Gimbar sogar überreden, dem Kaiser beim Abschied das gute Stück irgendwie zuzustecken; er verstand sich bestimmt auch auf solche Taschenspielertricks. Yonathan zuckte die Achseln und steckte den Knopf in Goels Beutel an seinem neuen Gürtel. »Also gut«, sagte er, »dann zeigt mir mal Euer Zuhause. Mein Freund Yomi würde sagen: ›Ich bin schon *unheimlich* gespannt!‹«

Der Hüter der Finsternis

Der Palast war *unheimlich* groß. Yonathan kam aus dem Staunen kaum heraus. Er sah die Küchen (es gab gleich drei davon), den gewaltigen Weinkeller, die Gärten, die Schmiede sowie die Stallungen und Unterkünfte der kaiserlichen Leibwache, ja selbst die Privatgemächer der kaiserlichen Familie. Sogar für die Aborte an der Nordseite der äußeren Palastmauer zeigte er Interesse. Felin beantwortete geduldig jede Frage, die sein junger Gast ihm stellte.

Die Führung endete beim Großen Kubus, wie der würfelförmige Hauptbau des Palastberges genannt wurde. Allein diesem Bau hätte man Tage widmen können, so angefüllt war er mit Sehenswertem und allerlei Merkwürdigkeiten. Schon in der Vorhalle geriet Yonathan ins Staunen. Durch eine große, zweiflüglige Tür betrat man das Gebäude von der Ostseite her und befand sich unvermittelt in einem mindestens hundert Fuß hohen Raum. Seine Tiefe maß zwar nur etwa fünfzig Fuß, doch er reichte fast über die gesamte Breite des Großen Kubus. An der Nord- und an der Südseite befand sich jeweils eine Art Stall mit Pferden darin. In den Häusern armer Leute war es durchaus üblich, dass das Vieh zusammen mit der Familie unter einem Dach wohnte – aber hier?

Yonathan blickte ungläubig zwischen den Pferden und Felin hin und her. »Wozu sind die Pferde dort? Ist Euer Palast so groß, dass Ihr zum Ausreiten nicht mal ins Freie geht?«

Felin lachte, aber es klang nicht spöttisch. »Da hast du fast den Nagel auf den Kopf getroffen, Yonathan. Schau, die Rampen.«

Yonathan folgte dem ausgestreckten Arm des Prinzen. Erst jetzt fielen ihm die flachen Rampen auf, die sich wie lang gestreckte Treppen an der Nord- und an der Südwand hoch über die Pferdeställe emporwanden, bis sie dicht unter der Decke in bogenförmigen Öffnungen der Ostwand verschwanden.

»Kaiser Gedayah hatte wenig Lust jeden Tag Hunderte von

Treppen zu steigen«, erklärte Felin die außergewöhnliche Konstruktion. »Also schuf sein Baumeister, Tambar, kurzerhand diese Pferderampen. Auf dem Rücken der Rampenpferde, die extra für diesen Zweck gezüchtet wurden, kann jeder schnell und bequem den Höhenunterschied überwinden.« Die traurigen Augen lächelten. Seine Rolle als Fremdenführer bereitete Felin sichtlich Freude.

Yonathan fand die Vorstellung ziemlich verrückt auf Pferden durch ein Haus zu reiten, aber das behielt er für sich.

»Komm, ich zeig dir etwas anderes«, sagte Felin. Er schob seinen Gast in die Richtung der gegenüberliegenden Tür. »Hier befindet sich der Saal der Rechtsprechung. Vater benutzt ihn fast täglich, nicht nur, um Recht zu sprechen, sondern auch, um Bittsteller anzuhören oder um Gesandte aus fernen Ländern zu empfangen. Dahinter folgt dann der große Thronsaal. Er wird nur zu besonderen Anlässen benutzt. Mein Vater wurde hier gekrönt, vor nunmehr fast dreißig Jahren.«

»In gut zwei Wochen soll es ein großes Fest geben, habe ich gehört.«

»Richtig. Am achten Tebeth wird es so weit sein, in sechzehn Tagen. Die Feiern werden eine ganze Woche dauern.« Die Miene des Prinzen zeigte wenig Begeisterung. »Doch nun lass uns den Thronsaal besichtigen.«

Felin machte sich an einer der beiden Türen zu schaffen, die in Größe und Form genau jenen am Eingang zur Vorhalle entsprachen. Wie angekündigt fanden sie dahinter eine weitere Halle vor, in der zur linken Hand ein hölzerner Thron auf einem kleinen Podest stand. Hinter dem Thron befand sich ein großes Fenster aus vielfarbigem Glas.

»Wie klug, den Thron dort an die Südwand zu stellen«, murmelte Yonathan. »Wenn die Sonne durch das Fenster scheint, muss es aussehen, als würde der Kaiser in einem übernatürlichen Glanz erstrahlen.«

»Und außerdem werden die Gesichter derjenigen beleuchtet, über die er urteilen muss. Kein noch so geringes Wimpernzucken bleibt dabei verborgen und man muss schon ein sehr geschickter Lügner sein, um den Kaiser zu täuschen. Deine Vermutung mit dem ›übernatürlichen Glanz‹ war aber nicht falsch – mein Vater hat eine Schwäche für große Auftritte.«

Zwei geharnischte Soldaten bewachten das letzte der drei Portale. Als Felin Anstalten machte eine der beiden großen Türflügel zu öffnen, wechselten die Männer unschlüssige Blicke. Schließlich überwand sich der ältere und merkte an, dass ein Betreten des Thronsaals bei Strafe verboten sei. Felin ließ sich davon jedoch nicht beeindrucken.

»Soldat Galkh, Euch ist doch sicher bekannt, dass ich der Sohn des Kaisers bin, nicht wahr?«

»Natürlich, Hoheit.«

»Dann wird Euch sicher auch nicht neu sein, dass ich den gleichen Rang bekleide wie die höchsten Generäle im Reich.«

Der Mann nickte widerstrebend.

»Fein«, schloss Felin. »Seht Ihr dann noch irgendeinen Anlass Euch weiter meinem Befehl zu widersetzen und mir die Schlüssel zu verweigern?«

Galkh schluckte. Er wusste, dass jede Befehlsverweigerung unangenehme Strafen nach sich zog. Langsam griff er an seinen Gürtel, wo sich der Ring mit den Schlüsseln befand.

»Danke«, entgegnete Felin, nach wie vor freundlich. Er nahm die Schlüssel entgegen, schloss die Tür auf und reichte den Ring an den Wachhabenden zurück. »Übrigens«, fügte er noch hinzu, »der Kaiser gab mir *persönlich* den Auftrag unserem jungen Gast hier *alles* zu zeigen, was unser Palast zu bieten hat. Und wer kann schon behaupten, den Palastberg von Cedanor gesehen zu haben, ohne je im großen Thronsaal gewesen zu sein?«

Mit diesen Worten schob er Yonathan durch die Tür.

»War das nicht ein bisschen hart?«, flüsterte Yonathan, kaum dass er mit Felin allein war.

»Für sie bin ich immer noch der kleine Hosenmatz, der Kirschkerne nach ihnen schnippt. Wäre der Befehl, die Tür zu öffnen, von meinem Bruder gekommen, sie hätten keinen Moment gezögert, aber in meinem Fall fällt es ihnen schwer, sich unterzuordnen.« Und lächelnd fügte er hinzu: »Manchmal sind diese Soldaten so stur, dass man nur in diesem Ton mit ihnen sprechen kann.«

»Ich hätte gerne auf den Saal verzichtet.«

Felin warf den Kopf in den Nacken und lachte. »Yonathan, du scheinst ein großes Herz zu haben. Glaub mir, diese Soldaten da draußen können einiges vertragen. Außerdem hast du dich ja im Thronsaal noch gar nicht umgesehen. Wie kannst du da sagen, du hättest gerne darauf verzichtet? Da!« Er drehte Yonathan an den Schultern herum. »Schau ihn dir an. Er ist das Prachtstück Tambars, des größten Baumeisters aller Zeiten.«

Yonathan verschlug es tatsächlich die Sprache. Zweifellos war dies der gewaltigste, beeindruckendste Raum in ganz Neschan!

Über hundert Fuß hoch streckten sich zu beiden Seiten gewaltige Säulen der Decke entgegen. Alle Steinarbeiten bestanden aus – wie konnte es anders sein? – Sedin. Im polierten Fußboden hatte man mit verschiedenen Sedin-Arten feine Ornamente eingearbeitet, die teilweise durch goldene Fugen besonders hervorgehoben wurden. Die Decke war mit riesigen farbigen Gemälden geschmückt, eingefasst in filigrane Steinfriese. Direkt gegenüber dem zweiflügligen Eingangsportal befand sich ein breites Podest, auf dem ein Thron aus Sedin und Gold stand, geschmückt mit zahlreichen vielfarbigen Edelsteinen. Zu beiden Seiten der schmaleren Süd- und Nordwand schwangen sich mehrere Reihen bunter Glasfenster bis in schwindelnde Höhen hinauf und tauchten den riesigen Raum in ein unwirkliches Licht.

All die verschwenderische Pracht war ohne Zweifel dazu angetan, beim Betrachter Ehrfurcht und Staunen zu erwecken. Sie symbolisierte wie kaum etwas anderes die Größe und Macht des Kaiserhauses von Cedan. Doch seltsamerweise wollten sich solche Empfindungen bei dem Untertan an Felins Seite nicht einstellen. Beim Betrachten des Thronsaales, seiner himmelstürmenden Säulen und des prächtigen Sedin-Thrones bemächtigte sich seiner ein beklemmendes Gefühl.

»Was ist mit dir, Yonathan? Geht es dir nicht gut?«

Die besorgte Stimme Felins drang wie von Ferne an Yonathans Ohr. Nur mühsam drehte er den Kopf zur Seite. »Was habt Ihr gesagt?«, stammelte er.

»Du siehst so blass aus? Ist dir nicht gut?«

»Nein, nein«, brachte Yonathan stockend hervor. »Es ist nur … der Saal …«

Felin runzelte die Stirn. Er ließ den Blick durch den riesigen Raum schweifen, fand aber nichts Außergewöhnliches.

»Also ich habe ja schon allerlei Reaktionen auf diese Halle erlebt, aber ich verstehe ehrlich gesagt nicht …«

»Es ist schon gut«, unterbrach Yonathan den Prinzen. »Es war wie eine Erinnerung – nur dass ich mich nicht entsinnen kann, *woher* ich diesen Saal kennen sollte. Ich war noch nie hier. Wenn es Euch nichts ausmacht, würde ich gerne wieder gehen.«

Felin nickte und geleitete Yonathan vor das Portal. Draußen bedeutete er den unwirsch dreinschauenden Wachposten durch einen Wink, die Tür wieder zu verschließen. Dann sagte er zu Yonathan: »Komm, ich zeige dir meine Gemächer.«

Der Aufstieg zu Felins kleiner Zimmerflucht auf dem Rücken eines gedrungenen, kräftigen Pferdes zählte zu den zahlreichen Merkwürdigkeiten, die Yonathan an diesem Tage begegneten. Die Rampe schlängelte sich wie ein gewundener Bergpfad zu den hoch gelegenen Gemächern der kaiserlichen Familie empor. Oben angelangt, durchschritten sie lange Gänge und Felin gab knappe Erklärungen zu den rechts und links vorbeiziehenden Türen. Der Kaiser und die Kaiserin hatten hier ihre geräumigen Zimmer; diejenigen des Kronprinzen Bomas standen die meiste Zeit über leer. Am Ende eines langen, nur spärlich beleuchteten Gangs stieß Felin eine Eichenholztür auf. Dahinter lag ein etwa zwanzig mal zwanzig Fuß großes Zimmer mit einem Schreibtisch und einem Stuhl, ein paar Sesseln, drei großen Kleidertruhen und einem Regal mit dreißig oder vierzig Büchern. Auf dem Fußboden lagen dichte Teppiche mit fremdartigen Motiven in leuchtenden Farben. An den weiß getünchten Wänden hingen Gobelins. Nur flüchtig erhaschte Yonathan einen Blick aus dem verglasten Fenster, das eine atemberaubende Aussicht auf den Norden und Osten Cedanors und das angrenzende fruchtbare Land Baschan gewährte. Draußen wurden die Wolken immer dunkler.

»Das ist *mein* Reich«, verkündete Felin mit weit ausgestreckten Armen. Seine Feststellung war eine Mischung aus Ironie und Besitzerstolz.

Yonathan wandte sich dem Prinzen zu und sagte: »Es ist gemütlich hier. Nur, ich hatte es mir irgendwie prunkvoller vorgestellt.«

»Dann solltest du die Gemächer meines Vaters sehen!«

»Ich bin mir sicher, dass mir Eure besser gefallen.« Yonathans Blick blieb an dem Regal hängen. »Ihr habt viele Bücher. Sie müssen sehr kostbar sein.«

Felin lächelte. »Sahavel gibt sich große Mühe aus mir einen gebildeten Mann zu machen. Ich würde ihn dir gerne vorstellen, aber mein Vater hat ihn heute früh ganz plötzlich fortgeschickt.«

»Sahavel, von den *Charosim?* Es muss ein Vergnügen und eine große Ehre sein, einen der Vierzig als Lehrmeister zu haben.«

Felins Lächeln wurde unergründlich; sein trauriger Blick wirkte durchdringend, unbestechlich. »Wie mir scheint, sprichst du aus Erfahrung.«

Yonathan erschrak. Wusste denn jeder hier, dass sein Pflegevater auch zu den *Charosim* gehörte?

»Ich verstehe nicht, was Ihr meint, Felin.«

»Du brauchst dich nicht zu verstellen, Yonathan. Das ist der Grund, warum ich dich bat mich in meine Räume zu begleiten: Ich glaube, ich weiß mehr von dir, als du denkst. Und, was noch wichtiger ist, ich weiß etwas, das du unbedingt erfahren solltest.«

Diese plötzliche Wende stürzte Yonathan in Verwirrung. Er versuchte das Thema zu wechseln.

»Vergesst, was ich im Thronsaal über meine Erinnerung gesagt habe, ebenso wie mein Unwohlsein. Ich kann mir das eine wie das andere nicht erklären, aber jetzt geht es mir schon viel besser.«

»Mag sein, Yonathan. Du hast sicher schon viel über den großen Thronsaal gehört – vielleicht so viel, dass es dir wie eine persönliche Erinnerung vorkam.« Felin schüttelte den Kopf. »Aber das ist es nicht, was ich meinte. Ich habe gestern ein Gespräch belauscht.«

Yonathan starrte den Prinzen an. »Ihr habt … was?«

Felins Mund verzog sich zu einem schwachen Lächeln. »Ich weiß, das gehört sich nicht, und das Lauschen zählt auch nicht zu meinen bevorzugten Zerstreuungen. Aber ich wollte meinen Vater nur davon unterrichten, dass ich gedachte, für einige Tage auf die Jagd zu gehen, aber bis zum Beginn der Feierlichkeiten wieder zurück sein würde. Er hätte sonst denken können, ich wolle mich vor seinem großen Fest drücken.«

»Euch scheint an den Feiern nicht besonders viel zu liegen.«

Felin verzog das Gesicht. »Ich denke da wie Baltan: zu viel Prunk! Mein Vater lässt sich als Wohltäter des Volkes feiern, obwohl so vieles im Argen liegt. Ich habe sogar den Eindruck, dass es immer schlimmer wird, seit er den Priestern Témánahs erlaubt hat durch das Kaiserreich zu ziehen und ihre Lehren zu verbreiten. Yehwoh scheint dem Land seinen Segen entzogen zu haben.«

Yonathan überraschten die Worte des Prinzen, die sich so offen gegen die Herrschaftsweise des Kaisers richteten. Er selbst dachte ebenso und hätte das Thema gern weiter vertieft, doch Felin tat ihm nicht den Gefallen.

»Wie auch immer«, fuhr der Prinz fort, »gerade als ich die Gemächer meines Vaters betreten wollte, hörte ich Barasadan erregt sagen: ›Verzeiht, aber das ist absurd, Majestät. Der Stab Haschevet ist eine Ausgeburt primitiver Phantasievorstellungen und nicht mehr. Selbst wenn er bereits vor zwanzig Dekaden existierte, manifestierte sich in ihm doch nie mehr Macht als in Eurem Zepter. Niemals repräsentierte er etwas anderes als die Insignien irgendeines anderen Potentaten.‹ Mein Vater antwortete daraufhin erzürnt: ›Nimm deine Zunge in Zaum, Bara! Der Stab Haschevet ist mehr als ein Amtszeichen der Richter Neschans, auch wenn du das nicht einsehen willst. Ich mag ja nicht gerade streng nach dem *Sepher Schophetim* leben, aber trotzdem fließt das Blut der Richter in meinen Adern. Wenn es mir gelänge, den Stab an mich zu bringen, hätte das viele Vorteile.‹«

Yonathan stockte das Blut in den Adern. Er erinnerte sich an Baltans Warnung vor Zirgis' Schlichen. Er hatte das Gefühl, Felins tiefe blaue Augen könnten durch ihn hindurchsehen und seine innersten Gedanken erkennen. Er schluckte. Doch Felin setzte seinen Bericht mit unverändertem Tonfall fort.

»Die Meinungsverschiedenheit zwischen meinem Vater und Bara zog sich noch eine ganze Weile hin. Mein Vater brachte zum Ausdruck, dass seine Untertanen ihn, den Urenkel Goels, ja sogar selbst für den siebten Richter halten könnten. Bara erinnerte ihn daran, dass genau jenes Volk es war, das sich vor vielen Generationen einen König erwählte und damit die Leitung Gottes durch seinen Richter verwarf. Wenn man all seine umständlichen Gegenargumente auf den Punkt bringt, dann läuft es wohl darauf hinaus, dass er sich über meinen Vater lustig machte. Das Gerede um den Stab sei Kinderkram, nichts als Humbug, für einen modernen Wissenschaftler eben unannehmbar. Mein Vater geriet darüber ziemlich in Zorn, sodass Bara sich schließlich genötigt fühlte beruhigend auf ihn einzureden. ›Ein Dissens mit Euer Gnaden stand nicht in meiner Disposition‹, versicherte er eilfertig, konnte sich aber doch nicht verkneifen hinzuzufügen: ›Bei einer Saldierung von Aktiva und Passiva erschien mir jedoch das positive Resultat zweifelhaft. Wie konntet Ihr so sicher sein den Stab zu lokalisieren und Euren Einfluss auch auf seinen Eigner zu expandieren?‹ Die Bedeutung der Antwort meines Volkes« – in Felins Worten lag nun eine spürbare Spannung –, »wurde mir erst heute, als ich dich sah, in seiner vollen Tragweite bewusst.« Er zögerte.

Yonathan hing an den Lippen des Prinzen, hin und her gerissen zwischen Furcht und Zorn. Er fragte sich, ob Felin wohl seine

Gedanken lesen könne. Wie es schien, stand er kurz davor, entdeckt zu werden. Als Felin nun die Worte des Kaisers wiederholte, wurden seine schlimmsten Befürchtungen Gewissheit.

»Er sagte: ›Mein Geheimdienst hat gut gearbeitet. Er trug mir zu, dass der Stab Haschevet in Meresin, vor den Stadtmauern, entdeckt wurde. Ein Geschichtenerzähler hatte ihn gesehen, vor beinahe drei Wochen, in den Händen eines vierzehn oder fünfzehn Jahre alten Jungen.‹ – ›Haschevet in den Händen eines Knaben?‹, zweifelte Bara. ›Wie könnt Ihr wissen, dass es nicht nur eine billige Imitation war?‹ – ›Ganz einfach‹, verkündete mein Vater siegessicher. ›Der Geschichtenerzähler berichtet weiter, dass er sogleich von einer Vision abgelenkt wurde. Irgendjemand zwang ihn, seine Augen von dem Stab und dem Knaben abzuwenden, einer anderen Person in der Menschenmenge zu. Kurz darauf sei der Knabe mit einigen Begleitern in der Dunkelheit verschwunden. Er könne sich nur noch an eines erinnern, meinte der Erzähler.‹« Felins blaue Augen ließen Yonathans Blick nicht los. »›Der Knabe trug ein längliches Behältnis auf dem Rücken, fast wie ein Pfeilköcher, nur größer …‹«

Yonathan wusste nicht, was er tun sollte. Ein Bienenschwarm summte in seiner Brust. Am liebsten wäre er aufgesprungen und im Zimmer hin und her gerannt – nur um nicht einfach dasitzen und Felins forschenden Blick ertragen zu müssen. Aber er beherrschte sich, so gut es ging. So ruhig wie möglich fragte er: »Und jetzt glaubt Ihr natürlich, ich sei dieser Junge, oder?«

»Bist du es denn nicht?«, erwiderte Felin mit sanfter Stimme.

»Barasadan schien all diesen wilden Geschichten nicht sehr viel Gewicht beizumessen.«

Felin lächelte; trotz seiner Jugend war es fast ein weises Lächeln. »Mein Vater fügte seinen Ausführungen noch etwas hinzu. Er wies auf diesen Ton hin, der vor vier Tagen ganz Cedanor erfüllte. Jedermann in dieser Stadt hatte die zarte und alles durchdringende Kundgebung einer Macht wahrgenommen, die nicht von dieser Welt stammte. Seit diesem Tage war der Geheimdienst meines Vaters in Alarmbereitschaft. Und was meinst du,

Yonathan, hat er am Abend von General Targith, seinem Geheimdienstchef, erfahren?«

Yonathan konnte es sich denken.

»Eine Gruppe von drei Personen war nur wenige Stunden vor diesem Ereignis am Stadttor gesichtet worden: ein großer, hagerer Blondschopf – der, wie man sagte, erstaunliche Ähnlichkeit mit Kapitän Kaldeks vermisstem Sohn hätte –, ein kleinerer, dunkelhaariger Mann mit Hakennase und ein Knabe mit einem langen, runden Behälter auf dem Rücken.« Felin ließ diese Beschreibung einige Augenblicke lang auf Yonathan wirken. Dann fügte er hinzu: »Findest du nicht, dass diese Beschreibung sehr gut auf dich und deine Freunde passt?«

Yonathans Hals war trocken wie Wüstensand. Er hatte geglaubt, dass er seinen Auftrag unbeachtet hinter sich bringen könnte. Einen Stab zum Garten der Weisheit zu transportieren war schließlich, von der weiten Wegstrecke einmal abgesehen, keine so schwierige Aufgabe. Tatsächlich erwies sich seine ganze bisherige Reise dann aber als ein einziger Staffellauf voller Probleme. Und nun saß er hier vor dem Prinzen, dem Sohn eines äußerst ehrgeizigen Kaisers, und fühlte sich wie ein Buch, dessen letzte Seite gerade laut vorgelesen worden war. Was nützte es ihm, Sethur entkommen zu sein, nur um jetzt in dem vielleicht sanfteren, aber bestimmt nicht nachgiebigeren Griff Zirgis' zu stecken? Der Kaiser hatte offensichtlich seine eigenen Pläne mit dem Stab und es war nicht zu erkennen, ob diese einem besseren Zweck dienten als diejenigen des dunklen Herrschers aus Témánah.

Vielleicht steckten beide Machthaber sogar unter einer Decke! Nein, so weit ging Zirgis' Machthunger wohl doch nicht. Aber möglicherweise hatten die schwarz gewandeten témánahischen Priester ihren Einfluss im Cedanischen Kaiserreich schon weiter ausgedehnt, als es selbst der Monarch mit allen seinen Geheimdienstleuten ahnte. Vielleicht hatte Zirgis hier im Palast einen Ratgeber aus dem dunklen Reich.

Als wäre das alles nicht genug, wusste Yonathan nicht einmal, ob er Felin vertrauen konnte. Er wünschte sich, er könnte die Gedanken und Absichten des Prinzen erkennen. Aber es gelang ihm nicht. Felin wirkte in allem aufrichtig, ohne Frage. Aber er war der Sohn des Kaisers! Er stand am Rande der Macht. Wer wollte mit Sicherheit sagen, dass Felin in der Möglichkeit Yonathans Vertrauen zu gewinnen, nicht auch einen Weg sah, dasjenige seines Vaters zu erlangen, um neben seinem Bruder endlich als ein gleich starker, gleich kluger – gleich geliebter! – Sohn anerkannt zu werden?

Yonathan wollte antworten, aber seine Stimme versagte. Er räusperte sich und versuchte es ein zweites Mal. »Eure Erzählungen *klingen* wie die Wahrheit, Euer Hoheit. Aber angenommen, ich bin derjenige, für den Ihr mich haltet – woher kann ich wissen, dass es auch wirklich die Wahrheit *ist?* Wieso sollte ich Euch vertrauen? Ihr seid der Sohn des Kaisers!«

Felin nickte ernst und traurig. »Du hast Recht, Yonathan. Wie könntest du mir vertrauen? Wenn du der bist, für den ich dich halte, dann durfte deine Antwort nur so und nicht anders lauten, und ich bin nicht würdig weiter in dich zu dringen.« Für einen Augenblick schwieg Felin und blickte zu Boden. Dann fesselte er wieder Yonathans umherirrenden Blick mit dem seinen und erklärte: »Aber möglicherweise kann ich mir dein Vertrauen verdienen.« Er erhob sich von seinem Stuhl und bat: »Komm bitte mit, Yonathan. Ich möchte dir etwas zeigen. Etwas, das seit zweihundert Jahren in Vergessenheit geraten ist, obwohl jeder davon weiß. Etwas, das nur die Familie des Kaisers wirklich kennt.«

Yonathan war froh nicht antworten zu müssen und endlich, zumindest für eine gewisse Zeit, dem bannenden Blick des Prinzen entkommen zu sein.

Der Weg führte diesmal ans westliche Ende des langen Flurs in ein Zimmer, das wie eine Abstellkammer anmutete, und von dort durch eine unscheinbare schmale Tür hinab über eine enge, schier endlose Wendeltreppe, die sich durch die Außenmauer des Großen Kubus schraubte. Kein Fenster, nicht einmal der geringste Spalt, erlaubte dem Tageslicht hier einzudringen. Nur eine

Fackel, die Felin in der Hand trug, erhellte einen winzigen Bereich dieses nicht enden wollenden Schlauches.

»So ungefähr muss es sein, wenn man von einer Riesenschlange verschluckt wird.« Yonathan wunderte sich über seine eigene Stimme. Wahrscheinlich war es das Gefühl der Enge, das ihn das Schweigen brechen ließ.

Felin spürte die Anspannung seines Begleiters und versicherte ruhig: »Keine Angst, wir sind bald unten. Auf diese Weise werden wir nicht gesehen. Diesen alten Fluchtweg kennen nur wenige hier im Palast.«

»Und dann zeigt Ihr ihn gerade mir?«

»Wart's ab«, entgegnete der Prinz. »Das ist noch lange nicht alles.« Dann schwieg er wieder und überließ Yonathan seinen eigenen Gedanken.

Die Wendeltreppe musste irgendwo unter dem großen Thronsaal enden. Der leicht abschüssige Gang war direkt aus dem Felsen gehauen. Nach einigen Abzweigungen, die Yonathan vollends die Orientierung raubten, entdeckte er weiter vorn einen schwachen Lichtschimmer.

Felin löschte die Fackel und verkündete leise: »Wir sind jetzt im Kerker.«

Yonathan erschrak. War das Felins Absicht gewesen: ihn als den Träger des Stabes zu entlarven, um ihn darauf im Kerker des Palastes festzusetzen? Aber warum sollte es sich der Prinz so schwer machen und obendrein noch diesen Geheimgang verraten? Er hätte doch nur die Wachen rufen müssen, um ihn abführen zu lassen; die kannten sich ja bestens aus in derlei Botengängen.

Mit einem Rest von Beklommenheit folgte Yonathan dem vorauseilenden Prinzen. Der Gang mündete in eine düstere Zelle, in der es muffig nach verfaulenden Binsen und Schlimmerem roch; eine versteckte Tür in der Steinwand eröffnete den Zutritt zu diesem trostlosen Ort. Nachdem Felin unter Mühen den schmalen Spalt der nur angelehnten Kerkertür erweitert hatte, schlüpften er und Yonathan in einen anderen Gang hinein, an dessen Ende eine Fackel in einer Wandhalterung brannte.

Bei der Fackel mündete der Gang in einen größeren, breiteren Tunnel, dem man ansah, dass er des Öfteren benutzt wurde. Erst als Yonathan sich umwandte, bemerkte er, dass der Seitenweg, aus dem sie gekommen waren, so finster ausschaute, dass er für jeden Besucher wie ein bedeutungsloser, stillgelegter Teil der Kerkeranlage wirken musste. Es folgten weitere Biegungen und Abzweige und je weiter sie in das unterirdische Gangsystem hinabstiegen, umso mehr verstärkte sich bei Yonathan ein dumpfes Gefühl des Unbehagens. Er empfand Entsetzen vor dieser dunklen, so endgültig wirkenden Abgeschiedenheit, aber auch tiefes Mitgefühl für all diejenigen, die hier unten seit langem schmachteten.

»Dies ist eigentlich das Reich Belvins«, brach Felin endlich das Schweigen. »Unser Kerkermeister. Ein sonderbarer Kauz. Du wirst ihn noch kennen lernen, wenn wir nachher wieder hinaufsteigen.«

Die Erwähnung des Aufstiegs ließ Yonathan aufatmen. »Ich glaube, ich würde auch sonderbar werden, wenn ich längere Zeit hier unten leben müsste.«

»Belvin ist seit beinahe dreißig Jahren hier unten. Ursprünglich war er der Glasmachermeister des Hofes, ein großer Künstler. Aber dann hat ihn sein Ehrgeiz unvorsichtig werden lassen. Einer seiner Gesellen verlor dadurch sein Augenlicht. Der junge Kaiser – mein Vater – wollte Großmut zeigen. Er verurteilte Belvin zu lebenslangem Dienst im Kerker, abgeschieden vom Tageslicht, so wie der blinde Geselle, der von diesem Tage an eine Rente aus dem Sold Belvins bezog. Belvin könnte längst seine dienstfreien Stunden oben, unter der Sonne verbringen, aber die Schuld, die auf ihm lastet, hält ihn hier unten fest. Manchmal denke ich, er bewacht den Mann, der er einmal war, damit er nie mehr nach oben kommen und neuen Schaden anrichten kann.« Felin seufzte und schüttelte den Kopf. »Der hutzelige Alte tut mir irgendwie Leid.«

Belvins Geschichte hatte Yonathan berührt. Auch er empfand Mitleid für den Mann, dem offenbar alle längst vergeben hatten, nur er selbst nicht.

Inzwischen hatten Yonathan und der Prinz eine weitere Wendeltreppe erreicht. Wie ein in den Fels gehauener Turm bohrte sich die Röhre in das dunkle Herz des Palastberges hinein. Obwohl der Schacht, an dessen Innenwänden die Treppe in einer stetigen Rechtsschraube entlanglief, deutlich weiter war als derjenige, der sich in der Westmauer des Großen Kubus befand, fühlte sich Yonathan hier kaum wohler. Er hatte das Gefühl eine dumpfe Feindseligkeit zu spüren, die aus der Tiefe aufstieg wie Qualm in einem Kamin. Vermutlich fürchtete er sich nur vor der beklemmenden Abgeschlossenheit dieses finsteren Ortes, beruhigte er sich selbst. Während er sich eng an die Felswand schmiegte, suchte er ein Gespräch mit dem Prinzen.

»Es ist ziemlich finster hier.«

Felin schien die innere Not seines jungen Begleiters zu spüren. Er lächelte aufmunternd: »Kein Wunder, wir befinden uns mitten im Palastberg.«

Yonathan glaubte in dem Gesicht des Prinzen fast so etwas wie Zuneigung zu sehen. Wäre dieser junge Mann wirklich fähig ihn hinters Licht zu führen?

Wie zur Antwort hob Felin die Fackel und fügte hinzu: »Und außerdem sind wir am Ziel, Yonathan. Schau!«

Das unruhige Licht der Pechfackel wurde von Millionen feiner Kristalle reflektiert, die den riesigen Raum in ein Meer funkelnder Sterne verwandelten.

Erst jetzt bemerkte Yonathan, wie kalt es hier unten war. Ungewöhnlich kalt! Im flackernden Licht des Fackelscheins konnte er seinen dampfenden Atem sehen. Irgendwo im Hintergrund rauschte es laut. »Wo sind wir?«, fragte er.

»An der Wurzel des Palastberges«, erwiderte Felin in feierlichem Ton. »Jemand hat ausgerechnet, dass diese Stelle noch ein ganzes Stück unterhalb der Straßen von Cedanor liegt. Was du da überall glitzern siehst, sind Salzkristalle.«

Der Prinz ging einige Schritte nach rechts und hielt die Fackel direkt vor die Höhlenwand, sodass Yonathan ihre weiß blitzende Beschaffenheit in Augenschein nehmen konnte.

»So große Salzkristalle habe ich noch nie gesehen!«, staunte er.

»Es gibt wohl auch in der ganzen Welt keinen zweiten Ort, wo sie zu dieser Größe wachsen. Sie sind etwas Besonderes, nichts für den Suppentopf.«

Bei der Erwähnung von Suppen wurde Yonathan noch kälter. »Aber es muss doch ein Vermögen wert sein«, bibberte er.

»Das mag wohl stimmen, Yonathan. Aber dieser Ort ist, wie ich dir bereits verriet, geheim, obwohl ihn jeder kennt.«

»Ich habe mich vorhin schon gefragt, wie Ihr das wohl meint.«

»Kennst du die Geschichte von der letzten Belagerung Cedanors?«

Yonathan bejahte. Er erinnerte sich noch genau: Am Tage bevor er Kitvar verließ, hatte Navran über diese Geschehnisse gesprochen. Er hatte davon berichtet, wie Goel vor über zweihundert Jahren den damaligen Herrscher Témánahs, Grantor, immer weiter nach Norden gelockt hatte, bis das dunkle Heer schließlich von einem übernatürlichen Sturm zerstreut wurde. Grantor hatte nur eine kleine Streitmacht zur Belagerung Cedanors zurückgelassen, die schließlich durch eine List beendet worden war. Auch im Verborgenen Land hatte Yonathan von Din-Mikkith einiges über diese Ereignisse erfahren, in deren schlimmem Verlauf das Volk der Behmische ausgerottet worden war.

»Ist dir auch bekannt, wie es dazu kam, dass die Streitkräfte Cedanors die Belagerung schließlich brechen konnten?«, fragte Felin.

»Navran erzählte mir, dass ein Teil der Krieger Cedanors durch einen geheimen unterirdischen Tunnel hinter die Truppen Grantors gelangte. So konnten sie diese von zwei Seiten gleichzeitig angreifen und sie schließlich besiegen.«

Felin nickte. »Das ist die Geschichte, wie man sie sich überall erzählt. Sie ist auch richtig. Aber es fehlen einige Kleinigkeiten.

Da ist zunächst die Frage: Wie wählten die Männer in der belagerten Stadt den Zeitpunkt für ihren Gegenangriff? Es war nämlich so, dass man lange nicht wusste, ob es Goel wirklich gelungen war das Hauptheer Grantors weit genug wegzulocken. Ebenso gut hätte er ja in die Hände Grantors gefallen sein können. So zauderte man lange – bis etwas Außergewöhnliches geschah.« Felin deutete mit der Fackel in eine andere Richtung. »Komm mit dort hinüber«, sagte er. »Ich möchte dir etwas zeigen.«

Sie durchquerten das große, dunkle Gewölbe und liefen jetzt genau auf das Rauschen zu.

»Das hier ist ein unterirdischer Fluss. Manche sagen, er entspringe im Drachengebirge. Ich bin mir da nicht sicher. Immerhin liegt dieses Gebirge fast eintausendfünfhundert Meilen nördlich von Cedanor. Eines allerdings ist bemerkenswert an diesem Fluss. Halt einmal deine Hand hinein.«

Yonathan kam der Aufforderung nur zögerlich nach, so als könne jeden Augenblick ein Tier aus dem Wasser schnellen und nach ihm schnappen. Was Wunder, dass er erschrocken die Hand zurückriss, als er tatsächlich einen Biss spürte.

»Puh, das ist ja so kalt, dass es wehtut!«, prustete er und schüttelte die Hand, um das taube Gefühl wieder loszuwerden.

Felin lachte leise. »Keine Angst, so schnell bekommt man keine Frostbeulen. Aber jetzt siehst du, was ich meine. Hier in Cedanor gibt es nur ganz selten Schnee. Selbst im Winter ist es kaum einmal wirklich kalt. Umso verwunderlicher ist dieser Fluss da. Er ist immer eisig, nicht nur jetzt, im Winter, sondern auch dann, wenn einem die Sommerhitze oben auf dem Palastberg schier den Atem raubt.«

»Seltsam«, murmelte Yonathan.

»Weiter hinten verengt sich dieses Gewölbe, um sich kurz darauf zu einer zweiten Höhle auszuweiten. Dort vermischt sich das Wasser mit dem Salz und bildet einen großen unterirdischen See. Seltsamerweise scheint es an dieser Stelle sogar noch kälter zu sein.«

Yonathan nickte. »Ich verstehe nur nicht, was das mit Grantors Belagerung zu tun hat.«

»Ganz einfach: Während der Belagerung schöpfte man das Trinkwasser für den Palast aus diesem unterirdischen Fluss hier. Tag für Tag förderten Männer über ein ausgeklügeltes Seilsystem viele Wasserfässer an die Oberfläche; man füllte die großen Behälter an einer Stelle weiter dort oben, wo das Wasser noch frei vom Salz ist.« Felin deutete stromaufwärts.

»Dann geschah eines Tages etwas Merkwürdiges. Während die Männer wie gewohnt im Licht der Fackeln damit beschäftigt waren, ihre Fässer mit Flusswasser zu füllen, verfärbte sich das Wasser urplötzlich – es wurde rot wie Blut. Ja, man erzählte sich sogar, es wäre rot *von* Blut gewesen, da es auch genauso roch. Das Ganze dauerte nicht lange und nur wenige Männer wurden Zeugen dieses Zeichens. Wahrscheinlich hätte ihnen auch kaum jemand geglaubt, wenn sie nicht gerade drei Fässer in den Strom getaucht hätten. Sobald der Kaiser von dem Vorfall erfuhr, kam er hier herab, um sich den Inhalt der Fässer mit eigenen Augen zu besehen. ›Das ist das Zeichen‹, soll er gesagt haben. Und: ›Ich hoffe, dies ist nicht das Blut Goels und seiner tapferen Streiter. Gewiß ist's ein Zeichen von Dingen, die erst noch geschehen müssen, ein Zeichen für das Blut der dunklen Horde Grantors, das – genau wie dieses hier – in unsere Hand gegeben wird.‹ Mit diesen Worten soll er sein Schwert in eines der Fässer gesteckt und anschließend die blutrote Klinge hochgereckt haben, sodass alle sie sehen konnten. Was danach geschah, ist dir ja bekannt: Eine kleine Schar erlesener Krieger schlich sich durch das Höhlensystem hinter die Linien der Belagerer, sodass diese überrascht wurden.«

So viel Blut!, dachte Yonathan. Ihm grauste bei der Vorstellung an den Kaiser mit seinem blutigen Schwert, an die vielen Toten und die grässlich verstümmelten Menschen, die im Laufe von Neschans Geschichte immer wieder der Bosheit, Machtbesessenheit und Selbstsucht zum Opfer gefallen waren.

Felin schien die Empfindungen seines Gastes zu erraten. »Ich spreche nicht gerne über diese Zeiten; mir ist jedes sinnlose Blutvergießen zuwider. Aber ich wollte dir diese Geschichte erzählen, weil sie mit dem Geheimnis dieser Höhle verwoben ist. Bis auf die kaiserliche Familie gibt es wahrscheinlich kaum jemanden mehr, der genau weiß, wie man in diese Höhle und zu dem unterirdischen Flussbett gelangt. Dieses Wissen wird gehütet wie ein kostbarer Schatz, für den Tag, an dem es vielleicht wieder einmal benötigt wird – obwohl ich hoffe, dass eine solche Zeit wie damals nie mehr über Cedanor kommen wird.«

Jetzt verstand Yonathan. »Es ist wirklich ein besonderes Zeichen Eures Vertrauens, mich in dieses Geheimnis einzuweihen, Prinz Felin.«

Der Prinz wirkte befangen. »Frag mich nicht warum, Yonathan, aber ich hatte das Gefühl, dieses Wissen stehe dir zu. Glaubst du, du kannst mir jetzt vertrauen?«

Ein Schauer der Scham überlief Yonathan. Wie hatte er nur an der Aufrichtigkeit dieses edelmütigen Menschen zweifeln können? »Ich vertraue Euch, Felin«, war alles, was er sagen konnte.

»Dann habe ich eine Bitte«, sagte Felin. »Könnten wir nicht auf diese Förmlichkeit zwischen uns verzichten?«

»Aber Ihr seid der Prinz!«, protestierte Yonathan.

»Ich bin kaum älter als du. Außerdem trägst du eine viel größere Verantwortung als ich, nämlich die für den Stab Haschevet. Aber nun lass uns wieder nach oben gehen. Du siehst aus, als könntest du jetzt wirklich etwas Wärme vertragen.«

»Einen Moment noch«, hielt Yonathan den Prinzen zurück. »Es geht um das ›Zeichen‹, wie du es vorhin nanntest.« Yonathan bemerkte Felins fragenden Blick und er fügte erklärend hinzu: »Das blutrote Wasser, das den Kaiser seinerzeit veranlasste den Befehl zum Angriff auf Grantors Belagerungstruppen zu geben.«

Der Prinz nickte. »Willst du etwa sagen, dass du die Ursache dieser Erscheinung kennst?«

»Wahrscheinlich ja«, bestätigte Yonathan und er erzählte Felin in kurzen Worten, wie er das Verborgene Land durchquert und durch Din-Mikkith vom Angriff auf das Behmisch-Volkes erfahren hatte. »Ich weiß«, schloss er, »das Blut der vielen ermordeten Behmische hätte sich auf dem langen Weg vom Drachengebirge bis nach Cedanor im Wasser verlieren müssen, aber ich glaube, dass Yehwoh dies verhindert hat. Blut ist ein heiliges Symbol für Leben. Weil das zu Unrecht vergossene Blut des grünen Volkes hier unten entdeckt wurde, konnte an Grantor und seinen Horden das Gericht vollzogen werden. Die Blutschuld, die sie auf sich geladen hatten, wurde so gesühnt.«

»Auch wenn man das begangene Unrecht dadurch leider nicht mehr ungeschehen machen konnte«, pflichtete Felin düster bei. »Aber vielleicht ist das der Grund für den Schimmer.«

Yonathan blickte den Prinzen verwirrt an. »Welchen Schimmer?«

»Es gibt da ein Leuchten, wenn man ein Stück weiter den Fluss hinaufgeht, ein karminrotes Licht. Ich selbst habe es einmal gesehen. Es verbreitet eine merkwürdige Stimmung in der Höhle – lockend und beängstigend zugleich. Man sagt, es sei ein übernatürliches Mahnmal, das an den Tag erinnert, als man das blutige Wasser entdeckte und sich gegen Grantors Belagerungsheer erhob. Seltsam nur, dass man in den ältesten Aufzeichnungen aus der Zeit der Belagerung nichts darüber findet.« Felin zuckte die Achseln. »Wie auch immer, ich habe nie große Lust verspürt die Stelle ein zweites Mal aufzusuchen. Möchtest du das Licht einmal sehen, Yonathan?«

»Nein, danke«, wehrte der Gefragte ab. »Mir genügt, was ich gehört habe.« Felins Erzählung hatte Yonathan nachdenklich gestimmt. Warum sollte Yehwoh hier unten, an einem Ort, der so selten von Menschen aufgesucht wurde, ein solches Licht unterhalten? Aber selbst wenn es einen Zusammenhang mit dem Blut des grünen Volkes gab, hatte er wenig Lust es anzuschauen.

Nach kurzem Schweigen sagte der Prinz: »Deine Begegnung mit Din-Mikkith zeigt mir, dass man die Hoffnung nie aufgeben darf. Grantors Sieg über die Behmische verliert dadurch ein wenig von seiner grausamen Vollkommenheit.«

»Wenn er auch nur aufgeschoben ist«, schränkte Yonathan ein.

»Mit Din-Mikkith wird auch der letzte Behmisch von dieser Welt verschwinden.«

Felin lächelte. »Weißt du das? Selbst deinem Freund Din-Mikkith könnte ein Teil der ganzen Wahrheit verborgen sein. Die Hoffnung ist wie eine Tamariske: Sie ist selbstgenügsam und gedeiht sogar in einer dürren, kargen Wüstengegend und sie hat schon manchem mutlosen und erschöpften Wanderer Kraft gegeben, indem sie ihm Schatten spendete.«

»Von dieser Seite habe ich Din-Mikkiths Geschichte noch nie betrachtet«, gab Yonathan zu.

»Dazu sind Freunde doch schließlich da. Sie hören zu und helfen die Dinge von verschiedenen Seiten zu betrachten.«

»Du erinnerst mich an etwas, worüber ich nachgedacht hatte, als wir hier hinunterstiegen. Komm, lass uns schnell wieder nach oben klettern.«

Felin löschte die Fackel und flüsterte Yonathan zu: »Sei jetzt ganz leise. Wir wollen unseren Kerkermeister ein wenig überraschen.«

Sie standen vor einem Alkoven, der von einem seltsam fahlen Licht beleuchtet wurde. In der zum Gang hin offenen Nische standen eine Pritsche, ein grob geschreinerter Tisch und davor ein hochbeiniger Stuhl, auf dem ein spindeldürres, grauhaariges Männchen saß. Der kleine Mann trug warme Kleidung aus derber Wolle und schien gerade ein Nickerchen zu machen.

»Aller Friede sei mit dir, Belvin«, grüßte Felin in einer Lautstärke, die wenig Rücksicht auf das Ruhebedürfnis des Männleins nahm.

Belvin fuhr erschrocken herum und sprang auf die Beine, sodass der hohe Stuhl hinter ihm zu Boden schepperte. Das Männchen sah kaum größer aus, jetzt, wo es vor dem Prinzen stand. »Was habt Ihr den armen Belvin erschreckt!«, knarzte es mit hoher Stimme. »Oh, es ist der junge Prinz Felin. Und er hat jemanden mitgebracht.« Er musterte Yonathan von oben bis unten und rieb sich geschäftstüchtig die Hände. Dann reckte er dem Prinzen ein spitzes Kinn entgegen und fragte: »Wie kommt es, dass man Ihn nicht gehört hat? Die Tönenden Bohlen hätten sich doch melden müssen.«

»Wie es scheint, hast du geschlafen.«

»Geschlafen? Nie und nimmer!«, beteuerte Belvin. »Nachgedacht hat man. Hier unten gibt es viel Zeit zum Nachdenken.«

»Nachdenken nennst du das. Soso. Was glaubst du wohl, würde der Kaiser dazu sagen, wenn er erführe, wie intensiv sein Kerkermeister hier unten nachdenkt, während hinter seinem Rücken die Gefangenen hinauslaufen?«

»Die Kaiserliche Majestät?« Für einen Moment zeigte sich Unsicherheit in den schwarzen Knopfaugen des kleinen Mannes. Doch dann kehrte jener mürrische Ausdruck zurück, der Yonathan schon vorher aufgefallen war, und Belvin erwiderte: »Vielleicht wird man dann befördert von dem ›Geliebten Vater der Weisheit‹, nach oben, ans Licht.«

»Du weißt, dass du nach oben darfst, wann du willst, Belvin. Jetzt allerdings, nachdem ich dich hier beim ›Nachdenken‹ erwischt habe, könnte die Beförderung, die du erwähntest, wohl eher in die entgegengesetzte Richtung ausschlagen; ich schätze, mein Vater brächte es glatt fertig dich noch tiefer in dieses Verlies zu sperren, dahin, wo dir nicht einmal dieser kleine Lichtblick bleibt, durch den du da ständig hinausstarrst.« Der Prinz deutete auf eine viereckige Öffnung, offenbar ein Lichtschacht, der nun aber völlig dunkel war.

Schrecken erfasste den kleinen Mann. »O nein!«, wimmerte er. »Nehmt dem armen Belvin nicht das Lichtlein. Es ist sein einziger Schatz. Man wartet schon so lange auf den Tag, an dem die Sonne wieder hereinschaut, um den armen Belvin zu begrüßen und ihm ein wenig Trost zu spenden in diesem dunklen Kerker …«

Felin beugte sich zu Yonathan hinüber und flüsterte: »Ein einziges Mal im Jahr scheint die Sonne direkt durch dieses Loch da herab. Es ist Belvins größter Festtag.« Dann wandte er sich wieder dem seltsamen Kerkermeister zu. »Ist schon gut, Alter. Ich werd's mir noch mal überlegen.«

»Oh, das ist sehr gütig von dem jungen Prinzen.«

»Komm jetzt«, wandte sich Felin wieder an Yonathan. »Wir wollen hinaufgehen. Baltan und deine Freunde werden sicher schon auf dich warten.«

Yonathan hielt den Prinzen zurück. »Lass mich bitte auch noch kurz mit Belvin sprechen.«

»Der junge Herr will mit Belvin sprechen. Soso«, knarrte die hohe Stimme des Kerkermeisters. »Will er für ein Weilchen als Gast hier bleiben?«

»Im Gegenteil. Ich will dich bitten, ob du nicht mit uns nach oben kommen möchtest, dahin, wo es Licht und frische Luft gibt.«

Belvin zuckte erschrocken zurück. Er musste sich an der Tischkante abstützen. Seine schwarzen Augen wirkten gehetzt. »Nach oben?«, hauchte er. »Belvin kann nicht nach oben. Er muss hier drunten wachen. Die Gefangenen ...«

»Die Gefangenen würden nicht gleich weglaufen, wenn du dir eine kleine Pause gönntest«, versetzte Yonathan.

»Aber der Kaiser ...«

»Der Kaiser hat dir längst das Recht dazu zugestanden.«

»Nein, nein.« Belvins Stimme klang abgehackt, als würde ihn ein Alptraum schütteln. »Belvin kann nicht ans Licht. Die Schuld ... Er hat das Licht genommen, ein für allemal.«

»Deine Schuld kann ich dir nicht nehmen«, sagte Yonathan sanft. Er ging einen Schritt auf den Mann zu, der ihm gerade knapp über die Schulter reichte, und ergriff dessen Hände. Belvin zuckte zusammen. »Hab keine Furcht«, redete Yonathan beruhigend auf den Kerkermeister ein. Mit den Daumen streichelte er die zitternden alten Hände, ohne dabei seinen festen Griff zu lockern.

»Was macht der junge Herr da?«, fragte das Männchen verwirrt. »Belvin hat so etwas nicht verdient. Lasst ihn hier sitzen und geht endlich wieder, nach oben, ans Licht.«

»Nicht ohne dich, Belvin.«

»Belvin hat das Licht genommen. Es würde ihn verzehren, wenn er sich in seinen Glanz wagte.«

»Belvin«, drängte Yonathan. »Deine Schuld ist nicht alles. Sicher, du musstest dafür büßen. Aber es gibt noch andere Dinge: Es gibt das Licht, die Luft und es gibt junge Menschen wie mich. Du könntest ihnen etwas über die Glasmacherkunst erzählen. Ich bin sicher, dass du uns jungen Burschen noch so manches beibringen könntest.«

»Glaubt er das wirklich?« Für einen Augenblick war der Nebel aufgerissen, der Belvins Geist umfangen hielt, und seine Augen schauten klarer. Doch dann kehrte die alte Wirrnis zurück und er begann wie schwachsinnig zu kichern. »Er ist ein rechter Narr, wenn er das glaubt. Niemand würde Belvin vertrauen. Nicht nachdem er das Licht gestohlen hat.«

Yonathan zeigte sich ungerührt von dem merkwürdigen Benehmen des alten Mannes. Nur seine Hände verstärkten für einen winzigen Augenblick den Druck. Belvin verstummte sofort und wollte sich befreien. Aber Yonathan ließ ihn nicht. Er erwiderte lächelnd den erschrockenen Blick des Männchens.

»Ich möchte dir eine Geschichte erzählen, Belvin. Vieles von der Geschichte ist ein Geheimnis, aber ich weiß, dass du dieses Vertrauen verdienst. Ich erzähle sie dir, weil sie dich trösten mag – auch mir hat sie einmal geholfen eine verkehrte Ansicht zu korrigieren: Im Verborgenen Land gibt es ein erstaunliches kleines Insekt; man nennt es die Prachtbiene.«

Yonathan erzählte nun, was er vor noch gar nicht allzu langer Zeit in Gesellschaft Din-Mikkiths erlebt hatte. Er erzählte von der unvorsichtigen, grün funkelnden Biene, die sich in ihrer Sorge, für die Braut ein passendes Parfüm zu finden, von einer Blume fangen ließ. Dadurch zahlte sie den Preis für ihr duftendes Hochzeitsgeschenk: eine Prise von Pollen, die sie mit zu der nächsten Blüte trägt.

»So hat die Biene gleich zweimal für Nachwuchs gesorgt«, schloss er seinen Bericht. »Einmal bei ihrer eigenen Art und zum anderen bei den herrlich roten, duftenden Blumen des Verborgenen Landes.«

»Deine Geschichte ist schön, Yonathan«, sagte Belvin, und es klang so, als koste es ihn viel Kraft sich aus dem Zauber der Erzählung zu lösen.

»Weißt du auch, warum ich dir von den Prachtbienen erzählt habe, Belvin?«

Der Glasmacher verneinte, aber es klang nach einem Ja.

Yonathan lächelte. »Ich glaube, du ähnelst in vielem diesem kleinen Bienenmännchen, das für einen *einzigen* Gedanken alles andere vergisst. Damals, in der Glasmacherwerkstatt, lebtest du nur für deine Kunst. Sie sollte etwas Vollkommenes sein. Wahrscheinlich dachtest du nur an die wunderschönen, zerbrechlichen Kunstwerke, die du erschaffen könntest und die andere erfreuen würden. Dabei hast du schließlich alle Vorsicht vergessen, was dazu führte, dass dieser schreckliche Unfall geschah, durch den einer deiner Gesellen sein Augenlicht verlor. Als du dir deiner Schuld bewusst wurdest, konntest du an nichts anderes mehr denken. Deshalb hasstest du dich. Am Ende vermochtest du selbst das Wörtchen ›Ich‹ nicht mehr auszusprechen. Du wolltest nichts mehr mit jenem Belvin zu tun haben, der diese verabscheuenswürdige Tat beging.«

Für eine Weile herrschte Schweigen. Belvin, der Yonathans Worten mit gesenktem Blick gelauscht hatte, neigte den Kopf zu Felin hin. »Habt Ihr ihm das alles erzählt?«

Felin schüttelte langsam den Kopf. »Lange nicht so viel, Belvin. Lange nicht so viel.«

»Deine Besessenheit«, fuhr Yonathan fort, »mit der du stets deinen Vorstellungen gefolgt bist, hat dich in große Schwierigkeiten gebracht. Aber du hast dein Leben bewahrt! Jetzt verlasse diesen Kerker, gehe wieder ans Licht und bringe anderen Menschen Freude. Zeige den jungen Glasmachern, was ein alter Meister ist. Deine Hände sind vielleicht nicht mehr so ruhig, aber ich bin sicher, dass die Jungen noch immer aus deiner Erfahrung lernen können.«

Tatsächlich zeigte sich eine Reaktion in den schwarzen Knopfaugen Belvins. Sie begannen in der Tiefe zu funkeln wie zwei polierte Obsidiane. »Aber der Kaiser wird Belvin nicht mehr ans Glas lassen«, wandte er ein; doch das klang schon so, als wolle er über die Bedingungen seiner Freilassung verhandeln.

Yonathan antwortete behutsam: »Jenem alten Belvin, von dem du sprichst, mag er es verwehren, aber ich bin mir sicher, dass er dem neuen Belvin, der seine Augen dem Licht öffnet und der wieder ›Ich‹ sagen kann, einen Platz in seiner Glasmacherwerkstatt anbieten wird.«

Und Yonathan wusste, dass es so kommen würde. Er ahnte schon seit einiger Zeit, dass er nicht zu einer Schlossbesichtigung in den Sedin-Palast geladen worden war. Man wollte ein Spiel mit ihm treiben, wollte den Stab Haschevet für gänzlich unheilige Zwecke benutzen; ebenso, wie man Felin nur benutzt hatte, um Yonathan an die Fäden zu knüpfen, die ihn zu einer willenlosen Marionette machen sollten. Doch nun, da er die Puppenspieler durchschaut hatte, konnte er diese Fäden durchschneiden – zu gegebener Zeit. Jetzt musste er sich zunächst um Belvins Problem kümmern.

Der Kerkermeister sprach ganz langsam, als müsse er die Sprache erst lernen. »Also gut«, sagte er, »dann lassen wir den alten Belvin hier unten und *ich* gehe derweil mit euch beiden nach oben.«

Yonathan strahlte. Tränen standen in seinen Augen. Er fühlte sich erleichtert, glaubte, noch nie in seinem Leben so gesprochen zu haben. Es war, als hätte er Belvin eine Brücke aus Worten bauen müssen, die ihn wieder zurück in die Welt seiner Mitmenschen tragen konnte.

Auch Belvin lächelte jetzt, zwar unsicher zwischen Yonathan und Felin hin- und herblickend, aber doch mit jedem Herzschlag zuversichtlicher.

Etwa fünfzig oder sechzig Schritte vor der Treppe, die ins Freie führte, kamen sie zu einer Reihe langer Holzbohlen. Als sie darüber hinweggingen, bemerkte Yonathan, wie sie sacht nach vorne kippten. Im gleichen Augenblick ertönte ein tiefer, voller Klang, eine Harmonie von Tönen, wie von bronzenen Glocken.

»Was war das?«, fragte er erschrocken.

Belvin kicherte wieder, doch jetzt erinnerte es eher an das heitere Geräusch, das Din-Mikkith immer von sich gegeben hatte. »Hast du die Tönenden Bohlen vergessen, Yonathan? Ihr müsst sie doch schon vorhin überquert haben, als ihr hier heruntertkamt.«

Yonathan blickte Hilfe suchend zu Felin, der lächelnd zu einer Erklärung anhob. »Yonathan hat im Verlaufe seiner heutigen Palastbesichtigung schon eine verwirrende Fülle von neuen Dingen kennen gelernt, da kann man leicht den Überblick verlieren.«

»Soso?«, sagte Belvin interessiert. »Hat sich wohl eine Menge verändert in den vergangenen dreißig Jahren, was?«

»Das wirst *du* uns sagen können, Belvin, wenn du erst oben bist und dich umgeschaut hast«, entgegnete Yonathan, froh ob des schnellen Themenwechsels. Später erfuhr er von Felin, dass man die Tönenden Bohlen unmöglich überqueren konnte, ohne dass sie irgendwann in eine andere Lage umkippten und damit einige verborgene Klöppel auslösten, die ihrerseits wiederum gegen lange Bronzeröhren schlugen.

»Schade, dass die Sonne schon untergegangen ist«, sagte Yonathan, als Felin die Kerkertür aufstieß.

Belvin schritt neben ihm auf den Hof hinaus, der links und rechts von niedrigen, langen Gebäuden und einige hundert Fuß voraus von dem riesigen Schatten des Großen Kubus begrenzt wurde. Er sog die frische Abendluft ein und blickte zum Himmel empor, wo dunkle Wolken dahinflogen, an den Rändern leuchtend vom silbernen Licht des Halbmondes.

»Sei deshalb nicht traurig, Yonathan«, erklärte der kleine Mann mit unbeschwerter Stimme. »Gleich das volle Licht der Sonne zu sehen, wäre vielleicht zu viel des Guten gewesen. Selbst der halbe Mond dort droben ist mehr, als Belvin sich … verzeih, als *ich* jemals wieder zu sehen erhoffte.« Er lächelte Yonathan an und ergriff die Hände des Jungen. »Ich danke dir, du wundersamer Knabe. Als du vorhin meine Hände genommen hast, war es so, als hätte dein Herz das meinige wieder zum Schlagen gebracht, und als du anfingst deine Geschichte zu erzählen, war es so, als flößte mir jemand flüssiges, warmes Sonnenlicht in meine von Trauer und Schuld erstarrten Glieder. Bist du mir böse, wenn ich jetzt ein wenig in den Schlosspark hinausgehe, allein? Ich glaube, ich habe über einiges nachzudenken.«

»Keineswegs, Belvin. Geh nur.« Yonathan umarmte vorsichtig den alten Mann, denn er wirkte noch immer sehr zerbrechlich. Er schob Belvin mit ausgestreckten Armen so weit von sich, dass er ihm in die Augen schauen konnte und sagte: »Yehwoh helfe dir, die richtigen Gedanken zu finden und ihnen die rechten Taten folgen zu lassen.«

»Ich glaube, er hat schon damit begonnen«, erwiderte Belvin. Dann wandte er sich um und ging langsam davon.

An der Tafel des Kaisers

Du bist ein merkwürdiger Junge«, sagte Felin, während er dem in der Nacht verschwindenden Kerkermeister nachsah. Er sprach leise, als wolle er die aus tiefen Gefühlen gewobene Stimmung nicht zerstören. »Ich habe nur getan, was mein Herz mir eingab«, erwiderte Yonathan.

»Und das war gut so, Yonathan. Belvins Herz war verdorrt, aber du hast es wieder zum Schlagen gebracht. In dir steckt sicher mehr, als du selbst ahnst.«

»Wo seid Ihr nur so lange gewesen, Prinz Felin?« Der laute Ausruf ließ die beiden zusammenzucken. Barasadan, das kaiserliche Hofgenie, war wie aus dem Nichts erschienen.

»Sagt, verspürt nicht auch Ihr die Impression, die Person, die da soeben in Direktion des Kubus entschwand, sei von ihrem Typus her prädestiniert Assoziationen an unseren leitenden Justizvollzugsbeamten Belvin zu wecken?«

Felin hatte sich wieder gefasst. »Eine gewisse Ähnlichkeit mit Belvin ist tatsächlich nicht zu leugnen«, bestätigte er Barasadans

Vermutung. »Doch es verwundert mich, dich hier vor deinem Labor anzutreffen, Bara. Ist die Besprechung des Kaisers mit Baltan und den anderen Gästen schon vorüber?«

»Ihr kennt Euren Vater. Der Kaiser reduziert jede offizielle Konversation stets auf das Essentielle.«

»Und wo sind unsere Gäste jetzt?«

»Ihr meint Baltan und seine Trabanten? Der hat den Fokus seiner Aktivitäten schon längst wieder vom Territorium des Sedin-Palastes auf sein eigenes Areal disloziert.«

Yonathan bemerkte, dass Felin einen Moment lang fürchtete, der neue Freund könne ihm die Schuld an diesem hinterhältigen Manöver zuschreiben. Der Zweck war klar: Der Kaiser wollte sich Haschevets bemächtigen. Doch Yonathan hatte Zirgis' Spiel längst durchschaut.

Er nickte dem Gefährten zu, um dessen Bedenken zu zerstreuen und hoffte, dass Felin dies im fahlen Licht des Mondes erkennen konnte.

»Ihr habt unserem jungen Gast den Kerker präsentiert?«, fragte Barasadan weiter.

Felins Stimme klang ruhig und freundlich, aber eine geheimnisvolle Autorität lag in ihr. »Unter anderem, Bara. Unter anderem.«

Sie mussten sich beeilen. Barasadan hatte mitgeteilt, dass das Essen auf die zweite Stunde nach Sonnenuntergang angesetzt sei und bis dahin war es nicht mehr lang.

Man zeigte Yonathan das Zimmer, in dem er die Nacht verbringen sollte; es lag auf demselben Flur wie Felins und wirkte sehr gemütlich, aber gewiss nicht so, als wäre es eben erst für einen Gast hergerichtet worden. Yonathan blieb kaum Zeit sich genauer umzusehen, da erschien auch schon Felin und gemeinsam eilten sie in das tiefer gelegene Stockwerk, in dem das kaiserliche Speisezimmer lag.

Während sie durch die von Ölleuchtern erhellten Gänge hasteten, überlegte Yonathan, ob das bohrende Gefühl in seinem Magen

Hunger oder Wut sei. Als er dann aber an der Tafel saß und Zirigs' siegesgewisses Lächeln sah, wusste er, dass es das Zweite war.

Die Kaiserin schwebte an der Hand ihres Gemahls herein, die rotblonden Haare zu einer gefährlich hohen Säule aufgesteckt, an der überall Perlenschnüre hingen. Zirgis trug unter seinem langen Rock eine golddurchwirkte, purpurfarbene Weste, an der ein Knopf fehlte.

Kaum hatte das Herrscherpaar Platz genommen, begann eine unüberschaubare Dienerschar Unmengen von Speisen aufzutragen. Yonathan gab schon bald den Versuch auf, sich in diesem Durcheinander von Platten, Schüsseln und Schalen zurechtzufinden und konzentrierte sich stattdessen lieber auf die Anwesenden. Wie Felin erzählt hatte, fand das Abendessen im kleinen Speisesaal statt und die Tischgäste waren wohl eine Auslese von Vertrauten des Kaisers.

Neben dem Herrscherpaar und Felin war da natürlich Barasadan, der neben seinem Gedeck einen Stapel von Papieren bearbeitete; des Weiteren ein kleiner, hagerer Mann in einer Luxuslivree; ein hoher Offizier der kaiserlichen Leibgarde, dessen riesiger Prunkdolch über die Tischkante ragte, und schließlich noch zwei weitere Herren, die aussahen, als hätten sie ihre Pensionierung verpasst.

Die Letzteren, so erfuhr Yonathan, waren Fürsten aus dem nahe gelegenen Baschan, alte Gefährten des Kaisers, schon aus der Zeit vor seiner Krönung: der Herzog von Doldoban und Fürst Melin-Barodesch. Der Herr mit dem Dolch wurde vorgestellt als General Targith. Er stand unter anderem dem kaiserlichen Geheimdienst vor und war neben Zirgis' Sohn Bomas und Admiral Tukki der ranghöchste Militär im Kaiserreich. Die Rolle des hageren Herrn mit dem lichten Haar sollte sich bald klären.

Zirgis eröffnete das »Nachtmahl«, indem er einem knusprig braunen Vogel das Bein ausriss. Alsbald entspann sich ein Tischgespräch um allerlei Angelegenheiten des Hofes, deren Wichtigkeit Yonathan kaum einschätzen konnte, weil er ohnehin nur die Hälfte verstand. Ab und zu warf auch die Kaiserin eine Bemerkung ein, etwa über die anstehende Niederkunft einer ihrer Damen. Solche Anmerkungen nahmen die Herren am Tisch mit freundlichem Lächeln zur Kenntnis, um alsbald ihre unterbrochene Konversation fortzusetzen.

Barasadan hielt sich in seiner eigenen Welt auf. Außer der Dienerschaft, die hin und wieder Pergamente von Servierplatten oder aus Suppenschüsseln fischen musste, nahm niemand Notiz von dem filzhaarigen Gelehrten.

Yonathan war froh, dass er an dem Gespräch dieser hochgestellten Männer nicht teilnehmen musste. Was hätte er auch sagen sollen zu Dingen wie der optimalen Bevorratung von Dörrobst in der Regenzeit oder über die Umstrukturierung der »Spezialeinheit zur Verhütung von Beschädigungen und Entwendungen kaiserlichen Eigentums«? Er widmete sich lieber seinem Groll. Hier saß er nun, an der Tafel des Kaisers, und genoss nicht mehr Beachtung als die abgenagten Knochen, die sich auf dem Tisch häuften. Zirgis hatte ihn durch einen plumpen Trick von seinen Freunden getrennt und leicht konnte man sich ausmalen, zu welchem Zweck. Doch Yonathan würde das Spiel nach seinen eigenen Regeln gestalten. Er wartete nur auf den passenden Zeitpunkt.

»Ich möchte nun die Gelegenheit ergreifen und einen jungen Mann vorstellen, den eine lange Reise zu uns geführt hat«, begann plötzlich der Kaiser, während die Dienerschar sich rührig abmühte, an der Tafel Ordnung zu schaffen.

Aha, dachte Yonathan, jetzt kommt's also doch noch. Bin gespannt, wie er seine Gemeinheiten erklären wird.

»Ich habe dafür gesorgt, dass dieser Knabe mit Namen Yonathan, Sohn des Navran Yaschmon, heute – und ich hoffe, noch für eine geraume Zeit – unser Gast sein wird.«

Yonathan war verblüfft. Mit einem solch offenen Geständnis hatte er nicht gerechnet.

Zirgis gab der Dienerschaft einen Wink, den Saal zu räumen, und fuhr daraufhin fort: »Nun mögt ihr euch sicher fragen, meine werten Freunde, geschätzten Ratgeber und treuen Diener, was mich dazu bewogen hat, einen Knaben, der offenbar nicht einmal aus edlem Hause stammt, an meinen Tisch zu rufen.«

Im Raum war es so still, dass man eine zu Boden fallende Gräte hätte hören können; nur das Kritzeln Barasadans störte etwas das vollkommene Schweigen.

Nach einer kurzen Pause zur Hebung der Spannung erklärte Zirgis: »Dieser Yonathan bringt uns Haschevet, den Stab der Richter Neschans. Ich glaube, das ist Grund genug ihn hier zu haben.«

Allgemeines Raunen zog wie eine Windbö durch den Raum. Selbst Barasadan unterbrach sein Kritzeln und schenkte Zirgis einen missmutigen Blick.

»Ich weiß«, fuhr der Kaiser fort, »dass nicht alle hier im Raum die volle Tragweite dieses glücklichen Umstandes erfassen – sie vielleicht auch nicht verstehen *wollen* –, aber bedenkt bitte, dass der Richter Goel und sein Stab im Volk noch immer großes Ansehen genießen, und das, obwohl – man möge mir dieses Wortspiel nachsehen – in den letzten zweihundert Jahren kaum jemand dieses Richters *ansichtig* geworden ist.«

»Wie bist du denn an diesen Knaben und seinen Stab geraten?«, fragte der Herzog von Doldoban und Yonathan wunderte sich über den vertrauten Tonfall, mit dem der betagte Mann den Kaiser ansprach.

»Das erzählt dir am besten der General«, erwiderte Zirgis und bedachte Targith mit einem auffordernden Blick.

General Targith räusperte sich. Er war ein großer, wohlbeleibter Mann mit einem dichten schwarzen Bart. Seine dunkelbraunen Augen blitzten listig und ein zufriedenes Lächeln lag auf seinen Lippen.

»Vor nunmehr achtzehn Tagen beschatteten Karbath mit einigen meiner Leute in Meresin einen Mann, von dem wir vermuten, dass er zu Sethur gehört oder zumindest mit ihm zusammenarbeitet. Sein Name lautet Ason. Er ist, soweit wir wissen, ein ehemaliger Pirat, der sich nun jedem verdingt, der den richtigen Preis zahlt. Karbath und seine Leute waren Ason bis vor die

Stadtmauern gefolgt. Dort begann gerade ein Geschichtenerzähler mit seiner Vorstellung. Ason war unachtsam, weil er eine Gruppe von Personen beobachtete: zwei junge Männer und einen vierzehn- oder fünfzehnjährigen Knaben. Ich staunte nicht schlecht, als Karbath mir erzählte, dass einer der von Ason bespitzelten Männer ganz offensichtlich Yomi, der Ziehsohn Kaldeks war.«

»Des Kapitäns der *Weltwind,* der der Sohn vom alten Admiral Balek ist?«, fiel Fürst Melin-Barodesch dem General ins Wort.

Targith nickte. »Genau der. Die Hetzjagd der *Weltwind* durch Sethurs *Narga* ist Stadtgespräch; wir alle kennen die Geschichte. Yomi und ein Junge – der einzige Passagier der *Weltwind* – waren dabei über Bord gegangen und galten als tot. Ihr könnt Euch vorstellen, meine Herren, dass es für einige Aufregung sorgte, als ebendieser Yomi in Meresin gesichtet wurde.«

Yonathan war erstaunt darüber, wie bekannt sein Freund war. Andererseits passte es zu dessen unbekümmertem Wesen, dass er davon nicht viel Aufhebens machte.

»Würdet Ihr nun bitte auf den Kern Eurer Beobachtungen kommen«, drängte der Kaiser.

»Sofort, Hoheit. Als nun der Erzähler seine Geschichte beendet hatte, suchte er wie üblich den Tugendverkünder. Der Blick des Alten blieb am jüngeren der Begleiter Yomis hängen, und zwar ›wie gebannt‹, wie es im Bericht heißt. Der Knabe hatte sich erhoben und aus einem seltsamen langen Behälter, den er auf dem Rücken trug, einen Stab hervorgezogen.«

Alle Köpfe wandten sich Yonathan zu. Sieben Augenpaare musterten höchst interessiert jenen »seltsamen langen Behälter«, der an der Lehne von Yonathans Stuhl hing. Der General wusste jedoch die Aufmerksamkeit seiner Zuhörer zurückzuerobern.

»Überraschenderweise wandte sich der Erzähler nun von dem Knaben ab und wählte sich ausgerechnet Ason aus der Menge. Karbath und seine Männer waren einen Augenblick abgelenkt und in diesem Moment mussten die drei verschwunden sein.

Nun, der Erzähler entließ Ason und dieser begann sogleich die drei Verschwundenen zu suchen. Mit vier weiteren zwielichtigen Gesellen eilte er auf die Straße hinaus, die nördlich von Meresin auf die Handelsroute mündet. Dort ergriffen ihn Karbath und seine Leute. Sie verhörten auch den Geschichtenerzähler. Der schwor bei seinem Leben, dass er an diesem Abend den Stab Haschevet gesehen habe.«

»Das sind fürwahr bemerkenswerte Neuigkeiten«, warf der Herzog von Doldoban beeindruckt ein. »Habt Ihr von diesem Ason etwas über Sethurs Absichten erfahren können?«

Targith zögerte. »Ason ist kurz nach seiner Festnahme wieder entkommen. Aus den anderen vier Halunken konnten wir trotz fortschrittlichster Verhörmethoden nichts herausbekommen – wahrscheinlich sind sie wirklich nur gewöhnliche Straßenräuber gewesen, die Ason für ein paar Even gedungen hatte.«

Yonathan mochte sich lieber nicht ausmalen, wie diese »fortschrittlichen Verhörmethoden« aussehen könnten. Auch dass Asons Komplizen Straßenräuber gewesen seien, bedeutete wohl nichts Gutes.

»Ich habe dafür gesorgt, dass Karbath ein solcher Fehler kein zweites Mal unterläuft«, fügte Zirgis ergänzend hinzu.

Targith lächelte schief. »Karbath dient dem Kaiser jetzt in einem Schreibsaal in Kandamar, in der äußeren Ostregion.«

Der Herzog von Doldoban nickte zufrieden. »Aber wie ist der Knabe Yonathan dann letztendlich hier in den Palast gelangt? Hat er von sich aus bei dir um eine Audienz gebeten, Zirgis?«

Der Kaiser lachte, als wäre diese Frage ungemein komisch. Er berichtete, dass man Kaldek schon seit einiger Zeit beobachtete, durch einen Mittelsmann aus der Besatzung der *Weltwind*. So erfuhr man auch von dem Besuch des Kapitäns in Baltans Haus. Hinzu käme dieser übernatürliche Ton, der vor vier Tagen in der Stadt für so viel Aufregung gesorgt hatte; es gäbe immer noch kaum ein anderes Gesprächsthema als den »Großen Klang«. Für ihn, so meinte Zirgis, stand von Anfang an fest, dass es Haschevet war, der dadurch seine Anwesenheit in Cedanor bekannt gab.

Deshalb habe er an diesem Morgen beschlossen ein kleines Experiment zu wagen. Der Kaiser grinste vieldeutig.

»Noch vor Sonnenaufgang gab ich den Befehl, Baltan in seinem Haus aufzusuchen und ihn samt seinen Gästen in den Palast zu bitten. Ich hatte genau ins Schwarze getroffen! Die weiteren Ereignisse kennt ihr alle. Sie führten schließlich dazu, dass der Träger des Stabes Haschevet hier heute mit uns zu Abend isst und – wie ich gerne wiederhole – es auch für die nähere Zukunft tun wird.«

Yonathan war platt. Baltan hatte zwar noch am Morgen vor der Gerissenheit des Kaisers gewarnt, aber dass er ihm selbst, im gleichen Augenblick, auf den Leim gehen würde, damit hatte wohl sogar der gewitzte Kaufmann nicht gerechnet. Zirgis hatte wenig riskiert und – wie er zumindest glaubte – dabei viel gewonnen.

Obwohl sich Yonathan überfahren, ja geradezu niedergewalzt fühlte, wollte er sich doch nicht geschlagen geben. Vielleicht war es sein Dickkopf, vielleicht auch das Wissen um Dinge, die selbst dem kaiserlichen Geheimdienst bisher verborgen geblieben waren, jedenfalls meldete er sich nun zu Wort.

»Ich möchte nur darauf hinweisen, Hoheit, dass ich bisher weder gefragt worden bin, ob ich an Eurem Hof verweilen möchte, noch auch nur dazu eingeladen wurde.«

»Das ist auch nicht nötig, junger Mann«, platzte nun der Livrierte dazwischen, der während Targiths Schilderungen – offenbar in genauer Kenntnis der Sachlage – keine Miene verzogen hatte. »Der Kaiser hat niemanden zu bitten. Sein Wunsch ist Einladung und Befehl zugleich …«

»Schon gut, schon gut, Phequ«, unterbrach Zirgis den hageren Mann. An Yonathan gerichtet fuhr er fort: »Vielleicht, junger Mann, sollte ich die Gelegenheit nutzen und dir Fürst Phequddath vorstellen. Er ist mein Haus- und Hofmarschall, Zeremonienmeister und noch einiges mehr. Ich habe ihn heute zu diesem Mahl eingeladen, weil er die Organisation der Feierlichkeiten anlässlich des Kronjubiläums leitet.«

Fürst Phequddath entspannte sich ein wenig. Yonathan hatte

den Eindruck, dass dieser Hofmarschall ein sehr kleinlicher Mann war, dem die Regeln höfischer Ordnung alles bedeuteten.

Er wandte sich an den Kaiser. »Hoheit, ich betrachte Eure ›Einladung‹ als eine große Ehre und ich danke Euch dafür. Auch will ich nicht länger bestreiten, dass ich in diesem Behälter hier Haschevet aufbewahrt habe. Aber leider ist mein Ziel nicht Cedanor – jedenfalls nicht mein endgültiges Ziel.«

»Dann nenne mir dein Ziel, junger Freund«, verlangte der Kaiser.

Was die alten Prophezeiungen über Haschevets Bestimmung verhießen, war kein Geheimnis. Daher erwiderte Yonathan in höflichen Worten: »Wie Ihr, Hoheit, die verehrungswürdige Kaiserin und die edlen Herren hier am Tische ohne Frage wissen, enthält das sechste Buch des *Sepher Schophetim* eine Weissagung mit folgendem Wortlaut: ›Drei mal siebzig Jahre wirst du mir noch als Richter dienen … So wie du den Stab Haschevet verloren hast, so nehme ich dir die Hälfte der Richtermacht. Nur die Weisheit lasse ich dir, damit du Recht sprechest unter meinen Dienern. Du wirst den Garten der Weisheit nie mehr verlassen. Jedoch sollst du den Stab Haschevet wieder sehen, um ihn *Geschan* zu übergeben, damit er in meinem Namen Gerechtigkeit und Frieden für alle Völker Neschans ausrufen wird.‹ Da Goel den Garten der Weisheit nie mehr verlassen darf, muss Haschevet wohl zu ihm gebracht werden, damit er vom sechsten an den siebten Richter übergeben werden kann. Ihr seht, Hoheit, der Weg des Stabes ist seit über zweihundert Jahren vorherbestimmt. Er darf nicht hier im Palast enden, er *muss* in den Garten der Weisheit führen.« Yonathan holte tief Luft. Diese Erklärung hatte ihn viel Kraft gekostet. Aber er war mit sich zufrieden.

Zirgis' lapidare Antwort erschütterte ihn dafür umso mehr.

»Das ist überhaupt nicht sicher, eigentlich sogar eher unwahrscheinlich.«

»Wie könnt Ihr Euch da so sicher sein, Vater?«, fragte der Prinz, als er Yonathans entgeisterten Blick bemerkte.

»Ganz einfach. Vom siebten Richter wird vorhergesagt, dass er nie sterben würde, wenn es ihm gelänge, die dunklen Mächte zu besiegen und Neschan durch die Weltentaufe zu ewigem Frieden zu führen. Ich meine, dass sich dies nicht auf einen einzelnen Menschen beziehen kann. Selbst wenn es stimmt, dass die Richter Hunderte von Jahren lebten, so mussten sie doch schließlich sterben. Doch der siebte Richter soll ewig leben können?«

»Und welchen Schluss zieht Ihr daraus?«, erkundigte sich Felin.

»Der siebte Richter ist nur ein Sinnbild für eine ewige Dynastie von Herrschern, die dem Volk Frieden und Wohlstand sichert.«

Langsam dämmerte es Yonathan. Anfangs hatte er vermutet, Zirgis wolle die Macht Yehwohs überlisten, um den Stab Haschevet an den Sedin-Palast zu binden und damit gleichzeitig die Macht des Koach und den Segen Yehwohs untrennbar mit dem Herrscherhaus zu verschmelzen. Doch er hätte es besser wissen müssen. Der Kaiser war zu klug einen solch wahnwitzigen Plan zu verfolgen. Niemals würde sich Yehwoh einem fremden Willen unterwerfen! Das wusste selbst Zirgis, wenn seine Gottesfurcht auch nicht allzu groß sein mochte.

Aber dennoch hatte sich der Kaiser in einer Schlinge fangen lassen: Er überschätzte seinen eigenen Verstand. Die Geschichte war voll von solch grandiosen Irrtümern – Produkte blinder Überzeugungen und überheblicher Selbsteinschätzung, die den Blick für das Offensichtliche, für die oftmals kindlich einfache (und für einen gebildeten Verstand gerade deshalb unakzeptable) Wahrheit versperrten. Yonathan mochte sich lieber nicht ausmalen, welche Schwierigkeiten für ihn aus solchem Größenwahn erwachsen konnten. Jedenfalls hatte es wohl wenig Sinn an das Gewissen und Verantwortungsbewusstsein des Kaisers zu appellieren.

Während Yonathan nach Fassung rang, erklärte Zirgis, wie er den Sinn der alten Prophezeiungen verstand: Nur durch die Vereinigung der Macht von Kaiser und Richter sei jene ewige Beständigkeit zu erzielen, die in dem Sinnbild des siebten Richters veranschaulicht wurde.

Felin folgte den Ausführungen seines Vaters mit ernster Miene. Einmal stieß er Yonathan unter dem Tisch mit dem Knie an, vielleicht, um ihm Mut zu machen oder um ihn von unkontrollierten Ausbrüchen abzuhalten. Als Yonathan den Ausführungen des Kaisers wieder folgen konnte, ging dieser gerade auf die Feiern zum dreißigjährigen Thronjubiläum ein.

»Aus diesem Grunde habe ich mich entschieden – quasi als Höhepunkt der Feierlichkeiten – dem ganzen Volk Haschevet und seinen Träger vorzustellen. Auf dich, Yonathan, werden alle Augen gerichtet sein und sie werden in dir und dem Stab den Garanten für eine ewige Friedensherrschaft sehen.«

Yonathan schwieg grimmig, da ihm keine Erwiderung einfiel.

»Phequ«, wandte sich der Kaiser an den Haus- und Hofmarschall, »berichtet uns doch bitte von den grandiosen Überraschungen, die wir außerdem geplant haben. Wenn Yonathan sieht, dass er die Krönung all dieser Attraktionen sein wird, zeigt er vielleicht ein wenig mehr Begeisterung. Schließlich wird er bald der berühmteste Junge von ganz Neschan sein.«

Der Organisator der Jubiläumsfeiern nahm die Gelegenheit, sich in den Mittelpunkt zu rücken, dankbar an. Ausschweifend berichtete er von der einwöchigen Feier, die das Volk ununterbrochen in Atem halten sollte. Für jeden Tag war eine mehr oder minder pompöse Überraschung geplant. Erstaunt folgte Yonathan dem Katalog der Sensationen, die einzig und allein dem Zweck dienten Zirgis' Person zu verherrlichen. Der erste Tag sollte mit einem grandiosen Feuerwerk beschlossen werden und gleich am kommenden Morgen stand eine Militärparade auf dem Programm, deren Höhepunkt die Vorstellung eines neuen Waffensystems sein sollte – ein mit heißer Luft *fliegendes* Schiff (Barasadans neueste Erfindung). Weiterhin waren geplant: die Uraufführung eines Theaterstückes mit dem Titel »Die Befreiung der Schnecke aus dem Rosengarten«, eines jener avantgardistischen Werke, die der kunstliebende Kaiser so sehr schätzte; die Einweihung eines Brunnens, der während der Feierlichkeiten Wein spucken würde und den Kaiser als mutigen Bezwinger eines grässlichen Drachen darstellte; die feierliche Inbetriebnahme eines neuen Teilstückes der Stadtkanalisation; am sechsten Tag die Freigabe der *zirgisischen Memoiren,* einer Lebensgeschichte des Kaisers, die erstmals mit einer neuen Technik, dem Druck mit beweglichen Lettern, vervielfältigt wurde (wieder eine Erfindung des genialen Barasadan); und zum krönenden Abschluss war der Erlass einer Generalamnestie vorgesehen.

Die Reaktionen der Zuhörer schwankten zwischen offener Begeisterung und wohlwollender Zurückhaltung. Der Kaiser strahlte die ganze Zeit. Felins Miene war unbewegt. Yonathan musste sich ein Gähnen verkneifen.

Endlich neigte sich Phequddaths Monolog dem Ende zu.

»Ich danke dir, Phequddath«, beschloss der Kaiser die Ausführungen und ersparte damit den Zuhörern die ausführliche Selbstwürdigung des Organisationsleiters und seiner geschilderten Großleistungen. »Nun, Knabe Yonathan, ist das nicht eine beeindruckende Kette von Überraschungen, die unser treuer Phequddath da zusammengeschmiedet hat? Wäre es da nicht eine Ehre und gleichzeitig ein goldener Überzug für diese Reihe von Festtagen, wenn du mit deinem Stab Haschevet am letzten Tag dem Volk vorgestellt würdest?« Zirgis hielt gespannt die Luft an. Er erwartete ganz offensichtlich, dass der Funke der Begeisterung nun endlich auch auf Yonathan übergesprungen sei.

Als Zirgis' Gesicht die Farbe seiner rot geäderten Nase angenommen hatte, glaubte Yonathan, etwas für die Gesundheit des Kaisers tun zu müssen. Er sagte: »Ich bin mir nicht sicher.«

Zirgis stieß zischend die Luft aus. »Du bist dir nicht sicher?«

»Euer Angebot ist eine große Ehre, Hoheit. Aber es ändert nichts an meinem Auftrag.«

»Aber das habe ich dir doch schon vorhin erklärt«, widersprach Zirgis mit dräuender Ungeduld. »Dein Auftrag liegt hier, im Sedin-Palast, wo der ›Thron des Himmels‹ steht. Die Dynastie der Zirgonier ist der siebte Richter, nichts anderes.«

»Ich werde über Euren Vorschlag nachdenken.«

Felin bedachte seinen jungen Tischnachbarn mit einem ungläubigen Blick.

»Das klingt schon viel besser«, freute sich Zirgis. »Doch hört sich dein Zugeständnis so an, als gäbe es Möglichkeiten dir beim Nachdenken zu helfen.«

Yonathan lächelte listig. »Ihr seid sehr weise, Hoheit.«

Felin stieß Yonathan unter dem Tisch an und schüttelte unmerklich den Kopf.

»Woran hattest du gedacht, Knabe? An Gold? Einen Adelstitel? Oder ein kleines Fürstentum? Ich muss natürlich erwähnen, dass die Staatskasse nicht so tief ist wie der Brunnen, den wir am vierten Tag einweihen werden …«

»Vater!«, fiel Felin dem Kaiser ins Wort. »Fangt Ihr jetzt schon an um den heiligen Stab zu schachern wie einer der Händler im Basar?«

»Du hast Recht, Sohn. Das sollte ich nicht. Nenne deinen Preis, Yonathan, und ich werde sehen, was ich für dich tun kann.«

So hatte Felin seinen Einwand ganz sicher nicht gemeint, dachte Yonathan. »Ich hatte eigentlich an etwas anderes gedacht, Hoheit.«

»An etwas anderes? Dein Herz scheint edler zu sein als das anderer Burschen, die man auf der Straße aufliest. Nun ja, wer immer dir den Stab anvertraut hat, wird es sich bestimmt gut überlegt haben. Sprich also, was ist dein Begehr?«

Sieben Paar Ohren spitzten sich. Yonathan holte tief Luft. »Ihr habt da einen Kerkermeister, Hoheit.«

»Du meinst den alten … Phequ, hilf mir. Wie hieß er doch gleich?«

»Belvin, Hoheit«, antwortete eine Stimme, die nicht dem hageren Haus- und Hofmarschall gehörte.

Zirgis starrte Barasadan verwundert an. Warum hatte sich das Hofgenie plötzlich von seinen Aufzeichnungen losreißen lassen? Doch nicht etwa nur, um diesen Namen auszusprechen. »Richtig«, sagte er und konnte sich nur mit Mühe wieder seinem jungen Gast zuwenden. »Woher kennst du meinen Kerkermeister, Knabe Yonathan?«

»Ich zeigte Yonathan den Palast«, antwortete der Prinz anstelle des Gefragten. »Und der Kerker gehört unzweifelhaft dazu. Meint Ihr nicht auch, Vater?«

»Da hast du wohl Recht, mein Sohn. Ich hoffe«, wandte er sich wieder an Yonathan, »du hast keine falschen Schlüsse aus diesem Abschnitt deines Rundgangs gezogen.«

»Keine Angst, Hoheit«, versicherte Yonathan.

»Schön, schön. Du sprachst von einer Bedingung und vom alten Belvin. Sage mir, was mit meinem Kerkermeister ist, und dann kannst du uns allen den Stab Haschevet zeigen.«

Yonathan schluckte. Er sah ein, dass er vom höchsten Fürsten des Landes kaum eine schriftliche Zusage erwarten konnte.

»Ich habe heute mit Belvin gesprochen. Der Prinz hatte mir seine Geschichte erzählt.«

»Er verrichtet seinen Dienst im Kerker, weil er durch seine Nachlässigkeit einen schlimmen Schaden angerichtet hat.«

»Ich weiß, Hoheit. Auch das erzählte mir Felin. Ebenso, dass Ihr bereits vor Jahren Euer Urteil gemildert habt. Es verrät Eure Weisheit und Barmherzigkeit, dass Ihr Belvin damals erlaubtet den Kerker wieder zu verlassen.«

»Versuch nicht mir zu schmeicheln, Knabe Yonathan, sondern sag endlich, was du willst.« Zirgis blieb wachsam: Seine Augen waren verengt; die roten Adern auf seiner Nase traten deutlicher hervor als sonst; er saß gerade aufgerichtet, beide Unterarme vor sich auf den Tisch gelegt. »Ich habe Belvin allerdings nie von seinem Amt befreit«, stellte er richtig. »Ich habe ihm lediglich zugestanden – wie jedem anderen Wachhabenden auch –, nach dem Dienst in sein Quartier zurückzukehren.«

»Genau darum möchte ich Euch bitten, Hoheit. Belvin hat den Hof einst mit kostbaren Glasmacherarbeiten beliefert. Erlaubt ihm in Eurer Glasmacherwerkstatt den jungen Handwerkern hier und da einen Rat zu geben.«

Zirgis' Rechte war zum Kinn gewandert. Er wandte sich plötzlich seiner Gemahlin zu – hatte sie ihn unter dem Tisch angestoßen? Er erntete einen geheimnisvollen Blick: ein mildes Lächeln, in dem gleichwohl eine gewisse Unnachgiebigkeit lag. Nur mühsam, so schien es, konnte er sich aus dem Bann dieser Augen lösen, um sich erneut Yonathan zuzuwenden.

»Also gut, Knabe Yonathan. Das Wort des Kaisers ist Gesetz. Es muss nicht bekräftigt werden. Belvin darf seinen Kerker verlassen; er bleibt aber für den Lebensunterhalt des erblindeten Glasmachergesellen verantwortlich.« Zirgis beugte sich vor, bohrte seine Augen in diejenigen Yonathans und fügte gefährlich ruhig hinzu: »Doch in Anbetracht deiner Bereitschaft, über mein Angebot nachzudenken, werde ich dein Bitten erhören und mich gegenüber Belvin großzügig zeigen: Belvin bekommt aus der Wachmannschaft zwei Männer zugeteilt, die ihm zukünftig unterstehen werden. In seiner dienstfreien Zeit kann er meinen Handwerkern in der Glasmacherwerkstatt mit Rat und Tat zur Seite stehen. Er erhält dafür keinen Lohn, aber er bekommt wieder eine Kammer, oben in den Quartieren der Hauptleute.«

»Vielen Dank, Hoheit!«, freute sich Yonathan. »Das ist mehr, als ich erhofft hatte …«

»Sieh es als Zeichen meines guten Willens«, unterbrach ihn der Kaiser und während er sich vom Tisch hochstemmte, fügte er drohend hinzu: »Aber nimm dich in Acht! Wenn auch dieser Punkt an dich geht, so solltest du daraus keine falschen Schlüsse ziehen. In Bezug auf den Stab Haschevet werde ich mich nicht so schnell von dir einwickeln lassen, Knabe Yonathan. Deshalb rate ich dir deine Zeit gut zu nutzen und *gründlich* über deinen Entschluss nachzudenken.«

Zirgis gab seinem Gast keine Gelegenheit zu einer Erwiderung. In knappen Worten wies er den Fürsten Phequddath an, seinen Gnadenentscheid zu Protokoll zu nehmen, und stob sodann mit grimmiger Miene davon.

Yonathan hatte wirklich Zeit zum Nachdenken! Neun Tage saß er nun schon im Palast fest. Neun Tage als regelmäßiger Gast an der

Tafel des »Geliebten Vaters der Weisheit«. Neun Tage aber auch, an denen er sich der ständig wiederkehrenden Fragen des Kaisers erwehren musste. Seine Situation war nicht eben leicht, das hatte Felin ihm klargemacht. Für Zirgis stand fest, dass Yonathan im Palast bleiben würde, nur der Grad der Freiwilligkeit, mit dem der Träger des Stabes Haschevet diesem Entschluss zustimmen durfte, war noch ungeklärt.

Yonathan nutzte die erzwungene Wartezeit für ausführliche Streifzüge durch den Sedin-Palast. Auf Barasadans Einladung hin durfte er sogar dessen »Labor« besichtigen und eine Reihe von Fragen stellen, die den Gelehrten ob ihrer Einsicht überraschten.

Meist war Felin an Yonathans Seite und aus der anfänglichen Sympathie für den Prinzen hatte sich schnell Freundschaft entwickelt. Hin und wieder zog sich Yonathan in sein gemütliches Zimmer zurück, grübelte, entwarf Fluchtpläne oder griff zu seiner Flöte, um in ihren klaren Klängen sein inneres Gleichgewicht wieder zu finden.

Zu Yonathans großer Freude hielt Zirgis in Bezug auf Belvin Wort. Gleich am Morgen nach dem kaiserlichen Beschluss stieg ein junger, baumlanger Soldat in die Gewölbe hinab und teilte dem verblüfften Kerkermeister mit, dass er zur Wachablösung antrete. Zum Glück hatten sich auch Yonathan und Felin vorgenommen ihr Sorgenkind noch vor dem Frühstück aufzusuchen. So gelang es ihnen unter gemeinsamem Schieben und gutem Zureden schließlich Belvin ins Freie zu befördern.

Das Licht der Wintersonne war für den alten Kerkermeister geradezu überwältigend! Als Yonathan Belvin dann später in die Glasmacherwerkstatt begleitete, weinte der kleine Mann. Der Argwohn des jetzigen Meisters, der in Belvin einen unerwarteten Rivalen witterte, wurde von dem alten Glasmacher schnell ausgeräumt. Er war einfach froh den Handwerkern zusehen zu dürfen, durch verständige Fragen Neues hinzuzulernen oder selbst Empfehlungen und Ratschläge zu geben.

Yonathan freute sich, wenn er das neue Leuchten in den

Knopfaugen des Alten sah, der mit einem Mal gar nicht mehr so zerbrechlich wirkte – eher wie ein quirliger kleiner Gnom. Er war glücklich, dass er die eigene Furcht überwunden und Belvins Fall dem Kaiser vorgetragen hatte.

So sehr ihn die Entwicklung des alten Kerkermeisters mit Freude erfüllte, so sehr sorgte sich Yonathan seiner Tatenlosigkeit wegen. Es war noch ein weiter Weg bis zum Garten der Weisheit und die Tage verstrichen, ohne dass er seinem Ziel auch nur eine Meile näher kam. Nur einmal hatte Yonathan versucht den Palastberg zu verlassen.

Ihm war aufgefallen, dass in den Morgenstunden stets ein reger Verkehr am Haupttor des Palastbezirks herrschte; unentwegt gingen dort Leute aus und ein. Am Morgen des fünften Tages mischte er sich unter eine Gruppe von Personen, die ihrer Kleidung nach höhere Beamte des Hofes sein mussten. Kaum hatte er sich den unbeteiligt wirkenden Wachen auf zehn Schritte genähert, begannen diese die einzelnen Mitglieder der Gruppe aufmerksam zu mustern. Als er dann auf Höhe der geharnischten Soldaten war, versperrten ihm zwei Hellebarden den Weg. Mit gleichermaßen höflichen wie unnachgiebigen Worten sorgten die Wachen dafür, dass er als Einziger der Gruppe wieder kehrtmachen musste. An diesem Tage hatten sich in Yonathan auch die letzten Zweifel zerstreut, dass es nur zwei Wege gab, wieder vom »Thron des Himmels« herabzusteigen: das Wort des Kaisers oder die Flucht.

»Ich kenne meinen Vater. Er ist halsstarrig wie eine Herde Esel. Freiwillig wird er dich nie gehen lassen.«

Yonathan sah das genauso. »Aber was sollen wir machen? Der Palastberg ist nicht nur eine uneinnehmbare Festung, sondern man kommt auch nicht herunter, wenn es die Wachen nicht zulassen.«

»Im Grunde hast du Recht«, sagte Felin. »Aber ich habe einen Plan, der gelingen könnte. Ich habe auch schon mit Baltan darüber gesprochen.«

»Du hast dich mit Baltan getroffen?« Yonathan war ebenso erfreut wie erstaunt.

»Ja. Baltans Karawane ist seit einer Woche bereit zum Aufbruch. Wenn du hier hinaus dürftest, könntest du schon morgen auf dem Weg zum Garten der Weisheit sein.«

»Das ist ja wundervoll!«, freute sich Yonathan. »Aber wie willst du es schaffen, mich hier hinauszubringen? Denkst du etwa an den alten Weg entlang des unterirdischen Flusses?«

Felin schüttelte den Kopf. »Der ist nach dem Sieg über Grantor zugeschüttet worden – aus Sicherheitsgründen. Es bedürfte schon einer halben Armee, ihn wieder freizulegen. Nein, ich dachte an etwas ganz anderes: an Barasadans neues Waffensystem.«

»Woran?«

»Erinnerst du dich nicht mehr an Phequddaths euphorische Schilderung der zahlreichen Überraschungen, mit denen mein Vater das Volk anlässlich der Jubiläumsfeiern beglücken möchte?«

»Ja, natürlich! Barasadans ›fliegendes Schiff‹.«

Felin berichtete, dass die Erfindung des Gelehrten eine Art riesiger Sack war, in den man heiße Luft leitete. Sonderbarerweise würde der Sack sich dann aufblähen und in die Höhe steigen, samt dem großen, geflochtenen Schiffsrumpf, der an seiner Unterseite befestigt sei. Wie Felin erfahren hatte, wollte Barasadan am Abend des ersten Tages der Feierlichkeiten in einem letzten Versuch noch einmal die Funktionstüchtigkeit des Luftschiffes prüfen. Bei dieser Gelegenheit plante Felin das fliegende Schiff zu entführen – mit Yonathan an Bord.

»Der Plan klingt ein wenig verrückt«, schränkte der Prinz ein.

»Überhaupt nicht! Ich kann mir das gut vorstellen«, widersprach Yonathan so begeistert und zuversichtlich, dass er selbst überrascht war.

Felin lächelte. »Also gut. Heute Nacht werde ich Baltan besuchen und ihm unseren Plan mitteilen.«

Als Yonathan am nächsten Morgen von Felin zu einem Spaziergang in den Park des Palastes eingeladen wurde, wusste er sogleich, dass es etwas zu besprechen gab.

»Es gibt ein Problem«, eröffnete der Prinz. »Baltan will dich sprechen, bevor wir unsere Flucht antreten.«

»Gut«, sagte Yonathan. »Lässt dein Vater ihn denn in den Palast?«

»Nein, das ist ja eben das Problem.«

»Hat Baltan einen Grund genannt, warum er seine Nachricht nicht über dich an mich weiterleiten kann?«

Felin nickte ernst. »Ja, das hat er. Es war dumm von mir, dass ich nicht selbst daran gedacht habe.«

Yonathan runzelte die Stirn. Er ahnte Schlimmes. »Worum geht's denn?«

»Es geht um den Weg, den die Karawane nimmt, wenn sie zum Garten der Weisheit reist.«

»Der Weg? So viele Karawanenrouten nach Ganor wird es doch wohl nicht geben.«

»Das stimmt schon, aber denk mal daran, was passieren wird, wenn man deine Flucht erst einmal bemerkt hat.«

Yonathan wusste, was Felin meinte. »Dann haben wir nicht nur Sethurs Bande auf dem Hals, sondern auch noch die ganze kaiserliche Armee.«

Felin nickte finster.

»Und was will Baltan dagegen tun? Will er mir etwa raten die Flucht zu vergessen?«

»Nein. Er sagt, dass es einen Weg gibt, auf dem uns wahrscheinlich niemand folgen würde. Aber Baltan möchte in dieser Angelegenheit nicht über deinen Kopf hinweg entscheiden.«

Irgendetwas musste mit dieser Reiseroute nicht stimmen. Yonathan räusperte sich. »Da gibt's einen Haken, stimmt's?«

»Ich fürchte, ja«, gestand Felin. »Baltan hat mir zwar nicht verraten, an welchen Weg er denkt, aber ich kann es mir vorstellen.«

»Und?«, fragte Yonathan ungeduldig. »Nun sag schon!«

»Er ist seit einigen tausend Jahren von keinem Menschen mehr beschritten worden – weil er von Yehwoh verflucht ist.«

»Soso, du möchtest also den Palast verlassen, um unseren gemeinsamen Freund Baltan zu besuchen.« Zirgis lächelte wie eine Kröte, vor deren Nase sich eine ahnungslose Fliege niedergelassen hatte.

Yonathan antwortete so unbefangen wie möglich: »Auch meine Freunde Yomi und Gimbar, Majestät. Ich vermisse sie sehr!«

»Dann hast du dich also entschieden vorerst hier im Palast zu bleiben?«

Yonathan zögerte. »Es soll ja nur für einen Tag sein, Majestät.«

»Ich dachte, wir hätten eine Abmachung, Knabe Yonathan.«

»Ich gebe Euch mein Wort, noch am selben Tag wiederzukommen, Majestät.«

Zirgis überlegte. Er war der Kaiser. Leichtgläubigkeit vertrug sich nicht mit den Prinzipien seiner Amtsführung. Was, wenn dieser Knabe ihn anschwindelte? Andererseits war er aber auch zu klug, um Yonathan mit einem offenen Nein abzufertigen. Er wollte ihn ja bei Laune halten, ihn wenn möglich zum freiwilligen Verbleib im Sedin-Palast bewegen.

»Na gut«, räumte er ein, und noch ehe Yonathan erleichtert aufatmen konnte, fügte er hinzu: »Unter einer Bedingung.«

»Er hat *was* von dir verlangt?« Gimbar konnte es noch immer nicht fassen.

»Du hast schon richtig verstanden«, wiederholte Yonathan schmunzelnd. »Ich sollte *Eis* für ihn machen.«

»Das ist gar nicht so außergewöhnlich«, mischte Baltan sich ein. »Er hat das von seinen Fürsten abgeschaut, die am Rande des Drachengebirges oder des Großen Walls wohnen. Dort ist es nichts Besonderes, sich von ausdauernden Läufern Eis aus den schneebedeckten Höhen der Berge bringen zu lassen, um es nachher, mit Sirup oder anderem versüßt, zu verzehren.«

»Ich finde es unheimlich raffiniert, wie du das angestellt hast«, bewunderte Yomi seinen jungen Freund. »Aber willst du uns nicht trotzdem verraten, woher du das Rezept für diese ›Eisbombe‹ hattest?«

»Das bleibt vorläufig mein Geheimnis«, wehrte Yonathan ab. Außer Baltan hätte ihm ohnehin niemand geglaubt, dass er die Methode der Zubereitung aus seinen Träumen hatte. Nachdem Zirgis ihn nämlich mit seiner reichlich sonderbaren Forderung konfrontiert hatte, stand Yonathan zunächst einmal ziemlich ratlos da. Mit bangen Befürchtungen ging er am Abend ins Bett. Als er am nächsten Morgen erwachte, hatte sich alles geändert.

In der Nacht hatte er einen Traum gehabt; in gewisser Hinsicht ähnelte er jenem, der ihn in Din-Mikkiths Baumhaus überrascht hatte: Er trat plötzlich aus einem wabernden Nebel heraus und blickte auf ein großes Fenster, dessen glattes, dünnes Glas von einem Raster weißer Holzstreben unterteilt war. Die Melodie einer Flöte hatte ihn gerufen. Der Klang des Instruments war ihm nicht fremd – er selbst hatte es einmal besessen und später wieder an seinen rechtmäßigen Besitzer, an Jonathan, seinen Traumbruder, zurückgegeben.

Dann griff ein unwirkliches blaues Licht nach dem Nebel und zog ihn fort wie einen Schleier. Auf der anderen Seite des Fensters erschien die vertraute Gestalt Jonathans in einem Stuhl mit Rädern. Jonathan sah noch bleicher und kränklicher aus als bei ihrem letzten Zusammentreffen. Vielleicht lag es an dem weißen Nachthemd, das sein Traumbruder trug.

Nach einer Zeit des Schweigens, in der sie sich an die Gegenwart ihres Gegenübers gewöhnen mussten, begann schließlich Jonathan zu sprechen. Obgleich das Fenster verschlossen blieb und kein Laut zu hören war, verstand Yonathan jedes Wort. Wie, das konnte er sich nicht erklären; aber es funktionierte. Er selbst schwieg während der Begegnung, hörte nur zu und nickte. Schließlich verblasste das bläuliche Licht, Dunkelheit umhüllte ihn und er fand sich wieder in seinem Bett, hoch oben im Großen Kubus, auf dem Palastberg zu Cedanor.

Als Yonathan am Morgen erwachte, wusste er genau, was zu tun war. Er überredete den kaiserlichen Hofkoch, ihm einige Zutaten zu besorgen. Die große Überraschung folgte dann am Morgen darauf. Rechtzeitig vor dem Frühstück machte sich Yonathan mit Felin auf und stieg noch einmal zu den Wurzeln des Sedin-Palastes hinab. Nur dort fand er das eiskalte, salzige Wasser, das er für die Eisherstellung benötigte. Als der Kaiser dann beim Frühstück die Eisbombe serviert bekam, war sein Gaumen entzückt; sein Magen jedoch krampfte sich zusammen, weil Yonathan ihm eine Niederlage bereitet hatte. Da ein kaiserliches Wort aber Gesetz ist, musste er nachgeben und seinen Gast ziehen lassen. Yonathan wurde wieder von einer Eskorte der Leibwache begleitet, die peinlichst genau darauf achtete, dass der hohe Staatsgast nicht in den unübersichtlichen Gassen Cedanors verloren ging.

Während die Soldaten vor dem Anwesen des Kaufmanns warteten, beratschlagten sich Yonathan und seine Gefährten in der Abgeschiedenheit von Baltans Arbeitszimmer. Er war glücklich sie wieder zu sehen, obwohl er nicht einmal zwei Wochen von ihnen getrennt gewesen war.

»Ich hielt es für unbedingt nötig, dir persönlich zu erklären, welche Fluchtmöglichkeiten es gibt«, sagte Baltan. »Ich sehe nur diesen einen Weg, der dich nach *Gan Mischpad* führen kann, und ich weiß nicht, ob ich dir zu- oder doch lieber abraten soll. Um ehrlich zu sein, neige ich eher zu Letzterem.«

Yonathan antwortete: »Wenn uns weder der Wasserweg über den Cedan noch derjenige zu Lande über die Pilgerstraße offen steht, dann bleibt nur noch ein Weg zum Garten der Weisheit: durch die Wüste Mara.«

Baltan nickte ernst. Im Raum herrschte Stille. Jeder hatte so seine eigenen Vorstellungen von dieser Reiseroute, aber keiner verband irgendwelche angenehmen Gefühle mit dem Namen Mara.

Yonathan brach schließlich das Schweigen und fragte Baltan: »Hast du Bedenken, weil man sagt, Yehwohs Fluch läge auf dem Land?«

»Ist es etwa nicht so? Du weißt sicher, dass der Name Mara in der Sprache der Schöpfung ›bitter‹ bedeutet. Und das ist sie. Kein Baum, kein Strauch, nicht einmal ein einziger Grashalm kann dort leben, geschweige denn irgendwelche Tiere. Wenn du von unserer Kornkammer aus, dem Land Baschan, über den Cedan hinwegschaust, siehst du auf der anderen Flussseite nur Wüstensand. Es ist ein unheimlicher Anblick. Niemand hat die Mara je lebend durchquert …«

»Ich zweifle nicht daran, Baltan, dass die Wüste unfruchtbar und lebensfeindlich ist, aber wenn ich mich an den Bericht aus dem *Sepher Schophetim* erinnere, dann sprach Yehwoh seinen Fluch gegen die ›Stadt, die keinen Namen hat‹ aus.«

Baltan nickte. »Gegen die Stadt und das Land.«

»Wobei heute niemand weiß, wie groß das Gebiet war, das zur Stadt Abbadon gehörte.«

»Der Name, den die Ruinen der Stadt heute tragen, bedeutet ›Ort der Vernichtung‹ und genau das ist die ganze Wüste Mara.«

Yonathan dachte an seine bisherige Reise, an alles, was er erlebt hatte. Sein Entschluss stand fest. »Ihr kennt die Geschichte meiner Reise. Und du, Yomi, hast sie miterlebt. Hieß es nicht auch, das Verborgene Land sei durch das Wort Yehwohs abgeschirmt? Nicht dass ich ein einziges der Worte Yehwohs in Frage stellen würde, aber mir scheint, im Laufe der Jahrtausende hat man viele abergläubische Vorstellungen mit Orten wie dem Verborgenen Land, der Wüste Mara oder der Stadt Abbadon verbunden. ›Die Stadt, die keinen Namen hat‹ machte sich – so berichtet es das *Sepher* – eines großen Vergehens gegen Yehwoh und seinen Richter schuldig. Deshalb wurde das Andenken an sie so gründlich ausgetilgt, dass nicht einmal ihr Name überliefert wurde. Der Fluch Yehwohs sollte lediglich bewirken, dass sich nie mehr ein Geschöpf an diesem Ort niederlässt. Aber hat er auch verboten daran vorbeizuziehen?«

»Bisher hatte anscheinend keiner Lust es auszuprobieren«, wandte Yomi ein.

»Ich weiß, Yo. Aber denke an meinen Auftrag. Dieser Auftrag

hat uns heil durch das Verborgene Land geführt. Warum sollte es bei der Mara anders sein?«

»Ich hatte befürchtet, dass du so etwas Ähnliches sagen würdest«, seufzte Yomi.

»Dann steht dein Entschluss also fest, Yonathan?«, fragte Baltan.

»Ja. Wir können die Mara nicht umgehen, weil sie im Süden an Témánah grenzt, und wollten wir das Land Baschan im Norden umgehen, wären wir wahrscheinlich ein Jahr unterwegs. Ich sehe keine andere Möglichkeit für mich. Aber ich kann verstehen, wenn ihr, meine Freunde …«

»Du brauchst gar nicht weiterzureden«, fuhr Gimbar dazwischen. »Ich werde dich begleiten, bis du dein Ziel erreicht hast. Du doch sicher auch, nicht wahr, Yo?«

Der lange, blonde Seemann nickte entschlossen und versicherte: »Ich bleibe bei Yonathan, davon kann mich so ziemlich nichts abbringen.«

»Dann wäre diese Frage also geklärt«, stellte Baltan fest. »Was die Karawane in den Osten betrifft, so habe ich schon alle Vorbereitungen getroffen. Zufällig ist vor wenigen Tagen auch mein erfahrenster Karawanenführer nach Cedanor zurückgekehrt. Er genießt mein volles Vertrauen. Ich habe mit ihm alles besprochen und er hat sich bereit erklärt den Weg durch die Mara zu gehen.«

»Dann stand für dich also von vornherein fest, dass wir diesen Weg wählen würden!«, staunte Yonathan.

»Ich hatte im Verlaufe meines Lebens viel Zeit das Verhalten der Menschen zu studieren und wenn es sich um einen der Unsrigen handelt, dann ist eine Entscheidung in einer solchen Angelegenheit eigentlich mehr eine Formsache.«

Yonathan verstand, was Baltan meinte. Für die Unsrigen, von denen er sprach, die Träumer, gab es nichts Wichtigeres als den Dienst an Yehwoh. Vom Träger des Stabes Haschevet hatte Baltan nichts anderes erwartet.

»Dann bliebe also nur die Frage der Abwicklung«, meldete sich Felin zu Wort.

Baltan nickte. »Da gibt es noch einige Probleme, wie mir deine Schilderungen und die Informationen, die ich aus eigenen Quellen erhalten habe, zeigen. Das fliegende Schiff Barasadans ist als Überraschung für das Volk geplant. Alles, was damit zu tun hat, unterliegt strengster Geheimhaltung. So viel steht jedenfalls fest: Schiff und Ausrüstung werden strengstens bewacht. Die letzte Prüfung, am Abend des ersten Festtages, wird in einem abgeschlossenen Innenhof des Palastes durchgeführt werden. Im Schiff selbst werden sich zwei oder drei Gehilfen Barasadans und etwa ebenso viele Soldaten befinden. Es wird also nicht leicht sein, deren Stelle einzunehmen und einfach so davonzufliegen.«

»Als Sohn des Kaisers habe ich einigen Einfluss im Sedin-Palast. Ich denke, mir würde es schon gelingen, die entsprechenden Vorbereitungen zu treffen.«

Baltan schien mit dem Vorschlag des Prinzen nicht recht einverstanden. »Deine Absicht ehrt dich, mein junger Freund. Aber ich fürchte, es wäre zu gefährlich, wenn du diese Angelegenheit selbst in die Hand nimmst. Ich bin überzeugt, dass dein Vater bemerkt hat, wie gut du dich mit Yonathan verstehst. Er wird dich bestimmt beobachten lassen. Du dienst unserer Sache mehr, wenn du uns die Informationen lieferst, die wir benötigen, und ich für den Rest meine eigenen Leute einsetze.«

Felin dachte nicht lange nach. Er nickte und sagte: »Du hast Recht, Baltan – wie immer. Wir werden deinem Vorschlag folgen.«

»Was ist mit uns?«, fragte Gimbar. »Mit Yomi und mit mir?«

»Darüber bin ich mir noch nicht klar. Gebt mir einfach zwei oder drei Tage Zeit für die Vorbereitungen. Dann können wir den endgültigen Fluchtplan besprechen. Yonathan, denkst du, du könntest Zirgis noch ein zweites Mal überreden dich zu einem Besuch in mein Haus gehen zu lassen? Der Sedin-Palast hat zu viele Ohren.«

»Bestimmt«, versicherte Yonathan zuversichtlich. »Inzwischen erwartet Zirgis von mir ja geradezu, dass ich ihm irgendwelche Schwierigkeiten bereite.«

»Du willst Baltan schon wieder besuchen? Aber du warst doch erst vorgestern in seinem Haus.«

Yonathan entging nicht, dass seine Bitte um Ausgang beim Kaiser auf wenig Gegenliebe stieß – Zirgis stand im Begriff wütend zu werden. »Es soll ja nur für einen Tag sein, wie beim letzten Mal«, sprach er beruhigend auf den Monarchen ein.

»Ich weiß nicht. Das Ganze schmeckt mir nicht, Knabe Yonathan. Lass doch deine Freunde einfach in den Palast kommen.«

»Und Baltan? Er ist auch mein Freund. Darf er mitkommen?«

»Baltan? Baltan!«, schnaubte der Kaiser. »Der alte Schacherer fällt mir auf die Nerven – im Moment jedenfalls. Ständig hat er etwas an den Jubiläumsfeiern herumzunörgeln. Ich schätze seinen Rat – wenn die Feierlichkeiten vorüber sind. Bis dahin kann er in seinem runden Palast bleiben und sich das Fest von dort beschauen.«

»Dann möchte ich zu ihm«, beharrte Yonathan.

Zirgis verdrehte die Augen zur holzgetäfelten Decke des Speisesaals. »Du bist furchtbar starrköpfig, mein Junge!« Dann änderte sich sein Gesichtsausdruck. Yonathan entdeckte wieder diesen lauernden Zug, der ihm schon mehrmals aufgefallen war, wenn Zirgis etwas ausheckte. Es dauerte auch nicht lange und der Monarch wurde aktiv: Er genehmigte sich einen enormen Schluck Rotwein, rülpste, wischte sich über den Mund und richtete das Wort an Yonathan. »Wir könnten natürlich ein Geschäft machen.«

Yonathan ahnte Schlimmes. »Ich habe nicht viel, das ich Euch bieten könnte, Hoheit. Und was den Stab betrifft …«

»Lassen wir für einen Augenblick den Stab beiseite, Knabe Yonathan. Ich denke da an eine neue Prüfung. Wenn du sie bestehst, kannst du deine Freunde besuchen.«

»An was für eine Prüfung hattet Ihr dabei gedacht, Hoheit?«

»Du wirst mir Gold machen.«

»Aber wie …?«

»Genau! So machen wir es. Beschlossen und verkündet.«

Die Prophezeiung vom Brunnen

Zirgis hatte weder Yonathan noch dem erzürnten Felin eine weitere Gelegenheit zum Einspruch zugebilligt. Dafür war er viel zu begeistert von seinem neuesten Einfall. Wenn es Yonathan nicht gelänge, Gold herzustellen, müsste er im Palast bleiben, und wenn doch … nun, ein güldenes Trostpflaster war allemal besser als nichts.

Als Yonathan dann aber zwei Tage später tatsächlich einen Kupfer-Even in Gold verwandelte, war der Kaiser doch sprachlos. Nicht lang allerdings. Misstrauisch ließ er sich das Geldstück geben, klemmte es zwischen die Zähne und prüfte die Festigkeit des gelben Metalls. Zu Yonathans großer Besorgnis zeigten sich rötliche Risse auf der Bissstelle. Er versicherte, dass die Apparatur, die er aus Glaszylindern, Tonscheiben und einer Füllung verschiedener Flüssigkeiten aufgebaut hatte, einfach etwas mehr Zeit benötige, um die Goldschicht dicker werden zu lassen. Der Kaiser blieb skeptisch, selbst dann noch, als der offenbar beeindruckte Barasadan sich für Yonathan verwendete.

»Auch wenn die preziöse Metamorphose noch instabil sein mag, hat er doch eine fulminante Leistung vollbracht! Ich finde, das sollten Majestät honorieren.«

Zirgis ignorierte die Empfehlung seines Hofgenies und brüllte stattdessen: »Haben sich denn jetzt alle gegen mich verschworen? Selbst wenn er Gold gemacht hat – es ist nicht genug! Er bleibt hier, der Stab bleibt hier, alle bleiben. Beschlossen und …«

»Welcher Stab, Majestät?«, unterbrach Yonathan die besiegelnde Formel unschuldig. Er musste nun doch seinen letzten Trumpf ausspielen.

Zirgis schien jeden Sinn für Humor verloren zu haben. »Treib es nicht zu weit, Knabe!«, funkelte er Yonathan an. »Ich spreche von dem Stab Haschevet, wie du sehr wohl weißt. Jener Stab, den du ständig in dieser seltsamen langen Ledertasche mit dir herumträgst.«

»Ihr meint in dieser Tasche, Hoheit?« Yonathan deutete auf

den Walhautköcher und lächelte. Er drehte sich auf dem Stuhl um, nahm das Behältnis von der Lehne und öffnete den Deckel.

Die Anwesenden hielten gespannt die Luft an.

Alsdann fiel die Kaiserin in Ohnmacht.

»Was ist nun das schon wieder für ein Trick?«, polterte der Kaiser. »Erst Eis, dann Gold und jetzt eine – Ratte?«

Der Masch-Masch kletterte auf Yonathans Schulter und blickte neugierig auf die am Tisch sitzenden Herren und die vornüber gekippte Dame.

»Wenn ich Euch korrigieren darf, Majestät, das ist keine Ratte, vielmehr dürfte es sich dem Phänotypus nach um einen Verwandten der …«

»Erspare mir deine Belehrungen, Bara!«, unterbrach der Kaiser die Erklärungen seines Genies und wandte sich drohend an Yonathan. »Wo hast du den Stab gelassen? Ich warne dich, schwindel mich nicht an!«

»Er ist in Baltans Haus, schon seit dem ersten Tage, da Ihr mich in Eurem Palast gefangen haltet«, antwortete Yonathan.

Zirgis schnaufte. »Ich halte dich nicht gefangen! Du hast das Vorrecht bei mir am Hofe zu Gast zu sein. Du und – wenn es sein muss – auch dieses Vieh da.«

»Das ist ein Masch-Masch; sie heißt Gurgi und tut niemandem was.«

»Oh!« Das war die wieder zum Leben erwachte Kaiserin. »Ein Weibchen. Und keine Ratte. Eigentlich ganz niedlich, dein – Masch-Masch? Darf ich ihn mal …?«

»Schweig still!«, herrschte Zirgis seine Gemahlin an. »Und du, Knabe Yonathan, du wirst auf dem schnellsten Wege zu Baltans Haus eilen und den Stab hierher holen. Und wenn du nicht willst, dass ich die runde Hütte deines Freundes bis auf die Grundmauern niederbrenne, dann sieh zu, dass du genauso schnell wieder zurückkommst.«

Die Runde der Verschwörer in Baltans Ratszimmer krümmte sich vor Lachen. Yonathans List und die Niederlage des Kaisers fand den einhelligen Beifall seiner Freunde. Zur Herkunft seines Wissens, die Kunst des »Goldmachens« betreffend, äußerte er sich aber auch diesmal nicht.

Zirgis' absurde Forderung hatte Yonathan anfangs sehr beunruhigt. Es schien, als würde sie ihn eine schlaflose Nacht kosten. Als er dann doch ins Reich der Träume sank, fand er sich in jenem blau schimmernden Nebel wieder, der sich erneut vor dem Sprossenfenster lichtete. Abermals hatte ihn der Klang der Flöte gerufen und wieder sprach sein Traumbruder lautlos zu ihm. Das Gesicht jenes anderen Jonathan schien ihm fahler und eingefallener als jemals zuvor.

»Du solltest mehr für deine Gesundheit tun«, mahnte Yonathan, doch sein Bruder lächelte nur schwach. Dann trennten wiederum Nebel und Dunkelheit die beiden ungleichen Spiegelbilder.

Am nächsten Morgen besuchte Yonathan Barasadan in seinem Labor und erhielt die erbetene Unterstützung »für ein kleines Experiment«. Den filzhaarigen Wissenschaftler jedenfalls hatte Yonathan beeindruckt.

Doch jetzt mussten die Fluchtpläne eiligst besprochen werden. Draußen vor den Mauern standen vierundsechzig Soldaten, von dem einen Gedanken beseelt ihren Schützling möglichst schnell wieder in den Palast zurückzubringen.

»Ich habe lange überlegt, was wir tun können«, begann Baltan. »Wie ihr wisst, ist mein Einfluss bei Hof nicht gering. Anfangs dachte ich daran, einfach den Wachplan ein wenig … sagen wir: umzustellen. Ich wollte meine eigenen Leute für den Schutz von Barasadans Luftschiff einteilen lassen. Aber dieser Plan hat sich schnell zerschlagen. Während der Feierlichkeiten ist die Palastgarde Zirgis' ausschließlich mit dem Schutz der kaiserlichen Familie und der vielen hohen Gäste beschäftigt. Stattdessen wird eine Gruppe von Soldaten aus der Unterstadt in den Palast beordert werden, um auf Baras fliegendes Spielzeug aufzupassen.«

»Und bei dieser Truppe hast du keine Leute?«, fragte Yonathan.

»Natürlich. Das Problem ist nur, dass die Namen der Wachhabenden erst kurzfristig in die Pläne eingetragen werden.«

»Vielleicht ist das sogar eine gewollte Vorsichtsmaßnahme von diesem Geheimdienstchef.« Gimbar rieb sich die Nase.

»Du magst Recht haben. Jedenfalls«, fuhr Baltan fort, »sind Gimbar, Yomi und ich zu dem Schluss gekommen, dass wir keinen Einfluss auf die Wacheinteilung nehmen können.«

»Gut«, meinte Yonathan. »Dann lasst uns nicht länger davon sprechen, was wir *nicht* tun wollen. Was habt ihr denn nun vor?«

Baltan räusperte sich. »Du musst verstehen, Yonathan, dass es für deine Freunde – mich eingeschlossen – nicht leicht war, eine Lösung für unser Problem zu finden. Aber du kannst beruhigt sein: Wir haben sie! Um genau zu sein, es war Gimbar, dem der Einfall kam. Felin hatte mir berichtet, dass im Wachhaus des Palastes eine Wasseruhr steht, nach der die Wachwechsel vorgenommen werden.«

»So eine Uhr geht unheimlich genau!«, warf Yomi dazwischen und grinste über das ganze Gesicht.

Baltan fuhr lächelnd fort: »Alle vier Stunden wechselt die Palastwache. Die letzte Erprobung von Barasadans Flugschiff soll unmittelbar nach Beginn der ersten Nachtwache erfolgen. Um diese Zeit wird es schon recht dunkel sein; das Ganze soll schließlich eine große Überraschung werden.«

»Das wird sie ziemlich sicher!«, bekräftigte Yomi.

»Jedenfalls werden wir den Umstand, dass der Wachplan erst so kurzfristig aufgestellt wird, zu unserem Vorteil nutzen: Wir verwenden sozusagen gefälschte Wachen.«

»Und was ist mit den richtigen Soldaten, ich meine mit denen, die eigentlich an Stelle deiner Männer antreten müssten?«

»Nichts. Die kommen zum Wachwechsel, nur eben ein wenig zu spät.«

»Jetzt verstehe ich gar nichts mehr.« Yonathan schüttelte den Kopf.

Baltan bedeutete Gimbar durch eine Geste fortzufahren.

»Die Sache ist eigentlich ganz einfach«, erläuterte dieser. »Die Wasseruhr im Palast besteht aus einem Haufen von Glasröhren und zylindrischen Gefäßen. Oben gießt man Wasser hinein; es fließt durch die Röhren; füllt Gefäße; diese laufen irgendwann über, worauf das Wasser durch neue Röhren und in andere Gefäße läuft. Anhand des Füllstandes der unterschiedlichen Glaszylinder liest man die Uhrzeit ab. Ich habe so eine Apparatur auch noch nie gesehen, aber es leuchtet mir ein.«

»Mir auch!«, meldete sich Yomi zu Wort.

»Schön und gut«, sagte Yonathan. »Und wie geht's weiter?«

»Wir sorgen dafür, dass das Wasser etwas dicker wird.«

»Dickes Wasser?«

»Sicher, Yonathan. Hast du noch nie gesehen, wie ein Koch mit ein wenig Mehl einen Fleischsaft andickt?«

»Fleischsoße? Die Glasbehälter sind durchsichtig, nehme ich an.«

»Wir verwenden natürlich keine Soße, Yonathan!« Gimbars Mund verzog sich zu einem ohrläppchenverbindenden Grinsen und seine Nasenspitze begann unregelmäßig zu zucken. »Wir verwenden Akaziengummi.«

»Ihr verwendet – was?«

»Ich habe das Zeug durch meine Mutter kennen gelernt. Es wird aus Sträuchern oder Bäumen gewonnen, die es in deiner kalten Heimat vermutlich nicht gibt. Man kann Akaziengummi gut in Wasser auflösen und es dadurch dicker machen.«

»Und das merkt keiner?«, fragte Yonathan skeptisch.

»Das Zeug ist klarer als Glas«, versicherte Baltan. »Felin hat sich bereit erklärt, dafür zu sorgen, dass das ›dicke Wasser‹ ungesehen in die Uhr kommt. Wir haben auch schon begonnen, damit zu experimentieren.«

»Zu experimentieren? Dann ist es also doch nicht so sicher.«

»Doch, doch. Es ist nur wichtig, dass die Uhr nicht *zu* langsam läuft. Wir haben ausgerechnet, dass wir etwa eine Viertelstunde brauchen, um das fliegende Schiff zu kapern.«

Yonathan bemerkte den Blick zwischen Gimbar und dem

Kaufmann, der das letzte Wort mit piratenhafter Hingabe ausgesprochen hatte. Offensichtlich hatten die beiden ihre Zuneigung füreinander inzwischen noch weiter vertieft.

»Der Plan wird funktionieren.« Baltan strahlte Zuversicht aus. »Schief gehen kann natürlich immer etwas. Aber ich glaube, wir haben an alles gedacht. Felin wird dich, Yonathan, rechtzeitig in den Innenhof führen, in dem sich das startbereite Luftschiff befindet. Ich werde zwar nicht da sein dürfen, aber es sollte sich arrangieren lassen, dass Gimbar und Yomi an den Feierlichkeiten im Palast teilnehmen können.«

»Da kann ich mich auch etwas nützlich machen«, sagte Yonathan. »Der Kaiser hat mir angeboten meine Freunde in den Palast einzuladen, damit ich etwas Abwechslung habe.«

»Die werden wir ihm bestimmt verschaffen!«, lachte Gimbar.

»Gut.« Baltan klatschte in die Hände. »Dann sollten wir des Kaisers Wachen nicht länger warten lassen.« Er lächelte Yonathan zu. »Sie drängen sicher schon darauf, sich um ihren überaus gefährlichen Gefangenen und dessen Stab zu scharen, um sie wohlbehalten im Palast abzuliefern.«

Schweren Herzens verabschiedete sich Yonathan von den Freunden, um sich wieder in die Obhut seiner vierundsechzig »Beschützer« zu begeben. Es ist ja nur eine Trennung für zwei Tage, beruhigte er sich. Der Plan steht fest und nichts kann mehr schief gehen.

Aber er hatte nicht bedacht, dass es da noch diesen recht eigenwilligen Kaiser gab.

Das Wetter war wie bestellt. Nach einer sternenklaren Nacht brannte nun die Sonne vom Himmel, was Yonathan als große Ungerechtigkeit empfand. An diesem Tag sollten die Feiern anlässlich des dreißigjährigen Thronjubiläums von Zirgis, dem Kaiser des Cedanischen Reiches, dem »Geliebten Vater der Weisheit«, beginnen. Es hatte wohl schlechtere Herrscher in der Geschichte Neschans gegeben – aber auch bessere. Sachor zum Beispiel, der den Richter stets als die Stimme Yehwohs respektierte, der in Frieden und Demut regierte und der nie vergaß, dass die Stellung der cedanischen Kaiser nur von Yehwoh geduldet war.

Nicht so Zirgis. Zwar erkannte auch er Yehwoh als den Vater des Universums an, doch liebte er die Macht mehr als seinen Gott, den Befehl mehr als den Gehorsam und großes Getue mehr als die Güte und Liebe zu den Menschen, deren oberster Diener er doch sein sollte. Waren nicht die pompösen und verschwenderischen Feiern, die an diesem Morgen beginnen sollten, der beste Beweis dafür?

Und an einem solchen Tag musste die Sonne scheinen!

Yonathan war nervös. Kein Wunder, nur noch wenige Stunden und er würde ein fliegendes Schiff besteigen, um aus dem Sedin-Palast zu fliehen.

Aber Yonathans Unruhe hatte noch einen anderen Grund.

Es war vor zwei Tagen gewesen, auf dem Rückweg von Baltans Haus zum »Thron des Himmels«. An der Seite Felins, umgeben von der Rotte seiner »Beschützer«, war er durch die Straßen der großen Hauptstadt des Cedanischen Reiches geritten. Die Soldaten des Kaisers pflügten durch die Volksmenge wie ein Schiff durch den Ozean und hinterließen eine Bugwelle von Geraune und neugierigen Blicken. Erst jetzt, da Yonathan den Stab Haschevet wieder bei sich führte, wurde ihm bewusst, wie sehr er jene Eindrücke vermisst hatte, die das *Koach* ihm vermitteln konnte. Wenn er auch seine Wahrnehmungen, die Gefühle anderer Menschen betreffend, nicht immer willkommen hieß. Oft verunsicherten sie ihn und er zweifelte daran, dass er jemals die Macht des Stabes richtig gebrauchen könnte.

Vorgestern, auf dem Ritt durch die Stadt, hatte ihm Haschevet aufs Neue zwiespältige Gefühle beschert. Yonathan machte eine beunruhigende Beobachtung. Das heißt, zuerst spürte er nur jenes wohl bekannte Kribbeln im Hinterkopf, das ihn veranlasste seine Umgebung noch aufmerksamer zu beobachten. Dann entdeckte er ihn.

»Felin, da!«

»Was ist?«

»Der kleine, dunkelhäutige Mann da, bei dem Stand mit den Töpferwaren. Siehst du ihn?«

»Ich sehe viele Leute, aber ich bin mir nicht sicher …«

»Er hat nur ein Auge. Er ist … nicht mehr da.« Yonathan sank enttäuscht in den Sattel zurück.

»Du kennst diesen Mann?«

Yonathan nickte. »Das war Ason.«

»Glaubst du, dass er deinetwegen hier ist?«

Genau das dachte Yonathan. Jetzt, zwei Tage später, zweifelte er nicht mehr an Baltans Warnung, die Flucht aus dem Sedin-Palast würde eine ganze Schar von Verfolgern auf den Plan rufen. Es hatte den Anschein, als würde die Flucht nicht die Lösung aller Probleme sein, sondern nur der Beginn von neuen, vielleicht noch größeren Schwierigkeiten.

Felin trat ein. Er wirkte besorgt. Yonathan ahnte Schlimmes. »Sag's schon, Felin. Irgendwas ist schief gelaufen. Ist es das Luftschiff …?«

»Nein, nein. Mit Baras fliegendem Schiff ist alles in Ordnung, aber mein Vater macht uns, besser gesagt, macht *dir* Probleme. Er möchte, dass du den Großen Kubus heute nicht verlässt.«

»Vielleicht hat er Angst, ich könnte im Trubel abhanden kommen.«

»Hat er da so Unrecht, Yonathan?«

Yonathan lächelte trüb. »Kann es sein, dass er von unserem Plan erfahren hat?«

Felin schüttelte den Kopf. »Wohl kaum. Aber wir müssen überlegen, was wir nun tun sollen. Mein Vater wird selbst den Geheimgang, der durch die Palastmauern in den Kerker führt, bewachen lassen. Ohne sein Einverständnis können wir uns nicht frei bewegen.«

»Hat dein Vater nicht heute Morgen diese – Generalaudienz?«

»Nun ja, Generalaudienz ist wohl zu viel gesagt. Längst nicht jeder wird vorgelassen, aber mein Vater will sich den Anschein geben, für die Wünsche seines Volkes ein offenes Ohr zu haben.«

»Ganz im Sinne des ›Geliebten Vaters der Weisheit‹, was?«, meinte Yonathan sarkastisch.

Felin nickte nur. Traurigkeit leuchtete wie ein schwarzes Licht aus seinen Augen.

Aber Yonathan mochte sich nicht damit abfinden. Zu viel Zeit war vergeudet worden. »Ich gehe zu ihm.«

»Das kannst du nicht, Yonathan. Niemand, der nicht von ihm gerufen wurde, kann ungestraft vor ihn treten. Es haben schon ganz andere dafür ihren Kopf …«

»Ganz andere, Felin? Aber ich bin der Stabträger!« Yonathan erschrak selbst über die Anmaßung, die in seinen Worten lag. Goel war dafür lebenslang verbannt worden. Gemäßigter fügte er hinzu: »Es geht um Haschevet. Ich bin nur ein Werkzeug. Aber auch dein Vater kann sich dieser Macht nicht widersetzen.«

»Du willst dich nicht zurückhalten lassen, Yonathan?«

»Yehwoh ist mit mir. Wer will mich aufhalten?«

»Das klingt ziemlich dramatisch.«

Yonathan zuckte die Achseln und lächelte grimmig. »Manchmal ist Klappern besser als Klagen. Du kannst ja hier warten, bis ich mit deinem Vater gesprochen habe.«

Das tat Felin nicht. Er wunderte sich, wie schnell sein junger Freund laufen konnte, als er ihm durch die Flure des Großen Kubus folgte.

Die Wachtposten waren völlig ahnungslos. Nachdem Yonathan und Felin die Eingangshalle erreicht hatten, stapften sie mit langen Schritten auf die weiten, zweiflügligen Türen zu, die in den Saal der Rechtsprechung führten. Die zwei Bewaffneten hätten fast zu spät ihre Hellebarden gekreuzt.

»Halt, Junge!«, befahl einer der beiden.

»Ich muss den Kaiser sprechen«, rief Yonathan. »Haltet mich also lieber nicht auf, Galkh!«

»Gleich werden die Gäste zur Generalaudienz des Kaisers erscheinen und Ihr seid nicht geladen, junger Mann.«

»Ich *bin* Gast des Kaisers«, beharrte Yonathan. »Wie Ihr sehr wohl wisst, Galkh.«

Der Türhüter blieb unerbittlich. »In der Tagesorder heißt es aber, dass Ihr Euch vom Fest fern halten sollt. Ich muss Euch daher bitten …«

»Wisst Ihr, was das hier ist, Galkh?« Yonathan streckte dem Wachmann seinen Stab mit dem goldenem Knauf hin.

Galkhs Augen traten hervor. Seine Kinnlade klappte herab. »Der sieht aus wie … das ist …«

»Richtig«, half Yonathan nach. »Das ist der Stab der Richter Neschans. Haschevet.«

Natürlich hatte Galkh den Stab sofort erkannt. Der Palast war voll von Gemälden, Sedin-Reliefs und Wandteppichen, die Haschevet zeigten. »Aber das kann nicht sein«, protestierte der Soldat. »Jeder, der den Stab berührt, muss sterben …«

»So ist es, Galkh. Jeder, außer dem Stabträger selbst.«

»Dann müsstet Ihr der siebte Richter sein.«

»Der bin ich nicht. Aber Ihr dürft dennoch gerne ausprobieren, ob das hier eine Fälschung ist.«

»Ein kleiner Rat unter Freunden: Tut es lieber nicht, Galkh.« Dieser gut gemeinte Hinweis stammte von Felin.

Galkhs Blick kreiste zwischen Stab, Yonathan, dem Prinzen und seinem Kameraden. Der jedoch war keine große Hilfe; er schien in seinem Harnisch geschrumpft zu sein und wirkte wenig tatkräftig.

»Was geht da draußen vor?«, tönte eine Stimme von jenseits der Tür.

Langsam, ohne den Blick von Yonathan zu wenden, ging Galkh rückwärts durch die offen stehende Tür. Erst dort wandte er den Kopf und sagte: »Es ist dieser Knabe, Majestät. Er will zu Euch.«

»Welcher … etwa der Knabe Yonathan?«

Galkh nickte und warf Yonathan einen grimmigen Blick zu.

»Was will er? Ich habe ihn nicht gerufen.«

Galkh musste zugeben, dass er über Yonathans Anliegen nichts wusste.

»Er soll wieder gehen«, verlangte des Kaisers Stimme. »Gleich beginnt die Generalaudienz.«

»Ich werde *nicht* gehen«, rief Yonathan so laut, dass alle in der Eingangshalle es hören konnten. »Ihr sitzt da drin, Majestät, um Euren Großmut gegenüber Euren Untertanen zu zeigen. Ich *bin* einer dieser Untertanen und ich *habe* eine Bitte. Wenn Ihr mich nicht anhören wollt, wird man sagen, diese ganze Generalaudienz sei nur eine Komödie.«

Yonathan konnte den Kaiser nicht sehen und was ihn beunruhigte: Er konnte auch keine Antwort vernehmen. Er sah nur Galkh, dessen Blick zwischen dem Monarchen und ihm selbst hin und her pendelte. Die Zeit schleppte sich dahin. Zirgis schien noch zu überlegen; vielleicht war er auch gar nicht mehr da. Oder er kochte vor Wut. Yonathan hatte keine Lust länger zu warten. Haschevet vor sich haltend schritt er auf Galkh zu.

Der Wächter wurde kreidebleich und taumelte erschrocken einige Schritte zurück.

»Ich könnte allerdings auch Euren Großen Klumpen in Schutt und Asche verwandeln«, schleuderte Yonathan dem Kaiser entgegen, sobald er ihn sah.

In den Zügen des Monarchen blitzte Furcht auf. Dann jedoch huschte ein amüsiertes Schmunzeln über seine Lippen und er sagte scheinbar seelenruhig: »Du meinst sicher den Großen Kubus, Knabe Yonathan.«

»Ich bin gekommen, um Euch zu sprechen, Hoheit.«

Zirgis, der etwa fünf Schritt vor seinem Richterstuhl stand, drehte sich um und kehrte langsam zu dem hölzernen Thron zurück. Als er sich umwandte und auf einem roten Kissen Platz nahm, hatte er sich wieder in der Gewalt. Sein Gesicht war wie versteinert, kein Zeichen von Furcht, allenfalls unterdrückte Wut war zu erkennen. Ein imposanter Lichterkranz umstrahlte ihn, geschaffen von der Morgensonne und dem bunten Glasfenster hinter dem Thron. Yonathan ließ sich davon nicht beeindrucken, ebenso wenig von dem drohenden Unterton in Zirgis' Stimme, als er sagte: »Was willst du also von mir, Knabe Yonathan? Sprich! Aber sprich schnell, denn ich habe wenig Zeit.«

»Warum darf ich während des Festes die oberen Gemächer nicht verlassen?«

»Nur zu deiner eigenen Sicherheit! Während der Festtage befinden sich viele Personen im Palast, für die ich mich nicht mit letzter Sicherheit verbürgen kann.«

»Aber Ihr selbst wollt Euch bedenkenlos unter sie mischen?«

»Du zweifelst an den Worten des Kaisers?« Drohend richtete sich Zirgis in seinem Thron auf.

Yonathan blieb unbeirrt. »Wenn Ihr mein Ehrenwort verlangt, weder durch ein Tor davonzulaufen noch über die Palastmauern zu klettern – das könnt Ihr haben. Denn das ist es doch, was Ihr befürchtet: Ihr denkt, ich könnte Euch entschlüpfen, den Stab Haschevet Eurem Einfluss entziehen, nicht wahr?«

Felin pfiff durch die Zähne. Diplomatie schien nicht zu Yonathans Stärken zu zählen.

Der Kaiser sprang von seinem Thron auf. Dabei löste sich ein juwelenbesetzter Knopf von seinem Wams, flog in weitem Bogen durch die Luft und rollte klimpernd über den Boden. »Wenn du es so genau weißt«, donnerte Zirgis, »brauchen wir keine weiteren Worte zu verlieren. Du bleibst weiterhin in deinen Gemächern! Das ist mein unabänderlicher Entschluss. Du müsstest meinem Richterschwert schon das Schwimmen beibringen, um mich davon abzuhalten.«

Yonathan warf Felin einen fragenden Blick zu. Der Prinz deutete mit dem Kopf zur Wand, wo das kaiserliche Richterschwert hing. Felin hatte ihm die Geschichte des langen, schweren Zweihänders erzählt. Der Legende nach war Bar-Goel, Sohn des sechsten Richters, vor Jahrhunderten mit diesem Schwert zum Volkshelden geworden – und damit auch zum Kaiser. Seitdem war diese Waffe ein Symbol der kaiserlichen Macht und Gerechtigkeit.

Trotzdem wollte sich Yonathan nicht mit Zirgis' Entscheidung abfinden.

»Gut«, sagte er, »wenn nur dies Euren Entschluss ändern kann, dann lasse ich das Schwert schwimmen.«

Zirgis stieß ein hässliches Lachen hervor. »Dieses Schwert steht für die Schärfe, mit der meine Richtersprüche zwischen Recht und Unrecht unterscheiden. Es ist kein Spielzeug aus Holz. Es war einmal ein Werkzeug des Krieges. Es hat Blut getrunken und niemand konnte sich seinem fürchterlichen Gewicht widersetzen, wenn es von Bar-Goels starkem Arm geschwungen wurde. *Nie* wirst du es zum Schwimmen bringen.«

»Und wenn es mir doch gelingt?«

Zirgis' Augen bohrten sich in die von Yonathan. Er war dieses vorlauten Knaben überdrüssig.

»Dann soll es halt so sein!«, brüllte er. »Und ohne Zeit zur Vorbereitung. Ich bin deine Tricks Leid! Wir gehen sofort in den Park hinaus. Wenn du tatsächlich dieses Schwert zum Schwimmen bringst, dann sollst du deinen Willen bekommen. Du kannst dich frei im Palast bewegen. Du kannst sogar deine Freunde einladen. Sollte das Schwert versinken, dann gehst du mit ihm unter. Dann bist du mein. Du wirst in deiner Kammer sitzen bleiben, bis ich dich rufe.«

Yonathan holte tief Luft. »Es sei gesprochen und verkündet, Eure Majestät.«

Zirgis stürmte nach der Verkündigung seines Beschlusses aus dem Saal, eilte durch die mächtige Vorhalle des Großen Kubus und von dort direkt ins Freie. Yonathan und Felin folgten. Auch sie wollten die Sache zu Ende bringen; zudem mahnten Yonathan zwei spitze Hellebarden zu zügiger Gangart. Galkh und sein Kamerad verrichteten diesen Dienst sehr gewissenhaft, hatten sie doch die Rückendeckung ihres obersten Befehlshabers.

Auf dem Hof vor dem Eingangstor stand bereits eine Schar von Bittstellern. Sie warteten auf den Beginn der Generalaudienz. Dass der Kaiser sich persönlich zu ihnen bemühte, sorgte für freudige Überraschung. Doch ehe der Applaus recht aufbranden konnte, war der »Geliebte Vater der Weisheit« schon durch die

Gruppe seiner »Kinder« hindurchgeschlüpft und nahm nun direkten Kurs auf die Parkanlagen.

Die kaiserliche Leibwache sorgte dafür, dass nur Yonathan, Felin und wenige Vertraute des Kaisers die Grünanlagen betreten durften. Jetzt, da sie wieder fast unter sich waren, konnte Felin nicht länger an sich halten. »Was hast du nur vor, Yonathan? Du willst doch nicht wirklich *das* hier schwimmen lassen.« Felin hielt Yonathan das lange Schwert hin, das er auf Befehl seines Vaters an sich genommen hatte.

»Warum nicht?«, erwiderte Yonathan grimmig.

»Schwerter schwimmen nicht, Yonathan!«

»Bist du da so sicher?«

»Yonathan! Nun mal im Ernst: Wie willst du das vollbringen? Das Eis und das Gold – gut. Ich kann mir zwar nicht erklären, wie du das gemacht hast, aber dieses Schwert, das ist etwas ganz anderes.«

»Ich *glaube* einfach daran, Felin.«

»Hoffentlich genügt das!«

»Mein Pflegevater lehrte mich, dass viele Menschen nur meinen, etwas zu wissen, weil sie *wollen,* dass es so ist. Der Glaube aber ist ›das feste Erwarten erhoffter Dinge, der augenscheinliche Beweis von Wahrheiten, obwohl man sie nicht sieht‹. So steht es jedenfalls im *Sepher.*«

Felin seufzte. »Ich darf also annehmen, du *glaubst* fest daran, dass dieses Schwert schwimmen wird wie eine Ente?«

Yonathan lachte. »Vielleicht nicht so elegant, aber – ja, ich glaube daran. Der Stab kann vieles bewirken und ich glaube, Yehwoh wird uns durch Haschevet helfen.«

Felin nickte ernst. »Dann bete ich um Yehwohs Segen für dich und dein Vorhaben.«

»Danke, Felin. Und vertrau mir. Behalte nur das Schwert fest in der Hand und folge deinem Herzen. Ich glaube, es geht los.«

Während ihrer Unterhaltung hatten sie die kunstvoll gepflegten Anlagen am Fuße des Großen Kubus durchschritten und betraten nun einen naturbelassenen Teil des Parks. Hinter einer

Hecke sprudelte ein Springbrunnen. Hier, wenige Schritte von Barasadans diebstahlsicherer Sitzgarnitur, blieb die Gruppe stehen.

»Jetzt wollen wir sehen, ob deine Fähigkeiten an dein Mundwerk heranreichen«, wandte sich Zirgis an Yonathan. »Dieses Schwert wiegt schwer. Aber nimm es. Wenn es dir wirklich gelingt, es schwimmen zu lassen, werde ich meinen Teil unserer Abmachung erfüllen. Du kannst das Schwert sogar behalten, denn was ist es noch wert, wenn es kein Gewicht mehr hat?«

Yonathan verspürte eine tiefe innere Ruhe, gleichzeitig aber auch jenes Hochgefühl, das ein Wanderer empfindet, der nach langem, mühsamem Marsch auf dem Gipfel steht und die Welt zu seinen Füßen sieht.

Er dachte kaum über den Sinn seiner Worte nach, als er dem Kaiser antwortete. »So soll es sein, Hoheit. Was ist ein Werkzeug, das als zu leicht empfunden wird? Doch nicht ich will dieses Schwert zum Schwimmen bringen. Euer Sohn, Felin, soll es tun. Seine Hand wird es sein, die dieser Waffe das rechte Gewicht verleiht. Und Euer Wort wird sich erfüllen, auf dass Felin hinfort der rechtmäßige Träger des Schwertes sei.«

Zirgis verriet Unsicherheit, wenn nicht sogar Furcht, denn diese Worte des noch so jungen Stabträgers schienen ein bedrückendes Gewicht zu besitzen. Sie klangen fast wie ein Richterspruch.

Auch Felin fühlte die seltsame Stimmung des Augenblicks. Langsam zog er das Schwert aus der Scheide, ein Schwert, das nicht das seine war. Sein Großvater, Zirgon, hatte es an Zirgis vererbt und dieser würde es an seinen ältesten Sohn, Bomas, weitergeben. Er, Felin, war nur ein Nachkömmling ohne Bedeutung.

Doch das gewaltige Schwert war erhaben über solche Nichtigkeiten. Gewichtig ruhte es in sich selbst und kein Windstoß oder die Hand eines Unberufenen konnte es aus dieser Ruhe zwingen. Felins Hand aber gab ihm etwas von seiner alten, stolzen Bedeutung zurück. Zusammen mit dem Prinzen war es eine Achtung gebietende Einheit. Man ahnte nicht das Gewicht der gewaltigen

Waffe, wohl aber ihre todbringende Wirkung auf jeden, der sich ihr in den Weg stellte.

Nun ergriff Yonathan den Stab Haschevet und hielt ihn mit ausgestreckten Armen der Morgensonne entgegen. Der goldene Knauf des Stabes schien ihr Licht einzufangen und in alle Richtungen auszustrahlen, als wäre er selbst ein kleiner Stern.

Die wenigen Menschen, die Zeugen des Geschehens waren, hielten den Atem an. Der Kaiser, seine Gemahlin, Barasadan, Phequddath, der Herzog von Doldoban, Fürst Melin-Barodesch, General Targith – sie alle fühlten, dass etwas Besonderes vor sich ging. Die Luft war spürbar erfüllt von einer Kraft, die sie nicht kannten; keiner der Anwesenden würde diesen Augenblick jemals vergessen.

Felin hob das Schwert und kreuzte es mit Haschevet.

Wo Stab und Schwert sich berührten, schoss ein gleißend blauer Blitz in den Himmel. Selbst von jenseits der Hecke sah man die Lichterscheinung, ja, mancher Bürger Cedanors wunderte sich über den einsamen, grellen Blitz, der an diesem klaren Wintermorgen die Stadt überstrahlte.

Yonathan war nicht sonderlich überrascht. Er hatte in den Händen die Hitze empfunden, die schnell stärker wurde, dann ein Vibrieren, die Entfaltung einer außergewöhnlichen Macht. In jenem Augenblick, in dem er wie alle anderen geblendet war, sah er die Wahrheit. Erst jetzt verstand er seine Worte an den Kaiser. Und jetzt verstand er auch die Rolle Felins in jenem großen Vorhaben.

Als die Umstehenden langsam ihre Sehkraft zurückgewannen, hatte sich etwas verändert. Yonathan sah in den blauen, traurigen Augen Felins jene Gewissheit schimmern, die nur der Einblick in die tiefsten und verborgensten Geheimnisse des Universums verleihen kann. Aber er sah keinen Stolz ob dieses Vorzugs, nicht einmal Freude. Eher eine noch größere Traurigkeit. Das verwunderte Yonathan, wusste er doch, dass nun auch Felin die Bedeutung seiner Worte erkannt hatte.

Weder Zirgis noch die anderen Anwesenden bemerkten etwas

von diesen Dingen. Sie hatten nur Augen für das Schwert, mit dem eine seltsame Veränderung vor sich ging. Es strahlte leuchtend weiß, heller als Silber und glatter als polierter Sedin.

Die sprachlosen Beobachter versuchten zu begreifen, was sie sahen. Yonathan neigte nun den Stab zur Seite, dem Brunnen entgegen. Felin folgte langsam. Tiefer und tiefer senkten sich Stab und Schwert, bis sie das Wasser berührten. Das Schwert lag schließlich auf dem Stab, als Felin es vorsichtig losließ, sich aufrichtete und gespannt Yonathan anschaute.

Nun zog Yonathan den Stab unter dem Langschwert hervor – und es schwamm! Als wäre es aus Holz, wippte es auf und ab, bewegt von dem Wasser, das die Fontäne des Springbrunnes in ständiger Wallung hielt.

Eine Weile geschah nichts. Die meisten Zeugen des Ereignisses bestaunten offenen Mundes das im Brunnen dümpelnde Schwert. Schließlich brach Yonathan das ehrfürchtige Schweigen.

»Majestät, Euer Schwert schwimmt, wie Ihr es verlangtet.«

Zirgis schluckte mühsam. Kaum gelang es ihm, den Mund zu schließen und den Blick von dem im Wasser treibenden Beidhänder zu lösen. »Das geht nicht mit rechten Dingen zu«, stammelte er.

»Wollt Ihr etwa die Macht Yehwohs als *Unrecht* bezeichnen?«

Niemand wunderte sich über den herausfordernden Ton, auch Zirgis nicht. Der Kaiser schüttelte den Kopf und starrte Yonathan an, als hätte er ihm gerade sein Todesurteil verkündet. Wie zur Gegenwehr hob Zirgis die Hand und stammelte: »Geh mir aus den Augen! Geh!«

»Was ist mit Eurem Wort?«, beharrte Yonathan. »Kann ich mich im Palast frei bewegen?«

»Wenn du willst, kannst du in meinem Bett schlafen oder auf meinem Thron sitzen, aber geh, Knabe!«

»Und Felin erhält das Schwert?«

Jäh kehrten Klarheit und kalte Berechnung in die Augen des Kaisers zurück. Vielleicht überlegte er, ob das verwandelte

Schwert ihm jene Macht geben könnte, die dieser unbequeme Knabe und sein Stab ihm verweigerten.

Yonathan wusste, dass er Zirgis nicht dazu kommen lassen durfte, sein Versprechen zurückzunehmen und sagte deshalb: »Das Schwert ist nicht mehr das gleiche, so, wie Ihr es voraussagtet, Majestät. Es ist wie der Stab geworden: Niemand wird es mehr berühren können, außer seinem Träger.« Und wieder durchflutete ihn jenes seltsame Gefühl, das ihm den Mund öffnete und ihn Dinge sagen ließ, die er selbst kaum verstand. »So soll es sein. Der Stab Haschevet hat das Schwert in sein Licht getaucht. Es ist nun gereinigt und geheiligt, neu geboren und bestimmt zu einem geweihten Zweck. Solange es diesem Vorsatz dient, wird auch die Kraft des Stabes in ihm wohnen. Das Schwert ist ein Kind Haschevets, des Lichts, also heiße es von nun an *Bar-Schevet*, Sohn des Stabes. Bist du bereit, Felin, Sohn von Kaiser Zirgis, Enkel von Zirgon und Nachfahre des sechsten Richters Goel, dieses Schwert entgegenzunehmen und es zu tragen im Dienste des Lichts, aus dem es geboren wurde?«

Traurigkeit spiegelte sich in Felins Augen, als er antwortete: »Ich will es und ich werde es tun.«

Nichts als heiße Luft

Und du bist dir sicher, Yonathan, dass diese Worte nicht von dir selbst stammten?«, fragte Felin.

»Es war das *Koach*, Yehwohs Macht.«

Felin nickte. Er hatte ohnehin nicht ernsthaft daran gezweifelt. »Dann ist es also beschlossen: *Ich* werde dieses Schwert tragen.« Er seufzte. »Es ist eine schwere Verantwortung.«

Yonathan fühlte sich erleichtert. »Du solltest dich freuen, Felin. Dein Vater hat die Worte über das Schwert nicht verstanden. Mir war ja auch nicht klar, dass sie eigentlich *ihn*, den Kaiser, betrafen. Dein Vater hätte sich nicht so weit von Yehwoh entfernen dürfen und nur an seine eigene Macht denken sollen. Das Schwert ist ein Symbol für den obersten Richter in weltlichen Dingen. Nun ist klar, dass diese Gewalt an dich übergehen wird. Und ich glaube, dass dein Vater so etwas geahnt hat.«

»Denkst du, das alles ist mir nicht klar?«, rief Felin. »Haschevets Licht hat mir meinen Platz gezeigt. Jahrelang litt ich darunter, dass mein Vater nie schätzte, was ich tat, und nie hörte, was ich sagte. Immer war nur Bomas derjenige, der alles richtig machte; schließlich sollte er eines Tages zum Kaiser gekrönt werden. Aber nun …« Felin senkte den Blick.

»Aber dann müsstest du doch jetzt froh und dankbar sein, dass dir am Ende doch noch Gerechtigkeit widerfahren ist …«

Felin hob den Kopf und Tränen standen in seinen Augen. »Ach, Yonathan, du verstehst ja nicht! Natürlich bin ich dankbar, dass Yehwoh mich erwählt hat. Aber ich *liebe* meinen Vater und meinen Bruder – trotz allem! Ich will die Kaiserkrone nicht, wenn sie dafür mit dem Leben bezahlen müssen.«

»Mit ihrem Leben? Wieso …?«

»Genau das bedeutet es doch, Yonathan. Du hast doch vorhin selbst gesagt, dass mein Vater machtbesessen ist. Er würde nie freiwillig die Krone hergeben, so wie es mein Großvater getan hat. Und selbst wenn, dann wäre da immer noch der Nächste in der Erbfolge: mein Bruder. Wenn die Prophezeiung sich erfüllen soll, sehe ich nur diesen einen Weg: Mein Vater und mein Bruder müssen sterben.«

So hatte Yonathan seine Worte vom Springbrunnen noch nicht betrachtet. Er war ratlos. »Wir können Yehwoh um Hilfe bitten; aber wie seine Hilfe dann aussieht, wissen wir nicht. Ich zweifle aber nicht daran, dass er in allem, was er tut, gerecht ist.«

Der Prinz war sich wohl unschlüssig, ob er diesen Trost billigen durfte. Schließlich sagte er: »Du hast Recht, Yonathan. In der Weissagung war nicht von Zeit und Ort die Rede. Vielleicht wird mein Vater noch sehr alt werden, bis er stirbt; vielleicht wird mein Bruder als Kaiser noch viele Schlachten an den Grenzen Témánahs kämpfen; und vielleicht werde ich selbst erst in hohem Alter die Bürde der Kaiserkrone übernehmen. Bis dahin will ich mein Bestes tun, um mich der Wahl Yehwohs würdig zu erweisen.«

Yonathan bezweifelte, ob man die Prophezeiung vom Brunnen so auslegen durfte. Wenn Yehwoh mit Zirgis' Herrschaft unzufrieden war und in Felin den geeigneteren Kaiser sah, dann würde er wohl nicht mehr so lange warten wollen. Aber jetzt war nicht die Zeit diesen Punkt zu klären. Felin schien ruhiger, jetzt, wo er sich eine Erklärung für die Ereignisse des Morgens zurechtgelegt hatte. Und das war gut so, denn nur ein klarer Verstand konnte die Aufgaben dieses Tages meistern. Yonathan wechselte das Thema. »Den besten Beweis für die Wahl Yehwohs hältst du ja in den Händen.« Er deutete auf das Schwert Bar-Schevet.

Felin hielt den Zweihänder hoch und betrachtete ihn. »Es ist seltsam«, meinte er. »Es hat überhaupt kein Gewicht. Das heißt, ich spüre sein Gewicht schon, aber … es fällt mir schwer, das zu beschreiben, Yonathan.«

»Das Schwert wiegt gerade so viel, wie es dir nützlich erscheint?«

»Woher weißt du …?«

Yonathan lächelte. »Es ist der Sohn Haschevets. Der Stab ist mir auch nie eine Last gewesen. Aber wenn ich ihn benutze, dann hat er immer das rechte Gewicht. Bar-Schevet scheint das geerbt zu haben.«

»Und noch einiges mehr, wie mir scheint.«

Yonathan nickte. Er erinnerte sich, wie schnell Felin alle Zweifel an der Brauchbarkeit des Schwertes beseitigt hatte. Der Prinz war vom Springbrunnen zu Barasadans diebstahlsicheren Gartenmöbeln hinübergegangen und hatte mit einem einzigen Schwertstreich den Sockel eines Sedin-Sessels durchtrennt. Man sah nur die Ausholbewegung und vernahm ein wohltönendes Klingen. Der Kaiser wollte schon spöttische Bemerkungen machen, aber dann musste er zu seinem Erstaunen sehen, wie der Prinz das massive Steinmöbel einfach zur Seite kippte. Das

Schwert hatte den Sedin glatt durchtrennt. Felin und Yonathan verließen daraufhin diesen Teil des Parks und ließen eine Gruppe sprachloser, verstörter Menschen zurück.

»Glaubst du wirklich, nur ich kann dieses Schwert berühren, ohne Schaden zu nehmen?«

»Wer Haschevet berührt, zerfällt zu einem Häuflein Asche. Vielleicht ist es mit dem Schwert genauso.«

Der Prinz schauderte bei der Vorstellung. »Ich hoffe, dazu wird es nie kommen! Aber jetzt habe ich Hunger. Lass uns mal nachschauen, was es zu essen gibt. Lammkeule wäre nicht schlecht.«

Es war bereits Mittag und die Speisen, die innerhalb und außerhalb des Großen Kubus an verschiedenen Tafeln dargeboten wurden, waren vielfältig und auserlesen. Selbst des Kaisers Lieblingsgericht, Drachenkopfsülze, fehlte nicht. Es gab viel Rätselraten, ob diese Speise tatsächlich von Drachen stammte, denn diese Geschöpfe galten als ausgestorben. Aber schließlich war dies ja auch kein gewöhnliches Essen: Der Kaiser hatte zu Tisch geladen und die Sülze schmeckte hervorragend, egal, welches Tier dafür den Kopf hatte hinhalten müssen.

Yonathan und Felin suchten eine Weile, bis sie etwas abseits eine Tafel fanden, wo man etwas gewöhnlichere Speisen anbot, wie etwa am Spieß geröstete Ochsen, gefüllte Wildenten und gebratene Lammkeulen.

Inzwischen drängten sich um die zweitausend Festteilnehmer in den Palastanlagen, während das Volk unten, in den Straßen von Cedanor, ausgelassen feierte. Hier oben im Palast waren Gesandte aus allen Regionen Neschans vertreten, darunter auch Gäste, die noch nicht einmal menschliches Aussehen hatten. Während Yonathan seine Augen umherwandern ließ, erstarb plötzlich das Gemurmel. Er folgte den vielen gebannten Blicken, und dann sah er sie: eine unheimliche Prozession, die durch das Haupttor in den Palastbezirk kroch.

Zuerst sah man nur ein wallendes schwarzes Gewand, aus dem ein bleicher, kahler Schädel herausragte. Für einen Moment glaubte Yonathan, den schwarzen Priester wieder zu erkennen, mit dem er bei seiner Abreise aus Kitvar zusammengeprallt war: die blasse Haut, der haarlose Schädel, die farblosen Augen, das weite Gewand, die skelettartige Statur – alles stimmte. Aber die sechsunddreißig finsteren Gestalten, die dem geistigen Würdenträger folgten, zeigten, dass dieser Typus im dunklen Land des Südens wohl kein Einzelfall war.

»Das ist Ffarthor, der neue Botschafter Témánahs«, flüsterte jemand in der Nähe seinem Begleiter zu. »Man erzählt sich, er und seine sechs mal sechs Mitpriester sollen hier in Cedanor eine ständige Gesandtschaft einrichten. Das Ganze sei eine offizielle Friedensgeste des Südlandes. Angeblich will Zirgis diesen Ffarthor an seinem Tisch speisen lassen.«

»Du meinst, er will ihn zu seinem Berater machen?«, fragte der andere angewidert.

»Jedenfalls so etwas Ähnliches.«

Dann war die Prozession vorübergezogen. Ffarthor und die hinterdrein schlurfenden Schwärzlinge waren im Großen Kubus verschwunden. Im Nu loderten Hunderte von Streitgesprächen auf. Einige waren der Meinung, dies sei der Anfang einer neuen Epoche globalen Friedens, andere vertraten die Ansicht, in diesem Augenblick hätte der endgültige Verfall des Cedanischen Reiches begonnen.

Yonathan hielt es eher mit den Letzteren. Aber er konnte wohl nichts daran ändern – jedenfalls nicht in diesem Augenblick. Er ließ den Blick wieder schweifen und bald schon nahm die Vielfalt der Festgäste seine Aufmerksamkeit erneut gefangen. Besonders beeindruckten ihn die *Squaks,* riesige Vogelwesen, die an eine Kreuzung aus Straußen und Geiern denken ließen. Ihre Flügel waren mit Federn bewachsene Arme und sie hatten ein weiteres Paar Hände da, wo sich bei einem Menschen der Ellenbogen befand. Die Squaks waren in kostbare, aber schreiend bunte Gewänder gehüllt und damit im Handumdrehen der Mittelpunkt des allgemeinen Interesses.

Seltsam berührt war Yonathan auch vom Anblick der Königin

der Bolemiden. Sie schwamm in einer großen, durchsichtigen Kugel, die vielfarbig im Sonnenlicht schillerte. Ihre Beweglichkeit gewann Schsch, Ihre königliche Hoheit von Bolem, durch einen prachtvollen, mit Gold und Jade verzierten Wagen, der von einer Anzahl menschlicher Diener gezogen wurde. Die Bolemiden gehörten zu den wenigen Völkern, die nicht den Weisungen Cedanors verpflichtet waren. Ihr Element war das Meer. Niemand war so dumm ihnen dieses Reich streitig zu machen, nicht einmal die Cedanische Kriegsflotte, und schon vor langer Zeit hatte man sich für ein friedliches Nebeneinander entschieden.

Die Bolemiden legten dieses Bündnis bisweilen sehr zu ihrem Vorteil aus und bedienten sich gern einmal bei einem der kaiserlichen Handelsschiffe. In Cedanor nahm man dies mit der Gelassenheit des Machtlosen hin, denn der Schulterschluss gegen die Kriegsschiffe Témánahs war dem Kaiser allemal wertvoller als ein paar Schiffsladungen voll Wein.

Königin Schsch bewegte sich in ihrer Wasserkugel mit der Anmut eines Tintenfisches. Obwohl ihr tentakelbewehrter Körper nicht gerade dem menschlichen Schönheitsideal entsprach, konnte Yonathan doch erahnen, welche Grazie diese Geschöpfe besaßen. Es musste herrlich sein, einer Bolemidenformation zuzuschauen, die mit pulsierenden Stößen das Meerwasser durchpflügte.

»Wenn ich es nicht besser wüsste, würde ich meinen, diese Qualle da hat unheimliche Ähnlichkeit mit einem Bolemiden.«

Yonathan, ganz in seine Beobachtungen versunken, erschrak und fuhr herum.

»Yo!«

Der lange Seemann strich sich eine Haarsträhne aus dem Gesicht und grinste breit. »Du siehst ziemlich überrascht aus. Hast wohl nicht mehr mit uns gerechnet, was?«

»Natürlich, aber … ich habe nur gerade über etwas nachgedacht. Das, was du da eben über Schsch, die Königin des Meeresvolkes, gesagt hast, klang nicht gerade nett.«

»Oh! Wirklich nicht?« Yomi lachte. »Na ja, vielleicht liegt das daran, dass ich die Hälfte meines Lebens auf einem Handelssegler zugebracht habe. Da weiß man nie, ob diese freundlichen Meeresbewohner einem nicht das letzte Fass Wein abknöpfen. Ich kenne nur eine Rasse, die noch schlimmer ist als die Bolemiden.«

»Falls du damit auf die Piraten anspielen willst …«

»So ist es, Gimbar, mein Freund.«

»… dann lass dir sagen, dass auch Händler eigentlich Piraten sind – nur mit einem kaiserlichen Genehmigungsbrief.«

»Ich denke, es erübrigt sich, dir die Ankunft deiner beiden Freunde anzukündigen, Yonathan«, meldete sich Felin zu Wort. »Hast du dich eigentlich jemals gelangweilt, als du mit ihnen auf Reisen warst?«

»Bestimmt nicht!«, erwiderte Yonathan und in seinen Worten lagen Freude und Erleichterung. Jetzt, wo er wieder mit seinen alten Gefährten zusammen war und noch einen neuen dazugewonnen hatte, glaubte er jede Schwierigkeit meistern zu können.

»Konnte der Sattler dir helfen?«, fragte er Felin.

»Ja, schau.« Felin drehte den Oberkörper so, dass man das mächtige Schwert sehen konnte, das quer über seinem Rücken hing. »Ich denke, so kann ich es einigermaßen bequem transportieren.«

»Ich finde, es sieht trotzdem ziemlich sperrig aus«, warf Yomi ein.

»Kein Wunder, das Schwert ist fast so lang wie unser Prinz«, amüsierte sich Gimbar. »Gibt es irgendeinen Grund für deine plötzliche Verbundenheit mit dieser Klinge?«

Yomi und Gimbar waren gerade erst auf dem Palastberg eingetroffen und hatten noch nichts von den Vorgängen des Morgens gehört. Yonathan und Felin holten das jetzt nach.

Der Kaiser versäumte den größten Teil des Festes; er sei unpässlich, lautete die offizielle Erklärung.

Seine Gäste schien das nicht sonderlich zu stören. Auch die Laune von Yonathan und seinen Gefährten war anfangs noch gut, ihr Magen voll und das bunte Treiben auf dem Palastberg lenkte sie ab. Aber dann zog sich der Nachmittag immer zäher dahin und das Warten auf die bevorstehende Flucht nagte an ihren Nerven.

Bis Felin schließlich eröffnete: »Ich denke, es wird Zeit, uns die Uhr der Palastwache etwas näher anzuschauen.«

Gimbar nickte erleichtert. »Dann nichts wie los! Es steht alles bereit.«

Felin lächelte amüsiert. »Nur ruhig, mein Freund. Das ist *mein* Teil unseres kleinen Spielchens.«

Yomi und Gimbar waren mit einem Karren voll »Geschenken« auf den Palastberg gekommen, im Wesentlichen bestehend aus Weinfässern. Felins Plan bestand darin, dem Hauptmann der Wache ein Fass zu überlassen, als Präsent des im Palast bekannten und geschätzten Baltan.

»Ihr wisst, Hoheit, dass es uns strengstens untersagt ist, im Dienst Wein zu trinken!«, sagte der Hauptmann wenig überzeugend, als Felin ihm das Präsent überreichte.

»Das ist mir wohl bekannt, Hauptmann Sargan«, entgegnete der Prinz. »Auch ich sähe es nicht gern, wenn die Anordnungen meines Vaters missachtet würden. Aber es ist Euch nicht untersagt, *nach* Dienstschluss ein Schlückchen auf das Wohl des Kaisers zu trinken – zumal an einem solchen Tag!«

Der Hauptmann rieb sich das Kinn, als wolle er die Sache reiflich überdenken. »Ihr habt Recht, Hoheit. Wir schaffen das Fass erst einmal hinein.«

»Und Ihr werdet bestimmt darauf achten, dass nur diejenigen ihre Weinration fassen, die ihren Dienst beendet haben?«

»Bestimmt«, versicherte der Hauptmann eifrig. »Ganz bestimmt! Ich werde mich persönlich darum kümmern.«

»Ich wusste, Ihr seid ein zuverlässiger Mann, Sargan.«

Während die Wachmannschaft sich um die Bergung des Fasses kümmerte, betraten der Prinz und Yonathan das Innere des Wachhauses. Sie hatten zwei große Weinkrüge mitgebracht, einen gefüllt mit Wein, den anderen mit Gimbars dickflüssigem »Wasser«.

Sobald die Wachstube geräumt war, stieg Felin auf das Podest, auf dem die Wasseruhr thronte und goss ohne langes Zögern den Inhalt des zweiten Weinkruges in einen großen gläsernen Hohlkörper. Gleichmäßig rann das Wasser von dort in eine gläserne Spirale, floß durch Kugeln und verschieden große Zylinder, durch gebogene Röhren und beendete seinen Weg schließlich in einem großen Behälter am Fuß der Uhr.

Yonathan glaubte zu erkennen, dass das Wasser sichtbar langsamer lief. »Werden die Wachen auch nichts bemerken?«, fragte er besorgt.

»Die werden sich in den nächsten Stunden wohl mehr für den Inhalt des Weinfasses interessieren als für die Uhr«, entgegnete Felin, während er die Hälfte des mit Wein gefüllten Kruges in den leeren füllte.

Nachdem die Wachen das Geschenk Baltans mit großer Sorgfalt in die Wachstube befördert hatten, verabschiedeten sich Felin und Yonathan mit besten Wünschen.

»Der erste Schritt wäre getan«, stellte Felin gleichmütig fest, als er und Yonathan wieder zu Yomi und Gimbar gestoßen waren. »Jetzt gibt es kein Zurück mehr.«

Die Erfahrung, dass Zeit eins der unzuverlässigsten Dinge im menschlichen Dasein ist, machte Yonathan nicht zum ersten Mal – aber noch nie zuvor hatte ihn dies so gequält wie heute. Die zwei Stunden bis zum »nächsten Schritt«, wie es Felin genannt hatte, zogen sich endlos dahin.

Die winterlich frühe Dämmerung war schon weit vorangeschritten, als Yonathan, Yomi, Gimbar und Felin aus sicherer Position die Wachablösung beobachten konnten, die sich in einem zurückgezogenen Teil des Palastgeländes vollzog. Kurz darauf öffnete sich ein zweites Mal das Holztor zum Innenhof, in dem Barasadans neueste Erfindung stehen musste. Zwei Gehilfen des Wissenschaftlers huschten heraus und entfernten sich in Richtung des Großen Kubus.

»Das ist das Zeichen«, flüsterte Felin. »Jetzt folgt Schritt zwei.«

So unauffällig wie möglich näherten sich die vier dem Durchgang. Felin klopfte an die Tür, die sogleich geöffnet wurde.

»Ist alles in Ordnung?«, fragte der Prinz den Wachmann, der sie einließ.

»Ging alles wie geschmiert, Prinz«, erklärte dieser mit breitem Grinsen. »Die Wachen hatten nichts anderes im Sinn, als sich endlich in das nächtliche Festgetümmel zu stürzen. Und Barasadans Männer haben den Köder ebenfalls geschluckt.«

»Ich schlage vor, dass wir ziemlich schnell in Luft stechen, oder wie man das bei dieser Art von Schiffen nennt«, drängte Yomi. »Wenn wir den alten Filzkopf erst mal brüllen hören, dann wird es zu spät sein, die Anker zu lichten.«

»Ich wünschte, wir müssten nicht so überstürzt abreisen«, brummte Gimbar, der jetzt gar nicht so zuversichtlich und agil wirkte wie sonst immer.

Doch Yomi hatte dafür schon eine Erklärung parat. »Dir gefällt nur der Gedanke nicht Schelima hier allein zu lassen, während du wie ein Vögelchen davonflatterst.«

Sie hatten das Ende des Durchgangs erreicht und standen nun jener Konstruktion gegenüber, die neschanische Luftfahrtgeschichte schreiben sollte. Gimbar stemmte die Hände in die Seiten und meinte etwas zaghaft: »Worauf haben wir uns da nur eingelassen!«

Yonathan sorgte sich um seinen sonst so unerschrockenen Freund. Gimbar plagte wohl dieselbe Angst, die ihn schon während der Tauchfahrten auf dem Rücken Galals bedrückt hatte. Aber auch Yomis Übermut war ihm nicht ganz geheuer.

»Mir ist dieses Flugschiff auch etwas unheimlich. Aber ich sehe keine andere Möglichkeit von hier wegzukommen.«

»Es wird schon gehen. Ihr könnt euch auf mich verlassen«, sagte Gimbar, mehr zu sich selbst. »Ich habe versprochen dich zu begleiten, egal was kommt. Da wird mich doch nicht so ein« – er schluckte schwer – »fliegendes Wrack davon abhalten.«

Tatsächlich gehörte schon eine Menge Entdeckergeist dazu,

beim Anblick dieser Konstruktion, die sich da vor den Augen der Gefährten in die Höhe hob, Vertrauen und Geborgenheit zu empfinden. Mitten in dem Innenhof stand eine Plattform aus dicken Holzbohlen mit stabilen Rädern, auf der ein großer Ofen aufgebaut war. In seinem quadratischen Becken aus Schamottestein brannte ein Feuer, das von drei Männern mit ungesponnener Wolle und Stroh unterhalten wurde. Der Ofen hatte oben eine große Öffnung, aus der Flammen emporzüngelten, und unentwegt stieg dicker Qualm in die Höhe, der sich in einem riesigen, unförmigen Kasten dicht über dem Ofen sammelte.

Bei genauerem Hinschauen sah man, dass dieser Kasten eine gewaltige Hülle aus weißer Seide und Farbe war. Man hatte in Barasadans »Labor« diese Seide zunächst über ein Gestell aus Papyrusrohr gespannt und anschließend mit Firnis getränkt, um sie fester zu machen. Zuletzt hatte man dem unförmigen Etwas eine Bemalung verpasst, die jetzt, im trügerischen Licht von Feuer und Dämmerung, die Illusion eines echten Schiffes mit Masten, Segeln und Tauen erweckte.

Barasadan hatte Yonathan stolz erklärt, wie man aus dieser Konstruktion tatsächlich ein fliegendes Schiff machte. »Wenn die Seile genügend stark gespannt sind, müssen wir den Ofen beiseite rollen und dafür den Schiffsrumpf dort drüben darunter schieben.« Yonathan deutete auf eine zweite, mit Rädern versehene Plattform, auf der der aus Rohr geflochtene Schiffskörper ruhte. Er hatte einen breiten, flachen Kiel. Bug und Heck bildeten einen offenen Rundbogen. Über dem Schiffsboden schwebte ein starker Ring, von Tauen gehalten, in dem ein großer, eiserner Kessel hing.

»Woher wissen wir denn, wann die Seile straff genug sind?«, fragte Felin, der bei den schwitzenden Männern stand, die das Feuer in Gang hielten.

Yonathan musterte die Taue, die den Seidenkasten am Boden fest hielten, und rieb sich nachdenklich das Ohrläppchen. »Eigentlich müsste jetzt genügend ›Leichtigkeit‹ in dem Kasten sein, wie es Barasadan nannte, glaube ich jedenfalls. Am besten, wir versuchen es einfach. Entweder steigt das Schiff in den Himmel oder wir in den Kerker.«

Gimbar warf die Arme in die Höhe. »Du weißt wirklich deine Freunde zu begeistern!«

»Am besten, du packst jetzt mit an, Gimbar. Das wird dich ablenken.«

Es erforderte viel Kraft, die Plattform unter dem mit Rauch und heißer Luft gefüllten Kasten wegzuzerren. Doch im Verein mit den vier verbündeten Wachen gelang auch das. Sobald der Ofen entfernt war, machten sich die acht Schwerarbeiter an der zweiten Plattform zu schaffen. Diese war leichter, da sie nur Schilfrohr und einen Eisenkessel tragen musste. Als der Schiffskörper endlich in richtiger Position unter dem Segelkasten stand und alles mittels Tauen, Haken und Ösen miteinander verbunden war, trat unter den keuchenden und schwitzenden Verschwörern eine eigentümliche Stille ein. Die Köpfe im Nacken schauten sie in die Höhe. Am Himmel, hoch über dem Seidenkasten, zogen eilig dunkle Wolken gen Osten; in der Dämmerung wirkten sie plastisch und zum Greifen nahe. Windböen fingerten neugierig an dem riesigen Kasten herum und ließen die gespannten Taue ächzen und knarzen.

»Ich glaube, wir müssen einsteigen«, sagte Felin.

Yonathan wandte sich dem Prinzen zu. »Noch kannst du es dir anders überlegen, Felin. Wenn du dich in das Festgetümmel mischst, wird dir niemand nachweisen können, dass du etwas mit meiner Flucht zu tun hattest. Aber wenn du mit mir kommst …«

Felin lächelte schwach. »Ich habe meine Entscheidung schon vor vielen Tagen getroffen und sie ist endgültig, Yonathan: Ich werde mit dir gehen. Du dienst der Wahrheit, vor der mein Vater die Augen verschließt.«

Yonathan nickte ernst und doch froh. »Gut«, sagte er, »dann soll es so sein. Ich bin mir sicher, dass deine Entscheidung richtig ist.«

»Das bin ich auch. Dann wollen wir mal sehen, was Baras neueste Erfindung wert ist.«

Das Gepäck der vier Gefährten war schnell verstaut: Verpflegung, Schlafdecken und praktische Kleidung – sie trugen noch immer ihre kostbaren Festgewänder. Hinzu kam ein Langbogen, ohne den der Prinz den Palast nie verließ, was sich noch als sehr nützlich herausstellen sollte. Sie hatten diese Dinge in einem nahen Versteck untergebracht. Dann stiegen die Passagiere an Bord. Gurgi huschte aufgeregt auf Schultern und Kopf ihres Herrn hin und her, während der den Wachen noch die Anweisung gab die vier Haltetaue unbedingt gleichzeitig loszulassen; sonst könne der Schiffsrumpf aus dem Gleichgewicht geraten.

In diesem Augenblick ertönte an dem Tor, das den Durchgang zum Innenhof versperrte, ein lautes Klopfen.

»Was ist dort drinnen los? Öffnet sofort das Tor!« Die Stimme drang dumpf durch das dicke Holz. Sie gehörte Barasadan, auch wenn die einfache Wortwahl dagegen sprach. »Ich sagte, öffnet die Tür, sonst werden wir sie aufbrechen!«, wiederholte die Stimme noch einmal.

Die Besatzung des fliegenden Schiffes wechselte fragende Blicke mit den Männern an den Haltetauen.

»Schnell, gebt das Schiff frei!«, rief Felin.

Im Hintergrund hörte man jetzt ein dumpfes Dröhnen, wie von einem Rammbock. Dann flogen die ersten Splitter.

»Warum geht denn das nicht schneller?«, drängte Felin.

»Das sind Seemannsknoten, Prinz. Wir kennen uns damit nicht aus.«

»Dann kappt die Taue!«

Bald musste das Tor nachgeben. Schon bohrte sich eine gewaltige Axt durch das Holz.

»Wenn sie die Taue nicht genau gleichzeitig loslassen …« Yonathan schluckte.

»Ich springe noch mal raus und zeige ihnen, wie man die Knoten löst«, rief Yomi.

»Bist du verrückt?«, schrie Yonathan entsetzt. »Das Schiff wird sich losreißen und ohne dich aufsteigen!« Aber Yomi war schon über die Reling geklettert.

Im Hintergrund krachte es. Die letzten Reste des Tores würden jeden Moment kapitulieren.

Yomi sprang wieder auf das Schiff zu, tat einen gewaltigen Satz und hielt sich an einem Tau fest, das von der Bordwand baumelte. Er gab den Soldaten ein Zeichen und schrie: »Jetzt!«

Die vier Soldaten zogen an den Schlingen, wie Yomi es ihnen erklärt hatte. Drei der Knoten öffneten sich sogleich. Doch der vierte wollte sich nicht lösen.

Yomi sprang abermals in den Hof. »Haltet die Taue fest, solange ich eurem Kameraden helfe!«

»Yomi, komm zurück!«, brüllte Yonathan verzweifelt.

»Das Schiff wird gleich kentern«, stellte Gimbar mit ausdrucksloser Stimme fest.

Yomi riss einem der drei wie angewurzelt dastehenden Soldaten das Schwert aus der Scheide und lief zu dem vierten hin. Gemeinsam schlugen sie auf das widerspenstige Tau ein. Immer wieder sausten die Schwerter nieder, bis schließlich nur noch eine Faser übrig blieb.

»Yo, jetzt komm endlich!«, schrie Yonathan.

Yomi hechtete wieder auf das Seil zu und bekam es gerade noch zu fassen, als das vierte Haltetau riss. Der Rumpf des Luftschiffes bäumte sich wie ein aufgeschrecktes Pferd nach vorn auf. Die drei Passagiere polterten nach achtern – und Yomi entglitt das Seil.

»Yo! Yo!« Yonathan hatte sich wieder aufgerappelt.

Wegen des plötzlichen Zuges konnten die Soldaten das Schiff nicht mehr halten; die Taue glitten durch ihre blutig gescheuerten Hände.

Im Durchgang ertönte ein letztes, gewaltiges Krachen. Die Eindringlinge hatten das Tor besiegt und stürmten in den Innenhof.

Yomi hechtete nach einem der Haltetaue.

Yonathan blickte fassungslos in den Hof hinab. Immer mehr Verfolger drängten sich herein. Doch zu spät. Das Luftschiff stieg majestätisch, wie von Flügeln getragen in den Himmel. Aber wo war Yomi?

Besorgt lehnte sich Yonathan über das Schanzkleid – und atmete erleichtert auf: Yomi baumelte unter dem Bug, das Halteseil fest im Griff.

Unten im Hof herrschte großer Tumult, von vielen Fackeln effektvoll beleuchtet. Zum Glück waren keine Bogenschützen zugegen, die für das aufsteigende Luftschiff hätten gefährlich werden können. Einige emporgeschleuderte Speere fielen schon auf halbem Wege wieder nach unten.

Barasadans weißer Kopfputz erschien auf der Szene. Der Wissenschaftler hüpfte unablässig, schimpfte und ruderte mit den Armen in der Luft herum, als wolle er persönlich die Verfolgung seiner Erfindung aufnehmen. Als dies nichts fruchtete, forderte er die Fliehenden mit teils drohenden, teils flehenden Gesten zur Umkehr auf. Doch auch davon nahmen Schiff und Besatzung keine Notiz. Wie hätten sie auch? Es wusste ja keiner, wie man ein Luftschiff steuert.

Yonathan riss sich von dem atemberaubenden Anblick des unter ihm wegtauchenden Palastberges los und wandte sich Yomi zu. Er formte die Hände zu einem Trichter und legte sie an den Mund. »Yo, komm jetzt endlich an Bord. Oder wartest du auf eine schriftliche Einladung?«

Yomi grinste. »Ich wollte mir nur ein wenig die Luft um die Nase wehen lassen«, rief er zurück. »Es ist ein unbeschreibliches Gefühl! Aber ich komme gleich nach oben.«

Yonathan atmete auf und wandte sich Gimbar zu, der auf dem Boden saß und schwer atmend vor sich hinstarrte. »Yomi ist nichts passiert, Gimbar«, versuchte er den von Höhenangst gepeinigten Freund aufzumuntern. »Er sagt, es sei ›ein unbeschreibliches Gefühl‹.«

»Wem sagst du das!«, keuchte Gimbar.

»Dem Ärmsten wird es erst wieder gut gehen, wenn er festen Boden unter den Füßen hat«, vermutete Felin bedauernd.

Das fliegende Schiff hatte mittlerweile eine beträchtliche Höhe gewonnen. Sie zogen jetzt hoch über die Stadt hinweg. Wohl kaum jemand auf den von Fackeln und zahlreichen Feuern erleuchteten Straßen und Plätzen nahm Notiz von dem technischen Wunderwerk, das hoch droben im abendlichen Himmel seinen Jungfernflug bestritt. Und die wenigen, die es sahen, wandten sich sogleich wieder ab, schüttelten energisch den Kopf und schworen sich an diesem Abend, keinen Wein mehr anzurühren.

»Wir treiben ja nach Westen!«, rief Yomi plötzlich.

Yonathan schaute nach unten. Tatsächlich! Während er und Felin, verzaubert von der Miniaturwelt unter ihnen, überhaupt nicht an die Flugrichtung gedacht hatten, war es Yomi sogleich aufgefallen: Das Schiff trieb in die verkehrte Richtung. Direkt auf die Sümpfe zu! Mit einem Blick gegen die dichte Wolkendecke stellte er fest: »Es scheint ein Sturm aufzukommen. Wahrscheinlich ist der Wind deshalb so unberechenbar. Noch ein paar Meilen und wir werden im Morast landen.«

»Und versinken!«, ergänzte Yomi. »Andernfalls haben wir dann wieder Cedanor vor uns.«

»Und damit auch meinen Vater, dessen Soldaten und den gesamten Geheimdienst«, fügte Felin finster hinzu.

»Wenn wir nur die Flugrichtung ändern könnten …«

Plötzlich kam Yonathan ein Gedanke, einer jener Einfälle, die ihn in letzter Zeit häufiger heimsuchten. Und erstaunten. »Wir können versuchen es wie die Adler zu machen!«

»Ja«, murmelte Gimbar monoton. »Fangen wir an, mit den Armen zu schlagen. Vielleicht wachsen uns sogar Federn.«

»Eben nicht«, sprudelte Yonathan hervor. »Der Adler ist äußerst sparsam mit seinen Flügelschlägen. Ich habe ihm schon oft zugeschaut, in den Bergen hinter Kitvar. Er scheint sich verschiedene Winde zu suchen, wenn er mit ausgestreckten Flügeln durch die Lüfte gleitet. Und wenn er die richtige Luftströmung gefunden hat, dann lässt er sich einfach in die gewünschte Richtung treiben.«

»Bleibt nur die Frage, wie wir eine solche Strömung finden können«, gab Felin zu bedenken.

»Ganz einfach, wir lassen uns entweder aufsteigen oder absinken.«

»Ah!« Felin nickte. »Ich verstehe. Du meinst, dass die verschiedenen Windströmungen aufeinander geschichtet sind.«

»Richtig. Am besten, wir versuchen zunächst höher zu steigen – runter kommen wir ja früher oder später sowieso.«

Gimbar stöhnte.

»Ich verstehe noch immer nicht, wie dieses Schiff überhaupt fliegen kann«, sagte Yomi.

Yonathan erinnerte sich an die Erklärung des filzhaarigen Hofgenies. »Barasadan meinte, es wäre der Rauch, der aus dem Feuer aufsteigt. Deshalb verwendet er auch Wolle und Stroh, was beides eine Menge Qualm erzeugt. Er sagte, in dem Rauch sei die sogenannte ›Leichtigkeit‹ gespeichert, die in den hohlen Seidenkasten steigt und das Schiff in die Höhe hebt. Allerdings glaube ich eher, dass es mit der heißen Luft zusammenhängt, die über dem Feuer entsteht.«

»Das würde bedeuten, dass wir wieder absinken, sobald die Luft sich abkühlt«, schlussfolgerte Felin.

»Wir sinken bereits«, meinte Yomi. »Schon seit einer ganzen Weile.«

Erschrocken blickten Yonathan und Felin in die Tiefe. Und wirklich, das fliegende Schiff hatte bedenklich an Höhe verloren. »Der Kessel!«, rief Yonathan. »Deshalb die Wolle und das Stroh an Bord.«

»Natürlich«, sagte Felin. »Du meinst, wir sollen es in dem Kessel anzünden?«

»Genau das meine ich. Kommt, schnell!« Schon schaufelte Yonathan aus Leibeskräften Brennmaterial in den Kessel.

Unterdessen entzündete Yomi auf einer Steinplatte mit Feuerstein und Stahl ein Büschel Stroh. »Ziemlich gefährlich«, murmelte er vor sich hin. »Ein einziger Funke in die verkehrte Richtung und unser schönes Luftschiff ist das erste fliegende Lagerfeuer in der Geschichte Neschans.«

»Kannst du nicht mal was Angenehmes erzählen?«, klagte Gimbar.

Als das Feuer richtig aufflammte, begann das Schiff wieder zu steigen. Höher und höher kletterte es, wie an einem unsichtbaren Seil in die Höhe gezogen.

»Ich glaube, jetzt stimmt unser Kurs!«, rief Yomi.

»Ja«, pflichtete Yonathan bei. »Es scheint tatsächlich zu funktionieren. Wir fliegen jetzt höher und hier treibt uns der Wind direkt nach Osten. Ist das nicht mal eine erfreuliche Nachricht, Gimbar?«

Der ehemalige Pirat schwieg.

Abermals zog das festlich beleuchtete Cedanor unter dem Luftschiff hinweg. Die Geräusche von den Straßen und Plätzen klangen eigenartig nah. In der Ferne breitete sich der gewaltige Cedan-Strom wie ein dunkler, schlafender Lindwurm nach Osten und Westen hin aus. Abgesehen von den immer heftiger werdenden Windböen, bot sich den Luftreisenden ein friedliches Bild. Selbst Gurgi hatte sich von ihrem Beschützer gelöst und turnte mutig an den Tauen herum, die den Schiffsrumpf mit dem Segelkasten verbanden.

Eine Zeit lang hörte man nur das Sausen des Windes und das Prasseln des Feuers. »Daran könnte ich mich gewöhnen«, schwärmte Yomi. »Wegen mir könnte Kaldek seine *Weltwind* gegen dieses Schiff hier eintauschen. Ich würde sie *Weltwind II* nennen. Irgendwie passt der Name zu diesem Luftschiff unheimlich gut. Findet ihr nicht auch?«

»Ich glaube, wir bekommen Probleme«, rief Yonathan in einem Ton, der seine Freunde aufhorchen ließ.

»Was ist?«, fragte Felin. Alle Sinne des erfahrenen Jägers waren sofort in Alarmbereitschaft.

»Ich weiß es nicht genau. Es ist so ein Gefühl … Ein Kribbeln in meinem Kopf …«

»O nein!«, sagte Yomi. »Das hat er schon oft gehabt – und nie hat es etwas Gutes bedeutet.« Der Seemann inspizierte das Schiff, kontrollierte die Flughöhe und suchte den dunklen Nachthimmel ab. »Ich kann nichts Verdächtiges finden«, stellte er schließlich fest.

»Ich auch nicht«, bestätigte Felin.

»Da!«, rief Yonathan. Mit ausgestrecktem Arm deutete er nach Westen.

Yomi und Felin strengten ihre Augen an. »Ich sehe nichts …«, hob der Prinz an, stockte jedoch und verbesserte sich: »Doch, ein Vogel. Nur ein schwarzer Vogel in der Nacht.«

»Das ist nicht irgendein Vogel, der da auf uns zukommt«, kündigte Yonathan düster an.

Yomi sog erschrocken die Luft ein. »Du meinst doch nicht etwa …?«

»Doch, Yo. Zirah!«

Yonathan war sich ganz sicher. Dieses Wesen in Gestalt eines schwarzen Vogels – einem besonders hässlichen Geier nicht unähnlich – musste dasselbe sein, das er zum ersten Mal auf der *Weltwind* gesehen hatte. Später wurde ihm dann klar, dass Zirah ein Spion Bar-Hazzats war; ein besonders gefährlicher sogar, der bis zu dem dramatischen Zusammenstoß beim Tor im Süden für eine Menge Ärger gesorgt hatte.

»Da ist ja mein Goldstück!« Eine grässliche, krächzende Stimme zerriss die Stille. »Es ist viel Zeit verstrichen, Yonathan. Ich sehe, du hast inzwischen auch das Fliegen erlernt. Aber es ist gefährlich für Menschen, wenn sie es unsereins gleichmachen wollen.« Während das geflügelte Wesen sprach, rüttelte es eine Weile in der Luft, umkreiste das Schiff mit knappen Flügelschlägen, um dann wieder auf der Stelle stehen zu bleiben.

»Willst du mir drohen, Zirah?«, rief Yonathan dem hässlichen Geschöpf entgegen. »Dein Herr hat sich schon ein paar Mal die Finger an mir verbrannt. Schickt er nun dich, damit ich dir die Federn ansenge?«

Zirah lachte niederträchtig. Wieder schlug sie in schnellem, kurzem Rhythmus mit den Schwingen, sodass sie in der Luft stehen blieb. »Ich muss zugeben, fliegen kann mein Herr, Sethur, noch nicht. Aber er hat mich tatsächlich gebeten dich noch einmal zu fragen, ob du nicht mit ihm nach Témánah gehen willst, ansonsten …«

»Ansonsten was?«

»Soll ich dir die Flügel stutzen.« Zirah ging wieder in einen kreisförmigen Gleitflug über.

Wie oft schon hatte Yonathan geglaubt sich seines Verfolgers endgültig entledigt zu haben und immer wieder war es Sethur gelungen, ihn einzuholen – entweder selbst oder durch seine Helfershelfer.

»Nein …!«, wollte er gerade sagen, aber Zirah war aus seinem Blickfeld verschwunden. »Wo ist das Biest?«, flüsterte er beunruhigt.

»Ich weiß nicht«, antwortete Yomi. »Es war plötzlich verschwunden.«

»Das Vieh muss noch in der Nähe sein; ich spüre es ganz deutlich.«

»Ich denke, dieses Wesen – was immer es ist – befindet sich über uns«, stellte Felin fest. Er hielt bereits seinen Jagdbogen in der Hand.

Direkt über ihren Köpfen hörten sie ein nicht sehr lautes, aber beunruhigendes Geräusch.

»Sie reißt Löcher in die Bespannung!«, rief Yomi.

»O weh, o weh!«, erscholl es von Gimbar her.

»Das ist erst der Anfang«, krächzte die schwarze Kreatur.

Doch ehe Felin sie genau sehen konnte, war sie schon wieder aus dem Blickfeld verschwunden.

Gurgi rührte sich angespannt auf Yonathans Schulter. Das kleine Tier spürte die Gefahr.

»Wir müssen etwas unternehmen!«, rief Yonathan. Er zog Haschevet aus seinem Behältnis. »Wenn wir dieses Vieh da nicht runterholen, dann wird es uns den ganzen Segelkasten zerhacken. Ihr könnt euch ja vorstellen, was das für uns bedeutet.«

»Wenn ich sie nur zu Gesicht bekäme!«, raunte Felin. »Nur für einen Augenblick, dann könnte ich mit meinem Bogen …«

Ratsch! Ein zweites Loch klaffte hoch oben in der Seide. Aus der Höhe ertönte ein hässliches Lachen. »Wie gefällt dir das, mein Goldstück?«

Yonathan umklammerte den Stab. Er wünschte, er hätte einen

Blitz aussenden können, um Zirah damit vom Himmel zu fegen. Aber wie? Könnte er nicht …?

»Felin! Wenn ich dir sage, wo Zirah sich befindet, könntest du sie dann treffen?«

»Lass es uns versuchen!«

»Stell dich vor mich und peile einfach die Öffnung an, durch die die heiße Luft hochsteigt. Ich sage dir, wohin du zielen musst.«

Felin legte einen Pfeil auf, spannte die Sehne des Bogens leicht und zielte in die Höhe. Das bereits erlöschende Feuer im Kessel tauchte die Innenseite des großen seidenen Kastens in ein gespenstisches Licht. »Ich kann kaum etwas erkennen«, sagte der Prinz. »Nur Rauch!«

»Du musst auch nichts sehen«, beruhigte ihn Yonathan. »Das übernehme ich.«

Yonathan schloss die Augen. Seine Finger spannten sich fester um den Stab. Er richtete sein Gesicht in die Höhe und die Dunkelheit lichtete sich. In bläulichem Licht sah er den Kessel, drang weiter nach oben vor und erkannte die Verstrebungen im Segelkasten; tastete sich noch weiter in die Höhe – und gewahrte einen dunklen, kreisenden Schatten.

»Ich sehe sie!«

»Wo?«

»Warte noch einen Augenblick. Ziele einfach gerade nach oben. Aber warte noch!«

Während Felin den Bogen voll auszog, sandte Yonathan seinen Blick am Schaft des Pfeiles entlang und folgte dem Schatten des Vogelwesens.

»Jetzt steht sie genau über uns«, flüsterte Yonathan. »Etwas weiter links … nein, nicht so weit … weiter oben … ja … nein, wieder etwas zurück – jetzt!«

Der Pfeil schoss mit hellem Sirren in den Qualm hinein. Dann zerfetzte ein markerschütternder Schrei die gespannte Stille. Das scharfe Geräusch von zerreißender Seide mischte sich in den Laut des Todes, der auf sie niederraste. Im nächsten Moment stürzte Zirahs zuckender Körper samt dem Pfeil, der ihre Brust durchbohrt hatte, mitten in den Feuerkessel hinein. Eine hohe Fontäne feuriger Glut schoss empor. Reglos beobachteten die Gefährten den Todeskampf der schwarzen Kreatur. Wieder und wieder schnitten die grässlichen Schreie wie scharfe Klingen in ihre Ohren. Doch dann wurden die Bewegungen schwächer und erstarben schließlich ganz. Nur noch der betäubende Gestank von verbranntem Fleisch lag in der Luft.

Für einige Herzschläge herrschte Stille. Selbst der Wind schien gelähmt.

»Seltsam«, sagte Yomi dann, »dass dieses Geschöpf der Finsternis schließlich im Licht sein Ende findet.«

»Nicht *im* Licht, Yo. *Durch* das Licht. So wird es allen ergehen, die dem Weg der Finsternis folgen.«

Wieder Schweigen. Bis plötzlich Gimbars erregte Stimme erklang.

»Da oben brennt etwas!«

Acht Augen starrten in die Höhe. Und wirklich! Auf einem der Taue, an denen der Feuerkessel hing, züngelte eine kleine Flamme, die schnell an Größe zunahm.

Yonathan fühlte, wie seine Knie weich wurden. Eine Schwierigkeit nach der anderen stellte sich ihnen in den Weg. Und jetzt das! Unter Aufbietung aller Willenskraft rief er: »Das Tau muss von der Glut getroffen worden sein, die Zirah aufgewirbelt hat, als sie in den Kessel fiel. Wir müssen die Flamme sofort löschen, bevor sie den Segelkasten erreicht!«

»Ich mach das«, erklärte Yomi. Im nächsten Augenblick stand er auf dem Rand des Eisenkessels. Einen Moment blickte er beklommen in die Glut, in der noch die Asche Zirahs schwelte. Dann forderte er: »Schnell, gebt mir eine Decke oder irgendwas!«

Felin zerrte eine Schlafdecke unter dem Gepäck hervor und reichte sie hinauf.

Yomi schlug nach der Flamme. »Hu!«, stöhnte er. »Meine Sohlen verglühen gleich.« Aber er schlug weiter auf die Flamme ein, bis sie schließlich erlosch.

Er sprang auf das Deck zurück und hüpfte von einem Fuß auf

den anderen. »Puh, ich sage euch, das war unheimlich heiß! Ich glaube, meine Füße sind etwas verkohlt.«

Felin lächelte. Er legte dem langen Seemann die Hand auf die Schulter und erklärte feierlich: »Du hast heute sehr viel Mut bewiesen, Yomi. Jetzt kann ich verstehen, dass Yonathan so viel daran lag, seine Gefährten auf der Flucht bei sich zu haben.«

»Auf mich hätte er ruhig verzichten können«, grummelte Gimbar. Er hatte sich seit dem Start des fliegenden Schiffes nicht von der Stelle gerührt und wahrscheinlich hätte er es auch nicht gekonnt.

»Jetzt hör auf, Gimbar«, tröstete Yonathan seinen Freund. »Ich weiß, dass du nicht feige bist. Wahrscheinlich hat jeder Held vor irgendetwas Angst: vor großer Höhe, engen Räumen, vor Spinnen, Schlangen, Mäusen – oder vor schönen Mädchen.«

Gimbars Gesicht hellte sich ein wenig auf. »Zum Glück kann Schelima mich so nicht sehen. Sie würde sich sofort einen anderen Verehrer suchen.«

»Wart's ab, bis du wieder festen Boden unter den Füßen hast. Dann bist du wieder ganz der alte.«

In diesem Moment zuckte ein Blitz durch den nächtlichen Himmel und tauchte die Landschaft unter dem Schiff in ein taghelles, blauweißes Licht. Fast gleichzeitig ertönte ein ohrenbetäubender Donnerschlag.

»Das hat uns gerade noch gefehlt!«, sagte Felin düster.

Yonathan blickte zum Himmel. »Ein Gewitter! Wir sollten sehen, dass wir schleunigst runterkommen.«

»Ich fürchte, das geht schneller, als uns lieb ist.« Yomis Worte klangen wie aus der Ferne.

Ein zweiter Blitz erhellte die Nacht und Yonathan suchte nach dem Ursprung der Stimme; sie kam von außerhalb des Schiffes. »Yo, was machst du denn da schon wieder?«

Yomi hatte sich weit nach draußen gelehnt. Jetzt richtete er sich wieder auf. »Wir verlieren unheimlich schnell an Höhe. Unter uns liegen Berge und Bäume – ich würde die Bäume vorziehen. Was meint ihr?«

Yonathan und Felin mussten die Nachricht erst verdauen. »Eigentlich klar«, meinte Felin dann. »Das Feuer ist aus und die Luft entweicht durch die Löcher, die Zirah gerissen hat.«

»Und was tun wir jetzt?«, wollte Gimbar wissen.

»Uns fest halten, Gimbar. Uns *gut* fest halten.«

Von da an ging alles sehr schnell. Wie der nächste Blitz offenbarte, sauste das Luftschiff an einer schroffen Felswand entlang, konnte sie jeden Moment streifen. Was dann mit den Passagieren geschehen würde, war nicht besonders schwer zu erraten.

Ein weiterer Blitz zeigte, dass Barasadans Erfindung gerade um Haaresbreite an einer spitzen Felsnadel vorbeisegelte. Dahinter kam eine Weile nichts. Aber das Schiff sackte weiter und weiter ab, mit beängstigender Geschwindigkeit!

Dicke Regentropfen fielen jetzt. Beim nächsten Blitz konnte man deutlich die dunklen Kronen eines Waldes erkennen, der direkt auf dem schräg nach unten geneigten Kurs des Luftschiffes lag.

»Da! Feuer!«, rief Yomi und deutete hinauf.

Ein Rest der Glut war wohl im Fahrtwind neu entflammt und unbemerkt zum unteren Rand des Segelkastens gekrochen. Im Nu stand das Werk aus Seide, Firnis und Papyrusrohr in Flammen. Yonathan hörte Schreie und Rufe. Auch später konnte er nicht sagen, ob diese von ihm selbst oder von seinen Freunden stammten.

»Wir müssen raus!«, schrie jemand.

»Nein, es ist noch zu hoch«, brüllte ein anderer.

Oben tobte ein Flammenmeer.

Abermals ein Blitz und ein knallender Donner.

»Haltet euch fest! Gleich setzen wir auf!« Das war Yomi, ohne Zweifel.

Yonathan klammerte sich fest, so gut er konnte. Dann gab es einen gewaltigen Ruck. Das ganze Schiff schien zu zerbersten. Yonathan verlor den Halt, flog quer durch die Luft und schlug mit dem Kopf hart auf.

Für die Dauer eines Wimpernschlages konnte er sich noch an

die Welt klammern, die ihn an diesem Tage so geschunden hatte. Bevor er das Bewusstsein verlor, schossen ihm zwei seltsame Gedanken durch den Kopf: Hoffentlich ist Gurgi nichts passiert. Und: Du warst wirklich nicht besonders nett zu mir, Cedanor.

IV.

Die Gezeiten des Lebens

»Jener muss von nun an abnehmen,
ich aber muss fortan zunehmen.«
Die Bibel, Johannes-Evangelium, Kapitel 3, Vers 30

Jonathan klappte die Bibel zu. Lange dachte er über die gerade gelesenen Worte nach. Diese Textstelle hatte natürlich nichts mit ihm zu tun. Sie handelte von Johannes dem Täufer, dessen Bedeutung ständig abnahm, nachdem Jesus, der verheißene Messias, auf den Plan getreten war – und doch …

Nicht erst in den letzten Tagen hatte sich Jonathan gefragt, welche Rolle er im Gang der Ereignisse spielte, die sich in seinen Träumen vollzogen. Es war längst nicht mehr zu leugnen, dass sich die Dinge verselbständigt hatten. Sie gingen weit über das hinaus, was man von gewöhnlichen Träumen erwarten durfte. Diese Geschehnisse waren begeisternd und beunruhigend zugleich. Sie pflanzten sich ständig fort, wie im richtigen Leben. Ja, Jonathan begann sich zu fragen, was überhaupt das *richtige* Leben war.

Mehr und mehr war er in das Traumleben von Yonathan, dem Pflegesohn Navran Yaschmons, hineingezogen worden – oder sollte er sagen: davon aufgesogen worden?

Wie auch immer, Jonathan fühlte sich ausgelaugt, erschöpft und krank. Sein Leben schien auf Ebbe zuzusteuern, während Yonathans mehr und mehr auf eine Springflut zulief. Eigenartigerweise war er trotzdem nicht unglücklich. Unsicher schon, weil er nicht wusste, was ihn noch alles erwartete, aber nicht unglücklich.

Die jüngsten Traumereignisse hatten ihn in seiner Zuversicht allerdings ein wenig zurückgeworfen. Wenn er nur wüsste, was mit Yonathan geschehen war, nachdem Barasadans Heißluftballon Schiffbruch erlitten hatte … War sein Traumbruder ernstlich verletzt? Vielleicht sogar …?

Nein, nicht noch einmal wollte Jonathan sich entmutigen lassen. Sein verborgenes Traum-Ich war nicht tot. Oder war das Wunschdenken? Bestimmt nicht! Möglicherweise hatte er sich früher von solchen Ereignissen niederdrücken lassen – wie damals, als sein Traumbruder beinahe vor dem Ewigen Wehr ertrunken war –, aber jetzt sah alles ganz anders aus. Jetzt hatte auch er selbst, Jonathan, sich verändert.

Möglicherweise war dieser Wandel eine Folge vieler kleiner Vorfälle, Überlegungen und Entschlüsse gewesen. Doch endgültig vollzogen hatte er sich erst vor kurzem. In den letzten Tagen des alten Jahres war Jonathan zu einer Entscheidung gekommen. Zu lange schon hatte er sich gesträubt die Ereignisse seiner Träume zu akzeptieren. Sicher, er hatte es genossen, als gesunder, starker Junge über die Welt Neschan zu wandern. Seine Träume waren so wirklich. Aber er hatte doch immer wieder Zweifel an diesen Träumen gehegt. Zweifel, weil das alles doch gar nicht sein konnte. Zweifel auch, weil zugleich die Zeit in der Gegenwart hier in Schottland sich jener in seinen Träumen zu beugen schien: Mehrmals waren ihm ganze Tage einfach verloren gegangen. Man hatte ihm gesagt, er sei krank. Solch ein Gedächtnisverlust sei zwar ernst, aber nicht beunruhigend, bald würde er wieder auf der Höhe sein. Und Jonathan hatte sich bemüht diese Erklärungsversuche anzunehmen und die Träume Träume sein zu lassen.

Aber es war ihm nicht gelungen.

Bis vor wenigen Tagen, wie gesagt. Als man Yonathan im Sedin-Palast festsetzte, geschah etwas Bemerkenswertes. Felin führte Yonathan in den Thronsaal und Yonathan ahnte sogleich, dass es mit diesem Ort eine besondere Bewandtnis hatte. Er spürte, dass diese Halle der cedanischen Kaiser ihm nicht fremd war. Aber er konnte seine Erinnerung nicht greifen.

Anders bei Jonathan. Als er aus diesem Traum erwachte, wusste er, dass dieser Thronsaal im Großen Kubus genau dieselbe Halle war, die er von dem Pergament her kannte, das er erst kürzlich in den alten Büchern seines Großvaters gefunden hatte. Die Zeichnung mit der altgriechischen Inschrift darüber war zwar einfach, aber es bestand kein Zweifel.

Jonathan war sich auch sicher, dass es derselbe Saal war, den sein Großvater vor etwa dreieinhalb Monaten in einem Traum gesehen hatte. Er selbst, in Gestalt von Yonathan, sowie ein junger Mann, der eine Krone trug, waren in diesem Traum aufgetreten.

Das alles konnte kein Zufall sein! Bei dem jungen Mann neben Yonathan musste es sich um Felin handeln. Hatte nicht die Prophezeiung am Springbrunnen im Park angedeutet, dass die kaiserliche Gewalt an Felin, den Sohn Zirgis', übergehen würde? Da Yonathan auf dem Pergament, und auch in seines Großvaters Traum, neben dem jungen Kaiser stand, sollte er offenbar dessen enger Gefährte – vielleicht sogar Ratgeber – werden. Wenn er Haschevet erst einmal zum Garten der Weisheit gebracht hätte, wäre eine solche Stellung für ihn sicher eine interessante und neue Herausforderung. Vielleicht würde er an der Seite von Felin, dem Kaiser, sogar dem neuen, dem siebten Richter Neschans dienen dürfen. Womöglich würde Yonathan Anteil haben an dem endgültigen Sieg des Lichts über die Finsternis und damit der vollkommenen Heilung Neschans. Nicht dass ihm der Sinn nach Ruhm stand, aber eine solche Aufgabe würde eine große Ehre sein.

Jonathan hatte eilig seinen Großvater aufgesucht, um ihn bezüglich der alten Handschrift zu befragen. Als William Marshall, der neue Lehrer, den Text auf dem Pergament übersetzt hatte, wollte Jonathan zunächst kaum glauben, dass das Manuskript fast zweitausend Jahre alt sein sollte. Wie konnte es sein, dass dieses braungelbe Blatt eine Schilderung von Ereignissen enthielt, die sich erst viele Jahrhunderte später in seinen Träumen abspielen würden? Wie war es überhaupt in den Besitz der Familie gelangt?

»Es ist seltsam«, sagte Jonathans Großvater, als er sah, wie ernst seinem Enkel die Angelegenheit war. »Jetzt, wo du so genau fragst, fällt es mir wieder ein. Soweit mir bekannt ist, gab es tatsächlich eine Art Vermächtnis, das unsere Vorfahren einst aus ihrer Heimat in Palästina mitbrachten. Die Überlieferungen darüber gehen allerdings auseinander. Mein Vater behauptete stets, es gebe lediglich eine mündliche Weissagung, dass in ferner Zukunft eine alte Wunde in unserer Familie geheilt würde. Es sollte zu einer Vereinigung – frag mich nicht, welcher Art – kommen, die sich gleichzeitig für viele Menschen als ein großer Segen erweisen würde. Mein Großvater bestand sogar darauf, dass es auch ein schriftliches Vermächtnis hierüber gäbe. Allerdings sei es schon seit langer Zeit verschollen.« Dann fügte der alte Lord hinzu: »Ob dieses Pergament tatsächlich jenes Vermächtnis ist, das kann ich dir nicht sagen, Jonathan. Aber es könnte zumindest so sein.«

Die Mitteilung versetzte Jonathan in Aufruhr. »Warum hast du mir nie etwas davon erzählt, Großvater?«

Lord Jabbok zuckte mit den Schultern und erwiderte: »Wie gesagt, ich weiß ja nicht einmal, worum es sich bei diesem Vermächtnis überhaupt handelt. Wahrscheinlich ist es nur eine Phantasterei unserer Vorfahren. Ich habe es nicht für wichtig gehalten.«

Nicht für wichtig! Die »unwichtigen« Schilderungen seines Großvaters passten auffällig gut zu den Überlegungen, die er selbst schon über den Ursprung der alten Handschrift angestellt und auch mit Mister Marshall erörtert hatte. Was, wenn er nun wirklich ein Nachfahre jener Frau war, von der die alte Prophezeiung sprach? Ihr Spross, hieß es darin, würde ihr Werk vollenden und einer Welt, die in Tränen liegt, zu immer währendem Trost verhelfen.

Jonathan betrachtete das braun gesprenkelte, brüchige Schriftstück wie einen kostbaren Schatz. »Und du bist dir sicher«, fragte er seinen Großvater, »dass du mir das Pergament immer noch überlassen willst?«

»Ich habe dir doch gesagt, dass du sowieso einmal alles erben wirst, was mir gehört. Behalt es nur, aber behandle es pfleglich!«

»Das werde ich bestimmt, Großvater.« Jonathan strich vorsichtig über das uralte Manuskript, das er so merkwürdigen Umständen verdankte. Wenn nicht rein zufällig sein Blick auf das alte Geschäftsbuch gefallen wäre …

In diesem Moment blitzte ein Gedanke durch sein Gehirn. »Großvater!«

»Was ist, Jonathan?«

»Ich habe das Pergament doch aus dem Hauptbuch des Jahres 1707 gezogen, nicht wahr? Es war der 1. Mai 1707.«

»Ich verstehe nicht, worauf du hinauswillst.«

»Trat an diesem Tag nicht der *Act of Union* in Kraft, das Abkommen, das England und Schottland zu Großbritannien vereinte?«

»Tatsächlich, du hast Recht.«

»Könnte das nicht ein Hinweis sein?«, fuhr Jonathan aufgeregt fort. »Du erzähltest doch gerade eben, dass die alte Weissagung über unsere Familie von einer Vereinigung sprach und jetzt findet sich dieses Pergament genau zwischen den Seiten, die das Datum einer anderen Vereinigung enthalten. Findest du nicht, dass das ein seltsamer Zufall ist?«

Lord Jabbok runzelte die Stirn. »Das ist wirklich merkwürdig. Vielleicht hast du tatsächlich Recht und das da ist wirklich das verschollene Familienvermächtnis.« Nach einer Weile fügte er hinzu: »Sei's drum, ich werde diese vorausgesagte Vereinigung nicht mehr erleben, wie sie auch immer aussehen mag. Aber du bist noch jung. Bei deinem klugen Kopf wirst du vielleicht einmal ein großer Gelehrter und kannst der Menschheit einen Dienst von solchen Ausmaßen erweisen, wie ihn diese alte Prophezeiung verheißt.«

»Ja«, hatte Jonathan nachdenklich erwidert. »Vielleicht.«

Später hatte er noch lange vor der Handschrift gesessen und darüber nachgegrübelt. Schließlich war er zu der Überzeugung gelangt, dass er das Pergament als eine Aufforderung ansehen musste, ja, eine Ermahnung sich um die Geschehnisse seiner Träume zu kümmern. Diese Träume waren wichtig! Denn warum sonst gab es hierzu eine zwei Jahrtausende alte Prophezeiung?

Im Traum der folgenden Nacht stellte Kaiser Zirgis an Yonathan die etwas merkwürdige Forderung Speiseeis herzustellen. Damit war Jonathans Entschluss endgültig gefallen: Er musste Yonathan helfen!

Doch wie sollte er das anstellen? Sicher, schon einmal war er mit seinem Traumbruder zusammengetroffen, aber das hatte sich ohne sein Zutun ergeben; vielleicht war es auch ein Hinweis jener Macht gewesen, die sein anderes Ich in die Welt seiner Träume gepflanzt hatte. Doch damals hatte dieses Ereignis nur noch mehr zu Jonathans Verwirrung beigetragen. Er erinnerte sich an den zehnten Sohn in der Geschichte des Erzählers von Meresin. Immer wieder war dieser Sohn seinem eigenen Weg ausgewichen, war erfolglos vor ihm geflohen und beinahe daran zugrunde gegangen. Bis er endlich merkte, dass er nur dann, wenn er diesem Weg folgte, das Glück finden konnte, das er sich so sehnlich erhoffte.

Auch er, Jonathan, wollte von nun an seinem Weg folgen. Er wollte nicht mehr länger zuschauen, sondern daran mitwirken, dass Yonathan den Garten der Weisheit erreichte. Denn er wusste, dass er so eins werden konnte mit jenem gesunden, starken Yonathan, dass diese Hilfe und Unterstützung sie beide für immer verschmelzen würde.

Deshalb war er vor acht Tagen mit seinem Stuhl lautlos über die Steinfliesen in die Küche gerollt. Dabei hatte er der Köchin Elma einen gehörigen Schrecken eingejagt.

»Ich hab Euch gar nicht gehört, Master Jonathan. Was wollt Ihr denn hier in der Küche? Geht Euch wohl endlich wieder besser, und Ihr wollt 'n bisschen naschen, so wie früher, als Ihr noch klein wart?«

»Nein, vielen Dank, Elma. Ich habe keinen Hunger. Ich komme, weil ich dich etwas fragen wollte.«

»Wollt Ihr etwa mein Rezept für gefüllten Truthahn ausspionieren?« Elma hob mit gespielt strenger Miene den Zeigefinger und fügte hinzu: »Ich sag Euch, Lord Jabbok, das bekommt Ihr nicht – und wenn ich mein Leben dafür geben müsst!«

Jonathan schmunzelte. »Eigentlich wäre es mir lieber, wenn du noch lange lebst, Elma. Sonst habe ich ja niemanden mehr, der mir so köstliches Erdbeer- und Schokoladeneis macht. Es sei denn, du verrätst mir, wie ich dieses Eis selbst herstellen kann ...«

Elma straffte die Schultern. Sie fühlte sich geschmeichelt. Doch dann erinnerte sie sich des zweiten Teils seiner Bemerkung: »Wenn's Euch nur darum geht, nun gut. Nehmt das Speiseeis-Rezept und zieht von dannen. Ich aber werde mich in meinen Kochlöffel stürzen und das Gefüllter-Truthahn-Geheimnis wird mit mir ins Grab gehen!«

Jonathan hatte erfahren, was er wissen wollte.

Aber nun hatte er ein ganz anderes Problem: Wie sollte er es an Yonathan, seinen Traumbruder, weitergeben?

Lange wälzte er in seinem Kopf alle erdenklichen Möglichkeiten. Als plötzlich die Lösung in seinen Gedanken wie ein Gewitterblitz aufleuchtete, fragte er sich, warum er nicht früher darauf gekommen war.

Die Schranke zwischen Neschan und der Welt, in der er lebte, war in seinem Kopf, dort, wo Träume entspringen und wo Glaube und Zweifel entstehen. Nachdem er alle Zweifel bezüglich seiner Träume abgelegt hatte, musste es eigentlich ganz einfach sein. Er benötigte nur etwas, um den Kontakt zu seinem Traumbruder herzustellen, so etwas wie ein Telefon. Und so nahm er seine Flöte zu Hilfe. Schließlich war dieses Instrument schon einmal zwischen den beiden Welten hin- und hergewandert. Ja, vielleicht war sogar ebendiese Flöte der eigentliche Grund für das erste Zusammentreffen der beiden Traumbrüder gewesen. Möglicherweise war hier das »Telefon« installiert worden, mit dem er Yonathan nun rufen konnte.

In der kommenden Nacht spielte Jonathan auf seiner Flöte eine langsame Melodie, wie man sie in den Highlands von Schottland liebte, melancholisch und von anrührender Schönheit. Jonathan befürchtete schon, dass auf der Suche nach dem nächtlichen Ruhestörer jemand zur Tür hereinschauen könnte – sein Großvater vielleicht oder jemand von der Dienerschaft. Aber auf eine nicht erklärbare Weise fanden die Töne nur den Weg durch das Fenster.

Schon einmal hatte sich jenes Fenster, durch das man für gewöhnlich in den Park von *Jabbok House* hinausblickte, als ein Tor zu einer anderen Welt erwiesen. Deshalb war Jonathan wenig erstaunt, als sich vor den Scheiben ein seltsamer Schimmer zeigte. Das Licht stammte nicht von den Sternen. Hohe Wolken versperrten in dieser Nacht den freien Blick auf den Himmel. Schneeflocken peitschten schon seit dem Nachmittag durch die Luft. Nein, das Licht kam aus einem wabernden Nebel, der an die Stelle der ruhelos umherstiebenden Schneekristalle getreten war. Es schimmerte bläulich. Genau wie das Licht Haschevets, dachte Jonathan – als jemand aus dem Nebel trat.

Jonathans Traumbruder wirkte verwirrt. Seine Augen schienen etwas zu suchen. Bis sie schließlich auf Jonathan trafen, der inzwischen aus dem Bett geklettert war und sich in seinen Rollstuhl gehievt hatte.

Für eine lange Zeit blickten sich beide schweigend an. Minute um Minute verstrich. Aber das war ohne Bedeutung. Jonathan spürte, dass sein Zimmer, das Fenster, der Traumbruder und auch er selbst sich in einem Raum befanden, in dem die Zeit keine Rolle spielte.

Doch dann fiel Jonathan das Speiseeis ein.

»Ich habe ein Rezept für dich, Yonathan. Das Eis, du weißt schon. Ich bin über die Probe unterrichtet, die Zirgis dir abverlangt hat.«

Yonathans Gesicht entspannte sich.

Obwohl das Fenster die ganze Zeit geschlossen blieb, zweifelte Jonathan keinen Augenblick daran, dass sein Traumbruder ihn genau verstehen konnte, denn auch der Schall schien im Moment eigenen Gesetzen zu gehorchen.

Als Jonathan schließlich ans Ende seiner Erklärungen angelangt war, hatte sein Traumbruder noch immer kein Wort gesagt. Auch jetzt änderte sich nicht viel daran. Allenfalls ein Ausdruck von Dankbarkeit, Verständnis und Sorge spiegelte sich in dem unwirklich erhellten Antlitz Yonathans wider.

Dann verblasste die Szene. Das Licht wurde schwächer, der Nebel wallte noch einmal auf und hatte den langsam davontreibenden Yonathan schnell verschluckt.

Am nächsten Morgen fühlte sich Jonathan wie gerädert. Er hatte kaum die Kraft das Speisezimmer aufzusuchen, in dem sein Großvater und William Marshall gerade eine Diskussion über die Folgen der gut einen Monat zurückliegenden englischen Unterhauswahlen führten.

»Jonathan! Wie siehst du denn aus?« Lord Jabbok hatte seinen Enkel bemerkt – und war zu Tode erschrocken. »Du bist ja kreidebleich und hast Augenringe wie ein notorischer Nachtschwärmer. Geht es dir nicht gut?«

»Diese Frage hätte sich Euer Lordschaft getrost sparen können«, bemerkte der Butler Alfred, der gerade für Jonathan den Tee servierte.

»Es geht mir wirklich nicht besonders gut«, gab Jonathan zu.

»Vielleicht solltest du heute lieber im Bett bleiben, Jonathan.« Auch William Marshall klang sehr besorgt.

Jonathan zuckte müde die Achseln. »Es wird schon gehen.«

Aber es ging nicht. Jonathan hatte keinen Appetit, legte den Toast schon nach dem zweiten Bissen beiseite, trank nur eine Tasse Tee und zog sich wieder auf sein Zimmer zurück.

Später besuchte ihn sein Großvater. Der alte Lord, dem es selten gelang, zarte Gefühle zu zeigen, wirkte auffallend fürsorglich. »Das geht so nicht weiter«, brummte er vor sich hin. »Tag für Tag siehst du erbärmlicher aus. Ich werde umgehend nach einem Arzt schicken. Nicht irgendeinen Quacksalber. Einen *richtigen* Arzt werde ich kommen lassen.«

»Hoffentlich nicht Dr. Dick. Der kann durch seine Brille ja kaum noch was sehen«, versuchte Jonathan zu scherzen.

»Keine Angst … Obwohl … Er kennt alle deine Krankheiten. Ich werde einen guten Arzt aus Edinburgh kommen lassen. Er soll auf jeden Fall Dr. Dick konsultieren, bevor er sich auf die Reise macht.«

Ehe der angekündigte Arzt aus der schottischen Hauptstadt eintraf, geriet Jonathans Traumbruder abermals in eine Situation, in der er dringend Hilfe brauchte. In diesen Tagen pendelte Jonathan ständig zwischen den Geschehnissen seiner Träume und der vermeintlichen Wirklichkeit hin und her. Sein Wesen glich einer Kupfermünze, die ursprünglich einmal in schnelle Rotation versetzt worden war: Für lange Zeit hatte sich dieses Geldstück mit verwirrender Schnelligkeit gedreht, sodass ein Betrachter es mit der gleichen Sicherheit für einen englischen Penny wie für einen neschanischen Even hätte halten können. Ja, irgendwie war es eine Zeit lang beides zugleich gewesen. Doch nun hatte sich eine Veränderung eingestellt. Aus der schnellen Pirouette der Münze war ein unsicheres Taumeln geworden. Und wer konnte schon wissen, auf welcher Seite sie schließlich liegen bleiben würde?

Vorerst galt es allerdings, Gold zu machen. Zirgis' neueste Bedingung bereitete Jonathan erhebliche Kopfschmerzen. Er lebte im zwanzigsten Jahrhundert! Er wusste, dass man Gold nicht einfach *machen* kann. Gold ist ein Element. Ein Stück Gold besteht demzufolge aus unzähligen Goldatomen. Man konnte nicht einfach verschiedene Substanzen zusammenschütten, umrühren, ein wenig kochen, das Ganze schließlich erkalten lassen und fertig war der Goldbarren.

»Was willst du machen? Gold?«, fragte William Marshall erstaunt, als Jonathan bei seinem Lehrer Rat suchte.

»Na ja, betrachten Sie es als ein Gedankenspiel. Natürlich kann man kein Gold machen. So viel weiß ich auch, selbst wenn Chemie nicht mein Lieblingsfach ist. Aber könnte man nicht irgendetwas anstellen, dass alle glauben, man könnte Gold herstellen?«

»Du willst doch nicht etwa jemanden betrügen?«

»Würden Sie die Ladys, die vergoldete Ringe und Ketten tragen, etwa alle als Betrügerinnen bezeichnen?«

Mister Marshall schmunzelte. »Nicht sehr fair von dir, auf eine Frage mit einer Gegenfrage zu antworten, Jonathan! Ich für meinen Teil würde den Ladys zugestehen, dass sie vielleicht nur sparsam sind. Andererseits …« Der Lehrer stockte.

»Andererseits was?«

»Ich glaube, du hast dir mit deiner Frage eben selbst die Antwort gegeben. Man könnte einen Gegenstand ›vergolden‹. Wenn man nicht gerade darauf rumkratzt, könnte ihn jeder glatt für pures Gold halten.«

»Vergolden?«

»Ja, durch Galvanisierung.«

»Aha.«

»Du siehst nicht so aus, als könntest du mit diesem Wort etwas anfangen.«

»Wie gesagt, Chemie ist nicht gerade …«

»Dein Lieblingsfach«, unterbrach der Lehrer lachend. »Schon gut, schon gut. Ich werde dir erläutern, wie es funktioniert.«

Nach Mister Marshalls Chemielektion verstand Jonathan schon mehr von der Kunst des »Goldmachens«. Trotzdem bat er den Lehrer noch zusätzlich um ein Buch, das ihm helfen könne, die Vorgänge um das Galvanisieren vollends zu begreifen. Jonathan hätte normalerweise selbst in der gut bestückten Bibliothek seines Großvaters herumgestöbert, aber sein schlechter Gesundheitszustand ließ das zur Zeit nicht zu. Er musste das Bett hüten. Als der Lehrer sich erkundigte, was denn der Grund für das plötzliche Interesse an diesem neuen Wissensgebiet sei, antwortete Jonathan nur: »Es soll eine Überraschung werden.«

Eine Überraschung wurde es wirklich! Zwar nicht für irgendjemanden, der Mister Marshall in den Sinn gekommen wäre, aber Zirgis, den Kaiser von Cedan, zu beeindrucken – und ganz nebenbei auch Barasadan, dessen Hofgenie –, war sicherlich auch kein einfaches Unterfangen.

Nachdem Jonathan abermals in der Nacht die Flöte geblasen und sich mit seinem Traumbruder getroffen hatte, konnte er nur noch den Blick nach innen, in seine Träume, richten und zuschauen. Er bewunderte den Einfallsreichtum, mit dem Yonathan die ihm gegebenen Hinweise umgesetzt hatte – schließlich konnte dieser nur Werkzeuge und Zutaten verwenden, die man in dem weniger entwickelten Neschan bereits kannte. Aber es hatte schließlich geklappt: ein Kupfer-Even war vergoldet worden!

Dass Kaiser Zirgis sich dann trotzdem geweigert hatte Yonathan in das Haus Baltans gehen zu lassen und dass es schließlich die weise oder schlaue Vorausschau des Traumbruders war, die das gewünschte Ergebnis herbeiführte, enttäuschte Jonathan merkwürdigerweise kaum. Später staunte er nur, wie klug doch Yonathans Worte gewesen waren, die er unmittelbar vor der übernatürlichen Umgestaltung des kaiserlichen Familienschwertes gegenüber Felin geäußert hatte. Mit erstaunlicher Unbekümmertheit hatte er eingestanden, er selbst kenne keine Lösung für die Prüfung des Kaisers. Aber er wolle auf die Unterstützung Yehwohs vertrauen. Schließlich sei es nicht so wichtig, ob sich diese Hilfe dann genau in der erhofften Weise einstellen würde; entscheidend sei, dass sie am Ende zum gewünschten Ziel führe.

Yonathan hatte jedenfalls sein Ziel erreicht. Aber Jonathan war das erneute Eingreifen in die Traumereignisse nicht gut bekommen. Schon als er mit seinem neschanischen Bruder in Kontakt getreten war, um ihn in die Geheimnisse des »Goldmachens« einzuweihen, hatte er sich sehr schwach gefühlt. Selbst Yonathan war dies aufgefallen: Erstmals hatte er sein Schweigen gebrochen und ihn mit sorgenvoller Stimme ermahnt, mehr auf seine Gesundheit Acht zu geben. Als Yonathan dann von dem letzten Traum erwacht war, hatte er sich schwächer denn je gefühlt.

Die Gründe hierfür durfte er sicher nicht in den Umständen suchen, die der abrupten Beendigung des Traumes vorausgegangen waren: der Bruchlandung von Barasadans Heißluftballon; dem Sturz Yonathans und vielleicht sogar einer schweren

Verletzung, die er dabei erlitten haben mochte. Irgendwie würde es schon weitergehen, machte Jonathan sich Mut.

Nein, für Jonathans zunehmende Schwäche gab es bestimmt andere Ursachen. Bezeichnend war, was Professor Macleod sagte. Der Arzt von der Universität Edinburgh war genau an jenem 16. Januar auf *Jabbok House* eingetroffen, als Jonathan von der geträumten Havarie des Luftschiffes erwacht war. Nach einer ersten Untersuchung des jungen Patienten hatte Macleod diagnostiziert: »Dem Jungen fehlt eigentlich nichts. Ich könnte nicht einmal behaupten, dass er krank ist. Gut, ich kann noch einiges überprüfen, aber ich mache mir kaum Hoffnungen, noch etwas anderes zu finden als das, was ich ohnehin schon weiß.«

»Machen Sie es nicht so spannend«, hatte der alte Lord Jabbok ungeduldig erwidert. »*Was* wissen Sie bereits?«

Macleod hatte bedauernd die Schultern gehoben und geantwortet: »Es gibt weder einen erkennbaren Grund noch etwas, das ich dagegen zu tun wüsste: Euer Enkel ist wie eine undichte Karaffe, aus der die letzten Tropfen eines kostbaren Weins rinnen. Nur dass es kein Wein ist, der unaufhaltsam aus ihm herausfließt. Es ist seine Lebenskraft.«

V.

Mara

Einige wichtige Begegnungen

Das Knistern und Rascheln wurde unerträglich. Er konnte es nicht länger ignorieren!

Yonathan öffnete langsam die Augen.

Seine Lider flimmerten und sein Blick war verschwommen. Lange Zeit war er in der dunklen, warmen Tiefe der Bewusstlosigkeit getrieben. Nur ab und zu hatten sich ihm kurze Traumbilder gezeigt, von einem Jungen, der offenbar krank im Bett daniederlag.

Aber dann waren Geräusche an sein Ohr gedrungen: zuerst nur ein leises Rauschen; ab und zu ein dumpfes »Plopp, Plopp-Plopp, Plopp«; dann aber immer öfter dieses aufdringliche Rascheln und Knistern.

Als Yonathan endlich etwas deutlicher sehen konnte, stellte er fest, dass er sich unter einer Art Zeltplane befand. An den Rändern dieses lose aufgehängten Baldachins konnte er vorbeischauen: Er sah Bäume, die Kronen von Kiefern. Gleichzeitig stieg der feuchte, aromatische Geruch des Waldes in seine Nase – es musste bis vor kurzem geregnet haben. Ab und zu bildete sich hoch oben in den Ästen ein kleines Rinnsal und tröpfelte mit dem bewussten Ploppen auf die Schutzabdeckung hernieder. Hoch oben wölbte sich ein bleigrauer Himmel.

In regelmäßigen Abständen trübte sich Yonathans Blick, und es dauerte eine Weile, bis er feststellte, dass es sein Atem war, der kleine Wölkchen bildete, die vor ihm aufstiegen. Er lag auf dem Rücken und hatte den Kopf noch nicht bewegt. Deshalb konnte er auch nicht genau die Quelle jener störenden Geräusche ausmachen.

Er musste wohl oder übel nachschauen. Yonathan nahm all seine Kraft zusammen und drückte das Kinn auf die Brust. Was er dort, kaum eine Handspanne entfernt, entdeckte, war eine pelzige Kugel, die sich mit einem Kiefernzapfen abplagte – Gurgi, das Masch-Masch-Weibchen.

Ein stechender Schmerz zuckte durch Yonathans Schädel. Laut stöhnend ließ er den Kopf zurückfallen.

»Yonathan!«, dröhnte irgendwo zu seiner Linken eine bekannte Stimme. »Yonathan, Yonathan! Endlich! Du bist wieder bei dir!«, überschlug sich Gimbar in einer Weise, die eher Yomi zu Gesicht gestanden hätte, und seine Stimme bohrte sich schmerzhaft wie eine rostige Nadel in Yonathans Hirn. »Kommt schnell her. Er ist endlich wach geworden.«

Yonathan kniff die Augen zusammen und öffnete sie dann langsam wieder. »Gimbar! Ich hab es geahnt. Du bist Gimbar.«

Der Expirat musterte den Erwachten mit gerunzelter Stirn. »Natürlich bin ich Gimbar. Was denkst denn du? Etwa die Königin der Bolemiden?«

Yonathan ließ den Kopf wieder zurücksinken. »Nein«, erwiderte er mühsam, die Augen wieder geschlossenen, tief Luft holend, um gegen die Übelkeit anzukämpfen. »Die bist du nicht. Das kann man leicht erkennen, sonst würdest du ja in einem Glas schwimmen.«

»Danke«, sagte Gimbar trocken.

»Er scheint sich jedenfalls wieder zu erinnern«, mischte sich eine andere, ruhige und warme Stimme in die Unterhaltung. Felin.

Yonathan öffnete die Augen und fand seine Vermutung bestätigt. »Felin! Yomi! Ihr seid alle da.«

»Ich finde, er redet ziemlich merkwürdiges Zeug zusammen«, bemerkte der lange blonde Seemann.

»Ich bin nur etwas durcheinander«, entschuldigte sich Yonathan. »Gebt mir etwas Zeit. Dann wird es schon wieder gehen.«

Er hob erneut den Kopf, blickte sich um und fragte: »Wo sind wir?«

Mit seinen Händen umschloss er die kleine Masch-Masch-Dame, fühlte ihre Wärme und lauschte dem Prinzen, der ihre Lage erklärte.

»Wir befinden uns in einem Wald, etwa zwanzig Meilen östlich von Cedanor. Ganz in der Nähe verläuft die Pilgerroute, die von der Hauptstadt nach Ganor führt, und auf der anderen Seite dieser Straße fließt der Cedan. Yomi und ich haben bereits einen kleinen Erkundungsgang unternommen. Ich denke, dass wir im Augenblick sicher sind. Dies hier ist ein Seitental, das höchstens ab und zu von Jägern aufgesucht wird.«

»Das ist gut«, meinte Yonathan. Ihn interessierte jedoch noch etwas ganz anderes. »Was ist passiert, seit wir mit Barasadans Luftschiff abgestürzt sind?«

Felin ging in die Hocke, damit Yonathan nicht zu ihm aufblicken musste. »Das Schiff hatte Feuer gefangen, wie du dich vielleicht noch erinnerst. Zum Glück ist es aber kurz darauf in den Baumkronen hängen geblieben, sodass wir es alle verlassen konnten. Wir mussten an Tauen herabklettern. Yomi ist zuerst hinabgestiegen, Gimbar und ich haben dir eine Schlinge um die Brust gelegt und dich dann zu Boden gelassen. Alles musste sehr schnell gehen und wir haben einiges von unserer Ausrüstung verloren ...«

»Der Stab!«, fuhr Yonathan hoch, was eine weitere Welle des Schmerzes auslöste.

»Keine Angst«, beruhigte ihn Felin. »Wir haben ihn im Köcher bergen können, ebenso deine anderen Sachen.«

Yonathan ließ sich zurücksinken und atmete erleichtert auf.

»Jedenfalls«, fuhr Felin fort, »brach dann ein gewaltiger Regen los, der den Brand des Luftschiffes löschte. Von Barasadans Prunkstück ist allerdings nicht viel übrig geblieben. Viel mehr gibt es kaum zu berichten. Wir haben dich vorsichtig bis hierher getragen und dir ein möglichst bequemes Lager bereitet. Anschließend haben Yomi und ich den besagten Erkundungsgang unternommen. Gimbar hatte darauf bestanden, bei dir zu bleiben.« Felin blickte den kleinen, falkengesichtigen Mann an und lächelte. »Er ist nicht für einen einzigen Augenblick von deiner Seite gewichen.«

»Irgendjemand musste doch schließlich bei ihm bleiben!«, rechtfertigte sich Gimbar, als hätte man ihm Schlimmes vorgeworfen.

Aber Yonathan spürte, dass es etwas anderes war, was dem sonst so selbstbewussten Freund zu schaffen machte. »Du glaubst noch immer, etwas gutmachen zu müssen, stimmt's, Gimbar? Aber du musst wegen deiner Angst kein schlechtes Gewissen haben.«

Gimbar wirkte bekümmert. »Jedenfalls war ich euch keine besondere Hilfe. Und das gerade, als ihr sie am meisten hättet brauchen können!«

»Du vergisst die Uhr im Wachhaus und dein ›dickes Wasser‹. Schließlich wurde uns die Flucht dadurch erst ermöglicht. Ohne deinen raffinierten Einfall hätten wir wahrscheinlich nie ausreichend Zeit für die Flucht gewonnen.«

Gimbar sah schon wieder hoffnungsvoller aus. »Ist das auch eure Meinung?«, wandte er sich an die Gefährten. »Denkt ihr genauso?«

Felin nickte und versicherte: »Yonathan hat Recht, mein Freund. Deine Klugheit überwiegt diese kleine Schwäche um ein Vielfaches. Das habe ich sofort bemerkt, als ich dich kennen lernte – erinnerst du dich noch, wie du unserem hochnäsigen Barasadan einen gehörigen Dämpfer erteiltest?« Er lächelte, doch dann fügte er ernst hinzu: »Außerdem ist Angst manchmal mehr wert als übertriebener Heldenmut: Erstere mahnt zur Vorsicht, Letzterer ist oft der Wegbereiter für tödlichen Leichtsinn.«

Auch Yomi musste sich noch äußern. »Das stimmt. Was glaubst du, wie oft ich die Hosen schon gestrichen voll hatte! Zu guter Letzt hat es mir eher genützt als geschadet. Außerdem sind wir doch eine Gemeinschaft, oder nicht? Ich bin ja für dich eingesprungen, solange es dir so unheimlich schlecht ging.«

Gimbars Miene entspannte sich, und geradezu feierlich verkündete er: »Ja, wir sind wirklich eine Gemeinschaft von Freunden! Ich werde immer zur Stelle sein, wenn diese Gemeinschaft mich braucht. Vor allem aber verspreche ich, dass ich Yonathan zur Seite stehen will, komme, was da wolle. Er ist der Stabträger!«

Dem war nichts hinzuzufügen. Die Freunde nickten und sie spürten alle vier, dass sie jetzt ein Bund waren, den nichts, was Bar-Hazzat aufzubieten hatte, würde sprengen können.

Nach einer Weile des Schweigens fragte Yonathan: »Wie geht es jetzt weiter? Müssen wir nicht aufbrechen, um Baltan zu treffen?«

»Das müssten wir, Yonathan«, sagte Felin. »Ich kann mir vorstellen, dass mein Vater ein reges Interesse daran hat, deiner habhaft zu werden – von mir gar nicht zu reden. Sicher wird er spätestens heute früh Suchtrupps aussenden. Wir haben vielleicht einen Vorsprung von zehn, wenn es hoch kommt zwölf Stunden.«

»Heute Nachmittag wird es deshalb hier ziemlich lebhaft werden«, fügte Yomi hinzu.

»Richtig«, bestätigte Felin. »Wir müssten eigentlich sofort los. Wenn da nicht die Beule an deinem Kopf wäre …«

»Mein Kopf?« Yonathan setzte sich auf. »Mit meinem Kopf ist alles in Ordnung. Wegen mir – autsch!« Ein Feuerwerk explodierte unter seinem Schädel. Er hatte sich ein wenig zu forsch aufgerichtet und gleichzeitig mit der Hand nach der Beule gefahndet.

»Das tut unheimlich weh, was?«, bemerkte Yomi.

»Ach was!«, stöhnte Yonathan und sank behutsam auf das Lager zurück. »Ich wollte dir nur einen Schreck einjagen.«

»Das habe ich befürchtet«, sagte Gimbar. »Dein Kopf hat doch mehr abbekommen, als uns allen lieb sein kann.«

»Wie meinst du das?« Yonathans Stimme kratzte.

»Ich habe einmal erlebt, wie einer unserer Seeleute von einer Rah am Kopf getroffen wurde. Er nahm es nicht ernst und war beim nächsten Kapergang wieder dabei – wenig später ist er dann einfach tot umgefallen.«

»Piratengeschichten!«, versetzte Yomi.

»Gimbar hat Recht«, sagte Felin. »Yonathan braucht Ruhe.«

Der schluckte. »Wir *müssen* aber doch irgendetwas unternehmen: Hier bleiben können wir nicht, und dass ich mit euch gehe, das wollt ihr auch nicht. Möchtet ihr mich vielleicht dort oben in die Bäume hängen, bis der Trubel vorüber ist?«

»Das ist es!«, platzte Gimbar heraus. »Wir hängen dich nicht in die Bäume, keine Angst. Aber wir bauen aus den Ästen eine Trage. So kannst du liegen bleiben und trotzdem können wir von hier verschwinden!«

»Genial!«, meinte Yomi lakonisch.

»Hast du einen besseren Vorschlag, Langer?«

»Nein, Pirat, aber ich freue mich schon darauf, wenn deine Arme genauso lang sind wie meine.«

Yonathan war nicht wohl in seiner Haut. Dass seine Gefährten sich abmühten und ihn Meile um Meile mit sich schleppten, während er mehr oder weniger bequem in der aus Ästen zusammengebauten Trage lag, beschämte ihn. Aber dagegen protestieren konnte er auch nicht. Sein Kopf überredete ihn, die freundschaftliche Aufopferungsbereitschaft noch eine Weile länger in Anspruch zu nehmen. Jede Bewegung dieses Fremdkörpers, der da wie auf Stacheln zwischen seinen Schultern ruhte, bereitete ihm Schmerzen.

Natürlich kamen die Flüchtenden nicht in dem Tempo voran, wie sie sich gewünscht hätten. Das Gelände war schwierig. Sie wollten nicht gesehen werden. Also führte Felin sie durch schmale Seitentäler, unter dem Dach des Waldes hindurch oder über schlüpfrige Felswege hinweg. Als sie bei schwindendem Tageslicht eine kleine Waldlichtung für das Nachtlager auswählten, waren alle erschöpft und missmutig.

»Baltans Lager müsste etwa zwei Tagesreisen von dem Punkt entfernt liegen, an dem Barasadans Luftschiff niedergegangen ist«, bemerkte Felin, während er sich die klammen Hände rieb. »Aber wenn es so weitergeht wie heute, dann werden wir mindestens drei Tage benötigen.«

»Können uns die Soldaten deines Vaters bis dahin einholen?«, fragte Yonathan besorgt.

Felins Gesicht war unbewegt. »Natürlich können sie das. Sie haben Pferde und vielleicht sogar Lemaks. Aber sie sind keine Jäger! Ihr Revier sind eher die Landstraßen, meines dagegen ist der Wald. Ich denke, wir werden es schaffen ungesehen den Treffpunkt zu erreichen.«

»Wäre es nicht trotzdem gut, ein wenig die Gegend zu erforschen?«, gab Gimbar zu bedenken. »Nur um sicherzugehen. Ich könnte ...«

»Du hast Recht, mein Freund. Komm, vier Augen sehen mehr als zwei.«

Es vergingen Stunden, bis Gimbar und Felin wieder auftauchten. Yonathan und Yomi hatten sich schon ernste Sorgen gemacht.

»Was ist? Habt ihr was entdeckt?«

Die beiden Kundschafter wechselten einen Blick. Dann wandte Felin sich an Yonathan. »Erinnerst du dich, wie wir einmal von Baltans Haus wieder zurück in den Palast ritten? Du sagtest damals, du hättest einen kleinen, einäugigen Mann gesehen, nicht wahr?«

Yonathan ahnte Schlimmes. »Du meinst Ason. Was ist mit ihm?«

Felin zögerte einen Moment. »Ich denke, er ist uns auf der Spur.«

»Ason? Dieser Halunke von einem ziemlich elendigen Piraten!«, rief Yomi. »Wo habt ihr ihn gesehen? Auf der Pilgerstraße?«

Felin schüttelte den Kopf. »Auf der Straße war wenig Verkehr. Zur Zeit ist wohl jeder in Cedanor und feiert das Kronjubiläum meines Vaters. Wir sind zum Cedan hinabgestiegen. Auch dort waren nur wenige Schiffe zu sehen. Die Sonne war schon eine Weile untergegangen und wir wollten uns gerade zum Gehen wenden, als ein kleiner Segler sich näherte, von dem laute Stimmen zu uns herüberdrangen.«

»Und auf diesem Schiff habt ihr Ason gesehen«, sagte Yonathan.

Gimbar nickte und knüpfte an den Bericht Felins an. »Sie haben sich gestritten, wie sich nur Piraten streiten können.« Ehe Yomi dazu etwas sagen konnte, fuhr der Expirat fort: »Wir haben mindestens acht oder zehn Männer gesehen. Ihre genaue Zahl war schwer festzustellen, da es ein Zelt auf dem Schiffsdeck gab, wo die Gestalten ein- und ausgingen. Der Streit allerdings spielte sich nur zwischen zweien ab. Der eine – ein großer, dicker – hat geschrien: ›Es hat doch keinen Sinn. Mit diesem fliegenden Schiff können sie überall gelandet sein. Lass uns umkehren. Übermorgen wird der neue Brunnen des Kaisers eingeweiht, da fließt der Wein in Strömen!‹ – ›Kannst du nur ans Saufen denken?‹, hat der kleinere der beiden zurückgefaucht. ›Hast du schon die Belohnung vergessen, die Sethur uns versprochen hat? Wenn wir dieses Bürschchen schnappen, dann kannst du jeden Morgen in Wein baden.‹ – ›Ich trau diesem Sethur nicht von meinem Kinn bis zur Warze auf meiner Nasenspitze‹, blaffte der andere zurück. ›Ich bleibe dabei: Wir finden den Bengel nie. Er kann schon sonstwo sein.‹ – ›Du vergisst Zirah‹, erwiderte der Kleine. In diesem Moment passierte das Schiff die Stelle, wo wir uns in der Uferböschung verbargen. Wir konnten ganz genau die Augenbinde des Zwerges erkennen, auch den großen Dolch mit dem Ebenholzgriff, den er im Gürtel trug; kein Zweifel, dass es Ason war. Der andere jedenfalls schüttelte sich, als hätte ein kalter Windstoß ihn erfasst und sagte mit düsterer Stimme: ›Dieses Vogelvieh ist noch viel schlimmer als Sethur – der ist wenigstens ein Mensch. Du siehst ja selbst, was man auf so eine Kreatur geben kann. Wie es scheint, hat sie sich aus dem Staub gemacht.‹ ›Du irrst‹, beharrte Ason. ›Zirah ist zwar durchtriebener als wir alle zusammen, aber sie weiß genau, wessen Befehl sie sich beugen muss. Ich glaube eher, dass sie dem Luftschiff gehörig zugesetzt hat. Vielleicht ist sie dabei verletzt oder sogar getötet worden. Aber wenn man alles zusammennimmt – Zirahs Eingreifen und auch das Unwetter der letzten Nacht –, dann könnte ich schwören, dass wir noch eine Chance haben. Und wir müssten schon sehr dämlich sein, wenn wir uns diese Gelegenheit entgehen ließen.‹ – ›Was für eine Gelegenheit meinst du?‹, fragte der größere Mann. Das Schiff war inzwischen ein erhebliches Stück weiter gesegelt und man konnte ihn kaum noch verstehen. ›Es gibt da einen Ort …‹, waren die letzten Worte Asons, die wir verstehen konnten. Dann verschwanden Schiff und Besatzung endgültig in der Dunkelheit der hereinbrechenden Nacht.«

Gimbars Gesicht zeigte grimmige Entschlossenheit. »Ich glaube, wir müssen uns jetzt umso mehr in Acht nehmen. Diese einäugige Ratte führt irgendwas im Schilde, ich weiß nur nicht was.«

»Zumindest scheint er unsere Lage sehr gut einzuschätzen«, ergänzte Felin.

»Ein Glück, dass er nichts von meiner Beule weiß«, bemerkte Yonathan. »Er vermutet uns wahrscheinlich schon viel weiter von Cedanor entfernt. Deshalb verfolgen er und seine Kumpane uns mit einem Schiff.«

»Nicht, um uns zu verfolgen, sondern um uns den Weg abzuschneiden«, meinte Felin.

Yonathan nickte nachdenklich. »Richtig, er hat von einem bestimmten Ort gesprochen. Kannst du dir denken, was er damit meinte, Felin?«

»Beli-Mekesch. Die Stadt ist so eine Art Knotenpunkt. Die Berge von Zurim-Kapporeth reichen bis an ihre Mauern. Jeder, der auf dem diesseitigen Cedan-Ufer nach Osten oder nach Süden ziehen will, muss Beli-Mekesch passieren.«

»Das heißt, auch wir müssen dort durch.«

»Wohl oder übel«, bestätigte Felin. »Wir könnten natürlich den Cedan überqueren, aber auf der anderen Seite liegt das Land Baschan. Es ist eher flach und gut überschaubar. Dort leben viele Menschen und die Straßen sind belebt.«

»Ich erinnere mich. Du hast schon mal darüber gesprochen. Gerade jetzt, wo man uns suchen wird, dürften die Soldaten deines Vaters noch einiges zur Belebung der Straßen beitragen.«

Felin stimmte Yonathan zu. »Wir müssten eben wieder in die Luft gehen können.«

»Oder uns in Luft auflösen.«

»Wie meinst du das, Gimbar?«, fragte Yomi. »In Luft auflösen! Ist das schon wieder so ein Piratentrick?«

»Jetzt kommst du der Sache schon näher, Yo.«

»Gimbar! Spann uns bitte nicht so lange auf die Folter«, bat Yonathan. »Wenn du eine Möglichkeit siehst, raus damit.«

Gimbar grinste breit. Seine Nasenspitze zuckte. »Wenn wir bei Nacht durch die Stadt hindurchziehen und sie im Morgengrauen schon wieder in unserem Rücken haben, wird uns niemand entdecken.«

»Großartig!«, ereiferte sich Yomi. »Und wie willst du es schaffen, bei Nacht in die Stadt hinein- und wieder herauszukommen? Solange die Sonne sich hinter dem Horizont versteckt, sind die Tore geschlossen.«

»Es gibt immer zwei Möglichkeiten, Yo. Die der Kaufleute und die der Diebe. Kaufleute geben den Wachen Geld, Diebe dagegen nehmen sich ein Seil – das ist wesentlich billiger – und klettern einfach über die Mauer.«

»Machst du es dir nicht ein wenig zu einfach?«, gab Felin zu bedenken. »Seit dem großen Krieg mit Témánah sind die Mauern der cedanischen Städte hoch und solide gebaut. Ich denke, es wird nicht so einfach sein, sie zu übersteigen. Zumal Beli-Mekesch wegen seiner exponierten Lage über eine sehr aufmerksame Wachmannschaft verfügt.«

»Keine Mauer kann zu hoch und kein Posten zu wachsam sein, um für einen Meisterdieb ein ernst zu nehmendes Hindernis darzustellen.«

»Ha!« Yomi klatschte in die Hände. »Jetzt hast du dich verraten!«

»Und dich mache ich zu meinem ersten Assistenten«, setzte Gimbar ungerührt hinzu.

Die Nacht verlief ohne Zwischenfälle. Yomi, Gimbar und Felin lösten sich alle drei Stunden mit der Wache ab. Yonathan durfte schlafen.

Allerdings fiel ihm das nicht leicht. Wegen der Gefahr, entdeckt zu werden, wurde kein Feuer angezündet. Dadurch bekamen sie die Kälte der Nacht ungemindert zu spüren. Zwar herrschten hier in der Südregion nicht solch niedrige Temperaturen wie in Kitvar, Yonathans Heimatort, aber dort hatte er im Winter auch nie unter freiem Himmel geschlafen.

Aber der vergangene Tag hatte auch sein Gutes gehabt. Bevor die kleine Reisegruppe am Morgen aufgebrochen war, hatte Gimbar eines der Pakete geöffnet, die aus dem gestrandeten Luftschiff gerettet worden waren. Zu Yonathans Freude befanden sich darin seine vertrauten Kleidungsstücke: die weichen Lederstiefel, die braune Wollhose, die raulederne Tunika von zu Hause und sogar der grüne Regenumhang, Din-Mikkiths Geschenk. Alles war gereinigt und sorgfältig ausgebessert.

Seit dem frühen Nachmittag hatte es nicht mehr geregnet; auch das war erfreulich. Drei- oder viermal öffneten die grauen Wolken sogar für einige Augenblicke ein Fenster zu einem strahlend blauen Himmel.

So hatten sich Hoffnung und Leid an diesem Tage die Waage gehalten. Zu vorgerückter Stunde war Yonathan endlich zitternd in den tiefen Schlaf der Erschöpfung gesunken.

Am nächsten Morgen weckte ihn ein unregelmäßiges Sirren, Pfeifen und Zischen, ein seltsam peitschendes Geräusch, dessen Ursache er nicht erraten konnte. Als er vorsichtig die Augen öffnete, sah er Felin, der in einiger Entfernung mit dem Schwert Bar-Schevet hantierte.

Der Prinz war völlig in seine Waffenübungen vertieft. Wie ein Wesen aus einer anderen Welt schwebte seine Gestalt, anmutig und furchtbar zugleich, in dem Nebel des frühen Morgens. Mit unbedecktem, von Schweiß dampfendem Oberkörper vollführte Felin schnelle Paraden und Pirouetten, Ausweichschritte und

Gegenangriffe. Mal schwirrte der weißblaue Stahl so schnell durch die Luft, dass er unsichtbar wurde, dann wieder erstarrte Felin zur Statue und bot ein Abbild vollkommener Konzentration und Körperbeherrschung.

Gebannt von der Darbietung bemerkte Yonathan kaum, wie sich Gimbar in seinen Gesichtskreis schob. Er kam vom nahe gelegenen Bach, wo er die Wasserschläuche aufgefüllt hatte. Vorsichtig ließ der kleine Mann die Schläuche von den Schultern gleiten, hob langsam einen dicken Ast vom Boden und schleuderte diesen plötzlich in Felins Richtung.

Das Holz hätte den Prinzen am Kopf getroffen. Es kam jedoch nicht so weit: Blitzschnell änderte Bar-Schevet seine Richtung, spaltete das Holz wie ein blauer Blitz der Länge nach. Als wäre nichts geschehen, setzte Felin seine Übungen fort.

Es sah so aus, als hätten die beiden Astteile ihr Gewicht verloren, als schwebten sie, Federn gleich, zu Boden. Eine Illusion. Geschaffen aus dem schnellen Fluss der Angriffs- und Verteidigungspositionen, die Felin noch während des Flugs der beiden Holzstücke vollführte. Als sie endlich zu Boden gesunken waren, kam die mächtige Klinge zur Ruhe. Felin wandte sich Gimbar zu und sagte lächelnd: »Vielen Dank für die kleine Abwechslung, mein Freund.«

»Gern geschehen«, antwortete Gimbar und fügte bewundernd hinzu: »Wo hast du das nur gelernt?«

»Das sind nur einige Übungen, um den Körper geschmeidig zu halten, nichts Besonderes. Qorbán hat sie mir beigebracht.«

»Qorbán? Der Erste Waffenmeister des Kaisers? Man sagt, er sei mit dem Schwert unbesiegbar.«

Felin zuckte die Achseln. »Niemand ist unbesiegbar und Qorbán ist auch nicht mehr der Jüngste. Wenn der Kaiser früher jemanden brauchte, der eine gefährliche und unlösbare Aufgabe erledigen sollte, dann hat stets Qorbán den Auftrag übernommen. Immerhin ist er bis heute am Leben geblieben, was sicher mehr als alle Worte von seinen Fähigkeiten zeugt. Aber in den letzten Jahren hat er sich damit begnügt, den Jüngeren seine

Erfahrung zur Verfügung zu stellen und dem Kaiser Fechtunterricht zu erteilen.«

»Ich finde, du untertreibst«, mischte sich Yomi ein, der damit beschäftigt war das Lager abzubrechen. »Jeder in Cedanor weiß, dass du inzwischen mit dem Schwert besser umgehen kannst als der alte Qorbán.«

»Alles nur Scheingefechte und Waffenübungen«, wehrte Felin ab. »Ich bin noch nie einem echten Feind mit dem Schwert gegenübergetreten – und ich bin froh darum. Und bei der Jagd ist mir mein Bogen ohnehin lieber als ein Schwert. Wenn auch« – er ließ seine Augen an Bar-Schevet entlangwandern – »dieses Schwert etwas ganz Besonderes ist.« Fast entschuldigend fügte er hinzu: »Ich wollte einmal ausprobieren, wie es sich anfühlt.«

Die kleine Waldlichtung lag leer und verwaist. Die vier Menschen und der Masch-Masch waren verschwunden. Yonathan musste sich weiterhin tragen lassen. Das nagte zwar gewaltig an seinem Selbstwertgefühl, aber sein Gesundheitszustand erlaubte es noch immer nicht, dass er auf eigenen Füßen den Marsch fortsetzte. Immerhin waren die Kopfschmerzen an diesem Tage nicht mehr so unerträglich. Er konnte den Oberkörper schon aufrichten, ohne dass dabei sein Schädel in tausend kleine Stücke zersprang.

Die weißgrauen, träge dahinziehenden Wolken gaben immer häufiger den Blick auf den blauen Himmel frei. Und etwa zur vierten Stunde ließ sich auch die Sonne selbst blicken, versprühte mit ihrer Wärme Zuversicht und Frohsinn und sog die klamme Morgenkälte aus Yonathans neuen alten Kleidern. Ansonsten verlief der Tag genauso wie der vergangene: Man stolperte über Wurzeln und kletterte über Felsen, bis man sich am Abend einen geeigneten Lagerplatz suchte.

Am Morgen des dritten Tages ihrer Flucht aus Cedanor verkündete Felin zuversichtlich: »Ich denke, wenn heute nichts mehr schief geht, werden wir noch vor Sonnenuntergang auf Baltans Karawane treffen.«

Gimbar, der sich unbeirrt und aufopfernd um Yonathan kümmerte, hatte immer größere Mühe seinen Schützling auf der Tragbahre zu halten. Yonathans Zustand verbesserte sich so schnell, dass die Gefährten vermuteten, der Stab Haschevet müsse eine Art heilende Wirkung auf ihn ausüben.

Gurgi genoss es, auf Yonathans Brust oder Bauch zu sitzen, die vorbeiziehende Landschaft zu beäugen und hin und wieder einen Abstecher in das Geäst der hohen Bäume zu unternehmen.

Yonathan hielt oft den Keim in der Hand. Dieses grüne, durchscheinende Gebilde, das er von Din-Mikkith beim Abschied geschenkt bekommen hatte, faszinierte ihn immer wieder aufs Neue. Wenn er sich in die Bilder versenkte, die die Samenkapsel heraufbeschwor, konnte er Dinge sehen, die Din-Mikkith und seinen Vorfahren vor langer Zeit widerfahren waren. Und er konnte mit den Lebenden Dingen sprechen, wie Din-Mikkith es genannt hatte.

Und so konnte Yonathan, während er Gurgi das Fell kraulte, jene Eindrücke nachvollziehen, die das Pelzknäuel auf seinen Ausflügen in den Baumkronen gesammelt hatte. »Das Lager Baltans liegt direkt vor uns!«, sagte er unvermittelt.

Gimbar und Yomi, die ihn trugen, blieben stehen, und auch Felin, der vorausging, hielt an und drehte sich um. Sie schauten Yonathan an, als hätte er vorgeschlagen für die restliche Wegstrecke doch einfach einen Tunnel zu graben.

»Woher weißt du das?«, fragte Felin. Er kannte die Gegend gut und wusste, dass der vereinbarte Treffpunkt tatsächlich weniger als eine Meile vorauslag.

»Gurgi hat es mir gesagt.«

»Du meinst, dieser kleine Vielfraß hat es dir verraten?« Felin sah wenig überzeugt aus.

Yonathan nickte. »Es ist ein bisschen kompliziert, das zu erklären. Auf jeden Fall müssen wir die Pilgerroute überqueren, um das Lager zu erreichen.«

Felin schüttelte erstaunt den Kopf. »Das stimmt genau!« Er betrachtete Gurgi mit verwundertem Blick. Aber dann ließ er die

Sache auf sich beruhen und fügte an Yonathan gewandt hinzu: »Die Straße führt hier dicht an steilen Klippen entlang. Die einzige Möglichkeit ein Lager aufzuschlagen, ist die Gegend nördlich der Pilgerroute. Alles andere wäre zu auffällig – schließlich soll es ja so aussehen, als hätte sich ein reisender Kaufmann nur für eine Nacht dort niedergelassen.«

Bald darauf spähten sie zwischen Ast- und Buschwerk auf die Straße hinaus, die zu beiden Seiten von einer breiten Schneise mit kärglicher Vegetation gesäumt wurde. Die Pilgerroute war mit großen, flachen Steinen gepflastert – ein Luxus, den Yonathan kaum begreifen konnte, war er doch nur die holprigen, oft schlammbedeckten Wege Kitvars gewohnt. Die Straße der Pilger und die Südliche Handelsroute teilten sich erst bei Beli-Mekesch. Unmittelbar vor der Stadt bogen diejenigen nach Süden ab, denen der Sinn nach Geschäften und Geld stand, weiter nach Osten zogen jene, die in geistigen Dingen Erfüllung suchten; ihr fernes Ziel war Ganor, die Stadt an den Grenzen zum Garten der Weisheit.

Zwar herrschte nicht eben dichtes Gedränge auf der Pilgerroute, aber immer wieder zogen kleine Gruppen an ihnen vorüber.

»Es wird nicht leicht sein, da hinüberzukommen«, flüsterte Gimbar, ohne den Blick von der Straße zu lassen.

»Ich weiß«, gab Felin zurück. »Die breiten Streifen zu beiden Seiten der Straße dienen eigentlich zur Sicherheit der Reisenden. Sie sollen es dem zwielichtigen Gesindel schwerer machen, einen Hinterhalt zu legen. Aus demselben Grund verläuft der Weg auch über lange Strecken hinweg schnurgerade durch die Landschaft. So kann man schon früh erkennen, wenn man verfolgt wird oder wenn einem jemand entgegenkommt. Diese Stelle hier ist zwar weniger gut einzusehen, aber dieser Vorteil kann uns auch schnell zum Verhängnis werden.«

»Vielleicht sollten wir warten, bis es dunkel wird«, schlug Yonathan vor.

»Wahrscheinlich wird uns nichts anderes übrig bleiben«, erwiderte Felin. »Mir wäre es allerdings lieber, wenn wir noch bei Tageslicht die Straße überqueren könnten. Abseits der Pilgerroute kann man sich hier leicht den Hals brechen.«

»Jetzt sieht es gerade unheimlich ruhig aus«, flüsterte Yomi und blickte nach rechts und links.

»Yo hat Recht«, raunte Gimbar. »Vielleicht sollte ich zuerst allein die Straße überqueren. Von der anderen Seite kann man mehr sehen. Ich gebe euch ein Zeichen, wenn die Luft rein ist.« Felin wollte widersprechen, aber der ehemalige Pirat kam ihm zuvor. »Ich weiß, Felin, das ist dein Land, aber das Schleichen und Spähen ist mein Fachgebiet.«

Yomi ergriff für Gimbar Partei. »Lass ihn ruhig gehen, Felin. *Er* ist der Dieb.«

Gimbar schlich auf die Straße hinaus. Geduckt, mit katzenhaften Bewegungen, ständig beide Richtungen der Straße im Blick haltend, stahl er sich vorsichtig auf die andere Seite hinüber und verschwand dort im Unterholz. Es hatte nur wenige Augenblicke gedauert.

Im Geäst konnte man die gebogene Falkennase erkennen, die sich aufmerksam nach rechts und links wandte, als wolle sie eine Witterung aufnehmen. Dann endlich winkte er.

»Jetzt!«, flüsterte Felin heiser und schlüpfte aus dem Dickicht hervor.

Yonathan folgte dichtauf. Yomi, die Stecken der Tragbahre unter den Armen, drängte sich als Letzter hinaus ins Freie.

Schon nach wenigen Schritten jedoch sahen sie, dass Gimbar auf der anderen Seite heftig mit den Armen wedelte.

»Zurück!«, formten seine Lippen lautlos.

»Ist er jetzt völlig übergeschnappt?«, fragte Yomi.

Yonathan schaute sich um. Nichts war zu sehen. Doch da glaubte er ein Geräusch zu hören: ein fernes Donnern.

»Schnell!«, stieß er hervor. »Da kommen Reiter!« In der Hoffnung, seine beiden Freunde würden schon wissen, was er meinte, wirbelte er herum und stürmte auf den schützenden Waldrand zu. Jeder Schritt seiner Stiefel dröhnte in seinem Kopf und die

Geräusche, die Yomi und Felin machten, als sie neben ihm im Gebüsch landeten, waren wie Peitschenhiebe.

»Hoffentlich haben sie nichts mitbekommen!«, keuchte Yonathan. Vor seinen Augen tanzten Sterne.

»Ich glaube nicht«, flüsterte Felin gelassen.

Gimbar, auf der anderen Seite der Straße, hatte sich längst wieder ins Ast- und Blattwerk zurückgezogen.

Von Nordwesten her näherte sich ein Trupp von Reitern. Beim Näherkommen erkannte Yonathan, dass es sich um Soldaten des Königs handelte.

»Eine Patrouille meines Vaters«, flüsterte Felin.

Die drei Gefährten duckten sich noch tiefer in den grünen Schutzwall.

Mit ohrenbetäubendem Getöse donnerten etwa zwei Dutzend ahnungslose Reiter vorüber. Erst als sie schon eine geraume Zeit hinter der östlichen Straßenbiegung verschwunden waren, kam wieder Leben in Zweige und Blätter. Gimbar schälte sich aus der grünen Wand gegenüber. Er winkte hastig und eindringlich.

»Ich denke, wir sollten uns beeilen«, meinte Felin.

Diesmal glückte die Überquerung. Die vier Gefährten zogen sich sofort einen Bogenschuss weit von der Straße zurück.

»Das war unheimlich knapp, Gimbar!«, sagte Yomi. »Du hättest uns ruhig ein bisschen früher warnen können.«

Gimbar warf die Arme in die Höhe und klagte: »Der Tag, an dem ich dir mal was recht mache, wird in Cedan zu einem Gedenktag ausgerufen werden, Yo.«

»Eine ziemlich gute Idee!«, fand Yomi. »Wie sieht's aus damit, Felin? Wenn du erst mal Kaiser bist, lässt sich da doch sicher was machen. Man könnte ihn den Yomi-Tag nennen. Hört sich doch unheimlich gut an, oder?«

Bis zum Lager Baltans war es nur noch einen Bogenschuss weit. Der Platz, der auf einer geräumigen Waldlichtung lag, befand sich nahe genug bei der Pilgerstraße, um nicht verdächtig zu erscheinen, und weit genug, um den Ankömmlingen in Ruhe einen herzlichen Empfang zu bereiten.

»Ich bin froh euch alle wieder zu sehen!«, sagte Baltan, dem seine Erleichterung anzusehen war. »Wenngleich ich bei deinem Anblick meine Sorge nicht vollends von mir werfen kann, Yonathan«, fügte er hinzu.

»Ach, das ist halb so schlimm«, wehrte der Angesprochene ab. »Du siehst ja: Ich bin schon wieder auf den Beinen.« Yonathans Freude darüber, den weisen Bundesgenossen wieder zu sehen, wirkte wie ein Schmerzmittel. Auch wenn Baltan nicht wie er selbst ein *Träumer* gewesen wäre, hätte er in dem listigen alten Kaufmann eher einen väterlichen Freund als nur einen engen Verbündeten gesehen.

»Ihr müsst mir unbedingt jede Einzelheit eurer Flucht erzählen«, drängte Baltan. »Aber kommt erst einmal in mein Zelt, ihr alle. Ich habe noch einige Überraschungen für euch.«

Nachdem Baltan die vier Gefährten umarmt hatte, fasste er schließlich Gimbar am Arm. Während er mit dem kleinen Mann voranging, lag seine Hand auf dessen Schulter und die beiden unterhielten sich angeregt. Yonathan folgte ihnen in das geräumige Zelt, dessen Außenhaut aus weißgrauen, filzartigen Matten bestand, die über Stangen und Seile gehängt worden waren.

»Sahavel!«, rief der Prinz voller Freude, kaum dass er seinen Fuß auf die kostbaren Teppiche im Innern des Zeltes gesetzt hatte.

Auch Yonathan bemerkte den schlanken Mann mittleren Alters, der wie ein Gelehrter aussah. Das ehemals schwarze Haupt- und Barthaar war von der Farbe der Weisheit durchzogen. Er trug einen längs gestreiften Mantel und ein langes Untergewand aus feinem, weißem Leinen. Das also war Sahavel, wie Baltan Mitglied der *Charosim,* der vierzig engsten Vertrauten Goels, zugleich auch Erzieher und Lehrmeister Felins; und in diesem Augenblick Gefangener in dessen kräftigen Armen.

»Was tust du hier, Sahavel? Dieses Unternehmen kann ziemlich gefährlich werden.«

»Es gibt vieles zu berichten«, gab Baltan anstelle des Lehrmeisters zur Antwort. »Für beide Seiten. Lasst uns ein ordentliches Mahl einnehmen und dabei alles besprechen.«

Daran war nichts auszusetzen. In den vergangenen drei Tagen hatten sie nur trockenes Brot, Schafskäse und Dörrobst bekommen. Wegen der Gefahr entdeckt zu werden, konnte man kein Feuer machen.

Sofort bei seiner Ankunft im Lager waren Yonathan die köstlichen Düfte aufgefallen, die aus dampfenden Töpfen aufstiegen und einen Hungrigen in den Wahnsinn treiben konnten. Ja, jetzt ein heißes, wohlschmeckendes Essen, dazu einen Krug Würzbier – was konnte es Schöneres geben?

»Warum glotzt du eigentlich die ganze Zeit wie ein Esel vor dich hin und sagst kein Wort?«

Yonathan blinzelte. Was war das? Woher kam diese Stimme?

»Aha, unhöflich bist du auch. Nicht einmal antworten kannst du.«

Yonathan drehte langsam und unter Schmerzen den Kopf in die Richtung, aus der diese glockenhelle Stimme kam, und blickte in zwei große, schwarze Augen.

»Blöd scheinst du auch noch zu sein, so wie du guckst.«

»Das liegt wohl daran, dass mir der Schädel brummt.« Yonathan war verwirrt und wusste nicht, warum. Eines stand fest: Diese helle Stimme und die beiden nachtschwarzen Augen gehörten einer weiblichen Person.

»Wer bist du?«, fragte Yonathan. Ja, das war gut! Man musste den Gegner aus der Reserve locken.

»Sag erst mal, wer *du* bist.«

Fehlschlag! Diese Kleine dort besaß offenbar Verstand. Jetzt nur nicht aus der Ruhe bringen lassen!

»Mein Name ist Yonathan. Ich gehöre zu den dreien da.« Er deutete hinüber zu Yomi, Gimbar und Felin.

»Das wäre mir nicht aufgefallen.«

Noch ein Fehlschlag! Warum redete er nur solch einen Unsinn? Er musste jetzt endlich mal was Gescheites sagen, etwas, was Eindruck machte.

Mit einer Miene, die zugleich Überlegenheit und Langeweile ausdrücken sollte, blickte er auf das einen Kopf kleinere Mädchen hinab. Sie war ja noch ein Kind! Nein, sie war eigentlich kaum jünger als Yonathan. Aber ihr Aussehen passte irgendwie nicht zu ihren stachligen Äußerungen. Ihr Gesicht war schmal, ebenmäßig und von bronzener Färbung, die Wangenknochen traten leicht hervor, die Mandelaugen standen ein wenig schräg, schwarze Locken fielen wie ein Wasserfall vom Kopf bis zu den Hüften herab … Aber warum war sie nur so dünn?

Kinn und Stupsnase herausfordernd in die Höhe gereckt, mit den dunklen Augen funkelnd wie ein Obsidian im Sonnenlicht, triumphierend lächelnd, stand sie einfach da und sagte nichts.

Yonathan räusperte sich. »Du sprachst von Höflichkeit«, begann er zaghaft. »Wäre es nicht an der Zeit, mir deinen Namen zu verraten?«

Wieder flackerte Angriffslust in den Augen des Mädchens, dann wichen die Flammen jedoch zurück. »Mein Name ist Bithya«, erwiderte sie. »Ich bin mit Sahavel gekommen. Er bringt mich zu meinem Großvater, Goel.« Die Stimme klang jetzt weniger herausfordernd, eher etwas traurig.

»Wie ich sehe, habt ihr euch schon vorgestellt«, mischte sich Felins Stimme in das Gespräch.

»Kennst du sie?«, fragte Yonathan und deutete mit dem Kopf auf seine kleine Nachbarin, die ihn so in Verlegenheit gebracht hatte.

Felin lachte. »Ob ich sie kenne? Sie ist meine Base. Genau genommen meine Großbase, die Enkelin des Bruders meines Großvaters.«

Yonathan versuchte die schwierigen Verwandtschaftsverhältnisse in seinem Kopf zu ordnen.

»Sie sagte, sie sei Goels Enkelin.«

»Unsere Familie stammt von Goel ab, Yonathan.«

Aus den Augenwinkeln konnte Yonathan erkennen, dass die beiden dunklen Augen schon wieder auf loderten. »Dann ist sie eher so eine Art Urururenkelin.«

»Wenn er will, kann er sogar denken«, sagte Bithya.

»Sei nicht so unhöflich zu unserem Gast«, ermahnte Sahavel, der sich neben Felin gestellt hatte. »Er hat einen Unfall gehabt und ist noch nicht ganz gesund.«

»Wahrscheinlich ist er auf den Kopf gefallen«, vermutete Bithya.

Dritter Fehlschlag!, dachte Yonathan und schwieg.

Das Essen in Baltans Zelt war ein Festschmaus! Yonathan glaubte noch nie so gut gegessen zu haben. Außer ihm, seinen Freunden und Baltan waren noch Sahavel und Bithya zugegen, ein Mann, der als Yehsir, der Karawanenführer, vorgestellt worden war – und Schelima!

Im Trubel der Ereignisse hatte Yonathan Baltans anmutige Tochter ganz übersehen. Aber das war auch kaum verwunderlich, denn als Gimbar und Schelima sich erst einmal erblickt hatten, schien die Welt um sie zu versinken. Sie standen bewegungslos da, hielten sich bei den Händen und schauten sich an, als suchten sie irgendetwas in den Augen des anderen. Es war nicht einfach für Baltan gewesen, die beiden aus ihrer Starre zu befreien und erst, als sie sich auf den großen, weichen Sitzkissen niedergelassen hatten und der herrliche Duft der frisch zubereiteten Speisen in ihre Nasen stieg, kam langsam wieder Leben in sie.

»Wir werden euch ein Stück auf eurem Wege begleiten«, eröffnete Baltan das Gespräch.

»Uns begleiten?« Yonathan war erstaunt. »Aber wir hatten doch festgestellt, dass das viel zu auffällig wäre.«

»Keine Angst, mein Junge«, beruhigte ihn Baltan. »Unsere Wege werden sich hinter Beli-Mekesch wieder trennen. Aber bis dahin könnte es sich als nützlich erweisen, wenn wir uns zumindest nicht allzu weit voneinander entfernen.«

»Hast du schon überlegt, wie wir die Pferde und das Gepäck durch Beli-Mekesch bekommen sollen, wenn wir über die Stadtmauer klettern müssen?«, fragte Gimbar.

Yonathan antwortete mit einem entgeisterten Blick. Bithya, die schräg gegenüber saß, lächelte ein wenig spöttisch.

»Also«, begann Gimbar von neuem, »wir haben uns das so gedacht: Baltan wird unter einem Vorwand die Torwachen von Beli-Mekesch ablenken. Wir dringen derweil in die Stadt ein – vermutlich wird uns wirklich nichts anderes übrig bleiben, als über die Mauer zu klettern. Anschließend schleichen wir uns durch die nächtlichen Straßen zur gegenüberliegenden Seite der Stadt, lenken irgendwie die dortigen Wachen ab und verschwinden wieder nach draußen. Am nächsten Morgen treffen wir uns dann mit Baltan. Er versorgt uns mit allem, was wir für unsere Reise brauchen.« Gimbars Blick streifte Schelima und mit einem Anflug von Bedauern setzte er hinzu: »Und dann verabschieden wir uns bis auf weiteres.«

»Hört sich alles ganz einfach an«, gab Yonathan zu. »Ich verstehe nur nicht, warum du, Baltan, eine so *seltsame* Reisegesellschaft zusammengestellt hast.« Er bemerkte mit Befriedigung einen Anflug von Empörung auf Bithyas Gesicht.

Bevor Baltan antwortete, zeigte er sein altes, weises Lächeln und Yonathan hatte einmal mehr das Gefühl, dass er dem listigen, kleinen Tuchhändler um mindestens einen Schritt hinterherhinkte. »Die mit mir sind, habe ich nicht zufällig ausgewählt, Yonathan. Ich werde dafür sorgen, dass Sahavel und Bithya in meiner Obhut unbeschadet nach Ganor gelangen. Sahavel gehört wie ich zu den *Charosim.* Er hat wichtige Nachrichten für Goel. Außerdem ist die Lage in Cedanor für ihn in letzter Zeit ziemlich unsicher geworden – seit dem Tage, als man dich im Sedin-Palast festzuhalten begann. Zirgis hat Sahavel unter einem fadenscheinigen Vorwand aus dem Palast geschickt und ihn seitdem nicht wieder hereingelassen.«

»Ich vermute, Zirgis ahnte, dass ich ihm in seinem Verhalten dir gegenüber nicht zustimmen würde«, ergänzte Sahavel.

»Das ist sehr gelinde ausgedrückt, mein werter Lehrmeister«, meldete sich Felin zu Wort. »Du hast meinem Vater mehr als einmal gehörig Feuer unter dem Hintern gemacht! Das hat er nicht gern. Aber als offiziellen Vertreter des Richterstuhls konnte er dich nicht einfach verschwinden lassen. Wahrscheinlich wollte er mit deiner Verbannung einer neuerlichen Strafpredigt aus dem Wege gehen.«

»Wie auch immer«, nahm jetzt wieder Baltan den Gesprächsfaden auf, »Sahavels Nachrichten sind für Goel sehr wichtig, und da der Kaiser mich zur Zeit auch lieber nur von weitem sieht, hat es sich angeboten, dass ich den Botschafter Gan Mischpads begleite.« Listig lächelnd schaute er in die Runde. »Ich habe ein Dutzend ›Handelsgehilfen‹ dabei, die sich sehr gut im Fechten und Bogenschießen auskennen. Das könnte sich als recht nützlich erweisen, sollte sich unterwegs eine Räuberbande finden, die meint, unsere Handelswaren mit uns teilen zu müssen.«

Yonathan hatte bei der Ankunft einige schwer bewaffnete Männer gesehen. Die Handelsgehilfen.

»Es gibt aber noch einen zweiten Grund für die Reise nach Gan Mischpad«, merkte Sahavel an.

»Darauf wollte ich jetzt kommen«, sagte Baltan und richtete seinen Blick auf Bithya. »Entschuldige, mein Kleines, dass ich dich erst jetzt erwähne. Ich wünschte, wir müssten gar nicht über diese Geschehnisse sprechen.«

Bithya schenkte dem alten Fuchs ein wohlwollendes Lächeln. Yonathans Achtung vor Baltan stieg.

»Unsere Bithya«, ließ Baltan Yonathan wissen, »hat nämlich ein schweres Los zu tragen. Ihr Vater war ein enger Gefährte und Mitarbeiter Sahavels. Er ging Berichten nach, die wir in letzter Zeit über die Aktivitäten der témánahischen Priester erhalten haben. Wie du weißt, lässt Zirgis sie ungehindert durch das ganze Kaiserreich ziehen, weil er seine Toleranz gegenüber Andersdenkenden zur Schau stellen möchte.«

»Ich habe davon gehört«, brummte Yonathan nur.

Baltan lächelte. »Ich glaube, wir haben in dieser Hinsicht die gleiche Meinung. Bar-Hazzats schwarze Vogelscheuchen planen sicher nichts Gutes. Das Cedanische Reich ist in Gefahr. Vielleicht wollen sie gar den Kaiser ermorden. Goels Amtszeit als Richter von Neschan neigt sich dem Ende zu. Nur wenn der siebte Richter erscheint und das Amt übernimmt, kann das Schlimmste verhindert werden.«

»Und dazu muss Haschevet zum Garten der Weisheit gelangen.«

»So ist es, Yonathan. Ich wünschte, ich könnte dir etwas von deiner Last abnehmen, mein Junge. Deine Aufgabe ist die schwerste von allen.«

Den Eindruck hatte Yonathan seit langem. Er atmete tief und warf einen Blick auf das glutäugige Mädchen schräg gegenüber.

»Aber nun zu Bithya«, fuhr Baltan fort. Seine Augen huschten zu dem schwarz gelockten Mädchen hinüber. Es sah aus, als koste es ihn Überwindung, endlich mit der Schilderung zu beginnen. »Yeftan, Bithyas Vater, verschwand vor fünf Monaten. Einfach so. Am Morgen verabschiedete er sich noch von Sahavel – er sagte, er wolle jemanden treffen, der ihm Einzelheiten über das Treiben der témánahischen Priester erzählen könnte –, und von da an hat niemand mehr etwas von ihm gesehen oder gehört. Wir vermuten, dass man ihn umgebracht hat, weil er der Wahrheit auf der Spur war. Es gibt verschiedene Gründe, warum Sahavel und ich das glauben.« Baltan seufzte. »Einen Monat nach Yeftans Verschwinden geschah etwas Schreckliches. Bithyas Mutter ging wie immer auf den Markt, um Einkäufe zu erledigen. Auf dem Weg dorthin wurde sie von einem Pferdefuhrwerk überrollt. Es geschah auf einer breiten Straße und Zeugen sagten aus, dass der Wagen Platz genug gehabt hätte. Einige vermuteten, Bithyas Mutter sei vorsätzlich niedergewalzt worden. Aber wer kann Grund haben eine brave, von allen geachtete und geschätzte Frau umzubringen?«

»Nur jemand, der einen Mitwisser aus dem Weg räumen will«, antwortete Yonathan. Die Erzählung hatte ihn tief berührt und er machte sich Vorwürfe wieder einmal zu schnell das Verhalten eines anderen verurteilt zu haben. Lemor, der Schafhirte, fiel ihm ein. Yonathan empfand tiefes Mitleid für das elternlose Mädchen. Er nahm sich vor, sie in Zukunft freundlicher zu behandeln.

»Das vermuten wir auch«, erwiderte Baltan. »Du kannst dir sicher vorstellen, dass es genügend Gründe gibt, Bithya von der Bildfläche verschwinden zu lassen.«

Sahavel konnte seine Bitterkeit kaum verbergen. »Nur ich trage die Verantwortung für das, was geschehen ist. Ich hatte mich nach Yeftans Verschwinden seiner Witwe und Tochter angenommen. Nachdem dann auch noch Bithyas Mutter ums Leben gekommen ist, habe ich die Kleine ganz zu mir genommen. Aber auf die Dauer ist es nicht gut für ein junges Mädchen, versteckt zu leben. Goel hat mir mitgeteilt, dass er gerne die weitere Erziehung seiner Urenkelin übernehmen würde. Da habe ich nicht weiter gezögert und Baltans Vorschlag angenommen uns bis nach Ganor zu geleiten.«

Yonathan fühlte sich schlecht. So viel Leid! Und er hatte sich von diesem kratzbürstigen Mädchen herausfordern lassen. Sie hatte wahrlich Grund verwirrt und durcheinander zu sein!

Über den Tisch hinweg warf er Bithya einen verlegenen Blick zu. »Das ist bestimmt sehr schwer für dich«, sagte er unbeholfen. »Ich selbst habe auch keine Eltern.«

Bithya schaute ihn eine Weile aus ihren großen, schwarzen Augen an. Yonathan fragte sich schon, ob er wieder etwas Falsches gesagt hatte, aber dann murmelte sie nicht unfreundlich: »Danke.«

Baltan räusperte sich vernehmlich und verkündete voller Tatendrang: »Nun, wir alle haben also einen guten Grund hier zu sein. Jetzt lasst uns darüber sprechen, wie wir die Mauern von Beli-Mekesch erobern.«

Nächtliches Zwischenspiel

So hoch hatte Yonathan sich die Stadtmauern von Beli-Mekesch nicht vorgestellt! Zusammen mit Yomi und Felin lag er im feuchten Gras und verfolgte die Ereignisse, die sich nur einen Steinwurf entfernt, unmittelbar vor dem Haupttor, abspielten.

»Ho!«, rief Baltan zur Torwache empor, und das Schauspiel, das Gimbar ersonnen hatte, begann. »Ho, Wache! Aller Friede Neschans sei mit Euch. Öffnet bitte das Tor und lasst uns ein!«

Man wusste natürlich im Voraus, wie die Antwort der Wachsoldaten ausfallen würde. Kein Stadttor im ganzen Cedanischen Reich durfte zwischen Sonnenuntergang und -aufgang geöffnet werden. Aber das lag auch nicht wirklich in der Absicht Baltans.

Nach Gimbars Plan sollte der angesehene Kaufmann mitten in der Nacht die Wachen für einige Zeit ablenken. Wenn das Schauspiel vor dem Tor seinen Höhepunkt erreichte, sollten Yonathan, Yomi und Felin über die Stadtmauer klettern, an einem Seil, das ihnen ein Komplize herablassen würde.

Dieser Helfer war niemand anderes als Gimbar selbst. Der war nämlich mit dem letzten Licht der Sonne in die Stadt eingeritten. Baltan hatte ihn mit Kleidung und Waren eines Tuchhändlers ausstaffiert, sodass kaum zu befürchten stand, man könne in Gimbar einen der gesuchten Begleiter des flüchtigen Yonathan erkennen.

In den letzten drei Tagen war der Plan immer wieder durchgesprochen worden. Yonathan und seine Gefährten hatten Baltans Karawane wie unsichtbare Schatten begleitet. Abseits der Pilgerstraße, die auf diesem Wegstück zugleich auch die Südliche Handelsroute war, hatten sie sich über Pfade und Wege gekämpft, die sonst nur von Waldbauern und Jägern benutzt wurden.

Die Abende verbrachten die Gefährten im Schutze von Baltans Zelten und dessen wehrhaften »Handelsgehilfen«. Yonathan genoss die Gespräche im Kreise der Freunde und das unbeschwerte Gefühl, einmal nicht hinter jedem Baumstamm oder

Felsvorsprung einen Häscher Sethurs oder Soldaten Zirgis' erwarten zu müssen. Selbst mit Bithya brachte er einige Wortwechsel zustande. Obwohl die Urenkelin Goels fast in seinem Alter war, bereiteten ihm die Gespräche mit ihr die größten Schwierigkeiten. Er konnte sich das nicht erklären, zumal er immer seltener das Ziel ihrer stacheligen Wortgeschosse war. Das lag wohl daran, dass Bithya Gurgi kennen gelernt hatte.

Noch am ersten Abend war es geschehen. Der kleine Masch-Masch kroch verschlafen aus seinem Versteck in Yonathans Hemd. Die verlockenden Gerüche aus den Töpfen und Pfannen hatten es dem gefräßigen Pelzknäuel unmöglich gemacht, sich noch länger dem Schlafe hinzugeben. Kaum hatte Bithya das flauschige Wesen bemerkt, schienen alle Sorgen von ihr abgefallen. Da auch Schelima anwesend war, die ja ohnehin schon zum engeren Freundeskreis Gurgis gehörte, musste Yonathan erfahren, welch schweren Stand er hatte, wenn sich Frauen für den Masch-Masch interessierten.

Aber er lernte auch Yehsir kennen. Baltans erfahrenster Karawanenführer, der den Beinamen Bezél trug, hatte etwa die Gestalt Felins, war aber wesentlich älter. Yehsir hätte ebenso gut vierzig wie auch sechzig Jahre alt sein können. In seinen schwarzen Haaren, die meistens von einem Turban verdeckt waren, blitzten silberne Strähnen wie das Licht des Vollmondes, das durch einen Palmenwedel fällt. Hohe Wangenknochen, eine schmale Nase von der Schärfe eines témánahischen Krummsäbels und dichte, buschige Brauen, die über zwei immer wachen, dunklen Augen lagen, verliehen Yehsir ein aristokratisches Aussehen. Sonne und Wind hatten deutliche Spuren darin eingegraben. Das Gewand des Karawanenführers bestand aus einer unbestimmbaren Anzahl von weißen Falten, die sich um den hageren Körper schlangen.

Für das Reisen unter glühend heißer Sonne war dies sicher die zweckmäßigste Bekleidung. Nicht umsonst hatte Baltan seinen Karawanenführer Bezél genannt, ein Wort, das aus der Sprache der Schöpfung stammte und so viel wie *Schützender Schatten* bedeutete. Yonathan war dankbar, dass der alte Kaufmann ihm einen Führer an die Seite stellte, der sich in der lebensfeindlichen Wüste wie der schützende Schatten eines Felsens erweisen konnte. Doch Bezél alias Yehsir hatte noch etwas anderes mit einem Schatten gemein: Er war genauso wortkarg.

Jetzt saß der Schützende Schatten auf einem schwarzen Rappen neben Baltan, der auf einem schneeweißen Lemak thronte und wieder rief: »Wie lange soll ich denn noch warten? Öffnet endlich das Tor!«

Auf der Zinne der Mauer über dem Tor herrschte große Aufregung. Aus ihrem Versteck konnten Yonathan, Yomi und Felin deutlich das Aufblitzen von Harnischen, Schilden und Speerspitzen erkennen. Immer neue Fackeln wurden entzündet.

Man suchte wohl nach einem Verantwortlichen, denn nichts anderes war zu hören als das Klappern von Rüstungen und das Schlurfen eiliger Stiefel auf den Wehrgängen der Mauer. Endlich trat ein behelmter Wachsoldat vor und rief: »Wer seid Ihr, dass Ihr nicht wisst, welch unmögliches Ansinnen Ihr an die Wache gerichtet habt?«

»Ich habe lediglich verlangt eingelassen zu werden«, erwiderte Baltan. »Es ist kalt hier draußen – und dunkel! Wir möchten in den Schutz Eurer Stadt.«

»Das ist keine Antwort auf meine Frage«, entgegnete der Hauptmann harsch. »Nennt mir Euren Namen!«

»Ich weiß nicht, ob der Euch etwas sagt. Man nennt mich Baltan und ich bin als Tuchhändler unterwegs. Und hier, rechts neben mir, sitzt Sahavel, der Gesandte Goels am kaiserlichen Hof.«

Ein hämisches Lachen kam von der Höhe der Stadtmauer. »Natürlich! Baltan! Der Vertraute unseres Geliebten Vaters der Weisheit. Und Sahavel auch noch dazu. Dass ich nicht lache! Ich habe den edlen Kaufmann einmal auf einem Empfang an der Seite des Kaisers gesehen. Wenn *Ihr* Baltan seid, dann bin ich Bomas, des Kaisers Sohn, und der hier neben mir ist meine Mutter, die Kaiserin.« Mit den letzten Worten hieb der Befehlshabende auf die Schulter eines bärtigen Hünen.

Baltan drehte sich um, ließ sich von Yehsir eine Fackel geben und hielt sie nah an sein Gesicht. »Ich habe Bomas auf den Knien geschaukelt, als er noch ein kleiner Schreihals war. Außerdem wäre es mir an der Tafel des Kaisers bestimmt zu Ohren gekommen, wenn man den Obersten der südlichen Grenztruppen zu einem Hauptmann der Wache in Beli-Mekesch degradiert hätte.«

Als nun das Licht der Fackel Baltans Gesicht beleuchtete, entstand auf der Mauerkrone ein aufgeregtes Flüstern. »Er ist es wirklich!«, raunte jemand.

»Ihr müsst verzeihen, edler Baltan. Aber wie konnte ich ahnen, dass sich der nach dem Kaiser mächtigste Mann Neschans hier einfindet und mitten in der Nacht Einlass in unsere Stadt begehrt? Ich wähnte Euch bei den Feiern in Cedanor.«

»Könntet Ihr jetzt, da Ihr wisst, wen Ihr vor Euch habt, die Freundlichkeit besitzen und uns das Tor öffnen?«

Betretenes Schweigen. Der Hauptmann der Wache war in einer Zwickmühle von gewaltigem Ausmaß. Auf der einen Seite sah er sich dem einflussreichen Vertrauten des Kaisers gegenüber, auf der anderen Seite stand Zirgis' eigener Befehl. Was sollte er tun? »Ich kann Euch trotzdem nicht einlassen. Selbst, wenn Ihr der Kaiser persönlich wäret, dürfte ich Euch nicht die Tore öffnen. Sein Wort ist Gesetz. Wo kämen wir hin, wenn …«

»Schon gut, schon gut«, unterbrach Baltan den Soldaten. »Könnt Ihr es verantworten, wenn ich hier draußen, allein mit einem Kind, meiner Dienerschaft und einigen wehrlosen Handelsgehilfen, in die Hände mordlustiger Straßenräuber falle?«

Der Hauptmann musterte mit skeptischem Blick die »Handelsgehilfen« Baltans. »Mir scheint, edler Herr, *so* wehrlos seid Ihr nun auch wieder nicht.«

»Ach was. Alles nur zur Abschreckung. Was sagt Ihr dem Kaiser, wenn er erfährt, dass einer seiner engsten Ratgeber vor den Mauern Beli-Mekeschs – unter den Augen seiner eigenen Soldaten – hingemeuchelt worden ist?«

Wieder trat Schweigen ein. »Ich könnte«, schlug der Verantwortliche schließlich vor, »ich könnte dafür Sorge tragen, dass Euch nichts geschieht.«

»Und wie wollt Ihr das tun?«

»Wenn Ihr dort, wo Ihr jetzt seid, Euer Nachtlager aufschlagt, wenn ich meine Wache hier oben verstärke – alles im Lichte von zahlreichen Fackeln selbstverständlich –, dann sollte das wohl genügen jegliches Gesindel abzuhalten. Sobald dann morgen früh die Sonne aufgeht, werde ich Euch persönlich das Tor öffnen. Was haltet Ihr von diesem Vorschlag, ehrwürdiger Baltan?«

Der gab sich den Anschein, das Für und Wider reiflich abzuwägen. Er massierte sein Kinn und starrte gedankenverloren vor sich zu Boden. Endlich hob er den Blick und verkündete: »So soll es sein, Hauptmann. Ihr seid ein gewissenhafter Diener Eures Kaisers. Er kann stolz auf Euch sein! Nur eines noch …«

»Ja?«

»Lauft nicht alle weg. Bis Ihr die Verstärkung aus der Kaserne zusammengerufen habt, könnten wir hier schon alle massakriert im Gras liegen.«

»Natürlich!«, beeilte der Hauptmann sich zu versichern. »Ich glaube, ich kann es verantworten, einige Männer von der Westseite der Mauer hier zusammenzuziehen. So kann für Eure Sicherheit gesorgt werden.«

»Ihr seid ein Ehrenmann, Hauptmann. Wie lautet übrigens Euer Name?«

»Gorzan, ehrwürdiger Herr.«

»Ich bin sicher, dass Euer Name bald dem Kaiser zu Ohren kommen wird, Hauptmann Gorzan.«

Es dauerte nicht lange und die Stadtmauer lag nördlich und südlich des Westtores verwaist da. Einzig bei dem Eingang selbst, durch den tagsüber Pilger, Händler und andere Reisende strömten, hatte sich eine stattliche Anzahl von Bewaffneten versammelt, um über Baltan zu wachen.

In diesem Augenblick bemerkte Yonathan eine Bewegung auf

der Mauerkrone, als hätte der steinerne Wall eine Luftwurzel bekommen.

»Das ist Gimbar!«, flüsterte er aufgeregt. »Er hat gerade eben das Seil hinuntergeworfen.«

»Hoffentlich hat er wenigstens *ein* Ende oben behalten!«, witzelte Yomi. Alle drei waren bis zum Zerreißen angespannt und jeder hatte seine eigene Methode dem inneren Druck ein Ventil zu verschaffen.

»Du gehst zuerst«, sagte Felin zu Yomi. »Sobald du oben bist, folge ich dir. Yonathan kommt zuletzt dran. Zu dritt können wir ihn leichter die Mauer hinaufziehen.«

Yonathans Kräfte waren tatsächlich noch nicht wieder so weit hergestellt, dass er eine achtzig Fuß hohe Mauer hätte erklimmen können.

Er beobachtete, wie Yomi mit wenigen langen Schritten den Fuß der Stadtmauer erreichte. In seiner unnachahmlichen, etwas unbeholfen wirkenden Art hatte der lange Seemann in kürzester Zeit die obere Kante der Mauer erklommen.

»Bis gleich, mein Freund«, flüsterte Felin, nickte noch kurz und war auch verschwunden.

Felin hangelte sich athletisch nur mit den Armen nach oben. Er *floss* geradezu das Seil hinauf, so schnell hatte er die enorme Höhe überwunden.

Jetzt war Yonathan an der Reihe. Ein letzter Blick zu Baltans Lager hinüber. Der alte, listige Kaufmann veranstaltete mit seinen Begleitern ein gehöriges Spektakel, um die Aufmerksamkeit der Wachen ganz für sich in Anspruch zu nehmen. Noch ein tiefer Atemzug, dann sprang Yonathan auf und huschte zur Mauer vor. Im tiefen Schatten des Bollwerks fand er das Ende der Leine und stellte mit Erleichterung fest, dass Gimbar eine Schlaufe in das Tau geknotet hatte. Yonathan schlüpfte mit dem linken Fuß in die Schlinge und ruckte zweimal kurz am Strick. Das war das Zeichen. Während sechs kräftige Arme zogen, sorgte Yonathan für einen ausreichenden Abstand zur rauen Steinwand.

Als er endlich von seinen Freunden über den Rand der Mauer

gezerrt wurde, atmete er auf. »Jeden Tag möchte ich das nicht machen.«

»Ich zeig dir bei Gelegenheit, wie man klettert; dann wird's dir unheimlichen Spaß machen!«, meinte Yomi fröhlich.

»Kommt jetzt, folgt mir!«, mahnte Gimbar. »Da drüben ist eine Treppe. Passt auf, dass ihr nicht hinunterfallt: Man kann sich nirgends fest halten. In wenigen Augenblicken sind wir in den Gassen von Beli-Mekesch verschwunden.«

Yonathan, Yomi und Felin folgten Gimbar wortlos. Über eine endlose Anzahl von Steinstufen schlichen die vier Schatten in die Stadt hinab. Unten führte der ehemalige Pirat die Gruppe in eine gegenüberliegende Gasse: Beli-Mekesch hatte sie verschluckt.

Nach einem kurzen Stück Weges fanden sie das Pferd.

»Ich habe es hier festgebunden, damit Yonathan nicht den ganzen Weg durch die Stadt laufen muss«, erklärte Gimbar, während er eine Fackel entzündete.

»Ist das nicht ziemlich auffällig?«, wandte Yomi ein. »Seine Hufe werden eine Menge Lärm verursachen.«

»Keine Angst. Ich habe vorgesorgt.«

Der Schein der Fackel zeigte, was Gimbar meinte: Er hatte Baltans Seidentücher, die eigentlich zu seiner Tarnung als fahrender Tuchhändler bestimmt waren, um die Hufe der Pferde gewickelt.

Gimbar schaute sich noch einmal um. In der Gasse war alles still. »Was die Fackel angeht, haben wir wohl kaum etwas zu befürchten. Um diese Zeit dürfte ganz Beli-Mekesch schlafen – abgesehen von ein paar Dieben vielleicht.«

»Na ja«, bemerkte Yomi trocken, »eine Krähe hackt der anderen kein Auge aus.«

Gimbar grinste. »Und wenn schon: Einäugige Piraten entsprechen ja dem allgemeinen Geschmack. Jetzt aber los! Wir haben noch eine kleine Stadtbesichtigung vor uns.«

Die Straßen und Gassen von Beli-Mekesch waren nicht besonders sehenswert, zumal der schwankende Lichtkreis der Fackel kaum einen umfassenden Überblick erlaubte. Nur eines fiel Yonathan auf.

»Die Häuser hier sind ungewöhnlich hoch.«

»Das kommt von der ungewöhnlichen Lage der Stadt«, erklärte Felin. »Beli-Mekesch liegt in einer schmalen Schlucht, die der Cedan fast völlig für sich beansprucht. Da bleibt wenig Platz, um sich auszudehnen. Deshalb hat man Beli-Mekesch in die Höhe gebaut. Es gibt hier Häuser mit acht Stockwerken!«

Yonathan staunte. Er musste an die Fischerkate denken, die er in Kitvar mit Navran bewohnte. Je weiter er sich von zu Hause entfernte, umso gemütlicher erschien sie in seinen Erinnerungen.

Eine geraume Zeit lang wanderten die vier schweigend durch nachtschwarze Gassen. Yonathan staunte, wie gut Gimbar das Terrain sondiert hatte. Er geleitete seine Gefährten abseits der Hauptwege immer weiter nach Osten. Kein Mensch war auf der ganzen Wegstrecke zu sehen.

Vor ihnen öffnete sich eine Art Torbogen, der von zwei Steinfiguren gebildet wurde. Im flackernden Fackellicht erkannten sie einen Mann und eine Frau, beide mit hoch erhobenen Armen; er reichte ihr gerade ein Füllhorn. Genau unter diesem Torbogen stießen sie auf einen Trupp Soldaten. Yonathan verschlug es den Atem.

»Aha!«, ergriff Gimbar geistesgegenwärtig das Wort. »Da kommt ja endlich die Verstärkung. Hauptmann Gorzan wird nicht sehr erfreut sein, dass das so lange gedauert hat.«

Der Anführer der zehn oder zwölf Mann glotzte die Nachtwandler einen Moment lang verständnislos an. Dann kam er langsam zu sich und entgegnete in energischem Tonfall: »Was soll das? Was tut Ihr um diese Zeit auf der Straße? Und woher wisst Ihr von unserem Befehl?«

Gimbar lächelte. »So viele Fragen! Welche soll ich zuerst beantworten? Lasst mich nur so viel sagen: Wir haben es, wie Ihr übrigens auch, Hauptmann Gorzan zu verdanken, dass wir nicht gemütlich in unseren warmen Betten liegen dürfen.«

Dem Anführer kam das Ganze verdächtig vor; er wusste nur nicht, *was* falsch war. Dann fiel sein Blick auf Yonathan, Yomi und das Pferd.

»Warum habt Ihr die Hufe mit Tüchern umwickelt?«, fragte er barsch.

»Wenn uns schon der Schlaf versagt bleiben soll, dann wollen wir ihn doch wenigstens nicht den braven Bürgern stehlen, die sich ihre Ruhe bestimmt durch harte Arbeit verdient haben.«

Dem Wachmann wurde es langsam zu dumm. Er hatte eine Entscheidung getroffen – eine, die Gimbar überhaupt nicht schmeckte.

»Ihr kommt mit! Gorzan wird uns sagen können, was er mit Euch vorhatte.«

»Das wird nicht gehen«, wandte Gimbar ein und Yonathan bemerkte, dass der Tonfall des kleinen Mannes schärfer wurde. »Wir haben einen Auftrag, der keinen Aufschub duldet.«

»Was für einen Auftrag?«

»Er ist geheim.«

»Dann muss dieser Auftrag warten, bis wir bei Gorzan waren.«

»Ihr wollt uns also nicht passieren lassen?«

»Nein!«

Gimbar schaute zu Felin auf und sagte im Plauderton: »Wie es scheint, ist unser Herr Anführer mit Starrsinn vollgestopft. Wir sollten ihn davon befreien.«

Der Wachsoldat runzelte finster die Stirn.

Felin hob eine Augenbraue, sah zu dem Anführer hinüber und blinzelte dann Gimbar zu: »Du meinst …?«

Gimbar nickte und streifte ebenfalls den Soldaten mit einem Blick. »Wir müssten ihn allerdings ein wenig aufschneiden.«

Die Augen des Wachführers traten ein Stück aus den Höhlen. Er glaubte nicht recht, was er da hörte.

Felin langte über die Schulter und zog das beinahe mannsgroße Schwert mühelos aus der Scheide. Scheinbar ungewollt streifte er mit der Klinge das Handgelenk der Steinfigur im Torbogen. Ein leises klirrendes Geräusch und laut polternd fiel das steinerne Füllhorn im Rücken des Prinzen zu Boden. Felin tat, als hätte er nichts bemerkt, und wandte sich freundlich lächelnd dem Wachsoldaten zu. »Vielleicht sollte man hier«, er zeigte mit der Schwertspitze auf dessen linkes Schlüsselbein, »einen kleinen Schnitt anbringen, damit der Starrsinn entweichen kann.«

Gimbar legte den Kopf schief und musterte den Soldaten prüfend. »Ja, das könnte klappen.«

Felin hielt das mächtige Schwert lang ausgestreckt an die Kehle des Anführers.

»Was soll das?«, stammelte dieser, in Bewegungslosigkeit erstarrt wie die über ihm schwebende Steinfigur mit der amputierten Hand.

»Ganz einfach, Hauptmann«, erwiderte Gimbar drohend. »Wenn Ihr Euren Trupp nicht in kürzester Zeit aufteilt und Eure Männer in alle vier Himmelsrichtungen fortschickt, dann wird mein Freund ein wenig Euer Innenleben erforschen.«

Die Augen des Anführers waren das Einzige, was sich noch bewegte. Er blickte abwechselnd auf Gimbar und dann wieder auf Felin. Wahrscheinlich wunderte er sich, wie der schlanke junge Mann ein so gewaltiges Schwert scheinbar mühelos mit ausgestrecktem Arm vor sich hinhalten konnte, ohne dabei zu ermüden. Der Soldat brauchte selbst jetzt noch eine Menge Zeit, um sich eine Entscheidung abringen zu können. Trotz der Nachtkühle schwitzte er nun, als er seinen Männern über die Schulter zurief: »Ihr habt gehört, was der Fremde verlangt hat. Geht! Verteilt euch!«

Die Soldaten zögerten. Sie hätten wohl lieber einen Kräftevergleich mit den Fremden gewagt. Das Verhältnis stand etwa drei zu eins. Vielleicht würde man den manchmal recht lästigen Anführer verlieren, aber eine Menge Ruhm ernten. Allerdings erinnerten sie sich noch gut, wie dieses blauweiße, große Schwert den Steinarm der Figur durchtrennt hatte, als wäre er ein angefaultes Stück Zuckerrohr.

»Geht schon endlich!«, brüllte der bedrohte Wachmann, um sein Leben bangend. »Wenn ihr nicht sofort geht, werdet ihr der Befehlsverweigerung angeklagt und man wird euch an der Stadtmauer aufhängen, als Warnung für alle störrischen Männer in der Truppe des Kaisers.«

Murrend und sehr zögerlich setzten sich die bewaffneten Männer endlich in Bewegung. Zu dritt oder zu viert verschwanden sie allmählich im Dunkel der nächtlichen Gassen.

»Was machen wir, wenn sie uns an der nächsten Ecke auflauern?«, fragte Yomi.

»Das werden sie nicht«, versicherte der Anführer beflissen.

»Vielleicht«, meinte Gimbar. »Aber wir wollen kein Risiko eingehen. Ihr werdet uns ein Stückchen begleiten, Soldat. Nur zur Sicherheit! Ihr versteht?«

Der Befragte nickte eifrig, worauf die kleine Schar ihre nächtliche Stadtbegehung fortsetzte.

Zu Yonathans Beruhigung hatten die Wachen wirklich das Weite gesucht. Aber Gimbar schlug nicht direkt die Richtung nach Osten ein, sondern wandte sich zunächst nach Süden. Nach einer Weile schickte er dann den verschleppten Wachmann mit der Bemerkung fort: »Wenn Ihr also unbedingt Euren Starrsinn behalten wollt, dann dürft Ihr jetzt gehen, Soldat. Sollte Euch allerdings der Sinn danach stehen, unsere Hilfe doch noch in Anspruch zu nehmen, dann …« Gimbar zog einen spitzen Dolch aus den Falten seines Gewandes.

»Nein, nein!«, beeilte der Wachmann sich zu versichern. »Das ist sehr aufmerksam von Euch, aber ich bleibe lieber so, wie ich bin.«

Gimbar bedeutete dem truppenlosen Anführer, dass er gehen dürfe, was dieser ohne jeden Widerspruch akzeptierte: Mit knallenden Sohlen eilte er davon.

Gimbar atmete tief durch. »Geschafft! Allerdings wird bald die halbe Stadt nach uns suchen und wir wollen doch sicher, dass das eine Weile so bleibt. Je länger man uns *hier* sucht, umso mehr Zeit haben wir uns aus dem Staub zu machen.«

»Du hast uns noch nicht verraten, wie wir die Stadt wieder verlassen sollen«, erinnerte Felin.

Gimbar fühlte sich wie ein Fisch im Wasser. »Keine Angst, Prinz. Ich hatte heute genügend Zeit mich um alles zu kümmern. Es gibt etwas nördlich vom großen Osttor ein nettes, kleines Türchen – nichts für Karawanen, Wagen und Lemaks. Schon ein Maultier muss sich schlank machen, um da durchzukommen, aber für uns dürfte es gerade passend sein.«

»Und da können wir so einfach raus?«, fragte Yonathan.

»Ganz so einfach nun auch wieder nicht. Ich habe mit dem Nachtwächter gesprochen. Die Tür ist so unbedeutend, dass es keine richtige Wache gibt, die alle vier Stunden wechselt, sondern nur einen alten Mann, der oberhalb des Durchgangs wohnt und dafür sorgt, dass er während der Nacht geschlossen bleibt.« Gimbar griff in sein Wams und zog belustigt einen Schlüssel hervor. »Er hat mir das hier gegeben.«

Yonathan schaute skeptisch. »Du hast ihm doch nichts angetan, Gimbar?«

»Keine Angst, Yonathan. Nein, ich habe ihm sogar Geld gegeben.«

»Du meinst, er hat dir den Stadtschlüssel verkauft?«, fragte Felin ungläubig.

Gimbar grinste breit. »Na ja, ganz so war es nicht. Dicht bei dieser Tür befindet sich eine Schenke. Ich habe den Wagen Baltans mit den Tuchballen dort abgestellt und dem Wächter ein Goldstück dafür gegeben, auf die Waren aufzupassen. Er sei ja sowieso da, hatte er versichert, da wäre das Ganze kein Problem. Ich umarmte ihn voller Dankbarkeit und betrat beruhigt die Schenke …«

»Und vor lauter Schulterklopfen hat der Arme dann seinen Schlüssel verloren«, fiel ihm Yomi ins Wort.

Gimbar lachte vergnügt. »Jedenfalls werden wir die Stadt verlassen können, ohne dass jemand etwas davon merkt. Und während man hier jeden Winkel umkrempelt, werden wir längst über alle Berge sein.«

Die schwere, eisenbeschlagene Tür in der östlichen Stadtmauer von Beli-Mekesch war wirklich nicht besonders groß. Etwa fünf Fuß breit und höchstens sieben Fuß hoch, konnte man sie leicht übersehen, wenn man der schmalen Straße folgte, die sich eng an die Mauer schmiegte. Das nervöse Licht von Gimbars Fackel zeichnete schemenhaft ihre Umrisse. Über der Holztür hing gleich einem Schwalbennest eine klotzige Ausbuchtung, zu der eine schmale Stiege hinaufführte.

»Das ist die Stube des Nachtwächters«, flüsterte Gimbar und deutete hinauf zur Mauer. »Jetzt gilt es, ihn herauszulocken, ohne gleich die ganze Stadt aufzuwecken.«

»Warum willst du ihn denn wecken?«, verwunderte sich Yomi. »Es ist doch gut, wenn er schläft. Dann kann er uns nicht entdecken.«

»Und was machen wir, wenn die Stadttür quietscht? Alte Leute haben einen leichten Schlaf. Es wäre doch sehr peinlich, wenn uns der Nachtwächter überraschte.«

Yomi brummte etwas Unverständliches.

Gimbar schilderte in knappen Worten, was er vorhatte, und schloss mit dem Hinweis: »Ihr bleibt hier in der Seitengasse versteckt, bis ich euch das Zeichen gebe. Alles klar?«

Drei Köpfe nickten, ohne rechte Begeisterung.

Im nächsten Moment war Gimbar verschwunden; die Finsternis hatte ihn verschluckt.

Einen kurzen Augenblick trat der Vollmond hinter den Wolken hervor und verlieh der nächtlichen Szene einen silbernen Anstrich. Yonathan, Yomi und Felin duckten sich tiefer in die dunklen Schatten. Doch zum Glück schoben sich schnell wieder Wolken vor das Himmelslicht und erneut wurde die Straße vor der Stadtmauer in schützendes Dunkel getaucht. Jetzt, da auch die Fackel gelöscht war, konnte man kaum noch etwas erkennen. Yonathan gelang es jedoch mit Hilfe des Stabes, einen lautlosen Schatten unterhalb des »Schwalbennestes« auszumachen. Gimbar bückte sich, hob etwas auf und schleuderte es gegen die Tür des Nachtwächters.

Ein kurzes Knallen. Der Stein prallte ab, fiel zu Boden, dann herrschte wieder Ruhe.

Gimbar warf einen zweiten Stein. Wieder war kein Laut zu hören.

Gerade bückte sich Gimbar nach einem dritten Kiesel, als in dem kleinen, gemauerten Zimmer ein Geräusch zu vernehmen war: ein Kratzen und Schlurfen, begleitet von verärgertem Murren. Licht zeigte sich in den Ritzen eines mit Lumpen verhangenen Loches.

Gimbar zog sich lautlos wie ein geölter Schatten in Richtung der Schenke zurück, wo noch immer sein Pferdegespann wartete.

»... nicht mal in Ruhe schlafen«, klagte die kleine, gebückte Gestalt, die sich in diesem Moment aus der erleuchteten Türöffnung schälte. Der Nachtwächter trug ein weites, speckiges Nachthemd, eine Zipfelmütze und eine kleine Öllampe. Er hielt das Lämpchen so weit in die Höhe, wie seine kleine Gestalt es ihm erlaubte. Aber die Mauerstraße blieb finster. Nur von der Schenke, in der längst kein Betrieb mehr herrschte, ertönte das nervöse Schnauben eines Pferdes.

»Ist da wer?«, fragte der Nachtwächter unerschrocken.

Die Pferde bewegten sich. Leises Klappern der Geschirre war zu vernehmen.

»Seid Ihr es, der Tuchhändler? Macht keine Spielchen mit einem alten Mann!«, forderte der Wächter, jetzt noch energischer. »Entweder Ihr gebt Euch zu erkennen oder Ihr geht heim ins Bett. Sonst hole ich meine Hellebarde und dann gnade Euch Gott!«

Das Pferdegespann setzte sich langsam in Bewegung.

»Halt!«, rief der alte Wächter empört. »Das habe ich in meinem fünfzigjährigen Wachdienst noch nicht erlebt, dass einer unter meinen Augen einen Wagen stiehlt! Euch werde ich helfen!«, wetterte er noch einmal, ehe er in seiner Stube verschwand.

»Er wird doch nicht einfach wieder schlafen gehen?«, flüsterte Yonathan besorgt.

»Wie mir scheint, ist das noch einer vom alten Schlage«, vermutete Felin. »Der wird sich nicht so schnell kleinkriegen lassen.«

Die Ahnung des Prinzen bestätigte sich. Die Gestalt des kleinen, untersetzten Nachtwächters erschien wieder unter der Tür der Wachstube. Die Zipfelmütze hatte er gegen einen verbeulten Helm getauscht, trug jedoch weiterhin das Nachthemd und neben dem Öllämpchen auch noch eine spitze Hellebarde. So arbeitete er sich die Treppe hinab und nahm ohne weiteres Zögern die Verfolgung des Gespanns auf, das gerade mit aufreizender Langsamkeit in eine Seitengasse einbog.

Das erregte Schimpfen des alten Mannes wurde langsam schwächer und schon bald war er in der Dunkelheit verschwunden.

Die drei im Schatten warteten, wie es weitergehen würde …

»So, jetzt können wir.«

… und fuhren erschreckt herum.

»Gimbar! Du hättest dich ruhig etwas lauter anschleichen können«, keuchte Yonathan.

Der Getadelte schüttelte den Kopf. »Ging nicht. Der Alte hat mit seinem Geschrei schon genug Lärm verursacht. Hoffentlich ist dadurch niemand aus dem Bett gelockt worden.«

»Was hast du mit ihm angestellt?«

Gimbar zuckte die Achseln. »Was soll ich mit ihm angestellt haben? Er verfolgt weiter das Pferdegespann, das gerade die Ost-West-Straße hinauffährt. Ich muss sagen, der Alte ist sehr zuverlässig! Er tut wenigstens was für sein Geld.«

»Er tut mir fast ein bisschen Leid.«

»Das muss er nicht, Yonathan. Schließlich ist er ja jetzt stolzer Besitzer eines Pferdegespanns mit einigen Ballen guten Tuchs.«

»Können wir dann vielleicht langsam ans Abhauen denken?«, fragte Yomi ungeduldig.

»Du hast Recht, Langer«, pflichtete Gimbar bei und griff in eine Tasche. »Und jetzt wollen wir mal sehen, was dieses kleine Schlüsselchen hier alles kann.«

Er schritt lautlos voran und die drei übrigen Gestalten folgten. Die offen stehende Tür der Wachstube schüttete ein dünnes Licht auf die Straße, das nur sehr unvollkommen die Finsternis am Fuße der Stadtmauer durchdrang. Trotzdem richteten sich drei Augenpaare gespannt auf das Schlüsselloch, an dem Gimbar hantierte.

»Ich bekomme es nicht auf«, stöhnte er nach einer Weile verzweifelten Herumstocherns.

»Das kann gar nicht sein«, behauptete Yomi und vergaß ganz das Flüstern. »Lass mich mal probieren.«

Nach kurzer Zeit fruchtlosen Klapperns und Hakelns meinte auch er: »Irgendwas läuft hier unheimlich schief. Der Schlüssel lässt sich nicht rumdrehen. Vielleicht hast du den falschen Schlüssel erwischt, Gimbar.«

»Es war der einzige Schlüssel, den der alte Wächter am Gürtel trug«, verteidigte sich Gimbar. »Woher sollte ich ahnen …?«

»Lass uns lieber überlegen, was wir jetzt tun können«, drängte Felin. »Ich höre nämlich etwas klappern. Vermutlich kommt der Wächter zurück.«

»Jetzt sitzen wir unheimlich in der Patsche, stimmt's?«

»Du hast eine seltene Gabe Schwierigkeiten auf den Punkt zu bringen, Yomi.«

»Wie wär's, wenn ich mit Bar-Schevet das Schloss aus der Tür schneide? Nach allem, was das Schwert bisher gezeigt hat, sollte das keine allzu große Schwierigkeit …«

»Nein, Felin«, unterbrach Yonathan. »Das ginge zwar sicherlich, aber das breite Schwert würde einen unübersehbaren Schaden hinterlassen. Dem Nachtwächter würde das bestimmt sofort auffallen und wir hätten im Nu die ganze Stadt auf den Fersen.«

»Hast du eine bessere Idee, Yonathan?«

»Vor allem eine schnellere?«, drängte Yomi ungeduldig. »Ich höre den Wagen jetzt schon ganz deutlich!«

Yonathan nickte und hielt plötzlich einen blitzenden Gegenstand in der Hand. »Diese Klinge hier ist sehr schmal und unauffälliger als der Zweihänder.«

Felin starrte verwundert den prächtigen, funkelnden Dolch an, der das wenige Licht unterhalb der Wachstube auf sich zog. »Wo hast du den plötzlich her? Ich habe ihn vorher nie bei dir gesehen.«

Yonathan lächelte, während er sich gleichzeitig an der Tür zu schaffen machte. Ohne den Blick von dem Schloss zu wenden, antwortete er: »Dies ist eine sehr zurückhaltende Klinge. Ich habe sie die ganze Zeit bei mir getragen, selbst als man mich im Palast deines Vaters wie einen Gefangenen behandelte.«

»Aber wie willst du mit einem Messer die eisernen Riegel …?«

»Pscht!«, machte Yonathan. »Ich muss mich jetzt konzentrieren.«

Felins Zweifel waren begründet. Schließlich war die Gefahr, von dem immer näher kommenden Wächter entdeckt zu werden, für jeden unüberhörbar. Der Prinz konnte schließlich nicht wissen, dass, ebenso wie das Schwert Bar-Schevet, auch Yonathans Dolch über ganz besondere Eigenschaften verfügte.

Yonathan schloss die Augen, versuchte sich zu sammeln. Durch seinen Geist trieben Bilder aus der Vergangenheit: wie Navran ihm den Dolch gegeben und er den Wetzstein durchgeschnitten hatte; und später, in der Höhle am Ewigen Wehr, als er die Klinge in die Felsnadel grub – damals war die Situation ähnlich dringend.

Aber der Dolch hing am eisernen Riegel fest und ließ sich nicht bewegen.

»Geht's nicht ein bisschen schneller?«, erkundigte sich Yomi.

Yonathan verdrehte die Augen himmelwärts. »Ruhe, Yomi!« Er ließ ein Stoßgebet folgen. Dann dachte er nur noch an das Schloss und an sein fernes Ziel, das weit hinter dieser trotzigen Tür lag – Gan Mischpad.

Und mit einem Mal gab der widerspenstige Riegel nach. Gerade so, als würde man einen rot glühenden Schürhaken in Schnee stecken, ließ das Schloss jeden Widerstand fahren. Yonathan zerrte an dem Griff der schweren Tür, hilfreiche Hände unterstützten ihn und das dicke Holz begann sich zu bewegen. Glücklicherweise lautlos: Die Angeln waren gut geschmiert.

»Sie gibt nach!«, rief Yomi erleichtert.

»Schnell, hinaus!«, trieb Gimbar seine Freunde an. »Der Wächter macht gerade den Wagen bei der Schenke fest.« Dann huschte sein Schatten wieder einige Schritte zurück.

»Was macht er denn *jetzt* noch?«, flüsterte Yomi verzweifelt.

Gimbar schleuderte etwas in die Dunkelheit; ein leises Klimpern folgte. Dann war Gimbar wieder bei seinen Gefährten.

»Ihr seid ja immer noch nicht draußen!«

Gimbar schob die Freunde energisch durch die Tür. Gemeinsam zogen sie das Stadttor ins Schloss.

»Auch das noch!«, stöhnte Gimbar.

»Was ist jetzt schon wieder?«

»Die Tür bleibt nicht mehr zu.«

»Dann klemm einen Stein darunter«, schlug Felin vor.

»Hast du zufällig einen in der Tasche?«

»Nein.«

»Macht nichts. Wir haben sowieso keine Zeit mehr, die Tür noch mal zu öffnen. Ich höre schon die Schritte des Nachtwächters.«

Tatsächlich war bereits ein leises Schlurfen zu vernehmen. Deutlich konnte man hören, wie er sich Schritt für Schritt die Steintreppe zur Wachstube emporschleppte, dann ertönte ein leises Klirren, gefolgt von dem erstaunten Ausruf: »Da bist du ja!«

Gimbar, am Türgriff hängend, lächelte zufrieden; die fragenden Blicke seiner Gefährten verschluckte die Dunkelheit. Sie lauschten weiter.

»Du böses kleines Schlüsselchen!«, schalt der Nachtwächter. »Ich habe dich schon den ganzen Abend gesucht. Wo hast du dich nur herumgetrieben?« Und nach einer kurzen Pause, die von mühsamem Ächzen gefüllt wurde (wahrscheinlich bückte sich der alte Mann nach dem im Lampenlicht blitzenden Ausreißer): »Nicht auszudenken, wenn dein Brüderchen von der Stadttür ausgerissen wäre! Da könnte ja jedermann in Beli-Mekesch ein und aus gehen. Ich glaube, ich werde langsam zu alt für diesen Posten – nur gut, dass es niemand weiß. Gleich morgen früh …«

Das Klappen der Wachstubentür beendete den dahinplätschernden Redestrom. Stille beherrschte wieder den Ort, der noch eben von so emsiger Heimlichkeit erfüllt gewesen war.

Gimbar atmete hörbar aus. »Puh, das wäre geschafft! Jetzt lasst uns die Tür festklemmen und dann nichts wie weg von hier.«

»Sprach der Meisterdieb und ward nicht mehr gesehen«, fügte Yomi spöttisch hinzu.

Schnell hatte sich ein scharfkantiges Stück Feldspat gefunden, das für den breiten Schlitz unter der Stadttür wie geschaffen war.

»So«, bemerkte Gimbar zufrieden, nachdem der flache Stein so unter der Tür festgeklemmt worden war, dass sie sich nicht mehr von der Stelle rührte. »Wenn wir Glück haben, wird der Wächter morgen früh die Tür aufsperren und gar nicht merken, daß der Zapfen im Schloss fehlt. Er wird mürrisch vor sich hin fluchen, dass ein Stein die Tür verklemmt hat, und frühestens beim abendlichen Zuschließen bemerken, dass sich nicht alles in ordnungsgemäßem Zustand befindet.«

»Du redest wie ein Hofbeamter«, bemerkte Felin.

»Tja, Prinz, wie sagt doch der Weise? ›Lass deine Zunge tanzen und ich sage dir, auf wessen Fest du sie nährtest.‹«

Yonathan mahnte zum Aufbruch.

»Ganz genau«, pflichtete Yomi bei. »Jetzt bist du wieder gefragt, Felin. Wirst du die Stelle finden, an der Baltan uns einholen wollte?«

»Das Gebiet hinter Beli-Mekesch gehört zwar nicht zu meinen Jagdgründen – schon gar nicht bei Nacht –, aber ich denke, ihr müsst euch nicht sorgen.«

Der Zweimalgeborene

Die Dunkelheit wich nur langsam dem Drängen des neuen Tages. Immerhin war seit dem Aufbruch von der Ostmauer Beli-Mekeschs nicht viel Zeit vergangen, bis die vier Wanderer einigermaßen deutlich erkennen konnten, wohin sie ihre Füße setzten.

Yonathan gab sich alle Mühe, mit den anderen Schritt zu halten. Er war jetzt seit mindestens zehn Stunden auf den Beinen – bei weitem der längste Marsch, seit er die Härte seines Schädels an Barasadans gestrandetem Luftschiff erprobt hatte. Die Tage danach war er entweder von seinen Freunden oder von einem gutmütigen Wallach Baltans getragen worden.

Endlich, zur Zeit der dritten Stunde nach Sonnenaufgang, hielt Felin seine Begleiter an. »Das ist die Stelle. Hier werden wir auf Baltan warten.«

Yonathan ließ sich erschöpft zu Boden fallen. Ihr Weg hatte sie aus der engen Schlucht herausgeführt, in der die Stadt Beli-Mekesch lag. In den Flussauen dahinter hatten sie sich immer außer Sichtweite der Pilgerstraße nach Osten bewegt, bis sie schließlich die Lichtung inmitten eines Wäldchens aus Grauerlen erreicht hatten.

Yomi musterte skeptisch die Gegend. »Hier gibt es so unheimlich viele Bäume! Wie kannst du sicher sein, dass es genau *diese* Stelle ist, Felin, und keine andere?«

»Ich dachte, du bist Seemann, Yomi.«

»Was hat das damit zu tun?«

»Wie kannst du in einem einförmigen Meer von grauen Wellen sicher sein, dass dein Schiff dem richtigen Kurs folgt?«

»Nichts leichter als das! Da gibt es Hilfsmittel und Anhaltspunkte. Zum Beispiel …« Yomi unterbrach sich selbst. »Ich glaube, meine Frage war nicht besonders klug, oder?«

Ein Lächeln huschte über Felins Lippen. »Du weißt doch, mein Freund: Es gibt keine dummen Fragen, sondern nur dumme Antworten.«

»Hoffentlich kennt Baltan die Anhaltspunkte dieser Gegend hier genauso gut wie du«, merkte Yonathan an.

»Keine Sorge. Baltan kennt ganz Neschan wie seinen Garten. Mir scheint manchmal, er würde schon hundert Jahre auf dieser Welt wandeln.«

Nicht nur hundert, mein Freund, dachte Yonathan bei sich. Die Unsrigen haben ein zähes Leben. Und er fragte sich, ob wohl auch er ein solches Maß an Lebenskraft besäße.

Noch bevor die Sonne im dunstverhangenen Himmel ihren Zenit überschritt, hörte man das Trampeln von Hufen, das Rasseln von Pferdegeschirren und Wagen sowie die Stimmen von Menschen.

»Du bewegst dich nicht gerade unauffällig«, begrüßte Yonathan Baltan.

»Das lag auch gar nicht in meiner Absicht«, versicherte der grauaarige Fuchs gut gelaunt. »Jede Heimlichkeit wäre fehl am Platze. Wir sind nur eine Handelskarawane, die sich ein Plätzchen zum Rasten sucht.«

»So kurz hinter Beli-Mekesch, mit all seinen Gasthäusern und Karawanenquartieren?«

»Pah, Beli-Mekesch! Die Stadt hat uns heute Nacht ihre Gastfreundschaft verweigert. Ich hätte heute nicht für die Dauer eines Lemakfurzes länger dort verweilt, als unbedingt nötig wäre.«

Alle lachten. Nur Baltans weißes Reittier blickte seinen Herrn aus großen Augen vorwurfsvoll an.

Baltan fasste kurz zusammen, was sich am Morgen zugetragen hatte. Die in Beli-Mekesch ausgesandten »Handelsgehilfen« waren ohne besondere Neuigkeiten zurückgekehrt. Die nächtliche Stadtdurchquerung des Stabträgers und seiner Begleiter war also offensichtlich unbemerkt geblieben. Nur ein Soldat der Stadtwache hatte ausgeplaudert, dass in der vergangenen Nacht ein ganzer Trupp kaiserlicher Soldaten von zwei Dutzend Banditen hinterhältig überfallen worden sei. Einzig durch mutige Entschlossenheit und heldenhaften Einsatz hatte man der tückischen Rotte schließlich entkommen können. »Nur merkwürdig«, fügte Baltan schmunzelnd hinzu, »dass man keinen Einzigen dieser Halunken hat erschlagen oder in Haft nehmen können.«

Baltans Erzählung verlieh den Gefährten neue Zuversicht – man würde die Reise wenigstens nicht in blinder Flucht fortsetzen müssen. So ließen sie sich denn auch Zeit, sich von den Gefährten zu verabschieden.

Bithya trat auf Yonathan zu und streckte ihm zögernd die Hand entgegen, auf der Gurgi saß und gerade ihr Fell putzte. »Ich bringe dir deinen Masch-Masch wieder. Schelima und ich haben ihn gut versorgt. Du kannst ihn jetzt zurückhaben.«

Yonathan schaute Gurgi bei der Morgenwäsche zu, ohne Anstalten zu machen sie von Bithya entgegenzunehmen. Er hatte seine kleine Freundin der Urenkelin Goels anvertraut, da er nicht wusste, welche Schwierigkeiten ihn bei der Durchquerung Beli-Mekeschs erwarten würden. Anscheinend fühlte sich der Masch-Masch in der Gesellschaft Bithyas sehr wohl, denn das Pelzknäuel hatte noch immer keine Notiz von ihm genommen.

»Ich überlege, ob ich sie nicht lieber bei dir lassen sollte, jedenfalls bis wir uns in Gan Mischpad wiedertreffen.«

Bithyas Augen verengten sich zu schmalen Schlitzen. Offensichtlich versuchte sie einen Haken in Yonathans Angebot zu entdecken. Als ihr das nicht glücken wollte, erwiderte sie: »Wir können die Entscheidung darüber ja Gurgi überlassen.«

Yonathan zögerte. »Was weiß ein Masch-Masch schon von den Gefahren, die uns auf unserer Reise durch die Mara bevorstehen?«

»Ich habe den Eindruck, diese kleine Pelzkugel da hat ein Gespür für viele Dinge.«

Bithya hatte Recht. Sie hatte nicht lange gebraucht, um zu bemerken, was in dem kleinen Masch-Masch steckte.

»Also gut«, stimmte Yonathan zu. »Lassen wir Gurgi wählen.«

Das lockenhaarige Mädchen bückte sich und setzte das mit sich selbst beschäftigte Wesen behutsam auf den Boden. Sogleich beendete Gurgi ihr Putzen und beäugte ihre neue Freundin neugierig. Bithya ging langsam fünf Schritte zurück und auch Yonathan entfernte sich etwas.

Dann ging er in die Hocke und lockte den Masch-Masch mit sanften Worten. »Gurgi! Hier bin ich. Ich werde jetzt bald meine Reise fortsetzen. Sie wird lang, beschwerlich und gefahrvoll sein. Willst du mit mir kommen?«

Das pelzige Wesen aus den Wäldern des Verborgenen Landes war zwei oder drei seiner kleinen Schritte auf Yonathan zugehüpft und hatte dann – eine Vorderpfote noch immer in der Luft – unbeweglich den Worten seines Herrn gelauscht, jedenfalls sah es so aus.

Dann meldete sich Bithya zu Wort. »Gurgi! Schau! Hier bin ich, mein Kleines.«

Der Masch-Masch wandte sich um und watschelte ungefähr vier Schritte auf die Ruferin zu.

»Gurgi, ich verspreche dir Zuneigung und Sicherheit. Mit Nüssen und Süßigkeiten will ich dich nicht locken, denn das wäre unfair, wenn es um solche Dinge wie Freundschaft und Beistand geht.«

Yonathan warf dem Mädchen einen finsteren Blick zu, aber dann besann er sich. Eigentlich war es nur gut, wenn Gurgi bei Bithya blieb – vorläufig jedenfalls.

Tatsächlich hoppelte der Masch-Masch noch einige Schritte auf Bithya zu.

»Ja, geh nur. Es ist zu deinem eigenen Besten.« Enttäuschung lag in Yonathans Stimme.

Gurgi hielt inne und drehte sich zu Yonathan um. Mehrmals wandte das kleine Wesen den Kopf hin und her. Die flauschigen Ohren zitterten. Der Masch-Masch verhielt sich gerade so, als stände er vor der schwierigsten Entscheidung seines kurzen Lebens: hier eine alte Freundschaft, Mühsal und Gefahr, dort eine neue, Nüsse und Kurzweil. Wohin sollte er sich wenden?

Ein letztes Mal blickte Gurgi zu Bithya herüber, blinzelte wie zum Abschied mit den großen Augen und sauste dann auf Yonathan zu.

Jetzt spürte Yonathan doch Erleichterung. Als er den Masch-Masch aufhob und nach Bithya schaute, war diese wie vom Erdboden verschluckt.

Bald nahm man ein gemeinsames Frühstück ein, obwohl es inzwischen schon Mittagszeit war. Bithya hielt Abstand zu Yonathan, doch ihre schwarzen Augen versprühten beunruhigende Blicke.

Die Stimmung im Lager war gedämpft. Jeder wusste, dass dies ein Abschied für immer sein konnte. Und alle waren sich wohl auch darüber im Klaren, dass ein Fehlschlag mehr als nur den

Verlust lieb gewonnener Freunde bedeutete. Das Wohl ganz Neschans stand auf dem Spiel.

Gimbar und Schelima hielten sich bei den Händen, wie schon vor vier Tagen, und jeder war versunken im Anblick des anderen.

Yonathan spürte ihren Abschiedsschmerz. Zum ersten Mal sah er in der Zuneigung, die ein junges Paar füreinander empfand, nichts Albernes oder Mysteriöses. Er ging zu den beiden hinüber, legte seine Arme um ihre Schultern und sagte in einem Ton, der ihm selbst fremd erschien: »Bestimmt werdet ihr euch wieder sehen. Ich weiß es gewiss! Und dann wird eure Freude alles überstrahlen, was euch je bedrückte.«

Yonathan schwankte, als säße er wieder im Heck der *Mücke*. Es war wie in jener stürmischen Nacht, als er, Yomi und Gimbar mit ihrem kleinen Segelschiff auf dem Rücken Galals strandeten, jenes riesenhaften, unerforschlichen Wesens der Meere.

Doch jetzt bestand keine Hoffnung, an den Gestaden eines Traumfeldes einen sicheren Hafen zu finden; das »Schiff«, auf dem Yonathan saß, hatte den unruhigen Seegang sozusagen eingebaut. Es hieß auch nicht *Mücke* wie jener kleine Einmaster, sondern Kumi.

Kumi war ein Lemak. Nicht irgendeines jener gelblichen, hochbeinigen Tiere, die Yonathan erstmals vor den Mauern Meresins in Lebensgröße zu Gesicht bekommen hatte. Nein, Kumi war kein Geringeres als das weiße Lieblingsreittier Baltans.

Anfangs dachte Yonathan, er hätte das Geschenk des listigen Händlers mehr einem zufälligen Ereignis zu verdanken. Vor vier Tagen – es war der Morgen nach dem Wiedersehen mit Baltan – hatte Yonathan früh sein Nachtlager verlassen. Er streifte durch das kleine Lager, sah sich um und fand sich schließlich bei den Tieren der Karawane. Dort standen Pferde, einige Esel, zwei Maultiere und ein Lemak. Ein weißes Lemak.

Er kannte diesen Lemakhengst aus Erzählungen. Man sagte, er sei ein ganz besonderes Tier. Er stammte von einer Stute, die Baltan viele Jahre lang durch die halbe Welt getragen hatte.

Bald gesellte sich ein weiterer Frühaufsteher hinzu – Yehsir, der Karawanenführer. Mit einem Wink des Kopfes in Richtung des weißen Lemaks riet er: »Nimm dich in Acht! Kumi ist sehr eigensinnig. Nur wenige kommen mit ihm aus. Die Übrigen bespuckt er, wenn ihm der Sinn danach steht.«

»Er spuckt?«, fragte Yonathan erstaunt.

»Kumi spuckt.«

Yonathan betrachtete ungläubig das merkwürdige Tier, das ihn seinerseits aus großen Augen musterte – eines davon war grün, das andere blau. Neben einem dichten, tiefbraunen Haarbüschel, das mitten auf dem Kopf des Lemaks saß, waren die seltsamen Augen das einzig Farbige an Kumi. Wenn man in diese Augen blickte, fragte man sich, ob der Verstand dahinter ausgesprochen blöde oder überaus klug war. Yehsir jedenfalls bescheinigte den Artgenossen Kumis eine naturgegebene Tücke und Hinterhältigkeit. Yonathan kannte Lemaks nur aus Erzählungen oder von kleinen Elfenbeinschnitzereien, die auf dem Großen Markttag von Kitvar feilgeboten wurden. Deshalb interessierten ihn Yehsirs Schilderungen sehr. Baltan versicherte ihm später, dass Bezél, der Schützende Schatten, einen Narren an ihm gefressen haben musste, denn lange Reden waren bei dem schweigsamen Karawanenführer eine Seltenheit.

Die Geschichte der Lemaks, so erklärte Yehsir, sei in den wärmeren Ländern Neschans schon seit langer Zeit mit derjenigen der Menschen verwoben. Das erkenne man schon daran, dass es so viele Namen für diese Tiere gäbe: *Gamál,* das gewöhnliche Lemak; *Bichráh,* die junge Lemakstute; *Bécher,* der junge Lemakhengst; *Kirkarooth,* die schnellfüßige Lemakstute, und so weiter und so fort.

Vor allem für Wüstengegenden habe sich das Lemak als ideales Reit- und Lasttier erwiesen: Seine dichte Behaarung schütze es vor der Sonnenhitze; seine schlitzähnlichen Nasenlöcher, die sich nach Belieben schließen lassen, die schweren Lider und die langen Wimpern seien ein guter Schutz vor dem Wüstensand; die tellerförmigen Füße sorgten für einen sicheren Tritt auf weichem

Sand und dicke Hornschwielen auf Brust und Knien schützten die Tiere beim Liegen auf glühend heißem Untergrund; die kräftigen Zähne, die die Lemaks nach dem Spucken als zweitliebste Waffe gegen unsympathische Störenfriede einsetzten, ermöglichten es ihnen, praktisch alles zu zerkauen, was in ihre Reichweite geriet.

Lemaks seien sehr genügsam. Sie brauchten nur wenig Getreidefutter und könnten auch von dürren Wüstenpflanzen leben. Das Interessanteste aber seien ihre Trinkgewohnheiten. In kürzester Zeit könnten sie Unmengen von Wasser saufen. Einmal abgefüllt, könnten sie große Strecken ohne weitere Aufnahme von Flüssigkeit zurücklegen.

Auf Yonathans Frage, warum Baltan bei so vielen Vorteilen nur ein einziges Lemak auf eine so weite Reise mitgenommen habe, erklärte Yehsir, dass das mit der Reiseroute zu tun habe. Der Weg nach Ganor, immer entlang der Pilgerstraße, sei fruchtbares Land, also nichts, was den Einsatz von Lemaks rechtfertigen würde. Da niemand von der Route Yonathans und seiner Begleiter durch die Wüste Mara erfahren sollte, wäre es zu auffällig gewesen, Lemaks statt Pferde mitzuführen. Baltan hoffte diesen Nachteil durch entsprechend viele Lasttiere, die Wasser und Proviant tragen könnten, wieder wettzumachen.

Kumi, so erklärte Yehsir, sei da eine Ausnahme. Jeder wüsste, dass Baltan in manchen Dingen ein wenig exzentrisch sei und niemand würde daher misstrauisch werden, wenn der Kaufmann nicht auf sein Lieblingsreittier verzichten wolle. Außerdem, und bei dieser Bemerkung lachte Yehsirs wettergegerbtes Gesicht, wusste Baltan nicht, wem er Kumi für so lange Zeit aufhalsen sollte. Dies sei nämlich eine wahre Strafe.

»So gefährlich sieht er gar nicht aus«, meinte Yonathan.

Der Schützende Schatten überzog sein Gesicht abermals mit unzähligen Falten, als er lächelnd antwortete: »Probiere es lieber nicht aus, Yonathan. Nur Baltan und vielleicht noch Seftan, sein Lemakknecht, können sich in Reichweite von Kumis Zähnen wagen.«

Mit diesem gut gemeinten Hinweis klopfte Yehsir Yonathan auf die Schulter und ging zu den Zelten zurück.

Yonathan, jetzt wieder allein mit Kumi, schaute forschend in die großen, verschiedenfarbigen Augen, die seinen Blick unter schweren Lidern erwiderten.

Dann hatte Yonathan eine Idee. Langsam griff er in Goels Beutel, der an seinem Gürtel hing. Kumis Augen folgten jeder seiner Bewegungen. Als Yonathan die Hand wieder herauszog, lag der grün glitzernde Keim Din-Mikkiths darin.

Abwechselnd musterte er den Keim und das Lemak. Der Ausdruck in Kumis Augen schien sich zu verändern. Das hochbeinige Tier starrte abwechselnd auf das grüne, funkelnde Ding und in Yonathans Gesicht.

Yonathan wagte einen Schritt vorwärts. Beinahe scheu zog sich Kumi um dieselbe Distanz zurück. Doch nur für einen Augenblick. Die Neugier siegte und der Lemakhengst näherte sich wieder der hingehaltenen Hand. Langsam ging Yonathan auf Kumi zu und sprach zu ihm. »Na, komm schon, Kumi. Was hast du nur für einen interessanten Namen. *Steh auf!*, heißt er doch in der Sprache der Schöpfung, oder? Trägst du diesen Namen, weil man dich so oft bitten muss, bis du dich in Bewegung setzt?«

Und so ging es noch eine Weile weiter. Bis Yonathan endlich unmittelbar vor dem Lemak stand. Erst jetzt bemerkte er, wie groß das Tier wirklich war, obwohl es, wie Yehsir berichtet hatte, noch nicht einmal vollständig ausgewachsen war. Yonathans Kopf reichte bis zum Ansatz des Lemakhalses, der sich gerade interessiert nach unten beugte, um besser das grüne Ding zu erkennen, das da so einladend auf der Handfläche des dreisten Besuchers glitzerte. Einen Moment lang befürchtete Yonathan schon, Kumi könne mit einem einzigen Biss den Keim verschlingen und seine Hand dazu.

Aber es kam anders. In dem Augenblick, als Kumis breite Nase sanft den Keim berührte, spürte Yonathan, was in diesem großen Tier vorging. Er bemerkte Scheu, Misstrauen, Neugier und auch Verstand. Vielleicht eine instinktive Klugheit, aber eines stand fest: Kumi war nicht dumm. Er begann die weiche Schnauze des Lemaks zu streicheln, dem das offenbar gefiel. Behaglich drückte es sich gegen die freundliche Handfläche.

»Yonathan, sieh dich vor!«

Kumis Kopf flog in die Höhe und Yonathan drehte sich um. »Wovor, Baltan? Gibt's irgendwas Gefährliches hier?«

Der kleine Kaufmann stand mit zusammengekniffenen Augen, die Fäuste in die Hüften gestemmt, hinter Yonathan und musterte sein Lieblingsreittier misstrauisch. »Du heckst doch nicht irgendwas aus, Kumi? Erst so tun, als könntest du kein Wässerchen trüben und dann unserem Gast hier die Haare vom Kopf rupfen. Ist es das, was du vorhattest?«

Kumis Kopf stieg noch eine Handbreit höher und die bunten Augen blickten in einer Mischung aus Unschuld und Empörung auf den Herrn herab.

Eine Weile starrten Herr und Lemak sich bewegungslos an. Schon wollte Yonathan sich einmischen, als Baltan dem vorwurfsvollen Blick auswich und beschwichtigend sagte: »Nun gut, vielleicht habe ich mich geirrt, und du hast mit deinem ausgefallenen Geschmack einen neuen Freund gefunden.«

»Aber er ist doch ein sehr liebes Tier«, sagte Yonathan.

»Nun, mit dieser Meinung stehst du ziemlich allein auf weiter Flur, mein Junge. Ich hatte schon Schlimmstes befürchtet, als Yehsir mir erzählte, dass du hier bei Kumi bist.«

Allerdings fragte sich Yonathan jetzt, einige Tage später, ob der alte Fuchs nicht von vornherein geplant hatte ihm Kumi als Reittier zu überlassen. Vermutlich hatte Baltan nur vorgehabt Yonathan langsam, unter Aufbietung all seines guten Einflusses, an das weiße Lemak heranzuführen. Und jetzt war alles ganz anders gekommen: Yonathan und Kumi hatten die Angelegenheit einfach selbst in die Hand genommen – und das in kürzester Zeit.

Trotzdem zweifelte Yonathan noch immer, ob es ein so guter Einfall gewesen war, ein Lemak für ihn auszusuchen. Er saß zwar erst seit einem Tag auf dem gut gepolsterten Reitsitz, aber er fürchtete, zum ersten Mal in seinem Leben seekrank zu werden. Der Sessel oder Schaukelstuhl, den er am Morgen mit Mühe über Kumis Rückenhöcker gestülpt hatte, besaß nämlich nicht sehr viel Ähnlichkeit mit einem Pferdesattel. Dort saß man breitbeinig und konnte das Tier jederzeit mit einem kräftigen Druck der Knie oder einem leisen Wink der Fersen in die gewünschte Richtung lenken. Doch auf dem Rücken eines Lemaks sah man unentwegt auf die eigenen Beine, wie eine ständige Mahnung sich vielleicht doch lieber der von Geburt an vertrauten Gehhilfen zu bedienen, als sich dem tückischen Willen eines Lemaks zu unterwerfen.

Aber was nützte all das Hadern? Wenn Yonathan nicht auf einem Packpferd reiten wollte, dann musste er wohl oder übel mit einem schwankenden Lemaksitz vorlieb nehmen. Immerhin hatte sich Kumi während der zurückliegenden Meilen als sehr entgegenkommend erwiesen – der weiße Lemakhengst hatte weder gespuckt noch gebissen.

Nach der Trennung von Baltans Gruppe bewegte sich die kleine Karawane unter Yehsirs Führung weiter durch die Auenlandschaft des Cedan. Yonathan empfand diesen Abschnitt vielleicht als den schönsten seiner bisherigen Reise. Er liebte zwar auch das Meer, aber das hatte sich bisher eher als ungnädig erwiesen. Das Verborgene Land war faszinierend gewesen, aber meistens auch ebenso nass. Auch das bunte, niemals rastende Treiben Cedanors hatte ihm viele neue Eindrücke vermittelt, aber der Arrest im Palast des Kaisers lag auf dieser Erinnerung wie Magendrücken nach einem zu üppigen Mahl.

Hier, wo sich zur Mittagszeit die goldenen Kettfäden der Sonnenstrahlen mit den Schussfäden der vom Winter gelichteten Baumkronen zu einem bezaubernden, farbenprächtigen Tuch verwoben, spürte er Zuversicht und Mut. Was auch kommen würde, er wollte sich durch nichts von seiner Aufgabe abbringen lassen.

Selbst nicht von dem Schwanken auf Kumis Rücken.

Yonathan blickte missgelaunt nach unten auf die tellerförmigen Füße des weißen Lemaks, die Quelle des stetigen Schaukelns.

»Geht es dir gut, Yonathan?«, riss Gimbars Stimme ihn aus seinen Betrachtungen.

»O ja, danke. Ich habe nur eben Kumis Beine beobachtet. Er läuft ganz anders als Pferde oder Esel.«

Gimbar lachte. »Pferde laufen im Kreuzschritt. Sie setzen ihre Hufe immer über kreuz auf. Lemaks dagegen sind Passgänger. Sie setzen immer die Hufe auf einer Seite gleichzeitig auf. Das erfordert vom Reiter etwas Seetüchtigkeit.«

»Du kennst dich wohl in allem aus, oder?«

»Mein Vater ist ein gescheiter Mann. Er hat mir viel beigebracht. Außerdem habe ich in meiner weniger ruhmreichen Zeit an der Seite Doldans nicht nur das Meer kennen gelernt. Wenn es den Piraten schlecht ging, haben sie auch schon mal ein Dorf überfallen.«

»Bist du froh, dass diese Zeit vorüber ist?«

»Yo würde sagen: unheimlich froh! Mir scheint, an deiner Seite zu reiten ist eine wunderbare Aufgabe und befriedigender, als sich mit feisten Händlern rumzuärgern, die ihre Waren nicht herausgeben wollen.«

»Du bist unverbesserlich!« Yonathan freute sich einen solchen Freund bei sich zu wissen. Gimbar hatte sich während der zurückliegenden Wochen nicht nur einmal als ein zuverlässiger Gefährte erwiesen.

Als der Abend dem Tageslicht ein purpurnes Bett bereitete, alle Reit- und Lasttiere versorgt waren und die Gefährten an einem rauchlosen Feuer aus trockenem Holz saßen, erklärte der Karawanenführer: »Morgen werden wir die Pilgerstraße nach Süden hin überschreiten. Wenn dieser Ason, von dem ihr erzählt habt, euch wirklich noch sucht, dann wird es Zeit, einen neuen Weg einzuschlagen. Jeder, der uns sucht, wird es hier, in der Nähe der Straße tun. In direkter Richtung auf die Mara zu wird uns kaum jemand vermuten.«

Allein die Erwähnung des verfluchten Landes dämpfte die Stimmung. An diesem Abend besprach man nur noch das Wichtigste. Bald lagen alle dicht am Feuer, eng in ihre Decken gewickelt, und der noch immer sehr helle Mond beschien die müden Reisenden in ihrem Schlummer.

Yonathan wälzte sich hin und her, bekam jede Wachablösung mit und sank erst in einen unruhigen Schlummer, als die Nacht fast schon vorüber war. Auch diese kurze Ruhe hatte bald ein Ende.

Als das erste Grau des Morgens sich im fernen Osten zeigte, stand Yonathan auf, wickelte sich in Din-Mikkiths grünen Umhang, griff nach dem Stab Haschevet und gesellte sich zu Felin. Der Prinz hatte die letzte Wache übernommen und saß etwas abseits auf einem umgefallenen Baum. Er war in die Betrachtung Bar-Schevets versunken, die Augen auf das lange Schwert geheftet, das quer über seinen Schenkeln lag. Jetzt hob er den Kopf und begrüßte Yonathan mit einem unerforschlichen Blick. »Du solltest schlafen, mein Freund. Der heutige Tag wird bestimmt nicht leicht.«

»Ich kann nicht, Felin. Ich finde keine Ruhe. Irgendetwas stimmt nicht.«

Felins blaue Augen musterten Yonathan in der Dunkelheit. »Mir ist nichts aufgefallen. Vielleicht liegt es an der Mara. Uns allen ist nicht sehr wohl zumute bei dem Gedanken …«

»Nein«, unterbrach Yonathan den Freund. »Das ist es nicht.« Er schaute sich unruhig um. Der schwache Schimmer des eben erst dämmernden Tageslichts malte unheimliche Bilder zwischen die dunklen Schatten der Bäume. Wie erstarrte Krieger ragten sie aus dem lautlos wabernden Meer des Bodennebels auf. Unwillkürlich flüsterte Yonathan noch leiser.

»Ich habe das Gefühl, wir werden beobachtet.«

Felins Augen suchten Nebel und Schatten ab. Aber er konnte nichts Verdächtiges entdecken.

Unvermittelt spürte Yonathan ein Ziehen im Hinterkopf, wie wenn jemand heißes Wasser darüber gösse. »Vorsicht!«, schrie er, ließ sich rückwärts vom Baumstamm fallen und riss Felin am Ärmel mit sich.

Noch während sie fielen, hörten sie ein helles Zischen und

gleich darauf das satte Geräusch eines sich ins Holz bohrenden Pfeils.

Unbewusst registrierte Yonathan, dass dem Einschlag des Geschosses das charakteristische Schnarren fehlte. »Eine Armbrust!«, vermutete er.

Auch Felin hatte die auffällige Kürze des Pfeils bemerkt und flüsterte: »Da wollte jemand uns beide mit einem einzigen Schuss zum Schweigen bringen.«

»Ein Kaisertrupp?«

Felin schüttelte den Kopf, während seine Augen die Schatten des Waldes absuchten. »Eine Armbrust ist zwar keine Waffe von gewöhnlichen Straßenräubern, aber die Soldaten meines Vaters sind normalerweise auch nicht so schießwütig. Ich kann mir nicht denken, dass er die Order ausgegeben hat, uns ›tot oder lebendig‹ einzufangen.«

Yonathans kurzer, schriller Warnruf hatte Yomi, Gimbar und Yehsir aus dem Schlaf gerissen. Instinktiv hatten sie sich in verschiedenen Richtungen verteilt. Erst dann bemerkten sie, dass das Lagerfeuer längst erloschen war; es hätte sie ohnehin nicht verraten können.

Der Morgenschimmer sickerte bereits in den Wald. Yonathan konnte ihn nicht willkommen heißen. Bald würden die niedrigen Büsche, in deren Schatten sie Deckung gesucht hatten, sie nicht mehr verbergen können. Was würden die unsichtbaren Angreifer dann mit ihnen anstellen?

Gerade kam Gimbar herangeschlichen. »Piraten!«, raunte er.

Yonathan erwiderte nichts. Er hatte es geahnt.

»Mir gefällt es gar nicht, hier hocken zu bleiben, bis die anderen die Initiative ergreifen«, flüsterte Felin. »Was denkst du, Gimbar?«

Der falkengesichtige Mann rieb sich nachdenklich den Nasenrücken. »Du hast Recht. Das Tageslicht bringt wahrscheinlich keinem einen Vorteil. Die Dunkelheit dagegen …« Er blickte erwartungsvoll auf Yonathan.

»Was meinst du?«, fragte dieser.

»Denk an den Stab.«

Natürlich! Yonathan konnte im Dunkeln sehen, dank Haschevets Macht. Er musste diesen Vorteil nutzen, bevor es zu hell wurde.

Mit beiden Händen umklammerte er das gewundene Holz des Stabes und schloss die Augen. Es dauerte nicht lange und Yonathan konnte Einzelheiten erkennen: Bäume, Büsche – und Menschen!

Tatsächlich konnte er in dem blauen Licht des *Koach* die Gestalten von Männern erkennen, schemenhaft, wie durch einen dünnen Schleier. »Da sind sie!«, raunte er.

»Wie viele?«, erkundigte sich Gimbar.

»Ich kann mindestens acht entdecken«, gab Yonathan nach einer Weile zurück. »Sie stehen hinter den Bäumen, zwei liegen flach auf der Erde und einer hockt hinter einem Busch.«

»Ich kann mich gut in dieses Gesindel hineinversetzen«, flüsterte Gimbar mit ausdrucksloser Stimme. »Sie sind sich unschlüssig. Eigentlich hatten sie sich alles so schön vorgestellt: Im Schlaf hätten sie uns die Kehlen durchgeschnitten und wären zufrieden ihres Weges gezogen. Dass wir ihnen jetzt solche Probleme bereiten, passt ihnen gar nicht.«

»Hast du einen Plan?«, wollte Felin wissen.

Gimbar nickte. »Yonathan, kannst du uns genau sagen, wo sie stecken?«

Yonathan deutete nacheinander auf die Verstecke der Angreifer.

»Also«, wandte sich Gimbar wieder an Felin, »jeder von uns müsste zwei unschädlich machen, aber ich vermute, dass sie die Flucht ergreifen werden, sobald sie bemerken, wie gezielt wir sie angreifen.«

Das alles gefiel Yonathan nicht. Einerseits wurmte es ihn, dass er in Gimbars Plan offenbar keine Rolle spielte, andererseits ahnte er, dass eine Befreiung aus dieser misslichen Lage nicht ohne Blutvergießen abgehen konnte.

Gimbar verständigte sich mit Yomi und Yehsir. Mit einem Riesendolch in der Hand, dessen unerwartetes Auftauchen sich Yonathan nicht erklären konnte, signalisierte er das Gebot der Stunde: Angriff, bevor die anderen etwas unternehmen konnten.

Nachdem jeder seine Gegner zugeteilt bekommen hatte, hob Gimbar den funkelnden Dolch in die Höhe, ließ ihn einen kurzen Moment dort oben und riss dann den Arm herunter. »Für Yehwoh!«, brüllte er, sprang auf und stürzte auf den nächsten Baum zu.

Jäh zerriss das angespannte Schweigen. Das Lauern hatte ein Ende. Von überall ertönte Geschrei.

Gimbar hatte Recht gehabt. Es waren Piraten, Banditen von übelster Sorte. In Lumpen gekleidet, mit Säbeln und langen, spitzen Dolchen bewaffnet, stürzten sie aus ihrer Deckung.

Die vier Freunde bildeten einen schützenden Ring um Yonathan. Einen Moment lang fürchtete er um Yomi zu seiner Rechten. Ein Schurke mit einer Lanze hielt direkt auf den hochgewachsenen Seemann zu. Doch Yomi wich geschickt aus und zog dem Angreifer einen dicken Holzknüppel über den Schädel, was ein hässliches Geräusch verursachte. Mit einem neuen Speer bewaffnet, wandte er sich sofort dem nächsten Feind zu.

Nicht weit entfernt kämpfte Yehsir gegen einen Piraten mit kampfeslüsternem Blick. Beide trugen Rundsäbel in ihrer Rechten. Gerade holte der Bandit zu einem Streich aus, da zuckte aus Yehsirs Linker eine Schnur hervor. Eine Kamelpeitsche! Das Leder wand sich schlangengleich um den Schwertarm des Angreifers und setzte diesen außer Gefecht. Im selben Augenblick zog Yehsirs Klinge eine silberne Linie durch die Luft, die sich bald rot färbte.

»Yomi, hinter dir!«, brüllte Yonathan, der aus den Augenwinkeln eine Bewegung im Rücken des Freundes entdeckt hatte. Noch ehe sich Yomi umwenden konnte, schoss ein Blitz aus Yehsirs Hand. Dieser hatte von irgendwoher einen Runddolch gezaubert, der im Rücken des Angreifers stecken blieb.

»Danke«, rief Yomi dem Schützenden Schatten zu, der seinem Namen Ehre machte. Im nächsten Moment musste Yonathans erster Reisegefährte sich schon wieder eines neuen Angreifers erwehren. Angesichts des Speeres, dessen Reichweite noch von Yomis langen Armen unterstützt wurde, gab der Gegner sein Unterfangen bald wieder auf, drehte um und rannte davon.

Links kämpfte Gimbar in einem gänzlich anderen Stil. Die mangelnde Reichweite seines Dolches machte der ehemalige Pirat durch katzengleiche Bewegungen und kraftvolle Schnelligkeit wett. Ein Angreifer wandte sich zur Flucht, nachdem er seinen Säbel samt Hand an Gimbar hatte abtreten müssen. Andere, die weniger besonnen waren, mussten entdecken, dass dieser Kämpfer neben seinem Lieblingsdolch noch über eine ganze Reihe anderer Messer verfügte, die er auch über größere Entfernungen hin treffsicher einsetzen konnte. Gimbars Beweglichkeit sorgte so für mancherlei Entlastung, wenn die Gefährten einmal in die Enge getrieben oder hinterrücks angegriffen wurden. Yonathan fürchtete nur, dass Gimbars wundersamer Vorrat an Wurfgeschossen bald erschöpft sein könnte.

Gerade hatte eine weitere blitzende Klinge im Rücken eines Banditen ihr Ziel gefunden, der sich hinterrücks an Felin heranmachen wollte. Gleichwohl war sich Yonathan nicht sicher, ob der Prinz derlei Hilfe überhaupt benötigte. Inmitten der anstürmenden Gegner – es waren wohl doch mehr als acht – und des Geschreis von Wut, Schmerz und Todesangst bot der Prinz ein Bild der Ruhe, einer fürchterlichen, todbringenden Ruhe allerdings. Das riesige Schwert kreiste wie ein blau schimmernder Schild in des Prinzen Hand, während er selbst sich kaum bewegte. Wenn es nötig war, wich er geschmeidig den Hieben, Stichen und Streichen der Gegner aus. Gelegentlich sorgte ein schneller Ausfall für tödliche Wirkung. Es war, als sei Felin auch an diesem Morgen wieder mit seiner Waffenübung beschäftigt, als triebe einzig Dummheit die Angreifer in Bar-Schevets Stahl.

Das Resultat war verheerend. Ein Angreifer, der es wagte, sich dem Prinzen gegenüberzustellen, war kurzerhand sein Schwert losgeworden. Ein einziger Streich Felins brach die gegnerische Waffe entzwei. Entsetzt wich der Bandit zurück und suchte das

Weite. Einem anderen erging es weniger gut, einem Riesenkerl mit einer gewaltigen Streitaxt. Er stürzte direkt auf Felin zu. Hoch erhoben schwebte das Werkzeug des Todes über dem Kopf des Angreifers. Doch noch bevor der Hüne den Prinzen erreicht hatte, tänzelte Felin zwei Schritte auf den Angreifer zu und Bar-Schevet vollführte einen weiten Kreis in Höhe der gegnerischen Brust. Yonathan benötigte einen Augenblick, um zu begreifen, was geschehen war.

Während Felin schon wieder nach neuen Angreifern Ausschau hielt, trat ein Ausdruck der Verwunderung in die Augen des Riesen und alle Farbe wich aus seinem Gesicht. Wie ein abgestorbener Baum stand er da, die Axt noch immer hoch erhoben. Dann löste sich der Griff seiner Hände, die Waffe polterte zu Boden. Der Oberkörper des Hünen folgte ihr nach, während der Rest des Rumpfes und die Beine leblos zur anderen Seite wegsackten.

Yonathan fühlte Übelkeit in sich aufsteigen. Er wandte sich ab, gerade rechtzeitig, um sich seinerseits einem Gegner gegenüberzusehen, der mit rostigem Krummschwert auf ihn losstürmte.

»Tu es nicht, es wäre dein Ende!«, rief Yonathan.

Einen Moment lang zauderte der Schurke. Doch dann erwiderte er mit öligem Grinsen: »Du willst mir nur meine Belohnung verderben, aber du jagst mir keine Angst ein mit deinem Zauberstab. Nimm das hier …«

Mit den letzten Worten hatte er das Schwert zum tödlichen Streich erhoben. Schon sauste die Waffe auf Yonathans Hals zu, als der tat, was getan werden musste, wollte er nicht sein Leben der Torheit dieses Mannes opfern. Er riss Haschevet in die Höhe, um den Schwertstreich abzufangen. Er wusste genau, was im nächsten Moment geschehen würde, und schloss die Augen.

Ein blauer Blitz leuchtete auf. Ein erstickter Schrei entwand sich der Kehle des kleinen Halunken. Yonathan wagte nicht die Augen zu öffnen. Als er es endlich doch tat, fand er ein schrecklich vertrautes Bild vor: Zu seinen Füßen rauchte ein Häuflein Asche, in dessen Mitte ein zerbrochenes Krummschwert lag.

»Sie fliehen.« Die knappe Feststellung stammte von Yehsir.

»Haschevets Aufflammen hat sie endgültig davon überzeugt, dass sie hier nichts zu gewinnen haben«, stellte Felin fest. Während er auf Yonathan zutrat, die gewaltige Klinge Bar-Schevets in seiner Rechten, musterte er mit ausdrucksloser Miene den Aschehaufen, von dem eine dünne Rauchfahne aufstieg.

Auch die anderen Gefährten fanden sich nach und nach an Yonathans Seite ein. Dieser atmete tief durch und versuchte einen klaren Verstand zu bekommen. In seinem Kopf drehte sich alles und es dauerte einen Herzschlag zu lang, bis er die Gefahr erkannte.

»Da ist noch einer!«, schrie er, fuhr herum und wies auf einen Busch hinter ihnen.

»Zu spät!«, erklang von dort eine hässlich dünne Stimme und der Oberkörper eines Mannes hob sich aus dem Geäst. Ein Auge war von einer Binde verdeckt, aber das verbliebene reichte ihm offenbar, um den kurzen Pfeil seiner Armbrust auf die Reise zu schicken.

Dies war einer jener Augenblicke in Yonathans Leben, die sich seinem Gedächtnis, trotz schnellster Abfolge der Ereignisse, in jeder Einzelheit einbrannten.

»Nein!«, brüllte Gimbar und warf sich schützend vor Yonathan.

Felin stürzte sich auf den Schützen. Zwei, drei schnelle Schritte und als er bemerkte, dass er zu spät kommen würde, schleuderte er das Schwert.

Bar-Schevet flog wie ein zu Stahl gewordener Blitz auf den einäugigen Mann zu. Die Flugbahn des Schwertes war wie die eines Falken – tödlich schnell, aber in jeder Einzelheit wahrnehmbar. Der riesige Zweihänder traf genau mit der Spitze auf die Brust des Mannes, tauchte samt Griff hinein und setzte dann ohne Verzögerung seinen Flug fort, bis er schließlich tief in einem Felsen stecken blieb.

Ason starrte entsetzt, beinahe empört auf seine Feinde, die blutigen Hände vor das Loch in der Brust gepresst. Eine Frage schien ihm ins aschfahle Gesicht geschrieben, aber er sagte nichts. Yonathan spürte die Verwirrung des Piraten und dann fühlte er etwas anderes, etwas, das ihn mit kaltem Schauer erfüllte: Triumph! Eine Welle boshafter Genugtuung stieg in Ason auf, ein vom Hass getragenes Siegesgefühl. Dann brach der Einäugige zusammen und verschwand hinter dem Busch.

Yonathan war verstört. Warum dieses plötzliche Gefühl der Befriedigung im Geist des hinterhältigen Mörders?

Gimbar, der noch immer schützend vor Yonathan stand, wankte plötzlich. Er griff sich suchend an den Rücken. Dann sahen es auch die anderen: Unterhalb seines Schulterblattes steckte der Pfeil. Gimbars Hand fand das Geschoss und zog daran. Ein Schwall roten Blutes folgte. Dann drehte sich Gimbar zu Yonathan um, blickte ihn bedauernd an und sank in dessen Arme.

Erst jetzt, als er Gimbar sanft zu Boden gleiten ließ, begriff Yonathan, was geschehen war. Gimbar war schützend vor ihn gesprungen und hatte mit seiner Brust den tödlichen Schuss aufgefangen, der ihm, Yonathan, gegolten hatte.

Yehsir untersuchte die Wunde. Yonathan hielt den Atem an, hoffte auf ein Wunder. Doch der Karawanenführer hatte schnell die Schwere der Verletzung erkannt. Er schüttelte den Kopf.

»Nein!«, schrie Yonathan. Er konnte es nicht fassen. Gimbar! Sein treuer Gefährte. Gestern erst hatte Gimbar ihm gesagt, wie wichtig es für ihn sei, Yonathan zum Freund zu haben. Nie wollte er ihn im Stich lassen. Und jetzt das! Er hatte sein Leben geopfert, damit Yonathan seinen Weg fortsetzen konnte.

Den Stab Haschevet in den Händen, lag Yonathan über Gimbars Brust und ließ seinen Tränen freien Lauf. Bittere Tränen des Zorns. Und der Verzweiflung.

»Yonathan«, ertönte da Gimbars schwache Stimme. »Weine nicht um mich, nicht bevor du dein Ziel erreicht hast.«

Yonathan hob den Kopf. Durch seine Tränen hindurch konnte er Gimbars Gesicht kaum wahrnehmen. »Wie konntest du das tun?«, rief er anklagend, als könne der Vorwurf alles ungeschehen machen.

»Es war notwendig«, hauchte Gimbar mit schwacher Stimme. »Du weißt doch, was der Name Ason bedeutet: tödlicher Unfall. Sollte seine Hinterlist *dich* treffen? Das hätte Sethur gefallen …« Gimbar hustete. Blut rann ihm über die Lippen.

»Nein«, beharrte Yonathan. Er wusste, dass Gimbar Recht hatte, aber er wollte es trotzdem nicht hinnehmen. »Nein, nein, nein …«

Eine Hand legte sich tröstend auf seine Schulter. Es war Yomi. »Er hat richtig gehandelt, Yonathan. Ich weiß nicht, ob ich diesen Mut aufgebracht hätte.«

Gimbars fahles Gesicht brachte ein verzerrtes Lächeln zustande. »Dann habe ich dir also endlich mal was recht gemacht, Yo?«

Yomi schluckte. Seine Augen füllten sich mit Tränen. »Dazu hättest du dich nicht in einen Pfeil stürzen müssen, du sturer Pirat.«

»Fein«, entgegnete Gimbar zufrieden. »Dann wird also doch noch etwas aus dem Yomi-Tag. Prinz!« Er wandte den Kopf Felin zu. »Könntest du bitte gleich dafür sorgen, sobald du Kaiser geworden bist?«

Felins Augen waren voll tiefer Trauer. Aber er zwang sich zu einem Lächeln. »Wir werden ihn Gimbar-Tag nennen, mein Freund. Das verspreche ich dir.«

»Nur eins stört mich«, flüsterte Gimbar. »Dass ich Schelima nicht wieder sehen werde. Du hattest es mir doch versprochen, Yonathan.«

Yonathan glaubte, ein Pfeil würde sich auch durch seine Brust bohren. Obwohl Gimbar ohne Vorwurf gesprochen hatte, schmerzten die Worte wie brennende Geschosse. Wie sicher war er, Yonathan, sich doch gewesen, dass seine Worte die Wahrheit seien, die Verheißung einer schönen Zukunft für Gimbar und Schelima. Und jetzt?

»Gräme dich nicht deshalb«, tröstete ihn Gimbar. Sein Gesicht enthielt keinen Zorn, keinen Vorwurf, und das machte für Yonathan alles nur noch schlimmer!

»Ich habe dich geliebt, mein Freund. Anders als diesen langen Tölpel da.« Mit bleischweren Augen deutete Gimbar auf Yomi. »Und ich habe dich geachtet. Bleibe deiner Aufgabe treu, Yonathan. Behalte deine Liebe, deinen Mut und deine starrköpfige Ausdauer. Du wirst dein Ziel erreichen.«

Gimbar schloss die Augen. Aber dann wandte er noch einmal alle Kraft auf und blickte in den Kreis seiner Gefährten. »Betet für mich«, bat er. »Damit Yehwoh meiner gedenke, wenn die Weltentaufe alles Böse verschlingen wird.«

Gimbars Kopf sank zur Seite. Sein Atem erlosch. Sein Herz hatte aufgehört zu schlagen.

Yonathan legte die Stirn auf die blutige Brust des toten Gefährten. Er schüttelte den Kopf, wieder und wieder. Er wollte es nicht wahrhaben. Nicht Gimbar, nicht er! Nein, was dachte er da? Natürlich hätte er auch keinen seiner anderen Gefährten opfern wollen. Alle waren sie ihm lieb.

Das Leben würde nicht mehr dasselbe sein. Und warum war das nötig gewesen? Warum hatte Yehwoh das zugelassen? Warum Gimbars Tod? »Warum!?«, schrie er laut. Konnte Gimbar nicht einfach aufstehen, und alles war wieder gut? »Gimbar!«, rief er immer wieder. »Gimbar!«

»Verliert er jetzt den Verstand?«, hörte er Yomis besorgte Stimme wie von weit her fragen.

Dann herrschte Schweigen, eine tiefe, kalte Stille, die Yonathan zu ersticken drohte. Keiner konnte ihm helfen. Niemand von ihnen konnte Gimbar wieder lebendig machen. Er wünschte, er wäre an Gimbars Stelle. Wo war denn seine vollkommene Liebe, mit der Benel ihn auf die Reise nach Gan Mischpad geschickt hatte? Was nützte sie ihm? Sicher, er hatte Freunde gewonnen. Aber was war das für eine Freundschaft, die den Gefährten nur Flucht und Tod bescherte? Wenn diese Liebe Gimbar wieder lebendig machen konnte, aber so …

Yonathans Hände waren rot von Gimbars Blut und mit ihnen der Stab, dessen Knauf auf der Brust des Freundes ruhte. Langsam versiegten seine Tränen. Nur noch einen einzigen Wunsch hatte er: Gimbar zu helfen. Was hatte der sterbende Freund zuletzt gesagt? »Betet für mich.«

Yonathan betete. Betete mit einer Inbrunst wie noch nie in seinem Leben. *Wenn ich nur etwas von meinem Leben für ihn geben könnte! Yehwoh! Ich gebe dir fünf Jahre, oder zehn?* Er war jung. *Nimm so viel du brauchst, aber gib mir meinen Freund wieder. Bitte!*

In diesem Augenblick eilte der erste Sonnenstrahl des neuen Tages durch die Bäume des Waldes, tastete über die Lichtung und blieb auf Gimbars leblosem Gesicht liegen.

Yonathans Herz verkrampfte sich. Er beugte wieder seinen Kopf und weinte. Wie das Wasser einer jungen Quelle flossen seine Tränen und vermischten sich mit Gimbars Blut.

Plötzlich spürte Yonathan eine seltsame Wärme in seinen Händen, die noch immer den Stab Haschevet umklammert hielten. Der Stab leuchtete. Kein tödliches Leuchten war das, sondern ein sanftes, blaues Glühen. Eine eigentümliche Schwäche befiel ihn, eine Schwere, als hätte er eine gewaltige Last auf die Spitze eines Berges geschleppt.

Gimbars Brust, auf der Yonathans Arme ruhten, hob sich. Und senkte sich wieder. Yonathan spürte einen warmen Luftzug. Wieder hob sich Gimbars Brust und abermals senkte sie sich.

Yonathan schaute auf; sein Kopf war unendlich schwer. Ungläubig blickte er auf Gimbars Gesicht. Spielten ihm seine Sinne einen bösen Streich? Er wischte sich die Tränen aus den Augen, kniete sich aufrecht hin. Konnte es wirklich sein, dass Gimbars Gesicht weniger blass war als eben noch? »Gimbar!«, rief er. Und noch einmal: »Gimbar, mein Freund!«

Die Augenlider des Angerufenen begannen zu flirren. Wie die Flügel eines kleinen Vogels zitterten sie und öffneten sich.

»Gimbar!«, schrie Yonathan. Auch die Gefährten fielen in die Jubelrufe ein. Yomi sprang wie von Sinnen herum; Felin stand mit feuchten Augen da und lächelte; und Yehsirs stoische Ruhe war zweifelnder Freude gewichen. Er wollte noch nicht glauben, was hier geschehen war.

Gimbar hob den Oberkörper. Er sah ein wenig verstört aus, als hätte man ihn aus tiefstem Schlaf gerissen. Yonathan stützte ihn, als er sich aufsetzte und schließlich sogar aufstand. Die Umarmungen seiner Freunde brachen wie eine Lawine über ihn herein.

»Ist die Weltentaufe schon vorüber?«, fragte Gimbar unsicher.

»Das nicht, aber du musst noch einiges tun, um dich besser darauf vorzubereiten«, erwiderte Yonathan mit Tränen in den Augen. Er fühlte sich schwach! Seine Beine gaben unter ihm nach.

Sofort war Gimbar bei ihm. »Geht es dir nicht gut, Yonathan?«

Der Gefragte lächelte matt. Seine Zunge war schwer, als er erwiderte: »Es war unglaublich anstrengend.« Er fragte sich, ob Yehwoh wirklich einen Handel mit ihm eingegangen war oder ob es nicht eine große Vermessenheit von ihm gewesen war, ein solches Ansinnen zu stellen. Auf jeden Fall hatte es viel Kraft gekostet, das spürte er an seiner großen Müdigkeit. Aber das spielte keine Rolle. Hauptsache, Gimbar war wieder da …

Yonathan versank in einem Meer uferloser Erschöpfung.

Viel zu früh wurde er geweckt. Gimbars Rufe zogen ihn unnachgiebig wie eine Ankerwinde aus den lichtlosen Tiefen seines Schlummers.

»Yonathan, komm, werd schon wach! Wir müssen weiter.«

Langsam kam der Gerufene wieder an die Oberfläche, aber das Gewicht des Schlafes zog ihn noch schwer nach unten. »Was … ist?«, stammelte er orientierungslos. Wo war er? Was war geschehen? »Wie lange habe ich geschlafen?«, lautete schließlich seine erste verständliche Äußerung.

»Nur eine Stunde«, erwiderte Gimbar. Seine Stimme klang anders als sonst. Besorgt und verlegen.

Jetzt fiel Yonathan alles wieder ein. »Der Kampf!«

»Yehsir meint, es wäre klug, diesen Ort so schnell wie möglich zu verlassen. Wenn eine kaiserliche Patrouille uns hier – inmitten all der Unordnung – findet, dann wird man von uns einige Erklärungen haben wollen.«

Noch einmal wirbelte das Kampfgeschehen wie ein brennendes Wurfgeschoss durch Yonathans Geist. All die vielen Toten! Hätte er es nur verhindern können! Aber wie? Er und seine Freunde hatten den Hinterhalt schließlich nicht bestellt. Es war nicht einmal das Werk gewöhnlicher Straßenräuber. Asons Anwesenheit bewies, wer wirklich dahinter steckte. Sethur! Der Mann, für den es nur ein Ziel gab: zu verhindern, dass Haschevet in Goels Hände gelangte.

Bar-Hazzat, Sethur, Ason. Welch üblen Geschmack diese Namen verursachten! Ason jedenfalls hatte seinen Namen bestätigt – »tödlicher Unfall«. Besorgt blickte Yonathan zu seinem Freund auf. »Wie geht es dir, Gimbar?«

Der lächelte ihn aus braunen Augen an, ein mildes Lächeln in dem sonst so unternehmungslustigen Gesicht. »Ich sollte lieber fragen, wie es dir geht, Yonathan. Ich fühle mich wie neugeboren.«

»Das bist du jetzt ja auch. Du bist nun nicht mehr Gimbar, der Pirat. Bald wird man in den Liedern von dir singen als von Gimbar, dem Zweimalgeborenen.«

»Gimbar, der Zweimalgeborene.« Der kleine Mann wiederholte die Worte langsam wie einen feierlichen Schwur. Dann hefteten sich seine Augen mit Nachdruck auf Yonathans Gesicht, er fasste seine Hand, und die Worte sprudelten nur so hervor. »Yonathan, ich weiß nicht, wie ich dir danken soll …«

»Hör auf! Danke nicht mir. Danke Yehwoh. Er hat dir das zweite Leben geschenkt. Lass mich dabei aus dem Spiel.«

»Ich habe ihm gedankt und ich werde ihm danken«, versicherte Gimbar. »Ich habe es gelobt, hier, während du geschlafen hast: An einem jeden Tag werde ich ihm für mein zweites Leben danken und ich werde dieses neue Leben ganz in seinen Dienst stellen.« Der feierliche Tonfall milderte sich etwas, als er hinzufügte: »Trotzdem hätte *ich* so etwas niemals vollbringen können.«

»Yehwoh kann …«

»Yonathan!« Gimbar war jetzt allen Ernstes empört. Er wurde sogar etwas laut. »Bei aller Ehre, die Yehwoh gebührt, aber du darfst dich nicht länger gegen meinen Dank verschließen. Du verdienst ihn und du nimmst ihn jetzt gefälligst an. Hast du verstanden?«

Erschrocken starrte Yonathan in die funkelnden Augen seines Freundes. Dann meinte er kleinlaut: »Ja, Gimbar, ich habe verstanden.«

»Gut.« Gimbar nickte zufrieden. Während er Yonathan auf die Beine half, die sich noch sträubten ihren Dienst zu verrichten, fiel ihm noch etwas ein. »Eines würde mich aber doch noch interessieren.« Gimbar öffnete sein ledernes Wams und das darunter befindliche Hemd. Mit leichter Beklemmung sah ihm Yonathan dabei zu. Er hatte keine Ahnung, was zum Vorschein kommen würde. Aber statt einer blutenden Wunde oder einer hässlichen Narbe machte er eine ganz andere Entdeckung.

»Das ist ein Adlergesicht!«

Wirklich. Die Wunde war auf wundersame Weise geschlossen, und man sah dort, wo der Pfeil Gimbars Brust durchschlagen hatte, ein Zeichen: das Profil eines Adlers.

»Dieses Mal stammt von Haschevet, stimmt's, Yonathan?«

Der blickte verwirrt auf das rot vernarbte Zeichen und dann auf den goldenen Knauf des Stabes. Größe und Proportionen des Adlergesichts stimmten genau. »Wie mir scheint, hast du Recht, Gimbar. Der Stab hat dir sein Mal eingebrannt.«

»Meinst du, es ist ein Zufall, dass es gerade der Adler ist, den ich jetzt über meinem Herzen trage?«

Yonathans Finger spielten mit seinem Ohrläppchen, und verstohlen warf er einen Blick auf Gimbars Hakennase. Je länger er darüber nachdachte, umso mehr kam er zu dem Schluss, dass die Wahl sehr passend war. »Es war ganz sicher kein Zufall«, befand er schließlich. »Der Adler steht für Weitsicht und Weisheit. Während unserer bisherigen Reise hast du bewiesen, dass du beides besitzt.«

»Findest du?«

»Ganz bestimmt, Gimbar. Mit deinen Fähigkeiten hättest du es auch als Pirat weit bringen können. Aber du hast dich anders entschieden. Ich bin der festen Überzeugung, dass auch Yehwoh dein Herz gesehen und dich deshalb erwählt hat.«

»Erwählt?«

»Sicher. Du willst dein Leben in den Dienst Yehwohs stellen. Er hat dieses Angebot angenommen, und das da, das ist das Siegel für diesen Bund.«

Gimbar schüttelte ungläubig den Kopf. »Ich kann es nicht glauben, dass Haschevet gerade *mich* ausgewählt haben soll.«

»Nicht Haschevet, Yehwoh selbst bestimmt, wen er als seinen Auserwählten annimmt und wen nicht.«

Der Zweimalgeborene hatte noch Zweifel. »Ich weiß nicht, ob ich der Richtige bin.«

»Du hast mir gedankt, aber in Wirklichkeit habe ich allen Grund dir zu danken. Warst nicht du es, der sich vor mich geworfen hat, der mit seinem eigenen Körper den tödlichen Pfeil Asons aufgefangen hat? Wenn du wirklich unwürdig wärest, dann hätte dich die Berührung Haschevets vernichtet. Aber er hat dir nur dieses Mal eingebrannt.«

»Es heißt, der Tod sühnt alle Sünden. Und mein Tod stand unabänderlich fest. Vielleicht hat mich der Stab deshalb verschont. Wer keine Sünde hat, kann auch nicht böse sein, und Haschevet zerstört nur das Böse.« Gimbar rieb sich nachdenklich den Nasenrücken. Dann zuckte er die Achseln und sagte: »Aber jetzt lass uns gehen. Die anderen warten schon.«

Bei dem Gedanken, auf Kumis schwankenden Rücken zu klettern, überkam Yonathan ein Schwindelgefühl. »Könntest du nicht heute Kumi reiten und ich nehme dein Pferd?«, fragte er zaghaft.

Gimbar warf lachend den Kopf in den Nacken und erwiderte: »Schieß noch zwei oder drei Pfeile durch mich hindurch, Yonathan, aber verlang nicht *das* von mir. Ich habe vorhin versucht Kumi zu dir zu bringen. Dabei hätte er mir beinahe die Haare vom Kopf gefressen.«

»Schon gut«, lenkte Yonathan ein. »Ich dachte ja nur …«

Das Verlorene Wasser

Yonathan hatte viel Zeit zum Nachdenken, als er wieder auf Kumis schwankendem Rücken saß. Selbst Gurgi konnte ihn kaum ablenken. Der Masch-Masch und das Lemak hatten sich angefreundet. Die beiden waren ein seltsames Gespann. Mit ungewohnter Gelassenheit ertrug das Wüstenschiff Gurgis Eskapaden, diente ihr mal als weitläufiges Gebiet für Klettergänge und dann wieder als Schlafstätte. Das dunkle Haarbüschel auf Kumis Kopf war Gurgis Lieblingsplatz; von dort aus schien in Wirklichkeit sie das Reittier zu lenken.

Yonathan war aufgefallen, dass seine Gefährten ihn anders behandelten. Gimbar zeigte sich ihm gegenüber noch am offensten. Dennoch schien er Yonathan mit einer Ehrfurcht zu begegnen, die ganz neu war. Bei den anderen trat dieses Verhalten noch deutlicher zutage. Sie benahmen sich in Yonathans Gegenwart zurückhaltend, ja beinahe scheu. Das störte ihn. Er wollte nicht anders sein als sie. Aber er musste zugeben, dass die Ereignisse des Morgens zu bedeutend waren, um einfach darüber hinwegzugehen. Gimbars Tod und seine anschließende Wiederbelebung hatten auch in Yonathan tiefe Spuren hinterlassen. Er fragte sich immer noch, ob Yehwoh sein Angebot, einige Lebensjahre für das Leben Gimbars einzutauschen, angenommen hatte. Ob in diesem Falle sein verbleibendes Leben ausreichen würde, um den Auftrag zu erfüllen?

Was ihnen bevorstand, würde bestimmt nicht leichter werden als das, was hinter ihnen lag. Und vor ihnen lag die Mara, das verfluchte und öde Land. Yehsir meinte, dass es mindestens sechzig Tage dauern würde, die Wüste zu durchqueren. Würde er die Kraft haben dies alles durchzustehen?

Die Karawane von vierundzwanzig Last- und fünf Reittieren bewegte sich langsam, aber beständig in südöstlicher Richtung. Der Aufbruch vom Schauplatz des morgendlichen Kampfes war ruhig und zügig vonstatten gegangen. Niemand verspürte besondere Lust zu größeren Unterhaltungen. Die Waldlichtung bot ein Bild der Verwüstung. Der Boden war mit Blut getränkt und Yonathan mied nach Kräften den Anblick der verstümmelten Leichen, die überall herumlagen. Auf Felins Frage, ob es nicht besser sei, die Toten zu begraben, antwortete Yehsir: »Das werden andere für uns erledigen, schon bald. Es wird nützlich sein, wenn wir dann schon ein gutes Stück entfernt sind.«

Dagegen konnte man nichts vorbringen. Außerdem war es schwierig genug, mit achtundzwanzig Pferden und einem schneeweißen Lemak unbemerkt durch die weite Landschaft zu reisen.

Immerhin brachte Yehsir es fertig, seine Schutzbefohlenen unentdeckt über die Pilgerstraße hinweg in das hügelige Land von Zurim-Kapporeth zu führen. Je weiter die Karawane sich vom Lauf des Cedan entfernte, umso unübersichtlicher wurde die Gegend. Hier, südöstlich von Beli-Mekesch, streckten sich die Ausläufer des felsigen Gebirges wie neugierige, lange Finger beinahe hundert Meilen weit der Mara entgegen. Zwischen den in West-Ost-Richtung verlaufenden Bergrücken gab es einsame Wildbachtäler, die nur von wenigen Schafhirten, Jägern und Kleinbauern bewohnt wurden. Das Land war karger als das Cedan-Tal, aber es war auch wesentlich ruhiger.

»Warum gibt es so wenige Menschen hier?«, wollte Yonathan wissen.

»Es ist die Mara«, lautete Yehsirs knappe Antwort. Doch die Art, wie der Schützende Schatten diese Worte herauspresste, erstickte Yonathans Wissbegierde im Keim.

So überließ er sich wieder den eigenen, dumpfen Gedanken. Nur hin und wieder fragte ein Gefährte nach seinem Wohlergehen oder wollte ihm einen Dienst erweisen und alles in dieser rücksichtsvoll-ehrfürchtigen Weise, die so sehr an seinen Nerven kratzte. Am dritten Abend nach dem Kampf brach Yonathans Verzweiflung aus ihm heraus.

Eigentlich war es ein ganz normaler Abend. Yonathan und seine vier Begleiter saßen an einem kleinen Feuer. Gimbar, Felin und Yehsir berieten sich in leisem Gespräch über die Reiseroute des nächsten Tages. Yomi hatte eine duftende Suppe gekocht. Er füllte die erste Portion in eine Schüssel, schnitt von einem Laib Brot eine dicke Scheibe ab und näherte sich Yonathan. Der blonde Seemann lächelte unsicher. Als Yonathan die Holzschale und das Brot entgegennahm, wich Yomi seinem Blick aus und zog sich schnell wieder zurück. Ja, Yonathan hatte den Eindruck, der Gefährte hätte sogar eine Verbeugung angedeutet und sei erst zwei oder drei Schritte rückwärts gegangen, bevor er sich zu den anderen umgewandt hatte. Das brachte das Fass endgültig zum Überlaufen.

»Jetzt reicht es!«, schrie Yonathan und beinahe hätte der Inhalt seiner Suppenschüssel sich über Gurgi entleert, die jedoch gerade noch einen Satz zur Seite machen konnte.

Vier Augenpaare starrten den Jüngsten entgeistert an.

»Ihr behandelt mich wie ein rohes Ei, das Yehwoh euch persönlich anvertraut hat, mit dem Auftrag es vor jedem Schaden zu bewahren. Aber ich bin kein solches Ei.«

»Niemand behauptet, dass du ein Ei bist«, warf Yomi ein.

Yonathan ballte die Fäuste in ohnmächtiger Verzweiflung. »Darum geht es doch gar nicht, Yomi. Ihr redet nur noch das Nötigste mit mir; tut so, als wolltet ihr mich auf keinen Fall stören; macht keine Scherze mehr mit mir; und überhaupt …« Ihm rissen die Worte ab. Tränen quollen aus seinen Augen.

»Ich denke, wir sind uns alle darin einig, dass das, was du vorgestern Morgen getan hast, eine gewisse respektvolle Behandlung verdient«, versuchte Felin ruhig sein Verhalten und das der anderen zu erklären.

»Aber was habe ich denn schon getan?«

»Du hast mir ein zweites Leben gegeben«, erinnerte Gimbar.

»Aber das war doch nicht *ich* …«

Felin ergriff noch einmal das Wort. »Sicher, Yonathan. Wir wissen, dass du nur ein Mittler warst. Aber vergiss nicht, dass die meisten von uns dich bisher nur als den *Träger* des Stabes kannten. Selbst Yomi, der noch die meisten der Machtbekundungen

Haschevets mit eigenen Augen miterlebt hat, konnte nicht von so etwas berichten. Wann hat schon mal jemand einen Toten auferweckt …!«

»Aber kennt ihr nicht das *Sepher Schophetim?«*, rief Yonathan aufgewühlt. »Steht nicht im Buch Yehpas', des vierten Richters, dass dieser den Sklaven von Lan-Khansib, dem Khan der Ostleute, zum Leben erweckte, nachdem das Fieber den Mann niedergestreckt hatte? Damals war es Yehwoh, der diese Dinge tat, und genauso ist es heute. Der Richter Yehpas ist immer der Mensch Yehpas geblieben und ich, ich bin nur Yonathan, nur ein Knabe und nicht mehr.«

»Vor drei Tagen bist du ein Mann geworden.« Diese Worte stammten von Yehsir.

Aber Yonathan wollte sich noch nicht geschlagen geben. »Ein Mann!«, höhnte er. »Vielleicht weil ich einen anderen Mann erschlagen habe?«

»Yonathan!«, fiel Yehsir ihm ins Wort. »In dir tobt ein Sandsturm und nimmt dir die Sicht. Du erkennst nicht einmal, wer deine Freunde sind.«

Die Worte trafen Yonathan wie ein Keulenschlag. Was war nur in ihn gefahren? Wie dumm hatte er sich aufgeführt! Er schaute zu Boden und kämpfte erneut mit den Tränen.

Trotzdem – sie sollten ihn nicht behandeln wie einen Fürsten, dem sie Geleit geben mussten. Dazu hätte er sich nicht seine Freunde aussuchen müssen.

Yehsir war erfahren genug, um zu bemerken, was in Yonathan vor sich ging. »Ich habe aus einem anderen Grund gesagt, dass du vorgestern ein Mann geworden bist. Nicht der ist ein Mann, der einen anderen töten kann. Du hast dich als ein Mann erwiesen, weil du auf dich selbst verzichtet hast.«

Unsicher hob Yonathan den Blick.

»Ja«, bekräftigte der Schützende Schatten. »Du hast nicht an dich selbst gedacht, wie es kleine Kinder tun: Das ist *mein* Spielzeug, *ich* will dies und *ich* will das. Schon damals, als du den Auftrag annahmst, den Stab nach Gan Mischpad zu tragen, zeigtest du Selbstlosigkeit, aber vor drei Tagen hast du es in einer Weise getan, die alles überragte. Darin zeigt sich das Handeln eines erwachsenen Mannes, nicht in Trotz und Eigensinn.« Yehsir drehte sich um und setzte sich wieder ans Feuer, ein Zeichen dafür, dass er der Meinung war, alles Wesentliche gesagt zu haben.

Schweigen entstand.

Yonathan wusste, dass es nun an ihm war, etwas zu sagen. Während er unsicher einen festen Halt für seinen Blick suchte, begann er zögernd: »Ich danke dir, Yehsir. Es ist gut, Freunde zu haben, die einem solche Worte sagen.« Er räusperte sich. »Aber was ich vorhin gemeint habe, das muss ich wiederholen« – er lächelte verlegen – »wenn auch in etwas anderer Weise.«

Alle schauten ihn erwartungsvoll an.

»Ich bin Yonathan. Das, was Yehwoh durch den Stab und durch mich bewirkt hat, machte aus mir keinen anderen Menschen, so wie es euer Benehmen andeutet. Ich bin ein Mensch wie ihr und ich möchte gern euer Freund bleiben, wie ich es war. Tut mir den Gefallen – bitte! – behandelt mich auch als einen solchen.«

Damit waren seine Worte erschöpft. Er senkte wieder den Blick zu Boden und wartete auf eine Reaktion, eine Geste oder das Wort eines seiner Gefährten.

Schließlich war es Yomi, der den ersten Schritt tat. Er trat zu Yonathan heran und legte ihm die Hand auf die Schulter. »Es stimmt: Die Auferweckung Gimbars war so unheimlich … etwas so Großes, dass es uns schwer gefallen ist, dich noch genauso zu behandeln wie vorher. Irgendwie warst du dadurch … wie soll ich sagen … entrückt von uns.«

»Aber ich habe doch nur einem Freund helfen wollen. Das hätte jeder von euch getan«, beteuerte Yonathan.

»Sicher«, pflichtete Felin ihm bei, der nun auch zu ihnen trat. »Nur hätte es niemand von uns vermocht. Es ist schön, dass du derselbe geblieben bist, obwohl du über eine solche Macht gebietest. Das wird es uns leichter machen. Aber es wird nie mehr so sein wie vorher. Yehsir hatte Recht: Du bist jetzt ein Mann geworden und als einen solchen wollen wir dich in unserer Mitte willkommen heißen.«

Seit diesem Abend waren zwei Wochen verstrichen und Felin hatte Recht behalten. Die ehrfürchtige Distanz zwischen Yonathan und seinen Freunden war fast nicht mehr zu spüren. Aber eine letzte Ahnung davon existierte immer noch, würde wohl auch nie mehr ganz verschwinden. Vielleicht war das der Preis des Erwachsenseins.

Die Karawane war in den vergangenen vierzehn Tagen nur sehr langsam vorangekommen. Eine Ursache dafür lag in dem schwierigen Gelände. Der Zug aus Menschen und Tieren konnte nicht dem Verlauf von Tälern und Bächen folgen, sondern musste die unterschiedlichen Bergrücken, die »Finger« der Ausläufer von Zurim-Kapporeth, einen nach dem anderen überqueren.

Felin ritt als Späher voraus, denn wichtiger als ein schnelles Fortkommen war, dass die Reisegesellschaft unbemerkt blieb. Insgesamt neunundzwanzig Reit- und Packtiere waren nun mal nicht unauffällig. Und selbst diese Anzahl reichte nach Yehsirs Bekunden lange nicht aus, um die Wüste Mara ohne zusätzliche Wasseraufnahme zu durchqueren. Der Karawanenführer hoffte auf seine Erfahrung und auf Kumis Nase, um in dem toten Land der Mara Wasser zu finden. Wie er erklärte, sei diese Hoffnung nicht unbegründet.

»Aber warum sollte es keine Oasen geben, wo man Wasser finden kann?«, fragte Gimbar. Der Abend näherte sich bereits, und alle ritten dicht beieinander. Die Packpferde folgten in Zweierreihen, jedes Tier durch einen Lederriemen mit dem vorantrabenden verbunden.

»Du urteilst nach Menschenermessen«, erwiderte der Schützende Schatten knapp. »Yehwoh muss sich nicht nach unseren Erwartungen richten.«

»Trotzdem, mir wäre wohler zumute, wenn wir uns in der Nähe des Cedan halten würden.«

»Du weißt, dass das nicht geht, mein Freund.« Dieser Einwand kam von Felin. »Die Pilgerstraße verläuft hinter Beli-Mekesch noch ungefähr eintausendsiebenhundert Meilen weit am südlichen Cedan-Ufer entlang. Auf dieser Strecke gibt es noch einen schmalen, fruchtbaren Landstreifen zwischen der Wüste und dem Fluss. Erst knapp zweihundert Meilen vor Abbadon, der verfluchten Stadt, wechselt die Straße dann auf das andere Ufer über, um von dort direkt nach Ganor zu führen. Es wäre also schwer möglich, uns mit den ganzen Tieren hier ungesehen am Cedan entlangzumogeln. Außerdem schert sich der Strom nicht besonders viel um unseren Zeitplan.«

»Wie meinst du das?«

»Wenn man den Fluss hinter Beli-Mekesch mit dem Schiff hinauffährt, dann muss man erst einen nordöstlichen Kurs einschlagen. Der höchste Punkt auf dieser Route dürfte etwa tausend Meilen oberhalb vom Garten der Weisheit liegen – nur viel weiter westlich natürlich. Das heißt, im Vergleich zu unserer Route muss man einen Umweg von ungefähr fünfhundert Meilen in Kauf nehmen.«

»Einen Umweg, den seit zweitausend Jahren jeder Reisende gerne auf sich nimmt«, merkte Yehsir an.

Yonathan wusste weshalb. »Die Mara.«

Yehsir nickte nur.

»Ist sie denn wirklich so schlimm, Yehsir?«

Einen Moment lang starrte der Karawanenführer vor sich hin. Er überlegte wohl, ob sich eine Antwort lohne. Dann meinte er kurz: »Wartet's ab. Heute noch lagern wir in der lebenden Welt. Morgen früh werden wir die Mara betreten.«

Alle Aussagen Yehsirs zur Wüste Mara hatten eines gemeinsam: Jeder verspürte das Bedürfnis das Thema zu wechseln. So auch Yonathan.

»Dieses Tal hier ist sehr schön – so grün, und es duftet so angenehm. Was sind das für Bäume, die sogar im Winter alle ihre Blätter behalten?«

»Es sind Myrten«, erklärte Felin.

»Myrten?«, wiederholte Yonathan langsam. »Die gibt's bei uns in Kitvar bestimmt nicht. Ich dachte immer, das seien Sträucher, aus denen man Parfüm für die feinen Damen macht.«

»So falsch ist das gar nicht, Yonathan. Dieses Tal hier ist in vielerlei Beziehung etwas ganz Besonderes. Man nennt es Tigron, ›das Vergessene Tal‹. Wahrscheinlich verdankt es seinen Namen der Tatsache, dass heute niemand mehr hier lebt.«

»Wieso das? Es ist doch herrlich hier und diese Myrten könnten bestimmt jeden Bauern zu einem reichen Mann machen.«

»Ganz bestimmt«, pflichtete Felin bei. »Aber das Tal mündet direkt in die Mara und mit diesem Wildbach, der hier so munter neben uns herfließt, verhält sich ebenfalls nicht alles so, wie es sein sollte.«

»Wieso? Was ist mit ihm?«

»Man nennt ihn ›das Verlorene Wasser‹.«

»Ein seltsamer Name.«

»Warte ab bis morgen. Dann wirst du wissen, warum.«

Felin lenkte das Gespräch auf ebenere Bahnen zurück. »Die Myrten hier werden alle zwischen zwanzig und dreißig Fuß hoch. Das ist außergewöhnlich, denn normalerweise erreichen sie nur eine Höhe von vielleicht sechs oder acht Fuß.«

Die Pflanzen erfüllten das ganze Tal mit ihrem Duft.

»Dort werden wir das Lager aufschlagen«, warf Yehsir ein.

Der Ort, auf den der Karawanenführers hinwies, war eine windgeschützte Senke, die vorn durch hohe Myrtenbäume und von drei Seiten durch den grauen Granit der Berge begrenzt wurde. Selbst das Verlorene Wasser war so gefällig, in unmittelbarer Nähe des Lagerplatzes entlangzurauschen. Ein idealer Platz zum Rasten also.

Als alle Tiere versorgt waren und das Abendessen aus Fladenbrot, Trockenfleisch und Käse verspeist war, gab Yehsir die letzten Anweisungen für den kommenden Tag.

»Morgen werden wir früh aufstehen. Zwei von euch werden trockenes Brennholz sammeln. In der Wüste werden wir kaum welches finden. Wir müssen auch noch einmal alle Wasserschläuche aus dem Bach auffüllen. Zwei Drittel davon werden mit *Pás* versetzt. Das ist ein Kraut, das die Fäule von dem Wasser fern hält …«

»Und das furchtbar bitter ist«, ergänzte Felin gleichmütig.

»Besser bitter als tot«, versetzte Yehsir und beschloss seinen Tag mit Schweigen.

Bitter, das war auch die Bedeutung des Namens Mara.

Mit den ersten Strahlen der aufgehenden Sonne setzte die Karawane sich in Bewegung. Alle Wasserschläuche waren prall gefüllt. Trockene Myrtenzweige türmten sich in dicken Bündeln auf den Rücken der Packpferde.

»Dort«, sagte Yehsir nach einer Weile und deutete den Lauf des Verlorenen Wassers entlang.

Was Yonathan sah, jagte ihm einen Schauer über den Rücken. Das Grün des Myrtentals wurde von einer kalten, schmutzig grauen Linie jäh abgeschnitten. Selbst die rötlichen Flammen der aufgehenden Sonne konnten dem Anblick kaum Wärme verleihen. Es sah aus, als hätte ein Maler kurzerhand sein halb vollendetes Werk in die Ecke gestellt, um es nie mehr anzurühren.

Das unheimlichste an diesem Bild war jedoch das Verschwinden des Wassers. Zuerst glaubte Yonathan, der Wildbach würde in der Ferne hinter einer Bodenwelle verschwinden, dort vielleicht seitwärts abschwenken, um sich nach Süden oder Norden zu wenden. Aber dem war nicht so.

Als die Karawane an der Grenze zur Mara stand, konnte niemand mehr die Tatsachen leugnen: Der reißende Wildbach verschwand einfach im Boden. Nicht dass er einen breiten Tümpel bildete, in dem das Wasser langsam versickerte. Nein, es war, als würde der Bach in ein tiefes Loch stürzen.

Aber da war kein Loch zu sehen.

Wie durch ein grobes Tuch, auf das man den Inhalt eines Kruges entleerte, verschwand der eben noch so lebendige Wildbach einfach im Erdreich.

»Jetzt wisst ihr, warum er das Verlorene Wasser heißt«, brach Yehsir mit ausdrucksloser Stimme das betroffene Schweigen.

»Der Bach wird uns begleiten – in unseren Wasserschläuchen.« Yonathans Versuch, irgendetwas Ermutigendes zu sagen, schien nicht recht zu fruchten. Selbst die Pferde schnaubten unruhig oder zerrten an ihren Riemen, um mehr Abstand zwischen sich und der Unheil verkündenden Grenzlinie zu gewinnen. Anscheinend wollte sich niemand dazu aufraffen, den ersten Schritt zu wagen. Selbst der Schützende Schatten starrte nur mit finsterer Miene auf das Land, aus dem die Sonne sich erhob.

»Es hilft nichts, wir müssen weiter«, sagte Yonathan schließlich.

Yomi fand so viel Tatendrang übertrieben. Er wollte zunächst noch einen Punkt geklärt wissen. »Was ist, wenn wir uns in Wüstensand auflösen, sobald wir diese Grenzlinie hier überschritten haben?«

»Gibt es irgendeinen vernünftigen Grund, warum wir uns in Sand verwandeln sollten?«, fragte Gimbar.

»Gibt es irgendeinen vernünftigen Grund, warum Yonathans Stab jemanden in Asche verwandelt?«

Yonathan versuchte, seiner Stimme einen festen Klang zu verleihen. »Wir können tagelang darüber diskutieren, was mit uns in der Mara geschehen wird: ob wir zu Wüstensand werden; ob das Wasser in unseren Schläuchen sich nach den nächsten zehn Schritten in Luft auflösen wird oder ob wer weiß was für Dinge geschehen könnten …«

»Siehst du!«, fiel ihm Yomi ins Wort. »Jetzt gibst du es selbst zu.«

»Ich gebe gar nichts zu. Denke doch an das Verborgene Land. Auch das haben wir betreten, obwohl ein Fluch darauf lag. Wir haben das Land damals genauso wenig durchqueren wollen, um den Fluch herauszufordern. Yehwoh wollte nur, dass dort kein Volk wohnen kann.«

»Das ist interessant«, bremste Yehsir. »Sag, Yonathan, man hat mir erzählt, Haschevet hätte dein Erinnerungsvermögen auf wundersame Weise geschärft. Kennst du den genauen Wortlaut von Yehwohs Fluch über die Mara, so wie er aufgezeichnet ist?«

Yonathan griff sich an sein Ohr, als er über eine passende Antwort nachdachte.

»Ich glaube schon, dass ich mich erinnere«, erwiderte er schließlich.

»Und?«

»Ja, also wenn ich mich richtig entsinne, stehen die Worte, die du meinst, im Buch Elir. Sie müssten in etwa folgendermaßen lauten:

Du, dessen Wohntürme in den Himmel ragen, wirst verödet daliegen wie die Gebeine eines verdursteten Lemaks in der Wildnis. Dein Name wird für immer getilgt werden aus dem Gedächtnis aller Völker. Abbadon wird man dich nennen, denn ein Ort der Vernichtung wirst du bleiben, bis dass die Welt einen neuen Namen erhält. Und das Land und deine bewohnten Orte, die Felder und die Weiden, nie mehr soll der Mensch dort Wohnstatt nehmen, kein Haustier wird dort seinen Stall finden und kein wild lebendes Tier wird dort in Ruhe sein Haupt niederlegen, noch wird der Erdboden Pflanzen hervorsprießen lassen. Er wird seinen Ertrag verweigern. Da, wo einst fruchtbares Land war, wird es nur noch Bitterkeit geben.

Ich glaube, das ist die Stelle, die du gemeint hast, oder?«

»Erstaunlich, erstaunlich«, murmelte Yehsir vor sich hin, und sein wettergegerbtes Gesicht verriet Verwunderung und Respekt. »Alles, was man über dich sagt, scheint wahr zu sein.«

»Nicht alles«, widersprach Yonathan scherzhaft. »Nur das Gute.«

In geschäftsmäßigem Ton erklärte Yehsir: »Das wird die Lösung sein. Die Prophezeiung sagt nicht, dass man die Mara nicht betreten dürfe. Sie schließt nur aus, dass man darin ›Wohnstatt nimmt‹.«

»Richtig«, bestätigte Felin. »›Kein Haustier wird dort seinen Stall finden und kein wild lebendes Tier wird dort in Ruhe sein Haupt niederlegen.‹ Das bedeutet ja nicht, dass man die Mara nicht betreten dürfe. Nur wer sich darin häuslich niederlassen will, wird von dem Fluch getroffen.«

Yonathan nickte zufrieden. »Dann können wir also?«

Yomi hatte noch etwas anzumerken. »Mir wäre trotzdem wohler, wenn du den ersten Schritt machtest, Yonathan. Du trägst den Stab. Vielleicht … na ja, vielleicht macht das den Fluch unwirksam – wenigstens da, wo wir uns gerade befinden.«

»Also gut, Yomi, wenn es dich beruhigt.«

»Das würde es, Yonathan. Unheimlich sogar!«

Yonathan trieb Kumi an.

Ohne Erfolg: Kumi hob angewidert den Kopf, behielt aber alle vier Füße dort, wo sie schon seit geraumer Zeit verweilten.

Yonathan drehte verzweifelt die Augen zum Himmel. *Jetzt lass mich nicht im Stich!*, flehte er still zu Yehwoh, während er beruhigend auf das Lemak einredete: »Komm, mein Guter, wir wollen hier nicht anwachsen, setz dich in Bewegung.«

Kumi blieb stehen.

Die vier Freunde beobachteten das Schauspiel interessiert. Sie schienen es nicht eilig zu haben.

Da kam Yonathan eine Idee. »Gurgi!«, rief er die kleinste unter seinen Verbündeten.

Die Masch-Masch-Dame löste sich vom Haarbüschel auf Kumis Kopf, rannte den Hals des Lemaks hinunter und nahm in Yonathans ausgestreckten Händen Platz. Während er sich mit der Linken das Pelzbündel vor das Gesicht hielt, förderte die Rechte Din-Mikkiths Keim zutage. Gurgis Augen sprangen in blitzschnellen Bewegungen zwischen dem grünen, funkelnden Ding und dem Gesicht Yonathans hin und her.

Ohne einen Laut redete Yonathan mit dem Masch-Masch. Es dauerte eine Weile, bis das kleine Tier eine Reaktion zeigte. Gurgi sprang von Yonathans Händen und eilte den Hals Kumis hinauf. Oben angekommen, bezog sie Stellung in ihrem Haarbüschel, piepste aufgeregt und zupfte immer wieder an den behaarten Ohren des Reittieres herum.

Die vier Gefährten beobachteten abwartend die Szene. Yomi

amüsierte sich, Yehsir und Felin schauten etwas skeptisch drein und nur Gimbar bewahrte einen neutralen Gesichtsausdruck.

Da hob Kumi plötzlich ruckartig den Kopf, blökte laut und setzte sich in Bewegung. Mit wenigen, schwankenden Schritten hatte das große Lemak den pflanzenlosen Boden der Mara erreicht.

Sobald die unsichtbare Barriere überschritten war, konnte auch Yonathan wieder lenkend auf die Zügel einwirken. Er klopfte Kumi anerkennend auf die Schulter und drehte den Kopf des Tieres dahin, wo sich eben noch der quirlige Schwanz befunden hatte.

»Ich dachte mir gleich, dass es wenig Zweck haben würde direkt mit Kumi zu sprechen«, rief er gut gelaunt den Gefährten zu, die staunend aus dem Verlorenen Tal herüberstarrten. »Aber ich wusste, dass er meiner kleinen Freundin hier nichts würde abschlagen können.«

Damit war der lähmende Bann gebrochen. Gimbar beeilte sich, sein Pferd an die Seite Yonathans zu lenken, und die anderen Freunde folgten zaghaft nach. Selbst Yomi konnte sich überwinden, den harten Boden des »bitteren« Landes zu betreten.

Auch die Packtiere schienen nicht nachstehen zu wollen. Und so kroch der aus Lemak und Pferden bestehende Tausendfüßler schon bald wieder in gleichmäßiger Bewegung der Sonne entgegen, die als Einzige während all der Unentschlossenheit keinen Augenblick auf ihrer Bahn gezaudert hatte.

Der Schützende Schatten

Die Mara war anders als alles, was Yonathan bisher kennen gelernt hatte. Kein Baum, kein Strauch, nicht einmal das kleinste Grasbüschel war zu sehen, so weit das Auge reichte. Einzig der harte, von ungezählten Steinen übersäte Boden bot ein seltsames Bild vielfältiger Gleichförmigkeit. Der Grund, auf dem die Karawane dahinzog, war bedeckt mit einem dichten Netz von Sprüngen, als hätte jemand mit großer Sorgfalt die Scherben unzähliger zerbrochener Tonkrüge zu einem gigantischen Mosaik zusammengesetzt. Jede Quadratelle hatte ein eigenes Muster. Doch da der Wechsel sich nur auf die Sprünge beschränkte, die matschbraunen Scherben aber immer dieselben blieben, verlor der Blick des Reisenden schon bald das Interesse.

Yehsir hatte sofort erklärt, dieser Scherbenteppich sei ein gutes Zeichen. Er deute darauf hin, dass es hier geregnet habe, Regen sei Wasser und Wasser sei Leben. Tatsächlich überraschte dann auch am Abend des dritten Tages ein wolkenbruchartiger Schauer Mensch und Tier mit verschwenderischer Flut. Der Karawanenführer ordnete an, alle verfügbaren Gefäße aufzustellen und das kostbare Naß darin aufzufangen. »Ihr werdet dankbar sein für jeden Tag, an dem ihr nicht das bittere Pás-Wasser trinken müsst«, hatte er mit hintergründigem Lächeln erklärt.

Der Regenguss war eine willkommene Abwechslung in dem täglichen Einerlei. Allerdings bescherte er der Karawane auch eine unangenehme Nacht. Sobald das Licht des Tages sich zur Ruhe neigte, fielen nämlich die Temperaturen rücksichtslos in die Tiefe. War schon sonst die nächtliche Kälte nur dick eingewickelt in mehrere Lagen von Decken zu ertragen, so suchten die regennassen Reisenden an diesem Abend vergeblich nach einem Rest von Wärme.

Yehsir hatte sich standhaft geweigert das kostbare Feuerholz für ein Lagerfeuer zu verschwenden. »Es ist zum Kochen da.

Dadurch werden unsere Körper von innen warm. Das ist sparsamer als ein riesiges Lagerfeuer.«

Tagsüber war es dafür umso heißer. Yonathan hätte nie vermutet, dass die Sonne im Winter so unerträglich brennen könnte und es bereitete ihm ernsthafte Probleme, Yehsirs Begeisterung zu teilen, der darauf bestand, dass sie für die Reise keine bessere Jahreszeit hätten finden können. Zumindest lernte er, wie auch Yomi, Gimbar und Felin, den Wert eines Turbans schätzen. Die Kopfbedeckung Yehsirs, die in Yonathans Augen noch vor wenigen Tagen ein extravagantes Kleidungsstück gewesen war, stellte sich als wirksames Mittel gegen die allzu sengende Hitze heraus.

Allerdings bestand der Schützende Schatten trotz Turban darauf, dass von der sechsten bis zur elften Stunde des Tages geruht wurde. Zu dieser Zeit hockte nämlich die Sonne geduldig wie eine Spinne im Netz des Firmaments und wartete nur darauf, irgendeiner unvorsichtigen Kreatur das Leben aus dem Leib zu brennen. Sobald die Schatten länger wurden, verordnete Yehsir den Gefährten sechs weitere Stunden auf dem Rücken ihrer Tiere. So ging es tagein, tagaus: sechs Stunden Ruhe, sechs Stunden Wandern, sechs der Ruhe …

Immerhin hatte sich Yonathan mittlerweile an die Gangart Kumis gewöhnt. Ja, er fand inzwischen sogar Gefallen an dem monotonen Wippen und fühlte sich wie ein Seefahrer in einem endlosen Meer aus Sand. Nachdem er sich nicht mehr darüber den Kopf zerbrechen musste, ob ihm im nächsten Augenblick speiübel würde, erkannte er, dass das gleichmäßige Hin und Her ein Muster von zuverlässiger Beständigkeit zeichnete, in dem man festen Halt für seine umherschweifenden Gedanken fand.

Am sechsten Tag der Mara-Wanderung wechselte das Bild der Landschaft. Der steinübersäte, harte, geäderte Boden wurde von weichem Sand verdrängt. Fasziniert tasteten Yonathans Augen den Horizont ab. Kein Ende im gleichförmigen Wechsel sandiger Berge und Täler war zu erkennen. Erst jetzt, so stellte er fest, stimmte der Vergleich mit dem Meer endgültig. Wie ein gefrorener Augenblick im Leben eines vom Sturm zerwühlten Ozeans mutete das Bild der Mara an. Für die einzige erkennbare Veränderung sorgte nur das Schiff der stetig dahinziehenden Karawane.

Und Yehsir war ihr Kapitän. Der Vergleich gefiel Yonathan gut. Ein Karawanenführer und ein Schiffskapitän hatten vieles gemeinsam: Beide trugen die Verantwortung für die Mannschaft und für das Gelingen des ganzen Unternehmens; wie der Kapitän das Logbuch führte, so vermerkte auch Yehsir mit peinlicher Genauigkeit die täglich zurückgelegte Entfernung, wichtige Landmarken und die Position von Wasserlöchern in einer ledergebundenen Fibel; und beide, Schiffs- wie Karawanenführer, zeichneten für die Navigation verantwortlich. Neben der Sonne und den Sternen bediente sich Yehsir hierfür eines milchig grünen Kristalls mit einer bemerkenswerten Eigenschaft: Wenn man den Stein in einem bestimmten Winkel zu den Sonnenstrahlen hielt, dann konnte man klaren Blickes hindurchschauen und dabei über eine Kante des Kristalls hinweg den Horizont anvisieren. Auf diese Weise gelang es Yehsir sehr genau, die Position der Karawane im endlosen Meer der Wüste zu bestimmen.

Ja, der Schützende Schatten hatte wirklich viele Qualitäten. In einer lebensfeindlichen Umgebung wie der Mara war es sehr beruhigend, einen solchen Freund an seiner Seite zu wissen. Yonathan jedenfalls dankte Yehwoh täglich dafür und er behielt jeden Tag auch einen kleinen Teil des Dankes zurück, um ihn für Baltan aufzusparen. Wenn Yonathan ihn je wieder sähe, würde er ihn mit Dank nur so überschütten, das hatte er sich fest vorgenommen.

Im gleichen Maße, wie die Häufigkeit der Sanddünen zunahm, verringerte sich diejenige der Wasserstellen. Yonathan war während der ersten Wüstentage zu dem irrigen Glauben gelangt, dass die Sorge um das Wasser sich als eines der geringsten Probleme entpuppen würde. Kumi hatte sich in dieser Zeit als äußerst nützlich erwiesen. Viermal konnte die empfindliche Witterung des Lemaks Wasser melden. Yehsir kannte die Gründe genau, die den Lemakhengst plötzlich unruhig werden ließen, die ihn wie magisch zu einer Stelle in der Ferne zogen, welche für den Unerfahrenen nichts Auffälliges besaß. Wenn das schwankende Reittier unter Yonathans Sattel dann stehen blieb, nervös mit den tellerförmigen Hufen über den Boden scharrte und immer wieder die Nase zur Erde senkte, dann wusste auch er, was das zu bedeuten hatte.

Als das »Scherbenfeld« am Eingang der Mara bereits fünf Tagesmärsche zurücklag, war Yonathans Zuversicht buchstäblich im Sande verlaufen. Jede Erwähnung des Wortes »Wasser« setzte in seinem Kopf sofort düstere Gedankengänge in Bewegung. Er überlegte, ob Yehsir die Wasserrationen auch nicht zu großzügig einteilte. War das Pás tatsächlich wirksam? Und dann waren da noch die Tiere – sie soffen so viel!

Der vom trockenen Wind aufgewirbelte Sand trug nicht gerade dazu bei, derlei Bedenken zu zerstreuen. Die feinen Körnchen setzten sich unentwegt überall fest: in Ritzen und Falten, im Gepäck, den Kleidern und am ganzen Körper. Ständig plagte einen der Wunsch etwas zu trinken, sich das Gesicht abzuspülen – zu baden!

Es musste um die Zeit der fünften Stunde gewesen sein, kurz vor der täglichen Ruhepause also, als der monotone Fluss der Karawane ins Stocken geriet. Kumi blieb von einem Augenblick zum nächsten einfach stehen und blökte unwillig. Yonathan, den das gleichmäßige Wiegen des Ritts in eine Art Halbschlaf gelullt hatte, fuhr erschrocken hoch. Er dachte, sein weißes Lemak hätte Wasser gewittert, aber Yehsir erkannte die Ursache für Kumis Verhalten: Sie befanden sich mitten in einem Treibsandfeld.

Yehsir mahnte seine Gefährten zur Ruhe, ordnete an, dass man die Tiere voneinander losbinden, langsam umdrehen und dann wieder zu einem neuen Zug vereinen solle, um in die entgegengesetzte Richtung zurückzuwandern. Die Bedrohlichkeit ihrer Situation wurde schnell offenbar. Natürlich hatten auch die Tiere instinktiv die Gefahr gespürt und so kam es, dass ein Pferd, das bei der Kehrtwendung nervös zur Seite tänzelte, in den weichen Sand geriet. Selbst zu fünft gelang es den Gefährten nicht, das verzweifelt strampelnde Tier wieder freizubekommen. Todesangst trieb ihm weißen Schaum aus den Poren, die angstvoll hervorstehenden Augen flehten um Hilfe und sein durchdringendes Wiehern füllte die Stille der Wüste wie lähmendes Gift. Fassungslos verfolgten sie, wie all das jäh erstarb und sich ein Leichentuch aus feinem, rieselnden Sand über das Packpferd legte.

Yonathan ahnte, dass es nichts nützen würde, einfach auf geradem Wege zurückzugehen. Er vermutete, dass ihre Lage keinesfalls ein Zufall war, weswegen auch die Befreiung daraus ungewöhnliche Maßnahmen verlangte. Er nahm den Stab Haschevet zur Hand, weckte die Kraft des *Koach* und schon bald zeigten sich seltsame Vertiefungen im Sand, so als würde jemand einen unsichtbaren, schweren Waschzuber darüber hinwegziehen. Schon früher hatte er die *Kraft der Bewegung* zum Erfühlen von Oberflächen eingesetzt, sodass es ihm recht schnell gelang, die Stellen zu finden, wo der Untergrund begehbar war, und jene zu umgehen, wo der Treibsand auf sie lauerte.

Der Weg, den Yonathans seltsame Spur beschrieb, war alles andere als schnurgerade. Die Erfahrung des Schützenden Schatten allein hätte ganz sicher nicht ausgereicht, um die Karawane aus dem Treibsandfeld herauszuführen. Längst stand die Sonne an ihrem höchsten Punkt, als Yonathan erschöpft und verschwitzt verkündete, dass sie sicheres Terrain erreicht hatten.

Mit müden Worten überredete er Kumi, sich in den Sand zu legen, damit er absteigen konnte. Das weiße Lemak kniete zuerst vorne nieder und faltete anschließend die Hinterbeine zusammen.

»Es wird Zeit die Sonnenzelte aufzubauen«, erklärte Yehsir, als alle Reisenden beieinander standen.

Yonathan stieß ein tiefes Seufzen aus und ließ sich kraftlos in Kumis Schatten sinken. »Eine gute Idee«, konnte er gerade noch sagen, dann fiel er in tiefen Schlaf.

An diesem Tag genehmigte Yehsir eine Sonderpause. Die abendliche Wanderung fiel aus, weil Yonathan auch bei Sonnenuntergang noch völlig ermattet war. Warum strengte ihn die Benutzung des Stabes nur immer so fürchterlich an? Als er Gimbar wieder belebt hatte, konnte er sich zwei Tage lang nur mit Mühe auf Kumis schwankendem Rücken halten und jetzt ging es ihm ähnlich.

Allerdings hatte der Marsch durch das Treibsandfeld auch sehr lange gedauert. Neben der Erschöpfung machte Yonathan vor allem eines zu schaffen: Wie war es der Karawane überhaupt gelungen, so weit in das Gebiet einzudringen, ohne schon vorher auf den trügerischen Untergrund aufmerksam zu werden? Sosehr er sich auch anstrengte, er konnte keinen vernünftigen Grund dafür finden, es sei denn …

Da gab es einen Punkt, um den sich Yonathans Überlegungen schon seit einigen Tagen gedreht hatten. Nach dem alles in allem doch glücklichen Ende des Treibsandabenteuers entstand aus dem Gedanken ein Strudel, der all sein Denken auf ein einziges Zentrum konzentrierte. Wie der Treibsand das arme Packpferd in die Tiefe gezogen hatte, so schien auch in seinem Geist jeder Gedanke die Wände eines Trichters hinabzurieseln, in dessen Mitte eine einzige Frage lauerte: Wo war Sethur?

Wenn auch anzunehmen war, dass der Weiße Fluch die *Narga,* das Schiff des Heerobersten Bar-Hazzats, verschlungen hatte, so musste gleichwohl Yonathans hartnäckigster Feind das zerstörerische Werk überlebt haben. Hatten nicht Gimbar und Felin den Piraten Ason in dem Gespräch auf dem Fluss belauscht, in dem es um Sethurs Auftrag und die damit verbundene Belohnung ging? Selbst wenn der einäugige Pirat seinen Auftrag schon vor dem Zwischenfall am Südkamm erhalten hatte, so blieb doch noch der andere Hinweis auf Sethurs geheimes Wirken: Zirahs Worte, kurz bevor Felins Pfeil sie vom Himmel geholt hatte. »Mein Herr, Sethur, hat mich gebeten dich noch einmal zu fragen, ob du nicht mit ihm nach Témánah gehen willst«, hatte Zirah gerufen, während sie das fliegende Schiff Barasadans umkreiste. Nein, es bestand kein Zweifel: Irgendwo lauerte Sethur und wartete darauf, dass Yonathan ihm in die Falle ging.

Niemand konnte natürlich sagen, ob Bar-Hazzats Vertrauter das Treibsandfeld geschickt, geschaffen oder sonstwie beeinflusst hatte. Besaß er überhaupt die Macht so etwas zu tun? Immerhin hatte Sethur auf den eisigen Gletschern, beim Tor im Süden, bewiesen, dass er über ganz und gar außergewöhnliche Kräfte verfügte. Wie sonst hätte er die gewaltige Eislawine auslösen können? Doch damals hatte er sich Yonathan wenigstens zum Kampf gestellt. Jetzt überließ er die kleine Schar von Wüstenwanderern der Ungewissheit.

»Vielleicht wagt Sethur es nicht, die Mara zu betreten«, mutmaßte Gimbar eines Abends. Aber der Versuch, Yonathan zu beruhigen, wollte nicht recht gelingen.

»Er hat es gewagt, in das Verborgene Land einzudringen. Da wird ihn die Mara auch nicht schrecken.«

Solche Gespräche sorgten dafür, dass die Aufmerksamkeit der Nachtwachen nie nachließ.

»Morgen werden wir den Cedan erreichen«, eröffnete Yehsir beim Errichten des Lagers.

Der Treibsand lag inzwischen acht Tagesmärsche zurück und auch an diesem Mittag unterschied sich das Bild in nichts von den vorhergehenden: Fünf Wüstenwanderer rammten ihre Zeltstangen in weichen, heißen, ockergelben Sand. Der Lagerplatz befand sich inmitten eines schmalen Tals, das sich zwischen den Schultern zweier Hügelketten nun schon seit Stunden in West-Ost-Richtung dahinschlängelte.

»Seltsam, dass der Cedan so nah sein soll, wenn man doch nichts als Wüste um sich herum sieht«, sinnierte Yonathan.

»Das liegt an Abbadon«, erklärte Yehsir mit finsterer Miene. »Zwischen der verfluchten Stadt und dem Garten der Weisheit reicht die Mara bis an das Ufer des Cedan heran.«

Abbadon! In der Sprache der Schöpfung bedeutete dieser Name so viel wie »Ort der Vernichtung«. Yonathan schauderte bei dem Gedanken, dass derselbe Strom, der an seinem Nordufer das fruchtbare Land Baschan geschaffen hatte, im Süden bar jeden Lebens sein sollte. »Die Verfehlung der Stadt muss wirklich groß gewesen sein, dass Yehwoh das ganze Land so gründlich verflucht hat.«

»Das war sie«, bestätigte Yehsir. »Du kennst sicher den Bericht aus dem *Sepher Schophetim.* Aber es gibt noch einige weitere Überlieferungen, die man in meinem Volk bis auf den heutigen Tag nur mündlich weitergegeben hat. Wenn es dich interessiert, dann kann ich die Geschichte erzählen, sobald wir unser Lager aufgeschlagen haben.«

Ein solches Angebot aus Yehsirs Mund zählte zu den Seltenheiten des Lebens, die man sich auf keinen Fall entgehen lassen durfte. Yonathan und die Gefährten entwickelten unversehens einen enormen Eifer beim Aufspannen der Sonnenzelte.

Als Mensch und Tier ihren Durst gelöscht hatten, nahm man im Schatten der Zeltplanen Platz, um der Erzählung Yehsirs zu lauschen. Der Karawanenführer rückte noch einmal den Turban zurecht. Die Spannung wuchs. Ohne Eile ließ er den Blick in die Runde schweifen. Alle starrten ihn erwartungsvoll an, aber keiner sagte etwas – bei Yehsir konnte man nie wissen, ob er es sich nicht im letzten Augenblick anders überlegte und doch lieber schwieg. Aber alles ging gut. Endlich öffnete der Schützende Schatten den Mund und begann mit seiner Erzählung.

»Das Unglück deutete sich an, als Elir das Amt des dritten Richters von Neschan ausübte – so viel werdet ihr bereits wissen. Es geschah vor zweitausend Jahren. Elir war schon alt, als Mesag zum König gekrönt wurde, in jener Stadt, deren Name heute niemand mehr kennt. Mesag war noch sehr jung, gerade mal zwanzig Jahre alt. Und er war sehr töricht, wie es nicht wenige junge Menschen sind. Allerdings konnte man ihm das kaum vorwerfen, denn er hatte von seinem Vater nichts Besseres gelernt. Menganes, der alte König, hinterließ seinem Sohn das Erbe einer Schreckensherrschaft. Nie hatte es so viele Sklaven gegeben wie damals, nie so viele verarmte Menschen. Umso reicher waren diejenigen, die sich in der Gunst des Königs sonnten und vom Schweiß und Blut ihrer Leibeigenen lebten. Das Schlimmste jedoch war die Gottlosigkeit Menganes'. Ja, man sagt sogar, der König habe einen Bund mit dem Bösen geschlossen; der einzige Grund, warum er von Témánah nicht behelligt wurde, läge ganz einfach darin, dass er dem dunklen Reich des Südens schon in anderer Form Tür und Tor geöffnet hatte. Auf einer Anhöhe inmitten seiner Stadt stand ein gewaltiger schwarzer Tempel – Menganes' ganzer Stolz. Es war keine Gebetsstätte für das gewöhnliche Volk. Nur eine ausgewählte Priesterschaft durfte die heiligen Stätten betreten.« Yehsir benutzte die Bezeichnung »heilige Stätten« mit unüberhörbarer Verachtung. »Doch die Gerüchte, die sich um die Vorgänge in diesem Tempel rankten, waren alles andere als gottgefällig: Man behauptete sogar, dass dort Menschen geopfert wurden!«

Der Karawanenführer legte eine wirkungsvolle Pause ein. Während er seine Lippen mit einem Schluck aus dem Wasserschlauch benetzte, schüttelten sich die Zuhörer entrüstet. Das bittere Pás-Wasser brachte den Erzähler nun erst in die richtige Stimmung.

»Ja«, fuhr Yehsir fort, »Menschenopfer! Das Blut all jener Unschuldigen schrie zu Yehwoh und als der junge König Mesag keine Anstalten machte sich von den Handlungen seines Vaters abzukehren, da beschloss der Allmächtige den König, die Stadt und das Land vom Erdboden zu tilgen. Doch wie ihr wisst, ist Yehwohs Barmherzigkeit größer als sein Zorn. So sandte er Elir in die verdorbene Stadt, um den herannahenden Untergang vorauszusagen. Vielleicht würden sich ja noch Menschen finden, die sich vom schlechten Vorbild ihres Königs abwenden und auf die Warnung hören würden. Zuerst rief Elir seine Prophezeiung auf den Straßen und Plätzen der verurteilten Stadt aus. Dann berichtete man auch dem König von der Botschaft des ›zornigen Propheten‹, wie man Elir bald überall nannte. Mesag war bestürzt. Er ließ Elir sofort zu sich rufen. ›Was kann ich tun, um dieses Unglück von meinem Volk, meiner Stadt und von meinem Haus abzuwenden?‹, fragte der König den dritten Richter. Elir dachte zunächst an eine List. Er konnte sich nicht vorstellen, dass ein König, den eine solche Wolke von Schlechtigkeit umgab, ernsthaft daran dachte, seinen Lebenswandel aufzugeben. Die Legende ist an dieser Stelle etwas ungenau«, merkte Yehsir an. »Eine Version sagt, Elir hätte wutschnaubend den Palast verlassen, andere erzählen, er wollte gerade zu einer Tirade von Verfluchungen ausholen, als etwas Merkwürdiges ihn bremste. In einem anderen Bericht heißt es, das Menschengesicht am Knauf Haschevets habe plötzlich zu Elir gesprochen und ihn daran gehindert, vorschnell über Mesag zu urteilen. Auf jeden Fall kam es dann dazu, dass Elir dem König die drei Rätselfragen stellte, die ja auch im *Sepher Schophetim* aufgezeichnet sind: Was ist Liebe? Was ist Glück? Was ist der Sinn des Lebens? Der König antwortete voller Stolz: ›Liebe ist, wenn mein Weib mein Blut derart in Wallung bringt, dass ich selbst den Winterfrost nicht spüre.‹ Aber Elir erwiderte nur: ›Welch erbärmliche Antwort!‹ Dann schickte er Mesag zu Tugrim, dem Drachenfürsten. Mit Mut, List und nach allerlei Abenteuern gelang es Mesag schließlich, das Wesen wahrer Liebe zu ergründen. Und als ihm das gelungen war, hatte sich seine Persönlichkeit ein klein wenig verändert: Er hatte gelernt zu lieben. Ähnlich verhielt es sich mit den anderen beiden Rätseln. Zu jeder Antwort musste Mesag Tapferkeit, Geschicklichkeit sowie seine ganze Kraft einsetzen, doch mit jeder Antwort lernte er etwas hinzu. Seit dieser Zeit spricht man von einem ›Mesagenischen Rätsel‹, wenn jemand große Mühe aufwenden muss, um die Lösung zu finden, dafür jedoch am Ende mit Weisheit belohnt wird. Im Falle Mesags führte das dazu, dass er schließlich als reifer und verständiger König aus den Prüfungen hervorging. Er erkannte, dass der Sinn des Lebens nicht in selbstsüchtigen Bestrebungen besteht, sondern darin, im Einklang mit den Geboten Yehwohs zu leben. Mesag war nicht der Mann, der still und zurückgezogen gelebt hätte, um sich nur noch dem Studium des *Sepher* und dem Gebet zu widmen. Aber er nahm beides sehr ernst und sorgte fortan für eine Reihe gründlicher Änderungen in seinem Königreich: Den götzendienerischen Tempel ließ er schließen und die schwarzen

Priester Témánahs jagte er fort. Durch sein Beispiel sorgte er dafür, dass das Volk sich änderte – der beste Lehrmeister ist eben immer noch das gute Vorbild.« Yehsir lächelte tiefgründig.

»Leider wurde alles zunichte gemacht, als er starb«, bemerkte Felin schwermütig.

Yehsir nickte. »Ja, leider. Yehwoh hielt die Wogen des Verderbens von der Stadt zurück. Mesag regierte insgesamt vierzig Jahre lang und das Land, bis hin zum Geringsten seiner Bewohner, hatte Wohlstand und Frieden. Doch als der König kinderlos starb, bestieg sein Neffe den Thron. Er schlug mehr nach dem Großvater, Menganes. Ja schlimmer noch, er öffnete den Schwarzen Tempel von neuem – welch Unglück, dass Mesag ihn nicht gleich hatte niederreißen lassen! – und nun sprach man nicht mehr nur hinter vorgehaltener Hand davon, dass dort Menschen geopfert wurden. Jeder wusste es, und jeder fürchtete die nächste Opfergabe zu sein. Das Schlimmste allerdings war, dass all dies im Namen Yehwohs geschah!«

Wieder legte Yehsir eine Pause ein, die von dem betroffenen Kopfschütteln der Zuhörer begleitet wurde. Als er nun das Wort ergriff, neigte sich seine Erzählung dem Ende entgegen.

»So wiederholte sich die Geschichte, jetzt jedoch mit schlechtem Ausgang: Elir, der noch immer lebte, verkündete Yehwohs Gerichtsbotschaften. Der neue Machthaber, dessen Name ebenso verschollen ist wie derjenige der Königsstadt, versuchte Elirs habhaft zu werden. Aber der Richter entkam. Vierzig Tage hatte Yehwoh der Stadt und dem Land gegeben. Vierzig Tage, in denen die wenigen weisen Menschen flohen. Sie zogen in das Gebiet jenseits des Gartens der Weisheit und wurden Nomaden, bis auf den heutigen Tag; auch meine Vorväter gehörten zu ihnen. Als die vierzig Tage verstrichen waren, befiel Dunkelheit die Stadt. Von dieser Zeit an nennt man sie nur noch den ›Ort der Vernichtung‹, *Abbadon.* Den Rest der Geschichte dürftet ihr wieder kennen. Kein Mensch konnte aus eigener Erfahrung von dem Zeugnis ablegen, was nun geschah. Warum? Nun, ihr wisst es: Der Tod legte sich wie schwarzer Nebel über die Stadt und all ihre abhängigen Ortschaften. Er raffte sämtliches Leben dahin und bis heute wächst nicht ein einziger Halm in dem ehedem so fruchtbaren Land. Seit dieser Zeit liegt eine dunkle Wolke über der Stadt – ein Mahnmal zur immer währenden Erinnerung an Yehwohs Fluch. Doch selbst in Elirs düsterster Prophezeiung glomm ein Hoffnungsschimmer. Die Worte des Richters besagten, dass während jeder Dämmerung einige Sonnenstrahlen auf Abbadon fallen würden. An der Grenze zwischen Nacht und Tag würde man erinnert werden an das Licht der Weltentaufe, die einmal *alle* Wunden heilen wird, auch die von Abbadon. Doch bis dahin würde der verfluchte Ort viele Nächte und Tage langer Schatten sehen. Wie ein schwarzes Leichentuch liegt seit Elirs Tagen die Wolke über der Stadt und sorgt dafür, dass selbst die Sonne ihr Angesicht gramerfüllt von den Gebeinen Abbadons abwendet.«

Damit schloss die Erzählung Yehsirs. Das Gesicht des hageren Karawanenführers war eine unbewegte Maske des Schweigens – ein Gesichtsausdruck, den Yehsir in Vollkommenheit beherrschte.

Die Geschichte über den Untergang einer Stadt und eines ganzen Königreiches hatte alle tief berührt. Jeder hing nun seinen eigenen Gedanken nach.

Auch in Yonathans Kopf schossen viele Überlegungen durcheinander. Es bildeten sich seltsame Gedankenverbindungen, wie eine Halskette aus unterschiedlich geformten Gliedern. Er dachte an Zirgis. Der Kaiser hatte ihm, dem Stabträger, drei Prüfungen auferlegt. Eine Situation, gerade umgekehrt zu derjenigen Elirs und Mesags. Irgendwie waren auch die Aufgaben Zirgis' für Yonathan ›mesagenische Rätsel‹ gewesen. Er hatte Dinge getan und gelernt, die für ihn völlig neu waren. In diesem Zusammenhang stieg das Bild seines Traumbruders in ihm auf. Yonathans Träume hatten ihn wiederholt zu diesem Jungen geführt, der zuletzt immer kränker und schwächer aussah. Wie ging es diesem merkwürdigen Bruder jetzt? Was würde mit ihm, Yonathan, geschehen, wenn die Lebenskraft seines Traumbruders immer weiter schwand und – Yehwoh möge es verhindern – schließlich sogar völlig erstarb?

Der Bruder seiner Träume hatte gesagt, dass sie beide eins seien. Würde auch er, Yonathan, dann sterben? Oder war es sogar umgekehrt? War er in Wirklichkeit die Ursache dafür, dass es seinem Traumbruder immer schlechter ging?

Eines jedoch wusste er: Er konnte seinem Traumbruder nur helfen, wenn er die Aufgabe erfüllte, wenn Haschevet den Weg in die Hände des neuen, siebten Richters fand. Dieses Ziel *musste* er erreichen! Ein anderer Gedanke hakte sich an dieser Überlegung fest: *Der Weg ist der Preis.* Das waren die Worte der Schlange an den Sohn des Schreiners, von denen der Geschichtenerzähler am Fuße der Stadtmauern von Meresin erzählt hatte. Und damit schloss sich der Kreis von Yonathans Gedankenkette: Yehsir hatte seine Sache gut gemacht; er war ein wirklich guter Erzähler!

Immer noch schwiegen Yomi, Gimbar und Felin. Sie dachten über die Lehren nach, die der Untergang Abbadons für sie bereithielt: eine gründliche Lektion. Und jene Wolke, von der Yehsir am Ende berichtet hatte, war eine ständige Ermahnung sie nicht zu vergessen. Jeder konnte sie sehen, der sich Abbadon bis auf eine Entfernung von einer Tagesreise näherte.

Wenn Yehsir sich jetzt umdrehen würde, könnte er sie auch betrachten, dachte Yonathan. Zuvor war ihm das schwarze Band im Osten gar nicht aufgefallen, aber jetzt spannte es dort seinen unübersehbaren Bogen. Die plötzliche Entdeckung ließ Yonathan aus seinen Gedanken auffahren. »Man bekommt ein richtiges Frösteln, wenn man diese Wolke sieht.«

Yehsirs Kopf fuhr in die Höhe. »Was?«

»Ich meinte, die dunkle Wolke, die Yehwoh über die Stadt gehängt hat, lässt mich sogar bei dieser Hitze hier …«

»Du kannst die Wolke noch gar nicht sehen«, unterbrach der Schützende Schatten die Erklärung. Wahrscheinlich glaubte er, seine Erzählung hätte Yonathans Phantasie beflügelt.

Doch der ließ sich nicht so schnell abwimmeln. »Und ob ich das kann!«, beharrte er und deutete mit ausgestrecktem Arm über Yehsirs Schulter hinweg. »Da, sieh doch selbst. Man könnte fast meinen, sie wächst, je länger man hinschaut.«

Jetzt hatte auch Yehsir die Wolke im Osten gesichtet. Er sprang auf, so schnell, dass alle erschraken.

»Auf!«, rief er in unerwartet scharfem Ton. »Wir müssen sofort das Lager abbrechen und aus diesem Tal heraus.«

»Aber wie …?«

»Nicht jetzt, Yonathan, später.«

Langsam spürte auch Yonathan, dass Gefahr drohte. Yehsir hatte offenbar richtige Angst! Nicht lähmende Furcht, aber doch ein Gefühl, das zu höchster Eile trieb.

Yonathan spähte noch einmal nach Osten, gerade rechtzeitig, um noch das Leuchten eines Blitzes zu erkennen, das die aufquellende schwarze Wolkenbank für einen Augenblick in ein etwas freundlicheres Grau kleidete.

Schnell wurden die provisorischen Zelte abgebaut und auf die Pferde verpackt. Als die Karawane zum Abmarsch bereit war, flogen die ersten dunklen Wolkenfetzen wie die Vorboten eines gewaltigen Heeres über den Lagerplatz hinweg.

»Schneller!«, drängte Yehsir wieder. »Dort vorn, eine halbe Meile voraus, fällt der Hang nicht so steil ab. Da können wir hinauf.«

Es war höchste Zeit aufzusatteln. Aber wo war Kumi?

Ein Blitz und kurz darauf ein ohrenbetäubender Donnerschlag, die ersten Regentropfen fielen.

»Kumi!«, rief Yonathan nach dem Lemakhengst.

»Lass ihn«, forderte Yehsir. »Er wird sich schon zu helfen wissen.«

Aber Yonathan dachte nicht daran, sein Reittier einfach zurückzulassen.

»Ich muss erst Kumi finden.«

»Keine Zeit!«, bellte Yehsir. »Steig bei mir mit auf.«

In diesem Moment sah Yonathan den beweglichen Schwanz Kumis hinter einem Einschnitt in der Talwand. Wahrscheinlich hatte das Lemak etwas Interessantes entdeckt.

»Da vorn ist er ja. Ich hole ihn und komme nach.«

»Eilt ihr schon vor, dort den Berg hinauf!«, rief der hagere Mann den drei weniger störrischen Begleitern zu, während seine Hand noch einmal den Weg beschrieb. »Ich muss erst noch diesen Dummkopf hier einfangen.«

Doch der war nicht mehr da. Er hatte den Augenblick, in dem der Karawanenführer seine Anweisungen gab, dazu benutzt, auf Kumi zuzueilen.

»O Yehwoh, schenke diesem grünen Jungen einen Funken Verstand!«, flehte Yehsir – so laut, dass Yonathan es hörte.

Der beschloss, bei passender Gelegenheit auf diesen Punkt zurückzukommen – schließlich war er doch kein Dummkopf! Entrüstet drehte er sich zu Yehsir um und musste eine beängstigende Entdeckung machen.

Wasser kam das Tal hinab. Zwar wenig noch, aber es schoss mit der Geschwindigkeit eines jagenden Falken von Osten her auf Yehsir und Yonathan zu.

Noch im Laufen griff Yonathan in Goels Beutel und förderte den Keim Din-Mikkiths zutage. Endlich hatte er begriffen, wie wenig Zeit ihm blieb. Als er Kumi erreichte, berührte er sogleich dessen Hals.

»Lass mich aufsteigen und dann fort von hier!«, teilte er dem Tier mit.

Der Kopf des weißen Lemaks fuhr in die Höhe; Gurgi, die wie immer oben im Haarbüschel hockte, wäre fast davongeschleudert worden. Kumi ließ sich so schnell er konnte niedersinken, seinen Herrn aufsteigen und war schon wieder auf den Beinen.

Das Ganze geschah rechtzeitig genug, um Yehsir daran zu hindern, Yonathan einfach zu packen, notfalls niederzuschlagen und auf sein Pferd zu zerren.

»Jetzt aber los!«, brüllte Yehsir gegen den Lärm von Sturm, Regen und Wellen an, der inzwischen das ganze Tal erfüllte.

Tatsächlich war der Grund zwischen den Hügelketten schon vollständig mit einer Schlammflut bedeckt, die schnell anstieg. Yehsirs Pferd und Yonathans Lemak sprengten auf die einzige Stelle zu, die einen Aufstieg zum Kamm der südlichen Hügelkette ermöglichte, weniger als eine halbe Meile entfernt und doch unendlich weit weg.

Das schmutzig braune Wasser ging Yehsirs Rappen bereits bis zum Bauch, als dieser endlich den Hang erreichte. Yonathan war vorangestiegen, Yehsir hatte darauf bestanden. Eigentlich wäre es ja sinnvoller gewesen, mit dem größeren Lemak bis zum Schluss zu warten, aber in dem Gesicht des Karawanenführers hatte ein Ausdruck gelegen, der jeden Widerspruch erstickte.

Besorgt drehte Yonathan sich zu dem älteren Freund um. Yehsirs Pferd fand keinen Halt. Das schnell fließende Wasser leckte an den Flanken des eben noch so flachen Aufstiegs und trug immer mehr davon ab. Wieder und wieder gruben sich die Hufe in den weichen Sand, brachen jedoch nur weitere Brocken davon los und sanken immer wieder in den Strom zurück.

»Du schaffst es nicht«, brüllte Yonathan. »Spring vom Pferd und klettere so hinauf.«

»Wirf mir ein Seil zu!«, befahl Yehsir stattdessen.

Yonathan gehorchte. Er löste ein Seil, das alle mit sich trugen, vom Sattel und warf Yehsir das eine Ende zu.

»Jetzt zieh!« Yehsirs Worte konnten nur noch sehr unvollkommen das Tosen von Donner und Wasser übertönen. Aber Yonathan wusste auch so, was zu tun war. Vorsichtig trieb er Kumi, an dem das Seilende befestigt war, nach oben. Yehsirs schwarzer Hengst drohte inzwischen davongespült zu werden. Der aus dem Nichts geborene Strom zerrte an den Beinen des Tieres.

Es wollte nicht gelingen. Der Rappe fand keinen Halt. Yonathan schrie vor Verzweiflung und Zorn über die eigene Dummheit. Warum sprang Yehsir nicht? Wohl, weil er ohne sein Pferd erst recht dem Untergang geweiht wäre.

Da sah Yonathan von Osten eine gewaltige Welle heranrollen. »Kumi!«, brüllte er. »Jetzt oder nie!«

Das Lemak zog aus Leibeskräften, gehorsam wie selten zuvor. Jeden Augenblick drohte die Flutwelle Yehsir unter sich zu begraben. Schon hob die Vorhut der riesigen Wasserwand den Rappen samt Reiter in die Höhe.

»Zieh, Kumi!«, schrie Yonathan voller Angst um den Gefährten.

Ein starker Ruck, Kumi stolperte einige Schritte vorwärts, nur wenige zwar, aber genug. Das Pferd des Karawanenführers steckte nicht mehr im nassen Schlamm und das Lemak konnte es den Hang hinaufziehen. Zum Glück kam Yehsirs Tier gleich auf die Beine und konnte den Rest des Weges aus eigener Kraft zurücklegen, gerade noch rechtzeitig, bevor der Scheitelpunkt der Flutwelle alles fortspülte.

Als endlich alle in Sicherheit waren, wurde Yonathan das ganze Ausmaß seiner Dummheit bewusst. Beschämt blickte er in die Runde seiner Gefährten. Der Regen stürzte wie aus Kübeln hernieder. Wasser rann über angespannte Gesichter, Haare klebten wie nasses Herbstlaub. Doch der Schauer konnte Yonathan nicht so den Kopf waschen wie die Einsicht in seine eigene Torheit. Nichts anderes war es gewesen, als er sich Yehsirs Warnungen widersetzte. Er hatte sich wie ein kleiner Junge benommen, der sein Spielzeug nicht hergeben wollte.

Die triefend nassen Kleider klebten an dem hageren Körper des Karawanenführers. Ein Ende seines Turbantuches hatte sich gelöst und haftete an Yehsirs linker Wange. Das machte seine Miene allerdings um keine Spur freundlicher. Im Gegenteil, Yehsirs Gesicht war eine Karte des Landes *Zorn*.

Yonathan wartete nicht erst, bis Kumi sich niederlegte, sondern sprang todesverachtend die acht Fuß von dem hohen Rücken des Lemaks. Platschend landete er im Matsch und eilte auf Yehsir zu.

Das versteinerte Gesicht des Karawanenführers schien unbeeindruckt. Die tiefen Falten sorgten für ein sicheres Abfließen des Regenwassers und sie ließen auch keinen Zweifel über seinen Gemütszustand.

Jetzt die richtigen Worte finden!, schoss es Yonathan durch den Kopf. »Yehsir … ich bin so froh …«

»Tu das nie wieder!«, knallte die Stimme des Schützenden Schattens wie ein Peitschenschlag.

»Aber … Kumi! … Baltan hat ihn mir doch …«

»Baltan hat ihn dir zu deiner Sicherheit gegeben. Er wollte, dass du die Mara heil durchqueren kannst. Aber wenn dieses störrische Vieh selbst zu einer Gefahr wird, dann ist es besser, es ersäuft in dem Wadi dort unten.« Yehsir deutete wütend hinter sich, wo die schmutzige Flut sich nach Westen ergoss.

Yonathan überlegte, was er antworten konnte. Seine Augen wanderten Hilfe suchend im Kreis der durchgenässten Freunde herum, aber die blickten selbst befangen zu Boden, als würden *sie* gerade die Schelte empfangen. Nur Kumi schaute zweifarbigen Blicks und scheinbar empört zu dem aufgebrachten Anführer der Karawane.

»Es tut mir Leid«, entrang sich Yonathan kleinlaut. Etwas Besseres fiel ihm nicht ein.

»Das ist wohl das Mindeste«, versetzte Yehsir, allerdings schon etwas milder. Endlich stieg er von seinem Rappen, trat auf Yonathan zu und sagte in freundlicherem Ton: »Du musst das verstehen, Yonathan. Ich trage die Verantwortung für deine Sicherheit und für die der ganzen Karawane. Dazu hat Baltan mich auf diese Reise geschickt. Wie könnte ich ihm jemals wieder unter die Augen treten, wenn ich ihm sagen müsste, dass du in der Wüste ertrunken bist?«

»Wahrscheinlich würde er denken, du willst ihn verkohlen«, erwiderte Yonathan unklug.

Yehsirs Ton wurde wieder schärfer. »Es sind schon mehr Menschen in der Wüste ertrunken als im Cedan. Wahrscheinlich dachten die genauso wie du, Yonathan. Solche Täler wie das, in dem wir unser Lager aufgeschlagen hatten, sind ausgetrocknete Flussbetten. Sobald ein Regenschauer niedergeht, verwandeln sie sich in reißende Ströme. Du siehst, die Wüste hat viele Überraschungen zu bieten, die du dir wahrscheinlich nicht einmal vorstellen kannst. Deswegen wäre es *äußerst hilfreich,* wenn du in Zukunft meinen Ratschlägen ein wenig mehr Beachtung schenktest. Hast du das verstanden?«

»Ja, Yehsir.« Diese Worte kamen so leise, dass man sie in dem rauschend herniedergehenden Regen kaum hören konnte. Niedergeschlagen wich Yonathan dem bohrenden Blick Yehsirs aus. Seine Augen wanderten über die brodelnde Flut, die ihm beinahe zum Grab geworden war. Zerknirscht betrachtete er die weißen Schaumkämme, die wie wagemutige Reiter auf den bockenden, braunen Wellen ritten. Da sah er das Pferd.

»Da, schaut doch!«, rief er aufgeregt und deutete hinaus in die schäumende Gischt.

»Yonathan!«, mahnte Yehsir streng. »Versuche nicht abzulenken. Die Sache ist ernst …«

»Nein, Yehsir, wirklich nicht!«, beteuerte Yonathan. »Da war eben etwas. Es sah aus wie ein Pferd, das in dem Wasser auftauchte.«

»Habt ihr etwas gesehen?«, wandte sich Yehsir an Yomi, Gimbar und Felin.

Die Angesprochenen waren sich nicht sicher. »Einen Moment lang glaubte ich etwas gesehen zu haben … mehr ein dunkler Fleck, der kurz unter der Wasseroberfläche schimmerte«, räumte der Zweimalgeborene ein.

»Siehst du«, hakte Yonathan nach. »Ich habe Recht gehabt!«

Yehsirs Augenbrauen zogen sich zusammen, ein Spiegelbild der hoch oben dahinstürmenden Gewitterwolken. »Willst du mit mir schon wieder darüber streiten, wer Recht hat, Yonathan?«

»Nein, Yehsir.«

»In der Mara gibt es keine Pferde. Ich frage mich, warum ich euch gerade erst von der Geschichte dieses Landes erzählt habe.«

»Aber unsere Pferde sind doch auch hier.«

»Natürlich.« Yehsir verlor langsam die Geduld. »Sie sind hier, weil *wir* hier sind. Wir, Menschen mit eigenem Willen, vernunftbegabt – woran man allerdings zweifeln kann –, haben sie hierher gebracht. Freiwillig hätten sie das nie getan.«

»Eben. Ich glaube, dass das Pferd im Wadi auch nicht freiwillig hier war. Es trug einen Sattel, da bin ich mir ziemlich sicher.«

»Du glaubst …?«

Yonathan nickte. »Sethur.«

»Ich hatte gehofft, unsere Befürchtungen könnten wenigstens *einmal* nicht zutreffen. Warum kann uns dieser Heerführer Bar-Hazzats nicht da suchen, wo es jeder normale Mensch tun würde: am Nordufer des Cedan?«

»Vermutlich, weil Sethur kein ›normaler‹ Mensch ist.«

Lange haftete Yehsirs Blick auf Yonathans Gesicht. Dann nickte der erfahrene Wüstenführer langsam. Ein schiefes Lächeln lockerte seine markanten Züge auf. »So sind wir denn zu Verfolgern unserer Verfolger geworden. Das Leben ist voller Überraschungen.« Ernster fügte er hinzu: »Es ist gut, dass wir dieses Tal da drunten verlassen haben. Womöglich wären wir Sethur noch vor Anbruch der Nacht in die Arme gelaufen! Allerdings sind wir hier oben auf dem Kamm der Hügelkette auch nicht viel sicherer. Es wird Zeit, dass wir uns einen anderen Weg nach Abbadon suchen.«

Nachdenklich ließ Yehsir den Blick von einem zum anderen wandern. Dann sagte er: »Spätestens jetzt beginnt das Versteckspiel, meine Freunde.«

Erfreulicherweise dauerte das Unwetter nicht lang. Als die Sonne im Westen ihr Nachtlager bezog, waren die Kleider der Wüstenreisenden um Yonathan bereits wieder trocken. Viel mehr erfreute Yonathan allerdings der Umstand, dass Yehsir ihm nicht mehr böse war. Zeigte sich auch darin die Reife eines erwachsenen Mannes: die Dinge beim Namen zu nennen und nicht ewig beleidigt zu sein?

Als ihn Yehsir vor gut vier Wochen zum Mann ernannt hatte, teilten sich Unwohlsein und Stolz den Platz in Yonathans Brust. Später, während der Wüstenwanderung, gewann der Stolz darauf, ein Mann unter Männern zu sein, langsam die Oberhand. Heute jedoch hatte er einen schweren Rückschlag erlitten. Einfältig und töricht hatte er sich über die Warnungen des Schützenden Schattens hinweggesetzt. Wie gut, dass Yehsir nicht nachtragend war! Yonathan nahm sich vor, in Zukunft bereitwilliger auf die Ratschläge seiner älteren Freunde zu reagieren.

Mit Ausnahme von Yomi vielleicht. Der hatte Yonathan nämlich in seiner Unbekümmertheit geradezu einen Schlag in die Magengrube versetzt. Nicht buchstäblich, aber die Wirkung war die gleiche. Es begann, als die fünf bis auf die Haut durchnässten Wüstenwanderer auf dem Hügelkamm ihre Packpferde zur Weiterreise aneinander leinten. Yomi trat grinsend auf Yonathan zu. »Da hat Yehsir dir ja eben unheimlich den Kopf gewaschen, Yonathan!«

Der Angesprochene knurrte unfreundlich: »Schön, dass es wenigstens *dir* gefallen hat. Du solltest mal dein Gesicht sehen. Du strahlst wie ein Dreijähriger, der gerade seine Nase aus einem Honigtopf gezogen hat.« Er wandte sich ab und kümmerte sich wieder um die Lederriemen der Packpferde.

Doch Yomi ließ sich von einer humorlosen Bemerkung nicht die Laune verderben. »Ich kann mir ziemlich gut vorstellen, wie es dir geht, Yonathan. Wenn ich mich so unheimlich blöd benommen hätte wie du vorhin, dann wäre ich jetzt bestimmt auch ziemlich sauer auf mich selbst.«

Yonathan schluckte. »Vielen Dank, dass du so viel Verständnis für mich hast«, presste er zwischen zusammengebissenen Zähnen hervor, ohne seine Arbeit aus dem Auge zu lassen. »Gut zu wissen, dass man so einfühlsame Freunde hat, die einem in Zeiten der Not mit einem tröstlichen Wort zur Seite stehen.«

Yomi merkte jetzt wohl doch, dass Yonathans Interesse an einer gründlichen Erörterung der jüngsten Ereignisse sehr begrenzt war – zumindest im Moment. Er nickte noch einmal aufmunternd, klopfte seinem Kameraden auf die Schulter und mit den Worten »Niemand ist vollkommen, auch du nicht« ging er seiner Wege.

Jetzt, am Abend, bedauerte Yonathan seine bissige Reaktion auf Yomis Aufmunterungsversuch schon wieder. Seine Laune heute Mittag war nicht die beste gewesen und er war wohl etwas zu heftig geworden. Er wollte die Sache aus der Welt schaffen, noch ehe die Sonne hinterm Horizont verschwand. So ging er zu Yomi, der gerade die Packpferde entlud.

»Yo, es tut mir Leid, was ich heute, nach dem Durcheinander im Wadi, zu dir gesagt habe.« So, jetzt war es raus.

Yomi ließ das Gepäckstück, das er gerade in den Händen hielt, zu Boden gleiten. »Keine Ahnung, wovon du sprichst.«

»Du weißt schon, als du mir sagtest, wie toll du es fändest, dass mir Yehsir den Kopf gewaschen hat.«

»Ach so, das.« Ein schiefes Lächeln verzog Yomis knabenhaftes Gesicht. Yonathans Reumütigkeit wollte schon wieder ins Wanken geraten, aber die nächsten Worte von Yomi sorgten für Entspannung. »Ich habe nicht gesagt, dass ich Yehsirs Zurechtweisung ›toll‹ fände. Ich konnte mich nur ziemlich gut in deine Lage versetzen, weil Kaldek mir auch schon oft so eine Standpauke verabreicht hat. Wahrscheinlich habe ich mich nur ungeschickt ausgedrückt.«

Yonathan schüttelte den Kopf. »Nein, nein, Yo. Ich habe es nur nicht gleich verstanden. *Ich* habe dann etwas ziemlich Dummes gesagt.«

»Ach woher, Yonathan! Ich weiß, dass es mir manchmal an Zartgefühl fehlt. *Ich* war es, der sich im Ton vergriffen hat.«

Warum regt er mich heute nur so auf?, fragte sich Yonathan verzweifelt. »Willst du dich etwa mit mir streiten, wer von uns beiden der Dümmere war?«, fragte er, heftiger als beabsichtigt.

Yomi lachte laut auf. »Nein, Yonathan, lass es gut sein. Du hast gewonnen.«

Der Knoten war geplatzt. Auch Yonathan lachte, erst unterdrückt, dann aus voller Brust. Diesmal klopfte er Yomi auf die Schulter. Wieder einmal hatte er ihn unterschätzt. Er, Yonathan, hatte gewonnen! Wie schön. Er war also der größere Dummkopf.

Drei Gesichter wandten sich verwundert in die Richtung der plötzlich ausgebrochenen Heiterkeit.

»Stimmt was nicht?«, fragte Gimbar besorgt.

»Nein, nein«, schnaufte Yonathan nach Atem ringend, »Yomi hat mir eben nur gesagt, dass ich ein Riesendummkopf bin«, und lachte weiter.

Gimbar und Felin wechselten einen Blick, aber dann sagte Yehsir abwinkend. »Lasst sie nur. So verarbeiten sie den Tag. Danach wird es ihnen besser gehen.«

Yehsir sollte Recht behalten. Yonathan fühlte sich an diesem Abend wesentlich besser als noch wenige Stunden zuvor – innerlich aufgeräumt, klar und sauber wie die Luft nach einem Sommerregen. Er hatte Fehler gemacht und sie eingestanden. Und seine Gefährten hatten ihm verziehen. Nach einem solchen Tag musste man sich einfach besser fühlen!

Natürlich waren da noch die Beobachtungen, die Yonathan gemacht hatte – das gesattelte Pferd in den Fluten des Wadis. Die Freunde sprachen noch lange in flüsterndem Ton darüber, stellten alle möglichen Vermutungen an. Würde Sethur irgendwo warten und ihnen auflauern? Yomi meinte, dass die Horde des témánahischen Heerführers vielleicht vollständig in den Fluten des Wüstenflusses ertrunken sei und man nur zufällig ein einziges Pferd gesehen habe. Felin hoffte, dass Sethur vielleicht ihre Karawane vor sich wähnte und deshalb schnell nach Osten davonzöge.

Yehsir meinte schließlich: »Ihr könntet alle Recht haben. Oder auch nicht. Vielleicht rechnet Sethur auch damit, dass wir Abbadon in großem Bogen umgehen. So würde jeder einigermaßen vernünftige Mensch handeln und bis heute früh hatte ich das eigentlich auch vor.«

»Was willst du damit sagen?«, fragte Yonathan.

Yehsir lächelte. Im unruhigen Schein des Feuers hatte sein Gesicht etwas Dämonisches. »Es wäre natürlich unvernünftig und wahrscheinlich auch wenig sinnvoll, direkt durch Abbadon hindurchzuziehen. Das würde Sethur nämlich am wenigsten von uns erwarten. Aber …« Yehsir zögerte, als wäre er sich nicht sicher, ob er sie einweihen sollte.

»Aber?«, drängte Yonathan.

»Es gibt einen Weg, durch die Stadt zu gehen und es doch nicht zu tun.«

»Ich glaube, das musst du uns erklären.«

Yehsir nickte. »Ich gebe zu, das ist schwer zu verstehen, wenn man die genaue Lage der Stadt nicht kennt. Abbadon hatte früher einen Hafen wie heute Cedanor. Anders als in der Kaiserstadt gab es jedoch keinen Nebenkanal, der direkt durch ein Gittertor in der Stadtmauer floss. Der Hafen Abbadons glich eher dem Meerhafen von Meresin: Die Stadtmauern waren ungefähr eine halbe Meile über dem Flussufer errichtet worden, darunter befand sich das Hafenviertel. An klaren Tagen kann man es vom Nordufer des Cedan aus heute noch sehen. Allerdings scheint sich der Lauf des Flusses in den vergangenen zweitausend Jahren etwas verschoben zu haben, beinahe so, als hätte er es nicht länger ertragen können, an den Gebeinen der verfluchten Stadt zu lecken. Die Entfernung zwischen dem Ufer und den ersten Gebäuden des Hafens beträgt heute mindestens eine Meile.«

Yehsir ließ wieder den Blick kreisen, der allen signalisierte, dass nun eine wichtige Mitteilung folgte.

»Dort plane ich unser nächstes Nachtlager aufzuschlagen.«

Der Vorschlag des Karawanenführers löste nicht eben Begeisterung aus.

»Läßt sich das nicht irgendwie vermeiden?«, fragte Yomi.

»Wir können Sethur ja fragen, ob er uns sicheres Geleit bis zum Garten der Weisheit gewährt«, meinte Gimbar trocken.

»Gimbar, du hast wirklich immer die besten Einfälle.«

»O bitte, Yo. Ich dachte mir gleich, dass du nicht sofort darauf kommen würdest.«

»Yehsir hat sicher Recht«, sagte Felin. »Sethur scheint bis jetzt jeden von Yonathans Schritten vorausgesehen zu haben. Wir sollten es ihm also nicht leichter machen als unbedingt nötig.«

»Aber direkt durch die Stadt!«, klagte Yomi. »Ich habe von diesem Ort schon die schlimmsten Dinge gehört. Seit alles Leben in Abbadon ausgetilgt wurde, soll dort ziemlich Unheimliches umgehen.«

Ein Knacken im Feuer ließ die Gefährten hochschrecken.

»Keine Schauermärchen bitte, Yomi!«, sagte Yonathan. »Denke nur daran, dass Yehwoh uns auch über Ha-Chérem hinwegschreiten ließ, ohne dass uns ein Haar gekrümmt wurde. Du erinnerst dich doch noch an den Salzsee im Verborgenen Land, unter dem die Stadt verborgen liegt, deren Name sogar ›die Verfluchte‹ bedeutet. Es ist uns nichts geschehen, genauso wie uns bei Abbadon nichts geschehen wird.«

»Abbadon ist nicht Ha-Chérem.«

»Nein. Aber du weißt, was Yehsir sagte. Wir ziehen nicht direkt durch Abbadon, sondern nur dicht vorbei. Unser Lager schlagen wir sogar an einer Stelle auf, die damals überhaupt nicht verflucht wurde: im ehemaligen Flussbett des Cedan.«

Yomi verkniff sich weiteren Widerspruch. Seine gekrauste Stirn glättete sich ein wenig. Auch Felin und Gimbar – ja, sogar Yehsir – schienen erleichtert aufzuatmen.

»Das war eine kluge Bemerkung«, sagte der Schützende Schatten. »Obwohl ich den Einfall hatte, im alten Hafenbecken unser Lager aufzuschlagen, war mir dabei nicht ganz wohl zumute. Ich habe es nur als das Geringste aller Übel betrachtet.« Er nickte zufrieden und schob sich ein Stück Trockenfleisch in den Mund.

»Mir ist auch wesentlich wohler bei dem Gedanken, wenigstens einmal für eine Nacht mein Haupt auf einen fluchfreien Boden zu betten«, versicherte Felin.

»So betrachtet, bin ich jetzt sogar überzeugt, ausgezeichnet schlafen zu können«, machte Gimbar als Letzter seinen Gefühlen Luft. »Wer übernimmt die erste Wache? Ich schlage vor, Yomi.«

Der Schwarze Tempel von Abbadon

Yomi hatte darauf bestanden, in der kommenden Nacht die letzte Wache zu übernehmen. »Wenn ich schlafe, dann habe ich keine Angst«, war seine offene Begründung. »Und wenn ich dann weiß, dass ich nach dem Aufstehen bald weiterziehen kann, ist mir wesentlich wohler zumute.«

Am nächsten Morgen schien es den Reisenden etwas an Elan zu mangeln. Obwohl alle früh erwachten, ließ man sich sehr viel Zeit für das Frühstück.

Yonathan dachte an seine Träume der vergangenen Nacht. Seit dem Verlassen Cedanors war er seinem Traumbruder nicht mehr begegnet. Aber in der letzten Nacht hatte er ihn wieder gesehen, leichenblass lag er in einem weiß bezogenen Bett. Erst dachte Yonathan, er sehe einen Toten, aber dann besuchten verschiedene Männer den Kranken. Einer der Besucher untersuchte ihn lange, wahrscheinlich ein Heiler. Über einen anderen, einen nicht sehr großen, weißhaarigen Mann, schien sich der Traumbruder besonders zu freuen. Das gab Yonathan ein wenig Trost. Vielleicht war die Lage um die andere Seite seines Ichs doch nicht so ernst.

Yehsir vervollständigte seine Reiseaufzeichnungen. Sobald die Sonne aufgegangen war, spähte er wiederholt durch den *Orientierungsstein,* wie er den grünen Kristall nannte, der ihm auf unerklärliche Weise half sich in der Wüste zurechtzufinden. Die Beobachtungen, die er dabei machte, schlugen sich in weiteren Aufzeichnungen nieder, die schnell auf ein bereits dicht beschriebenes Stück Pergament gekritzelt wurden. Endlich klappte er das Karawanenlogbuch zu, warf noch einen Blick auf seinen Schmierzettel und meinte: »Ich habe noch einmal alles überprüft. Dies ist der zwanzigste Tag in der Mara und der fünfunddreißigste, seit wir uns von Baltan getrennt haben. Von Beli-Mekesch bis hierher haben wir ziemlich genau tausend Meilen zurückgelegt. Das lässt keine Zweifel offen.«

Als der Karawanenführer die fragenden Blicke der Gefährten bemerkte, deutete er mit ausgestrecktem Arm nach Südosten und fügte hinzu: »Diese Hügelkette, die ihr dort in etwa fünf Meilen seht, ist die Grenze zum Cedan-Tal. Wenn wir sie überquert haben, werden wir Abbadon sehen.«

»So schnell schon?«, murmelte Yomi mit wenig Begeisterung.

»Es wird Abend werden, bis wir die verfluchte Stadt erreichen. Aber hinter diesem Kamm dort fällt das Land stetig ab. Außerdem gibt es ja noch den anderen Grund, warum wir den Ort gar nicht verfehlen können …«

Yonathan erinnerte sich an die Wolke, die er tags zuvor schon in der Gewitterfront zu erkennen geglaubt hatte. Den Freunden ging es wahrscheinlich ähnlich, denn niemand fragte nach. Im Gegenteil, die Äußerung des Schützenden Schattens hatte die Wirkung eines Startsignals: Sie machte jedem klar, dass man nicht ewig die Zeit mit Frühstücken und anderen Dingen verschleppen konnte. Das Ziel stand fest. Nun galt es, darauf zuzugehen.

Alsbald verrichtete jeder schweigend und zielstrebig jene Handgriffe, die zum allmorgendlichen Ritual des Lagerabbrechens und Pferdebepackens gehörten. Nach weniger als einer Stunde kroch der dünne Wurm der Karawane in seiner geduldigen Beharrlichkeit auf die Hügel im Südosten zu.

Der Aufstieg war nicht schwierig. Bei geringer Steigung gab es kaum Hindernisse, denen man ausweichen musste – Wind und Wetter hatten die Landschaft innerhalb von zweitausend Jahren abgeschliffen, die Spuren der Menschen waren schon lange verwischt.

Jedenfalls, solange man noch die letzte Hügelkuppe vor sich sah. Als die Wüstenreisenden den höchsten Punkt der Route erreichten, offenbarte sich ihnen ein Bild, das überwältigend und beängstigend zugleich war. In der Ferne wand sich der Cedan wie ein dunkler Lindwurm durch eine zweigeteilte Landschaft. Da, wo die Säulen des Landes mit dem Himmelsgewölbe zusammenstießen, befand sich Baschan. Selbst die große Entfernung, die alles blau färbte, konnte den Eindruck nicht verwischen, dass es dort, jenseits des Cedan, fruchtbares Grün im Überfluss gab, Grün, das Leben bedeutete. Diesseits des großen Stroms hatte die Wüste das Leben aufgesogen, schon vor langer Zeit. Nur wenige Unebenheiten konnten der sanft zum Fluss hin abfallenden Landschaft etwas Abwechslung verleihen.

Wenn da nicht jener Fremdkörper gewesen wäre.

Wie ein böses Geschwür hing in direkter Marschrichtung eine große, dunkle Wolke über dem Land. Sie begann am Fluss und erstreckte sich von dort weit nach Süden und Südwesten hin. Während die Karawane allmählich ihrem Ziel entgegenstrebte, zeichneten sich unter dem bewegungslosen Wolkenteppich immer deutlicher Unebenheiten ab, die sich bald als Mauern, Türme und Häuser entpuppten. Der Anblick der Stadt ließ Yonathans Herz schneller schlagen, wenn auch aus anderen Gründen als im Falle Cedanors oder selbst Meresins. Wie die Kaiserstadt war Abbadon groß, ja geradezu riesig! Ebenso lag der »Ort der Vernichtung« an der glitzernden Hauptschlagader der Zentralregion, dem Cedan. Aber diese Stadt, die da vor Yonathan und seinen Gefährten lag, hatte nichts von der Lebendigkeit anderer Orte. Keine weißen Häuser blitzten in der Sonne. Keine Reisenden zogen über sauber angelegte kaiserliche Straßen. Keine Felder, Wiesen oder Weiden deuteten auf die Nähe einer menschlichen Siedlung hin.

Alle Gebäude in der Stadt hatten die gleiche ockerfarbene Tönung wie der Wüstensand. Deshalb konnte man sie fast nur an der stets über ihr schwebenden Wolke erkennen. Lediglich das Spiel von Licht und Schatten bot dem Auge aus größerer Nähe Griffe, an denen es sich fest halten konnte. Doch auch hier gab es eine Ausnahme.

Inmitten der hohen, vielfach auch eingestürzten Stadtmauern schwelte ein sechseckiger schwarzer Fleck. Er sah aus wie eine riesige verkohlte Bienenwabe, ein gewaltiges, in den Boden gestampftes Loch, wie ein höhnisches, zahnloses Maul, das ahnungslose Geschöpfe auf immer verschlucken konnte.

»Ist das …?« Yonathans Mund war so trocken, dass die Worte nicht recht über die Zunge rollen wollten.

»Der Schwarze Tempel«, beantwortete Yehsir die Frage.

»Es sieht so aus, als wäre er an seiner Ostseite stark beschädigt.«

Yehsir nickte. »Wie ja auch viele andere Gebäude in der Stadt. Das liegt daran, dass sich damals, wenige Tage, bevor Yehwohs Fluch wirksam wurde, verschiedene gegnerische Gruppen gebildet hatten. Ein großer Teil der Bevölkerung wandte sich vom

König ab. Sie glaubten, wenn sie den Schwarzen Tempel niederreißen würden, könnte das Unheil noch abgewendet werden. Es kam zu einem großen Gemetzel in der Stadt. Einigen gelang es tatsächlich, im Tempel Feuer zu legen. Daraufhin stürzte die Ostmauer des unseligen Bauwerks ein. Die götzendienerische Anbetungsstätte wurde geschändet, wie es Elir prophezeit hatte. Noch ehe Yehwohs Fluch die Bewohner der Stadt-mit-dem-vergessenen-Namen hinwegraffte, brachten sich viele gegenseitig um. Ganze Ortsteile wurden niedergebrannt und Teile der Stadtmauern geschliffen. So bekam das ehemalige Juwel am Cedan seinen heutigen Namen: Abbadon, ›Ort der Vernichtung‹.«

Nur mit Mühe konnte Yonathan seine Augen von diesem Ort lösen. Vor allem die Ruinen des Schwarzen Tempels übten einen beunruhigenden Zwang auf ihn aus. Seine Hand suchte nach dem Stab Haschevet und umklammerte ihn mit festem Griff. Vielleicht lag dieser Sog, der seine ganze Aufmerksamkeit fesselte, einfach daran, dass dort unten etwas stand, das seit mehr als zweitausend Jahren die Feindschaft zwischen dem Licht Yehwohs und der Finsternis Melech-Arez' repräsentierte. Weit im Norden, in seiner Heimat, waren die Verhältnisse klarer. Dort gab es einfache Menschen, die sich alle mehr oder weniger ernsthaft zu Yehwoh bekannten. Ja, bis zu seinem Abreisetag hatte Yonathan nicht einmal einen jener Priester Témánahs zu Gesicht bekommen, die die Farbe dieses Tempels dort in einen Ort nach dem anderen trugen.

Aber hier war das anders. Hier konnte man den unheilvollen Einfluss des dunklen Reiches spüren – und sehen! –, obwohl dieser Ort und der Tempel für viele Bewohner Neschans nur eine Legende war.

»Kommt, wir müssen weiter«, ermunterte Yehsir die Gefährten.

Obgleich sie nur eine kurze Mittagsrast eingelegt hatten, erreichten sie den Lagerplatz erst bei Sonnenuntergang. Yehsir hatte einen Umweg gewählt, damit die auffällige Silhouette, die sie mit ihren vielen Tieren in den Horizont stanzten, vom anderen Ufer des Cedan nicht zu sehen wäre. Die Reiter und ihre angeleinten Packtiere hielten sich ständig im Schutz von Erdsenken und kleineren Erhebungen, sodass kaum einem zufälligen Beobachter – wahrscheinlich nicht einmal einem aufmerksamen Späher –, der am anderen Ufer des breiten Stromes stehen mochte, etwas aufgefallen wäre.

Ihr Nachtlager schlugen sie in einer Mulde auf, die etwa auf halber Strecke zwischen dem Fluss und den ersten Ruinen des ehemaligen Hafenviertels lag. Jemand, der in einer Entfernung von einem Bogenschuss an dieser Stelle vorbeigeritten wäre, hätte sicher nicht einmal geahnt, dass ganz in seiner Nähe fünf Menschen, siebenundzwanzig Pferde, ein Lemak und ein Masch-Masch lagerten. Trotzdem bestand Yehsir darauf, an diesem Abend kein Feuer zu entzünden. So begnügte man sich notgedrungen mit einem kalten Mahl. Jeder kaute schweigend vor sich hin und verfolgte die immer länger werdenden Schatten, die von den nahe liegenden Gebäuden herübergeworfen wurden.

Als die Sonne auf der anderen Seite Abbadons endgültig in den Wüstensand eintauchte, befand sich das Nachtlager schon lange in tiefem Dunkel. Ob der Eindruck nun aus dem Fluch Yehwohs erwuchs oder ganz einfach aus den ungünstigen Lichtverhältnissen, konnte man schlecht einschätzen, jedenfalls boten die verfallenen Häuser und die dahinter liegenden Stadtmauern das Bild einer zusammengeschmolzenen Maske – gesichtslos, finster und erdrückend –, aus der nur hier und da drohend die noch schwärzeren Augen leerer Fenster, Türen und Breschen auf die Eindringlinge herabstarrten.

»Ich glaube, ich kann erst wieder richtig atmen, wenn wir diesem Ort den Rücken gekehrt haben«, brummte Gimbar.

»Zumindest sind wir heute Sethur nicht begegnet und hier wird er uns wohl auch nicht suchen«, stellte Yehsir fest.

Doch solche Äußerungen konnten die Stimmung kaum heben. Ein wenig Ablenkung brachte das Tränken der Pferde. Die Tiere waren während der letzten Meilen, als die Karawane dem Lauf des Cedan folgte, kaum zu zügeln gewesen. Sie hatten das Wasser des nahen Stroms gewittert. Beim Aufschlagen des Nachtlagers wären sie fast durchgegangen, so nervös waren sie. Als endlich das letzte Tageslicht erlosch, kamen sie zu ihrem Recht und sie soffen, was das Zeug hielt.

Auch die Menschen nutzten die lang entbehrte Möglichkeit und gönnten sich eine gründliche Wäsche, sowohl von außen als auch von innen. Selbst die Wasserschläuche durften sich voll saugen, wenn auch ein gut Teil davon sogleich wieder mit Yehsirs bitterem Pás-Kraut versetzt wurde.

Nach Einteilung der Nachtwache – es blieb dabei: Yomi kam als Letzter an die Reihe – wickelte sich jeder in seine Decken und begann den Kampf gegen Kälte und beunruhigende Gedanken. Während Felin außerhalb der Erdsenke alle Sinne geöffnet hielt, um die Gegend nach verdächtigen Bewegungen oder Geräuschen abzusuchen, wälzten sich die übrigen Gefährten auf ihren Lagern unruhig hin und her, als hätten sie den Feind, der ihnen den Schlaf stahl, gerade gepackt und zu Boden geworfen und mühten sich nun damit ab, ihn endgültig zu binden. Gegen Mitternacht war Ruhe eingekehrt. Yehsir hielt inzwischen Wache. Langsam gewann auch Yonathan den Kampf und sank in einen seichten, unruhigen Schlaf.

Als er erwachte, hatte sich etwas verändert. Die Freunde segelten noch auf dem Meer der Träume. Dennoch stimmte etwas nicht. Richtig, die Schlafgeräusche hatten einen neuen Klang. Und Yomis kräftiges Schnarchen fehlte. Ebenso der Freund selbst.

Yonathan schälte sich aus seinen Decken und setzte sich auf. Es war bitterkalt. Yehsir hatte ein Lagerfeuer untersagt: zu gefährlich, zu verschwenderisch! Yonathan fiel ein, dass Yomi wohl Wache hatte. Aber er sah ihn nicht.

Er stand auf, schlang sich den Gürtel mit Goels wundersamem Dolch um, warf sich Din-Mikkiths Umhang über die Schultern und griff zu Haschevet. Vielleicht ist Yomi am Wasser, überlegte er. Immerhin wäre es verständlich, nach so langer Wüstenwanderung. Leise ging er in Richtung des Flusses.

Da er nicht weit vom Lager vorbeiströmte, hatte Yonathan das Ufer schnell erreicht. Hier, unmittelbar unter dem Saum der schwarzen Wolke, fiel wenigstens etwas Sternenlicht auf die sanft bewegten Wellen des großen Stroms. Der kaum mehr halbe Mond spiegelte sich im schwarzen Wasser. Aber von Yomi gab es keine Spur.

Er wird doch nicht …? Konnte es sein, dass Yomi einen Ausflug in die Ruinen Abbadons unternommen hatte? Bei ihm wusste man nie, woran man war. Manchmal sah er Probleme, wo es keine gab, dann wieder stürzte er sich in Wagnisse, die Yonathan nicht eingehen würde.

Während er darüber nachdachte, was er tun sollte, lauschte Yonathan dem leisen Wind und dem beinahe unhörbaren Plätschern des Wassers, Geräusche, die wie beruhigende Musik in seinen Ohren waren. Er wusste, dass es auf der anderen Seite des Cedan wuchernde Wälder und fruchtbare Felder gab, die von diesem Wasser lebten. Das machte die Totenstille, die diesseits des breiten Flusses herrschte, wenigstens etwas erträglicher.

In diesem Moment mischte sich ein anderer Ton in das Konzert von Wind und Wellen. Obwohl auch dieser Laut sehr leise war, zerstörte er das harmonische Klangbild, als schlüge jemand mit der Hand in unbewegtes Wasser, in dem sich eben noch der Mond gespiegelt hatte. Yonathan horchte auf. Das Geräusch kam von jenseits des Lagers, von da, wo die niedrigen Ruinen des Hafenviertels standen wie aus der Erde gereckte Fäuste. Beinahe klang es, als würde ihn jemand leise rufen. Yomi? Vielleicht war er in Schwierigkeiten. Was sollte er tun? Die anderen Gefährten wecken? Nein, das war sicher nicht nötig, wenn er nur bis zum Rand der alten Hafensiedlung ging. Man musste Yehsirs Unmut ja nicht mutwillig heraufbeschwören. Der Karawanenführer hatte wirklich oft genug vor der verfluchten Stadt gewarnt.

Yonathan ging um die Mulde herum, in der sich das Nachtlager befand, und hielt auf die Ruinen zu. Noch einmal glaubte er das Raunen zu hören. Als er nur noch zwanzig Schritt von den ersten eingefallenen Gebäuden entfernt stand, herrschte wieder völlige Stille. Nichts, nur vollkommene Finsternis.

Gerade wollte er sich abwenden, um nun doch die Gefährten im Lager zu alarmieren, als er eine Bewegung wahrnahm. Yonathan strengte seine Augen an und blickte in die Gasse, die früher einmal direkt zu den Kaianlagen geführt hatte. Tatsächlich! Es sah so aus, als bewege sich da ein hoher, schmaler Schatten.

»Yomi?«, fragte Yonathan unsicher und ging langsam auf die Erscheinung zu.

Jede Bewegung war erstorben. Aber er konnte die dünne Säule noch immer sehen, ein Rußflöckchen in einer dicken, schwarzen Rauchwolke. Während er immer tiefer in die Gasse eintauchte, zogen rechts und links die finsteren Fassaden an ihm vorüber. Die leeren Fenster- und Türöffnungen wirkten bedrohlich wie Augenhöhlen, die ihn mit leeren Blicken verfolgten.

Als er die Gestalt fast erreicht hatte, verlangsamte sich Yonathans Schritt. Er kämpfte mit Furcht, die wie bleierne Kugeln an seinen Füße hing. Der Schatten sah wirklich menschenähnlich aus. Aber er rührte sich noch immer nicht. Den Stab Haschevet fest umklammert, wagte Yonathan den letzten Schritt.

Er stand vor einer Säule aus Stein, die in Größe und Form Ähnlichkeit mit Yomi besaß. Mehr konnte er in der Dunkelheit nicht erkennen. Vermutlich hatte der jahrhundertelange Wechsel von Wind, Regen und Hitze wie ein Steinmetz gewirkt und schließlich diese menschenähnliche Form geschaffen. Yonathan fröstelte. Er schlang sich den Umhang enger um den Leib, aber das half auch nicht viel. Mit Mühe löste er den Blick von der unheimlichen Steinfigur und spähte die Gasse hinauf, so weit es das schwache Licht zuließ.

Weiter oben sah man die dunklen Umrisse der halb eingefallenen Stadtmauer. Was sollte er jetzt tun? Weitergehen, nach Abbadon hinein? Nein, was sollte das für einen Sinn haben? Vielleicht war Yomi wirklich, von irgendeiner verrückten Idee getrieben, in die verfluchte Stadt hineingegangen. Schlimm. Sehr schlimm!

Aber ihn dort suchen, allein und zu dieser finsteren Stunde … Yonathan musste Hilfe holen.

Da! Wieder vernahm er das Schaben … Rauschen … Rufen? Beinahe hätte er geglaubt seinen Namen zu hören. Von den Schultern, über den Hals, bis hinauf zu den Haarspitzen überfiel ihn ein heftiges Prickeln. Er spähte noch einmal genauer zu der Bresche in der nahen Stadtmauer. War da nicht eben eine Bewegung gewesen?

»Yomi?«, rief er zaghaft. Yonathan ging weiter auf die Schattengestalt zu. Sie war groß und schmal, genau wie sein Freund. Als er sich ihr auf zehn Schritte genähert hatte, verschwand sie hinter der Mauer. Yonathan schwankte zwischen Ärger und Bangen. Er kletterte über einige Steinbrocken hinweg. Jetzt war er im inneren Bereich der Stadt Abbadon.

Er fand sich auf einem weiten Platz, in den mehrere Straßen mündeten. Dunkle Gebäude, leere Fassaden und Ruinen reihten sich in den Gassen aneinander. Reste von umgestürzten Hauswänden lagen herum und überall standen merkwürdige Säulen in Menschengröße, eine schlafende Bevölkerung, die jederzeit wieder erwachen konnte.

Und da war er wieder, der dürre Schatten. Er eilte auf eine der Straßen zu. Warte ab, mein Freund, jetzt krieg ich dich!, dachte Yonathan und griff Haschevet fester. Mit seiner Hilfe würde er die Gestalt auch im Dunkeln nicht verlieren. Wenn sich Yomi hier mit ihm einen Scherz erlaubte, dann konnte er sich auf etwas gefasst machen. Und wenn es nicht Yomi war …? Yonathan schluckte.

Bald waren die Gassen und die Gebäude um ihn her in bläuliches Licht getaucht. Das *Koach* verstärkte seine Sehkraft auf eine Weise, die ihn immer wieder erstaunte. Er sah nicht nur besser, sondern er konnte mit seinem Blick feinste Strukturen im näheren Umkreis ertasten.

Aber wo war der Schatten?

Er hatte sich wohl zu sehr auf den Stab konzentriert und dabei vergessen auf die davoneilende Gestalt zu achten. Einen Moment vergaß er die Verbindung mit dem *Koach* und es herrschte wieder vollkommene Finsternis. Doch da bemerkte er wieder etwas. Es war nur ein Schwimmen von Schatten, nicht mehr. Warum hatte Haschevet ihm das nicht gezeigt?

Während Yonathan Yomis Silhouette folgte, jagte er immer häufiger an Säulen oder Statuen vorbei, wie er sie schon vorher gesehen hatte. Diese steinernen Figuren schienen ihn zu beobachten. Hin und wieder entdeckte er auch andere Formen, die kleiner, aber ebenso unbeweglich waren und an Tiere erinnerten. Er schüttelte den Kopf. Was für ein Blödsinn!, sagte er sich. Meine Phantasie geht mit mir durch. Aber merkwürdig war es schon. Jetzt überquerte er einen Platz, der so voll gestopft war mit diesen merkwürdigen Säulen, dass nicht einmal ein Pferdegespann die Gassen passieren konnte.

Tiefer und tiefer geriet er in das Netz von schmalen Gassen und breiten Straßen hinein. Langsam glaubte er nicht mehr daran, dass es wirklich sein Freund war, dem er da hinterherlief. Hier waren dunkle Mächte am Werk. Er musste sofort umkehren.

Er drehte sich um, wollte fortlaufen in die Richtung, aus der er gekommen war – und stand vor einer Mauer. Oder war er doch aus einer anderen Gasse gekommen?

Notgedrungen folgte er wieder jener Gestalt und sie führte ihn weiter in das Herz der verfluchten Stadt. Der Weg stieg unmerklich an. Noch einmal versuchte Yonathan sich davonzustehlen, blieb zurück, machte kehrt und stand vor einer Mauer. Es gab keinen Zweifel: Dieses Wesen dort vorn wollte ihn irgendwohin führen, an einen ganz bestimmten Ort. Und er ahnte auch schon, welche Stätte das sein könnte. Yehwoh steh mir bei!, flehte er im Stillen und überlegte, was er tun konnte. Er hatte immer noch den Stab Haschevet. Und zudem war Yonathan sich sicher, dass Yomi sich in Gefahr befand.

Allein dieser Gedanke veranlasste Yonathan weiterzuhasten. Mehrfach stolperte er über dunkle, harte Formen, rempelte gegen menschenähnliche Säulen.

Und plötzlich stand er am Ziel seiner Befürchtungen.

Vor ihm erhob sich, düster und drohend, inmitten eines weiten Platzes der Schwarze Tempel.

Das Schattenwesen stand an einem Durchlass, der in das dunkle Gebäude führte. Yonathan hörte ein schauriges Lachen, dann war die Gestalt im Innern des Tempels verschwunden.

Am liebsten wäre er geflohen. Da ertönte wieder eine Stimme.

»Yonathan ... Yonathan!«

War das Yomi?

Er musste es feststellen. Für eine Umkehr war es nun zu spät. Wie konnte er sonst jemals wieder den anderen Gefährten unter die Augen treten? Er durfte einen Freund in Gefahr nicht im Stich lassen. »Die Liebe versagt nie«, hieß es im *Sepher Schophetim.* Yonathan wandte sich wieder dem Schwarzen Tempel zu.

Er bemerkte einen rötlichen Schimmer, der aus der sechseckigen Tür heraussickerte, hinter der diese Schattengestalt verschwunden war. Vorsichtig schritt er darauf zu. Eine Wand des Tempels war eingestürzt und er musste großen Trümmern ausweichen, die überall auf dem Platz verstreut lagen und ihn bedeckten wie schwarze Pocken.

Vorsichtig, den Stab Haschevet fest umklammert, betrat er den Tempel. Glatte, matt glänzende Wände wie aus Pech schimmerten in dem schwachen rötlichen Licht, das hier herrschte; auch der Boden war glatt und eben, wie gefegt. Das Merkwürdigste jedoch war die Größe der Halle. Sie war sehr hoch und sehr tief, hatte in der Mitte ein großes Wasserbecken, das fast die gesamte Breite des Raumes einnahm, aber von der eingefallenen Mauer sah man hier drinnen nichts. Eine Täuschung, versuchte Yonathan sich zu beruhigen; ein übles Spiel mit seinen Sinnen. Sein Atem beschleunigte sich. Die Hand, die Haschevet hielt, wurde feucht.

Der rötliche Schimmer erfüllte den ganzen Innenraum. Yonathan hatte es schon von draußen wahrgenommen. Dort drüben, am Ende der Halle, musste die Quelle des Schimmerns sein. Ein widernatürlich helles, karminrotes Strahlen quoll aus einem weiteren sechseckigen Durchgang. Es hatte keinen Glanz. Vielmehr erschien es Yonathan als ein fiebriges Glühen, das zähfließend wie roter Schleim aus jenem Raum herausquoll und an allem, woran es rührte, klebte dieses karminrote Leuchten. Trotzdem fand das Auge keinen anderen Anhaltspunkt in dieser Halle als die Quelle dieser Glut.

»Yonathan … Yonathan!«

Wieder dieses Rufen. Fordernd klang es und lockend.

Vorsichtig ging Yonathan um das Wasserbecken herum und näherte sich dem erleuchteten Nebenraum mit behutsamen Schritten. Obgleich er jedes Gefühl für Zeit und Raum verloren hatte, wunderte er sich doch, wie schnell er die Tempelvorhalle durchquerte. Kaum hatte er sich in Bewegung gesetzt, stand er auch schon vor dem leuchtenden Gelass. Das Licht strahlte so hell, dass es ihm unmöglich war, irgendwelche Einzelheiten hinter dem sechseckigen Durchgang zu erkennen. Noch einmal faßte er Mut. Da hörte er die Stimme *hinter* sich.

»Yonathan!«

Sein Kopf flog herum. Erst jetzt bemerkte er eine Reihe von kleineren Türöffnungen, die sich dunkel von der Längswand abhoben. Er war wohl wie ein Schlafwandler daran vorbeigestapft, ohne sie zu bemerken. Oder hatten diese Türen eben noch gar nicht existiert? In diesem Gebäude schienen Zeit und Raum anderen Gesetzen zu gehorchen.

Für einen Moment glaubte er einen Schatten in der nächstgelegenen Tür wahrzunehmen. Vorsichtig ging Yonathan auf die sechseckige Öffnung zu. Und trat ein.

Dunkelheit umfing ihn. Obwohl das Licht in der Vorhalle nur schwach gewesen war, mussten sich Yonathans Augen auf die fast vollkommene Finsternis in diesem Raum erst einstellen.

Dann sah er die Schattengestalt.

»Yomi?« Yonathans Stimme war brüchig. Das ist nicht Yomi, sagte er sich im selben Moment, aber irgendetwas hatte ihn getrieben, diesen Namen zu rufen.

Dabei brauchte Yonathan nur auf den Stab zu hören. In der Gegenwart von Freunden strahlte er stets eine gewisse Wärme aus. Der Schatten da vor ihm war feindlich und ablehnend. Drohend ragte er in die Höhe, schien mit der Furcht zu wachsen, die er hervorrief. Nackte Feindseligkeit schlug Yonathan entgegen.

Als er versuchte die Gefühle und Absichten der dunklen Gestalt zu erforschen, war es wie ein Sprung ins Eiswasser. Geradezu körperlich spürte er die Kälte, die dieser Schemen ausstrahlte, eine mitleidlose, grabestiefe Kälte. Die Gestalt rührte sich nicht, stand nur da und verströmte Entsetzen.

Dann fiel ihm wieder Yomi ein. Dieser Jemand da vor ihm hatte seinen Freund vom Lager fortgelockt. Und die Sorge um Yomi brachte neue Wärme in Yonathans Glieder zurück. Er straffte die Schultern, hielt Haschevet wie einen Schild vor sich und hob den rechten Fuß.

»Halt!«, schallte eine Stimme wie ein Schwertstreich. »Dein Weg ist hier zu Ende, Yonathan.«

Nur mit Mühe brachte der den Fuß wieder zum Boden zurück. Die verzerrte, hohle, belustigte Stimme des Schattens verwandelte Yonathans Blut in erstarrte Lava. Nur die Hand, die den Stab hielt, schien noch ein wenig Wärme zu besitzen, die nur quälend langsam in den Körper zurücksickerte, bis er endlich wieder die Lippen bewegen konnte.

»Wer bist du? Und woher kennst du meinen Namen?«

»Ich kenne dich genauer, als du denkst, Yonathan. Du kriechst bereits viel zu lange Zeit unter meinen Augen dahin wie ein lästiges Insekt, das man mit dem Fuß zermalmt. Aber das tut nichts zur Sache. Wichtig ist, dass du hier bist.«

»O doch, das tut etwas zur Sache!«, rief Yonathan. Mutig trat er einen Schritt vorwärts, den Stab sorgfältig zwischen sich und den Schatten haltend. »Du hast Yomi vom Lagerplatz fortgelockt!«

Kratzendes, schmerzhaftes Lachen.

»Hör auf zu lachen, du Ausgeburt aller dunklen Mächte!«, schrie Yonathan außer sich. »Sag mir, wo mein Freund Yomi ist!«

Das ätzende Gekicher erstarb jäh. »Hüte deine Zunge!«, zischte der Schatten. »Diesem Tölpel ist nichts geschehen. Er schläft draußen – für die nächsten zwei- oder dreitausend Jahre etwa. Aber du wirst sein Erwachen ohnehin nicht mehr erleben.«

»Was hast du ihm angetan?«, fuhr Yonathan die bedrohliche Gestalt an. Seitdem Gimbar von dem Pfeil getroffen worden war, konnte er es nicht mehr ertragen, wenn seine Freunde für ihn leiden mussten.

»Sethur hat Recht gehabt, du bist wirklich ein kühner junger Bursche«, entgegnete der Fremde mit ausdrucksloser Stimme. »Wie gut, dass ich mich selbst darum gekümmert habe.«

»Du wirst den Stab nicht aufhalten können, selbst wenn du mich tötest«, erwiderte Yonathan trotzig.

»Bist du dir da so sicher, Menschlein?«

»Yehwoh wird dafür sorgen!«

Der Klang des höchsten Namens brachte den Schatten für einen Augenblick ins Wanken. Er wurde porös und löchrig, aber nur einen kurzen Moment lang. Dann hatte er sich wieder gefestigt.

»Genug geplaudert. Ich habe Besseres zu tun, als mir von einem Wicht wie dir drohen zu lassen. Dein Weg ist hier zu Ende, Yonathan.«

»Bist du dir da so sicher?«

Dies war das erste Mal, dass Yonathan von sich aus den Stab gegen ein anderes Wesen schwang, und verblüfft stellte er fest, dass nichts in ihm sich dagegen sträubte. Und auch das gewundene Holz und der goldene Knauf lagen besonders leicht in seiner Hand, beinahe hilfsbereit, als er ihn zum Schlag gegen das schattenhafte Wesen erhob.

Als Yonathan am weitesten ausholte, glommen dort, wo etwa die Augen sein mussten, zwei karminrote Punkte auf, denen bald noch ein dritter folgte. Der Stab verharrte in der Luft. Entsetzen griff wie eine kalte Faust nach Yonathans Herz. Wie gelähmt starrte er auf das rot glühende Dreieck. Die Arme wurden ihm schwer wie Blei. Der Stab wollte zu Boden sinken.

Aber wie eine Antwort auf das rote Glühen kleidete Haschevet sich plötzlich in ein gleißend blaues Licht. Das Strahlen des

Stabes tötete die Kälte. Schnell sprang das Licht auf Yonathans Hand und Arm über, bis schließlich sein ganzer Körper glühte. Die Kälte schmolz in seinem Herzen dahin und der erstarrte Schlag wurde fortgeführt.

Doch zu spät. Der Schatten vor Yonathan löste sich auf. Der Hieb ging ins Leere und nur noch die drei roten Punkte glühten in dem finsteren Gelass des Schwarzen Tempels.

Yonathan konnte den Blick nicht abwenden von den drei glühenden Kohlen, deren mittlere nun zu wachsen begann. Sie blähte sich glimmend, wurde größer und verschmolz schließlich mit den übrigen beiden zu einem einzigen karminroten Feuerball. Der ganze Raum loderte in einem grauenhaften Licht. Yonathan sah, wie die leuchtende Kugel höher und höher stieg, bis sie beinahe dreißig Fuß über seinem Kopf schwebte.

Noch einmal ertönte die hohle Stimme. »Sterbe wohl, Yonathan.« Dann explodierte die rote Lichtblase ohne einen Laut.

Vor Yonathans geblendeten Augen tanzten rötliche Lichtflecken. Nur seine Ohren nahmen noch für kurze Zeit ein sich schnell entfernendes Lachen wahr.

Stille umgab ihn dann. Absolute Stille. Und Dunkelheit. Letztere allerdings wich bald jenem kränklichen Lichtschimmer, der ihn schon beim Eintreten in den Tempelvorraum umfangen hatte. Er musste dieses Gebäude verlassen, so schnell wie möglich. Yonathan fuhr herum …

Aber die Tür war verschwunden!

Eben hatte er noch geglaubt, das schwache, rötliche Licht fiele von der Vorhalle in den Nebenraum ein. Aber das war ein Irrtum. Der wabenförmige Ausgang wollte sich trotz gründlichstem Absuchen der glatten, kalten Wände nicht finden lassen. »Dein Weg ist hier zu Ende«, hatte der Schatten verkündet, und jetzt wusste Yonathan, wie das gemeint war: Er sollte hier verhungern und verdursten.

Niedergeschlagen ließ er sich mit dem Rücken gegen eine Wand kippen und sank in die Knie. Was hätte er tun können? Die Freunde rufen und sie damit in die gleiche Schlinge locken, in der er jetzt hing? Oder Yomi einfach diesem dunklen Gehilfen Témánahs überlassen?

Nein! Aber vielleicht hätte er nicht gar so dumm in die Falle tappen sollen. Er hatte sich gewundert, warum der Stab ihm bei der Verfolgung des Schattens keine Hilfe gewesen war. Jetzt wusste er es. Er hatte kein Wesen aus Fleisch und Blut verfolgt, sondern ein Phantom. Und Yonathan, der Stabträger, war töricht genug gewesen einer so plumpen Täuschung aufzusitzen. Er hatte sich stark gefühlt durch die Macht des Stabes. Er hatte geglaubt, Yehwohs Macht nach seinem eigenen Willen lenken zu können.

Jetzt erntete er die gerechte Strafe für seine Torheit. Er war zornig auf sich selbst, aufgewühlt und niedergeschlagen. »Yonathan, du bist ein Dummkopf!«, sagte er laut.

Erschrocken horchte er auf. Etwas stimmte nicht. Seine Stimme hatte so seltsam dumpf geklungen. Wie konnte das sein? Der Raum, in dem er sich befand, war doch groß und hatte glatte Wände. Seine Stimme hätte hallen müssen. Aber sie klang gedämpft, als spreche er gegen einen dicken Samtvorhang. Als er die Ursache dieser seltsamen Veränderung erkannte, stockte ihm der Atem.

Der Raum war kleiner geworden!

Entsetzt stellte er fest, dass die Wände um ihn herum näher gerückt waren. Wie, wusste er nicht. Es war kein Knirschen zu hören von irgendeinem verborgenen Mechanismus, der die Wände verschob, den Boden anhob oder die Decke herabließ. Er selbst saß mit dem Rücken an der Wand, aber da war keine Bewegung zu spüren.

Hastig sprang er auf und eilte zu einer anderen Wand. Er drückte den Fuß in den Winkel zwischen Boden und senkrecht stehender Mauer, aber auch hier tat sich nichts. Besorgt blickte er nach oben. Schon wieder war der Raum geschrumpft. Wie konnte das sein? Kein Stein bewegte sich, und doch wurde der Raum kleiner und kleiner.

Vielleicht bin ich es, der größer wird, schoss ein Gedanke

durch Yonathans aufgewühlten Geist. Aber was machte das schon für einen Unterschied? Er würde zerdrückt werden wie eine Küchenschabe!

Erschlagen ließ sich Yonathan wieder an die Wand sinken, Haschevet hielt er aufrecht zwischen den Knien. Konnte er darauf hoffen, dass seine Freunde noch zur rechten Zeit kämen und ihn hier befreiten? »Nein«, sagte er zu sich selbst und ignorierte den noch dumpferen Klang seiner Stimme. Wie sollten sie ihn hier finden?

Er spürte Furcht und eine tiefe Niedergeschlagenheit über das eigene Versagen. Leise betete er zu Yehwoh.

»Yehwoh, verzeih mir meine Torheit. Ich hätte besser auf dich hören sollen. Wenn du mich nach der Weltentaufe wieder auf dem Boden Neschans wandeln lässt, werde ich es bestimmt besser machen. Aber sorge dafür, dass wenigstens der Stab nicht zerstört wird. Niemand soll über deinen Namen triumphieren. Mach bitte, dass Haschevet rechtzeitig Gan Mischpad erreicht. Und bitte, Yehwoh, wenn es geht, mach, dass es nicht so wehtut, wenn ich hier zerdrückt werde!«

Die Zwiesprache mit Yehwoh gab Yonathan die Fassung zurück. Das schrumpfende Gefängnis war mittlerweile so klein geworden, dass er nicht mehr stehen konnte. Er bemühte sich den Atem unter Kontrolle zu halten. Vielleicht würde er ohnmächtig werden, vom Luftmangel betäubt, und nicht merken, wie ihm das Leben aus dem Leib gepresst wurde. Nervös ließen seine Finger den Stab kreisen. Ausdruckslos wandten sich ihm die vier goldenen Gesichter des Knaufs zu. Yonathan dachte ans Sterben.

Plötzlich erstarrte Haschevet. Er rührte sich nicht mehr, stand unbeweglich wie eine Zeder. Heiße und kalte Schauer überliefen Yonathan. Die Decke hatte den Stab eingeklemmt. Der Raum war jetzt nur mehr eine enge Kiste, in der Yonathan wie ein gefangenes Tier zusammengekauert hockte. Er schloss die Augen, denn noch immer glühten die Wände ihn in karminroter Häme an.

Hoffentlich hält Haschevet, sorgte er sich. Yonathan blickte in sorgenvoller Angst auf den goldenen Knauf, der das rötliche Schimmern der Wände widerspiegelte. Er konnte kaum noch den Kopf heben. Gleich ist alles vorbei, dachte er.

Da sah er etwas, das seine Aufmerksamkeit fesselte: Eine feine, dunkle Linie schlängelte sich von dem Stierhorn an dem Knauf Haschevets quer über das rötlich schwelende Gestein bis in eine Ecke des erdrückenden Kerkers.

Ein Funke von Hoffnung glomm in Yonathan auf. Vielleicht konnte Haschevet ihn doch noch retten …

Da! Ein zweiter Riss gesellte sich zu dem ersten. Jetzt entstanden auch Verästelungen, schwarze Blitze in einem roten, zerfurchten Gewitterhimmel. Staub rieselte in Yonathans Haare. Der Hoffnungsfunke entfachte eine kleine, heiße Flamme. Der Stab stand unverrückbar an seiner Stelle, von einem bläulichen Glühen umgeben. Jetzt brachen kleinere Brocken aus der Decke heraus und fielen auf Yonathan nieder. Ein größeres Bruchstück traf schwer seine Schulter. Aber das nahm er kaum wahr, denn wo jener Stein gewesen war, sah Yonathan jetzt – den Himmel!

Er schrie aus Freude und Erleichterung. Aus Leibeskräften brüllte er seinen Jubel hinaus in die ewige Nacht von Abbadon.

Aber er war noch nicht frei. Die steinerne Kiste, in der er steckte, wurde noch immer kleiner. Doch das rote Glimmen war beinahe erloschen. Wie eine sterbende Kreatur schien das böse Gelass mit dem Licht auch das Leben zu verlieren.

Dann brachen einige große Stücke der Decke heraus und endlich war das Loch groß genug zum Hinausklettern. Darüber sah er die dunklen Wolken über Abbadon. Selbst dort oben war ein rötliches Licht zu sehen, jedoch ein freundliches – die Sonne musste gerade aufgehen.

Yonathan zwängte sich durch die schmale Öffnung. Die scharfen Ränder der aufgebrochenen Decke rissen an seinen Kleidern wie Raubtierkrallen, aber schließlich hatte er es geschafft.

Dann saß er auf dem Dach des Schwarzen Tempels, den kostbaren Stab neben sich, glücklich und schmutzig. Erleichtert warf er einen letzten Blick in den besiegten Kerker hinab … und fuhr zurück. Statt in eine kleine, tödlich enge Kiste blickte er in einen weiten, tiefen Raum hinab, in dem einige wenige Geröllbrocken den glatten, schwarzen Boden bedeckten.

Erschrocken riss er den Oberkörper zurück und schnappte nach Luft. Er musste weg von diesem verfluchten Ort. Sonst würde sich noch die Decke öffnen und ihn aufs Neue verschlingen.

Mit wenigen Schritten stand er an der eingestürzten Ostmauer. Hier fanden sich genügend Vorsprünge und Tritte, um unbeschadet vom Dach zu klettern. Unten angekommen, machte er sich auf die Suche nach Yomi. Er wusste, dass er in der Nähe war. Yonathan ging suchend um den Schwarzen Tempel herum und musterte sorgfältig die Umgebung. Schließlich sah er hinter den Trümmern einer Mauer zwei ziemlich dünne Beine hervorschauen.

»Yomi!« Mit wenigen Sätzen war Yonathan bei dem Gefährten. Yomi schien in tiefen Schlaf versunken, ja er schnarchte sogar. Ein heftiges Schütteln, lautes Rufen, und Yomi schlug die Augen auf.

»Yonathan.«

»Bist du in Ordnung, Yomi?«

»Ich glaube schon. Wo warst du denn?«

»Ich? Sag mir lieber, wo du gewesen bist! Ich habe dich in dieser ganzen verfluchten Stadt gesucht.«

»Nein, ich habe *dich* gesucht, unheimlich lange sogar.«

»Aber du hattest doch Wache.«

»Ja, schon, aber irgendwann schaute ich nach euch und da sah ich, dass dein Lager leer war.«

»*Mein* Lager? Leer? Das kann nicht sein. Als ich erwachte, warst *du* nicht da und da bin ich aufgestanden und habe *dich* gesucht.«

»Lass uns nicht streiten, Yonathan. Das Ganze ist mir hier sowieso nicht geheuer. Wir sollten schauen, dass wir so schnell wie möglich hier verschwinden.«

»Ich glaube, wir haben beide Recht«, schlug Yonathan vor.

»Jeder hat den anderen nicht gesehen und jeder hat sich deshalb auf die Suche begeben.«

Yomi klopfte sich beim Gehen den Staub von den Kleidern und blickte Yonathan forschend an. »Du klingst ziemlich merkwürdig. Gibt es irgendwas, das dich beunruhigt hat?«

Yonathan starrte vor sich hin und suchte eine Antwort. »Ich erzähle es dir später. Lass uns erst ins Lager zurückkehren.«

»Also gut. Yehsir wird bestimmt schon mit ein paar passenden Worten auf uns warten; da kannst du Gift drauf nehmen.«

Yonathan lachte. »Das kann nicht schlimmer werden als das, was hinter uns liegt.«

Sie verließen den weiten Platz, in dessen Mitte der Schwarze Tempel kauerte wie eine Glucke des Bösen auf ihrer unheilvollen Brut. Durch einen weiten Torbogen gelangten sie auf die breite Straße, die geradewegs zum ehemaligen Hafen hinabführte. Erst jetzt erkannte Yonathan, wie sehr er in dem Gewirr aus Straßen und Gassen umhergeirrt war. Aber noch etwas anderes entdeckten er und Yomi, etwas, das den Schrecken der vergangenen Nacht wieder heraufbeschwor.

Unzählige jener Statuen, die Yonathan schon während der Nacht bemerkt hatte, standen in den Straßen. Doch jetzt konnte man erkennen, dass es sich hier nicht um Kunstwerke handelte.

»Schau doch, Yonathan, die sehen aus, wie … wie echte Menschen.«

»Die sehen nicht nur so aus, Yo. Das *sind* echte Menschen. Besser gesagt, das waren welche. Niemand wusste bis heute, wie Yehwohs Plage die Bevölkerung dieser Stadt hinweggerafft hatte – es lebte ja niemand mehr, der davon berichten konnte. Aber jetzt wissen wir es.«

»Du meinst wirklich, Yehwoh hat sie alle in Stein verwandelt?«

Tatsächlich waren die Figuren so vielfältig und so detailreich, dass über ihren wahren Ursprung kaum Zweifel aufkommen konnten. Dafür sprach auch, dass die vermeintlichen Kunstwerke einfach jedem und allem im Wege standen. Weder Wagen noch Pferde hätten die zugestellten Straßen benutzen können.

Die Menschen waren wohl völlig unerwartet zu Stein erstarrt, ohne Warnung. Wo sie gerade gingen und standen, aus heiterem Himmel.

Als die letzten Gebäude des ehemaligen Hafenviertels an Yonathan und Yomi vorbeizogen, schien es, als wiche eine schwere Last von ihren Schultern. Sie freuten sich jetzt geradezu auf die Standpauke, die sie gleich zu hören bekommen würden.

Gefangen im Sturm, gerettet im Grab

Der Tag war schon weit vorgeschritten. Jedoch eine weitere Nacht im Schatten Abbadons zu verweilen lockte auch niemanden. So trieb Yehsir seine Schutzbefohlenen zu größter Eile an. Alsbald zog die Karawane zwischen den Ruinen des Hafenviertels hindurch und suchte dann jede sich bietende Deckung, bis der Cedan hinter den gleichförmigen Wellen des goldgelben Wüstensandes verschwunden war.

Als die Gefahr, von dem gegenüberliegenden Cedan-Ufer aus entdeckt zu werden, endlich gebannt war, lenkte Yehsir sein Pferd neben das schaukelnde Lemak Yonathans. Der Rappe des Karawanenführers wirkte wie ein Fohlen neben dem großen weißen Wüstentier. Tatsächlich konnte man den buschigen, dunklen Haarschopf Kumis als höchsten Punkt des gesamten Zuges bezeichnen – das heißt nicht ganz, denn über dem Nest aus Lemakhaaren kreisten unermüdlich die wachsamen Augen des Masch-Maschs, die die vorüberziehende Wüstenlandschaft aufmerksam musterten.

»Erzähl mir noch einmal von deinen Erlebnissen in Abbadon«, eröffnete der Schützende Schatten das Gespräch. »Diese Schattengestalt hat wirklich gesagt, sie kenne dich durch Sethurs Bericht?«

»Er sagte, Sethur habe Recht gehabt und ich sei ein kühner junger Bursche.« Yonathan lächelte etwas verlegen.

»Was hat er dann gesagt?«

»›Wie gut, dass ich mich selbst darum gekümmert habe‹, waren seine Worte. Hast du etwa eine Ahnung, wer dieser Schatten war, der mich zerquetschen wollte wie eine Weintraube?«

Der Schützende Schatten schwieg grübelnd.

»Nun sag schon, Yehsir, du vermutest doch irgendwas. Wer war dieses unheimliche Wesen, dass mich durch die halbe Stadt gelockt hat?«

»Ich kann es dir nicht genau sagen, Yonathan.«

»Ich spüre aber, dass du einen Verdacht hast ...«

»Du hast doch nicht den Stab eingesetzt, um meine Gedanken zu lesen?«

»Nein.« Yonathan war sich selbst nicht so sicher, wann Haschevet ihm half und wann nicht. »Jedenfalls nicht bewusst«, verbesserte er sich. »Außerdem kann man durch das *Koach* gar keine Gedanken lesen. Im besten Fall spüre ich, wie andere empfinden – mehr aber nicht!«

»Das kommt aufs Gleiche hinaus, Yonathan. Man drängelt sich nicht in den Kopf anderer Menschen.«

»Ich habe mich nicht gedrängelt! Außerdem lenkst du nur von meiner Frage ab. Wer war die Schattengestalt, Yehsir?«

»Yonathan, dränge mich nicht meine Gedanken auszusprechen. Was ich vermute, kann ich nicht beweisen und es würde dich sehr beunruhigen, wenn ich darüber spräche. Wir alle – und ganz besonders *du* – haben auch so schon genug Schwierigkeiten, als dass ich diese mit meinen Überlegungen noch vergrößern müsste.«

In der Stimme des Yehsirs lag ein Klang, der Yonathan nachgeben ließ. Unter dem Turban des erfahrenen Steppenmannes brodelten unangenehme Befürchtungen, die man wohl besser ließ, wo sie waren.

In den kommenden vier Tagen kam die Karawane gut voran. Mit jeder Meile, die man zwischen sich und Abbadon brachte, hellte sich auch die allgemeine Stimmung auf. Zwei Drittel der Wüstenwanderung waren immerhin bewältigt, Grund genug für ein wenig Optimismus.

Yonathan hatte es damit noch am schwersten. Er hatte eine äußerst unangenehme Entdeckung gemacht: Das wunderkräftige Fläschchen, das ursprünglich einmal Goel gehört und das Navran ihm bei der Abreise aus Kitvar anvertraut hatte, war verschwunden! Alles Wühlen im Gepäck und die eindringlichste Befragung der Gefährten blieben ohne Erfolg. Schließlich enträtselte Yonathan die Umstände dieses schmerzlichen Verlusts. Es gab nur eine Erklärung, wo das Fläschchen geblieben sein konnte. Er hatte es sich selbst abgerissen, als er durch das schmale Loch in der Decke des Schwarzen Tempels geklettert war. Als er dann kurz darauf noch einmal in das Dämmerlicht des Gefängnisses hinabspähte, sah er nur die herabgefallenen Steinbrocken der zerbrochenen Deckenplatten. Wahrscheinlich hatte auch das Fläschchen dort gelegen. Aber das schwache Licht und der Schreck über den plötzlich wieder vergrößerten Raum mussten seine Augen blind gemacht haben.

Yehsir, Felin, Gimbar und Yomi versuchten ihn zu trösten: Schließlich hätte man das größte Stück der Mara schon durchquert und die Wasserschläuche der Packpferde seien zum Bersten voll, aber Yonathans Laune blieb für diesen Tag gedämpft. »Wir sind noch nicht am Ziel«, sagte er. »Ich habe dieses Fläschchen nicht umsonst bekommen; vielleicht werden wir noch einen hohen Preis für seinen Verlust zu zahlen haben.«

Doch zunächst lief alles glatt. Nachdem der Zug den Cedan hinter sich gelassen hatte, drang er wieder tief in die Wüste ein. Bald würde man erneut auf den Strom stoßen, der hier einen weiten Bogen schlug. Dann könnte man noch einmal frisches Wasser aufnehmen und die letzten zweihundert Meilen bis zum Garten der Weisheit in Angriff nehmen. In den zurückliegenden beiden Tagen war das Gelände wieder ebener geworden, weniger Sanddünen erschwerten das Vorwärtskommen. Wenn alles glatt ging, dann konnte die lange und beschwerliche Reise des Stabes Haschevet schon in zwei Wochen ihren Abschluss finden.

Beinahe fühlte Yonathan so etwas wie Wehmut, wenn er darüber nachdachte, dass sich die kleine Gemeinschaft, die so viele Mühen und Gefahren bestanden hatte, anschließend wieder auflösen würde. Yehsir bekäme einen neuen Auftrag von Baltan; Yomi würde wahrscheinlich auf die *Weltwind* zu Kaldek zurückkehren; und er, Yonathan, hatte sich vorgenommen, bei Felin zu bleiben. Wenn die Prophezeiung vom Brunnen einträfe – und daran zweifelte Yonathan nicht –, dann würde der Prinz früher oder später den Kaiserthron des Cedanischen Reiches übernehmen. Dabei brauchte er zuverlässige Hilfe, vertrauenswürdige und weise Ratgeber. Yonathan glaubte, dass er diese Voraussetzungen schon irgendwann einmal erfüllen würde. Nun, Felin würde sich in dieser Hinsicht eben noch ein wenig gedulden müssen. Geduld gehörte schließlich zu den wichtigsten Tugenden eines guten Herrschers.

»Ich fürchte, wir bekommen schlechtes Wetter.«

Die Stimme des Schützenden Schattens schreckte Yonathan aus seinen Zukunftsgedanken auf. Er kannte den schweigsamen Karawanenführer inzwischen gründlich genug, um zu wissen, dass dieser nicht über das Wetter sprach, um irgendetwas gesagt zu haben. Andere Leute mochten so etwas tun, nicht aber Yehsir.

»Was meinst du?«, fragte Yonathan.

»Dort.« Yehsir deutete Richtung Westen.

Yonathan und seine Gefährten, die ebenfalls auf die Bemerkung des Karawanenführers aufmerksam geworden waren, wandten sich um und wussten sogleich, was gemeint war: Weit hinter dem Schweif des letzten Packpferdes hing ein bedrohlicher, schwarzgelber Vorhang am Himmel. Die Erscheinung glich in keiner Weise jenen dunklen Wolkenfronten, mit denen sich gewöhnliche Regengüsse der Mara ankündigten. Diese dunkle Wand, die mit beängstigender Geschwindigkeit auf das kleine Häuflein aus Mensch und Tier zuflog, glich einer wabernden

Masse – mal heller, mal dunkler werdend –, die trotz des Anscheins der Durchsichtigkeit keine Spur von den Vorgängen hinter ihrem unruhigen Gefüge verriet.

»Das ist doch kein normales Gewitter«, meinte Yomi. »Es sieht richtig unheimlich aus …«

»Ein Sandsturm!« Sorge sprach aus Yehsir. »Aber kein normaler, nichts, was ich je erlebt hätte. Er bewegt sich viel zu schnell.«

»Und er bewegt sich genau auf uns zu«, ergänzte Gimbar. Er versteckte seine Furcht hinter scheinbarer Gelassenheit. »Gibt es in deinem Regelwerk zum Durchqueren der Wildnis auch einen Leitsatz für das Verhalten bei Naturkatastrophen im Allgemeinen und ›unnormalen‹ Sandstürmen im Besonderen?«

Yehsir warf dem Zweimalgeborenen einen finsteren Blick zu. »Ja, den gibt es: Schutz suchen, wo immer er sich finden lässt.«

»Aber Yehsir, das Land hier ist flach wie der Boden eines Topfes«, gab Felin zu bedenken. »Wo sollen wir hier Schutz finden?«

»Dort.« Der Arm des Karawanenführers deutete auf einen kaum wahrnehmbaren dunklen Schatten im Osten. »Es sieht aus, als gäbe es da einige Felsen. Lasst es uns herausfinden.«

Und damit hatte Yehsir den Zügel des ersten Packpferdes ergriffen und begann die Kette aus angeleinten Tieren mit lauten Aufmunterungen vorwärts zu treiben. Ein Blick über die Schulter überzeugte die Übrigen, die Anstrengungen des hageren Steppenläufers zu unterstützen – der schwarzgelbe Schleier näherte sich mit beängstigender Geschwindigkeit!

Schon bald galoppierten Pack- und Reittiere in wilder Flucht vor der heraneilenden Wand her. Einige Packpferde spürten die nahende Gefahr und wurden von Panik ergriffen; sie brachen aus der Doppelreihe aus, Leinen rissen und die Tiere stoben in alle möglichen Richtungen davon. Yehsir achtete nicht darauf. Er trieb seine Schützlinge weiter an. Es gab keine Zeit mehr, den versprengten Pferden nachzujagen.

Die Umrisse am östlichen Horizont wurden deutlicher. Es waren tatsächlich Felsen, die zerstreut aus dem ockerfarbenen

Wüstenboden hervorwuchsen. Doch der Unheil verkündende Sandvorhang holte unerbittlich auf.

Der heiße Wind trieb die Fliehenden vor sich her. Ein Blick über die Schulter spornte Yonathan zu noch größerer Eile an – die vom Wüstenboden bis zum Himmel reichende dunkle Wand schien zum Greifen nah. Auch die anderen Gefährten hatten die unmittelbare Gefahr bemerkt. Längst konnte man nicht mehr von einem planmäßigen Rückzug sprechen. Jeder ritt um sein Leben. Immer mehr Sand wurde emporgerissen und wehte in sich schlängelnden Fahnen über den Boden dahin. Die Sicht wurde immer schlechter.

Schließlich war Yonathan allein. Der Sturm heulte rings um ihn her. Von seinen Freunden war nichts mehr zu sehen. Feiner Sand drang in Augen, Mund und Nase ein. Er wetzte an seiner Haut. Gurgi war längst unter den winddichten Umhang ihres Herrn geschlüpft. Der hatte es um einiges schwieriger. Obwohl er sich mit einer Decke zu schützen suchte, konnte er kaum noch atmen. Das ist kein gewöhnliches Unwetter, dachte er. Jetzt greift Témánahs Faust nach mir und diesmal wird sie mich nicht so leicht loslassen.

Auf sein eindringliches Zureden hin ließ sich Kumi zu Boden sinken. Schnell sprang er vom Rücken des Lemaks, suchte fieberhaft nach dem Zügel und setzte dann den blinden Marsch fort. Es war zu gefährlich, im Galopp auf die Felsen zuzureiten, denn die schützende Deckung konnte nur noch wenige Speerwürfe weit entfernt sein.

Aber der so sehnlich herbeigewünschte Windschatten wollte sich nicht finden lassen. Yonathan hatte jedes Gefühl für Zeit verloren. Blind tappte er im noch immer anschwellenden Sturm umher. Was sollte er nun tun? Hatte Yehsir nicht einmal darüber gesprochen, wie man sich in einem Sandsturm schützen konnte? »Lass dein Lemak sich niederlegen und schmiege dich so dicht wie möglich an seine vom Sturm abgewandte Seite. Decke dich mit etwas zu. So kannst du überleben.«

Gerade als Yonathan beschloss, die Ratschläge Yehsirs in die

Tat umzusetzen, glaubte er, eine merkwürdige Aufhellung in dem todbringenden Einerlei wahrzunehmen. Wie konnte das sein? Er konnte ebenso gut noch einige Schritte weiterstolpern und zerrte wieder an Kumis Zügel. Das Lemak zeigte Geduld mit seinem Herren und folgte ihm.

Nur ab und zu wagte Yonathan einen Blick durch die Falten der um den Kopf geschlungenen Decke. Er sah nicht viel, aber er kam dem hellen Fleck näher. Wie eine Lichtwolke ruhte jene Stelle bewegungslos inmitten des raubgierig zerrenden Sturms.

Endlich hatte er sein Ziel erreicht. Doch jetzt wusste er nicht, was er mit seiner Entdeckung anfangen sollte. Er stand vor einer hellen, leuchtenden Wand, die aus Glas zu sein schien. Dahinter gleißte helles Sonnenlicht. Der Sturm schien so dicht vor dieser fremdartigen Grenzschicht weniger stark zu toben, als scheue er sich die unsichtbare Wand zu berühren.

Aber Yonathan war neugierig. Vorsichtig streckte er die Hand nach dem durchscheinenden Vorhang aus und stellte verblüfft fest, dass die Finger, die Hand und schließlich der Arm bis zum Ellenbogen in das durchsichtige Medium eintauchten, ohne Widerstand zu spüren. Nur ein merkwürdiges Prickeln fühlte er. Sein Unterarm sah aus wie abgeknickt, als würde er ihn ins Wasser halten.

Seine Hand hinter dem glasklaren Vorhang fühlte eine angenehme Wärme. Da der Sturm keine Zeichen des Nachlassens erkennen ließ, nahm Yonathan allen Mut zusammen, passierte mit einem einzigen, großen Schritt die Grenzschicht und tauchte ein in eine Flut von Licht.

Anfangs war er so geblendet, dass er blind auf das Zentrum der Lichtsäule zutaumelte. Nur langsam gewöhnten sich die Augen an das goldgelbe Gleißen. Verblüfft stellte er fest, dass Kumis Zügel noch immer in seiner Hand lagen. Er hob den Kopf und sah in die blau-grünen Augen seines Lemaks.

Für einen Moment hätte Yonathan schwören können, Kumis Blick wolle ihm etwas sagen. Schnell zog er Haschevet aus dem

Köcher; der Stab in der Hand gab ihm stets Ruhe und Ausgeglichenheit. Dann begann er, seine Lage zu überdenken.

Vor dem Sturm schien er nun sicher zu sein. Aber war dem Ort, an dem er sich befand, auch zu trauen? Er stand mitten in einem gewaltigen Zylinder, über dem die Sonne niederbrannte und der den dunklen, tobenden Sandsturm aussperrte. Das Licht war noch immer so hell, dass alles, was sich innerhalb des gleißenden Pfeilers befand, seltsam flach und farblos wirkte: die Hand, die den Stab hielt; Kumis Kopf; selbst der Mann da in seinem Rücken …

Yonathan stockte der Atem. Gebannt starrte er auf die reglose Gestalt. Langsam drehte er sich um; Schultern, Hüften und Beine schienen sich nur widerwillig der Person zuzuwenden.

Obgleich das helle Licht die Konturen im Gesicht des Mannes verwischte, wusste Yonathan doch sofort, dass dies keiner seiner Gefährten war. Trotzdem kam ihm diese hoch gewachsene, schlanke Gestalt bekannt vor. In einem Bogen näherte er sich dem wortkargen Besucher und betrachtete ihn misstrauisch. Der Mann war in ein graues Gewand gehüllt, das faltenreich zu Boden fiel und nur in der Körpermitte von einem gleichfalls grauen Gürtel zusammengehalten wurde. Eine über den Kopf gezogene Kapuze öffnete sich nur zu einem schmalen Spalt, der kaum einen Blick auf das äußerst blasse Gesicht mit den scharfen Zügen gewährte. Augen, deren Farbe Yonathan nicht bestimmen konnte, folgten jeder seiner Bewegungen.

Etwas an diesem Mann jedoch war falsch, genau wie diese sturmabweisende Lichtsäule falsch war. Aber er konnte nicht sagen, was ihn irritierte. Inmitten strahlender Helligkeit tappte er im Dunkeln.

»Dein Weg ist ziemlich beschwerlich, nicht wahr?«

Obwohl es Zeit für ein begrüßendes Wort war, erschrak Yonathan. Die Stimme des Fremden klang freundlich, aber auf eine unbestimmbare Weise auch kalt.

»Es geht so«, antwortete Yonathan kurz und ohne sein Misstrauen zu verbergen. Was stimmte nicht an diesem Mann?

»Warum diese falsche Bescheidenheit?«, fragte die gefühllos-sanfte Stimme. »Du hast große Gefahren und Schwierigkeiten gemeistert – und das in deinem Alter!«

Langsam dämmerte Yonathan eine unangenehme Erkenntnis, eine dunkle Erinnerung. Wie hatte doch die Schattengestalt im Schwarzen Tempel von Abbadon gesagt? »Ich kenne dich genauer, als du denkst, Yonathan. Du kriechst bereits viel zu lange Zeit unter meinen Augen dahin wie ein lästiges Insekt, das man mit dem Fuß zermalmt.« Ja, genau das waren die höhnischen Worte des Schattens.

Endlich wusste Yonathan, was nicht stimmte: Diese Gestalt besaß keinen Schatten. Genau, das war es. Die Sonne stand hoch, aber da, wo sich zu Füßen Yonathans und Kumis ein dunkler, lichtarmer Fleck befand, sah er bei dem Fremden nichts, nur Sonnenlicht. Der Schatten in Abbadon und dieser graue Mann ähnelten sich: Beides waren Sinnestäuschungen, raffinierte Maskeraden.

Ein kurzer Versuch, die Gefühle der grauen Gestalt mit Hilfe des *Koachs* wahrzunehmen, bestätigte Yonathans Vermutung. Haschevet zeigte nur ein schwarzes Bewusstseinsloch, in dem ein Dunst eiskalter, empfindungsloser Feindseligkeit schwebte. Yonathan unterdrückte ein Schaudern. Hatte Yehsir nicht auch beunruhigende Vermutungen gehegt? Nun, auch Yonathan war beunruhigt. Auch er hatte sich Gedanken darüber gemacht, wer hinter der unheilvollen Gestalt im Schwarzen Tempel stecken konnte. Und er war immer nur auf einen Namen gekommen – einen wahrhaft beunruhigenden Namen!

Aber das *Koach* trotzte der kalten Faust, die nach Yonathans Herz griff. Es flößte ihm Kraft ein. Yehwoh hatte oft genug bewiesen, dass er seinen Stabträger unterstützen konnte, selbst wenn die Situation ausweglos erschien. Diesmal wollte sich Yonathan nicht verunsichern lassen. Er beschloss den Besucher auf die Probe zu stellen. Das Kinn in die Höhe reckend, erhob er herausfordernd die Stimme.

»Du bist wohl nicht unbeteiligt an diesen Gefahren!«

»Oh, oh«, erwiderte der Fremde spöttisch. »Der Knabe verfügt über Verstand. Ich behaupte, dass ich bei *allen* Unbilden beteiligt war, die dir begegnet sind auf deiner Reise. Ich muss jedoch zugeben, dass du dich beachtenswert gehalten hast!«

»Wenn du endlich eingesehen hast, dass es nichts nutzt, mir Stöcke zwischen die Beine zu werfen, dann kannst du mich ja jetzt in Ruhe lassen.«

»Deshalb spreche ich mit dir. Ich möchte dir ein Geschäft vorschlagen.«

»Was kann das schon für ein Handel sein?«

»Es ist ein gutes Geschäft«, versicherte der Graue schnell. »Du kannst mit einem Schlag all deinen Schwierigkeiten ein Ende bereiten. Aber das ist noch nicht alles. Wenn du von hier aus den kürzesten Weg zum Cedan wählst, dann wirst du ein Schiff finden. Es bringt dich direkt nach Cedanor zurück. Der Kaiser wird nicht zögern dich wieder mit offenen Armen aufzunehmen. Als ständiger Gast an seinem Tisch wird er dein Wort bald schätzen, und ich verspreche dir: In weniger als einem Jahr wirst *du* Herrscher in Cedanor sein. Ganz Neschan wird zu dir aufblicken! Selbst das dunkle Reich im Süden wird keine Gefahr mehr für dich darstellen.«

Das Angebot klang verlockend, aber Yonathan antwortete nur: »Ich, ein Knabe, soll Kaiser des Cedanischen Reiches werden? Das ist ein höchst komischer Vorschlag, *Bar-Hazzat*. Das ist doch dein Name, nicht wahr? Wer sonst könnte mir solch einen Vorschlag machen als der erste Diener desjenigen, der diese Welt erschuf? Er machte sie, weil er Knechte suchte, die vor ihm kriechen. Und jetzt hofft ihr, dein Herr und du, durch mich Yehwohs Pläne zu vereiteln und doch noch euer abscheuliches Ziel zu erreichen.« Langsam kam Yonathan in Fahrt. »Nein. Nein! Nicht mit mir. Du kennst doch die Prophezeiung über die sieben Verwalter des Königs von Tränenland, oder? Der böse Fürst des geschundenen Landes wurde schließlich in Ketten gelegt. Genau das wird dir widerfahren, wenn erst der siebte Richter sein Amt angetreten hat. Genau das, Bar-Hazzat!«

Der grauen Gestalt schien der Gesprächsstoff ausgegangen zu sein. Sie glich einer jener zahllosen Statuen auf den Straßen von Abbadon. Und doch war diese Starre eine andere, eine bedrohliche. Im Blick des Grauen lag eine solche Feindschaft, dass Yonathans Hand sich fester um den Stab schloss.

Dann begann Bar-Hazzat in die Höhe zu wachsen und weil seine Augen den Blick des aufsässigen Knaben nicht losließen, neigte sich das fahle Gesicht des témánahischen Herrschers langsam in den Schatten der grauen Kapuze. Als das grelle Sonnenlicht zurückwich, erschien ein Paar rot glühender Kohlen in dem Halbdunkel, zwei karminrot glimmende Punkte, über denen schließlich ein drittes, größeres Licht aufleuchtete. Furcht und Grauen befiel Yonathan.

Endlich zeigte sich eine Regung in dem schmalen, bleichen Gesicht: ein ungewöhnlich feindseliges Grinsen. Die Stimme, die Yonathan jetzt zu hören bekam, klang nicht mehr einschmeichelnd. Sie hatte jede Spur von Menschlichkeit verloren, klang kalt, verzerrt, hohl. Es war die Stimme des Schattens von Abbadon.

»Nun gut, Yonathan. Dies war meine letzte Warnung. Von nun an gilt: du oder ich. Sollten wir uns nochmals begegnen – was ich sehr bezweifle –, so wirst du wünschen niemals geboren worden zu sein.«

Für einen langen Augenblick musste Yonathan seine ganze Kraft bemühen, um dem bohrenden Blick der rot glühenden Augen Bar-Hazzats standzuhalten. Dann verschwand die ins Riesenhafte angeschwollene Gestalt. Wie ein Gebilde aus losem Sand löste sie sich auf, vermischte sich im nächsten Moment mit dem Sturm, der mit urplötzlicher Gewalt wieder hereinbrach.

Yonathan hatte einen direkten Angriff der grauen Gestalt erwartet, einen Kampf auf Leben und Tod. Aber jetzt, nachdem der Wind ihm die Decke entrissen hatte und er prustend nach Atem rang, wurde ihm bewusst, dass das gar nicht möglich war. Die Gestalt Bar-Hazzats hatte sich wie schon der Schatten vor vier Tagen als Trugbild erwiesen, nichts, das man mit einem

Schwert zerkleinern oder mit einem Stab in Stücke hauen konnte.

Yonathan blieb nicht viel Zeit. Er musste sofort etwas tun, oder er würde im Sand ersticken.

Von Gurgi war keine Hilfe zu erwarten. Sie hatte den sicheren Platz an seiner Brust seit Beginn des Sandsturms nicht mehr verlassen. Kumi hatte sich während des Wortwechsels der beiden Kontrahenten hinter Yonathan aufgehalten. Als jetzt der Sandsturm wieder lostobte, brüllte der Lemakhengst erschrocken auf und stürmte in eine Richtung davon, in der Yonathan die schützenden Felsen zuallerletzt vermutete.

Was sollte er tun? Dem Instinkt des Lemaks vertrauen? Ohne Deckung war es fraglich, ob er dem Sturm noch lange trotzen konnte. Sich mit dem windfesten Umhang Din-Mikkiths auf den flachen Boden zu kauern, war sicher auch nicht sehr erfolgversprechend. Yonathan hatte nur zwei Hände, der Sturm schien deren unzählige zu besitzen. Sie zogen und zerrten überall, verschafften sich immer wieder eine Lücke, in die sie Schiffsladungen von Sand schaufelten.

Er taumelte vorwärts, dem Lemak hinterher. Wieder und wieder brüllte er Kumis Namen und glaubte dabei ganze Sanddünen zu verschlucken. Schon nach kurzer Zeit blieb er wieder stehen. Das ganze Unterfangen war schlichtweg nutzlos. Er hatte die Orientierung verloren. Seine Kräfte schwanden und sein Atem ging pfeifend.

Gerade wollte er in die Knie sinken, sich dem Unabwendbaren fügen, als er Kumis Blöken vernahm. Er öffnete die Wimpern ein wenig und spähte in die Richtung, aus der der Laut gekommen war. Erstaunlicherweise sah er dort etwas, nur schwach, aber doch einen merklich dunkleren Umriss in dem sandgelben Einerlei. Eine neue Falle Bar-Hazzats? Schon tanzten bunte Ringe vor seinen Augen. Er konnte jeden Moment die Besinnung verlieren. Was spielte es da für eine Rolle, ob das dunkle Etwas dort drüben gefährlich war?

Er setzte sich stolpernd in Bewegung. Ein Hustenanfall schüttelte ihn. Dann taumelte er wieder vorwärts, immer auf den dunklen Umriss zu, der allmählich eine solide, rechteckige Form annahm. Dann sah er sich einer Rampe gegenüber, die geradewegs unter die Erde führte.

Mein Grab, dachte er. Oder meine Rettung? Während er noch zauderte, erschien Kumis Kopf in dem schwarzen Rahmen, der den Eingang zu dem unterirdischen Ort bildete.

»Nun komm schon rein!«, forderte das weiße Reittier. »Da draußen wirst du es nicht mehr lange aushalten.«

Verblüfft starrte Yonathan zu Kumi hinab, Augen und Mund aufgerissen. Jetzt war er verrückt geworden. Er hörte Lemaks sprechen.

Zaghaft tappte er einige Schritte die Rampe hinab. Sobald er sich tief genug vorgewagt hatte, ließ der Sandsturm nach. »Habe ich mich eben verhört oder hast du wirklich zu mir gesprochen?«, wandte er sich höflich an das Lemak.

»Natürlich habe ich gerufen und wenn du dich nicht beeilst hereinzukommen, dann brauchst du dich bald überhaupt nicht mehr zu entscheiden.« Während Kumi in tiefer, sanfter Stimme zu ihm sprach, deutete der Schwanz des Tieres wie ein Zeigefinger in das Innere des Gewölbes.

Langsam gewann Yonathan seine Fassung zurück. So eigentümlich all dies war, eine Gefahr lag wohl nicht darin. Mit argwöhnischem Blick ging er an Kumi vorbei, durchschritt einen rechteckigen, etwa acht Fuß hohen und sechs Fuß breiten Gang und betrat eine weite, runde Kammer.

Einige Zeit sah er gar nichts. Seine Augen spülten mit einem Strom von Tränen den Wüstensand hinaus und gewöhnten sich nur langsam an das matte, bläuliche Dämmerlicht, das den Raum erfüllte. Unwillkürlich blickte er auf seine Hand, in der Haschevet ruhte. Nein, der Stab war es nicht, der dieses Licht erzeugte. Es schien vielmehr aus dem Boden und den Wänden des Raumes aufzusteigen.

Dann sah Yonathan die Sarkophage, sechs große, steinerne Quader. Jeder dieser Steinsärge schien aus einer anderen Art von

Edelstein zu bestehen: drei aus Beryll in Dunkelgrün, Blaugrün und Rosa, einer aus Karneol in Rotgelb und ein weiterer aus Lapislazuli, der aussah wie ein Abendhimmel, in dem die ersten Sterne aufblitzten. Der letzte Sarkophag war offen. Der sicherlich nicht eben leichte Deckel schwebte etwa drei Handbreit über der leeren Öffnung des langen Kastens.

Yonathan unterdrückte einen Hustenreiz. Mit gemischten Gefühlen bemerkte er, dass die fünf geschlossenen Behältnisse keineswegs leer waren. Schwach nahm er die Umrisse menschlicher Körper wahr. Mehr als vage Schatten konnte er allerdings nicht erkennen. Das Material, aus dem die Särge bestanden, ließ nur wenig von dem blauen Dämmerlicht hindurchscheinen. Yonathan zweifelte keinen Augenblick daran, dass die Gebeine bedeutender Persönlichkeiten in solch kostbaren Schreinen ruhen mussten.

Gemessenen Schrittes begann er die Sarkophage abzuschreiten. Sie waren in einem Halbkreis angeordnet. Zwischen je dreien klaffte in der Mitte eine Lücke, in der noch genau ein siebter Platz gefunden hätte. Dort stand ein glatt polierter Sockel, der in Farbe und Struktur dem Keim Din-Mikkiths glich.

Auf jedem Deckel fand Yonathan zwei Namen und ein Symbol. Alle Schriftzüge und Zeichen waren erhaben aus dem Edelstein herausgearbeitet. Als er die Buchstaben am ersten Sarkophag entzifferte, lief ihm ein ehrfürchtiger Schauer über den Rücken. *Yenoach* stand dort, der Name des ersten Richters von Neschan. Darunter fand sich ein anderer Name, der Yonathan auf merkwürdige Weise fremd und doch vertraut war: *Henoch.* Über beiden Schriftzügen prangte das Zeichen des Stabes, die Gesichter des Knaufs waren in feinster Handwerkskunst auf dem smaragdenen Deckel dargestellt.

Allmählich dämmerte Yonathan, wo er sich befand. Sein Verstand sträubte sich jedoch diese Schlussfolgerung anzuerkennen. Kein Mensch hatte je diesen Ort betreten, einen Ort der Legenden, einen Ort, von dem kaum jemand genau wusste, ob er überhaupt existierte. Im *Sepher Schophetim* hieß es zwar, dass Yehwoh die Leiber der verstorbenen Richter Neschans in den Bochim zur Ruhe bettete, damit sie dort bis zur Weltentaufe schliefen, aber niemand wusste wirklich, was oder wo diese Bochim waren. Der Name bedeutete in der Sprache der Schöpfung so viel wie »Weinende«. Bochim war ein Sinnbild für das Bedauern, das die Richter im Angesicht des vielfältigen Leids empfanden, mit dem Melech-Arez seine gesamte Schöpfung überzogen hatte.

Langsam ging Yonathan von einem Sarkophag zum nächsten. Ein wenig stockend las er die übrigen Namen auf den Deckeln. Alle Namenszüge stimmten genau mit denen überein, die sich wie ein Band um den Schaft Haschevets wanden. Zusätzlich zu jedem bekannten Namen gesellte sich ein zweiter, unbekannter hinzu, insgesamt sechs Paare: Yenoach und Henoch, Arayoth und Yambar, Elir und Yekonya, Yehpas und Elia, Ascherel und Tarika sowie Goel und Meng Tse. Mit Beklemmung huschten seine Augen über den schwebenden Deckel des letzten Hohlblocks, auf dem sich Goels Zeichen befand: ein Quadrat, das Symbol für die vollkommen ausgeglichenen Eigenschaften Yehwohs. Goel lebte noch, also war dieser Sarkophag leer. Aber er stand schon da, wartete auf den sechsten Richter.

Noch einmal schweifte Yonathans Blick zurück zum vorhergehenden Steinsarg. Das Behältnis bestand aus rosafarbenem Beryll. Verschwommen erkannte man die sterblichen Überreste von Ascherel, der einzigen Frau, die sich in den Reigen der neschanischen Richter eingereiht hatte. Etwas an ihrem Sarkophag rührte auf besondere Weise an Yonathans Herz. Ein seltsames Prickeln überlief ihn, als er das Symbol der Richterin näher betrachtete, eine schneeweiße Rose. Die Wahrzeichen aller anderen Richter besaßen die gleiche Färbung wie die Verschlussplatten ihrer Särge. Bei Ascherels Sarkophag war es anders. Blütenblätter, Stängel und selbst Dornen hoben sich in hellem Weiß von dem zarten Rosa ab.

Irgendwoher kannte Yonathan diese weiße Rose. Aber woher? Er zermarterte sich das Hirn, aber die Erinnerung, nach der er suchte, war genauso undeutlich wie der im Todesschlaf ruhende

Leib im Innern des Sarkophags. Warum half das *Koach* nicht? Sonst konnte er sich doch immer an alles erinnern, selbst an jene Dinge, die man besser schnellstens vergaß. Dasselbe verschwommene Gefühl hatte er in dem großen Thronsaal zu Cedanor verspürt. Auch dort hatte er an der Seite Felins vergeblich nach einer verschütteten Erinnerung gesucht. Jetzt war es ähnlich.

Dann ließ er den Blick weiterschweifen über den Boden des runden Gewölbes und fand schnell einen neuen Halt. Der grüne Sockel in der Mitte des Halbrunds zog seine Aufmerksamkeit an. Zuerst glaubte er in das Wasser eines grünen Tümpels zu blicken, in dem auf geheimnisvolle Weise zahlreiche Sterne funkelten. Aber dann erkannte er Unebenheiten. Neugierig reckte er den Hals, um über Ascherels Sarg hinweg deutlicher zu sehen, was diese Erhebungen darstellten.

Aber wie konnte das sein? Er glaubte, auf dem Stein die Umrisse einer Flöte zu erkennen. Verwirrt schloss er die Augen und schüttelte den Kopf, um die Gedanken wieder in eine sinnvolle Ordnung zu bringen. Seine Hand tastete zum Hals, wo er seine eigene Flöte trug.

Warum gerade eine Flöte? Hatte diese Platte dort etwas mit dem siebten Richter zu tun? Diese Platte dort – Yonathan schob sich hinter Ascherels Sarg durch, um auch die beiden Namen über dem Flötensymbol lesen zu können – war eine in edlen Stein gehauene Prophezeiung all dieser Ereignisse …

»Du bist gewachsen, Yonathan.«

Er zog erschrocken den Kopf ein, als wolle er diese Aussage Lügen strafen. Der unterirdische Raum wurde jäh von einem hellen, weißen Licht erfüllt. Yonathan hatte allmählich genug davon, immer durch irgendwelche Erscheinungen und Stimmen überrascht zu werden – mordlustige Schatten, geschäftstüchtige graue Männer mit zweifelhaften Angeboten, sprechende Lemaks und jetzt …

»Benel!« Yonathan konnte nicht fassen, was er sah. Nahe beim Eingang stand in ein weißes Gewand gekleidet der Bote Yehwohs, der ihm vor fünf Monaten den Auftrag gegeben hatte

Haschevet nach Gan Mischpad zu bringen. Alle Anspannung fiel von Yonathan ab. »Benel!«, rief er noch einmal und stürzte voller Freude auf den unverhofften Besucher zu. Schnell fing er sich wieder und kam stolpernd zum Stehen. Er senkte das Haupt und sagte ehrerbietig: »Ihr macht mich glücklich, Herr. All das Schlimme, das ich in der letzten Zeit erlebt habe, ließ mich beinahe vergessen, wie froh man sein kann einen alten Freund wieder zu sehen …« Yonathan hielt erschrocken inne. »Verzeiht, wenn meine Worte ungeschickt gewählt waren …«

»Du musst dich nicht entschuldigen, Yonathan.« Benels Stimme klang weich und angenehm wie Balsam. »Ich schätze mich glücklich, Freund von dir genannt zu werden. Schließlich bist du nicht mehr der unerfahrene, großherzige Junge, den ich vor nun bald einem halben Jahr getroffen habe. Großherzig bist du zwar immer noch, aber, wie gesagt, du bist gewachsen.«

Unsicher betrachtete Yonathan seine Handgelenke, als könne er an der Länge der Ärmel eine Bestätigung für Benels Behauptung finden.

Yehwohs Bote lächelte. »Ich meinte nicht diese Art von Größe, Yonathan – obwohl du auch körperlich beinahe das Maß eines erwachsenen Mannes erreicht hast. Nein, die Größe, von der ich spreche, zeigt sich in anderen Dingen – deinem Denken, Reden und Handeln. Es gibt einen, der über mir steht. Er hat dich erwählt. Du hast ihn nicht enttäuscht, Yonathan.«

»Nicht enttäuscht?« Yonathan lachte kurz auf. »Aber ich habe doch immer nur versagt: Ich bin von der *Weltwind* gefallen; ich habe mich ständig fangen lassen; ich konnte Sethur nicht unschädlich machen, obwohl ich zweimal die Gelegenheit dazu hatte; und … ich habe zwei Menschen getötet.« Er ließ betrübt den Kopf hängen.

Benel verriet Mitleid für Yonathans Selbstzweifel. »Ich habe nie gesagt, dass du dich nicht verbessern könntest. Du siehst die Dinge zu sehr aus deinem eigenen Blickwinkel. *Das* ist tatsächlich noch eine Schwäche, an der du arbeiten solltest. Aber du hast Fortschritte gemacht, Yonathan. Weißt du noch, was beim

Tor im Süden geschah? Sethur schickte dir einen Drachen hinterher.«

»Ja, einen unechten«, erinnerte sich Yonathan und sein Gemütshimmel klarte sich wieder etwas auf. »Nur ein Trugbild, sonst nichts. Ein bisschen mulmig war mir aber doch, als die riesigen Kiefer des Untiers nach mir schnappten.«

»Aber du hast bemerkt, dass der Drache keine Gefühle besaß, und das verriet schließlich Sethurs Trugspiel. Du triebst deine Freunde unermüdlich an weiterzulaufen, wodurch sie schließlich gerettet wurden. Würdest du das auch als ›Versagen‹ bezeichnen, Yonathan?«

»Vielleicht war es nur Glück.«

»Kein Glück«, widersprach Benel. »Ein Schritt in die richtige Richtung. Als du allerdings in Abbadon dem Schwarzen Schatten auf den Leim gingst, dachte ich, du hättest wieder alles vergessen.«

»Euch scheint wohl überhaupt nichts zu entgehen«, bemerkte Yonathan zerknirscht.

Benel lächelte geheimnisvoll. »Nicht viel, da magst du Recht haben. Es ist mir allerdings auch nicht entgangen, weswegen du die Stadt betreten hast: um Yomi zu helfen. Das war sehr selbstlos von dir, Yonathan, und Selbstlosigkeit gehört zur Liebe. In einem Punkt muss ich dich allerdings doch noch warnen.«

Aha, jetzt kommt's!, dachte Yonathan.

»Als du im Schwarzen Tempel den Stab Haschevet gegen den dunklen Schatten erhobst, hast du dich beinahe von schlechten Empfindungen übermannen lassen.«

»Ich weiß, Hass verträgt sich nicht mit der vollkommenen Liebe. Das wolltet Ihr doch sagen, nicht wahr?«

»Nein, Yonathan, das wollte ich nicht sagen. Was die vollkommene Liebe ist, das musst du selbst herausfinden – und du *wirst* es tun, schon bald sogar. Das Böse zu hassen ist der Liebe edelste Pflicht.«

»So etwas Ähnliches hat Din-Mikkith auch einmal zu mir gesagt.«

»Ein kluges Geschöpf, dieser Din-Mikkith. Aber bleibe du beharrlich auf dem Weg, den du eingeschlagen hast. Gräme dich nicht allzu sehr um den Tod der beiden Männer, die ihre Waffen unklugerweise gegen den Stab Haschevet erhoben haben. In Yehwohs Augen ist jedes Blut kostbar, aber diese Menschen haben ihres über sich selbst gebracht. Yehwoh hat seine Geschöpfe nämlich mit einem freien Willen ausgestattet. Dies ist ein Segen, wenn man diese Freiheit zum Guten nutzt, aber ein Fluch, wenn man sie missbraucht. Achte deshalb stets darauf, dass du dich nie von Hass und Zorn überwältigen lässt und den Stab aus diesem Grunde gegen ein anderes Wesen erhebst – es könnte sein, dass Haschevet dich in einem solchen Fall verzehrt. Du weißt, was das bedeutet.«

Yonathan schluckte. »Ich werde es mir merken, Herr. Allerdings ...«

»Allerdings, was?«

»Wie kommt es, dass Felin nichts geschah, als er im Palastgarten von Cedanor das große Schwert mit dem Stab kreuzte? Und warum verbrannte Gimbars Körper nicht, als er im Sterben lag und ich Haschevet versehentlich auf seine Brust legte?«

»Das sind zwei *gute* Fragen, Yonathan.«

»Könnt Ihr Euch nicht ein wenig genauer ausdrücken?«

Benel lachte leise in sich hinein. »Die Antwort auf deine Fragen musst du selbst finden, denn sie ist der Schlüssel zu der Frage, die dich am meisten beschäftigt: Kann ich je die vollkommene Liebe erreichen?«

Yonathan fühlte sich vor Yehwohs Boten wie ein aufgeschlagenes Buch. Wieder ließ er den Kopf sinken. »Es ist nur ... manchmal fühle ich mich so ... so unfähig, so unvollkommen. Wie könnte ich je etwas Großes und Makelloses hervorbringen?«

»Hast du dich nicht Yehwoh erboten dein Leben für dasjenige Gimbars hinzugeben?«

Yonathan errötete. »Das wisst Ihr auch?«

»Jemand von größerer Bedeutung als ich hat einmal gesagt: ›Niemand hat größere Liebe als derjenige, der seine Seele zugunsten seiner Freunde hingibt.‹ Du hast diese Liebe bewiesen, Yonathan.«

»Aber ich lebe doch noch. Ich habe höchstens einen Teil von meiner Lebenskraft für Gimbar geopfert.«

»Ohne jedoch zu feilschen. Das ist es, was zählt. Du musst dich nicht sorgen, Yonathan. Deine Lebenskraft ist größer, als du denken magst.«

»Wirklich?« Jetzt hatte Benel etwas angesprochen, das Yonathan seit Wochen beschäftigte. »Dann werde ich meinen Auftrag erfüllen können?«

»Es wird nicht an diesem Punkt scheitern.«

Benels Antworten waren wie Kaninchenbaue – sie verfügten über eine unübersehbare Anzahl von Nebenausgängen. »Warum habt Ihr mich überhaupt hierher gelockt?«, fragte Yonathan. »Das wart doch Ihr, der Kumi seine Stimme geliehen hat, oder?«

»Bar-Hazzats Wut war groß, nach der Abfuhr, die du ihm erteilt hast. Er hätte dich liebend gern umgebracht. Deshalb musste ich einen Weg finden dich möglichst schnell aus dem Sandsturm herauszubekommen.«

»Hm.« Yonathan zuckte die Achseln. »Eigentlich schade. Es wäre lustig gewesen, sich mit Kumi zu unterhalten.«

»Du hast andere Freunde, Yonathan, mit denen du über alles sprechen kannst.«

»Dann ist ihnen nichts passiert?«

»Sie sind wohlbehalten. Bar-Hazzat hat sie verschont. Er denkt im Augenblick ohnehin nur an dich. Aber deine Rettung ist nicht der einzige Grund, warum du hier bist. Du solltest diesen Ort sehen, um Stärkung zu finden und Ermutigung.«

»Ich weiß nicht, ob Euch das gelungen ist, Herr. Ich habe hier nur deutlich gesehen, wie viel ich noch lernen muss.«

»Das allein wäre der Mühe wert gewesen. Aber ich möchte dir noch etwas anderes zeigen, Yonathan. Du weißt doch, wo du dich befindest, nicht wahr?«

»Das sind die Bochim, es ist die Ruhestätte der neschanischen Richter.«

»Richtig. Dort schlafen sie.« Benel deutete auf die im Halbkreis aufgestellten Sarkophage. »Fünf haben sich zur Ruhe gelegt. Einer wird es noch tun.«

»Warum ist kein siebter Sarg da?« Verstohlen wagte Yonathan einen Blick zu dem grün schillernden, leeren Fundament am Boden. Enttäuscht stellte er fest, dass Benels gleißendes Leuchten alle Konturen verwischt hatte – weder die Flöte noch die darüber befindlichen Namen ließen sich erkennen.

Als er sich wieder umwandte, glaubte er für einen Moment so etwas wie ein amüsiertes Lächeln auf Benels Lippen zu bemerken.

»Auch der siebte Richter sieht diesen Ort«, erklärte der Bote Yehwohs. »Für ihn liegt die Tafel dort, inmitten der sechs Sarkophage. Aber er wird sich hier nicht zur Ruhe legen. Durch ihn wird Neschan, wie du es heute kennst, untergehen. Wenn er seine Aufgabe mit Treue und Mut erfüllt, wird diese Welt mit neuem Namen wieder erstehen und sein Leben – wie auch das aller anderen vernunftbegabten Geschöpfe dieser Welt – wird ewig fortdauern. Wenn der siebte Richter jedoch versagt, wird Neschan in der Dunkelheit des Vergessens versinken wie die Stadt, die heute Abbadon heißt.«

»Das möge Gott verhüten!«

»Du hast bisher alles getan, damit dieser Fall nicht eintritt. Das war gut so. Und es war bestimmt im Sinne deiner Großmutter.«

»Meiner … *was?«*

»Deine Ohren sind besser, als du tust, Yonathan.«

»Aber ich habe keine Verwandten.«

»Jeder Mensch hat Verwandte. Vater, Mutter, Großvater und Großmutter.«

»Ich weiß, dass auch ich Eltern und Großeltern haben muss, aber ich kenne sie nicht. Navran Yaschmon hat mich irgendwann aus dem Meer gefischt wie ein herrenloses Stück Strandgut. Was davor war, daran kann ich mich nicht erinnern.«

»Siehst du, das ist der zweite Grund, warum du als einziger lebender Mensch die Bochim sehen darfst: um das Grab deiner

Urgroßmutter zu besuchen. Es ist der Morganit-Sarkophag dort, in dem Ascherel schläft.«

Diesmal musste Yonathan sich an der glatten Wand fest halten, um nicht umzufallen. »Meine Urgroßmutter? Aber wie …?«

»Eigentlich ist Ascherel nicht die Mutter deiner Großmutter. Man könnte es eher mit Goel und Bithya vergleichen. Du erinnerst dich doch noch an das Mädchen?«

»O ja! Die kleine Stachelwortspuckerin.«

»Sie hat ihre Eltern verloren …«

»Es war auch nicht so gemeint. Eigentlich ist Bithya in Ordnung – wenn sie sich nur nicht immer über mich lustig machen würde. Ihr wolltet also wirklich sagen, ich stamme von Ascherel ab, so wie Bithya von Goel?« Der Gedanke machte Yonathan geradezu fiebrig.

»Genau so ist es.«

»Darf ich ihren Sarkophag noch einmal sehen?«

»Schau ihn dir nur an.«

Yonathan eilte die wenigen Schritte zu dem rosafarbenen Quader hin. Er deutete auf den zweiten Schriftzug und fragte: »Dieser andere Name hier, Tarika, was hat er zu bedeuten?«

»Wie du weißt, werden die Richter nicht mit ihrem Richternamen geboren. Sie erscheinen vielmehr plötzlich, wenn sie ihre Richterschaft antreten. Bevor Ascherel ihren neuen Namen erhielt, hieß sie Tarika.«

Langsam legten sich die aufgewirbelten Gedanken in Yonathans Kopf. Als er wieder ruhig denken konnte, stand eine Frage in seinem Geist, die ihm als das größte Rätsel Neschans erschien – nicht nur Neschans, sondern auch seiner selbst. »Woher stammt Ascherel? Wo lebte sie, als sie noch Tarika hieß?«

»Das ist eine lange Geschichte, die ein andermal erzählt werden muss. Lass mich nur so viel sagen: Du hast sehr viel gemein mit deiner Urgroßmutter. Auch sie hatte ein großes Herz. Aber auch sie musste mühsam überzeugt werden, bevor sie einlenkte und sich ihrer Aufgabe widmete. Anfangs wollte sie das Amt der Richterin nicht annehmen. Sie glaubte an einen üblen Scherz.

Außerdem lebte sie in einer Welt, in der Frauen keine große Bedeutung beigemessen wurde. Ich musste ein wenig nachhelfen. Deshalb schenkte ich ihr eine Rose, schneeweiß vom Stängel bis zur Blüte, die niemals verwelkt, solange sie bei ihrem rechtmäßigen Eigentümer verbleibt. Als das Geschenk nach Monaten noch immer nicht verblüht war, glaubte mir Tarika schließlich. Sie wurde Ascherel und die weiße Rose wurde das Zeichen ihrer Richterschaft.«

»Und wo kam Ascherel her?«

»Von da, wo auch du herstammst, Yonathan.«

Und abermals eine dieser Kaninchenbauantworten! »Das war mir klar. Irgendwo müssen unsere Wege wohl zusammenführen, sonst hätte sie schlecht meine Urgroßmutter werden können.«

»Siehst du. Es ist alles ganz einfach.«

Das war es nicht! Aber Yonathan merkte, dass er an die Pforte zu einem Geheimnis geklopft hatte, das sich ihm – zumindest im Augenblick – nicht öffnen wollte. Sein Traumbruder kam ihm in den Sinn. In der letzten Zeit hatte er mehrfach von jenem anderen Teil seines Ichs geträumt. Er hatte gesehen, dass jener schwache Junge, der ihm einmal gesagt hatte, sie beide seien in Wirklichkeit eins, krank war. Todkrank! Er hatte besorgte Menschen gesehen, die um dieses Bett herumstanden: zwei grauhaarige, alte Männer und einen jüngeren, aber nicht weniger sorgenvollen. War dieser Traumbruder die Antwort auf seine Schlüsselfrage?

»Was wirst du mit dem Wissen anfangen, das du jetzt besitzt?«, fragte Benel.

Yonathan zuckte die Schultern. »Ich begreife das alles noch nicht richtig. Aber ich bin glücklich, dass du mir diese Dinge anvertraut hast. Ich glaube, ich werde versuchen mich meiner Urgroßmutter würdig zu erweisen.«

»Das ist eine gute Entscheidung. Ich glaube, damit kann ich dich auf den letzten Teil deines Weges schicken.«

»Müssen wir uns wirklich schon trennen?«

»Die Zeit ist knapp, Yonathan. Geh jetzt nach draußen. Dort wirst du deine Freunde finden.«

»Aber ich hätte so gerne noch einige Antworten gehört …«

»Die wirst du früh genug bekommen«, redete Kumi dazwischen. Ein blaues und ein grünes Auge, genauso ungleich wie die beiden Gesprächspartner, lugten durch den Eingangsschacht in das unterirdische Gewölbe.

»Also gut«, sagte Yonathan und schaute etwas vorwurfsvoll zu Benel hinüber. »Ich weiß schon, wann es Zeit ist zu gehen. Werden wir uns wieder sehen?«

»Ich weiß es nicht, mein Bruder. Die Entscheidung darüber liegt nicht bei mir. Ich würde mich jedenfalls sehr darüber freuen.«

»Ich auch«, erwiderte Yonathan traurig. Dann straffte er die Schultern und ordnete mit fester Stimme an: »Schließ die Bochim gut hinter mir ab, damit Bar-Hazzat hier keinen Schaden anrichten kann.«

»Da sei unbesorgt. Bar-Hazzats Macht endet an der Pforte zu den *Bochim.* Er kann diesen Ort niemals betreten, denn er ist nirgendwo. Lebe wohl, Yonathan.«

Mit dieser letzten geheimnisvollen Anmerkung verschwand Benel. Die Grabkammer füllte sich wieder mit dem matten, bläulichen Dämmerlicht und einen Moment lang überlegte Yonathan, ob er noch einmal zur grünen Tafel des siebten Richters gehen sollte. Jeder auf Neschan kannte seinen neuen Namen: Geschan. Aber wie hieß jener Mann, dessen Amt unter dem Symbol der Flöte stehen würde, heute?

»Du wirst doch nicht schummeln wollen!«, mahnte Kumi vorwurfsvoll.

Yonathan schaute erschreckt in die grün-blauen Augen des Lemaks und beschloss, die Beantwortung der noch offenen Fragen auf einen späteren Zeitpunkt zu verschieben.

Der wandernde Garten

Nach dem Verlassen der Bochim dauerte es nicht lang und Yonathan hatte seine Freunde wieder gefunden. Die Bochim schienen sich kaum um räumliche Gegebenheiten zu kümmern – sie waren genau dort aufgetaucht, wo ihr lebensrettendes Erscheinen vonnöten war, und kaum lag ihr Gewölbe verlassen da, verschwanden sie wieder. Yonathan hatte sich nach wenigen Schritten noch einmal nach dem Eingang umgesehen, aber der Schacht am Ende der Rampe war verschwunden, als hätte es ihn nie gegeben. Was sagte doch Benel gleich über diesen geheimnisvollen Ort? Er sei nirgendwo …

Die Wiedersehensfreude unter den schon verloren geglaubten Freunden war groß. Sie wetteiferten darin, sich gegenseitig den Brustkorb einzudrücken und mit Schlägen ihre Schultern zu malträtieren. Selbst Yehsir beteiligte sich, kam aber schnell wieder auf den Boden der Tatsachen zurück.

»Es gibt schlechte Nachrichten.«

»Haben wir heute nicht schon genug erlebt?«, stöhnte Yomi. »Was ist es denn?«

»Wir haben nur noch acht Packpferde. Die übrigen sind im Sandsturm verloren gegangen.«

»O weh, das ist wirklich schlimm! Wie steht es mit unseren Wasservorräten?«

»Auch schlimm – sehr schlimm sogar! Praktisch alle Tiere, die uns fortgelaufen sind, hatten Wasserschläuche im Gepäck. Es ist beinahe so, als hätte jemand gerade diese Pferde aussortiert und uns nur diejenigen mit Töpfen, Holz und gedörrter Nahrung gelassen. Ich fürchte, wir werden dursten müssen.«

»Und wenn wir den Verbrauch rationieren?«, fragte Yonathan.

»Meinst du, das habe ich nicht schon berücksichtigt?«

»Gibt es denn gar nichts, was wir tun könnten?«

»Wir könnten ein paar Pferde schlachten. Dann hätten wir weniger durstige Hälse, die sich um das Wasser streiten.«

»Aber die Tiere könnten uns nützlich sein, wenn es regnet und wir Wasser auffangen können.«

»Das ist tatsächlich die einzige Hoffnung, an die wir auch schon gedacht haben«, sagte Gimbar.

»Eine unheimlich schwache Hoffnung«, ergänzte Yomi.

»Ich dachte mir, dass du etwas Ähnliches sagen würdest«, bemerkte Yonathan.

Yehsir nannte die Dinge beim Namen. »Das Problem ist, wir nähern uns langsam dem Frühling. Die Winterregenfälle nehmen in dieser Übergangszeit stark ab. Dafür steigt die Sonne am Himmel immer höher. Es wird also sehr heiß werden.«

»Keine guten Aussichten«, meinte Felin. »Unser Leben hängt mal wieder an einem seidenen Faden, wie ich sehe.«

Man beschloss, den Rest des Tages im Schatten der Felsen zu verbringen. Dort gab es wenigstens einen gewissen Schutz vor Sonne und Wind. Doch was nutzte es schon, sich vor einem Wetter zu schützen, das nicht von der Natur, sondern von feindlichen Mächten geschaffen wurde?

Yonathan beschloss, vorerst seine Erlebnisse für sich zu behalten. Die ganze Geschichte mit den Bochim war ohnehin aufs Höchste unglaubwürdig und man musste das Vertrauen seiner Freunde ja nicht über Gebühr beanspruchen. Er sagte nur, er hätte einen sehr sicheren Unterschlupf gefunden und dort gewartet, bis der Sandsturm vorüberging, was ja nicht falsch war.

Am nächsten Morgen wurde die Reise schon vor Sonnenaufgang fortgesetzt. Yehsir achtete jetzt noch mehr darauf, die heißen Tagesstunden zu meiden und dafür lieber während der früh einfallenden Nachtkälte weiterzuwandern. Trotzdem wurde die Situation schon bald sehr ernst. Solange das Wasser noch kein knappes Gut war, hatte nie jemand darüber nachgedacht, wie man mit schwindenden Vorräten in der Wüste überleben konnte.

In den zäh dahinfließenden Stunden und Tagen ließ die grausame Wüstensonne nichts unversucht ihnen das Wasser aus den Poren zu treiben und Yonathan verwünschte seine Nachlässigkeit, aber auch den bösen Schatten Bar-Hazzats. Schließlich war er es gewesen, der ihn in den Schwarzen Tempel gelockt hatte, wo er Goels wundersames Fläschchen verloren hatte, als er aus dem Loch in der Tempeldecke herausschlüpfen musste. Er hatte gewusst, dass er es einmal dringend brauchen würde. Und jetzt war es so weit. Oh, wie sehr hätte er es brauchen können!

Die wenigen persönlichen Wasservorräte, die jeder mit sich führte, waren schon nach einem Tag verbraucht. Am darauf folgenden Morgen verteilte Yehsir Trockenfisch. »Er ist salzig, aber er hält das Wasser im Leib.« Yonathan öffnete zusätzlich den Beutel Goels – neben dem verlorenen Fläschchen das zweite wunderkräftige Utensil, das lebensrettende Nahrung in unbegrenzter Menge spenden konnte, vorausgesetzt, man öffnete es nur dann, wenn echter Mangel bestand. Yonathan war sich nicht sicher, ob Durst ein ausreichender Grund für die Inanspruchnahme des Beutels sei. Aber der Beutel schien nichts dagegen zu haben. Er gab keine verfaulten, stinkenden Speisereste her, wie es Yonathan daheim in Kitvar erlebt hatte, als er ihn einmal aus reiner Neugierde öffnete. Käse, Brot, Nüsse und Äpfel waren zwar für einen durstigen Wüstenwanderer kein wirklich befriedigender Wasserersatz, aber immerhin enthielt diese frische Kost ein wenig Feuchtigkeit und half den brennenden Durst im Zaum zu halten.

Mit dem dritten Tag wurde die Wirkung dieser Hilfe aber schwächer – zwar waren sie satt, aber der Durst ließ sich nicht betrügen. Nur Kumi schien der Wassermangel nichts auszumachen. Menschen und Pferde dagegen schleppten sich nur noch kraftlos voran. Wie in einem ockergelben Meer schwammen sie immer weiter und sahen doch nirgends ein rettendes Ufer. Mit entzündeten, roten Augen und aufgesprungenen Lippen boten die Wüstenwanderer einen jämmerlichen Anblick. Jeder Versuch einer Aufmunterung scheiterte. Die fünf verloren ihre Zuversicht.

Und dann brach auch noch eines der Packtiere zusammen. Yehsir tötete es mit dem Dolch, um es von seinen Qualen zu befreien. Noch bevor die Sonne ihren höchsten Punkt erreicht hatte, lagen die ausgedörrten, völlig erschöpften Körper von Mensch und Tier im heißen Sand. Die wenigen Planen, die den Sandsturm überlebt hatten, waren höchst dürftig zu einem hinfälligen Sonnenschutz aufgebaut worden.

Gimbar kehrte gerade von einer hohen Sanddüne zurück. »Nichts«, fasste er das Ergebnis seiner Erkundungen zusammen. »Im Süden nur Wüste und nördlich und östlich ebenfalls nichts.«

»Aber müssten wir dem Cedan nicht schon unheimlich nahe sein?«, erkundigte sich Yomi verzweifelt.

»Wir sind in den letzten beiden Tagen langsamer vorangekommen als gewöhnlich«, gab Yehsir zu bedenken.

»Hat denn Kumi noch immer kein Wasser gewittert?«

»Sieh dir unser Lemak doch selbst an, Yo. Kumi liegt nur da und kaut vor sich hin.«

Yonathan seufzte. Die Freunde hatten tatsächlich einiges auszuhalten in seiner Gesellschaft. Selbst Gurgi hing schlaff in Haschevets leerem Köcher.

»Wir werden entweder in der kommenden Nacht erfrieren, so geschwächt, wie wir sind, oder morgen verdursten«, meinte Felin in seiner gelegentlich etwas *zu* sachlichen Art. Leider irrte der Prinz nur selten.

Aber damit wollte Yonathan sich trotzdem nicht abfinden. Was hatte Benel in den Bochim zu ihm gesagt? Er würde noch herausfinden, was die vollkommene Liebe sei. Wie konnte er das, wenn er hier in der Wüste verdurstete?

Plötzlich bemächtigte sich seiner ein merkwürdiges Gefühl. Wie sich Wasser langsam in ein Tuch saugt, so ergriff diese unerklärliche Wahrnehmung allmählich von allen seinen Sinnen Besitz und überschwemmte ihn warm und wohlig. Es war wie ein heißes Vollbad in einer kalten Winternacht. »Gimbar«, stammelte Yonathan. Er blinzelte, und vor seinen Augen tanzten bunte Farbflecken.

»Was ist, Yonathan? Ist dir nicht gut?«

»Geh bitte noch einmal auf die Düne und schau, ob du nicht doch etwas sehen kannst.«

Gimbar warf Felin einen besorgten Blick zu. »Aber Yonathan, da *ist* nichts. Ich habe alles ganz genau abgesucht. Um uns herum ist wirklich nichts als Wüstensand.«

»Irgendetwas hat sich verändert. Ich spüre es genau«, beharrte Yonathan. »Einen Versuch ist es doch wert, oder?«

Gimbar nickte. Er liebte seinen Lebensretter zu sehr, um ihm eine Bitte abzuschlagen. Schwerfällig stellte er sich auf die Beine und stapfte aufs Neue den sanft ansteigenden Sandhügel empor. Dort schaute er sich um. Er suchte wohl den Cedan, fand ihn aber nicht. Schon wollte er kehrtmachen und die Düne wieder herabsteigen, als er sich doch noch einmal umdrehte und nach Süden spähte.

So verharrte er eine Weile regungslos und die Gefährten am Fuß des ockergelben Hügels glaubten schon, der Hitzschlag habe ihn getroffen. Der geschmeidige Körper des kleinen Mannes war steif wie ein Brett, die Augen hatten sich irgendwo in der Weite der Wüste festgehakt. Doch dann kam plötzlich wieder Leben in ihn. »Das gibt's doch nicht!«, hörte man ihn ausrufen. Die Stimme drang leise, vom Sand seltsam gedämpft zu Yonathan, Yomi, Felin und Yehsir herab.

»Siehst du es auch?«, rief Yonathan zu Gimbar hinauf. Dann stand er auf und sagte vergnügt: »Dann lasst uns mal unser Nachtlager beziehen!«

Gimbar kam jauchzend und jubelnd den Hang herunter. Er stolperte, stürzte, rollte ein Stück und raffte sich wieder auf.

»Was soll das alles?«, fragte Yehsir ernst. Ihm war nicht nach Scherzen zumute.

»Eine Oase!«, rief Gimbar und überschlug sich in Worten genauso, wie er es im Sand getan hatte. »Ein Garten! Büsche, Bäume, Grün … Wasser!«

»Der Arme«, murmelte Yomi.

»Aber schaut es euch doch selbst an! Im Süden liegt ein großer, grüner Garten – riesig groß!«

Und dann sahen sie es. Tatsächlich erstreckte sich, nur eine halbe Meile vom südlichen Fuß der großen Düne entfernt, eine

Oase riesigen Ausmaßes in drei Himmelsrichtungen. Nach Osten und Westen hin konnte man gerade noch die Grenzen des Gartens erkennen, im Süden gab es nur ein wallendes grünes Meer von Bäumen und anderen Pflanzen. Es gab hier und da auch leuchtend rote und gelbe Flecken in dem dichten Gewirk aus Baumkronen. An einer Stelle ragte ein Berg empor, auf dem es Schnee zu geben schien.

»Das ist nicht zu fassen«, stammelte Gimbar immer wieder und Yomi widersprach ihm diesmal nicht.

»Ich denke, wir haben da etwas vor uns, das nur wenige Menschen jemals schauen durften«, meinte Felin feierlich.

»Was meinst du?«

»Rás.«

»Der Wandernde Garten?« Jetzt staunte Yonathan doch. Aber Felin musste Recht haben. So viel Leben in einem toten Land – nur die Oase mit dem Namen Rás, das »Geheimnis«, konnte dieses Wunder erklären. In ganz Neschan erzählte man sich Geschichten von diesem Garten, dessen Standort ein ewiges Geheimnis war. In schillernden Farben besangen alte Lieder diesen Garten, der immer dort erschien, wo sich die Diener Yehwohs in auswegloser Lage befanden, immer dann auftauchte, wenn ihre Not am größten war. Viele Legenden unterschiedlichster Stämme, an weit voneinander entfernten Orten, sprachen von dieser außergewöhnlichen Hilfe, die Yehwoh seinen Treuen angedeihen ließ. So hatte Rás auch seinen Beinamen erhalten: der Wandernde Garten.

Das provisorische Lager war schnell abgebrochen. Sogar die ausgelaugten Tiere witterten jetzt die nahe Oase und waren kaum noch zu bändigen. Die kleine Karawane kroch mühsam, aber beflügelt über die Düne, die sie von dem Wandernden Garten trennte. Sobald das erste Grün in Sicht kam, mussten die Reiter das wenige, was ihnen noch an Kraft geblieben war, aufbieten, um einen kopflosen Sturmlauf der Tiere in die nahe liegenden Bäume mit ihren tief hängenden Ästen zu verhindern.

Der gezügelte, doch gleichwohl forsche Ritt führte vorbei an niedrigem Ginster in einen Akazienwald hinein. Schon bald traf man auf einen munter vor sich hin gurgelnden Bach, der sich durch den jähen Überfall einer Horde Verrückter und deren ausschweifende Trinkgewohnheiten nicht aus seiner gewohnten Unruhe bringen ließ. Nachdem sie sich die Bäuche bis zum Platzen gefüllt hatten, nachdem sie ausgiebig gebadet und sich von Staub und Sand befreit hatten, fragte Yonathan: »Werden wir hier die Nacht verbringen?«

»Ich denke, wir könnten gut noch ein Stück in den Garten hineinreiten«, meinte Felin.

»Schließlich kommt man nicht alle Tage in den Wandernden Garten«, bemerkte Gimbar. »Ich würde auch gern noch ein wenig mehr davon sehen.«

»Warum nicht«, stimmte Yehsir zu. »Am besten, wir folgen einfach diesem Wasserlauf hier. Seht ihr?« Er deutete nach Osten. »Der Bach scheint ohnehin mitten in das Herz des Gartens zu fließen.«

Mit zufriedenen Reit- und Packtieren setzten sie ihren Weg fort.

Je tiefer man in die Oase vorstieß, desto wundersamer mutete das an, was sich den Betrachtern offenbarte. Rás war nicht einfach nur ein Fleckchen Grün in einem weiten Ödland, wie es in anderen Wüstengebieten immer mal wieder anzutreffen ist. Nein, der Wandernde Garten hielt eine Pflanzenvielfalt bereit, die jeden Fachkundigen in tiefste Verwirrung stürzen musste. Zum Glück waren die eben erst vor dem Verdursten Geretteten in derlei Dingen nicht so beschlagen. Sie begnügten sich damit, das Wunder mit offenen Mündern und Augen zu bestaunen.

»Die meisten dieser Bäume habe ich noch nie gesehen«, musste Yonathan zugeben.

»Man müsste schon weit rumgekommen sein, um das Gegenteil zu behaupten«, erklärte der weit gereiste Karawanenführer. »Auch ich kenne viele dieser Pflanzen nicht. Das merkwürdige ist, dass sie alle nebeneinander wachsen, obwohl sie sonst nur in weit voneinander entfernten Ländern gedeihen.«

Tatsächlich wuchsen hier Bäume unterschiedlichster Herkunft eng beieinander, aber darüber hinaus entdeckten die staunenden Besucher noch andere Merkwürdigkeiten. Einmal passierten sie ein Wäldchen, in dem Ahorn in leuchtendem Rot, Eichen in warmen Rosttönen sowie Ulmen und Linden in schillerndem Gelb und Orange standen – in diesem Waldstück herrschte der Herbst! Als sie am Fuß des Berges entlangritten, dessen schneebedeckte Kuppe sie schon von weitem erspäht hatten, entdeckten sie zu ihrem Erstaunen eine große Gruppe winterkahler Lärchen. Wenig später erreichten sie ein Gebiet, das an eine herrlich duftende, saftig grüne Frühlingswiese grenzte, die mit weiß blühenden Kirsch-, Apfel- und Birnbäumen übersät sowie mit rotem Mohn, blau leuchtenden Kornblumen und weiß-gelben Margeriten gesprenkelt war.

Und immer wieder verblüffte die Vielfältigkeit, die erstaunliche Eintracht, mit der hier Pflanzen aus unterschiedlichsten Lebensräumen in unmittelbarer Nachbarschaft gediehen. Es gab Laubbäume in mannigfaltiger Art: Maulbeer- und Mahagonibäume, Esche und Eukalyptus, Tamariske und Trompetenbaum. Ebenso Nadelbäume: Zeder und Zirbel, Wacholder und Waldföhre, Schierlingstanne und Sumpfzypresse. Eine bunte Mischung von Nussbäumen: Walnussbaum und Kokospalme, Muskatbaum und Pistazie, Mandelbaum und Haselnuss. Auch Sträucher und Bäume mit Früchten, die manchmal vertraut, manchmal enorm exotisch waren: Birnen und Bananen, Pflaume und Papaya, Stachelbeere und Sapotill. Und nicht zuletzt eine unübersehbare Palette weiterer bekannter und fremder Gewächse: Mangroven und Myrte, Olivenbäume und Ohrweiden, Kapokbäume und Kastanien, den Wolligen Schneeball ebenso wie die Weide, den Lotusbaum und Lorbeer …

Im Taumel unzähliger neuer Eindrücke gelangten sie schließlich, ohne es recht zu merken, auf eine Ebene hinaus, die nur von hohem Gras bewachsen war. Die Fläche mochte zwei Meilen tief wie weit sein und war ringsum von Sequoien umgrenzt, den mächtigsten Bäumen, die auf Neschan wuchsen. Beinahe dreihundert Fuß ragten sie in die Höhe, jeder von ihnen dreißig Fuß dick. Gleich einem Spalier gigantischer Wächter mit gewaltigen, säulenartigen Beinen umringten sie das Wiesenquadrat, dessen Mittelpunkt das Ziel des munteren Bächleins war.

»Von der Düne aus war dieser Platz gar nicht zu sehen«, wunderte sich Yomi, während die Gemeinschaft zu Füßen der Wachtbäume Halt machte.

»Das liegt an der netten kleinen Hecke hier«, erklärte Gimbar und deutete mit dem Daumen nach oben, da wo sich – dem Auge entrückt – die Kronen der monumentalen Baumriesen befinden mussten. »Die Sanddüne, auf der wir standen, dürfte dagegen ziemlich unbedeutend sein.«

Dann richtete der Prinz das Wort an den Karawanenführer. »Was denkst du, Yehsir, wäre das nicht ein guter Platz, um uns von den Strapazen der Wüste zu erholen? Wir haben Wasser, sind windgeschützt und können zwischen Sonne und Schatten wählen, wie es uns beliebt.«

Yehsir nickte bedächtig. »Er ist wirklich gut und bietet alles, was wir benötigen. Nur eines würde mich noch interessieren.«

»Und das wäre?«

»Ist euch dieser seltsam geformte Fels – oder was immer es ist – aufgefallen, der sich dort in der Mitte dieses Grasfeldes befindet?« Yehsir deutete den Bachlauf hinauf.

»Ich habe mich auch schon gefragt, was das sein könnte«, murmelte Yonathan.

»Dann lasst uns die Packpferde hier festmachen und zu der Stelle hinüberreiten.«

Als die Gefährten sich dem merkwürdigen Steingebilde näherten, überquerten sie noch mehrere flache Bäche und Flüsschen, die ebenfalls alle auf den Mittelpunkt des grünen Vierecks zueilten. Im Zentrum des großen, grünen Wiesenvierecks vereinten sich alle Bäche in einem kreisrunden See. Merkwürdigerweise lief der See nicht über, bei all dem Wasser, das hineinfloss. Seine Oberfläche kräuselte sich kaum. Wie ein großer Spiegel lag die Wasserfläche ruhig da und reflektierte das Bild eines Körpers, der die fünf Besucher ein weiteres Mal ratloses Staunen empfinden ließ.

»Was ist das?«

»Ich weiß nicht, Yonathan. Wenn ich es wüsste, würde ich es bestimmt verraten.«

»Es beruhigt mich, dass du nicht alles weißt, Gimbar – unheimlich sogar!«

»Ich habe nie behauptet, alles zu wissen, Yo.«

»Aber du hast es auch nie abgestritten.«

»Vielleicht ist *das* der eigentliche Grund, warum der Wandernde Garten den Namen *Rás* trägt.« Yehsir rieb sich das von grauen und schwarzen Bartstoppeln gespickte Kinn. »Habt ihr die Schriftzüge gesehen? Sie sind in den alten Zeichen verfasst, die heute nur noch wenige lesen können. Mir scheint, dass es sich dabei um Namen handelt. Allerdings sagen sie mir nichts. Auf jeder Fläche steht einer, seht ihr?«

Yehsir deutete auf die verschiedenen Seiten des Steins, der die Form eines Kubus mit einem spitzen Dach hatte. Ja, das Ganze sah tatsächlich aus wie eine kleine Hütte, deren Giebel mit den darunter liegenden Stirnwänden eine durchgehende Fläche bildeten und deren Seitenwände unmittelbar in die schrägen Flächen des Spitzdaches übergingen. Allerdings bestand dieses Haus aus massivem, schneeweißem Stein; Türen und Fenster gab es nicht. Dafür gab es die Schriftzeichen, von denen Yehsir gesprochen hatte.

Yonathan stellte verblüfft fest, dass es dieselben Namen waren, die er in den Bochim gesehen hatte: Henoch, Yambar, Yekonya, Elia, Tarika und Meng Tse. Während er zögerte, ob er nicht doch seine Erlebnisse im Nirgendwo der Bochim offen legen sollte, stellte Felin erste Vermutungen an, die einmal mehr verrieten, dass der Prinz nicht nur eine hervorragende Ausbildung genossen hatte, sondern auch über einen wachen Verstand verfügte.

»Erinnert ihr euch an das prophetische Bild aus *Yenoach,* der ersten richterlichen Rolle im *Sepher Schophetim?* Darin ist von dem Tränenland die Rede, das von einem bösen Fürsten regiert wird. Als der König von der üblen Regentschaft seines Vasallen hört, entsendet er Verwalter, um wieder für Frieden und Ordnung zu sorgen. Insgesamt sieben treue Männer werden zu dem bösen Fürsten geschickt. Sie weisen ihn zurecht und sorgen für eine gewisse Ordnung, aber erst, als der Fürst durch den siebten Verwalter in Ketten gelegt wird, erhält das Land wieder Frieden und Wohlstand. Erinnert ihr euch auch noch, was der König dem Volk ausrichten ließ, als es nur den siebten Verwalter für die Befreiung von dem Joch des Fürsten lobpries?«

Yonathan fragte sich, warum er nicht selbst auf diesen Zusammenhang gekommen war. Aber viele große Rätsel haben eine sehr einfache Lösung. Halb betäubt von dieser plötzlichen Erkenntnis und einer weit reichenden Ahnung, wiederholte er die Worte aus dem *Sepher.*

»*Sieben* waren es, die euer Ungemach trugen, und *sieben,* die dem Handeln des bösen Fürsten Einhalt geboten. Wie ein Haus mit sieben Flächen – einem Boden, vier Wänden und zwei schrägen Dachhälften – habe ich sie um euch gebaut. Wohl ist der siebte Verwalter das Fundament – und ohne Grundlage kann ein Haus im Sturm nicht bestehen –, was aber nutzt ein starker Unterbau ohne Wände und Dach? Nur alle sieben können ein Ganzes bilden. Nur in der Einheit wird der Zweck vollkommen erfüllt.«

»Richtig«, stimmte Felin lächelnd zu. »Mein Lehrmeister, Sahavel, hätte seine wahre Freude an dir, Yonathan. Diese Namen dort stehen für die Richter Neschans. Das Haus ist dasjenige aus der Prophezeiung. Es ist ein Sinnbild für die Befreiung der Tränenwelt, Neschan, von all dem Ungemach, das Melech-Arez ihr einst zufügte.«

»Ich verstehe ja nicht viel von den alten Schriftzeichen«, wandte Yomi ein. »Aber mir scheint, dass diese Namen nicht mit denjenigen der Richter übereinstimmen. Außerdem wird es *sieben* Richter geben und dort stehen nur *sechs* Namen.«

»Auf die Gefahr, dass du mir wieder vorwirfst alles besser zu wissen, Yo – die Antwort ist einfach. Der siebte Name ist das *Fundament*. Deshalb muss er *unten* stehen, im Wasser.«

»Wie kommst du darauf, dass man den Namen finden könnte, wenn man in das Wasser taucht?«

»Ist doch ganz einfach, Yonathan. Hast du nicht bemerkt, dass der weiße Stein dort *schwimmt?*«

Tatsächlich, wenn man genauer hinschaute, sah man, dass der weiße Stein sich langsam drehte. Wenn gelegentlich ein zarter Windhauch die sonst glatte Wasseroberfläche kräuselte, schien er sogar ganz sacht auf und ab zu wippen.

»Vielleicht ist das gar kein Stein. Sonst wäre es ein großes Wunder«, bemerkte Yehsir.

»Ist nicht dieser ganze Garten ein großes Wunder?« Yonathan war zu einer Einsicht gelangt, die er nicht länger für sich behalten wollte. »Ich vermute, dieser Stein – oder was immer es ist – gab der Oase ihren Namen. Der Name des siebten Richters steht auf dem Fundament und sein Kommen hängt davon ab, ob Haschevet in Goels Hände gelangt. Auch ich möchte diesen siebten Namen gern erfahren. Was aber die anderen sechs Namen betrifft, zu denen kann ich euch einiges erzählen. Aber nicht hier. Lasst uns erst das Lager errichten.«

Das tat man. Sie bauten die Zelte auf, ein Lagerfeuer wurde entfacht und Yehsir zauberte aus den getrockneten Speisen und frischen Kräutern und Früchten aus dem Garten eine wunderbare Mahlzeit, sodass man bald satt und zufrieden Yonathans Erzählung von der Begegnung mit Benel in den Bochim entgegensah.

Yonathan ließ nur weniges aus – die verwandtschaftliche Verbindung zu Ascherel etwa und die Beschaffenheit des neuen richterlichen Symbols, der Flöte. Über die Träumer schwieg er ebenfalls, denn die Unsrigen verrichteten ihr friedliches Werk lieber ungestört.

»Wenn nicht *du* diese unheimlich eigenartige Geschichte erzählt hättest, Yonathan, würde ich sie nicht glauben. Aber bei dir ist man ja so einiges gewöhnt«, staunte Yomi, nachdem Yonathan seinen Bericht beendet hatte. »Aber wo kommen die Richter her? Wenn diese Namen, die wir auf dem weißen Steinhaus gelesen haben, sozusagen ihre Geburtsnamen waren, wer hat sie ihnen gegeben?«

»Vermutlich ihre Eltern, Yo.«

Yomi warf Gimbar, der anstelle Yonathans geantwortet hatte, einen verdrießlichen Blick zu. »Danke, darauf wäre ich selbst bestimmt nie gekommen.«

»Das wusste ich, mein Freund. Aber dafür hast du ja mich. Du weißt ja: Ich bin dir immer gern behilflich.«

»Ich kann auch nicht sagen, wo die Richter herstammen«, gab Yonathan zu.

»Womit wir ein weiteres Geheimnis hätten«, resümierte Felin. »Rás macht seinem Namen wirklich alle Ehre.«

Es folgten vier Tage, die die Freunde bestimmt niemals vergessen würden, solange sie auch lebten. Viele unglaubliche und erfreuliche Erlebnisse verkürzten ihnen die Zeit. Schon am ersten Abend machte Yehsir eine Entdeckung.

Obwohl aufs Äußerste erschöpft, konnten die Freunde doch lange nicht einschlafen. Der Schützende Schatten saß zu Füßen der mächtigen Sequoien und studierte den Nachthimmel. Als er die Sterne eine Zeit lang beobachtet hatte, begann er unruhig vor sich hin zu murmeln. Das erweckte die Neugierde der anderen.

»Was gibt es, Yehsir?«, fragte Felin schließlich.

»Rás scheint zu wandern.«

»Aber das ist doch nichts Neues«, gab Yonathan zu bedenken. »Deshalb nennt man ihn doch den Wandernden Garten.«

»Man nennt ihn so, weil er schon überall in der Welt erschienen ist«, schränkte Yehsir ein. »Was ich meine, ist, dass der Garten *jetzt,* in diesem Augenblick, wandert.«

»Du glaubst, er bewegt sich, mit uns mitten drin?«

»Ja, Yonathan.«

»Es scheint zu stimmen«, pflichtete Yomi dem Karawanenführer bei. »Jetzt, wo Yehsir es sagt … Auf hoher See orientieren wir uns auch an den Sternen, deshalb verstehe ich einiges davon.«

Am nächsten Morgen beschäftigte sich Yehsir lange mit dem grünen Orientierungsstein, den er während des Wüstenritts an jedem klaren Tag benutzt hatte, um die Position der Karawane im unendlichen Sandmeer zu ermitteln. Rás bewegte sich mit stetigem Tempo nach Osten – genau auf Gan Mischpad zu.

»Mir scheint, die Zeit wird knapp«, sagte Yonathan. »Offenbar möchte Yehwoh, dass der Stab so schnell wie möglich in den Garten der Weisheit gelangt.«

»Das klingt vernünftig«, meinte Yomi gut gelaunt. Die Aussicht, auf eine derart bequeme Weise das Reiseziel zu erreichen, gefiel ihm.

»Freu dich nicht zu früh, Yomi. Ich habe jetzt schon viele Gaben Yehwohs kennen gelernt. Das alles sind Dinge, die dann helfen, wenn unsere eigenen Möglichkeiten erschöpft sind. Sie sorgen dafür, dass die dunkle Seite, die oft mit unfairen Mitteln kämpft, nicht das Übergewicht bekommen kann. Aber in welche Richtung die Waage sich schließlich neigt, hängt von uns allein ab. Wir müssen mit unserer ganzen Kraft das Gewicht bilden, das sie schließlich auf die Seite des Guten sinken läßt. Die Oase Rás macht da bestimmt keine Ausnahme.«

»Du denkst, der Garten wird irgendwann einfach wieder stehen bleiben?«, fragte Felin.

»Entweder das oder wir wachen eines Morgens auf und liegen wieder im Wüstensand. Ich glaube, Rás hilft uns nur, solange wir uns vom Durst und der Erschöpfung der letzten Tage erholen. Anschließend müssen wir wieder aus eigener Kraft vorwärts kommen …«

Yonathan sollte Recht behalten. Aber Rás ließ sich Zeit. Er erwies sich als freigebiger und unterhaltsamer Gastgeber.

Und seine Besucher waren an allem interessiert, was die Oase zu bieten hatte.

In Streifzügen erkundeten sie die wundersame Vielfalt des Gartens, streiften durch schillernde Herbstwälder, bewunderten die Schönheit klarer Wintertage, freuten sich am Duft bunt gesprenkelter Sommerwiesen.

Am dritten Tag machte Gimbar eine erfreuliche Entdeckung. Im niedrigen Geäst eines Johannisbrotbaums fand er einen Gepäcksattel. Schnell hatte man herausgefunden, dass die daran hängenden Bündel und Wasserschläuche zu der Ausrüstung gehörten, die in dem Sandsturm verloren gegangen war.

»Können unsere Packpferde den Garten gewittert haben?«, fragte Yomi ungläubig.

»Ich vermute eher, dass der Garten die Pferde eingefangen hat, weil wir sie noch benötigen«, entgegnete Yonathan.

»Ein Garten, der Pferde fängt?«

Die anschließende Suche war bald von Erfolg gekrönt. Zehn der im Sandsturm entlaufenden Packtiere konnten wieder eingefangen werden. Die meisten trugen noch ihr schweres Gepäck und waren nur allzu froh, als sie von ihrer drückenden Last befreit wurden.

In der Nacht des vierten Tages verkündete Yehsir: »Rás ist stehen geblieben.«

Yonathan war nicht überrascht. »Das passt. Ich fühle mich ausgeruht und frisch wie lange nicht mehr.«

»Gut, dann werden wir morgen früh aufbrechen.«

Die letzte Entscheidung

Die Landschaft, die sich den Aufbrechenden beim Verlassen des Gartens am frühen Morgen zeigte, hatte sich gewandelt. Nur wenige Erhebungen waren hier und da am Horizont zu finden. Im Übrigen war die Wüste flach wie ein Brett.

»Hier begann früher die Steppe«, erklärte Yehsir und in seiner Stimme lag so etwas wie Heimweh. »Bevor diese Gegend ein Teil der Mara wurde, erstreckte sich das Grasland von hier bis weit in die Ostregion hinein. Gan Mischpad lag mittendrin. Als dann der Fluch Yehwohs über dieses Gebiet kam, schmolz die weite Steppe, in die einst meine Vorfahren flüchteten, auf die heutige Größe zusammen. Von dieser Zeit an liegt der Garten der Weisheit genau auf der Grenze zwischen Mara und dem Steppenland.«

»Kannst du abschätzen, wie weit es noch bis Gan Mischpad sein wird?«, wollte Yonathan wissen.

»Wenn ich die Sterne und den Orientierungsstein richtig lese, vielleicht noch drei Wochen.«

»So lang!«, stöhnte Yomi auf.

»Beruhige dich, Yo. Wir haben Wasser und Nahrung im Überfluss. Der Rest der Reise wird dir wie ein Vergnügungsausflug vorkommen.«

Gimbars Voraussage erwies sich lange Zeit als richtig. Obwohl die Sonne der Mara ihr mitleidsloses Wirken mit unverminderter Kraft fortführte, sorgten die gut bemessenen Vorräte doch für ein erträgliches Reisen. Der alte Rhythmus kehrte wieder ein. Früh am Morgen brach man auf, rastete in der glühenden Mittagssonne unter Zeltplanen und setzte die Wanderung bis nach Sonnenuntergang fort. Die flache Landschaft begünstigte das nächtliche Vorwärtskommen. Auf einem immer noch sandigen, aber festen Untergrund flog man beinahe dem Garten der Weisheit entgegen.

Die vergangenen Wochen hatten Yonathan verändert, mehr als die ganze Reise davor. Er war reifer geworden. Den größten Anteil daran hatte sicherlich das Treffen mit Benel gehabt, aber auch die wundersame Rettung aus Abbadons Schwarzem Tempel und nicht zuletzt der Wandernde Garten waren Erfahrungen, die tiefe Eindrücke hinterlassen hatten. Obgleich Yonathan aus diesen Erlebnissen die feste Zuversicht gewonnen hatte, dass das Unternehmen gut enden würde, fragte er sich doch immer wieder nach dem Wie des Ausgangs.

Aber nie ging ihm Bar-Hazzat aus dem Kopf. Hatte der dunkle Herrscher Témánahs wirklich schon aufgegeben? Das war mehr als unwahrscheinlich. Eines beunruhigte ihn besonders: Warum hatte es keinen Zusammenstoß mehr mit Sethur gegeben? Das ertrunkene Pferd im Wadi vor Abbadon war der letzte Hinweis auf den Verfolger gewesen. Seit dieser Zeit schien die Mara so leer wie ehedem zu sein. Aber Yonathan wollte das nicht glauben. Er ahnte, nein, er *wusste,* dass zwischen der Nasenspitze Kumis und dem Garten der Weisheit noch ein Hindernis stand: Sethur.

Der Gedanke von einer Sanddüne verfolgt zu werden, schien so abwegig, dass Yonathan sich lange nicht getraute ihn auszusprechen. Zwanzig Tage waren vergangen, seit die Karawane die grünen Grenzen Rás' überschritten hatte und wieder in die trostlose Landschaft der Mara hinausgetreten war, zwanzig verdächtig problemlose Tage. Als er dann am vergangenen Nachmittag die Düne entdeckt hatte, schien sie zunächst nicht mehr zu sein als eine auffällige Landmarke in dem hügellosen Einerlei der zur Wüste gewordenen Steppe.

Jetzt, am darauf folgenden Tag, beschlich Yonathan mehr und mehr der Verdacht, diese einzelne Sanddüne sei von einem unheimlichen Eigenleben erfüllt. Lange hielt sie sich im Süden, weit hinter der Karawane. Dann aber schien sie aufzuholen, an der Karawane aus Menschen und Tieren vorbeizuziehen und schließlich auf einen Kurs zu gehen, der genau denjenigen Yonathans und seiner Gefährten kreuzte.

Wie konnte das sein? Yehsir hatte zwar berichtet, dass Dünen in der Wüste durchaus wanderten – aber so schnell, so zielgerichtet und dann auch noch in einer Gegend, in der es eigentlich gar keine Dünen gab?

Gegen Mittag zeigte sich am Horizont etwas, das die Frage nach dem Rätsel des unsteten Sandhaufens für einen Moment in den Hintergrund drängte.

»Schau nur, Yehsir, diese helle Wolke, die da vorne über dem Boden hängt. Bekommen wir wieder mal schlechtes Wetter?«

Yehsir brachte seinen Rappen zum Stehen. Er beschirmte die

Augen mit der Hand und spähte nach Osten. Schließlich sagte er in seiner unnachahmlich sparsamen Weise: »Du hast sehr scharfe Augen, Yonathan. Was du dort siehst, ist Gan Mischpad, der Garten der Weisheit.«

Yehsirs knappe Feststellung löste einen Freudentaumel unter den Gefährten aus. In glühend heißer Wüstensonne ließen sie sich aus den Sätteln gleiten, fiel sich in die Arme und vergossen sogar Freudentränen. Nur Yonathan blieb eher zurückhaltend.

»Was ist mit dir, Yonathan?«, fragte Gimbar. »Du müsstest dich eigentlich am glücklichsten von uns allen fühlen. Ohne dich wären wir doch gar nicht hier.«

»Natürlich freue ich mich auch Gan Mischpad zu sehen. Aber ich sehe da noch ein Hindernis. Ich glaube nicht, dass wir in den Garten der Weisheit kommen, bevor wir uns dieser letzten Prüfung nicht gestellt haben.«

»Was für eine Prüfung meinst du?« Yehsirs Stimme klang alarmiert.

»Ich meine diese Düne, da rechts vor uns. Ist sie dir etwa noch nicht aufgefallen, Yehsir?«

»Ich habe sie wohl bemerkt, Yonathan. Es ist die einzige im ganzen Umkreis. Ich habe mehrmals unseren Kurs nach Norden korrigiert, aber es macht immer wieder den Eindruck, als folge sie jeder Richtungsänderung, beinahe so, als wolle sie unbedingt unseren Weg kreuzen. Aber das ist natürlich Unsinn! In der Wüste sieht das Auge häufig Dinge, die entweder gar nicht oder aber weit entfernt existieren.«

»Ich glaube nicht, dass es ›Unsinn‹ ist, Yehsir. Du magst mich für verrückt halten, aber ich glaube, diese Düne verfolgt uns schon seit gestern und jetzt will sie uns den Weg nach Gan Mischpad abschneiden.«

»Ich finde, jetzt übertreibst du es mit deinem Misstrauen aber doch unheimlich, Yonathan!«, sagte Yomi.

»Wir müssen Yonathans Sorge ernst nehmen, so unwahrscheinlich sie auch klingt. Schließlich haben wir – ja, hat Yonathan ganz besonders – auf dieser Reise schon genug Dinge erlebt, die andere als Unsinn abgetan hätten«, meinte Felin.

»Und vermutlich nicht mehr leben würden«, fügte Gimbar hinzu.

»Ich sehe nur eine Möglichkeit«, sagte Yehsir. »Wir reiten noch ein Stück weiter, so als hätten wir nichts bemerkt. Wenn wir uns ungefähr drei Meilen vor dem Nebel des Gartens befinden, wechseln wir in gestreckten Galopp. Wir stürmen in nordöstlicher Richtung voran. Ich vermute ... nein, ich hoffe, dass diese Sanddüne nicht mit unseren Pferden mithalten kann.«

Da es keine besseren Gegenvorschläge gab, wurde Yehsirs Plan angenommen. Nur Yomi hatte – durchaus nicht überraschend – noch einen Einwand.

»Wird uns der Garten auch willkommen heißen?«

»Wie meinst du das, Yo?«

»Wißt ihr nicht, dass der Nebel, mit dem sich Gan Mischpad umgibt, gar nicht freundlich auf ungebetene Besucher reagiert? Man sagt, viele sind schon in die Nebelwand hineingegangen, aber nie mehr daraus hervorgekommen.«

»Du vergisst das hier.« Yonathan hielt den Stab hoch. »Ich werde mit Kumi vorausreiten, wie Yehsir es vorgeschlagen hat und ihr haltet euch dicht hinter mir. Dann wird niemandem etwas geschehen.«

Yomi nickte und verzichtete auf weitere Einwände.

»Gut«, sagte Yehsir. »Dann wäre ja alles geklärt. Lasst uns aufsitzen und die letzten paar Meilen hinter uns bringen.«

Je mehr man sich auch bemühte der von Süden herandriftenden Düne auszuweichen, umso aussichtsloser erschien dieses Unterfangen. Der Hügel näherte sich der Karawane unaufhörlich. Gleichzeitig rückte aber auch der undurchsichtige Grenznebel des Gartens näher. Bald ragte er wie eine gewaltige Mauer vom Boden bis zum Himmel empor. Ein seltsames weißblaues Licht schien ihn zu erfüllen, ein unübersehbarer Schimmer, selbst in der hellen Mittagssonne.

Als endlich die vereinbarte Distanz zur Nebelwand erreicht

war, spornten Yonathan und seine Begleiter die Tiere zu höchster Eile an. Von einem Augenblick zum nächsten begannen das Lemak und die Pferde regelrecht auf ihr Ziel zuzufliegen.

Aber die Düne ließ sich nicht abhängen. Die Tiere spürten instinktiv, dass hier Kräfte walteten, denen man besser aus dem Weg ging. Sie benötigten daher keine weitere Aufforderung das Tempo noch einmal zu steigern.

Dennoch erwies sich alle Anstrengung als vergebens. Nur eine Meile vor der Wolkenwand hatte der Sandhügel die Fliehenden eingeholt. Noch ehe sich die Wege von Karawane und Düne endgültig kreuzten, sprengten hinter der östlichen Flanke des Berges Reiter hervor. Die Männer auf den Pferden trugen Rundschwerter, Speere und Kurzbogen, die sie sogleich drohend auf die nur mühsam zum Stillstand kommende Schar um Yonathan richteten.

Der Stabträger musste nicht lange überlegen, wen er da vor sich hatte. Er kannte die Uniformen der Männer – die Helme, welche mit grüner Schlangenhaut besetzt waren, die ledernen Wämser mit den rechteckigen Metallplättchen und die metallenen Beinschienen. Vor allem hatte er ihre runden Gürteldolche und die Säbel aus schwarzgelbem témánahischen Stahl nicht vergessen. All das kannte er, seit er und Yomi diesen Männern im Verborgenen Land zum ersten Mal in die Hände gefallen waren, diesen Schergen des dunklen Reichs, den Soldaten Sethurs.

»Ihr seid ein bemerkenswerter junger Mann, Yonathan«, drang eine Stimme von der Höhe des Sandhügels herab.

Yonathan musste nicht den Kopf heben, um zu wissen, aus wessen Mund diese Worte stammten. »Auch Ihr seid ein Mann, den man sich lieber zum Freund denn zum Feind wünscht, Sethur.« Als er den Blick über den Dünenkamm und von dort zum Ende der eigenen Karawane wandern ließ, erkannte er, dass eine Flucht aussichtslos war. Die Kette der Reiter, die den Weg zum Garten der Weisheit versperrte, pflanzte sich über die gesamte Düne bis hinter das letzte Packpferd der Karawane fort. Auch linker Hand zogen sie jetzt auf.

»Wie ich sehe, habt Ihr wieder einmal Eurem Namen alle Ehre bereitet, Sethur – Ihr seid wirklich jemand, der es versteht, im Verborgenen zu wirken. Wie habt Ihr es nur geschafft, all diese Männer heil durch die Mara zu bekommen?«

»Einige sind mir leider abhanden gekommen.«

»Wie wär's, wenn Ihr sie noch mal suchen geht? Wir können ja so lange hier warten.«

»Ihr versucht schon wieder mich zu reizen, Yonathan. Aber diesmal wird der Ausgang ein anderer sein. Ihr wisst, dass meine Bogenschützen Euch mit ihren Pfeilen durchbohren könnten, noch ehe Euer Herz ein zweites Mal schlägt. Daran kann selbst Euer Zauberstab nichts ändern.«

»Das Zaubern überlasse ich Euch, Sethur. Mit Eurem Dünentrick solltet Ihr auf Jahrmärkten auftreten.« Hinter seinen munteren Worten verbarg Yonathan die Anstrengung, mit der er nach einem Ausweg aus der scheinbar ausweglosen Situation forschte. Er musste Zeit gewinnen. »Wenn Ihr schon so freundlich seid, den Diensteifer Eurer Bogenschützen zu zügeln, könnte ich dann möglicherweise erfahren, was der Grund für Eure Zurückhaltung ist?«

»Darüber würde ich gerne unter vier Augen mit Euch sprechen, Yonathan.«

»Und was für einen Nutzen könnten *wir* davon haben?«

»Ihr könntet unnötiges Blutvergießen vermeiden.« Der Heeroberste Bar-Hazzats wirkte beinahe majestätisch, wie er zu Häupten der Umzingelten auf seinem prachtvollen, schwarzen Pferd saß und ruhig auf eine Antwort wartete. Sein Blick war dabei nicht kalt und berechnend; sonderbarerweise lag in den Zügen des hoch gewachsenen Mannes eher ein Ausdruck des Bedauerns.

Vielleicht tut es ihm Leid, dass seine Jagd nun am Ende ist, dachte Yonathan und entgegnete mit fester Stimme: »Ist das eine neue von Euren Listen, Sethur? Ich erinnere mich, dass Ihr meine Freunde bei unserem letzten Zusammentreffen ertränken wolltet.«

»Das war etwas anderes«, wandte der Heeroberste ein. »Eine Unachtsamkeit der Wachen.«

»Wir werden uns auch heute nicht freiwillig in Eure Hände begeben, Sethur, aber wenn Ihr darauf besteht, dann will ich Euch die Unterredung gewähren.«

Yehsir, Felin, Gimbar und Yomi nahmen das Vorhaben ihres jüngsten Begleiters mit großen Bedenken auf. »Du bist ein unheimlicher Dickschädel! Siehst du nicht, dass das eine ziemlich klare Falle ist?«, wetterte Yomi. Aber Yonathan wollte sich nicht umstimmen lassen. Wenn es irgendeine Möglichkeit gäbe, das Leben seiner Gefährten zu retten, ohne Schmach über den Namen Yehwohs zu bringen, dann müsse er es wenigstens versuchen, beharrte er.

Sethur löste sich aus den Reihen seiner Männer und strebte einem Punkt entgegen, der etwa einen Bogenschuss weit hinter der Karawane lag. Yonathan einigte sich mit Kumi, denselben Platz anzusteuern. Unmittelbar vor Sethurs Rappen zügelte er sein Lemak. Mit gemischten Gefühlen trat er vor den Heerobersten, dessen blutroter Umhang sich effektvoll blähte, als er vom Pferd stieg.

Yonathan kam sofort zur Sache. »Gibt es irgendeinen Weg, sich zu einigen, Sethur? Ihr wisst, dass ich Euch Haschevet niemals aushändigen kann und um den Stab geht es Euch ja wohl, oder nicht?«

Zu seinem Erstaunen zögerte Sethur mit der Antwort. Als er endlich doch die Stimme erhob, wirkte er zornig und verzweifelt zugleich. »Ich *kann* Euch nicht mit dem Stab in den Garten der Weisheit einziehen lassen. Es ist unmöglich! Seht Ihr nicht, dass ich genauso wenig meinem Herrn die Treue versagen kann wie Ihr dem Euren?«

Stabträger und Feldherr schauten sich lange schweigend in die Augen. In der Rechten hielt Yonathan den Stab Haschevet und fühlte dessen beruhigende Wärme. Er erforschte das Herz des Mannes, dessen Name im ganzen Cedanischen Reich einem Fluch gleichkam. Und plötzlich dämmerte eine Erkenntnis am

Horizont seines Bewusstseins. Hier, im Angesicht des Mannes, der nur ein Wort sagen, nur einen Finger heben musste, um Yonathan vom Leben zum Tode zu befördern, hier zeichnete sich endlich die Antwort auf die eine, große Frage ab. Seit Benel ihm den Auftrag gegeben hat Haschevet zum Garten der Weisheit zu tragen, hatte diese Frage in seinem Innern geschwelt.

Wie war es einem schwachen, fehlerbehafteten Menschen möglich vollkommene Liebe zu offenbaren?

Er, Yonathan, wäre zu dieser vollkommenen Liebe fähig, hatte Benel gesagt. Aber wie? Nur durch diese Liebe könne er seinen Auftrag erfüllen, hatte Yehwohs Bote versichert. Und doch hatte Yonathan so viele Fehlschläge erlitten – so glaubte er jedenfalls. Er hatte Zorn – ja Hass! – empfunden, als Sethur die *Weltwind* angriff, auch als Gavroq, einer der Männer des Heerobersten, durch die Macht des Stabes getötet wurde. Sicher, Din-Mikkith hatte ihm erklärt, dass Liebe und Hass kein Widerspruch sind, solange der Hass sich gegen das Böse an sich richtet, nicht aber die Person trifft. Das Böse kann nie zum Guten werden, hatte der grüne Behmisch erklärt, aber *der* Böse mag sich ändern und kann sich zum Guten wenden.

All das ging ihm durch den Kopf, während sein Blick Sethurs dunkle Augen gefangen hielt. Dann fragte er: »Warum könnt Ihr mich nicht ziehen lassen, Sethur? Wiegt das Gebot Bar-Hazzats wirklich so schwer? Muß man einem Befehl unbedingt gehorchen, auch wenn er einem Unrecht dient?«

Sethur schien einen inneren Kampf auszutragen. Doch dann gewann eine der in ihm widerstreitenden Parteien die Oberhand und er presste zischend heraus: »Bar-Hazzats Wort *ist* das Recht in Témánah!«

»Wir sind hier an der Pforte zum Garten der Weisheit, Sethur. Vergeßt das nicht! Da, wo Ihr herkommt, gebietet die Finsternis, hier aber regiert das Licht.«

»Dann bin ich ein Sklave der Finsternis und ich muss tun, wie sie mir gebietet.« Aus Sethurs Stimme sprach eher Verzweiflung als Überzeugung, aber sie trug auch den Schatten des Unheils in sich, der das Handeln vieler Verzweifelter umgibt. »Dies ist mein *letztes* Angebot, Yonathan: Folgt mir nach und ich werde weder Euer Leben noch das Eurer Freunde antasten. Ich verspreche Euch, wenn Ihr mit mir geht, werdet Ihr wie mein eigener Sohn werden. An meiner Seite werdet Ihr ein Großer sein im Lande des Südens und bald in ganz Neschan. Andernfalls jedoch …« Sethur zögerte.

»Ja?«

»Ich könnte Euch hier auf der Stelle mit meinem Schwert niederstrecken.« Sethur legte die Hand an den Schwertgriff.

Diese Geste, die eigentlich als Drohung gedacht war, bewirkte genau das Gegenteil. Mit einem Mal blitzte das Licht lang verborgener Erkenntnis in Yonathans Bewusstsein auf wie ein heller Strahl, der in ein finsteres Gewölbe dringt. Ja, er *konnte* vollkommene Liebe üben. Die Vollkommenheit, die Yehwoh von der Schöpfung verlangte, musste eine sein, die auch erreichbar war – keine absolute Makellosigkeit, wie nur der Höchste sie besaß. Natürlich! Derjenige ist vollkommen, der das Ziel erreicht, der dem Zweck dieser Vollkommenheit entspricht. Yonathans Ziel war, das Böse zu besiegen.

Er erwiderte den Blick Sethurs ohne Furcht und ohne Groll. Für viele Menschen verkörperte Sethur das Böse schlechthin. Aber Yonathan sah in diesem Augenblick etwas anderes. Der Heeroberste war ein fehlgeleiteter Mensch, dessen Sinn die Finsternis fest umschlossen hielt, um das Licht der Wahrheit auszuschließen.

Langsam legte Yonathan seine Hand auf Sethurs Faust, die den Schwertgriff umklammerte. »Ja, du kannst mich töten, ebenso wie ich dich mit diesem Stab hier auf der Stelle töten könnte.« Yonathan hielt Haschevet vorsichtig in die Höhe und ließ den Blick über den goldenen, in der Sonne glitzernden Knauf wandern.

Erst jetzt schien Sethur klar zu werden, dass eigentlich er in der Hand Yonathans war und nicht umgekehrt. Vielleicht dachte er auch an Gavroq, seinen Hauptmann, den der Stab von einem

Augenblick zum nächsten in ein Häufchen Asche verwandelt hatte.

»Hab keine Furcht, Sethur. Ich werde meine Hand nicht gegen dich erheben. Denn deine Pläne werden auch so nicht erfüllt werden. Du wirst Haschevet nie nach Témánah tragen können. Dazu sind wir den Nebeln Gan Mischpads schon zu nah. Du magst ihn unter deiner wandernden Sanddüne begraben – aber er wird vom siebten Richter gefunden werden. Wenn du also glaubst, dass du uns töten musst – ich kann es nicht verhindern. Denn ich werde deinen bösen Taten nicht noch ein weiteres Unrecht hinzufügen.«

Yonathan ließ die Hand Sethurs wieder los. Ruhig stützte er sich mit beiden Händen auf den goldenen Knauf Haschevets. »Nur eines noch«, fügte er mit einem Lächeln hinzu. »Ich will dir verzeihen, für alles, was du glaubst tun zu müssen.«

Mit diesen Worten wandte sich Yonathan von Sethur ab, griff nach Kumis Zügel und ging zu seinen Freunden zurück. Während er sich auf die Gefährten zubewegte, deren furchtvolle Gesichter sich kristallklar vor der weißblauen Wolkenwand im Hintergrund abhoben, fühlte Yonathan für einen Moment Bedauern. Die Nebelwand war so nah wie nie zuvor. Fast hätten sie ihr Ziel erreicht.

Nach einigem Zögern rang sich Yomi endlich zu einer Frage durch, die alle Gefährten fürchteten. »Es sieht ziemlich schlimm aus, nicht wahr?«

»Ich fürchte, es sieht *unheimlich* schlimm aus, Yo.«

»Mußt du dich immer über mich lustig machen?«, beschwerte sich Yomi in schlecht gespielter Gekränktheit. Ein frischer Wind strich durch die widerspenstigen Haarsträhnen des langen, blonden Seemannes.

Yonathan wandte sich an Gimbar. »Was tut Sethur gerade?« Er hatte dem Heerobersten noch immer den Rücken zugewandt.

»Er scheint zu Stein erstarrt zu sein. Was hast du zu ihm gesagt, Yonathan?«

Yonathan zuckte die Achseln. »Nichts Besonderes.«

»Er hat den Arm erhoben, mit dem Schwert darin!«, rief Yehsir. »Das ist das Zeichen.«

Yonathan beobachtete, wie die Männer Sethurs Pfeile an die Sehnen ihrer Kurzbogen legten.

»Zumindest sollen sie uns nicht abschlachten wie wehrlose Lämmer«, sagte Gimbar mit grimmiger Miene und förderte einen gewaltigen Dolch zutage. »Greift eure Waffen, meine Freunde, und zeigt diesen dunklen Gesellen, dass die Streiter des Lichts keine Feiglinge sind.«

Alle schauten Gimbar verdutzt an.

»Diese theatralische Ader kenne ich an dir noch gar nicht«, bemerkte Felin.

»Wartet noch einen Moment!«, rief Yonathan, und während er in Richtung der Nebelwand deutete, sagte er: »Seht, dort!«

Nicht nur ihm war das Furcht einflößende Schauspiel aufgefallen, sondern auch Sethur, der seine Fassung noch nicht ganz wiedererlangt hatte. Das war wohl auch der Grund dafür, dass der Arm des Heerobersten ein wenig zu lang in der Luft schwebte, das ebenso prächtige wie tödliche Krummschwert hoch erhoben. In den blauweiß schimmernden Grenznebel war Bewegung gekommen. Ein kreisendes Wogen und Wallen verletzte die gleichmäßige Struktur der himmelhohen Wand und förderte dunklere und hellere Streifen zutage. Schnell beschleunigte sich das Kreisen, wurde zu einem rasenden Wirbel, der sich in Form eines gigantischen Trichters aus der Nebelwand löste.

Starr vor Entsetzen verfolgten Sethur und seine Männer das Schauspiel. Aber auch Yonathan und seine Gefährten waren kaum einer Regung fähig und blickten gebannt auf den schnell heranfliegenden Wirbel. Schließt sich hier der Kreis?, fragte sich Yonathan. Einst war der dunkle Herrscher Grantor mit seinem Heer von einem übernatürlichen Zyklon besiegt worden, Goel wurde davongetragen und der Stab Haschevet verschwand im Auge des Sturms. Würde er, Yonathan, der das Wahrzeichen der Richter Neschans aus seinem jahrhundertelangen Schlaf geweckt hatte, nun in einer Wiederholung der damaligen Ereignisse in die Tiefe der Mara gerissen oder in die Höhen des Himmels geschleudert werden? Der Ausgang wäre vermutlich in jedem Fall gleich.

Nein, dies war kein göttliches Strafgericht für ihn und seine Freunde. Er hatte sich nicht wie Sethur vom Bösen gefangen nehmen lassen. Wenn es ihm drohte, wie zuletzt im Schwarzen Tempel von Abbadon, hatte er ihm widerstanden. Er hatte sich auch nicht einlullen lassen, wenn es gleich einem lichten Boten Yehwohs erschien, wenn es ihm schmeichelte oder verlockende Angebote machte, wie Bar-Hazzat es vor einigen Wochen inmitten des Sandsturms versuchte hatte. Er war standhaft geblieben und damit siegreich über Mächte, die eigentlich seine Kraft bei weitem überstiegen.

»Bleibt stehen und seht die Rettung Yehwohs!«, schrie er den Freunden zu. Eine plötzliche Hochstimmung hatte von Yonathan Besitz ergriffen, eine Freude und Zuversicht, die alle Furcht unter ihrer Flutwelle begrub.

Die Männer Sethurs schätzten die Lage ein wenig anders ein – wohl zu Recht. Die meisten von ihnen hatten längst panikerfüllt die Flucht ergriffen. Tiere scheuten und sprengten reiterlos in alle möglichen Richtungen davon. Der Sturm brüllte und fauchte wie ein gewaltiges Raubtier. Der himmelhohe Trichter hatte sich vom Boden erhoben und strebte mit seinem Zentrum direkt auf die kleine Schar um den Stabträger zu.

»Rührt euch nicht, bis ich es sage!«, rief Yonathan.

Mit einem Mal herrschte Ruhe. Eine Stille, in ihrer Plötzlichkeit ebenso Furcht einflößend wie die wütende Macht des Wirbelsturms.

»Das gefällt mir gar nicht«, keuchte Yomi.

»Das gefällt mir sogar sehr gut!«, rief Yonathan euphorisch.

»Wir sind im Auge des Sturms«, hauchte Gimbar, während er furchtvoll um sich blickte, als befürchte er, die Wände der Windhose könnten jeden Augenblick über ihm zusammenstürzen.

»Wenn ich mich nicht täusche, wird das Sturmauge sich jeden

Moment in Bewegung setzen«, sagte Yonathan, von Hast ergriffen. »Schnell! Steigt auf eure Pferde. Wir müssen immer im Zentrum des Wirbels bleiben.«

Kaum hatten er und seine Gefährten ihre Tiere bestiegen, setzte das Auge des Sturms sich in Bewegung und obwohl in dem blauweißen Wirbel jede Orientierung unmöglich war, wussten doch alle, dass der Sturm sich jetzt wieder auf Gan Mischpad zubewegte.

»Er geleitet uns direkt zum Garten«, staunte Yehsir.

»Eine wahrhaft machtvolle Eskorte!«, bemerkte Felin ehrfürchtig.

Langsamen Schritts näherte sich die Karawane ihrem unsichtbaren Ziel. Ein weiteres Wunder, das in der Gischt der sich überschlagenden Ereignisse kaum wahrgenommen wurde, war die Ruhe der Reit- und Packtiere. Nur Gurgi hatte vorsichtshalber unter Yonathans Umhang Zuflucht genommen.

Plötzlich hob sich die Windhose wieder. Mit rasch zunehmender Geschwindigkeit zog sie sich in die Höhen des Grenznebels zurück, der jetzt unmittelbar vor der Karawane aufragte.

»Ich hoffe, der Garten lädt uns wirklich *alle* ein«, murmelte Yomi. Seine Augen schienen in dem undurchsichtigen Nebel nach etwas zu suchen.

»Hab keine Furcht«, beruhigte ihn Yonathan.

»Da! Hinter uns!«, ertönte plötzlich Gimbars Stimme.

Köpfe flogen herum. Sethur sprengte mit wehendem Umhang auf seinem Rappen heran. Hinter ihm folgte ein kläglicher Rest seiner Schar.

»Die sehen nicht aus, als könnten sie Spaß vertragen«, stellte Gimbar fest.

»Sie sind wahnsinnig«, erwiderte Yonathan. »Sie werden alle zu Tode kommen, wenn sie uns in den Nebel folgen.«

»Hast du etwa Mitleid mit ihnen?«, fragte Yomi erstaunt.

»Sie sind Menschen, Yo! Gefangene Témánahs! Vielleicht könnten einige von ihnen gerettet werden, wenn man ihnen nur die Gelegenheit dazu gäbe.«

Schon konnte man Sethurs Gesicht erkennen. Vielleicht war es auch die Kraft des *Koach*, die Yonathans Sinne schärfte, aber er glaubte, die Gefühle hinter diesem Antlitz lesen zu können: Verzweiflung, grenzenlose Verwirrung und … Liebe?

»Wir können nicht länger warten, mein Freund.« Das war Felin.

Yonathan nickte. »Er hätte gewonnen werden können«, sagte er traurig.

Er fühlte Gimbars Hand auf seiner Schulter. »Ich glaube, in einer gewissen Weise *hast* du ihn gewonnen, Yonathan. Komm jetzt, bitte. Schließlich müssen wir *dir* folgen und nicht du uns.«

Noch einmal nickte Yonathan und ließ betrübt den Kopf hängen. Dann wandte er sich um und führte sein Lemak in den milchigen Nebel.

Ebenso schnell wie die Schleier der blauweißen Wolke die Karawane verhüllten, entfernten sich auch die Geräusche der nachfolgenden Feinde. Flüchtende wie Verfolger tauchten in die undurchsichtige Substanz und jeder war plötzlich allein.

Der Wechsel stellte sich so plötzlich ein, dass Yonathan erschrocken den Zügel Kumis losließ und sich umwandte. Aber da war nichts, nichts zu sehen und nichts zu hören. Er drehte sich wieder um und ging weiter. Das leise Knirschen unter seinen Füßen, sein regelmäßiger Atem und das Schlagen seines Herzens waren die einzigen Geräusche, die ihn begleiteten.

Er fühlte sich plötzlich sehr müde. Kein Wunder, sagte er sich, die Ereignisse der letzten Stunde gaben Anlass genug sich ausgelaugt zu fühlen. Abwesend bemerkte er, dass er vergessen hatte den Zügel Kumis wieder aufzunehmen. Er tappte ganz allein durch den schweren Nebel. Auch nicht so schlimm, dachte er. Kumi wird sich schon zu helfen wissen.

Die Müdigkeit wurde immer schlimmer. Schließlich beschloss er sich für eine kleine Weile auszuruhen. Er setzte sich auf den Boden, der gar nicht feucht war. Ein seltsamer Nebel war das. Er würde ein wenig ruhen. Vielleicht eine Stunde, nicht länger.

Während die Schwingen des Schlafes ihn umfingen, dachte er

an Haschevet und an den siebten Richter. Goel würde staunen, wenn er den Stab wieder sähe und wenn er hörte, was Yonathan alles erlebt hatte, um ihn sicher in den Garten der Weisheit zu tragen. Er hatte Schiffbruch erlitten, war unter Piraten und Räuber gefallen, von einem Kaiser gefangen gehalten worden und hatte schließlich noch ein totes, verfluchtes Land durchquert – ja, sie hatte wirklich nicht mit Bitternis gespart, die Wüste Mara.

VI.
Die Erkenntnis

Jonathan schreckte von seinem Bett hoch. Was hatte ihn geweckt? Im Zimmer schwebte ein Hauch blauweißen Lichts. Er ließ den Blick schweifen und fand schnell die Ursache des silbrigen Schimmers: Vor dem Sprossenfenster, das an klaren Winternächten den Park von *Jabbok House* zeigte, waberte ein dichter Nebel – durchaus nichts Ungewöhnliches zu dieser Jahreszeit.

Welches Datum war heute? Langsam kehrte die Erinnerung zurück. Es musste April sein. Er lag seit Wochen krank im Bett. Jonathan griff hinter sich. Das Kopfkissen war nass geschwitzt. Aber er fühlte sich gar nicht krank! Im Gegenteil, er spürte eine Kraft in sich wie schon lange nicht mehr, vielleicht sogar wie nie zuvor. Wie konnte das sein?

Dabei war sein Zustand immer bedenklicher geworden. Großvater hatte ein Heer von Ärzten nach Bridge of Balgie gerufen. Aber schließlich waren alle zu der gleichen Diagnose gekommen wie schon Professor Macleod zu Beginn: Der Patient wurde einfach schwächer, das Leben schien aus ihm herauszurinnen wie aus einem leckgeschlagenen Gefäß. Doch warum, das konnte keiner sagen.

Lord Jabbok hatte Samuel Falter aus Loanhead kommen lassen. Er hoffte, der Hausdiener des Knabeninternats könne allein durch seine Gegenwart den Zustand des Sorgenkindes bessern. Tatsächlich bereitete das Wiedersehen mit dem langjährigen Freund Jonathan große Freude. Für einen Moment schien es, als blühe er regelrecht auf. Aber auch das erwies sich eher als ein kurzes Aufbäumen denn als dauerhafte Besserung.

In den kommenden Wochen hatten alle, die Jonathan liebten, abwechselnd an seinem Bett gewacht und da es derer viele gab, wurde es in seinem Zimmer niemals einsam. Der alte Lord, Samuel Falter, der Lehrer, Mister Marshall, selbst der alte Hausdiener Alfred verweilten bei ihm, versuchten ihn aufzumuntern und zeigten einfach durch ihre Gegenwart, wie sehr sie um den »kleinen Prinzen« besorgt waren, wie der alte Samuel ihn noch immer nannte. Alles schien bis zu diesem Augenblick auf seinen Tod hinzudeuten. Umso befremdlicher, dass er jetzt ganz allein war.

Jonathan lauschte angestrengt. Vor der Tür hörte er Stimmen. Ja, es schien sogar eine hitzige Diskussion im Gange zu sein.

»Was heißt das, Sie können nichts mehr für ihn tun?«, dröhnte ein gut vernehmlicher Bariton, der fraglos dem Herrn von *Jabbok House* gehörte.

»Es bedeutet genau das, was ich sagte, Euer Lordschaft.« Auch diese Stimme erkannte Jonathan, obwohl sie im Ansatz doch ungleich schwächer war. Zaghaft wie jemand, der eine äußerst unangenehme Nachricht zu übermitteln hat, versuchte der Arzt, Professor Macleod, dem alten Lord das beizubringen, was dieser nicht verstehen wollte. »Seht, wir haben wirklich *alles* versucht. Es ist gerade so, als *wolle* der Junge sich nicht helfen lassen. Lord Jabbok, so Leid es mir tut, aber ich kann Euch keine Hoffnung mehr machen. Allein wenn er diese Nacht überlebte, käme das schon einem Wunder gleich. Und eines könnt Ihr mir glauben: Ich wäre bestimmt der Letzte, der sich darüber nicht freuen würde.«

»Ich glaube, wir müssen hinnehmen, was der Professor uns sagt, Euer Lordschaft.« Das war der gute Samuel, ohne Zweifel!

Jetzt erinnerte sich Jonathan wieder. Viele Nächte hindurch hatten Großvater und Samuel gemeinsam an seinem Bett gewacht. Oft hatten sie stundenlang leise miteinander gesprochen. Wenn er ab und zu für kurze Zeit aus seinen merkwürdigen Träumen hochgeschreckt war, für einen kurzen Augenblick die Umgebung klar wahrnehmen konnte, dann fühlte er, wie diese beiden alten Männer sich immer fester aneinander zu klammern schienen. Ja, er glaubte sogar ein Band der Freundschaft zu entdecken, das sich um den ehrwürdigen Lord und den einfachen, aber weisen Hausdiener schlang, sich immer häufiger um sie drehte, bis es sie schließlich vollends umfangen hatte. Gut, hatte Jonathan zufrieden gedacht. Sie werden einander brauchen, wenn ich nicht mehr bei ihnen bin. Dann war er wieder in seine Bewusstlosigkeit gesunken.

Doch warum ging es ihm jetzt so gut? Lag es an dem Traum, an Yonathan, seinem Traumbruder, der endlich den Garten der Weisheit erreicht hatte? Das heißt, hatte er ihn wirklich erreicht? Er war zuletzt in dem Nebel eingeschlafen. Vielleicht brauchte er Hilfe, eine Hand, die ihn stützte, um auch das letzte Stück in den Garten zu bewältigen. Jonathan wandte den Blick hinüber zum Fenster, hinter dem der Nebel waberte. Dort draußen lag Yonathan hilflos in seinem traumlosen Schlaf.

Noch einmal blickte Jonathan zur Tür. Dann stand er auf und ging auf das Fenster zu. Für die Dauer eines Atemzuges verharrte er davor und blickte verwundert auf seine Füße, die ihn wie selbstverständlich trugen. Er erinnerte sich an ein anderes Erlebnis, als er schon einmal den Rollstuhl hatte stehen lassen und durch dieses Fenster gestiegen war. Das schien unendlich lange her zu sein.

Jonathan schob den Riegel herum, packte die beiden Messinggriffe und öffnete das Fenster. Ohne sich noch einmal umzuwenden, setzte er einen Fuß auf die andere Seite der Fensterbank, stützte sich auf einen Stecken, den seine tastende Hand im Nebel fand, und zog das andere Bein hinterher. Sogleich begann er zu laufen. Mit Hilfe des Steckens, den er noch immer in der Hand hielt, drang er schnell tiefer in das milchige, blauweiße Element ein. Als er noch einmal zurückblickte, war von *Jabbok House* nichts mehr zu sehen.

Langsam lichtete sich der Nebel. Zuerst war es nur eine Veränderung der Farbe. Das gleichförmige blauweiße Schimmern wurde mehr und mehr von gelbem Licht durchsetzt. Dann kam der Wechsel so schnell, dass er ergriffen stehen blieb.

Er stand auf einer grünen, sonnendurchfluteten Wiese, am Rande eines wunderschönen, paradiesischen Gartens. So sehr ihn Rás in seiner Vielfalt fasziniert hatte, so sehr wurde sein Herz hier von der anmutigen Harmonie der Wiesen, Blumen, Büsche und Bäume berührt. Auch dieser Garten war alt, das spürte er, aber er schien – ganz im Gegensatz zu Rás – von einer sehr behutsamen Hand gepflegt zu werden.

Plötzlich sah er zu seiner Rechten einen alten, nicht besonders großen Mann unter den Ästen einer gewaltigen Eiche hervortreten. Der Greis trug ein schneeweißes, weites Gewand und einen dünnen, beinahe ebenso farblosen Bart. Es war zu spüren, dass dieser Alte mehr Lebensjahre zählte als jeder andere Mensch. Und doch wirkten seine Schritte nicht schleppend.

Zwei mandelförmige, dunkle Augen, in denen eine beinahe jugendliche Lebhaftigkeit funkelte, hefteten sich interessiert und mit einem Ausdruck stiller Zufriedenheit auf die Gestalt des jungen Ankömmlings.

»Seid willkommen, Geschan. Aller Friede Neschans sei mit Euch. Wir haben schon sehnsüchtig auf Euch gewartet – obgleich wir an Eurem Erscheinen niemals zweifelten.«

Jonathan blickte sich unsicher um. Doch da gab es nur den Nebel. Der Alte sprach tatsächlich mit ihm. »Ihr müsst mich mit jemandem verwechseln«, versicherte er. »Mein Name ist nicht Geschan.«

»Und was ist das da?« Der Greis deutete auf Jonathans rechte Hand.

»Haschevet!«, rief er und ließ den Stab vor Schreck ins Gras fallen.

»Ihr scheint ein merkwürdiger junger Mann zu sein, Geschan. Lauft monatelang mit diesem Stab durch die Weltgeschichte und scheint Euch doch noch gar nicht richtig mit ihm bekannt gemacht zu haben. Kommt, gebt ihn mir. Ich will Euch einander vorstellen.«

Jonathan entwand sich dem Bann des im Gras liegenden Stabes und blickte misstrauisch auf den lächelnden Alten. »Und woher weiß ich, dass ich Euch trauen kann?«

Der Greis lächelte nur milde und sagte in einer Weise, die jedem Trug fern war: »Würde ich Böses im Schilde führen, was würde dann wohl geschehen, sobald ich den Stab berührte?«

Daran hatte Jonathan noch gar nicht gedacht. Vielleicht verständlich, denn die Art und Weise, wie er in seine eigenen Träume gerutscht war, hatte für einige Unordnung in seinem Kopf gesorgt. Er bückte sich und hob den Stab auf. Haschevet lag quer auf Jonathans Händen. Er war leicht wie eine Feder, so als wolle er jede Erschwernis vermeiden, die seine Übergabe an den alten Mann noch länger hinauszögern könnte. Trotzdem kostete es Jonathan große Überwindung den letzten Schritt zwischen sich und dem Grauhaarigen zurückzulegen. Der Mann sah freundlich aus. Jonathan bangte um den lächelnden Alten.

Aber dieser wirkte so ruhig, so ohne Furcht, so zuversichtlich, dass er schließlich doch den letzten Schritt tat. Jonathan streckte den Stab in die Höhe und als der alte Mann den Schaft umfasste, trafen sich ihre Blicke.

Während Jonathan in die lebendig funkelnden Augen des Alten schaute, schien er von diesen förmlich aufgesaugt zu werden. Wie in ein bodenloses Loch stürzte er immer tiefer in diesen Blick hinein. Alles um ihn herum begann sich zu drehen. Er tauchte in einen schillernden Strudel ein, dessen Millionen Luftbläschen alle in einer anderen Farbe leuchteten.

In seinem schwerelosen Flug schien Jonathan den einzelnen Bläschen näher zu kommen. Verwundert bemerkte er die Bilder darauf. Er sah einen kleinen schwarzhaarigen Buben mit mandelförmigen Augen. Er sah ein dickes Buch, in dem lateinische Wörter standen. Für einen Moment blitzte die Gestalt Benels auf; Yehwohs Bote sprach Worte, die zu leise waren, um sie zu verstehen. So ging es weiter und weiter. Zuletzt blickte Jonathan aus

Augen, die nicht seine eigenen waren, auf eine Hand, die Haschevet hielt; über dem goldenen Knauf des Stabes jagte eine riesige Windhose heran. Aber das war nicht jener Wirbelsturm, der ihn an die Grenzen von Gan Mischpad geleitet hatte. Der Sturm war ein anderer und das Land war ein anderes. Und doch war ihm diese Gegend vertraut, die dunklen Nadelbäume, die klare Luft, die Wiesen. Kein Wunder, ein Teil seines Ichs war hier aufgewachsen, bei den Bergen im Hinterland von Kitvar. Dann verschwamm alles. Der Wirbelsturm ergriff den Betrachter, die Hand ließ den Stab fallen und wenig später sah er den friedlichen Garten der Weisheit wieder. Er spürte tiefe Trauer, Reue über einen Moment der Unachtsamkeit. Dann kam alles in einem Strom langer Jahre zur Ruhe, in denen es nichts als den Garten der Weisheit gab.

Als Jonathan wieder klar sehen konnte, stand der Alte noch immer unbeweglich vor ihm und hielt den Stab fest. »Was war das?«, keuchte er. Doch dann dachte er an die Bilder und wusste, wen er vor sich hatte. Ehrfürchtig senkte er den Blick. »Verzeiht, Goel.«

Goel nahm den Stab endgültig aus Jonathans Hand, ließ für einen Moment den Blick beinahe liebevoll über den kostbaren Gegenstand gleiten und wandte sich dann wieder seinem Gast zu.

»Es war notwendig, weil es uns viele Worte erspart. Nicht dass ich an einem kleinen Pläuschchen mit Euch kein Interesse hätte, nach so vielen Jahren. Aber ich glaube, es war hilfreich, um unsere weitere Zusammenarbeit auf eine solide Grundlage zu stellen.«

»Ich verstehe nicht. Warum nennt Ihr mich immer Geschan? Dieser Name gebührt mir nicht. Er gehört dem siebten Richter. Ich heiße Jonathan.«

Goel nickte und einen Augenblick lang glaubte Jonathan, der Richter hätte endlich verstanden, worum es ging. Aber dann senkte der Alte wieder die Augen, schaute noch einmal auf den Stab, wie jemand beim Abschied in das Gesicht eines geliebten

Menschen blickt und hob sodann Haschevet mit beiden Händen in die Höhe.

»Dein Vater nannte dich Jonathan«, sagte er in feierlichem Ton. »Leider ist er viel zu früh gestorben, wie ich sah. Aber er hat in deinem Herzen die Grundlage für vieles andere gelegt. Nimm nun diesen Stab, Geschan, denn er gebührt dir. Trotz deiner Jugend hast du dich für dein schweres Amt als würdig erwiesen. Du besitzt die Gabe der vollkommenen Liebe. Du hast das Böse besiegt. Du bist der siebte Richter.«

Jonathan merkte, wie ihm schwindelig wurde. Das war zu viel. Er, der siebte Richter? Ungläubig blickte er in Goels Augen, aber da entdeckte er nichts, das den Gedanken an einen Scherz nahe legte. Der alte Richter meinte es wirklich ernst!

Während er zaghaft nach dem Stab griff, begannen Erinnerungen seiner zurückliegenden Reise an ihm vorüberzufliegen. Gleich am Anfang, am Tage des Aufbruchs aus Kitvar, hatte Navran von den Gedanken gesprochen, die ihn vor etlichen Jahren beschäftigten, als er den kleinen Yonathan aus dem Meer fischte. »Ich wusste schon immer, dass vieles in dir steckt, schon damals, als du als kleiner Knabe an unsere Küste geschwemmt wurdest«, hatte sich der Ziehvater entsonnen. Jetzt wusste Jonathan, was Navrans wirkliche Gedanken waren: Ich wusste schon immer, dass du einer der Unsrigen, ein *Träumer,* bist.

Schließlich gehörte der Pflegevater selbst zu den Unsrigen und wie es schien, besaß diese Gruppe von Menschen eine Art sechsten Sinn dafür, Personen von gleichem Wesen zu erkennen. Deswegen hatte ihn Navran schon von Anfang an für einen Träumer gehalten, vielleicht sogar für Geschan, den siebten Richter. Din-Mikkith jedenfalls hatte ihn mehr als einmal mit diesem Namen angesprochen. Selbst der niederträchtige Baum Zephon und der témánahische Heerführer Sethur hatten solche Andeutungen gemacht. Baltans Erzählungen über die Träumer und die Vermutung, dass auch die Richter Neschans zu den Unsrigen gehörten, waren weitere Steinchen in diesem Mosaik.

Die Äußerungen Felins zu der Zeit, als sie sich kennen lernten, mussten wohl ebenso dazugerechnet werden. Der Prinz sprach damals über das gegenseitige Vertrauen. »Wenn du der bist, für den ich dich halte, dann durfte deine Antwort nur so und nicht anders lauten«, hatte er gesagt. Für wen hatte er ihn denn gehalten? Etwa auch für Geschan? Felins Worte beim späteren Besuch der geheimen Höhlen unter dem Palastberg bekamen in diesem Licht plötzlich einen Sinn: »Ich hatte das Gefühl, dieses Wissen stehe dir zu.« Jonathan hatte sich damals zwar gefragt, welches Eigentumsrecht er an diesem Wissen haben konnte, aber er war nie auf die Idee gekommen, dass es *das* war, wovon alle sprachen.

Und dann war da noch einmal Benel gewesen, in den Bochim. »Auch der siebte Richter sieht diesen Ort«, hatte er gesagt, und Jonathan war überhaupt nicht aufgefallen, dass Yehwohs Bote nicht von zukünftigen Ereignissen gesprochen hatte, sondern von der Gegenwart. Er hatte ihn, Jonathan, gemeint. Selbst als Benel ihm anvertraute, dass er »als einziger lebender Mensch die Bochim sehen« dürfe, war ihm nichts aufgefallen. All diese Hinweise hatte er einfach übersehen. Blind und taub war er durch halb Neschan getappt. Seine Sinne hatten sich der Wahrheit verschlossen, weil diese ihm viel zu phantastisch, viel zu abwegig erschien.

»Ihr habt es alle gewusst!«

»Und Ihr habt es nicht gewusst, Geschan? Glaubt Ihr wirklich noch immer, Ihr hättet es nicht gewusst?«

Jonathan musste sich eingestehen, dass Goel Recht hatte. Aber er hatte sich immer gesträubt die Wahrheit anzuerkennen, weil er sich für unwürdig hielt.

»Ich bin doch nur ein Knabe.«

»Ich glaube nicht, dass Ihr lange an dieser Meinung festhalten werdet.«

Jonathan sah verwundert auf und blickte in ein schalkhaftes Lächeln. »Wie meint Ihr das, Goel?«

»Ich habe hier jemanden für Euch mitgebracht. Schaut selbst.« Goel wies zu jener Stelle, von der er unter den Bäumen hervorgetreten war. In diesem Moment löste sich die zierliche Gestalt eines Mädchens aus den Schatten. Langes, schwarzes Haar floss in unzähligen Locken über ihre Schultern und dunkle Augen versprühten das Licht eines ungebändigten Willens.

»Die Stachelwortspuckerin!« Noch ehe die Worte ganz heraus waren, erkannte Jonathan, dass er einen Fehler begangen hatte. Schnell wischte er sich die tränenfeuchten Wangen trocken.

»Könntest du das bitte noch einmal wiederholen?« Das Mädchen baute sich vor Jonathan auf und stemmte schwungvoll die Fäuste in die Seiten.

Jonathan schluckte. »Bithya! Ich wünsche dir allen Frieden Neschans. Schön, dass du dein Reiseziel gesund erreicht hast. Sind Baltan, Schelima, Sahavel und die ›Handelsgehilfen‹ auch wohlauf?«

Bithyas Miene entspannte sich ein wenig. »Es geht ihnen gut. Wir haben Zirgis' Soldaten ganz schön an der Nase herumgeführt!« Ein glockenhelles Lachen erklang. »Aber es ist alles gut gegangen. Baltan, Schelima und Sahavel warten in Goels Haus. Der Rest der Karawane ist in Ganor abgestiegen.«

»Das ist gut.« Jonathan nickte zufrieden und atmete innerlich auf, da die brenzlige Situation vorerst überstanden schien.

»Wo ist Gurgi?«

Der Klang des Namens allein genügte, um die kleine Masch-Masch-Dame aus ihrem Versteck zu locken. Während Gurgi dem Halsausschnitt ihres Herrn entschlüpfte, geriet in Jonathans Kopf ein neues Räderwerk in Bewegung. Wo war Gurgi gewesen, als er eben noch in seinem Bett, auf *Jabbok House,* gelegen hatte? Was war mit seinem Großvater? Suchte er schon nach ihm – vielleicht gerade jetzt – in einem verlassenen Zimmer? Und was war mit seinen Freunden? Wo waren Yomi, Gimbar, Felin, Yehsir und nicht zuletzt Kumi?

Fragen über Fragen und so wenige Antworten. Eines allerdings wurde ihm klar: Jonathan besaß plötzlich die Erinnerung *zweier* Leben. Er war nicht länger nur der Knabe aus Kitvar, der Zögling Navran Yaschmons, der nicht wusste, woher er kam. Er war Jonathan und zugleich auch Yonathan. Als er einst in Din-Mikkiths Baumhaus gelegen hatte und sich selbst – oder seinen Traumbruder oder wie auch immer – besuchte, hatte er gesagt: »Schließlich sind wir doch beide irgendwie eins.« Nun wusste er, dass es tatsächlich so war. Aber trotzdem, hinter dem beinahe rauschähnlichen Hochgefühl, das diese Erkenntnis ihm bescherte, stand immer noch ein Spalier von brennenden Fragen. Erst wenn diese Unklarheiten ausgeräumt wären, würde er sich wirklich seiner unbeschwerten Freude hingeben können.

Da Bithya nun ohnehin durch Gurgi abgelenkt war, konnte Jonathan die nächstliegende seiner Fragen stellen. »Wo sind meine Gefährten, Goel?«

Der sechste Richter lächelte, was seine ohnehin schon schmalen Augen zu zwei dünnen Strichen verzog. »Ihr müsst Euch nur umwenden, Geschan, dann wisst Ihr es.«

Jonathan folgte dem Wink von Goels Hand und tatsächlich, in diesem Augenblick formten sich Schatten in der gleichförmigen Wand des Grenznebels. Zuerst entdeckte er Yomi, der reichlich desorientiert wirkte. Dann erschienen auch Felin, Gimbar und schließlich Yehsir, der nicht nur seinen Rappen, sondern auch eine Kette von Packpferden mit sich führte.

Voller Freude stürzte Jonathan seinen Gefährten entgegen, und man verbrachte einige Zeit mit nichts anderem, als sich um den Hals zu fallen, freudige Worte auszutauschen und – je nach Veranlagung – den Tränen freien Lauf zu lassen oder sie mühsam zurückzuhalten. Einen Moment hielt Jonathan inne.

»Wo ist Kumi?«

Ratlose Blicke flogen hin und her. Plötzlich war ein dumpfes Blöken zu hören. Gleich darauf formte sich ein Umriss aus der milchigen Substanz, der alle vorangegangenen im wahrsten Sinne des Wortes in den Schatten stellte. Erst sah man nur einen verschwommenen Schemen, aber dann wurden die Konturen allmählich immer deutlicher. Ein grünes Auge verschaffte sich klaren Blick, hakte sich an Jonathan fest und zog allmählich den Rest hinterher: den Kopf mit dem zweiten, dem blauen Auge, den langen, gebogenen Hals und schließlich den ganzen großen, weißen, unvermindert schwankenden Körper.

Jonathan schob Gimbar ein Stück weit von sich und bat: »Entschuldige mich einen Augenblick. Ich muss noch einen anderen Freund begrüßen.« Dann rannte er auf Kumi zu und gab all das freudige Klopfen, das er gerade erst von Gimbars Hand empfangen durfte, an das weiße Lemak weiter. Selbst Kumi schien sich zu freuen.

Goel und Bithya begrüßten derweil die Ankömmlinge.

»Aller Friede Neschans sei mit euch«, rief der Richter mit ausgebreiteten Armen. Dann ging er auf Yehsir zu. »Du musst Bezél sein. Ich danke dir für deinen treuen Dienst. Du hast dich deines Namens wahrhaft als würdig erwiesen!«

Yehsir verbeugte sich tief. »Euer Knecht hat nur seine Schuldigkeit getan, ehrenwerter Goel. Umso mehr danke ich Euch für Eure Wertschätzung.«

»Du scheinst gar nicht so wortkarg zu sein, wie Baltan mir weismachen wollte.« Der alte Mann entließ den Karawanenführer und wandte sich dem nächsten der ehrfürchtig wartenden Männer zu.

»Ich freue mich, wieder einmal meinen Urenkel zu sehen. Du bist ordentlich gewachsen, mein Sohn«, sagte er liebevoll zu Felin. »Ich weiß, dass die Verantwortung, die deiner harrt, nach derjenigen Geschans die größte ist. Aber ich weiß auch, dass du ihr gerecht werden kannst, sonst trügest du nicht das Schwert Bar-Schevet auf deinem Rücken. Vergiss nie, dass es wie Haschevet ein Diener des Lichts ist. Erweise auch du dich als ein solcher. Dann werden Geschan und du einst im großen Thronsaal von Cedanor Frieden ausrufen allen Völkern Neschans.«

Gimbar begrüßte er mit den Worten: »Du hast eine bewegte Vergangenheit, Sohn Gims – nicht gerade das, was man von einem Diener Yehwohs gewohnt ist. Jonathan hat mir so einiges über dich verraten.« Der falkengesichtige Mann blickte verunsichert zu Jonathan hinüber, doch der konnte nur mit Schulterzucken antworten. Goel lächelte weise und fügte hinzu: »Ich weiß, dass du dich noch immer um die zurückliegenden Dinge grämst. Du verbirgst sie hinter einem unbekümmerten Äußeren. Von heute an wird man dich den ›Zweimalgeborenen‹ nennen. Deine ehemaligen Taten sind mit dem ersten Leben für immer gesühnt. Nun warten neue Aufgaben auf dich – eine davon nicht weit von hier, in meinem Haus. Die andere betrifft Jonathan, der nun den Namen Geschan trägt. Diene Yehwoh und seinem siebten Richter, denn das ist, was dir bestimmt wurde.«

Nachdem nun auch Gimbar überwältigt und sprachlos war – bei ihm, wie man weiß, ein äußerst seltener Zustand –, konnte sich Goel um Yomi kümmern.

»Du bist nicht der Geringste, Yomi. Das sage ich nicht nur, weil du der Längste im Kreise deiner Gefährten bist. Du hast den siebten Richter aus dem Wasser gefischt, als er vor dem Ewigen Wehr über Bord ging. Du bist sein ältester und treuester Begleiter. Wenn Not am Mann war, hast du ihm stets zur Seite gestanden. Ich bin sicher, du wirst dem jungen Richter ein tüchtiger Ratgeber sein, der so manchen voreiligen Entschluss durch seine Bedächtigkeit zu bremsen weiß.«

Jonathan warf dem bestürzten Yomi ein aufmunterndes Lächeln zu.

Dann klatschte Goel in die Hände. »So, meine Lieben. Und jetzt sollten wir uns auf den Weg in mein Haus machen. Dort warten einige Freunde, die ihr sicher gerne wieder sehen werdet.«

Yehsir schaute sich verwirrt um und der Karawanenführer in ihm meldete sich zu Wort. »Wo habt Ihr Eure Pferde und Zelte? Die Reise von Eurem Heim bis hierher muss doch mindestens drei Tage in Anspruch genommen haben. Jeder weiß, dass das Haus der Richter Neschans dicht bei Ganor liegt, auf der anderen Seite des Grenznebels – also beinahe hundert Meilen von dem Ort entfernt, an dem wir uns gerade befinden.«

Aber Goel zeigte nur einmal mehr sein schwer zu deutendes Lächeln, warf Jonathan einen Seitenblick zu und erwiderte: »Wer durch den Nebel geht, für den folgen Zeit und Raum anderen Gesetzen, Bezél. Er kann große Entfernungen zurücklegen, als wären es nur wenige Schritte. Du wirst es nicht glauben, aber ich selbst weiß nicht, wo sich mein Haus befindet. In wenigen Stunden kann man von dort Ganor erreichen, aber genauso schnell ist man auch in der Steppe, die im Osten an Gan Mischpad grenzt. Und stell dir vor, sogar vom Cedan habe ich niemals eine Spur in dem Garten gefunden, obwohl er mitten durch ihn hindurchfließen müsste.« Und mit schalkhaftem Lächeln fügte er hinzu: »Wie auch immer, zumindest sichert uns dieser Umstand ein warmes Abendessen.«

Die Runde am richterlichen Tisch hatte sich erweitert. Nun saßen auch Baltan, Schelima und Sahavel im Kreis der Ankömmlinge und beteiligten sich an den lebhaften Gesprächen.

Die Wiedersehensfreude von Gimbar und Schelima rührte nicht nur Baltan, der still vor sich hin lächelte. Der Tuchhändler spürte, dass er unmittelbar vor seinem größten Handel stand: dem Erwerb eines äußerst geschäftstüchtigen Schwiegersohns.

Gleich nach der Ankunft im Haus der Richter Neschans hatte Jonathan mitverfolgt, wie Gimbar zu Baltan eilte. Nach einer kurzen, aber herzlichen Begrüßung steckten beide die Köpfe zusammen und verfielen in angeregtes Tuscheln. Dann klopfte der Kaufmann dem Zweimalgeborenen kräftig die Schulter, strahlte über das ganze Gesicht und aufmunternd nickend entließ er den jungen Mann in Schelimas Richtung.

An der wohl gefüllten Tafel Goels übten sich die beiden jungen Leute lange in Schweigen. In einem Ozean des Glückes waren ihnen die Worte abhanden gekommen. Jonathan kannte dieses Bild bereits – ein kleiner Mann mit gebogener Raubvogelnase und ein anmutiges, lächelndes Mädchen, die einfach nur dasaßen, sich bei den Händen hielten und in den Augen des anderen nach Dingen forschten, die jedem Außenstehenden verborgen bleiben mussten. Früher hatten solche seltsam wortkargen Unterhaltungen Jonathan stets mit Unverständnis erfüllt. Doch nun freute er sich am Glück der beiden Freunde.

Seltsam, dass er gerade in diesem Augenblick daran dachte,

aber vielleicht war es ja sogar möglich, dass auch er sich mit Bithya etwas besser vertragen konnte. Natürlich würde er sie niemals heiraten! Diese Möglichkeit schloss er von vornherein aus – zumindest war sie äußerst unwahrscheinlich. Aber Goel hatte gesagt, er wolle seine letzten Lebensjahre mit der Ausbildung des siebten Richters verbringen – einer langen, beschwerlichen Ausbildung. Da erschien es doch nur vernünftig, ab und zu einen gleichaltrigen Menschen in der Nähe zu wissen, mit dem man einige Worte wechseln konnte, eine gute Freundin, nicht mehr. Jonathan beschloss dieses bei nächster Gelegenheit in Angriff zu nehmen.

Er erschrak. Er tat ja gerade so, als gäbe es die Welt, aus der er eben erst gekommen war, überhaupt nicht mehr. Was war mit seinem Großvater, mit dem alten Samuel und all den anderen in *Jabbok House?*

»Goel, ich muss Euch dringend sprechen.«

Der grauhaarige Alte nickte lächelnd. »Ich hatte mich schon gewundert, warum Ihr Euch damit so lange Zeit lasst. Kommt mit hinaus, in den Garten. Die Sterne sind verschwiegene Zuhörer.«

Der abnehmende Halbmond bot Jonathan genügend Licht, um dem Richter folgen zu können, der schnellen Schrittes den Garten durchmaß.

»Warum habt Ihr es so eilig, Richter Goel?«

»Wichtige Entscheidungen soll man nicht auf die lange Bank schieben, Richter Geschan.«

»Müsst Ihr mich immer mit diesem Titel aufziehen?«

Goel blieb stehen und wartete, bis Jonathan nahe genug gekommen war, um das ernste Gesicht des Alten zu erkennen. »Ich ziehe Euch nicht auf, Geschan. Ihr solltet Euch langsam an den Gedanken gewöhnen, so angesprochen zu werden.«

»Aber doch nicht von Euch, Goel! Was bin ich schon gegen Euch?«

»Wir beide sind nur Diener. Jeder Mächtige täte gut sich dessen bewusst zu sein – das ist übrigens die erste Lektion, Richter Geschan.«

»Aber wenn Ihr mich mit meinem eigenen Namen ansprechen könntet …«

»Geschan *ist* dein eigener Name. Daran wirst du dich schon gewöhnen müssen.«

Jonathan senkte den Kopf und nickte.

»Gut«, sagte Goel. »Da wir nun also festgestellt haben, dass wir auf gleicher Ebene stehen, könnten wir auch die Förmlichkeit ablegen.«

»Das möchte ich lieber nicht. Selbst wenn wir beide Richter sind, muss ich mich vor Eurem grauen Haupt verneigen …«

»Gut, gut, gut«, unterbrach der Richter ungeduldig die Einwände seines neuen Schülers. »Dann einigen wir uns auf einen Kompromiss. Nenn mich meinetwegen Lehrer, Meister oder sonst irgendwas, das entspricht meiner Aufgabe, aber lass dieses alberne Euch, Ihr und was weiß ich nicht noch alles. Solche Anreden kannst du dir für die Kaiser und Fürsten aufheben; die blühen geradezu auf, wenn sie so was hören.«

»Also gut, … *Meister.* Wie du sagtest: Solange ich dein Schüler bin.« Nach kurzem Zögern gab Jonathan zu bedenken: »Wobei ich nicht weiß, ob ich diese Rolle wirklich erfüllen kann.«

Goel war nicht überrascht eine solche Äußerung zu hören. »Endlich sind wir beim Thema«, sagte er nur.

»Es geht um die Welt, von der ich stamme. Ich glaube, ich kann nicht einfach hier bleiben und so tun, als gäbe es weder einen Großvater, der gerade um mein Leben fürchtet, noch all die anderen Menschen, die mir am Herzen liegen.«

»Deine Worte zeigen mir, dass die Wahl richtig war, Jonathan. Wie könntest du die Gabe der vollkommenen Liebe besitzen, ohne dich um die Deinen zu sorgen? Aber trotzdem gibt es Situationen im Leben, in denen man eine Entscheidung treffen muß. Nicht immer gibt es einen Mittelweg – zum Glück, denn die Menschen suchen sich ohnehin schon viel zu viele Mittelwege. Du musst wissen, ob du als siebter Richter diese Welt vor der Finsternis bewahren willst oder ob du als gesunder Junge auf der Erde deinen Weg gehen möchtest. In dir steckt viel Kraft, um

Gutes zu tun, hier wie da. Aber du selbst musst wählen, welchen Weg du gehen willst.«

»Hast du gesagt, ich könne als ›gesunder Junge‹ auf der Erde leben?« Jonathan war verwirrt.

»Selbstverständlich. Es wäre unfair, dir einen anderen Handel vorzuschlagen. In einem größeren Sinne bist du natürlich sowieso schon gesünder gewesen als alle deine Altersgenossen. Dein Herz und dein Verstand sind deine Gesundheit, damit hast du die Gefühle vieler Menschen in deiner Umgebung mehr berührt als mit irgendeinem Mitleid, das man einem Kind in einem rollenden Stuhl entgegenbringt.«

Jonathan dachte darüber nach. Er hatte nie versucht Mitleid für seine Behinderung zu heischen. Im Gegenteil, er hasste solche Art von Mitgefühl. So weit es ging, versuchte er stets ein normaler Junge unter Gleichaltrigen zu sein. Aber er war stets ein Fremder unter all den gesunden Knaben gewesen. Er konnte nicht mit ihnen Ball spielen, sich an keinen Streichen beteiligen, bei denen man schnell weglaufen musste. Das hatte dazu beigetragen, dass er am Ende doch nur wenige Freunde besaß, wenige Menschen, die mehr als Mitleid für ihn empfanden. Aber für diese wenigen wollte er etwas tun, bevor er für immer von der Erde verschwand. Hier auf Neschan hatte er eine große und wichtige Aufgabe, mit der er Yehwoh mehr dienen konnte als durch ein aufopferungsvolles Leben auf der Erde.

»Ich habe meinem Großvater versprochen ein Zeichen zurückzulassen, wenn ich einmal von ihm gehen würde«, erklärte er.

Goel lächelte sanft, konnte aber nicht verhehlen, dass ihm soeben ein Stein vom Herzen gefallen war. »Gut, Geschan. Als du mir den Stab Haschevet übergabst, waren wir beide für einen Augenblick eins. Du sahst alle meine Erinnerungen und ich die deinen. Deshalb habe ich auch von diesem Versprechen an deinen Großvater und deinen Freund Samuel gewusst und aus diesem Grunde befinden wir uns auch hier in diesem Garten.«

Goel hob die Hand. »Komm.«

Der Richter führte Jonathan in ein Heckenrondell, in dem verschiedene Rosensträucher blühten. Genau im Zentrum des runden Platzes stand ein kräftiger Rosenstamm, der sich von allen anderen unterschied: Er war schneeweiß. Nicht nur die Blüten, sondern auch die Zweige, die Dornen, alles leuchtete hell im silbernen Licht des Mondes.

»Das ist …«

Goel nickte. »Richtig, die weiße Rose Ascherels, deren wahrer Name Tarika lautet.«

»Seltsam, ich kenne Tarikas Rose, schon seit ich denken kann. Sie befindet sich im Wappen meiner Familie, der Jabboks, aber ich hätte nie geglaubt, dass diese kleine Blume einmal eine solche Rolle in meinem Leben spielen würde. Stimmt es, dass eine Blüte von diesem Stamm nicht verwelkt, solange ihr rechtmäßiger Besitzer lebt?«

»Das ist wahr. Ascherel erzählte mir davon, während sie *mich* ausbildete. Du musst wissen, deine Urgroßmutter war meine Lehrerin. Viele nannten sie wegen der Blüte, die sie stets mit sich führte, die *Weiße Rose*. Benel hatte sie mit diesem wundersamen Gewächs einst überzeugt, dass er ein Bote Yehwohs sei. Daraufhin begleitete sie ihn nach Neschan.«

»Ist es denn so einfach, zwischen der Erde und Neschan hin und her zu wechseln?«

»Es geht nur, solange der Träumer noch nicht den endgültigen Entschluss gefällt hat. Danach bleibt der Weg für immer versperrt.«

»Dann stimmt es also, dass auch die Richter Träumer sind?«

»Natürlich. Nur dass diejenigen, die sich die Unsrigen nennen, ihren irdischen Ursprung vergessen. Viele gottesfürchtige, gute Menschen sind von der Erde verschwunden, ohne dass man dort je wieder etwas von ihnen hörte, um hier, auf Neschan, ihr Frieden stiftendes Werk zu verrichten. Aber die Richter sind die Einzigen von ihnen, die ihre ganze Erinnerung behalten dürfen.«

»Kann ich eine … nein, *zwei* von diesen Rosen mitnehmen, um sie meinem Großvater und Samuel zu hinterlassen?«

»Deshalb habe ich dich ja hierher geführt, Geschan. Aber es gibt da zwei Regeln, die du beachten musst. Du kannst deinen Großvater nicht mehr sprechen. Niemand weiß dort, wohin die *Träumer* gehen, und niemand weiß hier, woher sie kommen. Das ist die erste Regel. Wenn du sie brechen würdest, bräche auch das Gefüge zusammen, das die beiden Welten verbindet.«

Jonathan seufzte schwer. »Und was ist mit der zweiten Regel? Wie lautet sie?«

»Man kann nichts aus der Welt herausnehmen, ohne etwas anderes dortzulassen – das Gleichgewicht muss bewahrt werden. Wenn du also die Rosen dort zurücklässt, musst du zwei andere Gegenstände mitnehmen – nur zwei! – nicht mehr und nicht weniger. Hast du das verstanden?«

»Es war nicht allzu schwer«, entgegnete Jonathan und war doch traurig, dass er die liebsten Menschen, die er auf der Erde hatte, ohne ein einziges Abschiedswort verlassen musste. Er holte tief Luft, straffte die Schultern und sagte: »Also gut, was muss ich tun?«

»Gleich hinter dieser Hecke dort beginnt der Grenznebel. Geh einfach hinein. Du wirst dein Zimmer schnell finden.«

»Wird man mich dort nicht schon suchen?«

Goel lächelte tiefgründig. »Ist dir noch nicht aufgefallen, dass die Zeit hier in Neschan eine andere ist als dort?«

»Doch, auf der Erde scheint sie langsamer zu vergehen.«

»Richtig. Frag mich nicht, wie das kommt, aber sei sicher, dass du in deinem Zimmer alles so vorfinden wirst, wie du es verlassen hast.«

Jonathan gab sich damit zufrieden. Es hätte vermutlich ohnehin nicht viel gefruchtet, über das Wesen der Zeit und des Raumes nachzudenken, die Neschan und die Erde verbanden.

An der Grenze zum blauweißen Nebel ließ Goel den Stabträger allein. Nur ein ganz wenig zaghaft schritt Jonathan voran. Er zweifelte nicht an der Wahrheit von Goels Worten, er fürchtete nur, plötzlich gegen irgendein unsichtbares Hindernis zu stoßen.

Tatsächlich erschien das Sprossenfenster im ersten Stock von

Jabbok House dann auch sehr plötzlich vor seiner Nase. Es stand noch immer offen. Jonathan kletterte hinein und schaute sich um. Noch immer drangen Stimmen durch die Tür. Der alte Lord diskutierte mit Professor Macleod. Ab und zu warf Samuel ein paar beschwichtigende Worte ein.

Wenn ich nur diese Tür öffnen könnte!, dachte Jonathan, aber sogleich hallten die Worte Goels durch seinen Sinn: Wenn du diese Regel brechen würdest, bräche auch das Gefüge zusammen, das die beiden Welten verbindet.

Schweren Herzens legte er die beiden weißen Rosen auf das Kopfkissen seines Bettes. Jetzt galt es, noch eine letzte Frage zu klären: Was sollte er mitnehmen? Auf seinem Nachtschränkchen lagen drei Gegenstände, die ihm teuer waren: die Bibel, die Flöte und das Pergament mit der Prophezeiung, von dem er nun wusste, dass es ursprünglich einmal seiner Vorfahrin, Tarika, gehört hatte. Er nahm die Flöte in die Hand und betrachtete sie liebevoll. Sie war ein Geschenk seines verstorbenen Vaters. Ohne es recht zu merken, hob er das Instrument an die Lippen und spielte noch einmal das Motiv des traurigen Hirtenliedes, das ihn so oft getröstet hatte. Nein, entschied Jonathan, diese Flöte gehörte hierher. Er hatte ja das Gegenstück dazu, die Flöte von Lemor, dem Hirten. Schon einmal waren die beiden Instrumente zwischen den Welten hin- und hergewandert, ohne dass Jonathan damals etwas von der Regel wusste, die Goel formulierte: Man kann nichts aus der Welt herausnehmen, ohne etwas anderes dort zu lassen. Diese Flöte war zur Erde zurückgekehrt, weil sie hierher gehörte.

Jonathan legte das hölzerne Instrument zu den beiden Rosen. Dann griff er kurz entschlossen nach der Bibel und dem Pergament. Als er wieder vor dem Fenster stand, hinter dem der leuchtende Nebel wallte, drehte er sich noch ein letztes Mal um.

»Leb wohl, Großvater«, sagte er mit trauriger und zugleich entschlossener Stimme und: »Lebe wohl, Samuel, mein guter, treuer Freund.«

Dann war Jonathan Jabbok für immer von der Erde verschwunden.

Epilog

Die Hochzeit zwischen Gimbar und Schelima war ein freudiges Ereignis der ganz besonderen Art. Die Feier fand eine Woche nach der glückliche Ankunft im Garten der Weisheit statt. Man feierte in Ganor, der Pilgerstadt, die unmittelbar an die Nebel von Gan Mischpad grenzte. Im Anschluss an das Fest kehrte das glückliche Paar noch einmal in den Garten zurück, um den Segen Goels entgegenzunehmen. Schelima weinte, aber Gimbar schien das nicht zu stören. Er hatte nur noch Augen für sein »sommersprossiges Täubchen«, wie er Baltans Tochter nannte. Schelima pflegte dann stets zu erwidern: »Ein recht gefährliches Leben ist das für ein Täubchen, wenn es ständig in den Fängen eines Falken liegt.« Aber das war kein ernst gemeinter Einwand gegen Gimbars Bestreben seine Braut nicht aus den Armen zu lassen.

Während die Hochzeit noch in vollem Gange war, quälte Geschan – zu seiner Beruhigung nannten ihn die Freude nach wie vor Yonathan – ein besonders hartnäckiger Gedanke. Da gab es noch eine Angelegenheit, die er erledigen musste. Sie erschien ihm ebenso schwierig wie die ganze gefahrvolle Reise, die er hinter sich gebracht hatte: Er wollte mit Bithya ins Reine kommen.

»Du scheinst dir aus Hochzeiten nicht allzu viel zu machen«, stellte das schwarzlockige Mädchen mit herausforderndem Tonfall fest. Sie hatte sich unbemerkt an Yonathan herangepirscht, der etwas abseits der Feierlichkeiten seinen rastlosen Gedanken nachhing.

»Das stimmt nicht«, entgegnete er. »Ich freue mich sehr für Gimbar und Schelima. *Unheimlich!*, würde Yomi sagen.«

»Warum sitzt du dann hier in der Ecke und gaffst nur zu uns anderen rüber, ohne dich mit uns zu unterhalten?«

»Weil ich mir nicht sicher bin, wer in diesem ›uns‹ alles drinsteckt.«

»Du sprichst in Rätseln, Yonathan. Hat dein Pflegevater dir nie beigebracht, wie man sich klar und deutlich ausdrückt?«

Yonathan seufzte aus tiefstem Herzen. »Bithya«, begann er zögerlich, während er gleichzeitig um eine möglichst blasse Gesichtsfarbe kämpfte, »du bist immer so … so … so grob zu mir. Aber jetzt, wo Goel beschlossen hat dich bei sich aufzuziehen, und wo ich auch in Gan Mischpad leben werde, wäre es da nicht schön, wenn wir beide uns ein wenig besser vertragen könnten? Ich liebe und schätze Goel wirklich – schon nach so wenigen Tagen –, aber ab und zu mit jemandem zu sprechen, der in meinem Alter ist, mit dem ich vieles gemeinsam habe – zum Beispiel, dass wir keine Eltern mehr besitzen …«

»Willst du mir etwa sagen, dass du daran interessiert bist, dass wir Freunde werden?«

Yonathan schluckte. Die Färbung der Gesichtshaut entglitt nun endgültig seiner Kontrolle; sie rutschte in ein sattes Rot ab. Während er den Blick gesenkt hielt und unter seinen Fingernägeln nach etwaigen Schmutzpartikeln fahndete, versicherte er mit kratzender Stimme: »Ja, das wollte ich eigentlich sagen.«

Schweigen. Yonathan wartete und wartete, scheinbar endlos lang, aber es tat sich nichts. Endlich hob er verunsichert den Blick und starrte in ein ebenmäßiges Engelsgesicht, über das aus schwarz funkelnden Augen dicke Tränen kollerten.

»Warum hast du das nicht schon früher gesagt?«, brach es endlich aus Bithya hervor. »Die ganze Woche läufst du in großen Bögen um mich herum und sagst kein Wort! Seit meine Mutter gestorben ist, waren alle einfach nur nett zu mir, aber für alle war ich eben nur das kleine, arme Mädchen, das keine Eltern mehr hat. Keiner hat so etwas zu mir gesagt wie du eben.«

Die plötzlich gar nicht mehr so kratzbürstige Stachelwortspuckerin wischte sich mit dem Ärmel die Tränen aus dem Gesicht.

Yonathan starrte verwirrt auf seine neue Freundin und hoffte insgeheim, dass derartige Ausbrüche nicht zur alltäglichen Übung würden. Irgendwie hatte er schon immer das Gefühl gehabt, Mädchen seien so eine Art andere Wesen, die nur äußerlich Ähnlichkeit mit Menschen hatten, innerlich aber voll tiefer, unergründlicher Rätsel steckten.

Aber dann drängte er den Gedanken beiseite und gab der Freude freien Raum.

Tatsächlich gestalteten sich die folgenden Wochen, Monate und Jahre überwiegend erfreulich. Bithya blieb mit ihrem lebendigen, wachen Geist zwar weiterhin eine gelegentlich recht unbequeme Freundin, aber ihre offene Art, mit der sie Yonathan so manches Mal auf seine Macken aufmerksam machte, war in Wirklichkeit nur ein Zeugnis echter und unerschütterlicher Kameradschaft.

Yomi kehrte nach Cedanor zurück. Er trug einen Auftrag des siebten Richters in seiner Tasche.

»Reise so schnell wie möglich nach Kitvar und überbringe Navran Nachricht von uns. Sage ihm, dass alles gut gegangen ist, und bitte ihn, so schnell wie möglich nach Gan Mischpad zu kommen«, lautete Yonathans Anweisung.

Der Wunsch ging in Erfüllung. Im Sommer, als das Meer ruhig und die Gewässer wieder sicher waren, schiffte sich Navran Yaschmon auf die *Weltwind* ein und zweieinhalb Monate später schlossen er und sein Pflegesohn sich in die Arme.

Gimbar blieb mit Schelima in Ganor. Er wollte immer in der Nähe Yonathans sein, da er sich enger mit diesem verbunden fühlte als vielleicht irgendein anderer der Gefährten. Er übernahm Baltans Handelskontor in der Gartenstadt und machte es durch weise Entscheidungen und ein schon bald sprichwörtliches Verhandlungsgeschick zur wichtigsten Niederlassung nach dem Hauptsitz in Cedanor.

Die Botschaft vom Erscheinen des siebten Richters sorgte im

ganzen Cedanischen Reich für Jubel. Die schwarzen Priester Témánahs wurden aus den Städten und Dörfern gejagt und nur in der Hauptstadt gestattete der Kaiser eine Vertretung des Südreiches, die dem Austausch von diplomatischen Noten dienen sollte.

Die veränderte Lage erlaubte Baltan, Sahavel und Yehsir nach Cedanor zurückzukehren. Der listige alte Kaufmann durfte wieder seine Funktion als Ratgeber des Kaisers einnehmen und sorgte an dieser Stelle für so manche weise Entscheidung des Regenten.

Felin dagegen, der Sohn des Kaisers, zog es vor, sein zukünftiges Reich kennen zu lernen. Er verließ Gan Mischpad in östlicher Richtung. Beim Abschied sagte er zu Yonathan: »Wenn du mich einmal brauchst, dann werde ich da sein, mein Freund. Verlass dich darauf.«

Yonathan zweifelte nicht an diesen Worten. Er selbst hatte ja die Prophezeiung ausgesprochen, die Felin zum zukünftigen Kaiser bestimmte – also *musste* der Prinz eines Tages zurückkehren. Auch besaß er noch das Pergament, das ihn und Felin gemeinsam im Thronsaal des Sedin-Palastes zeigte. Und dieses Ereignis lag noch in der Zukunft.

Immerhin verstand Yonathan nun auch, weshalb es gerade die Eintragungen vom 1. Mai 1707 gewesen waren, zwischen denen er das jahrhundertealte Schriftstück in den Geschäftsbüchern seines Großvaters gefunden hatte. An diesem Tag schlossen England und Schottland den *Act of Union*, einen Vertrag, der beide Königreiche zu Großbritannien vereinte. Wer immer die alte Prophezeiung gerade zwischen diese Seiten des angestaubten Folianten versteckt hatte, musste doch zumindest eine Ahnung von der wahren Bedeutung der darin enthaltenen Prophezeiung besessen haben. Durch die Richterschaft Yonathans, der nun Geschan hieß, wurde ebenfalls eine Vereinigung herbeigeführt: der Kreis zwischen der fünften Richterin Ascherel und dem siebten Richter Geschan wurde hier geschlossen.

»Werde ich jemals die Weltentaufe zum Guten lenken? Wird

Neschan einmal für immer von allem Übel geheilt werden?«, fragte Yonathan, als er einmal in den wärmenden Strahlen der Sonne vor Goels Haus saß und mit dem alten Richter einfach nur die Schönheiten des Gartens in sich aufnahm.

Goel schaute lange in Yonathans Gesicht, bevor er antwortete. »Würde ich diese Frage mit Ja beantworten, so müsste ich die Entscheidung vorwegnehmen, Geschan. Das weißt du. Aber vergiss nie, du hast einmal das Böse mit dem Guten besiegt. Du besitzt die Fähigkeit der vollkommenen Liebe. Bleibe bei diesen Dingen. Lass dich nicht durch vordergründige Weisheit der Menschen täuschen, oberflächliche Klugheit, die nur der Mehrung von Macht, Geld oder wertlosem Wissen dient. Benutze deinen klaren Menschenverstand, um Täuschung und Wahrheit zu trennen. Aber vor allem lass dich auch weiterhin von Yehwohs Liebe leiten. Dann wirst du jeden Feind besiegen.«

Als Professor Macleod gegangen war, öffnete Lord Jabbok noch einmal behutsam die Tür, um nach seinem sterbenskranken Enkel zu schauen. Er hatte geglaubt das Spiel einer Flöte zu hören, aber das war natürlich absurd! Jonathan war viel zu schwach, um Flöte zu spielen. Samuel Falter stand hinter dem besorgten Großvater und versuchte einen Blick über dessen Schulter zu erhaschen. So bekamen beide gleichzeitig den Schock ihres Lebens.

Das Zimmer war leer!

Die Tür flog auf und die beiden alten Männer stürmten in den Raum. Sie suchten unter dem Bett, in jeder Nische, rückten schließlich sogar den Kleiderschrank zur Seite, aber von Jonathan fehlte jede Spur. Sogar das Fenster war verschlossen.

»Das ist doch nicht möglich!«, keuchte der Lord. »Er kann sich doch nicht einfach in Luft aufgelöst haben.«

»Schaut«, drang Samuels Stimme durch das Halbdunkel des Raums. Er hielt eine Blume in der Hand.

»Was ist das?«

»Eine Rose. Eine schneeweiße Rose. Und hier, hier ist noch

eine. Wir müssen sie vor lauter Aufregung ganz übersehen haben.«

Der Lord trat näher und nahm eine der beiden Rosen aus Samuels Hand. »Seltsam. Ich habe noch nie eine solche Blume gesehen. Sogar der Stängel, die Blätter und die Dornen sind weiß.«

»Und da ist auch Jonathans Flöte.« Samuel deutete auf das Kissen.

»Eigenartig«, grübelte der Lord. »Es ist beinahe so, als ob er uns damit etwas sagen wollte. Hast du vorhin auch das Flötenspiel gehört?«

Samuel nickte. »Ja! Aber ich glaubte, es sei die Übermüdung oder die Sorge um Jonathan, die mir einen Streich spielte.«

»Mir erging es ebenso. Weißt du, woran ich denke, Samuel?«

»Woran, Mylord?«

»Jonathan sagte einmal zu mir, er würde sich nie von mir abwenden und einfach so davonlaufen.« Er lächelte schwach. »Wie könnte er auch? Er sagte, wenn er mich je verließe, würde er auf alle Fälle eine Nachricht hinterlassen oder ein Zeichen – ich erinnere mich nicht mehr so genau. Jedenfalls würde er mich wissen lassen, dass er an mich denkt.«

»So etwas Ähnliches hat er auch einmal zu mir gesagt!«, staunte Samuel.

Beide Männer blickten sich lange schweigend an.

»Weißt du, was ich glaube«, fragte Lord Jabbok schließlich.

»Was?«

»Er hat immer von seinen Träumen geredet, von einer eigenen Welt, in der er als gesunder Junge umherhüpfen und alles tun konnte, wonach ihm der Sinn stand. Ich glaube, jetzt befindet er sich dort.« Der alte Lord blickte unsicher auf den kleineren Samuel Falter hinab, überzeugt, dass er jetzt eine jener offenen Antworten erhalten würde, für die er den alten Hausdiener des Knabeninternats so schätzte.

Doch Samuel entgegnete nur: »Ich weiß auch von diesen Träumen und ich glaube, dass Ihr Recht habt, Lord Jabbok.«

Der Lord legte den Arm um die Schulter des Freundes und während er mit ihm den langen Gang entlangschritt, auf den die Tür von Jonathans Zimmer hinausführte, sagte er: »Er hat uns nicht wirklich verlassen, Samuel. Andere Kinder – die ›normalen‹, wie man sagt – verlassen ihre Familien und ihre Freunde. Jonathan war nie eines von diesen Kindern. Das, was andere Menschen von einem ›gesunden‹ Jungen erwarten – zu laufen, zu springen, auf Bäume zu klettern –, das konnte er nicht erfüllen. Aber in der äußerlichen Verschlossenheit seiner Seele steckt eine Tiefe, die alle diese sogenannt normalen Kinder nur sehr schwer erreichen können – sie kann selbst die Zeit und den Raum überwinden. In der Liebe seines Herzens bleiben wir allezeit und überall bei ihm, wo immer er sich nun auch befinden mag. Und eines darfst du mir glauben, so wahr ich der Herr von *Jabbok House* bin: Nun hat Jonathan diese Liebe vollkommen gemacht.«

Lord Jabbok und Samuel verlebten gemeinsam einen langen Lebensabend, der angefüllt war mit anregenden Gesprächen. Während sie im Park von *Jabbok House* spazieren gingen oder vor dem Kamin in der Bibliothek beisammensaßen, sprachen sie oft von Jonathan, doch nie in Trauer, nie unter Tränen. In all diesen Jahren verblühten die beiden weißen Rosen nicht. In ihrer weißen Pracht entzückten sie so manchen Besucher. Irgendwann hatten die alten Männer aufgehört Wasser in die Vase zu füllen, die auf dem Kaminsims stand. Aber das tat der Schönheit der Blüten keinen Abbruch.

Als der Lord und sein Freund, Samuel Falter, schließlich im selben Jahr verstarben, vertrockneten auch die Blätter der weißen Rosen. Zurück blieben zwei blutrote Hagebutten. Peter, der ehemalige Chauffeur, der nach Alfreds Tod das Regiment über die Dienerschaft übernommen hatte, pflanzte die Samen in den Garten von *Jabbok House*. Und im nächsten Sommer erblühten daraus zwei wunderschöne – wenn auch vergängliche – weiße Rosen.

Seit dieser Zeit behaupten einige, es würde irgendwann wieder einen Menschen geben, in dessen Hand eine Blüte von dem besagten Rosenstock nicht verdorren würde. Vielleicht sind das nur Vermutungen, nicht mehr als ein schöner Wunsch. Eines jedoch steht fest: Bis heute empfinden die Menschen in vielen Gärten unserer Welt Freude und stilles Glück, wenn sie die weißen Rosen betrachten und darin – vielleicht, ohne es zu wissen – ein Zeugnis der vollkommenen Liebe Jonathan Jabboks sehen.

Verzeichnis der Namen und Orte

Begriffe, die unter ihrem eigenen Namen umfassender erläutert werden, sind kursiv gedruckt.

Abbadon: (neschanisch: »Ort der Vernichtung«) eine Stadt in der Wüste *Mara,* deren ursprünglicher Name ausgetilgt wurde, in deren Eingeweiden aber noch immer das Unheil schwelt.

Ascherel: (neschanisch: »Glück Gottes« oder »Freude Gottes«) neschanischer Name von *Tarika,* die auf *Neschan* das Amt des fünften Richters innehatte und mit der Yonathan mehr verbindet, als er je für möglich gehalten hätte.

Ason: (neschanisch: »tödlicher Unfall«) ehemaliger Pirat, der versucht seinem Namen alle Ehre zu machen.

Baltan: Mitglied der *Charosim,* für Yonathan ein wertvoller Verbündeter; für den Kaiser ein oft unbequemer Ratgeber; erfolgreicher Kaufmann und nebenbei der reichste Mann Neschans.

Barasadan: erster Wissenschaftler, Künstler und Waffenschmied des cedanischen Kaisers; kurz: das Hofgenie.

Bar-Hazzat: (neschanisch: »Sohn des Widersachers«) übermenschlicher Herrscher des neschanischen Landes *Témánah,* der Yonathan eine Menge Ärger beschert.

Bar-Schevet: (neschanisch: »Sohn des Stabes«) ein Schwert, dessen Größe nicht nur von seinen äußeren Abmessungen bestimmt wird.

Behmische: intelligente, auf *Neschan* anzutreffende Lebewesen, die Yonathan schätzen lernte, als er im *Verborgenen Land Din-Mikkith* kennen lernte.

Benel: (neschanisch: »Sohn Gottes«) ein Bote *Yehwohs*, der Yonathan immer dann erscheint, wenn er am wenigsten damit rechnet.

Bezél: siehe *Yehsir.*

Bithya: ein zartes, schwarz gelocktes Mädchen, für das er sonderbarerweise den Spitznamen »Stachelwortspuckerin« ausgesucht hat.

Blodok: Pirat mit großen Ambitionen, Musterbeispiel eines Speichelleckers und *Sargas'* rechte Hand, nicht nur wenn es darum geht, *Gimbar* das Leben schwer zu machen.

Bolemiden: Meeresbewohner des Königreiches Bolem auf *Neschan,* deren Tentakeln vieles greifen, was die seefahrenden Kaufleute lieber für sich behalten würden.

Bomas: ältester Sohn von Kaiser *Zirgis;* für das Volk ein Held und für *Felin* ein Bruder, der scheinbar alles besser kann.

Cedan: größter Strom *Neschans* und Namensgeber für viele Einrichtungen, die Menschen ersonnen haben.

Cedanisches Kaiserreich: Herrschaftsgebiet des Kaisers *Zirgis,* das den größten Teil der bekannten Länder *Neschans* umfasst; gelegentlich auch die »Länder des Lichts« genannt, weil sie über Jahrhunderte ein Bollwerk gegen *Témánah,* das Reich des dunklen Herrschers *Bar-Hazzat,* waren.

Cedanor: Ziel und doch nur Durchgangsstation für Yonathan. Und nebenbei auch noch Hauptstadt des *Cedanischen Kaiserreiches.*

Charosim: (neschanisch: die »Vierzig«) Gruppe der richterlichen Boten, die Yonathan besser kennt, als er ahnt. Sie wurden ursprünglich von *Goel* eingesetzt, nachdem dieser selbst nicht mehr *Gan Mischpad,* den Garten der Weisheit, verlassen durfte.

Dagáh: (neschanisch: »Fisch«) Mutter von *Gimbar,* die zwar hässlich aussieht, es aber ganz bestimmt nicht ist.

Darom-Maos: (neschanisch: »Südfeste«) Hafenstadt im Süden des *Cedanischen Kaiserreiches,* dicht an der Grenze zu *Témánah* gelegen; Heimat- und Schicksalsort von Yonathans Gefährten *Yomi.*

Din-Mikkith: ein *Behmisch,* dessen *Keim* dazu beiträgt, dass Yonathan mit Tieren und noch sonderbareren Geschöpfen sprechen kann.

Doldan: ein Piratenanführer, der sich alle Mühe gab aus *Gimbar* einen ordentlichen Halunken zu machen.

Drachengebirge: neschanischer Gebirgszug, der so aussieht, wie er heißt, und die Nord- von der Zentralregion trennt.

Erdfresser: unter der Erde lebende Raubtierart *Neschans,* mit der Yonathan lebhafte Erinnerungen verbindet.

Even: auf *Neschan* gültige Münzwährung. Drei Kupfereven entsprechen etwa dem Tageslohn eines Landarbeiters.

Ewiges Wehr: ein großes Bergmassiv auf *Neschan,* das den nördlichen Grenzwall zum *Verborgenen Land* bildet.

Felin: jüngerer der beiden Söhne des neschanischen Kaisers *Zirgis* und, wie es scheint, ein Quell stetiger Traurigkeit.

Galal: (neschanisch: »brausend, groß«) Name eines netten *Traumfeldes,* das gelegentlich Schiffe verschluckt.

Gan Mischpad: (neschanisch: »Garten der Weisheit«) Ort, an dem die Richter *Neschans* wohnen und der manchmal so unerreichbar scheint, dass sich Yonathan fragt, ob er ihn jemals finden wird. Gan Mischpad ist von einer übernatürlichen Nebelwand umgeben, die nur denjenigen Zutritt gewährt, die dazu berechtigt sind.

Ganor: (neschanisch: »Gartenstadt«) befindet sich unmittelbar an der Westgrenze zu *Gan Mischpad.*

Garten der Weisheit: Übersetzung des Namens, der in der *Sprache der Schöpfung ›Gan Mischpad‹* lautet.

Gatam: Erster und wie es scheint pflichtbewusstester Diener *Baltans.*

Gavroq: ein Hauptmann *Sethurs,* der so unklug war die Macht des Stabes *Haschevet* auf die Probe zu stellen.

Gedor: Hauptstadt *Temánáhs.*

Geschan: (neschanisch: »fest, entschlossen, stark«) der lang verheißene siebte Richter von *Neschan* und anscheinend nur für Yonathan eine überraschende Offenbarung.

Goel: (neschanisch: »Befreier Gottes« oder »Rächer Gottes«) der sechste Richter *Neschans,* der, obgleich schon oft totgesagt, den Mächten des Bösen immer wieder äußerst lebendige Probleme bereitet.

Golf von Cedan: erhielt seinen Namen vom Strom *Cedan,* der in den Golf mündet. Am Zufluss des Cedan-Deltas liegt die Stadt *Cedanor.*

Grantor: eine üble Person in der Geschichte *Neschans,* nicht nur, weil er der erbittertste Feind *Goels* war, sondern auch weil er *Bar-Hazzat* den Weg bereitete.

Gurgi: Name einer winzigen *Masch-Masch*-Dame, die die Fähigkeit besitzt ein riesiges Durcheinander anzurichten.

Ha-Chérem: (neschanisch: »die Verfluchte«) Name einer toten Stadt im *Verborgenen Land,* deren Totenschleier aus Salz gewoben wurde.

Haschevet: ein wichtiger Bestandteil dieser Geschichte, auch wenn er nur ein Stab ist. Haschevet ist das Zeichen der Amtsbefugnis der Richter *Neschans,* aber nicht nur das: Durch ihn wirkt das *Koach,* die Macht *Yehwohs,* und verleiht seinem Träger übernatürliche Kräfte, wie Yonathan immer deutlicher merkt.

Kaldek: Kapitän der *Weltwind,* Adoptivvater von *Yomi* und manchmal ein ziemlich bärbeißiger Geselle.

Kartan: ein Piratennest mit einer raffinierten Tarnung.

Keim: Samenkapsel der *Behmische,* die unter Lichteinfall ein lebendiges grünes Funkeln aussendet und mehr enthält als jedes andere Samenkorn in *Neschan.*

Kitvar: Heimatort Yonathans, Anfang vieler seiner Erinnerungen und Endpunkt der »Nördlichen Handelsroute« in *Neschans* Nordregion.

Koach: (neschanisch: »Macht«) eine übernatürliche, von *Yehwoh* stammende Macht, von der Yonathan erfährt, dass sie schwerer zu tragen ist als der Stab *Haschevet,* dem sie innewohnt.

Kumi: ein eigensinniges Reittier, das selbst für ein *Lemak* sehr ungewöhnlich aussieht.

Länder des Lichts: siehe *Cedanisches Kaiserreich.*

Lebende Dinge: Bezeichnung der *Behmische* für sämtliche Lebewesen *Neschans.*

Lemak: neschanische Tierart, deren genügsames Wesen vor allem die Steppenbewohner sehr schätzen, weswegen sie auch den Beinamen »Wüstenschiff« trägt.

Lemor: Name eines Schafhirten in Yonathans Heimatort *Kitvar,* durch den unser Held eine wichtige Lektion lernte.

Mara: (neschanisch: »bitter«) *Neschans* größte Wüste, die ihren Zustand einem furchtbaren Fluch verdankt.

Masch-Masch: eine kleine, pelzige Säugetierart auf *Neschan,* die immer verspielt, immer neugierig und ständig hungrig ist (siehe *Gurgi).*

Melech-Arez: (neschanisch: »König des Landes«) für Yonathan: der Inbegriff alles Bösen; für die Welt *Neschan:* der Schöpfer (wenn es auch in einem Akt der Rebellion gegen *Yehwoh* geschah); und für die Bewohner *Témánahs:* Gott.

Narga: Name eines Segelschiffes, an dem nicht nur die Farbe ziemlich düster ist.

Navran Yaschmon: neschanischer Pflegevater Yonathans, den alle besser zu kennen scheinen als sein Zögling selbst.

Neschan: (neschanisch: »Tränenwelt«) der Name der Welt, die in Jonathans Träumen eine beängstigende Realität annimmt, obwohl sie doch die einzige ist, auf der sein Traumbruder Yonathan leben kann.

Rás: (neschanisch: »Geheimnis«) eine legendenbehaftete Oase, die über die Welt *Neschan* wandert, um in Not geratenen Helden beizustehen.

Sahavel: (neschanisch: »Gold Gottes«) Lehrmeister und Erzieher *Felins.*

Sargas: selbst ernannter Piratenanführer, dessen Durchtriebenheit *Gimbar* zu dem Entschluss bewegt sich einen neuen Beruf zu suchen.

Schophetim: (neschanisch: die »Richter«) Gruppe von sieben Menschen, die von *Yehwoh* auserwählt wurden auf *Neschan* den Kampf des Lichts (des Göttlichen, Guten) gegen die Finsternis (des Bösen) zu führen. Yonathan ist aufgebrochen, um von ihnen den sechsten zu finden, damit der siebte offenbart werden kann.

Schützender Schatten: siehe *Yehsir.*

Sedin: Gesteinsart, die mit ihrer blauen Maserung die Baumeister *Neschans* zu immer neuen Palästen inspiriert.

Sepher Schophetim: heiliges Buch, das das Leben, die Weisheiten und Prophezeiungen der Richter *Neschans* und eine für Yonathan sehr wichtige Weissagung enthält.

Sethur: (neschanisch: »der im verborgenen Wirkende«) Heeroberster und rechte Hand von *Bar-Hazzat*, der es sich in den Kopf gesetzt hat, Yonathan alle nur erdenklichen Schwierigkeiten zu bereiten.

Sprache der Schöpfung: Umschreibung für die Sprache, die den intelligenten Wesen *Neschans* bei ihrer Schöpfung verliehen wurde.

Squaks: ein Volk von vernunftbegabten Vogelwesen mit einem auffälligen Hang zu schrillen Farben.

Südkamm: das südliche Grenzgebirge des *Verborgenen Landes* auf *Neschan;* wird für unseren Helden gleichzeitig zum Ort beunruhigender Begegnungen und unerwarteter Freundschaften.

Tarika: irdische Vorfahrin Jonathans, die ihm ein verwirrendes Vermächtnis hinterließ.

Témánah: (neschanisch: »Südgegend«) ein Land, dessen Namen viele Bewohner *Neschans* eher mit »das Land der Finsternis« übersetzen würden. Hier wohnt *Bar-Hazzat* und von hier aus hat er schon oft versucht die *Länder des Lichts* zu verschlucken.

Tränenwelt: Übersetzung des Namens *Neschan.*

Traumfeld: inselgroße Meeresbewohner *Neschans,* die bei den Seefahrern einen schlechteren Ruf genießen, als sie in Wirklichkeit verdienen.

Verborgenes Land: eine große Halbinsel auf *Neschan,* die aufgrund eines Fluches von *Yehwoh* lange Zeit für unzugänglich gehalten wurde.

Weltwind: Name eines Schiffes, das Yonathan so schnell nicht vergessen wird.

Yehpas: (neschanisch: »Yehwohs geläutertes Gold«) Name des vierten Richters von *Neschan,* der das *Koach* durch »die Kraft der Heilung« auf besondere Weise gebrauchte.

Yehsir: Karawanenführer Baltans, dessen reicher Erfahrungsschatz ihm den Beinamen *Bezél* (neschanisch: »Schützender Schatten«) eintrug.

Yehwoh: (neschanisch: »Er lässt werden«) auf *Neschan* verwendeter Name für den allmächtigen und höchsten Gott des Universums, der Yonathan erwählte, die schwerste Aufgabe zu lösen, die je ein Mensch auf *Neschan* bewältigen musste.

Yenoach: (neschanisch: »Yehwohs Trost«) Name des ersten Richters von *Neschan,* dem Yonathan die Niederschrift einer folgenschweren Prophezeiung verdankt.

Yomi: Adoptivsohn von Kapitän *Kaldek* und neschanischer Gefährte Yonathans, für den alles entweder »ziemlich«, »unheimlich« oder »ungeheuer« ist und der im Übrigen kaum eine Gelegenheit auslässt Haare in irgendwelchen Suppen zu finden.

Zirgis: Kaiser des *Cedanischen Reiches,* der an Yonathan mehr Gefallen findet, als diesem lieb ist.

Zurim-Kapporeth: neschanisches Gebirge, südlich von *Cedanor.*

Kitvar
Nordmeer
Das Ewige Wehr
Nördliche Handelsroute
Das Verborgene Land
Zephon
Der Glühende Berg
Selin
Drachengebirge
Das Tor im Süden
Kartan
Beridasch
Südkamm
Qezèh
Gorb
Golf von Cedan
Westliche Handelsroute
Meresin
Großer Ozean
ZENTRALREGION
Cedanische Sümpfe
Baschan
Cedanor
Handelsroute
Südliche
Beli-Mekesch
Berge von Zurim-Kapporeth
Cedan
Pilgerstraße
Die Vergessene Insel
SÜDREGION
Wüste Mara
Abbadon
Ganor
Darom-Maos
Garten der Weisheit
Gedor
TÉMÁNAH

NESCHAN
Akeidama See
OSTRÈGION
Kandamar
Mezillah
Byrz-El
Quon
Tschirp
Östliche Handelsroute
Squaks
Grynd-El
Der Große Wall
500 Meilen
Das Endlose Meer